HANS KEILSON

WERKE IN
ZWEI BÄNDEN

HERAUSGEGEBEN VON
HEINRICH DETERING UND
GERHARD KURZ

BAND 2

HANS KEILSON

GEDICHTE UND ESSAYS

S. FISCHER

© 2005 S. Fischer Verlag GmbH, Frankfurt am Main
Der Abdruck der Sammlungen *Sprachwurzellos* und *Wohin die Sprache nicht reicht*
sowie einzelner Gedichte und Essays (Einzelnachweis s. Anhang) erfolgt mit
freundlicher Genehmigung von Gideon Schüler, Edition Literarischer Salon,
J. Ricker'sche Universitätsbuchhandlung Gießen
Satz: H & G Herstellung, Hamburg
Druck und Bindung: C. H. Beck, Nördlingen
Printed in Germany
ISBN 3-10-049516-0

INHALT

GEDICHTE

SPRACHWURZELLOS

ESSAYS

WOHIN DIE SPRACHE NICHT REICHT

EINZELNE ESSAYS, VERMISCHTE SCHRIFTEN

GEDICHTE

SPRACHWURZELLOS

Variation

Denk ich an Deutschland in der Nacht –
Wie oft hab ich den Vers gelesen
und dessen, der ihn schrieb, gelacht.
Er wär mein Bruder nicht gewesen.

Ich nicht – ich bin aus andrem Holz,
dacht ich, mich kann die Axt nicht kerben,
ich trage meinen harten Stolz
im Leben hart – hart auch im Sterben?

Doch lieg ich jetzt und gar so wund
in fremdem Land und scheu das Licht.
Es tönt aus meines Kindes Mund
ein andrer Klang als mein Gedicht.

Und wenn es dämmert, ziehn vom Meer
Flieger herauf zur Phosphorschlacht.
Ich lieg auf meinem Lager, schwer,
denk ich an Deutschland – in der Nacht.

(1944/1964)

Neuer Psalm

Tot sind sie alle, Gott, die Dich einst lobten,
und anderer Stimmen sind gebannt in Schweigen.
Ich sehe, daß sich nur die Bäume neigen,
wenn Deine Stürme Wurz' und Erdreich probten.

Wirfst keinen Schatten mehr? Bewegen Deine
Kräfte gesetzgebietend Lauf an andrem Ort?
Schon tragen weißer Vögel Schwärme
mit sich die Wolken auf den Flügeln fort.

Verborgen ist mir Deiner Schöpfung Anfang,
Doch um das Ende trag ich große Sorge.
Wie ich mir Mut für jeden Tag nur borge.
Der Weg zu Deinem Abend ist so lang.

(1933/1934)

Amsterdamer Lied

Zu Amsterdam im vierten Stock
mit einer Laus im Haar,
da lebten wir, mein Schatz und ich,
dreiviertel und ein Jahr.

Wir liebten uns am Schwanenteich
des Nachts im Vondelpark.
Der Himmel glänzte: Leuchtmetall,
die Erde roch so stark.

Die Freiheit saß uns im Genick,
zuvor die Polizei.
In Amsterdam war es noch kalt
im Tulpenmonat Mai.

Weit draußen rauscht das große Meer
bei Zandvoort und Zaandam.
Doch dahinaus gelangt nur, wer
es auch bezahlen kann.

Es lebt sich in der schönsten Stadt
selbst mit der liebsten Frau,
wenn man dort keine Arbeit hat,
am Ende ungenau.

Denn wenn du nichts zum Beißen hast,
sei's auch in Amsterdam,
dann nützt dir nichts das Ijsselmeer,
Marken und Volendam.

Kind, pack die Koffer wieder ein!
Zu Ende ist die Jagd.
Noch einmal über'n Rembrandtplein,
dann schmeiß dich in die Gracht.

(1937)

Wir Juden ...

Wir Juden sind auf dieser Welt
ein schmutziger Haufe billiges Geld,
von Gott längst abgewertet.

Er zieht uns nicht aus dem Verkehr,
er wirft uns weg, er ruft uns her, –
wir zahlen alle Schulden.

So wandern wir im Kreis herum,
von Hand zu Hand, den Buckel krumm,
uns reibt kein Putztuch helle.

Wo wären wir, wo wär die Welt,
führt sie ihr Leben ohne Geld, –
wer zahlte ihre Schulden?

Drum braucht sie uns noch lange Zeit.
Doch sie wird rot, wenn ein Jud schreit:
Die Welt hat mich geschlagen.

Ich werd's dem Gott schon sagen.

(1937/1938)

Fragment

War je der Zunge, die er sprach, ein Dichter
so gram wie ich, der ich mich bitter schäm,
daß ich bespien, besudelt von Gelichter
Zeichen und Laut aus ihrem Munde nehm

und jedes Wort, das mir unwillig fast
entfällt und steht, erinnert mich an eines,
das ich verdammt, und schwer wird mir die Last
des Verses und hart der Mund wie eines Steines

(1944)

Im Versteck

Die kleine Kammer, die dein langes Warten
umsäumt mit kahler, spiegelloser Wand,
drin wir Verborgene heimlich, Hand in Hand,
hinter verhangenem Fenster in den Garten

voll Wehmut spähend, wo der Blütenstand
das Jahr in Farben wiegt und aus den harten,
verwirkten Tagen in die trüb gestarrten
Augen es wie Balsam fiel, – so fand

ein jeder aus der Welt ein Bild zurück,
mit dem er sein Verlassensein bestärkt.
Und deine Kammer wurde weit, ein Haus

mit Türen, Fenstern, wo bald ein und aus
die Freunde gingen. Nur der Tod bemerkt
die Gäste und erjagt sie Stück für Stück.

(1944)

Bildnis eines Feindes

In deinem Angesicht bin ich die Falte
eingekerbt um deinen Mund,
wenn er spricht: du Judenhund.
Und du spuckst durch deiner Vorderzähne schwarze Spalte.
In deiner Stimme, wenn sie brüllt, bin ich das Zittern,
Ängste vor Weltenungewittern,
die vom Grund wegreißen und zerstreuen.
Deine Hände würgen. Deine Enkel werden es bereuen.
Im Schnitt der Augen, wie deine Haare fallen,
erkenn ich mich, seh ich die Krallen
des Unheils wieder, das ich überwand.
Du Tor, du hast dich nicht erkannt.
Vom Menschen bist du nur ein Scherben
und malst mich groß als wütenden Moloch,
um dich dahinter rasend zu verbergen.
Was bleibt dir eigenes noch?
Denn deine Stirn ist stets zu klein, um je zu fassen:
… ein Tropfen Liebe würzt das Hassen.

(1937/1939)

Ballade vom irdischen Juden

Ein jeder Mensch darf gut und fromm und frech sein,
nur, – wenn er Jude ist, dann darf er's nicht.
Denn was bei anderen so ganz natürlich,
das steht als Mal in seinem Angesicht.
Drum hört, ihr Menschen, laßt euch sagen:
Schwer haben wir an diesem Mal zu tragen.

Ich mache mir nichts draus und laß den Nachbarn schrei'n,
und bin, so wie ich bin: mal gut, mal schlecht.
Ich kann mir (aus der Schöpfung) keine andre Nase leih'n,
und bin – ein Krüppel – nur als Krüppel echt.
Drum hört, ihr Juden, laßt euch sagen:
Ihr liegt dem Nachbarn schwer im Magen.

So richtig hassen kann ich meine Feinde nicht.
An jedem Dreck hat noch der Himmel seinen Teil.
Ich stand im Osten einst als großes Licht,
jetzt kauft man auf den Märkten mich wohlfeil.
Drum hört, ihr Menschen, laßt euch sagen:
Wir müssen uns auf Märkten mit euch schlagen.

Doch mehr noch als die Feinde, die mich schlagen,
sind es die Freunde, die mich grausam plagen.
Sie haben mich mit Liebe erst umworben,
und schließlich den Charakter mir verdorben.
Drum hört, ihr Juden, laßt euch sagen:
Ihr dürft euch mit den Freunden nicht zu gut vertragen.

Der sei mein Freund, der ohne sich zu schämen
als Unikum lebt lustig auf der Welt,
wie ich! Seht her, macht keine Szenen:
so halb ein Trottel, und so halb ein Held ...!
Drum hört, ihr Menschen, laßt euch sagen:
Die Trottel und die Helden werden's wagen.

Auf den Messias wart ich immer noch.
Es kommen heute nur die falschen nieder.
Habt ihr gesehen, wie der Ochs im Joch
durchs Tor einzog als Held, Befreier, Sieger?

Der Ochse wird ein fetter Braten sein,
ein großes Fest und alle sind geladen,
die so wie wir, im Winde und allein,
den Dreck der Erde an die Sonne tragen.
Drum Menschen, Juden laßt euch sagen:
Ihr alle liegt der Sonne schwer im Magen!

(1937/1938)

Tischgebet

Nach der Mahlzeit setzen wir uns
und sprechen gemeinsam das Tischgebet.
Wer uns dieses Essen nicht gönnt,
dem schlag ein Prolet
den Schädel ein!
Gelobt sei auch der Fremde am Wiesenrain.

Wir beten nicht für Schweinefleisch,
doch sind wir keine Vegetarier.
Wir gehören auch nicht
zu der berühmten Rasse der Arier
hoch in dem Norden.
Es ist ein bißchen frühzeitig
auf Erden dunkel geworden.

Unseren Vätern war das Mahl
oft schon sehr schmal.
Doch es war ihnen egal,
denn sie sprachen das Tischgebet!
Vielleicht daß der Ewige einst über die Länder geht
und dann sich erfüllet, was im Tischgebet steht?

Noch sitzen überall viele Gerechte
an den Tischen und hungern:
In Rußland, in China, in Deutschland,
in Polen und Ungarn.
Da hilft kein Zirkus und kein Parlament.
Sie hungern in einer Sprache aus Sonne und Wasser im vorderen Orient.

Wo der Hunger beginnt,
hat das Tischgebet
sein End!   (1938)

23

Zu einem alten Niggun

Wer einen alten Niggun hört aus Litauen oder Polen,
summe ihn zwischen den Zähnen mit und tanze auf nackten Sohlen.
Ein uralter Rebbe hat ihn erdacht, als er in Verzückung gefallen.
Und alle Chassidim haben gelacht und begannen mitzulallen.

Sie summten ihn leise, sie sangen ihn laut,
ein Schluchzen tief aus der Kehle.
Sie tanzten zusammen wie Bräutigam und Braut,
als ob der Tanz sie vermähle:

Kutscher, Schuster, Bettelvolk, Gastwirte, Händler und Schneider,
die heimlichen Fürsten in Israel und prächtige Hungerleider.
Sie blieben zusammen die ganze Nacht, sie schwiegen, sie tanzten, sie sangen
und warteten, ob nicht von fern übers Feld Schritte kämen gegangen.

Sie warteten lange mit zitternder Seel,
wurden müde und traurig ein wenig.
Die heimlichen Fürsten in Israel
erwarteten ihren König.

Der eine hat ihn beim Singen erblickt, als die Stimme ihm überschnappte.
Der andere verspürt seinen Atemzug, als die Sohle den Boden trappte.
Nie blieb er lange. Der Morgen kam, da war er schon wieder gegangen.
Auf einem alten Niggun kann man hinauf und hinab gelangen.

Ich hörte ihn einst von einem Kind, aus Litauen oder Polen.
Seine Stimme voll Ahnung und Traurigkeit, flackernd wie glimmende Kohlen.
In einer Kammer zu Amsterdam, ein Globus stand hoch auf dem Spinde.
Mein Auge wanderte hin und her zwischen dem Globus und dem Kinde.

(1938/1952)

In memoriam

Du Mensch, vor dem ich mich nicht beugen kann,
in Schmerzen seh ich dich am Kreuze hangen,
und hangend siehst du meine Schmerzen an.
War dies dein Tod, daß ich nicht ohne Bangen
mein Leben wag, von Ängsten rings umfangen?
Dein Leiden auch, geweiht des Himmels Ehre,
verbirgt die Glut, in der ich mich verzehre.
Du bist Erlöser dort, wo man dich schon vergißt.
All deine Wunder jetzt aufs neue kehre,
du meiner Freunde Freund und Herr, du Jesu Christ.

Sag deiner Mutter, daß sie tröstend sehe
auf Frauen, Männer, Kinder, groß und klein,
die über Nacht so jäh ein Leid und Wehe
zum Schutz in deinen Tempel trieb hinein.
O, laß sie ohne deine Wonnen selig sein.
Nimm gnädig auf in deinen starken Armen
die deinen, die du prüfest im Erbarmen.
Mit meiner Not du ihren Sinn ermißt.
Gewalt bricht auf, und Herzen dir erlahmen,
du meiner Freunde Freund und Herr, du Jesu Christ.

Steh dir so fern und sehe doch mit Schrecken,
daß du erneut in Kreuzesqualen ringst.
Wer kommt, die Wunden lindernd zu bedecken,
wenn du den Tod aus deinen Ängsten singst
mit deinem Leib, eh du in ihm vergingst?

Für diese Nacht mir deinen Schutz noch lasse,
und daß des Vaters Name nicht verblasse,
allzeit SEIN Ruhm nur hoch gelobet ist,
er dich und mich mit seinem Blick umfasse,
du meiner Freunde Freund und Herr, du Jesu Christ.

(1939/1940)

Geh nicht nach Haus

Geh nicht nach Haus,
es erwarten dich Trümmer.
Schmerzen wachsen empor,
das Unkraut der Leiden.
Geht darüber der Wind,
aus Liebe um jene,
vernimmst du die Seufzer
derer, die darbten,
die wußten und starben,
geöffneten Auges,
unvollendet.

(1943/1961)

WENN WIR GESESSEN, SELIGE STUND,
in dem Palaste, du und ich,
zwei an Gestalt, an Auge, Mund,
doch eine Seele, du und ich – –
   gehn wir im Garten auf und nieder
   des Hages Bunt, der Vögel Lärm,
   am bleichen Himmel Stern bei Stern,
   der Mond mit seinem tiefsten Kern,
unsterblich beide, du und ich

Getrennt nicht mehr, doch einiges Band,
in der Entrückung, du und ich,
beseligt, dem geschwätzigen Tand
in sicherer Ferne, du und ich – –
   der Himmelsvögel Leuchtgefieder
   verblaßt im Neid, dem Tier zur Scham,
   daß wir zugleich und wundersam
   in Irak und in Khorasam
lachend gesessen, du und ich – –

                    Nach Dschelaleddin Rumi
                    (1943–1945)

28

Komm schlaf

Komm schlaf – Dir ist gebettet schon
Ferenziablüte, dunkler Mohn.
Und alle Tiere schweigen.

Die Nacht trägt glinsternd Diadem,
der Minnestrahlen Hochemblem –
Guitarren Harfen Geigen.

Gestirnte Tropfen aus dem Born –
der Mond stößt in sein Sichelhorn –
Korallenkäfer überall
gleißen am Berg an Fluß und Tal.

Gelagert sanft wie Schlummermoos
im warmen Schlag von Hirn und Schoß.
Der Fährmann treibt den Kahn zur Wacht.
Komm schlaf geküßt zur Mitternacht.

(1944)

Apollinischer Garten

Vom Silbermorgennebel frisch betaut –
mein Garten dampft im frühen Sonnenglanz.
Ein Vogelruf. Aus den Gebüschen staut
ein Mückenschwarm sich hoch zum Kontertanz.

Dunkel umflort im schimmernden Gefälle
stehn Bäume in dem starken Hintergrund.
Von Zweig zu Zweigen tropft es zu der Schwelle
des Vorgebietes auf den Rasenmund.

Die Blätter schäumen, und erzitternd wallt
altes Begehren in den lautren Morgen.
Und wie ein Echo von den Bergen schallt, –
mein Garten hält verstillten Ruf verborgen.

Der Weg, kristallen Gleißen über Sand,
teilt seine innere Einheit zu dem Drängen
der Blumenbeete, die er fest umspannt.
Und ist verstoben an den Lorbeerhängen.

Noch wie bestürzt von Schlaf und bracher Schau
harrt er des Tages, wenn die Ernten prangen.
Ein leichter Wind streift über Bach und Au –
mein Garten ruht im quellenden Verlangen,

daß – Bild um Bild – aus noch verhangenem Grunde
festlich entsteige mit dem reiferen Tag
Garbe und Frucht, zum bunten Kranz gewunden,
bevor es dunkel tönt abseits im Hag.

(1947)

Kleine Anweisung zum Vortrag der Gedichte

Wer einen Vers von mir spricht,
muß ihn leise sagen.
Muß Wort und Ton auf Mund,
Händen und Augen tragen,
daß jedermann ihn gut versteht,
ob blind, ob taub.

Er trete vor und ziere sich nicht lang.
Sei auch nicht bang,
daß mancher einen Romanzero
viel schöner find.
Er denke sich: wer bleibt, der bleibt.
Wer geht, der geh geschwind.

Es kann ein Jude sein und auch ein Christ.
Mir ist es einerlei. Die Hauptsach ist,
daß er auf Straßen, Höfen, unter Brücken – überall,
wo faule, träge Luft – weckt diesen neuen Schall.

Auch meinen Namen nach der Überschrift
mag er getrost verschweigen.
Nur sprechen muß er das Gedicht,
als wär's sein eigen.

(1946)

Sprachwurzellos

um die geheimnisse
des konjunktivs
– die zeit der bunten bälle –
mühte ich mich
vergebens
an den grachten
die neuen freunde grüßend
und sie nennen mich mijnheer

unter den windseiten
der brücken
– es war eine hohe flut –
beim grünspan der türme
im keller das volk der asseln
zerbrach die goldene grammatik
barbara schrie

dames en heren –
also lernte ich ihre sprache
der himmel darüber
hutspot und bols
wurzellos
ein pfad im gekröse
der zeltlager
und weiß mich gedemütigt
in der wollust
verdorrter schriftzeichen

(1963)

Zuweilen

die alte scheuer
hinter meinem haus –

ein gitterfenster verrostetes licht
auf estrich und wände
in den ecken gerümpel:
ein brocken mond
nebelblumen
und
die zärtlichkeit eines kinderschuhs
er lag
im staub auf dem platz
bei den parkuhren
die straße war leer
das wort in den büchern
welk
zuweilen
schleicht ein tier
die schatten netzend
fuchs oder maus
über den kiesel –
steht tür an tür
das unkraut weiß
auf der salzigen spur

in die höhle der nacht
fällt tau
wenn es schmilzt
unter tage
in den verwaisten stollen
der putz die mauern

entblättert
bläst durch die antenne am first
die pappel den krähenmarsch
nachdenklich ins haus

(1966)

Totale Optik

meine augen die viel sahen
meine augen zwei brüder

meine augen
die die welt sahen

die welt
hinter glas

so schutzlos ist sie geworden
ein steinwurf oder –

ausgelöscht blind

meine augen
die welt

zwei brüder

(1967/1970)

Totentanz
Versuch einer ars poetica

für Hellmut Freund

nachts
auf dem schnürboden
die hölzernen galgen

versuchen
die toten
noch einmal
den tod?

exerziert
text und gebärde
gespreizte finger
noch einmal
den tanzschritt
der
beim fallen
nicht gelang

der regisseur
ruft
flüstert
verändert
und
streicht
die fahle beleuchtung

sangloses
sirren
der fledermäuse
hat sich die sprache
in den netzen
der spinnen
verfangen?

quadrille
pas de deux
kein verlaß
auf wilde tiere

der staub des meeres
die ohnmacht der deiche

erinnerungen an
schlafstellen
des vergessens
die pritschen
nachts
auf dem
Schnürboden

survivor syndrom
knochenfraß
mundfäule

(1967)

Schizoid

steuern zahl ich in Holland
auf fetter klei
nur
die fußspur durchzieht noch
den sand der Mark
und mein herz
trauert um Jerusalem

splitter treibt man ins fleisch aus festem holz
mir erwächst
aus den abfällen des erinnerns
ein friedloses dasein
alle zeiten schlagen ihre stunden
todein
todaus
ich zähle sie
unwägbare
mit vergilbten lippen
und messe sie aus
in der syntax des schweigens
ohne fremde akzente

wenn ich auf den deichen stehe
und die inseln brennen
lodern die wasser der kindheit
der Oderstrom und
der Jordan meines verlangens

am abend sitze ich dann
und lausche in die apparate
netze voller musik
ein fischzug der töne
aus ost und west
ich esse stamppot
ich trinke bols –
nektar und ambrosia
speisen die schwermut der träume
wenn ich zur nacht liege
meine füße ein anker
in den verwüsteten gärten
meine stirn
im gespött
der sterne

(1966)

Bad des Jungen im Waldsee

In einem Waldsee, nah am Roten Land
taucht' ich hinab bis auf den dunklen Sand.
Dort unten fand ich allerlei Getier
von Schlangen, Fischen, Pflanzen.
Sie lebten, wo die kalten Quellen
mündeten, und kamen dicht zu mir.

Ich blieb bei ihnen, bis die Luft mir schwand.
Dann stieg ich wieder auf ans Land
und schlief von Schuppen überdeckt
den Tag vorbei, tief im Gebüsch versteckt.

So fanden mich die Männer,
die im Wald die Bäume schlugen
und abends ihre Leiber an das Wasser trugen.

Ihr Antlitz wie das Laub, so alt,
das braune Haar an Kinn und Nacken kraus.
Hoch auf den Schultern
trugen sie mich heim ins Elternhaus.

(1938)

Sterne

weißt du wieviel

das alte kinderlied
die kuchenform der mutter
als sie
für festtage
figuren schnitt
aus mürbeteig
herzen männchen tiere
und sterne
vor allem sterne
viele
trommeln voll
von süßem brot
mit butterguß zu glasieren
aniszucker kaneel
bunter puder
plätzchen sagte sie
und
stand in der küche

weißt du wieviel

oder
ich ritt mit den freunden
auf dem monddach
an den schornstein gelehnt
wir zählten den himmel ab
tupfen
auf der schwarzen schiefertafel
zwei Bären Orion Schütze
was man so weiß
damals
Venus
flüsterten wir

später
nach dem konzil
Lateran 1215
dem denkwürdigen
war ein anderer stern
schwarz gezeichnet
sechsseitig
geometrisch
aus gelbem stoff
handtellergroß
mit schwarzen lettern
sichtbar zu tragen
und festgenäht auf
der linken seite des kleidungsstückes
in brusthöhe

weißt du wieviel

die süßen plätzchen
sterne aus dem ofen
jetzt
wo einst
unterm kleid
die brust meiner mutter
war
der bär
den der vater
als kind auf dem monddach
schoß

ich riß ihn mir
in der kurve
vor den friedhöfen
von der jacke
bestieg einen anderen zug
warf den erhabenen orden
in den nebel
bei den kilometersteinen
und spuckte
auf die geschichte

schlechte zeiten
dachte ich
für astrologen

die süßen plätzchen
verbrannten
in den öfen

weißt du wieviel

(1967)

Dawidy

für Siglinde

In diesem Haus oder, vielleicht, in jenem lebte mein Vater als Kind –
die alte Stadt mit neuen, kyrillischen Lettern,
erreichbar mit Paß, gültigem Stempel und Taxi,
an der Grenze.
Wo sein Spiel, seine Freunde, oder war er allein,
lag rücklings auf der masurischen Erde und träumte,
ein Bett, geborgen im hohen Meer verschwiegener Wolken,
atemlos?

Was suchen Sie, fragte der Dolmetsch Taxifahrer?
Spuren? Gibt es hier nicht, seine Antwort,
studierte den Stadtplan und lenkte den Wagen zurück.

Gedenk und vergiß. Im Abschaum der Geschichte
gibt es kein anderes Maß für Flucht und Tod.
Anfang wie Ende: kein Stein, kein Gras gibt Kunde,
zerstört und vorbei, unsinniger, unvergänglicher Schmerz,
verwaist, was bleibt: als wäre er nie gewesen, mein Vater –
hieß Max, trug später den verordneten Namen Israel,
mit Würde.
Hat nicht viel erzählt, hab ihn zu wenig befragt.
Keine Spuren mehr im Rauchfang der Lüfte –
sprachloser Himmel ...

(1997)

44

Bühlertal

dem Andenken von Gertrud Manz

Dein Gang über die Höhen
und Widerhall im Tal
auf Wegen allzumal
ein zärtliches Verwehen
wie Vogelwolkenflug
dein Gang über die Höhen

Das Haar im Märzenwind
Schnee auf Geäst und Stein
im Schattenwald allein
ich eine Spur noch find
ein zärtliches Verwehen
dein Haar im Märzenwind

zum Gruß – leichter als Träumen
ein Hauch im Schattenwald
gelöst von Leibgestalt
Irrwisch in allen Räumen
wie Vogelwolkenflug
vorbei – leichter als Träumen

(1969/1989)

IN DEN TAGEN DES NOVEMBER

wenn es kalt wird
denke ich deines todes
Vater
die vögel flüchten aus den himmeln
die kinder behauchen
bereiftes glas
heimlicher
ohne zeit
ist die stunde deines sterbens
Vater
wie meine klage
täglich
vergessen nährt sie
ins offenbare
stehe ich
verhüllten hauptes
zu sprechen der toten gebet

(1947/1995)

Dolce vita

Auf dem Gerümpel der Liebe
Kummer, Warze und Speck.
In den Fauteuils Diebe,
zappelnd im hohlen Versteck.

Close-ups von Busengefieder,
schnittig im nackten Spalier,
säuern, o sorry-end, bieder
im sexgeschäumten Bier.

Viel Qualm und wenig Feuer,
Stroh und gerupftes Gras,
Glamour mit Umsatzsteuer
wandert der Bettel fürbaß.

Die Litanei der Lügen
nächtlich an Börsen feil,
Handel in Geiselgastiegen
Leibes Angst mit Courthsweil.

Thrombus in Herzkoronären,
das ist der Unlust Prozent.
Die Hausse der Affären
verdirbt den Dividend.

(1968)

Sanierung Amsterdam

endlich
nach ernsthaftem brüten
der plänemacher
laut beschluß von
bürgermeister und räten
wurde der Stadtteil saniert
der alptraum der bürger
das bitterkraut der
befreiung

häuser
geheimnisse ohne
fenster türen und
gebetsröllchen
ausgeweidet
stiegen und böden
im brennholzarmen winter
mauern geborsten von
flüchen und erkalteten
küchen der nachbarschaft
auf den schwellen
die bazillen der
razzia

den bewohnern
brauchte
man
    also
nicht mehr zu kündigen

jahrhunderte
nach dem tode des meisters
hausten noch
seine modelle
malerisch gewiß
schaufäden schläfenlocke
und armut
in den quartieren
hinter den
mageren brücken
sofern
sie nicht
in museen
auch über see
rettung
gefunden hatten
(einige waren
in den dünen
verborgen)

es kam
die brigade
der straßenmeister
mit
bulldozern preßlufthämmern
asphaltöfen
die rammler und buddler
spitzhacke spaten
und
psalter

ruinen geschleift
gelände geebnet
ratten verjagt
und vergiftet

hygiene verordnet
der himmel geteert
so
wurde erinnerung
beigesetzt
das leben geht
weiter

zuvor machte das fernsehen
ein denkwürdiges programm
der kommentator
rechter fuß auf
dem kehricht der vergangenheit
sprach
im schatten des heiligen dokwerkers
seinen erhabenen text

der film
auf staatskosten
deportiert
in die archive
für den geschichtsunterricht

(1967)

Schuhe

für Saul Robinsohn

von den fluchtwegen warm
mißformt im verrat
über kot und asphalt
voll spitzer steine
in den geplatzten nähten
gräser
abseits des verweilens

nachts vor die tür gestellt
rechts und links
an den beulen
erkennbar
vertauschbar
zwei kettenhunde
unter
dem abdach der träume

tau besprenkelt
falten und risse ihrer landkarten
schweiß zerfraß den staub
von gefahr und grenzen
müde geätzt ihre farben
braun oder schwarz
kein leisten mehr
um den man sie schlüge

die senkel in
den zersplitterten ösen
zu hastig geknüpft

in der frühe
notdurft über gebrochenen spann

vernutzt der absatz
die narbe an den sohlen
dort
wo einst flügel wuchsen

(1966)

WIR DIE NUR VERLIEREN KÖNNEN
halstuch brille
und handschuh
rechts oder links
selten ein paar
den kleinen taschenkalender
mit verjährten namen
aus telefonbüchern
– der kraftprotz der
sie zwischen den fäusten zerriß –
einwohnermeldelisten
der häuser
in denen man zu tische saß
an bunten tüchern
voll essensreste
verschüttete stille
und löcher die
zigaretten brannten

    die nur verlieren können
    wegweiser straßen
    wo man um ecken irrt
    auf der suche
    nach den haltestellen
    der taxis

        nur verlieren können
        was nie mehr
        abgegeben wird
        was kein fundbüro
        bewahrt
           verlieren
               können

      (1967)

IN DEN ZELTEN DES VERGESSENS
auf wolken von stein und asche
die schatten
gedenken
der leiber

sie lauschen
warten
und klopfen die zeichen
die schwären des herzens
hand und namen
sie
sind des wissens gewissen

sie rufen das kalte auf wie das warme
die schatten der schatten
den atem des atems
des echos
echo
     steh auf
     steh auf

            (1970/1995)

Auch Eurydice

Auch Eurydice weinte
sieben tage lang
zwar berichtet die mythe
nur von
stammelndem lebewohl
als Hades ihren schatten zurückpfiff
wie es heißt
die vergeßlichkeit des
ungeduldigen zu bestrafen
.

doch ergeben neuere forschungen
andere hinweise

beide wanderten
der Tartaronaut voran
bereits auf der anderen seite
des Styx
Charon teerte das boot
schon tropfte
    der erste lichtstrahl
        in den schacht
da schreit Eurydice
verwundet
ein riß
auf der netzhaut der ängste
Orpheus
betäubt von
innerem gesang

stapft weiter
ein sieger
    und
    geblendet
doch seine leier
die tiefste saite
vernimmt den schrei und
beginnt zu tönen
    feindschaft der gebirge
    seuchen der flüsse
    elend der kunststoffe
    und
    multiple
    sklerotische informationen

es schreit ihre leber
stirn
das gehäuse der schenkel

widerwillig fühlt
Orpheus
die drohung fremder
kadenzen in
seiner ohrmuschel

seine technik weiß
er
ohne fehl
und
innerviert die stimmbänder

sie weigern

verstummt ahnt er
künftige niederlagen
im moment des
entsetzens

der drohung eingedenk
hilfe suchend
blickt er zurück

zusammen weinten sie
voneinander geschieden
schweifend an den ufern

Charon teerte sein boot

(1970)

Der Golem

vor den steinen
der verbannung
dem haus ohne beter
in Prag
        sah ich ihn
auch
bei der sightseeing
im hinterhof an der gracht
in Amsterdam
                stand er
oben
auf der treppe
neben der luke zum versteck
– das geschwätz der herren und damen –
in Berlin ging er durch die mauer

er ist der golem
        Josef Seda
geschrumpft auf drei ellen
der einst mächtige leib
versteckt unter alten kleidern
ein klumpen
           unverwundbar
    ohne trieb
         und
           geschlecht
in seinen brauen
vogelnester
seine haut
          ausgelaugt ton
ziegelfarben geräuchert

in
    ohnmacht
        verwesung
alles
hat er mitangesehen
zehn ellen über der erde
    und darunter
        mühelos
viel gehört
sprach nie
stemmte sich gegen trams
vergebens
zog an den notbremsen
vergebens
sprang ins feuer
vergebens
stieg auf wachtürme und kanzeln
blieb
in
konferenzen bunkern baracken
unsichtbar
ein amulett aus hirschhaut
den heiligen namen unter der zunge
vergebens
las er die codezeichen der nacht
in den kanalisationsrohren
wenn von Eden her
je um die stunde
der gartenwind kam
den sand zu reinigen

schauspieler ohne text
zeuge ohne aussage
    Josef Seda
unaufgerufen saß er
in den ämtern
     bei den prozessen
wartete in den ecken
der gerichtsbarkeit
als
    bekümmerte
          ihn
             nur
    das warten
    auf
    eidam ältesten schüler
    und
    Arje den meister
    daß sie die formel sprächen
    umgekehrt in der folge
    wie einst
    als sie ihn riefen
    sieben mal ein jeder
    bedrängnis zu wehren
aus feuchten dämpfen
glühender kohle
zurück
zu
erde
   wasser
       feuer
          luft –
niemand kam

       (1966)

Experiment

Wiegst du auch leicht, du bist doch schwerer –
du gleichst dem Stein nicht, der der Hand
im Wurf entsteigt und fällt, als wär er
nur ein Gebild aus Luft und Tand.
Du trägst die Ahnung deiner Schwere
in der Gedanken Ja und Nein.
Dein Haus ist nicht die Stratosphäre,
die Erde fremd und nicht mehr dein.

Was gilt die Asche deines Leibes?
Dein Dasein zählt nicht, du mußt fort.
Die Laune eines Zeitvertreibes
beschwingt dich hier, beschwert dich dort.
Und Kräfte richten dich, Magnete
ziehen dich an, so wechselvoll – –
Vagant im Raume, Zeitrakete,
an welchem Strand zahlst du den Zoll?
Zu immer kühneren Bezügen
lockt dich ein anderer Weltenmond.
In neuen Taten unterliegen
und erst im Irrtum hoch belohnt.

(1974/1993)

Intoxikation

was übrig bleibt
der rest
den man wegwirft
in
ausguß und eimer
der durch die kanäle spült
und zurückfällt
in den schlaf
der die kehrichthaufen erhöht
vor den türen
und
zu kunststoff verarbeitet wird
in den fabriken

der rest
das zuviel und zuwenig
der tägliche groschen
gift
auf kohlstauden und rüben
gespritzt und eingeatmet
er liegt auf der haut
in den falten des
geschlechtes
den schatten unter
den augen

niemand
kann herausspülen
oder abwaschen
mit antistoff
was übrigbleibt
den rest
den man wegwirft
der zurückfällt
schlaf
    kehricht

    (1967/1970)

Rückkehr

Wir wollen nun endlich nach Hause gehen,
die Gastgeber sind müde schon.
Die Luft in allen Räumen
stinkt wie vor 'ner Operation.

Wir haben gesoffen, gestritten
an einer Tafel zu Hauf;
so mancher sank zu Boden,
und blieb und stand nicht mehr auf.

Wir sind noch lange nicht müde
und gehen hinaus in die Nacht
und warten im feuchten Grase.
Wir haben solang nicht gewacht!

Einst liebten wir alle Dinge,
nur unsere eigenen nicht.
Es bläst uns dieser Morgen
hinweg unser altes Gesicht.

Ade nun, Freunde und Feinde,
zu lange währte dies fast.
Das nächste Mal wieder
seid Ihr bei uns zu Gast.

(1937/1964)

Zug durch die Wüste

Wir brachen auf. Die Wüste lag im Schlummer.
Mit kalter Dämmerung stieg ein Tag empor.
Es wuchs das Licht in uns, und rings ward stummer
die Einsamkeit, die unser Herz befror.

Die Nacht am warmen Leib der stolzen Tiere,
dicht hingestreckt zu zweien und zu dritt,
schlief es sich gut, wie wenn den Troß man führe
zur Wasserstelle nach dem langen Ritt.

Die Wächter schöpften tief aus der Zisterne,
ein Mann schrie laut in einem bösen Traum.
Urängste brannten in den Himmel Sterne,
sie fielen, stiegen – Kieselstein und Schaum.

Dann kam der Tag, und unsere Augen spähten
weit in die Ferne, von dem heißen Sand
geschärft der Blick, um von den vielen Fährten
die Spur zu finden in das Land,

das unser wird, zu dem schon Jahr um Jahre
wir wanderten im glaubensblinden Muß.
Sonne und Stürme färbten unsere Haare
zu Asche fahl, des Abschiedsengels Kuß.

Der alten Knechtschaft Ketten nun entronnen,
befreit von Fron, zu neuer Tat erwacht
hat uns ein Irrwisch tiefer eingesponnen
mit List in seine unsichtbare Macht.

Noch dient sich's mühevoll dem neuen Herren,
noch ist sein Antlitz dunkel, unbekannt.
Er kann uns, Sklaven, durch die Wüste zerren,
doch sein Versprechen muß er halten – Land.

Gleich einer Insel an dem Saum der Fernen,
vom Mond beglänzt, nach Mitternacht betaut,
fiel unser Land, vertrieben von den Sternen
in unser müdes Herz, auf Hand und Haut.

Oft war's, als ob am Horizont ein Schatten
aufwallt und sich zu einem Bilde webt,
das wie ein kühler Trunk den Leib, den matten
wohlig erquickt und neu den Mut belebt.

Dann stiegen Lieder auf, starke Gesänge,
dazwischen Rufe wie vor Tag und Tau –
Zum Volke ward die unbehauste Menge
in ihrer Hoffnung trügerischer Schau.

Ein Greis führt uns, wir sind das Heer der Greise,
um alt zu werden, sind wir nimmer froh.
So singt kein anderes Volk im Erdenkreise,
das in die Wüste vor dem Tod entfloh.

Gar manche starben vor dem Ziel, verbittert,
zur Ruh gebettet unter einem Stein,
der gleich dem Leichnam mit der Zeit verwittert
und Sandkorn wird und namenlos Gebein.

O Auszug voller Hoffen ohne Ende,
o Müdigkeit, wenn's endlich Abend ward,
o Sternenfall, nächtliche, kalte Brände,
ihr Zeugen dessen, daß man uns genarrt.

Um Mitternacht wir kamen zu dem Berge,
der seinen Groll mit unserem verwob,
der in der Ebene stand, steinerner Scherge,
und seines Gottes grimmige Kunde schnob.

Da endete der Wille allem Volke
länger zu tragen Schmach und Ungemach.
Den Berg hinan, wo eine Feuerwolke
die Nacht mit Rauch und Schein lärmend durchbrach,

stieg unaufhaltsam, furchtlos alles Sehnen
der Wanderschaft in Drangsal und Betrug –
kein Klagelaut, kein Bitten, keine Tränen.
Die Botschaft drohend, stumm, daß es genug.

Die Bitterkeit des liebeleeren Glaubens,
des Dienens Schmach, geschmälert um den Lohn,
vertane Zeit des Schweifens und des Raubens,
der Jugend Tröstung und des Alters Hohn –

An diesem nächtigen Berge hat geendet,
bevor der Tag noch zeichnet seine Spur,
die Last, an die wir unsere Kraft verschwendet.
Der Bund zerbrach, es riß – Siegel und Schwur.

Solang im heißen Wind noch Karawanen
vom Durst gebrannt den Elendsraum durchziehn,
und ihr Begehren ungestillt die dunklen Fahnen
des eigenen Trugs läßt schwellen und verglühn …

Solang im Fieber bunte Träume laben
den Süchtigen mit Flüchen und Gebet,
bleibt diese Nacht für allzeit eingegraben
im Wüstensand, der Menschenspur verweht.

Wir schliefen ein, umhüllt von Wolkenmassen,
Atem der Berge, wenn sie Großes tun
und ihre Gipfel in dem Licht verblassen,
das nie die schauen, die im Tale ruhn.

War dies ein Ruf? Doch niemand, der ihn hörte.
War dies ein Zeichen? Niemand, der es sah.
Die Ruhe eines Wüstenschlafs verstörte
ein Rufer, ferne bald – bald nah.

Und wer mit Augen sah, der ward geblendet,
und wer mit Ohren hörte, wurde taub.
Dies sind die Zeichen, die der Himmel sendet
seinem Geschöpf aus Ewigkeit und Staub.

Die letzte Nacht. Abschied und Ende. Stummer
der Tritt von Tier und Mensch. Der Berg entschwand.
Wir brachen auf. Die Wüste lag im Schlummer.
Vor uns Verheißung – das gelobte Land.

(1938–39/1946/1984–86)

WENN DIE ROSE VERBLÜHT UND DER GARTEN ENTLAUBT
verstummt auch der nachtigall lied
der geliebte das all-minner bestaubt
sein gesicht daß niemand ihn sieht
der geliebte ist leben der minner tot ding
und fühlt er die liebe entschwinden
so gleicht er dem vogel gebrochene schwing
gefallen aus feurigen winden

Nach Dschelaleddin Rumi
(1943–1945)

EINER TRÄUMENDEN. POEM

Man sagt von Menschen aus den Jugendtagen
der Erde, da der Traum der Schöpfung reiner
bewahrt und heller die Erinnerung
an zeitenloses Leben ohne Schwere
das Dasein band im Wechsel der Gezeiten,
daß ihnen ward in Träumen, nächtlichem
Gesicht die Ahnung künftigen Geschickes.
Nicht Ahnung nur, ein Wissen –
in Bildern unvergänglich ausgedrückt
und klar geschöpft aus dem kristallenen Spiegel,
wo das Geschehen steigt und tropfend fällt
zum unsichtbaren Grund des Himmelsstromes.
Und da die Himmlischen es fromm erschaut, –
vermöchten sie, es in der Zeit zu fassen,
es wär gesagt von ihnen selbst. Nun sind
zu ihrem Dienst und Willen frei gesellt
Sterbliche, kühn erhoben und entboten.
So steigt in Dünsten, weit vom Meer geboren,
heiliger Dampf gen Lüfte voll Verlangen
und wird in Wolkenschalen rein bewahrt,
bis er gesättigt niederfällt, ein Segen
auf Flur und Äcker, und ein alt Vertrauen.

Und wie ein Bote, seiner Botschaft ledig,
zur Ruh sich abseits niederläßt und schweigt,
doch seine Kunde munteren Lauf von Mund
zu Munde nimmt, so brach nie ab auf Erden
der Heroldsruf, geküßt von immerroten,
jungen Lippen in der Geschlechter Ring.
Nichts Wunderbares war's, noch brannte jedem
ganz ungeschmälert in der eigenen Brust

vertraute Sehnsucht, fließend Feuer zur Rast
an ungelöschten, blanken Opferherden.
Nie endete der Brand. Doch kam spärlicher
die alte Botschaft durch. Zum blinden Licht
verglomm der frühen Küsse warmer Schimmer,
und von den Lippen tönt, zu neuer Weis'
gestimmt, Akkord vermessener Musik.
Nur hier und da, verstreut im Land, auf Märkten
im Schatten eines Zeltes hört man leise
alter Gesänge Rhythmen, rauh zersungen,
und ahnt der Töne einstige hohe Abkunft,
wie aus dem Mund nur weniger Sterblicher
sie rein noch klingt, klar unterm Himmelsbogen.

Auch Dir, o Schwester, brennt glühender noch
ohn' allen Makel auf der bleichen Stirne
vor Tag und Tau das nächtliche Gestirn.
Und unterschieden bist Du Sterbliche
so ganz den unvollendet Sterblichen,
Männern und Frauen, den lustvoll Irrenden
zu Tanz und Tod. Du Kind der Heiterkeit
und sanften Launen, und oft durchs Wechsellos
dem Abgrund härteren Geschickes nahe, –
Dir ist gesegnet in der meeresstillen
Urrast des Schlafes Deine Seele, glänzend
von klaren Tropfen aus der Perlenschnur
der Ewigkeit. Verweilst Du doch, Du Kind
der Maientäler und der Heidehöhen,
entgürtet selbst vom letzten aller Erden-
gelüste, angstbefreit, in Deinem Leben
jenseits der nahumhegten Gitterstäbe,
dahinter wie im Blick gebunden spähen
und naschen von dem Anblick ewiger Bläue,
da nur der Tod allein, der graue Pförtner,
ohn' Schmuck und Zier den weiten Weg uns öffnet,

hin zu den namenlosen, hohen Triften …
Verweilst Du doch so sicher an der Tafel
der Himmlischen als Gast, wie selten je
erhöht ein Menschenkind sich aufschwingt zu
der seligen Wohnung ihrer Flügelsphären.

Und kehrst zurück und sprichst, nicht Stammelworte,
die Zung' gebrochen und den Sinn geblendet,
doch prunklos, einfach in gefügter Klarheit,
gleich dem, was gülden fließt aus höchstem Bilde.
Und nichts verheimlichst Du. Wer Dich anhörte,
dem ward's, als würd das Dasein neu vermessen
und aufgebaut nach Himmelsweltenzoll,
den Erdenkindern friedlich eine Hütte.
Da gab's nicht Schuld, nicht Strafe, Absicht, Rache,
da ward nichts vor-, nichts hinterherbedacht,
als jener Plan nur, der notwendig, hehr,
direkt fließt aus der Schöpfung eigenem Wesen.
So wie die Woge, hochgebäumt, im Sturm
über den Deich schlägt und das Land benetzt
mit Schaum und Tropfen ferner Lichtgestade,
bis ihre Kraft zurückebbt in den Schoß
des trächtigen Meeres; wie der eisige Wind,
entbunden aus den luftverquickten Räumen,
die Erde furcht mit himmlischer Bewegung,
wirbelnd zurückweht in den stillen Äther
und sich besänftigt in den Spiegelsälen …
So hast Du Sterbliche in unseres Daseins
Hinfälligkeit Unsterbliches gesehen
und Mahl des Überflusses *uns* gerichtet,
die das Verlangen einzig schon zufrieden
an Tafeln bindet, wo wir nie geladen.

Du sahst das Grauen, sahst, wie's kelterte
im nächtlichen Gewölb und gärend braute

den bitteren Trunk für ahnungslose Trinker, –
vergiftet Heil aus Lüge und Verderb
zum Rausch des Todes in der Taumelnacht.
Dein Auge führt' herauf von Grab zu Grab
die Wanderschaft des Elends und Entsetzens,
die öden Stätten der veraschten Sehnsucht.
Nie spannte reiner sich in hoher Demut
der Braue Bogen über schmale Ufer,
da zwischen Lid und Lid einmündete,
was aus der Tiefe nächtigen Gesichtes
der Blick einholte aus der Ewigkeit.
Schutt und Geröll aus dem Vulkangebiet
von Tod und Leben, – erkaltet Feuerstein,
herangeführt im Strome zu den Netzen
von Schlaf und Traum, – nie hat es minder
beschwert die flügge Kraft des inneren Aufstiegs
als Dir in Deiner ungetrübten Lauterkeit
der Seele. Ob eigenes oder fremdes Leid,
das unterm Horizont voraus Du nahmst, –
wenn es so ganz zur Fülle sich ergänzte,
über die Ufer trat und weit ausschwemmte,
Tränen, … Du weintest, … Immer brach der Schmerz
der wunden Kreatur sich in dem Rauschen,
wenn eins der Seher ward mit letzter Schau.
Dann, hinter jeder Nacht, ward Dir ein Tag
doppelt erhellt, leuchtend ein Muschelstrand
im Wellenschlag der bodenlosen See.

Du sahst Sieg und Vernichtung Deiner Heimat,
den Feuerball, der durch die Straßen rollte
und durch die Schar der Gäste an den Tafeln,
die selig schmausten, ohne Arg im Wahn,
von leeren, goldenen Schüsseln, und's nicht merkten.
… Wie an den Bäumen von vertrauter Landschaft
zur Sommerszeit verbrannt die Blätter hingen,

im Totenschmuck die Äste, rauchgefärbt.
Auch Eigenes sahst Du, nicht wissend, daß beschieden
Dir ward, dem eigenen Blut zu künden: Geburt
und Tod des Kindes, als der Sommer wich …
Des Bruders Flucht durch unbekannte Steppen – –
Du sahst die Schlange ihren Riesenleib
im Staube wälzen über Länder, Flüsse,
verheerend Saaten, Felder, Tier und Mensch.
Bis sie in großer nimmersatter Gier
begann ihr eigenes verrucht Geschlecht
zu fressen, Schlangenbrut! Doch nicht genug!
Da sie sich listig wand, kam ihr ins Maul
ihr eigenes Leibesende, und sie fraß es
mit wütendem Behagen. Lustvoll schauerte
der glibbrig-fette Leib, da ihm so feil
die eigene Gier im doppelten Genuß
der Selbstzerstörung und der Völlerei –.
Ein Würgen war's, ekelerweckend Schlingen!
Bis daß ihr Geifermaul, weit aufgerissen,
nicht mehr des Schlangenleibes geile Fülle
vermocht zu fassen. Tief stak in der Kehle
der eigene Bissen, selbstvergiftet. Vergebens,
da sie ins eigene Fleisch den Giftzahn trieb,
weiter zu fressen oder zu erbrechen …
Der Weg war ihr versperrt nach allen Seiten.
Und in die kalten, unrührbaren Augen
des Tieres schlich der wärmere Tod, Entsetzen
der eigenen Wahnsinnstat, unwiderruflich,
die Angst vor fremden, ungeahnten Gluten.
Zum Letzten brach es aus dem Schlangenblick,
wie nie in einem Aug' ob Mensch ob Tier
zur Todesstund Erkenntnis ward entzündet.
Doch dann zerbarst der eingepferchte Leib.
Und aus dem Inneren wie aus tausend Wunden,
daraus das Blut sprüht, schnellten rote Züge

in Eilfahrt durch das Land, ertönten Schüsse,
und eine Mannesstimme rief: »Sie kommen.
Die Russen kommen.« Und die Züge eilten.
Geschossen ward des Nachts bis in den Tag.
Und Du erwachtest. »Wer ist bei mir? Lieber ...
Gib mir zu trinken. Ach, mir hat geträumt ...«!

Doch oft ward Dir der hohe Sinn verstört,
wenn Menschen, kleinlich glaubend, rechnerisch
Dich fragten, da sie selbst in Zahl, Gewicht
Unwägbares noch mußten wägen auf der
brechbaren Schale ihrer Nüchternheit.
Als wenn sie's nicht ertrügen, daß zu nahe
die Nachbarschaft von Sonnen und Gestirnen
aufloderte, und sie arglistig prüften,
ob Du noch sterblich bei dem Wolkenflug:
»Sag eine Zahl, ein Maß, wie Du's vernommen.
In welchem Jahr? War's nicht der Monat – sag?
War's Mondenschein, glänzte der Schnee, ach!
Warum denn blieb Dir dieses unbekannt?«

Gleich einer Morgenlandschaft, – silbern dämmert's
zu Heimlichkeit und Spielen von Verstecken;
verbunden lagern blinde Streifen Nebel
über der Flur, bedecken Wald und Sträucher
mit Ahnungen, Lustplatz der Phantasie, –
so leuchtet, dachten sie, des Traumes Landschaft.
Doch Dir erstand, Korallenriff und Strand,
erstand zu steilem Fels brennend im Traum
wahres Gesicht, in kühlem Feuer härtend.
Kein Ruf verstohlen, keine Blumenau,
kein Schatten, mildernd über Sonnenfelsen.
Du ruhtest traumlos in dem tiefsten Traume.
Sie münzten Deines Traumes Landschaft um.

O Schwester, nie in allen hohen Stunden
umfaßt' ich Deine Kraft schmerzlicher liebend,
als da freiwillig Du vom güldenen Schemel
herab die Stufen sprangest, wo zu sitzen
Du nie begehrtest. Auf dem steinern Boden
unter dem Volk, sich zum Gemeinen bindend,
da hocktest Du, mit ihnen deutend, rätselnd;
und standest Antwort, wenn sie spottend fragten,
geduldig auch, wenn schmählich sie Dich prüften
in Deiner unberauschten, hohen Klarheit
mit ihrem nüchtern kalten Tagessinn.
»Und könnte es nicht so sein, ist's zu fassen
wenn man die Zeichen umgekehrt verliest?
Vielleicht? Warum auch nicht! Sieh, so geht's auf.
Denn anders gäb's nicht Sinn, wär's unauflösbar.«
Und ich begriff, warum in frühen Zeiten
vom Volke abgesondert und vom Mann,
in reiner Einsamkeit nur hingegeben
dem eigenen Brand und seinen Feuerzeichen,
unsichtbar in dem Schweigen stolzer Sehnsucht
nach Frauenart und Kinderglück und Tanz,
den Gott empfangend und den Spruch gebärend,
die Seherin verblieb, vom Rauch umdüstert.

Schlug Dir das Herz menschlicher, da Du fühltest,
getragen selbst zu reinen Opferhöhen,
die Schwere aller flügelarmen Seelen?
Ergriff Dich rührender, Genoss' der Wolke,
Verlangen nach dem erdbefleckten Leben?
Spiegeltest klarer Du in ihrer Notdurft
Dein Ferngesicht, nicht merkend, daß es trüber
vom Wasser ihrer Trostbedürftigkeit?
Kein Trost, kein Trost uns, – laß, geschändet sind
die Traumschiffe verlassener Gestade,
im Dampf der Lüsternheit nebelt ihr Bild,

wo Irrtum lagert neben Wahrheit. Selten,
zu selten sind sie edel uns gespendet.
Trägst Du herab sie in dem Vlies der Augen,
geleit hinauf der Sterblichen zaghafte
Seelen zum Borne ewig-alt Vertrauens.

Dein Herz, das nimmer bangte in der Nähe
der All-Erhabenen und so furchtlos schlug
in ihrer Pulse hell schwingendem Strome, –
gehüllt in Schwermut trägt's den flüchtigen Mantel
irdischer Pein, gewoben ihm von Menschen
zu seiner Einsamkeit. Dich bannt der Kummer.
»Nur mir zürnt, nicht dem hohen Bilde, das ich
erschaut. Es bleibt, ob trügerische Worte
versehrten die ursprüngliche Gestalt.
So wie's gezeigt ward, ist es wahr. Nichts anderes
bedarf es mehr, wer anschaut hat's ergriffen.
Doch weh, ihr zürnt mir mit dem kleinen Zweifel,
der euren kleinen Glauben nicht erfüllte.
Nur unsere Deuterei war falsch, verleitet,
ein Wunder frei nach unserm Sinn zu zwingen.
Kein Wunder ist's, wartet die Zeit, wenn's dann
geschieht, wird's doppelt euch natürlich scheinen.«

Sie lachten, doch bewahrten Deine Worte.
Einst klärte aus dem sandig-blinden Spiegel
verworrenen Geschehens das Bild, umspült
vom Strahlenkranz der lauteren Wirklichkeit.
Und sie erkannten schweigend seinen Ursprung.
(Wenn Frommheit Dank ist, ist's genug des Dankes.)

Und wieder war's im Traum, daß Du erschautest
das Schreckensbild vom Krieg durchfurchter Länder,
verwaister geschliffner Halden, toter Hafenplätze,
darin das Volk die Unmutszeit schliß, murrend,

80

wie immer, wenn man aus der Macht der Menschen
Rettung allein erhofft durch Menschenhand.
Ein trüber Sinn läßt alles trüber scheinen,
des Wartens Ende selbst, um das man fragt.
Da zog's unmerklich aus dem Osten auf,
und Dunkelheit, wie nie sie fällt zur Nachtzeit,
bedeckte plötzlich Himmel, Wasser, Erde.
Die Kraft der Menschen brach in ihren Knieen,
zu Boden fiel ein jeder, und die Stirnen
voll Fieber an den kühlen Stein gepreßt,
verharrten sie, geklammert an die Erde,
daß Unheil sich vollzog, der Schrecken Schrecken.

Nur Du allein, auf nächtigem Meer, gebunden
mit Dunkelheit, am Mastbaum eines Schiffes, –
Du standst, als wär's Dein eigener Wille, Schwester,
aufrecht und sahst ununterschieden Himmel
und Erd' in urgeschöpften Finsternissen.
Das Meer trug schaukelnd Dein Gespensterboot.
Das fuhr auf Uhr und Kompaß künftiger Stunden
um Riff und Bank vorbei, tödlichem Strand.
Dazu ein leichter warmer Wind! Als wär
unter der Kuppel Deiner Augenschale
Dein Blick von einem innern Licht entzündet,
so drang Dir durch die Nacht die sichere Kunde
vom Lande her: Gewölbter Rücken Hügel,
von Schluchzen, Schrecken, Angst durchpulste Gräber.
Du sahst und sannst: Was bleiben sie gebeugt?
Dies ist das Urteil, das sie lang erwartet.
Jetzt, da es naht, schreckt sie ihr eigenes Sehnen.
– Urnächtige Stille würgte See und Land,
ein Schweigen wie zu einer Schöpfertat,
da auch der Wind fiel. Banger, düsterer noch
erstarb's in jeder Brust. Ein leichtes Zittern,
kaum fühlbar in dem Rumpf des Schiffes, runzelte

Wasser und Land, wie's bebend rollt bei fernen,
verhängten Wettern, Blitzen jenseits der Grenzen.
Als stritte blutigen Strauß im Weltenraum,
umhüllt von Dunkelheit, fernes Gericht
aus Todeskraft und Grauen, seinsverwoben,
erklang als Echo nächtens hier auf Erden
verwegener Schlachtruf, Losung des Geschickes.

Auch Dich erschütterte weiter Gefilde
Bluten, und näher trieb's Dich zu den Menschen.
Du hobst den Blick zur Himmelsfinsternis
und sahst, obwohl's Dir war, als ob Dich Blindheit
tief stach, durch der Verhängnisse Gewebe
von fern ein anderes Auge leuchtend tagen.
Tief wie die Stille eines Kinderlächelns
klärte sein Strahl aus bronzenem Gewölk.
Kein Lidschlag brach den Flügelschlag des Schauens.
Geschmiedet aus dem Abgrund seiner Bläue,
brach auf das Licht, das hinter Lichtern leuchtet.
Und langsam schwebt vom Himmel mit den Winden
das dunkle Laken, darin Dunkelheit
prächtig gespannt, in tausend kleinen Lappen
mit goldumsäumten Rändern erdenwärts.
Bald würde es den Grund mit Trauer kleiden.
Doch immer hielt noch undurchdringlich Schatten
wie zu Beginn die Lande rauh umfangen.
An kühlen Stein die Fieberstirn gedrückt,
bargen die Menschen ihr Gesicht. Und niemand
sah auf und späht' hinter dem nächtigen Rauschen
die erste Glut der lichtverquickten Höhe.
Selbst als die Streifen nah dem Grund zerrissen
und in der Luft verschmolzen mit dem Funkeln
der lichten Strahlen, blieben sie gebeugt.
Wie Nacht lag's blind in ihren schweren Sinnen.
Da riefst Du laut: »Seht auf, 's ist Tag geworden!«

Und während langsam sie, ungläubig noch,
sich aufwärts streckten, tönt ein neuer Ruf
aus fremdem Mund: »Dir aber bleibt ein Rest!«
Und aus dem hohen Äther weht als letztes
ein schwarzer Streifen, über Deine Schulter
flatternd, in Deine Hand. Dir aber bleibt ein Rest.

So endete der Traum, der letzt geträumte.
Was wird es sein? Du fragst und wartest zitternd
auf das Geschenk. Ach, müßt ich nicht mehr träumen!

Haben die Himmlischen nicht jedem Schicksal,
das sie zum Dienst erwählt, da sie es lieben,
ein anderes Geschick freundlich gesellt,
daß es in Liebe seine Kräfte rege?
Was abgerungen wurde, Zoll um Zoll,
Wolke um Wolke dem Unendlichen,
vermählen sie bezwungen der Umarmung
der Liebenden und ändern ihre Kreise.
So beugt ein Los des anderen Gesetz
sich zu und fängt mit Armen, stark von Liebe,
an seiner Brust, was finster für den anderen
vom Himmel schwebt, und endet seinen Traum.

(1943/1992)

EINZELNE GEDICHTE

Der Tod Erich Mühsams

sein tod war gräßlich und gemein
erst sterbend lernte er die menschen kennen
er bat die Augen ihm herauszubrennen
wurde verweigert
da hub er an zu singen und zu schreien
und niemand konnte sterben da er schrie

sechs Tage währte seine kraft
dann ward es still
er fiel und lag
und der und jener von den quälern kam
und neigte sich
daß er besser
ihn bespie

(1937/1977)

Selbstbildnis

die alte heilige sprache
der propheten
ist nicht mehr
wenn das auge versteint
die hand entkernt
in welcher sprache werden wir fluchen und beten

ich bin kein mensch
ich bin ein tier
das angst hat

fürchtet euch nicht vor mir
gebt mir bei lebzeit
eine ruhstatt

(1937/1977)

Einem Gastgeber

für Cas Emmer

auch wenn ich dir meinen namen sage
du kennst mich nicht
sieh mich an es stehen meine tage
geschrieben in meinem gesicht

alles ist fremd an dir sprache gebaren
ich trete furchtlos ein
dein haus zunächst am wege der gefahren
soll gesegnet sein

in meine träume fallen keine sterne
verschlossen ist der blick
komm nimm mich auf und lerne
dein eigenes geschick

(1938/1977)

Ballade von den Juden, der Wirtschaft und der Moral

Der Großindustrielle Abraham und Sohn,
und der Lumpenhändler Isidor Cohn
– der eine aus Lemberg,
der andere aus Spremberg, –
sie beten beide zu dem gleichen Gott,
und ertragen beide gleichen Hohn und Spott.

Wenn sie am Nachmittag über die Straße gehn,
bleiben alle Uhren eine halbe Stunde stehen.
Das geschah in Lemberg,
und auch in Spremberg.
Die Polizei schritt dagegen ein
und schlug beide Juden kurz und klein.

Drauf begannen die Juden im Lande ein großes Fasten
und ließen die Wirtschaft volle 8 Tage rasten.
Und nicht nur in Lemberg,
und auch nicht nur in Spremberg
schritt die Polizei wieder ein
und schlug noch ein paar Juden die Nase klein.

Seitdem schlagen alle Uhren im Lande nach altem Brauch:
ne viertel, ne halbe, ne dreiviertel, und ne ganze Stunde auch.
Und in Lemberg,
so wie in Spremberg
geht die Wirtschaft so gut
wie der Damenstrumpf von Bemberg.

Nur – die Moral bekam einen leichten Knax.
Aber das tut nichts,
lieber Max!   (1937/1938)

Auch wir...

Wir haben alle lustig mitgemacht,
als die Tiere aus den Wäldern,
und die kleinen Elfen aus den Feldern
getrieben wurden.
Es geschah in einer einzigen Nacht.

Wir sind nicht besser als die Menschen sind,
die in den Kolonnen marschieren, und das Kind,
das weint um den toten Vater im kommenden Krieg.
Prälaten, Pastoren, Rabbiner haben die Fahnen gesegnet
und gebetet: Sieg!

Nur ein kleiner Jude aus den Russo-Karpathen,
ein schmieriger, hungriger, armer, bärtiger Jude
glaubte! – und hat Gott nicht verraten.
Dafür zerstörte der Pöbel
bei der nächsten offiziellen Gelegenheit
die wackligen Möbel
in der armen, dreckigen Hunger-Trödel-Bude.

(1938)

St. Guénolé

Die Fischer von St. Guénolé
tragen Hosen blau und rot.
Sie fahren aus bei Hitze und Schnee.
An Fischen hat es keine Not.
Groß ist der Ozean.

Ihre steinernen Häuser an der See,
kein Fenster zum Meere hinaus.
Vor der Sonne schon stehen sie unten am Kai.
Noch schlafen Fische, Möwe und Maus
und der große Ozean.

Neun Mann gehören zu einem Boot.
Neun empfangen den Lohn
jeden Freitag ums Abendrot
von ihrem Schiffspatron.
Sein ist der Ozean.

Hummer, Langusten, Krebse und Hecht
fängt man in St. Guénolé.
Die Ware ist gut, der Preis ist schlecht
für ein einzelnes Fischfilet
aus dem reichen Ozean.

Und ist die Sardine einst zu klein,
und zahlt der Patron keinen Preis,
wirft man sie wieder ins Meer hinein.
Vielleicht, daß sie noch wächst, wer weiß.
Tief ist der Ozean.

Denn die Fischer von St. Guénolé
sind allen Fischen gut.
Sie trinken kein Wasser, Kaffee und Thee.
Denn wo lebten die Fische sonst in der Flut
in dem großen Ozean.

Kommt einmal im Jahre die Pardon,
der Pfaffe führt den Reigen,
dann stehen alle Fischer stumm
und auch die Fische schweigen.
Still ist der Ozean.

Die Frauen singen die Melodie,
die Kinder plärren darein.
Ein Nebel Wasser und Kirche bespie,
die Fischer schlafen ein.
Es träumt der Ozean.

Ein Sterben gibt es, das tut nicht weh,
bei Fischen kein Schrei, keine Not.
Drum tragen die Fischer von St. Guénolé
die Farben blau und rot.
Es lebe der Ozean!

(1938)

An die jungen Dichter Hollands

Ihr jungen Dichterhäupter von Nederland,
ich dank Euch nicht, ich geb Euch nicht die Hand,
daß ich drei Jahr hier lebte unversehrt.
Ich ehre Euch nicht; Ihr seid durch mich geehrt!

Ich bin ein Dichter in einer Sprache ohne Land,
Ihr jungen Dichterhäupter von Nederland.
Kein Panzer gürtet mich, kein Lorbeer kränzt mein Haupt.
Meine Schuhe sind zerrissen und von vielen Grenzen müd bestaubt.

Ihr jungen Dichterhäupter von Nederland, –
was seid Ihr mir, was bin ich Euch doch unbekannt.
Wir trafen uns in einer Tier gewordenen Zeit.
Ihr seid mir nicht verwandt, Ihr tragt ein anderes Kleid –

Schreibt Eure Verse in den Himmel oder auf den festen Strand,
Ihr jungen Dichterhäupter von Nederland,
in Eurer trutzigen Sprache ist das Lügen und die Liebe schwer.
Wer von Euch wird einst unsterblich werden, wer?

Tief blickte ich hinab in Euer heiß durchwühltes Blut.
Ich liebe Euch um Euren frischen Mut.
Wenn ich jetzt wieder gehe, habe ich mein Leben schon gebüßt.
Ihr jungen Dichterhäupter von Nederland – Seid gegrüßt!

(1939)

94

Meinem Vater, als er ins Exil ging

Komm alter Mann, pack deine Siebensachen
die alte Maasse ist nun wieder wahr.
Dein Vater kannte sie: »Was soll man machen ...«
Ich hab sie nie geglaubt, ich Narr.
Komm alter Mann und bring die Mutter mit.
Im fremden Land lebt gut es sich zu dritt.

Wärst Du im großen Krieg auch einst gefallen
bei St. Quentin als tapferer Soldat,
kein Ehrenmal würd deinen Namen lallen.
Dein Tod wär schändlicher noch als Verrat.
Das Kreuz von Eisen, gib getrost es her.
Zum Wandern macht es das Gepäck zu schwer.

Geh ohne Abschied, blick nicht mehr zurück,
dicht an der Grenze werd ich auf Dich warten.
Des Alters Schleier trübten Deinen Blick,
es wurde weicher Augenkern zum harten.
Grell die Altäre brannten. Du wurdest blind.
Die Mutter führte Dich, Du warst ihr Kind.

Sag ihr, daß sie sich nicht so bange,
wir werden uns bald wiedersehn.
Der Himmel schickt das Leid, jedoch nicht lange
und er gewährt auch Trost. Es bleibt kein Flehen
vergebens je aus alter Frauen Mund.
Küss' ihn für mich, sie bleibe uns gesund.

Und wenn die Zeit der großen Menschenjagden
dereinst vorüber ist
und aller, die uns nach dem Leben trachten,
man still vergißt,

wird man das letzte Kaddisch leiser sprechen
nicht nur für dich und mich allein.
Ein jeder kommt, für uns das Brot zu brechen,
ein jeder sagt den Segensspruch zum Wein.

Zwei Regenbogen, bunte Himmelsdrachen,
löschen in Wolken auch der Erde Frohn.
Komm alter Mann, pack deine Siebensachen,
folg dieser Stimme, die dich ruft zum Sohn.

(1939/2000)

Der Wehrmachtsbericht

Ich stand vor dem Aushang auf der Straße
und las den täglichen Wehrmachtsbericht.
Da war es, als fahre von hinter dem Glase
der Tod mir über mein fahles Gesicht.

Bald stand eine Frau an meiner Seite
und las wie ich den Wehrmachtsbericht.
Unsere Schultern berührten sich leise.
Doch taten wir, als merkten wir's nicht.

Ich wandte den Blick nicht und wußte nimmer
Jugend und Schönheit ihrer Gestalt.
Doch spürt' ich den Atem und traf mich ein Schimmer
aus ihrer Augen sehnsüchtigem Spalt.

O Tod in meinen verstillten Zügen –
O Frau an meiner verzückten Seit' –
Ihr naht mir beide fremd und verschwiegen.
Wer von Euch ist's, um den ich gefreit?

Wer von Euch ist's, in dessen Garten
der Mohn zu betäubenden Körnern reift?
Wer von Euch ist's, in dessen Erwarten
ein Herz sich legt, das ruhelos schweift?

So standen wir zwei und lasen zu Ende,
was tief aus dem Glase in uns sich bricht.
Dann schieden wir schnell, ein jeder ging einsam.
Im Aushang der tägliche Wehrmachtsbericht.

(1943)

ALTE FAHLGRÜNE HOSE
                     vor wieviel jahren
für zwölfmarkfünfzig erstanden –
ich wußte daß du nicht unsterblich warst
von zuvielen laugen ist deine farbe verwelkt
speckig und mit kunstgestopftem verziert
am gesäß und auf der wölbung der schenkel
wo asche aus dem pfeifenkopf
dich verwundete
                     hast du ausgedient
ich trug dich in allen verstecken
ein panzer gegen giftige fliegen
tarnkappe meiner erregung
jetzt ist der faden verscheuert in
der beuge über dem knie
zuviel demütigung im fallen und rutschen
über die harten bänke hat
deinen stolz gebrochen
bald werde ich dich für immer
ausziehen
                     wegwerfen
kein ausverkauf kann mir
die heimlichkeit deiner
wärme zurückgeben
der ich vertraute
über meiner haut

                         (1967)

Erwägung

Monsieur
vielleicht sollte man
doch umziehen
sich scheiden lassen
von
haut tränendrüsen und iris
es gibt nichts mehr zu lernen
zu erfahren
der körper ist festgelegt
das los der sinne besiegelt
immer
das eingefleischte bild des verrates
keine abenteuer mehr
zwischen
bemoosten grenzen

nur der betrug der raumschiffe
es wird langweilig

sollte man nicht aussteigen
aus dem projektil
der knochen und bänder
nach dem mörderischen rennen
die strecke ist ausgeleiert
die gefahren der kurven
die schlaglöcher
meßbar doch irreparabel

wir sind
noch einmal davongekommen
Monsieur

es hätte
auch uns treffen können
das beschwörende gesumm
der apparate
kann den spaß
nicht ersetzen
der ersten versuche der sprache

für morgen
sind
neue spiele angesagt
man kennt das programm
affairen mit dem trommelfell
flirt der ganglien im
verlängerten rückenmark

jedoch
umziehen wohin
was schlagen die letzten uhren
ein tophit
ein stilles gebet

vielleicht
sollte man
es noch einmal
versuchen
aus neugierde
aus gründen
die noch
zu ergründen
wären
Monsieur

(1967)

100

Also lächle…

auch der Prophet irrte
er stand im tal
sein auge beschattet
und seine kräftige stimme
ohne die nötigen informationen

also sprach er
nur
die schatten des leidens
sein zorn kannte die menschen
aber
nichts wußte er
der prophet
von den maschinen
und
der chemie

also lächle ich
wenn ich die worte
des zorns lese
male mir die farben
seiner augen und zunge
wenn er gesagt hätte
wie es geschah
später
in den zeiten
der laboratorien
die formeln der wahrheit
von den menschen
    den maschinen
        und der chemie   (1967)

Rettung

abwässer verseucht
aus den fabriken
die trauer der angler
wenn sie in paletots
geduckt sitzen
vor tage schon
Buddha
auf klappstühlchen
aas in der kleinen trommel rechts
butterbrote in der größeren links

umsonst
die eingaben an den stadtrat
werfen die leine aus
in die weiher der verwesung
zur rettung schuppiger leiber
für die geilen
bratpfannen ihrer weiber

(1967/1970)

Beim Trödler

die trauer des stuhles
des gesessens
last und verweilen
zwischen flucht und flucht
histörchen
in den leimkrusten
den fugen
von sprosse und steg

verschlagen
unter verstaubtes gerümpel
in die ecke
eines verrufenen ladens
feil dem bietenden
den tastenden händen
über dein sprödes holz
geätzt
vom schweiß des wartens
und der verjährten narbe
unwiderruflichen aufstehens

(1968)

4. Mai

Am Abend stehn
um Amsterdam
Berge von Wolken
Du, meine Stadt
stolz noch
im Trauerkleid,
ertönt vom Dam
die dunkle Glocke
der Erinnerung.
Und Holland schweigt.

(2000/2003)

ESSAYS

WOHIN DIE SPRACHE NICHT REICHT

Juden und Disziplin

Überall dort, wo auf der Erde eine geschlossene Gruppe Juden in einer andersartigen Umwelt lebte, hatten die Juden eine doppelte Aufgabe zu erfüllen. Sie mußten, als Minderheit jederzeit einer stärkeren kritischen Betrachtung ausgesetzt, das Ansehen, die Würde ihrer Gemeinschaft nach außen bewahren, und sie mußten gleichzeitig dafür Sorge tragen, daß dieses Ansehen auch in ihren eigenen Reihen immer neu begründet und tiefer befestigt werde. Solange die Juden getreu den Vorschriften ihrer Gesetze lebten, hatten sie die innere, gleichsam von Gott empfangene Gewißheit, ihre Gemeinschaft, ihre Religion würdig und heilig vorzuleben. Das Urteil der Welt, Anerkennung und Ablehnung, nach dunklen, unkontrollierbaren Vorgängen des Gefühles verteilt, berührte sie nur wenig. Der Machtspruch ihres Gesetzes, das Ansehen ihrer Weisen band die Masse der Frommen und gab ihrem Leben Maß und Form.

Als die Gesetze ihre magische Bedeutung und Kraft verloren und die bisher geeinte Gemeinde nach der staatlichen Emanzipation zum Teil mit der alten Tradition brach, drangen die Juden unbändig aus der anscheinend erst jetzt verspürten Enge ihres Lebensraumes, in dem die Weisung des Gesetzes jede Tätigkeit und Lebensäußerung bestimmte. Gerade dieser Gang aus der eigenen Überlieferung, in dem ein fast protestantisch anmutender Zug liegt, läßt die vorher durch die Autorität ausgeübte Disziplinierung ahnen.

Jedes Leben, jede Gemeinschaft der Lebenden bedarf zu ihrer eigenen Sicherung und Erhaltung bestimmter Formen der Organisation. Auch die Juden der voremanzipatorischen Epoche besaßen in ihrer realen Welt, die das Ghetto war, diese Formen, die gemäß ihrer einheitlichen Lebensauffassung auf der Institution der Synagoge beruhten. Zu dem Zeitpunkt, als die alte, total erfaßte Welt mit ihren alten Bindungen zerfiel, die bisher allein herrschende Autorität der Synagoge sank und die neue des gesetzgebenden Staates aufgerichtet wurde, fielen auch die alten Formen. Der jüdische Mensch mußte, wollte er die Emanzipation annehmen, neue Bindungen eingehen. Innerlich suchte er sie durch Gleichsetzung seiner Religion mit den die Zeit erfüllenden Idealen einer freieren Menschheitsauffassung und durch Schaffung einer neuen Tradition; als Staatsbürger strebte er, an Rechten und Pflichten allen übrigen Staatsbürgern gleichgestellt, den gesetzlichen Einrichtungen zu, die der Staat aus seiner Überlieferung zur Bändigung und Einung seiner den Staat bildenden Massen aufwies.

Es wäre eine lockende Aufgabe, unter Berücksichtigung der jeweils eigentümlichen, unterschiedlichen Bedingungen die Parallelen aufzuzeigen, nach denen andere Völker diese Lösung von alter Tradition und diese Schaffung einer neuen Überlieferung versuchten, und die Kräfte darzutun, die im Spiele waren, diesen Versuch zum Gelingen zu führen. Diese Krisen im Leben der Völker sind nach außen oft angezeigt durch den Ablauf tatsachenschwerer Ereignisse: Revolutionen, Kriege. Die Kräfte, die diese Krisen überstehen ließen, waren in jedem Falle geschlossene Organisationen zur Regelung der äußeren Lebensumstände mit einer völlig eigenen Tradition: die Kirche und das Heer. Das Element schließlich, das sie band und schlagkräftig hielt, war die Ordnung, die Disziplinierung.

Unsere engere Fragestellung nun: Juden und Disziplin, rührt von der Beobachtung her, daß noch nie so viel – öffentlich oder in vertrautem Gespräch, berechtigt oder unberechtigt – über diese Frage bei den Juden selbst gesprochen wurde wie im Augenblick. Wo immer, wer immer und was auch immer es sei – an einem bestimmten Punkt einer Auseinandersetzung fällt dieses Wort in die Debatte, meist im Ton der fast schon überflüssigen Feststellung und des unabänderlichen Geschickes gesprochen. Hieraus soll zuerst einmal der Schluß gezogen werden, daß in der Frage der Disziplin bei den Juden eine Unsicherheit besteht, die sich mannigfach ausweist. Nicht als ob man bestreite, daß es notwendig sei, sie zu halten, zu verlangen und aufzurichten. Der eine will sie persönlich auf das Individuum bezogen wissen, der andere auf die Gruppe, der eine wendet sie auf äußere Verhaltungsweisen an, der andere verbindet damit Forderungen und Wünsche idealer Art. Eben die Mannigfaltigkeit der Interpretation und die Übersteigerung der Forderung aber beweist die Unsicherheit.

Es gibt, grob gesprochen, eine innere und eine äußere Disziplin, eine individuelle und eine kollektive, aber sie alle enthalten die Disziplin, wie das Brot den Sauerteig enthält. Die Unterscheidung zwischen innerer und äußerer Disziplin könnte außerdem die Untersuchung erschweren und zu Mißverständnissen Anlaß geben, wenn wir nicht zuvor wissen, daß zwischen innen und außen ein dialektisches Verhältnis besteht, daß das eine des andern bedarf, um zu sein.

Wir sagen von einem Menschen, daß er innere Disziplin hat, und verstehen sie als erworben im Kampf zwischen den zwei ambivalenten Kräften im Menschen, die man auf vielerlei Art polar ausdrücken kann: Instinkt – Intellekt, animalisch – vernunftgemäß. Dieses Ergebnis kam nicht so zustande, daß eine von den beiden Kräften Übergewicht bekam und die andere erdrückte. Sondern im Gegensatz zu dem kranken, nervösen Menschen – die Lehre von der Ambivalenz, Polarität ist das Kernstück der Neurosenlehre der modernen Psychologie – offenbart sich beim Gesunden das *ordnende Prinzip* der Natur; die natürliche Frontenstellung gelangt auf einer höheren Ebene zu einem gegenseitigen Verschmelzen, Durchdringen – beiden Polen wird Genüge getan im Finden der Mitte, aus dem Kompromiß erwächst das Maß, die Harmonie, der Rhythmus, die Ordnung. Von einem solchen Menschen, in dem sich diese innere Ordnung vollzogen hat, sagen wir: Er hat innere Disziplin. Disziplin kann auch aus der Furcht, der Angst, der Unwissenheit geboren werden. Die Disziplin, die wir meinen, ist die Form, die einem aus tiefsten Spannungen entstehenden Inhalt kongruent ist; und diese Form und dieser Inhalt bedürfen einander, um zu sein. Die Religion des Judentums erfaßt diese ambivalenten Spannungen der menschlichen Natur und löst sie als Kompromiß – nicht durch Askese, sondern durch Heiligung. Seine Geschichte berichtet von vielen weisen Männern, die sich diese innere Disziplin erworben haben. Ihre Disziplin, nach außen projiziert als Gehorsam gegen die Gesetze unter Anerkennung der höchsten, göttlichen, einst offenbarten Autorität, ist nicht nur Gehorsam, sondern vielmehr Weisheit und Einsicht in das ordnende, ausgleichende Kräftespiel der Natur.

Wenn Erziehung die Entwicklung und Sichtbarmachung der im Menschen liegenden Kräfte und Anlagen bedeutet, so ist die Erziehung zur Disziplin die Wertung und Befreiung der in der Natur des Menschen schlummernden Kraft. Diese Kraft zu entwickeln und am richtigen Ort zu richtiger Zeit einzusetzen, wird ermöglicht durch ein feststehendes Erziehungssystem, das in bestimmten äußeren Formen erhalten ist. Man hat sich leider daran gewöhnt, wenn man von Disziplin spricht, nur dieses äußere System zu sehen. Anknüpfend an das, was wir über das dialektische Verhältnis zwischen innen und außen sagten, wollen wir diese äußeren Formen weder über- noch unterschätzend darlegen.

Überall, wo eine Anzahl Einzelmenschen zu einer Gruppe vereinigt als Gruppe auftritt, ist es zunächst Wesen und Eigenschaft dieser Gruppenbildung, daß sie jedem einzelnen den Charakter des Individuellen nimmt. Ihre Wirkung auf dieser ersten Stufe ist vergleichbar der des Alkohols, er lockert Bindungen und Hemmungen, trübt die Wahrnehmung der kontrollierbaren Bewußtseinsvorgänge und zerstört das Bild der geistig-sittlichen Persönlichkeit. Die Disziplin ist nun das Element, das nach Aufrichtung einer sichtbaren oder unsichtbaren Autorität die Überwindung dieser die Masse zuerst negativ kennzeichnenden Tendenzen ermöglicht; sie erst läßt ein Abwickeln der die Gruppe betreffenden Angelegenheiten und der ihr gestellten Aufgaben durch ordnungsgemäßes Verhalten zu. Sie wird erworben durch Einsicht in die die Masse gefährdenden psychologischen Zusammenhänge, bewahrt vor ihnen durch Befehl, Ausführung des Befehls, Zurückdrängung aller persönlicher Tendenzen, kurz, durch Einordnung, und hat als unerläßliche Voraussetzung das Vertrauen und die Leistung.

Dieser Vorgang der autoritär gebundenen Vereinigung zahlreicher Einzelwesen zu großen Menschenmassen ist in den beiden Organisationen Kirche und Heer ursprünglich gelungen und jahrhundertelang erprobt. Er ist mit der Zeit zu einem festen Erziehungsmittel geworden, zu einer lebenformenden Macht, die immer wieder neu einzusetzen war. Alle übrigen neben diesen beiden Reformen der Organisation entstandenen Gebilde, wie etwa das Beamtentum, lassen sich in ihrer Struktur auf sie zurückführen. Vornehmlich der militärische Verband, das Heer, hat seit der Trennung von Kirche und Staat eine Bedeutung bekommen, die aus dem Satz »das Heer ist die Schule des Volkes« am besten erhellt.

Es könnte nun die Frage aufgeworfen werden, ob dieser Begriff der Disziplin an sich einen absoluten Wert darstellt, ob er, von innen heraus geformt, aus der menschlichen Natur erwachsen oder nur von außen herangetragen sei und sich somit als rein formaler Wert ausweise. In engem Zusammenhang damit steht die Frage, die kritische Einwendung, ob die Anwendung des aus den Beispielen Kirche und Heer entwickelten Disziplinbegriffs auf die jüdische Gruppe zulässig und möglich sei, oder ob nicht auch hier eine jener – recht und schlecht – sogenannten Assimilationserscheinungen im Denken vorliege.

Ohne Zweifel haben die verschiedenen Völker, Engländer, Deutsche, Franzosen usw., eine Disziplin entwickelt, die gefärbt ist von der Eigenart und Besonderheit eines jeden Volkstemperaments. Eine von ihnen als absoluten Wert für eine nach Geschichte und Temperament andersgeartete Gemeinschaft wie etwa die Juden hinzustellen, wäre allerdings unsinnig und gefährlich. Wenn man aber von den so verschiedenfarbig gezeigten Disziplinformen die völkisch bedingten Merkmale abzieht, bleibt ein Absolutes übrig: eine Grundform der Disziplin nämlich, die aus dem natürlichen Spannungsverhältnis Ordnung – Unordnung, Gesetzlichkeit – Ungesetzlichkeit hervorgeht, das in jedem Menschen begründet liegt und das als Grundstreben jeder menschlichen Haltung wiederum in dem natürlichen Spannungsverhältnis Individuum – Gemeinschaft immer wieder neu gewonnen wird, wie jeder echte, tieflagernde Wert, durch Selbstüberwindung und Selbstaufgabe.

Wir müssen nun die Frage stellen, ob die Gruppenbildung der Juden in der voremanzipatorischen Zeit die Ausbildung einer solchen Disziplin betrieb und ob der jüdische Mensch, als Typ gesehen, ein solcher Gruppenmensch ist. Wie wir schon erwähnten, beruhten alle Gruppenbildungen der Juden gemäß ihrer Lebensform auf der Institution der Synagoge. Schon in der Synagoge wird durch das Gesetz eine Gruppenbildung von zehn Männern zur Ausübung der gottesdienstlichen Handlung gefordert. Aber trotzdem ist der Ablauf des Kultischen ver-

113

schieden von dem in der katholischen oder protestantischen Kirche. Dort sind es Massen, disziplinierte Massen, die sich versammelt haben, gemeinsam zu Gott zu beten. Bei den Juden bleibt auch in der großen, geformten Gruppe die Zwiesprache eines jeden einzelnen mit seinem Gotte. Eine Zwiesprache, die auf alle menschlichen Arten, deren nur ein Individuum fähig ist, auch die ekstatische, gepflogen und gefordert wird. Es ist ein Triumph des Individuellen. Es ist klar, daß aus dieser Verhaltensweise, die zu einem Lebensstil wurde, nicht die von uns beschriebene, andern Völkern eignende Disziplin erwachsen, noch der sich so verhaltende Mensch einen Typ des Gruppenmenschen abgeben kann.

Aber es treten noch andere wesentliche Momente hinzu. Zum Vollzug dieser Disziplin durch kurzes, maschinenähnliches Funktionieren von Befehl und Gehorsam gehört eine gewisse primitive Form der Reaktion, die der Jude nicht mehr besaß. Er besaß sie nicht, weil seine Autoritätsgebundenheit von anderer Art war, weil er reicher an Schicksalsschlägen war als alle übrigen Menschen, zu kritisch, zu leiderfahren, nicht mehr naiv genug. Es gehört dazu das Ausschalten jeder persönlichen Note und Tendenz, gerechtfertigt durch das Ziel, das diese Gruppe sich selbst oder das ihr Führer ihr stellt. Dieses Ziel lag bei den übrigen Völkern stets in der realen Welt, die Religiös-Kirchliches stets mit Staatlich-Politischem verband; es war schon bei seiner Bildung gebunden an den ursprünglich-menschlichen Trieb zu herrschen, Macht zu haben. Alles dieses lag weitab von der Gruppenbildung, wie sie die Juden hervorzubringen nötig hatten, und weitab von der Welt ihrer jeweiligen Führer, der Rabbinen.

Solange die Juden als inaktive Partner der Geschichte lebten, mochten die aus dem Religionsgesetz stammenden Kräfte und Formen der Organisation zur Disziplinierung und Sicherung der Gemeinde ausreichen. Die Organisation der Synagoge hat nie eine Bedeutung entwickelt wie die Organisation der katholischen Kirche. Dazu fehlten in der Diaspora die Voraussetzungen, vor allem der ursprüngliche Zusammenhang zwischen Kirche und Staat, der bei den Völkern bestand, die staatsbildend waren und deshalb eine Tradition der Disziplin herausgebildet haben. Aus dem gleichen Grunde hatten sie keinen eigenen

114

geschlossenen militärischen Verband. In der Totalität des Bezirkes, den das Gesetz umfaßte, kannten sie keine Teilung und Unterscheidung zwischen geistlichem und weltlichem Arm. Sie hatten – und dies ist der eigentlich tiefere Grund –, solange sie im Ghetto lebten und unter einer besonderen staatlichen Gesetzgebung, kein aktives Verhältnis zu dem politischen Bezirk des Lebens überhaupt, politisch in dem Sinne des Wortes, wie es sich aus dem Wechselspiel der Pflichten und Rechte der Bürger in einem Staate ergibt.

Es gibt Menschen, die meinen, die Macht des gemeinsamen Schicksals allein hätte für die Juden genügen müssen, diese Tradition der Disziplin aufzurichten. Doch nach der Verleihung der Bürgerrechte war den Juden die Verantwortung für ihre Gemeinschaft bis auf einen von ihnen selbst stark umkämpften Rest religiös-konfessioneller Zusammengehörigkeit genommen, und die Einrichtung ihres Lebens erfolgte in den von dem Staat vorgeschriebenen, erprobten Wegen, die alle Staatsbürger zu gehen hatten. Die Juden gingen durch die Schule des Heeres, wurden auch Beamte und erfuhren so Organisation und Tradition der hier geprägten Disziplin. Dabei mochten sie merken, daß der Begriff der Ordnung und Disziplin, erwachsen auf Gebieten des Lebens, die ihnen lange verschlossen geblieben waren, ein wesentlich realerer, aktiver gefärbter und strengerer ist als der, den sie bisher in ihrer Gemeinschaft zu entwickeln nötig hatten.

Die Juden haben von Natur aus nicht mehr Ordnung und Unordnung im Leibe als alle andern Menschen. Der Einwand des südlich gefärbten Temperaments ist seit dem gelungenen Experiment des italienischen Faschismus als nicht mehr stichhaltig abzulehnen. Jedoch gibt es Völker, wie das deutsche und das englische, die diese Tradition der Disziplin besonders herausgebildet haben, so daß sich unter ihnen auch andere Gruppen als die der Juden vergleichsweise undiszipliniert vorkommen müßten.

Die Juden haben in dieser neuen Umgebung Wert und Bedeutung dieser Tradition schnell erkennen gelernt und sich zu eigen gemacht. Das Soldatische, das Militärische als Lebensgefühl mag bei ihnen durch den besonderen Lauf ihrer Geschichte verkümmert gewesen sein und deshalb in ihnen und bei andern die Meinung entwickelt haben, es fehle ihnen völlig. Aber da auch sie einstmals in den Anfängen ihrer Geschichte kriegerische Taten vollbracht haben, kann ihnen diese Eigenschaft nicht wesensfremd sein. Sie haben wie alle anderen in diesem Traditionskreis erzogenen Menschen versucht, die hier erworbenen Begriffe in ihr Leben und in den engeren Kreis ihrer noch verbliebenen Gemeinschaft hineinzutragen. Da jedoch im Anprall der alten und der neuen Tradition der Kampf um die Ausgestaltung, die Sinngebung dieser Gemeinschaft nicht abbrach und es Zeiten gab, wo der Zusammenhang der einzelnen Glieder nur lose bestand, trat das oft beschriebene Phänomen der Unsicherheit, Unordnung, Planlosigkeit ein, das sich überall bei Menschengruppen in dieser ungewissen Lage einer im Grunde zerbrochenen, gefährdeten Gemeinschaft zeigt. Wo aber die Vorstellung dieser Gemeinschaft lebendiger bestand, wo sich Menschen zusammenfanden, erzogen seit Generationen in der Organisation der Disziplin, in dieser Gemeinschaft zu leben und sie neu zu erleben, ließen sie diese Tradition in ihren eigenen Kreis einströmen. Die ersten jüdischen Jugendbünde gründeten auf ihr, je mehr Menschen sich zusammenfanden, desto tiefer wurde sie verankert. Diese Erziehungsarbeit der Juden an sich selbst liegt bewahrt in den Verbänden, die im Anschluß an den Weltkrieg entstanden sind, sie findet einen jüdisch aktiven Ausdruck in der Zionistischen Organisation.

Die Aufgabe der letzten Jahre, in Verbänden und Gemeinden praktische reale Arbeit zu leisten, ist keine Arbeit, die mit dem guten jüdischen Herzen früherer Wohltätigkeitsverbände allein geleistet werden konnte, sondern Arbeit zur Organisation der eigenen Lebensumstände, entstammend dem Wesensbereich staatlicher Tätigkeit. Je größer die Not, je näher die Gefährdung, um so entschlossener muß der Wille und die Organisation der Disziplin sein. Die Juden in Deutschland haben zu beweisen, daß, wenn auch unter den schwersten Bedingungen, in den gleichen Raum des Lebens und der Bewährung gestellt wie die übrigen Völker, die allerorts gültige und Gemeinschaft ermöglichende Tradition der Disziplin auch bei ihnen zu dem Element ihrer Geistes-, ihrer gesamten Lebenshaltung geworden ist, das Krisen überstehen läßt.

Sie haben es ohne Frage schon zu einem guten Teil gezeigt. Der Beweis dafür ist die neue jüdische Schule. Der Spottruf der »Judenschule«

vergangener Zeiten mit seinen Ober- und Nebentönen ist bekannt. Wir müssen sagen, daß er auch heute noch nachklingt in den Ohren vieler jüdischer Eltern, während die nicht-jüdische Öffentlichkeit bereits umgelernt hat und die an der Schule unmittelbar beteiligten Kreise der Lehrerschaft und der Verwaltung diesen Begriff durch Bewährung in praktischer Arbeit korrigiert und gewendet haben. Er klingt nach in einem Mangel an Vertrauen oder in einer nicht genügenden Stützung des einmal gewährten Vertrauens, das als Grundlage unersetzlich ist. Fast müßig, es auszusprechen, daß das Aussehen der jüdischen Schule wie das jeder anderen Schule auf der Erde ist, die Kinder zur jüdischen Schule als Institution »Schule« nicht anders stehen als anderswo Kinder, und man muß davor warnen, Auflehnungen und Disziplinvergehen, die immer sein werden, solange es eine Schule gibt und Lehrer auch geärgert werden müssen, unter einem jüdischen anstatt unter einem schulischen Aspekt zu sehen.

Es war oben die Rede davon, ob das jüdische Schicksal eine Organisation und Überlieferung der Disziplin schaffen könne. Wenn der jüdischen Schule und auch der Gemeinschaft der Juden eine Gefahr droht, die zur Lockerung der schulischen Disziplin und der Organisation des Zusammenlebens führt, so ist es in erster Hinsicht vom jüdischen Schicksal her möglich: diese Gemeinsamkeit des jüdischen Schicksals, das ja Kinder wie Erwachsene betrifft, Lehrer wie Schüler, schafft ein zu vertrauliches, familienähnliches Verhältnis und kann durch Überspringen des natürlichen Distanzgefühls ein wahres menschliches Verhältnis und fruchtbare praktische Arbeit gefährden.

Wir wissen, daß wir hierin noch viel zu vollbringen haben. In erster Hinsicht denken wir an unsere Jugend, deren Erziehung uns anvertraut ist. Wir sollten uns aller Einrichtungen, die uns zur Aufrechterhaltung und Pflege der organisierten Disziplin zur Verfügung stehen, bedienen: der Schulen, der Sportvereine, der Jugendbünde. Sie alle müssen sich vor und bei ihrer Arbeit überlegen, wie sie diese Forderung so erfüllen können, daß die jetzt Erzogenen sie später selbst wieder neu erheben können, sie müssen sich überlegen, welche Stelle in der Erziehungsarbeit sie vertreten müssen. Wenn wir deshalb die Juden wieder und wieder zur Disziplin aufrufen, so bedarf es im Grunde sol-

117

chen Aufrufs nicht. Es bedarf vielmehr des Hinweises auf diese schon erworbene Eigenschaft, ihr zu vertrauen und dieses Vertrauen auf den Grund der neu gefügten Gemeinschaft zu legen, daß es nie verlorengehe.

(1936)

Ein leises Unbehagen

Daß Politik und Metaphysik zusammen eine gefährliche und ver-
abscheuungswürdige Kombination ergeben, wird jeder Einsichtige be-
kräftigen, der einmal, über ein politisches Thema ursprünglich dis-
kutierend, auf die uferlosen Meere der Metaphysik abgetrieben und
verschlagen wurde. Wir alle kennen Gespräche dieser Art und haben
sie selbst oft genug geführt. Man begann mit einem Gespräch über die
Machtergreifung, den Reichstagsbrand und gelangte über die Röhmaffäre, den Fall Furtwängler zu Stefan George und Friedrich Nietzsche,
die die vielen, die sie nie gelesen haben, für die Erzväter Adolf Hitlers
halten. Noch ganz zu schweigen von dem Judenproblem, das mit einem eleganten Sprung so mitten in die Metaphysik führt bis zu Adam,
Eva, der Schlange, dem Paradies mitsamt der von allen Mystikern bisher noch ungeklärten Frage, wie denn eigentlich die Sünde in die Welt
gekommen sei. Wobei zu beachten ist, daß die Sünde sogar noch die
Juden an Alter und Hartnäckigkeit übertrifft.

Sei dem, wie es sei – man kann im 6. Jahr ihres Krieges den Deutschen
alles Schlechte nachsagen, was man einem Volke nachsagen kann, das im
Begriffe ist, einen großen Krieg noch größer zu verlieren. Man kann sie
aller menschlichen Grausamkeiten zeihen, die je in menschlichen Hir-
nen erdacht wurden, man kann sie anklagen, eine bisher noch nie erlebte Unsumme von Leid über die Menschheit gebracht zu haben. Man
kann auf ihre Fehler hinweisen, und mit besonderer Genugtuung besonders auf einen, der nach ihrem großen Philosophen Hegel allein schon
strafwürdig ist: ihre Dummheit, die sie nicht hat sehen lassen, daß dieser
Krieg, der im Herbst 1939 erst manifest ausbrach, bereits im Jahre 1933
latent verloren war. Man kann selbst den seligen Bismarck, den Moses
der deutschen Politik, herbeizitieren, da ihm der liebe Gott persönlich in
seinen *Gedanken und Erinnerungen* diktiert hat, wie ein Land mit seiner

besonderen geographischen und historischen Konstellation Politik führen müsse. An seinem Beispiel könnte man so unvergleichlich zeigen, wie das Deutschland von 1939 die gleichen politischen Dummheiten wie das von 1914 gemacht hat, dieses Mal jedoch in einem viel größeren Ausmaß; gigantisch ist dafür der derzeitige Fachausdruck, wie denn auch das Geschehen von Krieg und Niederlage unserer Tage ein viel größeres ist und sein wird als das jener. Kurzum – man kann den ganzen alten prophetischen Zorn über dieses Volk, nicht nur über seinen sogenannten Führer und die Partei, sondern über das Volk, das selbst so viele Dinge auf dem Kerbholz oder zumindest geduldet hat, daß es andere auf dem Kerbholz haben – ich sage, man kann seinen ganzen alten prophetischen Zorn über dieses Volk auslassen, und alle Argumente, um Deutschland in Grund und Boden zu diskutieren, kommen nur so herbeigeflogen, ebenso wie die vielen, zahllosen Bomben, die seit geraumer Zeit vom Himmel hoch das deutsche Land und die schönen, armen, deutschen Städte in Grund und Boden stampfen. Die schönen, armen, deutschen Städte! Und da stehen wir mitten in der verzwicktesten aller Fragen, vor die uns dieser Krieg gestellt hat, als die Luftstreitkräfte der angelsächsischen Völker nach wiederholten Mahnungen ihrer Chefs an das deutsche Volk dazu übergingen, die deutschen Städte radikal auszuradieren. Verzwickt, weil diese Ausradierung in dem Lager derer, die so gar keinen Grund haben, freundliche Gedanken gegen Deutschland zu haben und es auch im Geiste nicht tun, ein leises Unbehagen hervorrief, das sie zuerst selbst merkwürdig berührte. Hatten sie sich doch, die teils geheime, teils offene Bewaffnung Deutschlands seit Jahren mit ansehend und wissend, welchem frisch-fröhlichen Spiele sie galt, hatten sie sich doch in Ungeduld verzehrt, es möchte der Tag kommen, wo man sich in deutschen Städten Rechenschaft geben müßte über einen Krieg, für den gewissenlose Volkstribunen ein ganzes Volk seit Jahr und Tag vorbereitet und begeistert haben. Mit unsäglichem Abscheu hatte sie auch die verbürgte Nachricht erfüllt, daß das Publikum in den Berliner Lichtspielhäusern, die den Film vom kurzen Krieg gegen Polen zeigten, in offenen, unverhohlenen Beifall ausbrach, als auf dem Bildstreifen die Stukas sich zum Bombardement von Warschau anschickten.

Wer möchte leugnen, daß dieser Abscheu zugleich wie eine drohende Vergeltung den Gedanken wachrief: »Dieser Beifall komme über ihre Häupter!« Doch bis es soweit war, geschahen Rotterdam, Belgrad, Coventry, und das Maß war voll. Bis dann mit dem ersten Großbombardement von Köln der Reigen der vernichtenden Schläge gegen Deutschland aus der Luft begann. Zu lange hatten wir auf diese erste Tat unserer englischen Bundesgenossen gewartet, so daß die freudige Genugtuung darüber sogar den Gedanken, der nur vage aufkam, daß es Köln war, völlig in den Schatten drängte.

Und allmählich verschärfte sich der Kriegszustand allgemein. Es ist nicht unsere Absicht, alle die Leiden aufzuzählen, die ein Land unter deutscher Besetzung gezwungen wurde zu ertragen. Mit den Juden begann es, mit den Sklavenjagden auf junge Männer, mit Kälte und Hungersnot und Deportationen endete es. Und dazwischen ereignete sich das Debakel des Rußlandfeldzuges, und in immer kürzeren Abständen kamen die Berichte von den Großbombardements deutscher Städte wie Lübeck, Rostock, Hamburg, Duisburg, Düsseldorf, Frankfurt, Berlin, München usw.

Und trotzdem: ein leises Unbehagen! Ja, in dem Maße, in dem die Tonnenlast der Bomben, die man auf Deutschland abwarf, stieg und die Not des Krieges jedem, der unter der deutschen Knute saß, langsam den Magen und die Kehle abschnürte, geisterte dieses Unbehagen herum, und wo es in Gesprächen zutage kam, versteifte es sich mitunter zu einer paradoxen Haltung. Der Anschein nämlich wurde dabei erweckt, als plädiere man für einen Gegner, gestern noch der Todfeind, um Milde bei der Ausführung von militärischen Aktionen, die dieser Gegner selbst, als er noch stärker war, unbedenklich ausgeführt hatte und immer wieder ausführen würde, wenn er die technisch-operationellen und materiellen Voraussetzungen auch besäße. Und zudem: man hielt ein Plädoyer für jemanden, der selbst nicht im mindesten Maße darum gefragt hatte.

War dies nun die vielgepriesene Humanität, die man auch dem Gegner gegenüber bewiesen sehen wollte, der seinem sicheren Untergang zutrieb? Oder war es das ästhetische Moment, das einen für die Schönheit der deutschen Städte plädieren ließ? Und wie war es einem doch bei Warschau, Rotterdam, Belgrad, Coventry ergangen?

121

Wir sprechen hier nicht von jenem Schlag Menschen, die, selbst in ihrem Haß und ursprünglichen Selbsterhaltungsinstinkt zu schwächlich, sich hypokritisch hinter einer Mitleidshaltung verschanzen, die sie selbst nicht meinen; die es nicht aushalten, in voller Öffentlichkeit nach Jahren der Knechtung und Verfolgung endlich zu den Stärkeren, den Siegern zu gehören, und dabei ausrufen: »Die schönen Städte! Ach, was bekommen sie doch für Schläge!« – und sich heimlich ins Fäustchen lachen. Mit dieser Kategorie verschämter Sieger haben wir nichts zu schaffen. Für sie ist die Moral ein zu enger Schuh, an dem sich ihr Gewissen psychische Hühneraugen reibt.

Hierbei steigt wie von selbst die Frage auf: »Welche Haltung geziemt uns, die wir im Krieg mit Hitler-Deutschland stehen, anzunehmen angesichts der massiven Ausradierung deutscher Städte?« Dies ist die Frage, die verzwickte Frage.

Es gibt eine große Anzahl Menschen, die jedes neue Großbombardement mit einer sachlich-nüchternen Berechnung aufnehmen, ähnlich dem Statistiker oder Generalstäbler, die nur in Zahlen und Prozenten der kriegswichtigen Produktionen leben. Sie erwarten von einem jeden solchen Bombardement die beschleunigte Niederlage Deutschlands. Den Faktor, den die Deutschen als erste im spanischen Bürgerkrieg erprobt haben, die Bevölkerung einer Stadt in Panik zu versetzen und das bürgerliche Leben einer Stadt, in dem jeder Einwohner ein Soldat im totalen Krieg ist, entscheidend zu treffen und lahmzulegen, diesen Faktor lassen die Statistiker völlig aus ihrem Gesichtskreis; Öl, Flugzeugmotoren, chemische Werke, Eisenbahnknotenpunkte sind ihr Element. Diese Betrachtungsweise, unabhängig von jeder ab- oder zuneigenden Gefühlsregung, hat schon etwas sympathisch Einfaches, nicht zuletzt ihr völliges Freisein von jeder Art von Metaphysik. Bei ihnen erhält man die besten Aufschlüsse über das Wesen eines modernen Krieges. Wollte man sie weltanschaulich, philosophisch irgendwie zuordnen, so müßte man sie in die Nähe der Geschichtsbetrachtung stellen, die in Kriegen der Neuzeit die Auseinandersetzung hochtechnisierter kapitalistischer Ausbeutungstrusts, genannt Staat, sieht. Aber eben nur in die Nähe.

Schon anders steht es mit denjenigen, denen die Luftstreitkräfte unserer Freunde und Verbündeten die Vollstrecker göttlicher Aufträge sind und die in den Ausradierungen bombardierende Gottesurteile sehen. (Mit Phosphor wurde auch schon bei Sodom und Gomorrha gearbeitet.) Warschau, Rotterdam, Coventry, Belgrad? ... Lübeck! Hamburg! Köln!

Diese Menschen geben uns mit ihren nach der Art von Vernunftgründen postulierten Äußerungen so recht das anschauliche Vorbild, warum wir eingangs vor der nichtswürdigen Kombination Politik-Metaphysik warnten. Denn hier gibt es kein Halten mehr. Das Perpetuum mobile ist erfunden und wer in den Wagen einsteigt, hat die Möglichkeit, daß ihm so schwindlig und elend wird, daß er nicht einmal mehr merkt, wie unbehaglich und übel er sich fühlt. Ganz zu schweigen von den Interpretationen göttlicher Absichten durch gläubige Seelen und die Kanonisierung von Halifaxes, Lancasters, Superfortresses. Selbst ein Stratosphärenflug ist noch keine Metaphysik.

Aber richtig besehen, auch hieran sind die Deutschen wieder schuld und in dem Übel vorangegangen. Als ihre schlimmste Eigenschaft erscheint uns nämlich nicht eine von den bereits oben erwähnten, sondern eine andere, weit gefährlichere und nichtsnutzigere: ihre Affinität zur Metaphysik selbst. Woher dies stammt, mag der Himmel oder besser die Metaphysik selbst wissen. Aber man braucht nur das Wort »Deutsch« auszusprechen, und schon befindet man sich, wie mit einer Rakete geschossen, mitten in der Metaphysik. Versteht man, was wir meinen?

Ein Flugzeug ist ein Flugzeug, gleichviel, Anfangs-, Höchstgeschwindigkeit, Steigevermögen, Bestückung usw. Überall in der ganzen Welt. Aber ein deutsches Flugzeug ist noch etwas anderes, außer daß es Flugzeug ist. Es ist deutsch. Und was das ist, kannst Du nur begreifen, wenn Du gut zuhörst, wenn ein guter Deutscher das kleine Wörtchen »deutsch« ausspricht, an dem Schwingen und Vibrieren der Stimmbänder im Kehlkopf. Das ist Metaphysik! Auch die Deutschen kennen wie die Mohammedaner ihre heiligen Kriege, seit dem Mittelalter mit seinen Kreuzzügen. Man muß schon seinen ganzen Witz zusammennehmen, wenn der Deutsche durch seinen Habitus und seine Vergangenheit es einem ansinnt, um in die Metaphysik zu springen, auch wenn man zu ahnen glaubt, woher der Pfeffer kommt, in dem der

Hase liegt. Diese Metaphysik stammt aus der grauen Vorzeit, und die deutschen Gehirne umgeben, ob sie es wollen oder nicht, die Flugzeuge und Tanks, die sie erdacht, außer mit einer Schutzfarbe auch mit einem metaphysischen Wölkchen, das noch durch die Gehirnwindungen spukt, von jenen Tagen her, als sie ihre philosophisch-metaphysischen Himmelsstiegen bauten.

Man sieht, wie sehr wir bestrebt sind, uns unsere Warnung zu Beginn zu Herzen zu nehmen und selbst nicht auf den Leim zu gehen, von dem wir andere, die bereits kleben, abziehen wollen. Beileibe keine Metaphysik und keine Straf- und Rachereaktionen des Himmels, als säße im Bomberkommando der Royal Air Force ein Verbindungsoffizier des Großen Alliierten!

Ein leises Unbehagen – wir sprachen zu Beginn darüber, ruft in uns die massive Ausradierung deutscher Städte hervor. Ein unzeitgemäßes Unbehagen – wir wissen es. Kein Verweis an die Adresse Englands, Amerikas. Ein Krieg ist nicht die Zeit für Behagen oder Unbehagen. Und doch: Für uns ist der Krieg eine Zeit von Unbehagen. Von Kampf. Aber zugleich von Unbehagen. Was ist ein Unbehagen? Dieser Krieg ist ein Unbehagen. Er ist im Augenblick notwendig und muß, bis zum Ende, das heißt, bis zum Ende Hitlers ausgefochten werden. Hitler-Deutschland ist eine Gefahr. Darüber gibt es keine Diskussion mehr. Endlich. Aber Hitler war immer eine Gefahr, nicht erst seit 1939 oder seit der Besetzung der Tschechoslowakei, oder Österreichs, oder des Rheinlandes, oder der Einführung der allgemeinen Dienstpflicht, oder der Röhmaffäre, oder der Machtübernahme. Schon vorher, 1930, 1925, 1923, 1919 ... Immer. Wer das weiß und mit diesem Wissen Jahre vor diesem Krieg gelebt hat und soweit ein wenig die europäische Politik vor dem Kriege kennt und zudem nicht der Meinung ist, daß der liebe Gott dies alles so gewollt hat, und über die Möglichkeiten, die versäumten und die mißbrauchten, sich so seine Gedanken macht, fühlt sich mitten im Krieg unbehaglich, das heißt bedrückt, mitten in der großen Bedrohung noch bedrückter.

Wir sind gewiß die letzten, die, wenn es schon einmal sein muß, sich dagegen widersetzen, daß man in den Städten und Dörfern Deutschlands eine öffentliche Vorlesung mit praktischen Erläuterungen hält, was der Krieg, den, weiß der Teufel dann welche Clique auch immer im Reiche betrieben und angezettelt hat, eigentlich für eine Sache ist. Und daß alle, Männer und Frauen, die einmal »Ja« genickt haben, wissen, daß Ja »Ja« und Nein »Nein« ist, wie es schon in der … Metaphysik!

Den Krieg in die Städte zu tragen kann unter diesen Umständen eine pädagogische Forderung sein, um im Leben zu zeigen, was Wochenschauen verheimlichen und Remarque nicht gelungen ist – um im Leben zu zeigen, was der Tod eigentlich ist. Vielleicht daß man dann einmal lernt, Ja und Nein zu sagen, wenn das Stichwort für das Ja und für das Nein fällt – nicht zuletzt in Deutschland.

Aber trotzdem eine verzwickte Sache und ein leises Unbehagen. In dem großen Unbehagen, das Krieg heißt, nun auch das leichte Unbehagen: die massive Ausradierung.

Daß Menschen sterben, im Krieg und im Frieden, ist uns ein wenn auch schmerzlicher, so doch vertrauter Gedanke. In ihm werden wir des Waltens einer Macht inne, die größer ist als die menschliche, weil sie ihr die Grenzen setzt. Daß Naturkräfte, Erdbeben, Feuersbrünste, Überschwemmungen Landschaften und Städte vernichten können, ist uns aus dem ewigen Streit, den der Mensch gegen die Elemente führt, leidvoll bekannt. In ihm erkennen wir die Ohnmacht menschlicher Planungen, die zunichte werden an den ungebundenen, blinden, Auf- und Niedergang bewirkenden Kräften der Natur. In ihm fürchten wir das große Unbekannte, das zu uns in seiner vielzüngigen Sprache spricht, in der Kraft eines Sonnenaufganges, den Farben einer Blume, ebenso wie die Erde aufbricht und die Flüsse steigen.

In all diesem stoßen wir an unsere Grenzen als Menschen.

Aber daß aus einer Armada von Flugzeugen, die des Nachts oder des Tages am Himmel heraufzieht, erdacht und gesteuert von Menschen, Tod und Verderben auf eine Stadt geworfen wird, wie wir es nur von der Natur gewohnt sind zu erwarten und zu erdulden, und daß dieser Stadt, nach einigen dieser Angriffe, langsam ihr Leben entweicht, wie man es von Menschen, wenn sie sterben, kennt, ist eine sehr, sehr neuartige Vorstellung, und sie wirft alle Vorstellungen, die wir bisher über Tod, Leben, Natur, Gott, Mensch hatten, um.

Man sagt von den deutschen Städten, daß es das viele Schöne ist, das mit ihnen zerstört wird. Aber ist dieses Schöne nicht auch in Warschau, Rotterdam, Belgrad, Coventry zerstört worden, um zu schweigen von den unzähligen russischen Städten, in denen dieser Krieg getobt hat? Ist wirklich der Verlust des Ästhetisch-Schönen, wie man es im Baedeker angepriesen findet, der einzige Maßstab und der Grund zu unserem Unbehagen? Sind denn uns die Städte nicht mehr, als sie der kunsthistorischen Betrachtung bedeuten? Sind sie denn nicht lebendig gebliebene Zeit, gegenwärtige Vergangenheit? Ist in den alten Bauten die Zeit nicht einmal stillgestellt und haftengeblieben und zur gelebten und erlebten Ewigkeit geworden? Die Patina der Vergangenheit, die zu Unvergänglichkeit sublimiert schien?

Aber zum Teufel, da sitzen wir ja mitten in der reinsten und schönsten Metaphysik! Oder nicht?

Man braucht nicht gerade ein Schönheitsapostel zu sein, und dennoch kann die Vernichtung von soviel Schönem das Herz traurig stimmen. Dachte nicht auch Heinrich Heine so, als er die kommende Revolution begrüßte als politische Befreiungstat, die die menschliche Gesellschaft zu einem schöneren Leben vorwärtstreiben würde? Aber ließ ihn nicht der Gedanke an die vielen Kunstwerke, die unter den rohen Händen der Revolutionäre entzweigeschlagen würden, resigniert die Fahne der Freiheit minder hoch schwingen? Und wie muß im Deutsch-Französischen Krieg dem Kulturhistoriker Burckhardt zumute gewesen sein, als ihn die falsche Nachricht von der Zerstörung des Louvre erreichte und er verzweifelt zu seinen Freunden lief, mit denen zusammen er sich die verheerenden Folgen für das Abendland versuchte auszumalen, falls diese Nachricht auf Wahrheit beruhe. In uns allen steckt etwas von Heine und Burckhardt, wenn wir die Nachricht von der Zerstörung der deutschen Städte vernehmen. Und noch viel mehr.

Oft ist es so, daß die Werke, die Menschen geschaffen haben, größer sind als ihre Schöpfer. Auf allen Gebieten der Kunst können wir die Beweise für diese These finden. So ist es auch mit den Städten. Im Städtebau hat der Mensch sich selbst ein Denkmal gesetzt, seinem eigenen Genius, der diesseitsbejahend, groß und vor allem lebensnah ist; seine eigene schöpferische Kraft ist in dem Städtebau zusammengefaßt, und dies nicht unter dem Motto »Kunst um der Kunst willen«, sondern um Leben, tagtägliches, geheiligtes Leben zu schaffen. Denn die Städte, die vielen heute nur als Ausdruck eines Kunststils lieb sind, waren Leben, in ihnen wurde gelebt. Die Menschen, die heute nur den Verlust von Kunst und Schönheit in den Städten betrauern, werden mit der Trauer diesen Städten am wenigsten gerecht. Ja, man könnte sie fast bemitleiden, wenn nicht ihre Trauer noch die tiefe Verfremdung offenbarte, die die Menschen diesen alten Städten entgegenbringen. Die Menschen, die heute in diesen Städten wohnen, und die vielen Fremdlinge, die als Touristen kamen, um die alten Städte zu sehen und zu bewundern, sind ein anderes Geschlecht. Und im Grunde hatten sie schon alle, Einwohner und Fremdlinge, nichts mehr mit den alten Städten, mit dem Leben von einst, zu schaffen. Vielleicht ist es ihnen bewußt, wie groß der Abstand unseres Lebens zu dem der Menschen jener Tage war. Und so gibt es Menschen, die allen Ernstes und – wie es heißt – mit Recht behaupten, daß das Spektakel der Naziparteitage das alte Nürnberg schon viel eher vernichtet und ins Jenseits, ins Städte-Jenseits befördert habe, bevor es die Tag- und Nachtbombardements in Schutt und Asche legten.

Lassen wir uns nichts weismachen von den Schönheitsaposteln, denn zum Schluß wissen auch sie, daß Schönheit vergänglich ist, wie alles. Und daß ein Menschenleben immer noch höher und heiliger ist als ein »thing of beauty«. Aber trotzdem können wir begreifen, was sie meinen. Denn in ihrer Trauer, insofern sie echt ist, liegt etwas anderes mit einbeschlossen, was auch unser Unbehagen in sich faßt.

Die Städte, ob es nun hier oder dort ist, das sind wir selbst, in Rotterdam, Coventry, Warschau, Belgrad, Berlin, Dresden oder wo auch immer. Es sind unsere Eltern, unsere Freunde, es ist unsere eigene, nahe, menschliche Existenz. Es sind die Kontore, die Fabriken, die Straßenbahnen, Theater, Universitäten, die Parks und Kinderspielplätze, die Natur, die wir uns in die Städte geholt haben, kurzum alles. Unser Leben, unser neuzeitliches Leben vom Ausgang des Mittelalters und dem Aufstieg des Bürgertums und viel später des Proletariats ist ein Leben in und von den Städten gewesen. Unsere Kultur, unsere Zivilisation sind undenkbar ohne die Städte. Man muß einmal Kinder beobachtet haben, wenn sie mit ihren Bausteinen Städte bauen, um zu begreifen, daß mit dem Bombardement der schöpferische Nerv des Menschen tödlich getroffen wurde, der schöpferische Nerv, der ihm seine Behausung, sein Zuhause baute, ihn zu Seßhaftigkeit und zu Gemeinschaft verpflichtete, überall in der Welt.

Und das ist unser leises – wirklich nur leises? – Unbehagen, daß eine Welt vernichtet wird, nicht nur schöne Städte, und ist es auch die Welt des Feindes. Morgen wird es die Welt unseres Freundes sein. Das ist unser tiefes Unbehagen, daß eine Welt, durch Wille und Fleiß von Menschen im Verlauf ihrer Geschichte aufgebaut, auch ist es eine vertrackte Geschichte, daß diese Welt durch Wille und Fleiß eben von Menschen zu Nichts zerschmettert wird, als wäre es eine Ausstellung von Kinderspielzeug.

Die Städte sind Schlachtfeld geworden. Der Mensch wird wieder unbehaust. Das Schlachtfeld früherer Kriege war vornehmlich die Landschaft, die Tiefe einer Landschaft, die Weite des Himmels, die Breite des Flusses, die Höhe eines Berges. Eine Landschaft spricht zu uns in der Sprache des Kindes, das sie entdeckt, der Wolken und der Gestirne, in den Farben der Jahreszeiten. Sie ist Weite und Ferne zugleich, unbegrenzte Ferne, auch wenn der Tod nahe ist in ihr.

Doch die Städte sind immer Nähe, umgrenzte Nähe. Eine Landschaft ist unverwüstbar, wie die Natur selbst. Eine Stadt lebt und stirbt, wie Menschen leben und sterben.

Und doch ist der Tod der Städte ein anderer. Auch wer persönlich nicht an ein Weiterleben der Seele nach dem Tode glaubt, noch an eine Reinkarnation, weiß, daß es diesen Gedanken gibt für die, die an ihn glauben. Dieses macht den Tod auch dem Nüchternsten, Skeptischsten unter uns erst vertraut.

Doch eine Stadt ist dahin. Sie wird nicht eines Tages, wie Vineta, aus dem Meere wieder auftauchen. Baut man sie auch wieder auf – sie ist dahin. Ein Bombardement ist eine gründliche Angelegenheit.

Noch nie, so will es uns scheinen, ist das Wesen dieses Krieges so tief in seiner unmittelbaren Wahrheit verdeutlicht worden wie mit der Bombardierung der Städte: Vernichtung, radikale Vernichtung. Noch

nie wurden, wie in unseren Tagen, diejenigen, die fern vom Schlachtfeld saßen, so unmittelbar von dieser Wahrheit getroffen. Und in dieser
unmittelbaren Nähe.

Die Weltgeschichte ist das Weltgericht! Wahrlich, der Mann, der diesen Ausspruch tat, hätte in ihm nur einen kleinen Buchstaben zu verändern brauchen, wäre er Zeitgenosse dieses Krieges gewesen. Die
Weltgeschichte ist das Weltgesicht, so hätte er ihn vielleicht formuliert.
In diesem Krieg sieht sich die Menschheit in ihr eigenes Gesicht, insofern ihr Sehen und Hören noch nicht vergangen ist.

Und dies war unsere Wut und unser Abscheu, als es begann bei
Warschau, Belgrad, Rotterdam, Coventry, und ist unser leises Unbehagen bei Dresden, Nürnberg, Worms und anderen. Daß dieses Unbehagen nur »leise« benannt wird, heißt nicht, daß wir nicht wagten, es
laut werden zu lassen; heißt nicht Angst und Beschämung, um als
Schönheitsapostel ausgepfiffen zu werden; heißt auch nicht, daß die
Schuld auf deutscher Seite so groß ist, daß der Verlust von Städten
und Städteschönheit nicht mehr zählt. Keine Metaphysik – so hatten
wir am Anfang versprochen. Und Schuld ist eine verfängliche Metaphysik.

Eine Welt geht unter. Von den Bomben, die in ihren Leib fallen, geht
ein Zittern und Beben durch die Erde und pflanzt sich fort. In den
Bomberkommandos der kriegführenden Mächte sitzen keine Kunsthistoriker. Und das ist in Ordnung so. Wir sitzen in einem Boot, das ist
Europa. Unsere Erde. Wir reisen im Zwischendeck, das führt den Namen Europa. Wir fahren seit mehr als 20 Jahren in schwerem Wetter.
Aber wir sind schon abgehärtet und werden nicht mehr seekrank wie
die Anfänger oder verlieren gar die Besinnung. Die Bomben fallen.
Eine Welt geht unter, der Boden zittert und schwingt. Deshalb nur ein
leises Unbehagen. Und selbst uns, die wir auf seiten der großen Allianz
und gegen Deutschland stehen, ist dies ein Zeichen, daß selbst in diesem Krieg die beste Sache, von der wir glauben, daß wir sie vertreten,
nicht so gut ist, daß sie uns ein Unbehagen erspare.

Und das ist gut so.

Dies Unbehagen vermischt sich mit dem Erstaunen und Entsetzen
über ein Volk, das sich seine Städte, die ihm doch in erster Linie beson-

ders teuer sein müßten, lieber in Schutt und Asche bombardieren läßt, als in ihnen als Besiegte leben zu bleiben. Oder sollte es schon früher selbst diese Städte verlassen haben?

»Wir bauen eine Stadt«, singen die Kinder.

Überall auf der Erde, wo Städte vernichtet werden und man um alte Schönheit, die in Trümmer ging, trauert, wird man neue Städte bauen. Wir bauen eine Stadt. Und wenn diese Städte dann auch wieder einmal ausradiert werden, was werden die Kinder dann singen?

Wir bauen eine Stadt!

Doch wir fragen: Wer wird darin noch wohnen wollen?

Und das ist – bei Gott! – keine Metaphysik.

(1945)

Klaus Mann zum Gedächtnis

Bei meiner Rückkehr aus den Ferien fand ich den Brief Ihres Verlages mit der Einladung, an einem Gedenkbuch für Klaus Mann teilzunehmen.

Gerne bin ich bereit, Ihrer Bitte zu entsprechen, auch wenn mich ihre Erfüllung ein wenig in Verlegenheit bringt. Denn mein Verhältnis zu Klaus ist von sehr besonderer Art. Sie wissen, ich habe ihn nie persönlich gekannt, habe nie ihm gegenübergesessen und die Gespräche mit ihm geführt, die ich zuweilen in meiner Vorstellung mit ihm führte. Und auch die Liebenswürdigkeit seines Wesens, die ein jeder zu rühmen wußte, der mit ihm zusammentraf, blieb mir vorenthalten. Auch weiß ich nicht viel von seinem Leben, einzig die Daten und Tatsachen, die ein jeder kennt. Das Persönlich-Menschliche, das besondere Wissen um das Geheimnis einer menschlichen Existenz, die sich nur im Gespräch offenbart, all das, was dem Gedenken eines Toten erst beseelende Wärme verleiht, werden Sie in meinem Beitrag vermissen. Aber wenn ich ihn auch nicht kannte, so lag doch seine Erscheinung und sein Werk von Beginn an in meinem Blickfeld. Und wenn ich Ihnen, der Sie sein Freund und Verleger waren, berichten darf, welche Bewandtnis es damit hatte, und Sie meinen, daß meine Aufzeichnungen beitragen können, den toten Klaus Mann zu ehren, so will ich nicht zögern.

Gehören die geistigen Begegnungen mit Zeitgenossen nicht zu den merkwürdigsten Erlebnissen, die man im Umgang mit Menschen haben kann! Diese Weise der Bekanntschaft, erstanden auf einem Gemeinsamen, das zum Erlebnis ward, erregt die Vorstellung, bewegt die Empfindung und trägt den Reiz einer sich dereinst vielleicht erfüllenden Verheißung in sich. Zugleich weitet sie das Persönliche ins Allgemeine, Umgreifende.

So erging es mir mit Klaus Mann.

Doch hier muß ich einfügen, daß ich ihn nach dem Krieg zweimal aus der Nähe gesehen habe. Das erste Mal anläßlich eines Vortrages seines Vaters, Thomas Mann, in Amsterdam, das andere Mal während eines Konzertes ebenfalls in Amsterdam. Beide Male saß ich einige Reihen schräg hinter ihm, und in seiner Art zuzuhören, besonders bei der Musik – das hocherhobene, etwas seitlich in den Nacken gebogene, erkahlende Haupt, als hörte er mit der Nase –, lag ein Ausdruck, den ich auch heute noch nicht zu deuten vermag.

Daß ich Vater und Sohn nach dem Krieg zusammen und beide zum ersten Mal sah – ich kam wegen des Vaters –, nahm ich als Manifestation einer erlebten Wahrheit, die mir ungefähr zwanzig Jahre früher widerfahren war. Auch damals suchte ich den Vater und fand darüber hinaus den Sohn. Es war die Zeit, als ich, noch Schüler, das Werk von Thomas Mann kennenlernte, zuerst den *Tonio Kröger*, dann vieles andere und schließlich die bezaubernde Novelle *Unordnung und frühes Leid*. Sie erinnern sich der Figur des siebzehnjährigen Bert und des Inhalts der Monologe des Professor Cornelius, kreisend um seinen Sohn, Bert, »daß möglicherweise ein Dichter in ihm stecke«. Ein Freund jener Tage, ein aufsässiger Assessor und Vertreter des Landrates – auch er hat sich später »gleichgeschaltet« –, der mir die Bücher in die Hände drückte und sie mit dem nötigen Kommentar versah, ereiferte sich, mir die Familienhintergründe dieser Tanznovelle darzulegen. Wo hatte je ein Professor, Cornelius oder sonstwie geheißen, auf eine so väterlich-zarte und ermutigende Art von seinem Sohn gesprochen? Und ich war begeistert. Es klang, als wären alle Berts in der Welt gemeint.

Einige Zeit später las ich dann den ersten Novellenband von Klaus Mann, mit dem so charakteristischen Titel *Vor dem Leben*. Ich erinnere mich noch einer Erzählung aus diesem Buche, den Titel und den näheren Inhalt habe ich vergessen. Sie handelt von einem jungen Mädchen, das in einer Wirtschaft draußen vor der Stadt lebt, in einem großen Garten unter hohen, dunklen Bäumen. Aber geblieben ist mir die zarte Stimmung dieser Geschichte, die Farben, die wie getupft erscheinen; der verschwiegen-sehnsüchtige Blick auf das Leben, vor dem das Mädchen alles erwartend steht, aber doch schon erfüllt mit allen Wünschen und Ängsten des Lebens selbst. Jenen zarten Stimmungsgehalt, das Vibrato zwischen den Zeilen habe ich später nur noch bei Herman Bang wiedergefunden. Nur daß Bang von Beginn an schrieb wie einer, der das Leben hinter sich gelassen hat. Und später bei Klaus Mann in seiner schönen Erzählung von dem bayrischen König Ludwig, *Das vergitterte Fenster*, die mir von allem, was ich von ihm kenne, das Liebste ist. Übrigens enthält auch sie das gleiche Thema, das der Titel seines Erstlings anschlägt: der wahnsinnige König, der nicht mehr im Leben verwurzelt ist, sondern draußen steht, davor, oder, wenn Sie wollen, dahinter.

Aber damals war Klaus Mann ein junger Dichter; seine Erzählung ergriff mich, wie man nur von etwas ergriffen wird, das man selbst vielleicht hätte vollbringen können oder zumindest zu vollbringen wünschte. Seither wurde mir sein Name ein Begriff, aber etwas Lebendiges, das zu mir gehörte kraft seiner inneren Gleichung, die nicht so sehr die Ähnlichkeit des Seienden als die des Werdenden zu meinen schien.

Und noch etwas Anderes kam hinzu. Erinnern Sie sich, wie man früher auf den Schulen lehrplanmäßig mit der klassischen Literatur bekannt wurde? Dabei genoß ich, nach dem ersten Kriege, schon einen modernen Unterricht. Aber es war mir immer, als wenn die Dezennien schwer drückten auf die Werke des jungen Goethe, des jungen Schiller und der anderen, ja selbst auf Liliencron und Dehmel, und nicht zuließen, daß man als »jung« empfand, was doch in der Tat jung war, als es niedergeschrieben wurde. *Willkommen und Abschied?* Ein wundervolles Gedicht! Aber ich hätte es nicht sein können, der da durch die Nacht ritt, und auch keiner meiner Freunde. *Die Räuber?* Hölderlins erste Dichtungen? Welche Kraft, welches Hingerissensein angesichts der göttlichen Schau. Aber zugleich war es irgendwie unwirklich, wie etwas, das man auf Eis gelegt und das sich zu gut gehalten hat. Nehmen Sie es nicht als Blasphemie diesen größeren Toten gegenüber – aber es bedurfte des zeitgenössischen Erlebens, um die Brücke zu schlagen zu uns selbst. Es bedurfte eines Professor Cornelius, eines Bert, »in dem möglicherweise ein Dichter steckt«, um an sich selbst die Daseinsform zu entdecken, die gemeinhin Literatur genannt wird, und die Gesundheit und Krankheit zugleich ist, himmlischer Ernst und fauler Zauber, Spiel und Arbeit – aber die einzige Legitimation des humanisierten Menschen auf diesem Planeten kraft der Koordination von Geist, Muskel und Nerv: in der Sprache.

Alles dies und meine eigenen ersten Versuche hingen mit dem Phänomen Klaus Mann zusammen. Er war ein geheimer und ein offener Antreiber; obwohl er selbst vielleicht ein Getriebener war. Das »Noch-nicht«, das sein damaliges Schaffen kennzeichnete, war vielleicht der stärkste und der wahrhaftigste Impuls jener vergangenen Zeit, ein Impuls, der nicht nur zu dem Künstlerischen hindrängte, sondern das Dasein in seiner vollen Gestalt meinte. Welche Hoffnung fand ich in ihrem Ausdruck!

Einige Jahre später schickte ich meinen ersten größeren Versuch an die Herausgeber einer Anthologie, zu denen er gehörte. Die Einsendung wurde abgelehnt. Dies war der Beginn der inneren Kameradschaft. Vier Jahre später bot uns der alte S. Fischer Verlag ein gemeinsames Dach. Und wieder Jahre später der Querido Verlag. Diese einfachen äußeren Tatsachen sind zugleich Ausdruck einer inneren Entwicklung, von der Sie, als Verleger, sicherlich noch mehr zu sagen wissen, wenn Sie alle die betrachten, die sich in Ihrem Verlagshaus im Laufe der Jahre eingefunden haben. Auch dies ist eine Form der Gemeinschaft. Merkwürdigerweise müssen auch noch andere, die allerdings aus entgegengesetzten Richtungen in die Literatur kamen, dieses gleiche Erlebnis wie ich gehabt haben. Vor einigen Monaten fand ich beim Herumstöbern in einem kleinen Amsterdamer Antiquariat Klaus Manns *Auf der Suche nach einem Weg.* Auf der ersten Seite stand mit großen steilen Buchstaben eine Widmung: »Das ist unser Weg, das ist unsere Zeit.« Zufälligerweise kenne ich den Geber wie den Empfänger des Buches – einen jungen Dichter aus der Schule Stefan Georges und seinen jungen Freund.

Wieder war ich getroffen von dem Bewußtsein, daß es eine unsichtbare Verschwörung gab, in der Klaus Mann einer der Anstifter war. So wie er es auch war, der in der Emigration eine literarische Zeitschrift herausgab, in der er die besten Namen der alten und neuen Welt zusammenbrachte und sie gegen die Barbarisierung anführte in einem Streite, der, solange es Literaten gibt, nicht verloren werden wird. Diese seine Tat darf nicht vergessen werden über dem vielen, was er geschrieben und veröffentlicht hat. Sie entkräftigt alles, was »man« gegen ihn eingewendet hat: daß er zuviel schrieb, daß er überall dabei war, wo etwas »los« war, daß er seine Reife nicht abwartete. Welch eine Verkennung und Schmähung unseres Standes! Als wenn das Gesetz der Reife, das für Kürbisse, Kartoffeln und Eiterbeulen gilt, irgendeine Verbindlichkeit hätte für die menschliche Existenz, die sich zum Kampfe stellt. Daß er ohne Zögern sein großes Talent in diesen Streit warf, daß er scharf, heftig vorgehen konnte, wo er es für nötig hielt, daß er selbst in seiner neuen Heimat, Amerika, in englischer Sprache in die geistigen Diskussionen dieses Landes eingriff, verleiht ihm und seinem Werke eine moralische Größe, auch wenn ihm künstlerisch vielleicht der letzte, große Wurf nicht gelungen ist.

Wir vergessen, so will mir scheinen, nur zu oft, daß die Literatur nicht aus einzelnen Namen von Männern und Frauen und den Titeln ihrer Werke besteht. Auch sind es nicht die großen Namen, die allein das Fortbestehen der Literatur verbürgen. Die Literatur ist eine Landschaft – wir werden es nicht müde, dies zu wiederholen –, die einzig dem Menschen gemäße Landschaft, da die Sprache, in der ihm gegeben zu lachen und zu weinen, zu schweigen und zu reden, das einzige Klima ist, in dem er – und er allein – zuhause ist. Kein Sterblicher sonst. Jeder Baum, jeder Strauch, jede kleine Anhöhe vervollständigt erst das Bild dieser Landschaft, und wer wie Klaus Mann viel geschrieben hat, ist wie der Gärtner, oder besser, wie der Straßenarbeiter, der unermüdlich am Werke ist, daß die Menschen und nicht allein die Sonntagsmaler und die Spätaufsteher die Pfade und Wege in ihr finden und das Laufen nicht verlernen und zuweilen auch hinaufwandern können auf die großen, einsamen Berge.

Sie kennen den gedankenreichen Aufsatz von Hofmannsthal über die Sprache. Selbst der Erbärmlichste von uns Schreibern trägt in seinem Bettlerdasein noch einen Abglanz der hohen Abkunft des Instrumentes, dem er mit klammen Fingern die Töne rein zu entlocken sucht. Wer wie Klaus Mann als deutscher Literat begann und sich so in die englische Sprache einlebte, daß er sie schrieb wie seine eigene, und ein Buch über André Gide veröffentlichte, der muß im tiefsten gewußt haben, daß es viele Länder und Zungen gibt, aber nur eine Literatur, die des Menschen auf dieser Welt. Ich kenne kein sinnfälligeres Beispiel aus unseren Tagen als ihn, der dieses Wissen gelebt hat.

In Zürich bei Freunden, die auch ihn und die Seinen gut kennen, erfuhr ich die Nachricht seines Todes. Der Tod Ernst Tollers vor dem Kriege und der Stefan Zweigs während des Krieges fielen mir ein. Irgendein Schicksalhaftes schien sich hier vollzogen zu haben. Jedoch welches?

Aber ich muß diesen Brief nun beenden. Vielleicht hätte ich mich nicht in so persönliche Erinnerungen und Bespiegelungen verlieren sollen.

Wenn dereinst beim jüngsten Gerichtstag der Literatur der kleine Engel mit den bekleksten Flügeln die Namen aller Schreiber von dem dicken Kalender Blatt für Blatt abreißt und in die Papierkörbe der großen und kleinen Ewigkeiten verteilt, wird er, wenn er den Namen »Klaus Mann« aufgerufen hat, für einen Augenblick einhalten und – nur dem Engel der Musik hörbar – leise, als erinnerte er sich, vor sich hinsagen: »Ach ja, der Klaus Mann ...« Und dann wird er, vielleicht ergriffen von einer Laune, das abgerissene Blatt mit dem Namen in den Wind werfen. In der Ferne wird es nur noch wie ein kleiner weißer Vogel sein. Und ein jeder, der es dort droben über den Wolken sieht, wird ergriffen und gelassen schweigen.

Es ist die gleiche gelassene Ergriffenheit, die mich bewogen hat, einen Stein beizutragen zu dem Grabmal meines Kameraden Klaus Mann.

Ihr H. K.

(1950)

136

Wohin die Sprache nicht reicht

Die folgenden Ausführungen verdanken ihr Entstehen nicht irgendwelchen theoretischen Erwägungen über das Wesen und die Funktion der Sprache, wie man sie in den letzten Jahren, vielleicht angeregt durch Lorenzer, in Deutschland auch im Bereich der Psychiatrie und Psychoanalyse antrifft. Ihr Ausgangspunkt ist vielmehr ein klinisch-empirischer. Die Fragestellung, die uns beschäftigt, ist aus praktischen Erfahrungen, die einem Psychiater und Psychotherapeuten geläufig sind, entstanden; sie betrifft die Schwierigkeiten, die erwachsene Verfolgte haben, wenn sie ihren Kindern mitteilen wollen, was geschehen ist.

Unsere Arbeit ist auf der Kapazität der menschlichen Sprache aufgebaut. Das In-Worte-Fassen von Gedanken, von Inhalten seelischer Regungen, von Erschütterungen und Bewegungen, in dem sich die inneren und äußeren Erfahrungen eines Menschenlebens verlautbaren: das Hin und Her, das Auf und Ab von Worten, Sätzen, einfachen und verschlungenen Konstruktionen, dieser Wortvorgang zwischen Therapeut und Patient – beschränken wir uns auf dieses spezifische Kommunikationsmodell – löst nicht den Prozeß aus, der ein therapeutisches Agens in Bewegung setzt. Dieser Vorgang ist das therapeutische Agens selbst. Der Gebrauch der Sprache, der das Sprechen, Hören, Lesen und Schreiben einschließt, ist jedoch nicht nur ein relativ individuelles Geschehen, z. B. zwischen zwei Menschen. Dieses Geschehen besitzt zugleich eine deutliche soziale Dimension, die im gesellschaftlichen und kulturellen Kontext studiert werden kann. Hier spielen Gruppenaspekte, historische und konventionelle Gesichtspunkte eine Rolle. Der Prozeß der Konventionalisierung erfordert vielleicht in diesem Zusammenhang unsere besondere Aufmerksamkeit. Hier wird die Sprache als das Produkt von menschlichen Handlungen aus der Vergangenheit aufgefaßt, die einen Prozeß der Konventionalisierung durchlaufen haben und »als mehr oder weniger feste Konventionen an die nächste Generation weitergegeben werden«. Die Soziolinguistik betrachtet Sprache als ein soziales und kommunikatives System, als Teil einer bestimmten Gesellschaftsordnung und Kultur und als Form einer sozialen Interaktion, die sich in einer konkreten Situation vollzieht.

Ich möchte kurz auf einige Gesichtspunkte aus dem Werk von Saussure hinweisen, dem die Linguistik wichtige Impulse verdankt. Saussure unterscheidet zwischen einer synchronischen und einer diachronischen Sprachbetrachtung, d.h. zwischen dem Studium der Sprache, wie sie zu einem bestimmten Zeitpunkt funktioniert, und dem Studium der Veränderungen, die eine Sprache im Laufe der Zeit durchmacht. Daneben unterscheidet er zwischen parole, dem tatsächlichen Sprachgebrauch, und langue, dem Sprachsystem, das dem Gebrauch zugrundeliegt. Die synchronische Sprachbetrachtung hat sich in erster Linie mit der langue zu beschäftigen. Gestützt auf die Auffassungen von Emile Durkheim betrachtete Saussure die langue als ein »soziales Faktum«, d.h. als ein unabhängiges, den individuellen Menschen übergreifendes. Langue ist »der soziale Teil der Sprache, sie verdankt ihr Bestehen einer Art Übereinkunft, die die Mitglieder einer Gemeinschaft geschlossen haben«. Außerdem nahm Saussure an, daß die langue homogen, d.h. für alle, die sie gebrauchen, gleich sei. Dies im Gegensatz zu parole, dem individuellen Sprachgebrauch, der heterogen und unsystematisch sei. Indem er den sozialen Aspekt der Sprache in den Mittelpunkt seiner Betrachtungen stellte, gab er der Linguistik ein soziales Fundament.

Im Hinblick auf unser Thema kommen wir zu einer vorläufigen These: Im Prozeß der Konventionalisierung der Sprache sind bestimmte soziale Fakten in sprachlichen Konventionen kondensiert, die, versehen mit bestimmten Normen, Werten und Emotionen, an die nächsten Generationen weitergegeben werden. Die Sprache hat eine Zeichenfunktion. Sie soll Gedanken mitteilen; aber wir alle kennen den Talleyrand zugeschriebenen Satz, die Sprache sei dem Menschen gegeben, damit er seine Gedanken verkleiden könne. Auch dies könnte man als eine besondere Form der Mitteilung betrachten. Aber ich möchte mich nicht in diese Art von terminologistischen Psychologismen verlieren.

Allen sprachlichen Äußerungen (auch schriftlichen) liegt ein Code zugrunde, der sowohl soziale als auch individuelle Elemente enthält. Wir wissen, daß in der klinischen Psychiatrie und der Psychotherapie sowie in der Analyse in diesem Code auch das Schweigen und das Verschweigen eine besondere Rolle spielt. Kraepelin z. B. bespricht den »Mutacismus« im Zusammenhang mit dem von Kahlbaum geprägten übergeordneten Begriff des Negativismus.[1] Besondere Merkmale des Mutacismus sieht er vor allem in »der Absperrung gegen äußere Eindrücke, in der Unzugänglichkeit für jeden persönlichen Verkehr, in dem Widerstand gegen jede Aufforderung, der bis zur regelmäßigen Ausführung gerade entgegengesetzter Handlungen gehen kann (Befehlsnegativismus), endlich in der Unterdrückung natürlicher Bedürfnisse«. Und weiter heißt es:

> Die Kranken schließen sich gegen die Untersuchung starr ab; sie pressen die Zähne zusammen, wenn sie die Zunge zeigen sollen, kneifen die Augen zu, sobald man die Pupillen prüfen will, sehen zur Seite, falls man anfängt, sich mit ihnen zu beschäftigen. Sie erwidern den Gruß nicht, weichen bei der Annäherung zurück, verstecken sich, kriechen unter die Decke, hüllen sich ein, reichen die Hand nicht oder ziehen sie vor der erfolgten Berührung zurück.

Kraepelin bespricht dann weiterhin den katatonischen Negativismus und grenzt ihn von dem Widerstreben ängstlicher Kranker ab. »Bei ängstlichen Kranken sind wir imstande, durch freundliches Zureden allmählich den Widerstand zu überwinden.« Kraepelin rubriziert diese Phänomene unter dem Abschnitt »Verminderte Beeinflußbarkeit des Willens«, d. h. bei völliger organischer Intaktheit des Sprechapparates. Aber auch außerhalb eines psychotischen oder neurotischen Geschehens tritt Schweigen auf. Es kann z. B. eine organisch gesetzte Pause in einem rhythmisch kommunikativ verlaufenen Sprechakt sein und als solche ein Akt der Sammlung und getragener Spannung.

Über den niederländischen Dichter J. H. Leopold (1865–1925) sagte P. C. Boutens, gleichfalls ein bedeutender niederländischer Dichter, als höchstes Lob: Seine Gedichte sind beinahe Schweigen. In diesem »beinahe Schweigen« liegt etwas von der Unio mystica, der erfahrbaren

Verbindung mit einer Gottheit bis hin zu einer als Vereinigung bzw. Identität erlebten Nähe. Kontemplation, Meditation, Askese sind einige Praktiken auf diesem Wege. Die erlösende Erfahrung einer Wesenseinheit des »Selbst« mit der erstrebten Zielvorstellung, sei es mit der einzig realen Größe des Brahmanen – oder die Erkenntnis des Nichtseienden –, das im Buddhismus die völlige Leere zum Inhalt hat, seien es die im Judentum und Christentum tradierten Zielvorstellungen mystischer Frömmigkeit – sie alle sind eingebettet in die Stille, das tiefste Schweigen, die dem Seinsgrund inhärent zu sein scheinen.

Bei einigen Völkern gibt es eine kleine Zahl von Männern – seltsamerweise sind mir außerhalb des religiösen Zirkels nur Männer bekannt –, die man zu Lebzeiten wegen ihres Schweigens hoch achtete. Der große Schweiger, so hat man Moltke genannt. Man nimmt hier ohne weiteres an, daß ihr Schweigen der Ausdruck eines tieferen und umfangreicheren Wissens, das gerne auch Weisheit genannt wird, sei. Bis man z. B. bei dem früheren amerikanischen Präsidenten Coolidge dahinterkam, daß er schwieg, weil er wirklich nicht viel zu sagen hatte.

So etwas kommt in unserer Arbeit natürlich auch vor. Aber in einer Psychotherapie, einer psychoanalytischen Sitzung kann das Schweigen auch eine durchaus organische und harmonisierende Funktion haben. In meinen Supervisionen ermutige ich meine jungen Kollegen zu schweigen, wenn sie die Aussage eines Patienten nicht verstehen. Man verfehlt die Wahrheit einer Aussage, wenn man sie nur auf ihren Inhalt hin betrachtet. Vor jeder Aussage steht – sagt Nelson Goodman – die Frage.

Auch das Verschweigen hat verschiedene Schichten, ohne daß man sogleich von Lügen sprechen müßte. Wir wissen aus Erfahrung, daß jeder, der sich in Therapie begibt, auch wenn er sich noch so kooperativ zeigt, seine tieferen Motive verschweigt, da er sie nicht kennt, oder besser gesagt: noch nicht erkennt und darum auch nicht fähig ist, sie in Worte zu kleiden. Bei der Psychoanalyse haben wir gelernt, nicht nur die Ebene der wortwörtlichen Mitteilungen zu beachten, sondern gleichsam mit dem dritten Ohr den darunter fließenden, noch verhangenen Mitteilungsstrom zu erfassen, den man an beinahe undeutbaren Zeichen oft nur erahnen kann. Der Prozeß des Überleitens in die Zeichenfunktion der Sprache gelingt, wenn es möglich ist, Inhalte, die noch verschwiegen, beinahe amorph dargeboten werden, in ihrem individuellen und sozialen Sinnzusammenhang zu erraten. Selbst das Schweigen braucht dann kein Signal einer unterbrochenen Kommunikation zu sein.

Ich kann mir vorstellen, daß bei manchen Leuten Zweifel laut werden angesichts des Akzentes, den der abgerundete verbale Ausdruck, die verbale Kommunikation hier erhält. Man weiß das besser. Zudem hieße es, nur dem Wort das Wort zu reden, wollte man nicht auch zugleich jener Momente gedenken, in denen innerhalb des sprachlichen Ausdrucks Dinge geschehen, Ereignisse zutage treten, die zu einem Abbruch des eben noch erfahrenen Kontaktes leiten können.

Im folgenden möchte ich, um das eigentliche Thema meiner Ausführungen anzugehen, von einem Fall berichten, in dem es, da die Sprache sich mir versagte, zu einem solchen Abbruch kam; alle Worte, die ich noch sprach, erschienen mir im gleichen Augenblick inhaltslos, leer, fremd, falsch. Ich erinnere mich auch deutlich noch eines Gefühls von Scham, Verlegenheit, so daß ich schließlich zu sprechen aufhörte. Mein Gegenüber, an den die Worte, die Rede gerichtet war, muß bereits früher als ich die Unmöglichkeit eingesehen haben, sich mit Worten zu verständigen. Er schwieg. Es handelt sich um einen damals 12jährigen Jungen aus einer orthodox-jüdischen Familie des gehobenen Mittelstandes, der als Waise aus dem Konzentrationslager Bergen-Belsen zurückgekommen war, wo er seine Eltern und fünf Geschwister verloren hatte. Ich zitiere im folgenden aus der 1979 erschienenen Monographie *Sequentielle Traumatisierung bei Kindern,* bei der ich die Mitarbeit meines Freundes und Kollegen Herman Sarphatie genoß:[2]

Esra, geboren am 3.9.1933, entstammt einer orthodox-jüdischen Familie des gehobenen Mittelstandes. Zwölfjährig kam er mit dem Bild einer reaktiven Depression (»Trauersyndrom« von Trautmann) aus dem Konzentrationslager zurück, wo er seine Eltern und fünf Geschwister verloren hatte. Esra war das erste Konzentrationslager-Kind, das der Referent untersuchte. Die Untersuchung fand statt in der Zeit vom 1. bis 12.11.1945. Wir zitieren im folgenden aus dem damals angefertigten Rapport. Abgesehen von der klinischen Beschreibung zeugt er von der Betroffenheit des Referenten im ersten Kontakt mit der sein Vorstellungsvermögen überschreitenden Welt des Konzentrationslagers, ein Erlebnis, von dem Minkowski (1946) als erster berichtet hat.

Unsere Bekanntschaft mit Esra verlief folgendermaßen: Er betrat mit weit aufgerissenen Augen und wie verträumt das Zimmer, ein Schlafwandler, der aus einer anderen Welt kommt, sah sich verwundert im Raum um und ließ sich langsam auf einem Stuhl nieder. Er war ernsthaft und nachdenklich. Und dieser Ernst und diese Nachdenklichkeit hatten zugleich etwas Bedrängendes, wie man es bei Kindern findet, die schwer an Erlebnissen tragen, die sie mit sich selbst ausfechten müssen und denen ihr Wesen und ihre kindliche Welt nicht gewachsen ist. Auch wenn man nichts von seiner Vergangenheit weiß, kann man – sich in die Sphäre, die er um sich verbreitet, einfühlend – sagen, daß wir es hier mit einem unfrohen, unglücklichen Jungen zu tun haben, der mühselig lebt.

Seine Antworten kamen langsam und zögernd. Und obwohl man nicht den Eindruck erhielt, daß er sich bewußt gegen die Untersuchung wehrte, kamen seine Worte nur mit Mühe und mit deutlichem Widerwillen über seine Lippen. Obgleich er über einen guten Wortschatz verfügt und obwohl seine Ausdrucksweise zeigt, daß er einem kultivierten Milieu entstammt, fällt eine gewisse Sprachgehemmtheit auf. Diese muß man als Signal begreifen, daß er das, was er erlebt hat, nur mit Mühe in Worte kleiden kann, da er noch völlig unter dessen Eindruck steht; zugleich aber auch als ein Zeichen, daß diese Erlebnisse mit starken Unlustgefühlen einhergehen, die hemmend und störend in die kindliche Psyche eingegriffen haben.

Ein von Natur einfaches, nicht übermäßig starkes Kind kämpft hier – zum großen Teil noch unbewußt – einen Kampf, den es selbst noch nicht begreift. Aus dem Konzentrationslager ist es nicht verhärtet oder abgestumpft zurückgekommen, sondern sensitiver. Die Unempfindlichkeit, die er in seinen Verhaltensstörungen zur Schau trägt, ist nichts anderes als eine gewisse Hilflosigkeit. Die Wirklichkeit, mit der er in Berührung gekommen ist, war so übermächtig und hat so tiefe Spuren hinterlassen, daß seine Kräfte gegenwärtig nicht mehr ausreichen, um das tägliche Leben, das in vieler Hinsicht verändert ist, zu bewältigen. Seine Ängste, seine sonderbaren, befremdenden Einfälle, sein Gefühl, gequält zu werden, das sich darin äußert, daß er andere quält, das alles verrät die tiefe Kluft, die sich hier aufgetan hat zwischen der Umwelt und einem in seinem tiefsten Wesen erschütterten Kind.

Charakteristisch war seine Reaktion auf die vorsichtig gestellte Frage nach seinen Eltern, seinen Geschwistern, seinen Erlebnissen im Konzentrationslager. Als Antwort ließ er nur seinen Kopf auf die Brust sinken. So blieb er lange Zeit schweigend sitzen.

142

Ohne jegliches Pathos und ohne jegliche literarische Schönschreiberei muß hier festgestellt werden: Dieses Kind fühlt jetzt, wo es in das normale Leben reklassiert wird, den Schmerz und die Qual all dessen, was es gesehen und erlebt hat. Bisher steht er all diesem noch hilflos gegenüber. Der einzige Ausweg, um sich von all dem zu befreien, ist im Moment der Versuch, es zu verstecken. Man muß ihn als ein Kind betrachten, das einerseits im psychischen Sinne unterernährt ist (obwohl uns auch seine körperliche Verfassung nicht gut erschien), andererseits ein enormes inneres Pensum noch verarbeiten muß. Und es wird voraussichtlich noch sehr lange Zeit dauern, bis er alles verarbeitet hat. Seinen gegenwärtigen Zustand muß man als einen Ausdruck seiner Hilflosigkeit sehen, als ein Unvermögen, in sich selbst Ordnung zu schaffen und sich normal ins tägliche Leben einzuschalten.

Der zitierte Rapport aus dem Jahre 1945, den ich damals für die jüdische Waisenorganisation »Le Ezrat HaJeled« schrieb – ich habe sie mit anderen überlebenden Juden nach dem Kriege begründet und bis 1970 für sie als Konsulent gearbeitet –, sagt ebensoviel über meine hilflose Betroffenheit aus wie über den klinischen Zustand des Jungen. Am Anfang stand ein Erlebnis, eine plötzliche Erfahrung, dieses Zusammentreffen mit dem ersten Konzentrationslager-Kind. Obwohl diese Untersuchung geplant und vorbereitet war, verlief sie in der unmittelbaren Konfrontation unerwartet, sie glitt mir aus der Hand und machte sprachlos.

Was war geschehen? Wir wollen uns heute retrospektiv die Frage vorlegen, was damals geschah, wie es zu diesem Schweigen kam, in dem die Sprache wie ein Fluß, ein Bach zu strömen aufhört und langsam versickert.

Da es sich um eine dialogische Situation handelt, möchte ich zu ihrem besseren Verständnis einen kurzen biographischen Exkurs voranstellen. Nach meinem ärztlichen Staatsexamen 1934 in Berlin arbeitete ich einige Jahre als Lehrer an den Schulen der jüdischen Gemeinde Berlin, u. a. am Waisenhaus Weißensee. Es war das erste Mal, daß ich mit der Problematik des Waisenkindes in Berührung kam. Während der Besetzung der Niederlande hatte ich als Arzt der Widerstandsgruppe »Vrije Groepen Amsterdam« Kontakte mit untergetauchten jüdischen Kindern in ihren verschiedenen Verstecken. Ich selbst war ebenfalls untergetaucht und arbeitete unter einem angenommenen Namen. In dieser Zeit hatte ich rein zufällig den Abschluß der Sitzung des englischen Unterhauses über den englischen Sender gehört, in der zum ersten Mal, wenn ich nicht irre, über die Konzentrations- und Vernichtungslager berichtet wurde.

Nach dem Ende des Krieges brach eine Flut von Informationen über die Geschehnisse in den Lagern über uns herein. Die seelische Verfassung der meisten Betroffenen wurde durch diese beiden Pole bestimmt: Befreiung vom Tyrannenjoch und Schmerz über erlittene Verluste. Hinzu kamen die Folgen des letzten Hungerwinters. Diese Polarität wurde durch eine gewisse euphorische Stimmung egalisiert, mit dem Ziel, den Überlebenden zu helfen. Wir gründeten also die jüdische Waisenorganisation. Vor Esra hatte ich eine Anzahl von Kriegswaisen, die in den Kriegsjahren untergetaucht waren, untersucht. Aber erst im Gespräch mit Esra entdeckte ich, daß meine Sprache in einer anderen Welt angesiedelt war, die bei aller Schicksalsverbundenheit mit dem Kind dieses selbst nicht mehr erreichte, das ja – es stand bereits in dem zitierten Rapport – aus einer anderen Welt kam.

In seinem Buch *Ways of Worldmaking* (1972) formulierte Nelson Goodman die Hypothese, daß Welten nicht gefunden werden, daß sie geschaffen werden durch das richtige Wort, das sie benennt. Natürlich gab es Himmelskörper, bevor der Mensch für sie die Benennung »Sterne« fand. Aber erst die Benennung strukturiert die Welt. Dazu kommt, daß für den Astronomen das Wort »Stern« eine andere Valenz hat als für den Poeten, für Kinder eine andere, für jüdische Kinder noch eine andere ...

Sapir und Whorf formulieren in ihrer linguistischen Relativitätshypothese die Abhängigkeit der Sprache von der Kultur und den Einfluß der Sprache auf das Weltbild. Ein Beispiel hierfür sind die Eskimos. In einer schneereichen Welt lebend, besitzen sie ungefähr 50 Worte in ihrer Sprache für das Phänomen Schnee. Dieser Reichtum an Benennungen strukturiert wiederum ihr Weltbild, in dem sie Nuancen von Schnee wahrnehmen, die wir nicht kennen.

Zurück zu unserem klinischen Beispiel. Man spricht von der Welt des Konzentrationslagers. Diese Formulierung hat sicher eine tiefe Berechtigung auch im Kontext des Referates. Esra hatte als Kind Jahre im Konzentrationslager zugebracht, ich kannte nur die Benennung und versuchte mir eine Vorstellung davon zu machen. Für Esra hatte das

Bild, das er sich aus eigener Erfahrung von der Welt des Konzentrationslagers geformt hatte, andere Valenzen als das Bild, das ich mir aus meinen eigenen Erfahrungen von dieser Welt machen konnte. In dem Lager hatte er seine Eltern und fünf Geschwister verloren, zu schweigen – man beachte die Implikation rhetorischen Sprachgebrauchs! –, zu schweigen von dem, was er noch um sich her gesehen hatte. Man hat mir von den Kindern erzählt, die aus den befreiten Lagern in ein jüdisches Heim in den Niederlanden gebracht wurden, in die Bergstichting in Laren. Die Erwachsenen, die die Kinder erwarteten mit ihren eigenen Vorstellungen davon, wie man Kinder, die soviel mitgemacht haben, empfängt, waren entsetzt. Die Kinder negierten sie; sie stiegen durch die Fenster, die sie einschlugen, in die unteren Räume ein, verbarrikadierten die Türen, setzten sich zum Essen auf den Fußboden; Bestecke wurden in die Tasche gesteckt für andere Zwecke, für später; die Teller wurden hastig leergegessen: man konnte ja nicht wissen, wie groß der Hunger des Nachbarn war. Sie schliefen in ihren Kleidern unter den Betten.

Etwas Ähnliches muß sich auch in dem Gespräch zwischen Esra und mir zugetragen haben. Wenn ich z. B. »Bett« sagte, verband ich damit die Vorstellung, daß man auf ihm liegt, er dagegen, daß man unter ihm liegt, um zu schlafen. Die sprachlichen Konventionen, die ich gebrauchte, entsprachen nicht mehr den Erfahrungen und seinem Bild von der Welt, für die er vielleicht noch nicht die passenden sprachlichen Konventionen gefunden hatte. Ebensowenig hatte ich die sprachlichen Konventionen gefunden, die der Welt des Konzentrationslagers entsprachen, so daß die im Verlauf einer Untersuchung formulierten Fragen auch für Esra aus einer »anderen« Welt kamen, auf die er erlebnismäßig sich nicht mehr beziehen konnte. Inwiefern die hier erörterte sprachliche Interferenz die von Minkowski beschriebene anesthésie émotionelle mitstrukturiert, soll dahingestellt bleiben.

Ich erinnere mich, die hier dargelegten Probleme bereits als 14-, 15jähriger erfahren zu haben – allerdings in einem anderen Kontext. Im sogenannten »Handwerkerverein« des Kreisstädtchens in der Mark Brandenburg, in dem ich meine Kindheit verbrachte, spielte man einige Szenen aus dem *Hinkemann* von Ernst Toller. Ein Soldat, dem im

Krieg sein Geschlecht abgeschossen wurde, versuchte, Kindern den Krieg zu erklären. Es gelang ihm nicht, er schwieg. Die Bühne erschien auf einmal leer. In diesem Gefühl der Leere kündigt sich die sinnhafte »Entleerung« bzw. Entwertung des Wortes innerhalb der bisherigen sprachlichen Konvention an.

Die kognitive und emotionale Ladung eines Wortes schließt die Ambiguität des sprachlichen Ausdrucks und die Ambivalenz der Gefühlseinstellung in sich ein. Alle diese Phänomene sind dem geschulten Therapeuten bekannt. Ihnen ist gemeinsam, daß sie sich in das Gefüge sprachlicher Ausdrucksformen einordnen lassen und daß sie besprochen werden können, insofern ihre verbale Verlautbarung sich auf ein präverbales Einverständnis gründet, wofür die Psychoanalyse – pragmatisch, wie sie in ihren besten Momenten ist – den Ausdruck working alliance geprägt hat. Die Bedeutung dieses Zusammenflusses von emphatischen und sympathischen Regungen für das Zustandekommen und den Ablauf einer jeglichen therapeutischen Arbeitsgemeinschaft ist evident. Aber das Wichtige an dem hier beschriebenen Zustand scheint mir vornehmlich doch auch die sprachliche Übereinstimmung zweier Menschen zu sein, des Sprechers und des Hörers, die beide ihre Zeichen einer Welt entnehmen, die ihnen beiden a priori bekannt und bis zu einem gewissen Grade vertraut und gemeinsam ist.

In der Literatur über Verfolgte wurde des öfteren beschrieben, daß ehemalige Konzentrationslagerhäftlinge, auch diejenigen, die ihren Ehepartner im Lager verloren hatten, nach der Befreiung sofort miteinander eine neue Ehe eingingen. Hierfür wurden viele psychologische Motive angeführt, die ohne Zweifel richtig sind, wie z. B. der Wunsch, nicht mehr allein zu sein als vielleicht einziger Überlebender einer größeren Familie – mit allen Implikationen und sicher auch Komplikationen. Möglicherweise spielt doch auch eine Rolle, daß beide aus derselben »Welt« kamen, die ihr Erleben und ihre Sprache prägte; zwischen ihnen bestand bereits a priori ein präverbales Einverständnis und sie konnten auch darüber sprechen. Im Gegensatz hierzu, oder vielleicht besser: zur Komplettierung fand ich bei der Nachuntersuchung der jüdischen Kriegswaisen als Motiv für die Wahl eines nicht-jüdischen Partners die Verstärkung der Abwehrfunktion der Er-

146

innerung an die erlittene Verfolgung. Auf der einen Seite sehen wir das Miteinander-darüber-sprechen-können und auf der anderen Seite das Nicht-mehr-darüber-sprechen-wollen – man bedenke, daß der Holocaust in der Vokabel »darüber« kondensiert ist.

Ein treffendes Beispiel für das bisher Gesagte erzählte mir vor kurzem Franz Hebel, Professor für Deutsche Sprache und Literatur an der TH Darmstadt. Er berichtete mir von seinen Eindrücken von dem vor Jahren geführten Auschwitz-Prozeß in Frankfurt am Main (Peter Weiss hat in seinem Oratorium in 11 Gesängen, *Die Ermittlung,* die Verhandlungen wiedergegeben), den er täglich allein oder mit seinen Studenten besuchte. Ihm fiel auf, daß zwischen den Angeklagten und den aufgerufenen Belastungszeugen ein sprachliches Einvernehmen bestand und dadurch auch ein Kontakt, den es zwischen Angeklagten und Zeugen einerseits und Gericht andererseits jedenfalls nicht gab. Die Leere zwischen diesen beiden Welten war im Saale spürbar.

Aus den bisher erschienenen Untersuchungen über die Kinder der Verfolgten, die nach dem Krieg geborene sogenannte »zweite Generation«, wird ersichtlich, welche Schwierigkeiten die Erwachsenen haben, ihren Kindern mitzuteilen, was geschehen ist. Abgesehen von dem sprachphilosophischen Problem, inwiefern Sprache überhaupt imstande ist, Wirklichkeit abzubilden – zum Schluß bleibt die Legende –, waren wir während der Fallbeschreibungen betroffen, mit wieviel zuweilen krampfhaften Bemühungen die Eltern ihre Erlebnisse erzählten – oder verschwiegen. Wie dem auch sei, Bergman hat in seinem Beitrag zu *Generations of Holocaust* dargestellt, wie unbewußte Inhalte, Ängste, Phantasien auf die Kinder übertragen wurden. Er hat den hier wirksamen Mechanismus »transmission« genannt. Der Mechanismus selbst wurde bereits in der »Psychoanalytischen Pädagogik« der zwanziger Jahre bei der heftig umstrittenen Frage der sexuellen Aufklärung der Kinder beschrieben. Bernfeld zweifelte damals an dem Wert einer verbalen Aufklärung überhaupt und wies auf die begleitenden Affekte hin, denen er den entscheidenden Einfluß bei dem Prozeß der Aufklärung zuweist.

Anläßlich des 25jährigen Bestehens der Amsterdamer Child Guidance Clinic habe ich in einer kleinen Arbeit über *Sexuelle Aufklärung als Trauma* die Diskrepanz zu zeigen versucht, die zwischen verbaler rationaler Information in sogenannten fortschrittlichen Milieus, die nur der Sache selbst gerecht werden wollen, und den unterschwelligen, unverarbeiteten, meistens ängstlich gefärbten Gefühlen und Phantasien, die schließlich den gesamten Aufklärungsvorgang entscheidend gestalten, besteht.

Es scheint mir überflüssig, auf den fundamentalen Unterschied zwischen Traumatisierungen durch man-made disaster und durch sexuelle Aufklärung hinzuweisen. Bereits im sprachlichen Bereich läßt er sich durch folgendes Beispiel deutlich machen: Wenn Eltern, früher oder vielleicht auch heute noch, schwanken, ob sie überhaupt, und wenn ja, auf welche Weise sie mit ihren Kindern über die menschliche Sexualität sprechen sollen, bleibt ihnen immer noch der Ausweg, in quasi-Metaphern über die Fortpflanzung bei Blumen, Bienen und Schmetterlingen zu sprechen. Für das man-made disaster, wie wir es erfahren haben und zum Thema unseres Symposiums machen, gibt es diesen Aus- oder Umweg über die Metapher schwerlich. Hierfür könnte man Gründe anführen. Ein Beispiel: Ein jüdischer Mann, der in seiner Kindheit und Adoleszenz viel durchlitten hat (er hat in Auschwitz seine Eltern und viele Verwandte und Freunde verloren; er selbst lebte lange Zeit im Versteck), sagte zu seiner einige Jahre jüngeren Frau, er müsse seinem neugierigen Sohn doch mehr von der Vergangenheit erzählen. Das Kind fragte nach den Großeltern, deren Photos auf dem Kaminsims stehen, und nach anderen Begebenheiten. Seine Frau erwidert: »Gewiß, das mußt du tun. Aber bitte nimm ihm nicht seine Unbefangenheit.« Der Vater fühlte sich lange Zeit blockiert, er wußte keine Möglichkeit, seinem Kind zu erzählen – ohne dessen Unbefangenheit anzutasten.

Auf andere Weise vom Unsagbaren handelt am Ende meiner Ausführungen das folgende Zitat:

> Nur, nicht leicht ist es, eigentlich davon zu reden, – das will sagen: eigentlich kann man überhaupt und ganz und gar nicht davon reden, weil sich das Eigentliche mit den Worten nicht deckt; man mag viel Worte brauchen und machen, aber allesamt sind sie nur stellvertretend, stehen für Namen, die es nicht gibt, können nicht den Anspruch erheben, das zu bezeichnen, was nimmermehr zu bezeichnen und in Worten zu denunzieren ist. Das ist die geheime Lust und Sicherheit der Hölle, daß sie nicht denunzierbar, daß sie

vor der Sprache geborgen ist, daß sie eben nur ist, aber nicht in die Zeitung kommen, nicht publik werden, durch kein Wort zur kritisierenden Kenntnis gebracht werden kann, wofür eben die Wörter »unterirdisch«, »Keller«, »dicke Mauern«, »Lautlosigkeit«, »Vergessenheit«, »Rettungslosigkeit«, die schwachen Symbole sind. […]
Nein, es ist schlecht davon zu reden, es liegt abseits und außerhalb der Sprache, diese hat nichts damit zu tun, hat kein Verhältnis dazu, weshalb sie auch nie recht weiß, welche Zeitform sie darauf anwenden soll und sich aus Not mit dem Futurum behilft, wie es ja heißt: »Da wird sein Heulen und Zähneklappern«.

Diese Sätze schrieb Thomas Mann fern von Europa Ende 1944, Anfang 1945. Diese Antwort erteilt der Teufel dem Adrian Leverkühn auf seine Frage nach der Beschaffenheit der Hölle. Die Übereinkunft, die die Mitglieder einer Gemeinschaft geschlossen haben, um über Handlungen in der Vergangenheit in sprachlichen Konventionen zu berichten, ist – wie dargelegt – der soziale Teil der Sprache. Hier müßte m. E. eine Untersuchung über die sprachlichen Bearbeitungen ansetzen, die die Verfolger und Verfolgten an den Geschehnissen vornahmen, in die sie als Täter und Opfer situativ verstrickt waren. Dieses Thema möchte ich hier allerdings nicht aufnehmen. Ich versuchte zu verdeutlichen, wie schwierig es ist, Geschehnisse, die sich in einer Welt abspielen, wohin die Sprache nicht reicht, wo sie »versagt«, in eine psychologisch-psychoanalytische Terminologie zu übertragen.

Es könnte sein, daß hinsichtlich meiner Ausführungen in Anlehnung an Wittgenstein der Eindruck entstehen könnte, daß man darüber, worüber man nicht reden kann, schweigen sollte. Ich teile diese Meinung nicht. Man sollte es immer wieder aufs neue versuchen.

(1984)

Anmerkungen

1 E. Kraepelin: Psychiatrie, Leipzig (1903)
2 H. Keilson (unter der Mitarbeit von H. Sarphatie): Sequentielle Traumatisierung bei Kindern. Deskriptiv-klinische und quantifizierend-statistische follow-up Untersuchung zum Schicksal der jüdischen Kriegswaisen in den Niederlanden, Stuttgart (1979), S. 237f.

Lieber Holland als Heimweh …

In meinen jungen Jahren, als hoffnungsvoller Student, wäre es mir nie in den Sinn gekommen, daß ich einmal gezwungen sein würde, die Flucht aus Deutschland in die Niederlande zu ergreifen – im Herbst 1986 waren genau fünfzig Jahre seit meiner Ankunft in den Niederlanden vergangen. Ebensowenig habe ich je ahnen können, daß ich einmal von der Redaktion der Zeitung »De Gids« gebeten werden würde, einen Beitrag für deren Jubiläumsnummer zum 150. Jahrgang zu liefern. Als ich die Einladung angenommen hatte, bereute ich das tief. Es war, als müßte ich ein Examen oder einen Eid ablegen. Ich kam 1936 in Amsterdam an; in meinem damals noch deutschen Reisepaß stand der Vermerk »nach sieben Tagen bei der Polizei melden«. In den folgenden drei Jahren spürte ich weder Reue noch Kummer. Die Freiheit hatte mich inzwischen am Kragen wie früher die Polizei. Kummer kam erst später, als im Mai 1940 andere Paßinhaber, Deutsche und Österreicher (die allerdings Wehrpässe hatten ohne den obengenannten Vermerk), mir nachfolgten und sich hier breitmachten. Mit ihrem Abzug verschwand auch der Kummer, statt dessen begann eine Trauerarbeit, die noch stets andauert.

Im Jahre 1935 brachte meine Frau, tatkräftiger und mit mehr politischem Instinkt begabt als ich, von ihrer ersten Reise in die Niederlande eine Grammophonplatte mit holländischen Kinderliedern mit nach Berlin, wo wir damals unter dem Druck der Nürnberger Gesetze lebten. »In Holland gibt es auch Kinder, für die du arbeiten kannst«, sagte sie. Nach meinem medizinischen Examen 1934 war meine weitere ärztliche Laufbahn abgeschnitten. Ich arbeitete damals als Sportlehrer an verschiedenen jüdischen Schulen in Berlin und Umgebung.

Als ich durch die Vermittlung eines sozialistischen Gemeinderatsmitglieds beim Standesamt Naarden eingeschrieben wurde, besaß ich hundert Reichsmark und verfügte über viel freie Zeit. In diesen Tagen lernte ich einen gleichaltrigen Arztkollegen in Bussum kennen – noch heute mein lieber Freund –, der sich in einem Gespräch über einen Mißstand schrecklich aufregte und rief: »Die elenden Holländer, diese gräßliche Krämermentalität«, und noch so dies und jenes. Ich erschrak ziemlich vor seinem Ausfall, dieser Art von Äußerungen des Nationalgefühls war ich in meinem Leben noch nicht begegnet. *Bei uns zu Hause,* von wo ich geflüchtet war, galt die Nation als etwas Erhabenes, als heilig; man beschmutzte nicht sein eigenes Nest, sondern das der Nachbarn. Wieder einige Zeit später traf ich einen alten Professor, bei dem ich in Berlin noch Vorlesungen über Kinderpsychiatrie gehört hatte und der auch in die Niederlande hatte emigrieren müssen. Er berichtete mir über ein Gespräch mit einem seiner »guten« alten Kollegen, der ihn von Deutschland aus in den Niederlanden besucht hatte. Der gute Kollege fand die niederländische Jugend laut, ungehemmt, wild, schlecht erzogen, aufsässig und was nicht noch alles. Die Antwort »meines« Professors ist mir immer im Gedächtnis geblieben: »Man muß sich wundern, daß diese Kinder später so verständige, kritische und erwachsene Bürger werden.«

Ich kam auch mit progressiven, etwas aufsässigen Kreisen aus dem Unterrichtswesen in Berührung (Kees Boeke), die viel Verständnis für meine Situation zeigten und auch praktisch halfen. Aber am meisten erstaunte mich die souverän-freimütige, kritische Einstellung, mit der auch sie die Verhältnisse im eigenen Land – es war das ihrige und noch nicht das meine – zur Diskussion stellten.

Während des ersten Jahres meines Aufenthaltes in Amsterdam sprach Professor David Cohen in makellosem Deutsch vor deutsch-jüdischen Emigranten über unsere Anpassungsprobleme an die niederländische Gesellschaft. Auf fast analytische Weise bemühte er sich, uns mit der *Bei-uns-Mentalität* vertraut zu machen, womit wir – auch ich – den kulturellen Schock der erzwungenen Emigration aufzufangen versuchten. Was mir selbst im Kontakt mit niederländisch-jüdischen Kreisen auffiel, war die selbstbewußt stolze, fast arrogante Haltung, mit der man bei aller Hilfe, die man gab, auf die Geschehnisse in Deutschland reagierte – im Sinne von »It can't happen here«. Erst später begriff ich, daß hier nicht die Juden, sondern die in der calvinistischen Tradition erzogenen niederländischen Bürger sprachen, für die Verträglichkeit, den Respekt gegenüber anderen Gruppen mit abweichenden Lebensauffassungen, der eine Garantie bildet für die sichere Existenz der eigenen Gruppe. Ich begriff ziemlich schnell, daß diese Attitüde selbstverständlicher Sicherheit für das niederländische System in all seinen Gliederungen charakteristisch ist. Aber ich fand es doch etwas sonderbar, daß viele, die mir und anderen Schicksalsgenossen zur Seite standen, ein kleines zerbrochenes Gewehr auf dem Revers ihrer Jacken trugen und noch auf die Wasserlinie vertrauten, während ich noch kurz vor meiner Abreise in Berlin Unter den Linden die militärische Machtdemonstration von Nazi-Deutschland gesehen hatte.

Ich hatte damals also viel Zeit und saß zumeist im Lesesaal der öffentlichen Bibliothek in Bussum. Bekanntlich ist das Erlernen einer »fremden« Sprache das erste Akkulturationserfordernis, abgesehen von der Übernahme der Eßgewohnheiten. Mit Eintopfgerichten und Bols habe ich übrigens nie Schwierigkeiten gehabt. Niederländisch lernte ich in der Praxis des täglichen Lebens und von den Fußballberichten von Han Hollander im Radio. Im Lesesaal lagen viele Zeitungen und Zeitschriften, unter anderem *De Gids*, damals unter der Redaktion von Colenbrander und Dijksterhuis. In dem Maße, wie meine Kenntnis der niederländischen Sprache zunahm, verminderte sich mein Interesse an der Zeitschrift; ich fand sie trocken und langweilig, aber wohl gelehrt auf einem Niveau, das ich nie und nimmer erreichen würde. In derselben Bibliothek stand in der Abteilung für deutsche Literatur auch mein im Frühjahr 1933 im S. Fischer Verlag, Berlin, erschienenes Debüt, ein Roman. Es sollte bis zum Herbst 1984 dauern, bevor das Buch, dank der Initiative von Ulrich Walberer, in der Reihe »Verboten und Verbrannt/Exil« erneut bei S. Fischer erschien. Und seitdem bedeutet Holland für mich mehr als nur das Land mit der jahrhundertealten Tradition der Asylgewährung für Verfolgte. Diese kurz beschriebene tiefe Erfahrung hat sicher zusammen mit anderen Eindrücken meine Akkulturation gefördert, sie aber auch auf die eine oder andere Weise gehemmt. Ich habe an anderer Stelle darüber ausführlich geschrieben.[1] Ich gehöre zu der kleinen Gruppe von Schriftstellern, die dabei blieben, deutsch zu schreiben, und die:

[...] sich 1933 durch die Machtergreifung des Nationalsozialismus in Deutschland gezwungen [sahen], das Land, in dessen Sprache sie schrieben, zu verlassen. Sie gingen unfreiwillig. Nach 1945 sind sie freiwillig »draußen« geblieben [...] Sie sprechen in ihrem täglichen Leben, wenn sie sich nicht in deutschsprachigen Räumen niedergelassen haben, auch die neuerlernte Sprache ihres gegenwärtigen Wohnsitzes, des Landes, dessen Staatsbürgerschaft sie mitunter angenommen haben. Sie sprechen diese, in der sie zuweilen auch schreiben, mit fremdem Akzent, ihre Kinder als Muttersprache und deutsch mit fremdem Akzent [...] Man sollte nicht geringschätzend oder resigniert diese Fragen angehen. Gewiß stößt man hier, wenn man die jeweilige Oberfläche verläßt, auf die verzwickten Problemkreise von Identität, Loyalität und Solidarität, auf schlecht vernarbte Wunden und Trauer, auf konfliktuöse Spannungen, die sich daraus ergeben, daß der einstige Status der Vertreibung und des Exils auf die Zeit danach transponiert wurde. Das merkwürdige Paradoxon, in der »Fremde«, im Ausland, das keine Fremde mehr ist, zu Hause und auch in der deutschen Sprache noch beheimatet zu sein und dies auch zu wollen, läßt zum einen die Unübersetzbarkeit des Begriffs »Heimat« stärker hervortreten, zum anderen hebt es eine bisher noch nicht identifizierte Befindlichkeit von Seinsweisen ins Bewußtsein.

Die Redaktion von *De Gids* schrieb mir: »Ihr Blick hat sich zwar an die Niederlande gewöhnt, aber Sie haben diese Gesellschaft wohl auf eine ganz besondere Weise und unter ganz außergewöhnlichen Aspekten kennengelernt; sicherlich haben Sie manches Befremden empfunden, und darum geht es uns.« Und weiter las ich, daß man mich zu den »Landesverlaters« (zu expatriates, zu denen, die ihr Land verlassen haben) rechnet. Mir ist nicht ganz klar, welche soziopsychologische Modalität damit gemeint ist. Aber lassen wir das auf sich beruhen. Man muß irgendwo dazugehören, damit man registriert werden und bleiben kann. Dieses Bedürfnis nach Registrierung und das zugehörige Praktizieren, »heel netjes« (sehr ordentlich) – übrigens eines der ersten niederländischen Worte, die ich lernte –, kenne ich nur allzu gut. Im Laufe der Jahre bin ich etwas allergisch dagegen geworden.

Ich setze voraus, daß man von mir nicht wissen will, wie ich mit der jährlichen Nikolauspsychose fertig werde, ob ich schließlich doch erliege und Verslein und »surprises« (Geschenküberraschungen) zusammenbastle; oder was ich von den Spaßvögeln auf dem niederländischen Fernsehschirm halte und von all dem anderen täglichen Nonsens, der unser aller Leben füllt (ich stänkere hier schon ganz schön herum – auch dies ist ein Zeichen gelungener Akkulturation); und ob ich der Meinung bin, daß man diese Herren Fußballtrainer, die Fußball als Krieg definieren, außerhalb der Spielplätze halten und in vorgezogenen Ruhestand schicken sollte, denn sie haben wohl einst verdienstvolle Arbeit geleistet. Denn das Verrückte ist – ich werde auch jetzt etwas gemütlicher –, daß es schließlich nicht darauf ankommt, wie ich das alles finde, sondern daß man erwartet, daß ich etwas daran finde, daß ich mitmache, mitlebe, eine Meinung habe und diese auch äußere, ohne zu fürchten, daß ich dafür später eins vor den Latz kriege; das will sagen, natürlich kriege ich zu gegebener Zeit einen gewaltigen Rüffel, die soziale Kontrolle hat es hier in sich, aber ich darf zurückschlagen, vorausgesetzt, daß … ja, vorausgesetzt, daß dieser Mehrheits- oder Minderheitsstandpunkt sich in einem Verhalten manifestiert, das den anderen, den Gegner als Person, als Mensch intakt läßt. Es handelt sich um ein soziales Spiel in einer pluralistischen Gesellschaft mit soviel Kirchen, Sekten und Parteien, wie es für die Niederlande zutrifft, wo der Staat keine mit pseudonationalem Gefühl aufgeblasene heilige Kuh ist. Letztlich geht es um die »condition humaine«, um das Make-up der Aggression, um die Weise, wie der Destruktionstrieb so neutralisiert und in das soziale Netz eingebaut ist, daß er nicht wie ein Bumerang zurückkommt und letztlich in eine Art »seppuku« übergeht.

Die Redaktion hat recht: auf eine ganz besondere Weise und unter ganz außergewöhnlichen Umständen – ein deutsch-jüdischer Flüchtling, der Krieg und Verfolgung, untergetaucht bei Freunden, überlebte und zu einem niederländischen Medicus und Staatsbürger wurde. Jeder individuelle Akkulturationsprozeß ist an die historische Tradition und Dynamik des Gastlandes gebunden. Die kollektiven traumatischen Erfahrungen der Besatzungszeit von 1940–45 und die Zeit danach sind aufs engste verwoben mit meinen eigenen Erfahrungen. Aber es sind nicht die Erfahrungen allein – diese klaffen oft auseinander, werden verschieden interpretiert und verarbeitet –, die ein Gefühl der Verbundenheit mit den Niederlanden entstehen lassen. Es sind auch die gemeinsamen Erinnerungen an eine durchstandene Zeit der Not und des Elends. Wer miterlebt hat, wie unbehaglich und »verfremdet« viele Heimkehrer aus japanischen Konzentrationslagern des einstigen Niederländisch-Indien die niederländische Gesellschaft kritisch betrachteten und noch immer betrachten, wie verfremdet und im Stich gelassen sie sich nach ihrer »Heimkehr« im Vaterland fühlten, weiß, daß das Spektrum des Assimilations- und Akkulturationsprozesses breit ist. Man gesteht mir somit zu, »Befremden« zu bewahren, ohne damit Zweifel an meinen Gefühlen der Solidarität und Loyalität zu verbinden.

Der oben erwähnte enorme Zweifel, den ich nach meiner Zusage an die Redaktion empfand, entstammt vielleicht verborgenen und unterdrückten Ängsten von früher, nicht mehr dazugehören zu dürfen, wenn ich Irritation über und Kritik an Menschen oder Institutionen äußern sollte. Natürlich verfüge ich über beide Möglichkeiten wie jeder – was muß ich mich selbst bestätigen –, genauso wie ich Irritation und Kritik bei anderen hervorrufen kann. Befremden enthält auch das Gefühl von Abstand, selbst Abstand nehmen oder auf Abstand gehalten werden, was in beiden Fällen unter anderem zur Außenseiterposition führen kann. Es betrifft hier fundamentale Spannungselemente, wie sie in der Begegnung verschiedener Kulturen zum Ausdruck kommen.

H. W. von der Dunk hat in seinem Essay *Holländer und Deutsche – Zwei Politische Kulturen*[2] auf die inhärenten Spannungselemente zwischen beiden Völkern hingewiesen und die Entwicklung von zwei diametral sich gegenüberstehenden Gesellschaftsmodellen mit ihren politischen und sozio-kulturellen Implikationen skizziert. Auf der einen Seite der Freiheitskampf der Niederlande gegen die spanische Hegemonie, ein Kampf des Bürgertums mit weitgehenden demokratischen Konsequenzen für den zukünftigen Status der Niederlande, und auf der anderen Seite die Entwicklung eines absolutistischen Staates, der schließlich in die Hitlertyrannei mit allen in- und ausländischen Konsequenzen entartete, wovon wir Zeugen waren und sind. Zwei Wertsysteme stehen sich hier gegenüber, zwei Lebensanschauungen, verkörpert in Symbolfiguren, auf der einen Seite im Kaufmann und im Soldaten auf der anderen Seite. Vielleicht ist diese symbolische Reduktion zu simplifizierend und es wäre besser hinzuzufügen, daß die Verbannung von Gewalt – es sei dahingestellt, ob das aus moralischen oder religiösen Erwägungen geschieht, als Mittel, Konflikte zu lösen – für die niederländische Gesellschaft typisch ist.

Gegen Ende der dreißiger Jahre, 1937 oder 1938 – das genaue Datum kann ich nicht angeben –, hielt ich ein kleines Buch in den Händen mit dem Titel *Wij leven in Holland*. Der Autor war Gerth Schreiner, ein deutscher politischer Flüchtling. In diesem Büchlein beschreibt er auf amüsante Weise die Eindrücke, die ein deutscher Emigrant von der niederländischen Gesellschaft erhält. Es war ein reizvoller Ansatz, nun einmal nicht von der »Danke schön«-Haltung aus, sondern vorsichtig kritisch, verwundert, erstaunt einige hier bestehende Klischees und Stereotypen zu analysieren.

Köstliche Passagen widmet er einer Redensart (was daran meines Erachtens typisch ist, werde ich später verraten): »last van zenuwen« (zenuwen=Nerven). Auch ich muß jedesmal ausländischen Bekannten oder Kollegen erklären, was das Wort »zenuw« in meiner altmodischen Berufsbezeichnung bedeutet. Ob vor Schreiner auch niederländische Autoren über diese Redensart geschrieben haben, ist mir nicht bekannt. Schreiner wundert sich mit Recht darüber, wie häufig er unter diesem ruhigen, bedächtigen, charakterfesten Volk diesem Ausdruck begegnet. Fast jeder kann ein »zenuwlijder« (Nervenkranker, Nervenbündel) sein oder »kan de zenuwen krijgen«. Das höchste Lob, das man jemandem zollen kann, ist, daß der Betreffende »geen last van zenuwen« hat (keine Nerven kennt). Es ist ein Klischee, es kann als under-, aber auch als ein overstatement benutzt werden. Wenn jemand »uit zijn doen« (aus seinem »gewohnten« Gleis) gerät, dann hat er »last van weet je wel« (Last von duweißt-schon), »uit zijn doen« kann bedeuten, daß er ängstlich, bang ist, aber auch, wenn ein strammer Kerl plötzlich gerührt ist – rauhe Schale, guter Kern – und wenn er seine Empfindsamkeit nicht wie »gewoon« (gewöhnlich) hinter einer Maske der Gleichgültigkeit oder Unempfindlichkeit verbirgt, dann hat er »last van zenuwen«. Wenn jemand in einen Erregungszustand gerät, seinen Hausrat vernichtet, seine Umgebung verwüstet und mit seinem Auto aus zweiter Hand, dessen Reifen und Bremsen verschlissen sind, wie ein zweiter Nicki Lauda durchs Dorf rast, dann kann man oft hören: »Hij had stront met een gabber« (er hat Stunk mit seinem Kumpel), außerdem hat er zuviel gesoffen; kurz er hat »last van de zenuwen« bekommen (es ist ihm an die Nerven gegangen). Bleibt mir noch zu sagen, daß die Nerven auch »auf die Hüften schlagen« können oder durch den Körper brausen, um noch einen anderen Aspekt des Bilderreichtums der niederländischen Sprache zu erwähnen. »Schneller als Moskau lernt man Berlin von Moskau aus sehen« ist ein bekannter Ausspruch von Walter Benjamin. Ich habe den Eindruck, daß dies auch für die Zweisprachigkeit gilt. Durch den Abstand blickt man vielleicht mit »fremden« Augen, aber durch die Verfremdung sieht man schärfer.

Um dieselbe Zeit, in der ich *Wij leven in Holland* las, hatte ich ein Gespräch mit dem damaligen Dekan der medizinischen Fakultät in Amsterdam. Nachdem der Hochgelehrte auf meine Frage, welche Möglichkeit für die Anerkennung meiner Studien bestünde, in sehr detaillierter und freundlicher Weise dargelegt hatte, daß das deutsche Arztexamen nicht anerkannt werde, daß man mir eventuell einiges erlassen würde, aber daß ich alle anderen Examina doch würde ablegen müssen, als da waren »kandidaats«, »doctoraal« und »klinische Stages«, und daß der niederländische Staat danach, selbst nach dem Ablegen des niederländischen Staatsexamens, nicht verpflichtet sei, mir die Eröffnung einer Praxis zuzugestehen, fragte ich ihn, wieviel Zeit dies alles in Anspruch nehmen würde. Seine Antwort lautete: »Vier bis fünf Jahre bestimmt.« Worauf ich antwortete: »Ach, um diese Zeit stehen wir längst im Krieg. Außerdem besitze ich keinen Sou. Ich werde also abwarten müssen, wie es läuft.« Jeder weiß, wie es gelaufen ist. Holländische Freunde haben mir bei diesem Warten geholfen. Aber das entsetzte Gesicht meines Gesprächspartners werde ich nie vergessen: der gebildete, selbstbewußte, charakterfeste Bürger. Ich wußte, daß in seinem Institut ein Emigrant als Volontär arbeiten durfte. Er verhielt sich äußerst korrekt mir gegenüber bei der Erklärung der gesetzlichen Situation. Er war sichtlich erschrocken von meiner Bemerkung »dann stehen wir längst im Krieg«. Ich glaube, daß er in diesem Moment »last had van stiekeme (heimliche) zenuwen«. Glaubte er wirklich, daß die Niederlande diesmal neutral bleiben könnten? Und was glaubte ich damals? Jedenfalls war er davon überzeugt, daß die auf moralische Prinzipien gegründete Rechtsordnung beibehalten werden müßte. Reichte sein Vorstellungsvermögen nicht aus für das, was die Zukunft uns bringen konnte? Ich weiß es nicht. Es war nur ein in freundlichem Ton geführtes, schmerzliches Gespräch. Es konnte einem echt auf die Nerven gehen.

157

Von der Dunk weist in seinem oben genannten Essay darauf hin, daß die mit der pluralistischen Struktur verbundenen Tugenden auch Schattenseiten haben: das zu starke Festhalten an moralischen Prinzipien führt zu Spießbürgerlichkeit und moralischem Rigorismus; die zu starke Akzentuierung der Subjektivität macht den Weg frei für Hypokrisie und Taktlosigkeit; peinliche Situationen entstehen, wenn das Mißtrauen, das gegenüber »Größen« und »Macht« berechtigt ist, von der politischen auf die kulturelle Ebene verlagert wird; das Egalisieren jedweder »elitär« erscheinenden Attitüde vor allem in der Welt der Kunst und der Wissenschaft kann zu Verarmung und Geringschätzung von autochthonem Talent führen. Ich erinnere an den zu Beginn erwähnten Herzenserguß meines Freundes »diese Holländer mit ihrer Krämermentalität«.

Unlängst las ich in einer Reportage über Streifzüge entlang der Grenze eine Bemerkung eines Photographen über die Gedichte von Gerrit Achterberg, dessen Haus dort abgebildet war: »Kauderwelsch, mit dem man nichts anfangen kann.« Einige Tage später las ich einen Leserbrief, in dem der Verfasser auf sehr gebildete Weise die »wenig hochgebildete Quelle« des Journalisten anprangert. (»Hätte Ihr reisender Redakteur, über Gerrit Achterbusch schreibend, nicht eine etwas hochgebildetere Quelle heranziehen können?«) Ich muß bekennen, daß diese Situation ein Testfall für mich ist. Es irritiert mich immernoch etwas. Da hat also jemand den traurigen Mut, Gedichte eines Dichters, den ich persönlich gekannt habe und dessen Werk mir von der ersten Stunde an lieb und teuer war, »Kauderwelsch, mit dem man nichts anfangen kann« zu nennen und in aller Öffentlichkeit seine Tölpelhaftigkeit nachdrücklich zu bekunden. Er schämt sich offenbar nicht einmal. Dieser Analphabet, dieses Rindvieh, hörte ich mich murmeln. Als ich den Leserbrief gelesen hatte, wurde mir bewußt: »Man kann es auch anders sagen.«

Ich höre mir manchmal noch mit Erstaunen und etwas Befremden scharfe politische oder wissenschaftliche Diskussionen an. Es hat mich Mühe gekostet zu lernen, zu spüren, daß es den Sprechern wirklich um die Sache ging, um politische Ideale oder wissenschaftliche Zielsetzungen, und nicht darum, den Gegner als Menschen in seiner moralischen Integrität zu vernichten. Ich merke, daß ein Akkulturationsprozeß von fünfzig Jahren in den Niederlanden die Akkulturation von mehr als fünfundzwanzig Jahren in Deutschland noch nicht »restlos« hat ungeschehen machen können. Das wundert mich nicht. Auch die gesalzene Selbstkritik mancher Niederländer über ihr eigenes Nest erweckt manchmal noch ein leichtes Erstaunen: wie ist es möglich? Ich habe den Eindruck, daß hinter diesem »Gestänker« sich auch das Vermögen verbirgt, Abstand zu sich selbst zu nehmen, sich selbst und seine Gruppe mit verfremdeten Augen zu betrachten, ohne den Kontakt mit sich selbst und seiner Umgebung zu verlieren. Liegt hier nicht eine Verbindung mit dem Humor, durch den wir Juden – früher – imstande waren, unsere Schwächen, unsere Leiden widerzuspiegeln? Wer Abstand nehmen kann, braucht schließlich keinen Sündenbock, um den Zusammenhang der eigenen Gruppe künstlich zu gewährleisten.

Die Akkulturation von uns Juden in der Diaspora wurde bisher hauptsächlich aus jüdisch-emanzipatorischen Ansätzen beschrieben. Die Akkulturation, die sich bei den nicht-jüdischen Mehrheitsgruppen unter Einfluß der Emanzipation der Juden vollzog, diese subtile Wechselwirkung ist meines Wissens in ihren Auswirkungen und in ihren Verzweigungen als Folge der sozial und national formulierten Stereotypen durch die starke Bildung von Vorurteilen noch ungenügend durchdacht. Die Aufnahme jüdischer Ausdrücke in der niederländischen Sprache scheint mir ein Zeichen dafür zu sein, daß hier eine gegenseitige Akkulturation stattgefunden hat.

Ein deutscher Bekannter, mit dem ich über das Konzept und die Einladung der Redaktion sprach, sagte spontan: »Du schreibst also deine Eindrücke als naturalisierter Ausländer.« »Nein«, antwortete ich, auf deutsch natürlich, »in den Niederlanden gibt es keine naturalisierten Ausländer, es gibt nach einiger Zeit nur noch Niederländer.«

(1987/1990)

Anmerkungen

1 Vgl. im vorliegenden Band S. 386–394
2 H. W. von der Dunk: Holländer und Deutsche. Zwei politische Kulturen. In: Beiträge zur Konfliktforschung, Bd. 16 (1986)

Linker Antisemitismus?

Ein jeder Mensch darf faul und frech sein,
nur, – wenn er Jude ist, dann darf er's nicht.
Denn was bei anderen so ganz natürlich
das steht als Mal in seinem Angesicht.[1]

Die Publikationen einiger aus der Bundesrepublik nach Israel übergesie-
delter jüngerer jüdischer Intellektueller, Angehörige der sogenannten
zweiten Generation der Verfolgten, in denen es um die Gründe ihrer
Auswanderung geht, haben die Frage nach der Existenz eines »linken
Antisemitismus« in die breitere Öffentlichkeit gebracht. Diese Frage
wird auch in anderen europäischen Ländern, wo es die »Neue Linke«
gibt, diskutiert. Sie steht in direktem Zusammenhang mit der gegenwärtigen verwirrten politischen Lage im Nahen Osten, berührt die Existenz
des Staates Israel, seine Politik gegenüber seinen arabischen Nachbarn
und in hohem Maße das Palästinenserproblem. Hierdurch ist sie angesichts der politischen und ökonomischen Blockbildung, in der die Bo-
denschätze der Region eine hervorragende Rolle spielen, zu einem Bestandteil der weltpolitischen Auseinandersetzung geworden.

Bisher wurde das Phänomen »Antisemitismus« – dieser pseudo-wissenschaftliche Begriff wurde erst 1879 von Wilhelm Marr geprägt –
stets im Zusammenhang mit rechten, politisch konservativen oder re-
aktionären Gruppierungen, Regierungen und Institutionen, in denen
aggressiv-nationalistische oder kirchlich-religiöse Vorurteile auf die jüdische Minderheitsgruppe projiziert wurden, diskutiert. Die Verbindung »Antisemitismus« mit »links« scheint neueren Datums zu sein
und in direktem Widerspruch zu der aus der Aufklärung stammenden
Ideologie des Sozialismus zu stehen, der ja die Befreiung des Menschen
von sozialen und politischen Vorurteilen auf seine Fahnen geschrieben
und die Sache der Juden zu der seinen gemacht hatte. Er tat dies allerdings auf seine Art, in einer Epoche, in der die Ideen der Toleranz und
der Emanzipation die industrielle Revolution vorbereiteten, aber noch
viele Gedanken in ihren politischen Konsequenzen unreflektiert und
unausgegoren blieben.

160

Man sollte diese Aussage nicht als Polemik gegen jene Bewegungen auffassen, deren Auftreten in der Geschichte der Menschheit hohe Erwartungen geweckt und so manche segensreichen Neuerungen gebracht hat. Aber es hieße die Zwiespältigkeit der menschlichen Natur leugnen, wollte man ohne weiteres behaupten, daß jeder Fortschritt, jede neue Einsicht, einmal errungen, im menschlichen Wesen festgefügt und unwandelbar verankert bliebe. Daß im Namen der Liebe und der Gerechtigkeit Missetaten, Verbrechen, Greuel verübt wurden und werden, gehört zu jenen schmerzvollen Einsichten, die auch dem Zutrauen in die Unfehlbarkeit von Ideologien und nicht zuletzt in deren Vertreter Abbruch getan haben. Da geistige und auch sozial-politische Bewegungen durch Menschen getragen und verbreitet werden, ist nicht nur der Blick auf die Immanenz der ideellen Inhalte sinnvoll, sondern auch der auf die menschlichen Protagonisten, die sie vertreten.

Seit dem sogenannten Libanon-Feldzug Israels 1982 wurden von linker Seite Parolen vorgetragen wie:»Zionismus ohne Maske«,»Zionistischer Völkermord«,»Endlösung der Palästinenserfrage«;»Juden raus aus Palästina« sah man auf die Wände gekritzelt, Begin wurde als Faschist mit Hitler verglichen, der Zionismus als eine»imperialistische, faschistische, kolonialistische Ideologie« apostrophiert, man sprach von einer»zionistischen Entität« im Hinblick auf den Staat Israel, schließlich wurden die Massaker an den palästinensischen Insassen der Flüchtlingslager Sabra und Schatila durch die christlichen Phalangen unter den Augen des israelischen Heeres mit Auschwitz verglichen und dergleichen mehr.

Es ist nicht unsere Aufgabe, und es würde unsere Kompetenz übersteigen, mit diesen Stimmen in eine Diskussion zu treten und z. B. die Entstehungsgeschichte des Staates Israel, die historischen, religiösen und sozial-psychologischen Motive für die Rückkehr der Juden nach Palästina und die Rolle, die der Antisemitismus zugesprochen hierbei hatte, ausführlich darzulegen. Dies ist, soweit uns bekannt, hinreichend in deutschen Zeitungen und Zeitschriften auch linker Signatur geschehen. Die sachliche Aufklärung muß und kann der linken Bewegung in der Bundesrepublik vorbehalten bleiben. Was uns obliegt, ist zu untersuchen, welche Kriterien man anlegen muß, um die oben erwähnten Aussagen auf ihren antisemitischen Gehalt zu untersuchen; wie es kommt, daß von »linker Seite« mit Hilfe von Analogien dergleichen Beschuldigungen erhoben werden, und ob sich bereits bei den sozialistischen Bewegungen früherer Jahre, in deren Reihen, wie bekannt, viele und prominente jüdische Mitglieder standen, Momente ausmachen lassen, die aus heutiger Sicht Affinitäten zu antisemitischen Einstellungen zeigen.

Dabei ist äußerste Vorsicht geboten. Wir sind durch die Erfahrungen der massiven Verfolgung und Vernichtung des europäischen Judentums sensibler und hellhöriger für judenfeindliche Attitüden geworden. Aber zugleich droht die Gefahr, daß »aus heutiger Sicht« retrospektiv antisemitische Einstellungen gewittert werden, die in dieser direkten Form nicht vorhanden waren. Daß »die Geschichte der europäischen Juden [...] die Geschichte eines stets problematischen Verhältnisses einer ethnischen, religiösen und immer auch gesellschaftlichen Minderheit zur übrigen Bevölkerung« war, kann an vielen Verhältnissen dargestellt und studiert werden, z. B. an den sozialistischen Bewegungen der ersten Stunde ungefähr Mitte des vorigen Jahrhunderts. Hier wurden vielleicht zum ersten Mal in ihrem Leben »gute Gesinnungssozialisten« mit jüdischen Individuen, aber auch mit jüdischen Massen konfrontiert, von deren realer Existenz sie bisher wenig Ahnung hatten und die ihre Toleranz in der Wirklichkeit auf die Probe stellten. Daß dies nicht auf Anhieb gelang, daß alte tradierte Vorurteile sich auch hier noch bemerkbar machten und es eine Zeit dauerte, bis sie langsam abgebaut werden konnten, mag für denjenigen enttäuschend sein, dessen Ungeduld ihn zu hohe Erwartungen von der Kraft hoher Ideale und von der Verwirklichung gutgemeinter Vorsätze innerhalb kürzester Frist hegen läßt.

Aber zugleich tritt in dieser »sozialistischen Konfrontation« noch ein anderes Moment deutlicher hervor. Die ersten französischen prämarxistischen Sozialisten wie Charles Fourier, Alphonse Toussenel, Pierre Leroux und Pierre Joseph Proudhon zeigen stark antisemitische Einstellungen, die zwar bereits den neuen Stil des politischen Antisemitismus ankündigten, in der grobschlächtigen Heftigkeit jedoch noch an die überlieferten Formen des mittelalterlich-kirchlichen Judenhasses anschlossen. Ist man darum berechtigt, von einer anekdotisch anti-semitischen Vorgeschichte der »Linken« in ihrer »frühen Kindheit« zu sprechen, in Anbetracht antisemitischer Äußerungen einzelner Vorkämpfer? Daß die sozialistischen Parteien der II. Internationale, um die es uns hier hauptsächlich geht, nie den Antisemitismus in ihr Programm aufgenommen haben (ebenso wie die III. und IV.), im Gegensatz zu völkisch-nationalen und kirchlichen Gruppierungen, sei, um jegliches Mißverständnis von vornherein auszuschließen, bereits hier deutlich formuliert.

Wenn man heute August Bebels programmatische Rede auf dem Kölner Parteitag Oktober 1893 *Antisemitismus und Sozialdemokratie*, wo der Antisemitismus als eine fortschrittsfeindliche Bewegung abgestempelt wird, noch einmal liest und sie vergleicht mit den antisemitischen Verlautbarungen obengenannter französischer Sozialisten und den unmißverständlich antisemitischen Verunglimpfungen von Karl Marx, dann wird der Weg sichtbar, den die sozialistische Bewegung als offizielle politische Organisation in Deutschland zurückgelegt hat. Dieser Weg darf nicht nur in seinen politischen Implikationen, so wichtig diese auch sein mögen, verstanden werden, er muß auch in der intrapsychischen Verarbeitung grundlegender menschlicher Probleme, die hier geleistet wird, gewürdigt werden. Zugleich wirft er auch ein neues Licht auf das schon genannte »problematische Verhältnis« der jüdischen Minderheit zur übrigen Bevölkerung, das, wie die jüngste Geschichte gelehrt hat, direkt in die Katastrophe führte. Bebels Rede verdeutlicht den immensen Appell an die Akkulturationsfähigkeit und -bereitschaft der beiden Partner, die falsche Konfrontation zu vermeiden und die Möglichkeiten zu einer neuen Lösung und zur Partnerschaft zu erwägen. Es ist hier nicht der Ort, auf dieses brisante Problem der Koexistenz näher einzugehen. Und doch finden sich auch bei Bebel Formulierungen,[2] die zwar von Karl Marx übernommen, jedoch, wie Greive bemerkt, heute stutzig machen wegen ihres deutlich vorurteilshaften Charakters. Sie liefern einen zusätzlichen Kommentar zu unserer Problemstellung und deuten die Hilflosigkeit an, mit der die europäische und die deutsche Arbeiterbewegung einigen zentralen psychologischen Aspekten des Antisemitismus gegenüberstand.

Man könnte die Berichte junger, noch in der Bundesrepublik lebender Juden, Mitglieder der »Jusos«, über ihre schockierenden Erfahrungen mit Parteigenossen seit dem Jom-Kippur-Krieg und in gesteigerter Form seit dem Libanon-Feldzug mit einem Achselzucken beantworten: »Was habt ihr denn anderes erwartet?« Diese zynische Haltung bedeutete jedoch eine Generalisierung eines Symptoms über die es manifestierende Gruppe hinaus, und man würde schließlich wie mit jeder Generalisierung in der Sphäre der politischen Argumentation der gesamten linken Bewegung unrecht tun, indem man sie diskriminiert. Aber man sollte auch nicht darüber schweigen, denn dies wäre ein noch größeres Unrecht. Schweigen nährt das Ressentiment. Wie muß man jedoch das Verbalverhalten von Mitgliedern einer Bewegung beurteilen, das im Gegensatz zur Ideologie dieser Bewegung steht? Bebel sprach auf dem Kölner Parteitag vom »jüdischen Ausbeuterthum«. Wir sind bei unserer Untersuchung des linken Antisemitismus darauf bedacht, keine Formulierungen zu gebrauchen, die irgendwie von irgendwem ausgebeutet werden können.

Doch zuvor ein kleiner Exkurs. Die anscheinend linguistische Differenzierung zwischen Juden, Zionisten und Israelis ist eine Argumentationsfalle, konstruiert, um kritische und aggressive Möglichkeiten auf politischem Niveau gezielter ausbeuten zu können, wobei man die Vokabeln »Jude«, »jüdisch« ausklammern kann. Anscheinend sind sie noch immer unreflektiert und affektgeladen. Die Falle besteht darin, daß man einen alten, beladenen Affekt einer neuen Wortprägung unterschiebt und meint, es wäre ein neuer Affekt. Gewiß gibt es innerhalb der jüdischen Gruppe verschiedene Spielarten, wie man seine Zugehörigkeit zu dieser Gruppe erleben und darstellen kann. Eine z. B. ist, daß man jede Verbindung mit seiner ursprünglichen Bezugsgruppe zerbricht und sich einem mehr oder weniger politischen Radikalismus verschreibt. Die Geschichte kennt mehrere Beispiele dieser Art. Wie dem auch sei – gewiß ist die Haltung des einzelnen Juden der jüdischen Gruppe gegenüber ein Thema, das auch hier in Betracht gezogen werden muß. Man könnte sich vorstellen, daß das Bild, welches diese Minderheitsgruppe der Öffentlichkeit darbietet, zuweilen verwirrend ist. Doch die Reaktion der jeweiligen Öffentlichkeit auf eine bestimmte

Seite des dargebotenen Bildes verrät die mehr oder weniger vorurteils-
behaftete Haltung des Antwortgebers zum Gesamtbild.

Die Frage nach der Existenz eines linken Antisemitismus soll also
anhand der von linker Seite geübten Kritik an der durch die Likud-Re-
gierung unter dem – inzwischen freiwillig – zurückgetretenen Ministerpräsidenten Begin geführten Politik und unter Berücksichtigung der
oben angegebenen Formulierungen untersucht werden.

Zuvor einige deutliche Abgrenzungen. Kritik an der israelischen Regierung, welcher politischen Richtung auch immer, ist erlaubt, erwünscht und notwendig. Sie gehört zu den demokratischen Spiel-
regeln des Landes, und sie wird im Moment auch von der Opposition
in Israel selbst in hohem Maße geübt. Die Annahme, eine solche Kritik
an sich, von Nicht-Juden geäußert, wäre schon ein Zeichen von Antisemitismus, ist unsinnig. Wenn von israelischer oder jüdischer Seite im
Ausland diese Behauptung aufgestellt wird, so beweist sie nur die Ver-
letzbarkeit des Sprechers und die Aktualisierung von in der Diaspora
erlittenen Kränkungen und Erniedrigungen.

Kritik oder kritische Hinterfragung einer wie auch immer geübten
Kritik ist ebenfalls erlaubt und notwendig. Dies um so mehr, als die
Brauchbarkeit einer Kritik in entscheidendem Maße von dem vorurteilsfreien Gehalt ihrer Behauptung abhängt. Daß auch Juden innerhalb der sozialistischen Internationale dem Staate Israel gegenüber
nicht frei von Vorurteilen sind, ist bekannt.

Das zur Diskriminierung führende Vorurteil ist eine der Wurzeln
des Antisemitismus. Deshalb einige kurze Ausführungen über Wesen
und Funktion des Vorurteils.

Wenn man sich einmal näher mit der Rolle beschäftigt, die das Vorurteil im Leben des einzelnen wie in dem von Gemeinschaften spielt,
wenn man sich überhaupt einmal Rechenschaft darüber gibt, daß die
meisten Attitüden, die der Mensch individuell und kollektiv annimmt,
auf diesem sonderbaren vorbewußten und präkausalen Geschehen beruhen, dann erst erfaßt man die Schwierigkeiten, die einer psychologischen Determinierung des Antisemitismus und einer Analyse seiner
Verbreitung im Wege stehen. »However civilised it may pretend to be,
antisemitism is an archaic form of social behaviour. Whatever may

cause it in a single instance, it is always based on magical thinking«, sagte Mitscherlich in einer BBC-Rede im Anschluß an antisemitische Exzesse Weihnachten 1959 in West-Deutschland. Im allgemeinen unterscheidet man in der Geschichte des Judenhasses zwischen religiösen, ökonomischen und politischen Aspekten. Man erreicht hierdurch eine gewisse Differenzierung bestimmter antisemitischer Attitüden in verschiedenen Dimensionen. Zugleich vermeidet man hierdurch auch eine für Historiker und Soziologen unannehmbare Aufzählung bzw. Gleichsetzung antisemitischer Erscheinungsformen, die von einem gehässigen Geflüster im Salon, kirchlichen Segregationsbeschlüssen über spanische Folterbänke, Losungen der Kreuzzüge, Luthers Brief *Über die Sabbatäer an einen guten Freund, Protokolle der Weisen von Zion* bis zur Juden- und Rassengesetzgebung, der »Wannsee-Konferenz zur Endlösung der Judenfrage« und in die Krematorien von Auschwitz, Treblinka, Maidanek, Sobibor und vielen anderen führt. Mit Recht können beide oben genannten Wissenschaften darauf hinweisen, daß bestimmte antisemitische Ausschreitungen wie z.B. die des Mittelalters nicht von ihrem historisch-kulturellen Hintergrund gelöst werden dürfen, von einer Geschichtsperiode, die bereits einfache Vergehen wie Diebstahl mit »Rad und Galgen« bestrafte und in politisch-ökonomischen Krisen leichter krankhaften Vorstellungen wie Dämonenkult, Hexenwahn, Angst vor ansteckenden Krankheiten und Epidemien anheimfiel. Gewiß besteht im Ausgangspunkt schon ein Unterschied zwischen Judenverfolgung, »um Christi Blut zu rächen«, und Verfolgungen aus biologistisch-rassistischen Scheinlehren, mit denen, zu spät durch die Kirchen erkannt, sich ein neues Heidentum zu konstituieren versuchte.

Den Psychologen jedoch interessiert letztlich der feindliche Unterstrom, der alle bisher genannten Erscheinungen miteinander verbindet und die verschiedenen Äußerungen erst verständlich macht. Das Studium der Geschichte des Antisemitismus, d.h. der Geschichte des jüdischen Volkes in der Diaspora, lehrt, daß die jüdische Minderheit immer als Sündenbock fungierte und daß die erwähnten Formen, Motive und Aspekte nur als Kulissen betrachtet werden können, zwischen denen bei einer sich mit jedem Bild verändernden Umgebung immer wieder dasselbe Stück aufgeführt wird, nämlich das Drama des menschlichen Vorurteils. Daß Gruppenprozesse hierbei eine Rolle spielen, ist unzweifelhaft.[3] Doch hat jeder Gruppenprozeß einen thematischen Kern; dieser ist in der Judenfrage von einer besonderen Konsistenz, und darum geht es uns hierbei. Das Vorurteil kann auch im Spannungsverhältnis von anderen Gruppen eine Rolle spielen, z. B. in der Beziehung Weiß – Schwarz, Protestant – Katholik, arm – reich usw.

Warum ist jedoch das Vorurteil gegen die Juden durch alle Zeiten hin so konstant geblieben? Welches sind die Gründe, die dieses Problem mit so starken Affekten beladen haben? Wir können in diesem Kontext nur summarisch auf die psychologischen Probleme, die hierbei eine Rolle spielen, eingehen. Viele Autoren haben sich mit diesem Thema beschäftigt (Simmel, Fenichel, Bernstein u. a.). Loewenstein hat in seiner Studie *Christen und Juden* die These aufgestellt, daß durch die starke Affinität zwischen Judentum und Christentum – die ersten Christen waren Juden – und durch die Christianisierung Europas und der Neuen Welt jedes Kind frühzeitig mit der Rolle der Juden (Verrat von Judas, Christi Tod), wie sie aus gruppenpsychologischen Gründen lange Zeit durch die Kirchen propagiert wurde (oder noch wird), programmiert würde; und daß es nicht allein der Haß gegen die Juden sei, der ihre Lage so unsicher und bedrohlich machte, sondern die ambivalente Gefühlseinstellung, die ebenfalls in der christlichen Lehre enthalten ist.[4] Loewenstein und andere haben darauf hingewiesen, daß diese ambivalente Gefühlseinstellung durch den Ablauf von psychischen Prozessen erfaßt und definiert werden kann, den die psychoanalytische Theorie mit Begriffen wie ödipale Situation, Übernahme väterlicher Gebote und Verbote, Aufbau der väterlichen Autorität beschrieben hat. Diese Prozesse gehen immer mit der Verdrängung von aggressiven und sexuellen Trieben einher, die jedoch im Ganzen der psychischen Struktur erhalten bleiben. Sie sind der »innere Feind«, der »Widersacher« eines jeden Menschen, sie sind die Unruhestifter, die in Zeiten psychologischer Krisen wieder durchbrechen; sie bilden die Reserven, von wo aus der Aufstand gegen den Vater oder seinen Vertreter immer wieder mobilisiert werden kann, und zwar mit Hilfe des Projektionsmechanismus.

Die ambivalente Gefühlseinstellung und die Projektion sind zwei signifikante Mechanismen für die Weise, in der der Mensch seine inneren Konflikte und sein Verhältnis zu seiner Umgebung regelt. Die psychotherapeutische Praxis lehrt, daß ein Mensch geneigt ist, die Gründe für sein Versagen zuerst außerhalb seiner selbst zu suchen und einen Schuldigen zu finden, um auf diese Weise sein Schuldgefühl zu erleichtern und sein Verhältnis zu seiner Umwelt aufs neue zu strukturieren, anstatt ruhig zu erwägen, inwiefern seine eigene Struktur, seine Begrenzungen und unverarbeiteten inneren Konflikte hierfür verantwortlich sind. Sierksma hat in seiner Untersuchung *De religieuze projectie* (*Die religiöse Projektion*) nachgewiesen, daß beide Mechanismen eine wichtige Rolle spielen bei den polytheistischen Religionen mit ihrer stark ambivalenten Attitüde den Göttern gegenüber und mit ihrem intensiven projektiven Charakter in bezug auf Menschen und Naturerscheinungen, der sich vornehmlich in Furcht, panischen Ängsten, paranoiden Einstellungen und Zwangshandlungen äußert.[5] Hier sei an das obige Zitat von Mitscherlich erinnert. Auch für unser Thema ist es von Belang, die Mechanismen, die auch den säkularisierten Antisemitismus prägen, näher zu klären.

Zunächst noch einige weitere Bemerkungen über Wesen und Funktion des Vorurteils. Unter sozialen Vorurteilen versteht man diejenigen Urteile über Kategorien von Menschen, die in keiner systematischen Weise überprüft sind. Solche Urteile sind generalisierend, simplifizierend, stereotyp und in sprachlicher Hinsicht Klischees. Sie können unter gewissen Umständen ein wichtiges Orientierungsmittel innerhalb der Gesellschaft sein, insbesondere im Verkehr mit persönlich weniger bekannten Menschen, um diese mit Hilfe solcher Vor-Urteile wenigstens vorläufig zu erfassen und zu kategorisieren. Auf diese Weise können sie in ad hoc entstandenen Gruppen einen mehr oder weniger verbindlichen Konsens herstellen.

Vorurteile als eine typische Ausdrucksform des Ethnozentrismus charakterisieren das Verhältnis von Eigengruppen (in-groups) zu bestimmten Fremdgruppen (out-groups), wobei Eigengruppe eine Anzahl von Menschen bedeutet, auf die sich der einzelne mit »wir« bezieht, während die Mitglieder der Fremdgruppe mit »sie« bezeichnet

168

werden. Das Entscheidende bei der Anwendung eines Klischees oder Stereotyps ist, daß das diskriminierende Vorurteil, die negative Beurteilung des »anderen«, seine Herabsetzung, Verachtung und Ächtung, die zu Haß, Verfolgung und Vernichtung führen kann, irgendwelche irrationalen Bedürfnisse im Urteilenden erfüllt, einen irrationalen Drang in ihm befriedigt. Der Antisemitismus kann nie als ein isoliertes, spezifisches Phänomen betrachtet werden. Horkheimer und Adorno haben in ihrer *Dialektik der Aufklärung* dargelegt, daß er nur der »Teil eines Tickets« ist, eine »Planke in einer Plattform«. Nach ihrer Meinung ist überall dort, wo ein exzessiver und militanter Nationalismus postuliert wird, der Antisemitismus ein wichtiges Ingrediens.[6] Daß ihre These auch heute noch gilt, ist sicher. Doch scheint mir eine andere Definition unser Thema besser zu illustrieren: Überall dort, wo eine Gruppe einen starken, unbeugsamen Dogmatismus predigt, um ihren Zusammenhalt zu gewährleisten, ist sie einem bedingungslosen »scape-goating« ausgeliefert. Dies bedeutet, sie hat in Krisenzeiten einen Sündenbock nötig, dem sie die Schuld für alle ungelösten Probleme aufbürden kann. Der Streit gegen den Sündenbock stärkt den Zusammenhalt der Eigengruppe. Er schafft ein Feindbild, gegen das man sich absetzen, gegen das man kämpfen kann, eine Fahne, unter der man den eigenen versprengten und zweifelnden Haufen eventuell wieder sammeln kann. Hier sei an die bekannte Äußerung Sigmund Freuds erinnert: »Man fragt sich besorgt nur, was die Sowjets anfangen werden, nachdem sie ihre Bourgeois ausgerottet haben.« Wenn man heute das 1932 erschienene Diskussionsbuch *Der Jud ist schuld* liest, in dem Nicht-Juden und Juden das »Für und Wider« des Antisemitismus diskutieren, wird man durch die Beiträge einiger prominenter Antisemiten in den obigen Erwägungen bestätigt. Anna Freud hat den Projektionsmechanismus auf den Sündenbock als »Vorstufe der Moral« bei der Entwicklung der Gewissensfunktion des Adoleszenten beschrieben und auf den unmittelbaren Zusammenhang mit der ambivalenten Gefühlseinstellung des Kindes gegen seinen Vater hingewiesen. Der Projektionsmechanismus – es wurde bereits erwähnt – ermöglicht es dem Menschen, seine verdrängten Impulse auf die Außenwelt zu richten und sie an einer anderen Person kritisch zu erleben. Er erspart sich hierdurch das Unbehagen und die Konflikte, die ihm seine eigenen Schuldgefühle verursachen würden, wenn er die Kritik gegen sich selbst richtete. In der Projektion sind demnach die kritisierenden Instanzen der eigenen Gewissensfunktion gegenwärtig und aktiv, das »Ich« schützt sich jedoch gegen ihr intrapsychisches Funktionieren. Adorno, Horkheimer und Mitscherlich geben in ihren Arbeiten treffende Beispiele für die Resistenz von Vorurteilen gegenüber logisch-rationalen Erklärungen. Mit der Formulierung des Ethnozentrismus, der Gegenüberstellung von positiven und negativen Vorurteilen, wurde das aggressiv-diskriminierende Element der Vorurteilsfunktion in Beziehung auf einen Sündenbock deutlicher herausgestellt.

Heinsohn sieht in der Überwindung von Menschenopfern im nachbabylonischen Judentum die Triebfeder des Judenhasses.

In den *ABC's of Scape-Goating* hat Allport vier Bedingungen formuliert,[7] die er als Voraussetzung für das Funktionieren als Sündenbock ansieht: 1. Er muß leicht zu unterscheiden sein; 2. leicht erreichbar sein; 3. nicht imstande sein zurückzuschlagen, und 4. er muß bereits früher Sündenbock gewesen sein, so daß schon ein kleiner Zwischenfall den feindlichen Unterstrom zu heftiger Aggression anschwellen lassen kann. Alle diese vier Punkte konnte und kann man auf die Juden anwenden, mit einer leichten Modifikation von Punkt 3. Punkt 4 bedarf keiner näheren Erläuterung. Die erste Massenvernichtung von Juden und jüdischen Gemeinden auf deutschem Boden geschah um 1350.[8]

Es ist sicher wahr, daß der feindliche Unterstrom aus der Vergangenheit – das Mittelalter betrachtete sie als Hexen, Mörder, Kannibalen, sie repräsentierten den Teufel, den »Widersacher« der Schöpfung, der zu Verbrechen und Abtrünnigkeit verleitet – sich im Laufe der Geschichte in milderen Formen äußerte, daß in Anlehnung an die veränderte soziologische Struktur der Juden in der Diaspora im 19. und 20. Jahrhundert auch die Formen der Diskriminierung eine Veränderung erfuhren, nicht zuletzt infolge der intensiveren kulturellen und sozialen Verflechtung mit dem Volk, in dessen Mitte sie lebten. Trotz allem muß man an der Tatsache festhalten, daß anscheinend einzig die Anwesenheit einer größeren oder kleineren jüdischen Gruppe im frühen christlichen Mittelalter bis in unsere Tage äußerst stürmische und divergierende Reaktionen bei Nicht-Juden hervorrief, die in keinem Verhältnis zu ihrer Anzahl standen.

Außer dem oben beschriebenen herabsetzend-diskriminierenden Vorurteil gibt es noch eine andere, vielleicht bisher zu wenig beachtete Form der Diskriminierung, die sich, in genau entgegengesetzten Bewertungen, zuweilen diskret manifestiert. Hiermit ist die wirklichkeitsfremde, idealistisch überhöhte »Überbewertung«, Einschätzung und Erwartung moralischer und ethischer Qualitäten gemeint, mit der man dem jüdischen Individuum und der jüdischen Gruppe entgegentritt. Vielleicht macht sich hier nur die andere Seite der ambivalenten Gefühlseinstellung bemerkbar, die die aggressive Komponente überdeckt und dadurch das Bild von der jüdischen Gruppe homogener erscheinen läßt. Aber auch hier muß man sich fragen, ob nicht die Darstellung des jüdischen Volkes in religiöser Hinsicht, Formulierungen wie »das auserwählte Volk«, »das verheißene Land« und »das Volk der Bibel« den hochgestimmten Erwartungen Vorschub geleistet hat. Zu befürchten ist auch, daß diejenigen in der Welt, die Macht anbeten, sich bedingungslos hinter die Politik des Staates Israel stellen, voller Bewunderung über den Rollenwechsel vom »Opfer zum Täter«, den die jüdische Gruppe der Welt zeigt. Wie dem auch sei,

an uns Juden werden seltsame Ansprüche gestellt, wir sollen alle vollkommen sein. In jeder anderen Gruppe, sie sei religiös oder national, darf es Gerechte und Ungerechte geben, über die Gott seine Sonne scheinen läßt. Wir aber sollten nur Gerechte in unserer Mitte haben, jeder Schlechte wird uns für ewige Zeiten angekreidet, obwohl es für die meisten Kritiker von vorneherein feststeht, daß wir alle Minderwertige und Schädlinge sind.

Mit diesem Satz beginnt Ismar Elbogen seinen Beitrag *Splitterrichter* in dem oben erwähnten Buch *Der Jud ist schuld*. Wir haben den Eindruck, daß diese Form der Diskriminierung in der Argumentation bei einigen linken Gruppierungen eine Rolle spielt. Als wollten sie sagen: Ihr seid nun emanzipiert; ihr habt so viel Leid erfahren, Leid hat zu läutern; wenn ihr eine andere Politik führtet, wäre die ganze Krise im Nahen Osten gelöst.

Für ein besseres Verständnis der hier aufgeworfenen Problematik scheint es angemessen, in die Zeit der beginnenden Emanzipation und die Anfänge der sozialistischen Bewegungen zurückzugehen. Jacob Katz hat die Emanzipation und ihre sozialen Folgen als einen politischen Akt der Gleichberechtigung der Juden von öffentlich-rechtlicher Bedeutung dargestellt, dem ein längerer Prozeß der Akkulturation vorangegangen war, und die Entwicklung mit den gleichlaufenden Prozessen der allmählichen Auflösung der ständischen Gesellschaft und der Säkularisierung im Denken des Abendlandes in Beziehung gesetzt. Welche Spannungen sich damals in den ersten Dezennien des 19. Jahrhunderts in jungen Juden manifestierten, hat Edmund Silberner an der Gestalt von Moses Hess (1812–1875) gezeigt, dem »Vater der deutschen Sozialdemokratie«, der Engels zum Kommunismus brachte und Marx beeinflußte, dem Vorkämpfer eines internationalen Sozialismus, in dem er, nach der Auflösung des Judentums, die Lösung der jüdischen Frage gefunden zu haben meinte, und der um 1861 – vor Theodor Herzl – als erster die Errichtung eines sozialistischen Judenstaates in Palästina forderte. Hess selbst, einer orthodox-jüdischen Kaufmannsfamilie entstammend, löste sich um 1828 von allen äußeren Bindungen an das orthodoxe Judentum. Die damaligen sozialistischen Vorkämpfer ließen die jüdische Identität von Hess, die er in seinem berühmt gebliebenen Buch *Rom und Jerusalem* (1861) aufs neue bekundete, als »eine Schrulle« völlig außer acht, während »die wenigen Juden, die mit ihm sympathisierten, seinen Sozialismus als eine völlig überflüssige Zutat zu seinem jüdischen Werk« betrachteten.[9]

Wenn man psychologische Formulierungen der individuellen Entwicklung auf geistesgeschichtlich-politische Bewegungen überträgt, könnte Hess der infantilen Periode der jüdisch-sozialistischen Bewegung zugerechnet werden, während der ungefähr 60 Jahre später in Südrußland geborene Ber Borochow (1881–1917) der Pubertätsperiode angehört. Borochow entwarf in Anlehnung an Marx und aufgrund einer ökonomischen Analyse der elenden Lage des jüdischen Proletariats in Ost-Europa und Rußland (die Marx nicht gesehen hatte oder nicht sehen wollte?) eine sozialistische Theorie, die lange Zeit die Grundlage der jüdischen sozialistischen Arbeiterpartei bildete, der *Poale Zion,* deren Mitbegründer er war. Borochow brach Marx' Theorie auf und wandte sie auf die jüdisch-proletarischen Massen an. Er befand, daß diese nur in den letzten Sektoren des Produktionsprozesses tätig waren und darum ohne ökonomische Macht und politischen Einfluß. Die hieraus sich ergebende soziale Struktur beurteilte er als abnormal. Sein analytischer Blick, geschärft durch die Enttäuschungen über die gescheiterten revolutionären Bewegungen 1904–05 in Rußland, die von der Obrigkeit angezettelte blutige Pogrome auslösten, sah die elende soziale Position der jüdischen Proletarier im Zusammenhang mit dem nationalen jüdischen Problem. Borochow zufolge hat der Nationalismus für jede Klasse, also auch für das Proletariat, eine spezifische Bedeutung. Ein nationales Territorium bedeutete für die Arbeiterklasse eine strategische Basis für seinen Klassenkampf. Dies gelte auch für das jüdische Proletariat; das Fehlen eines eigenen nationalen Territoriums sei der Ursprung der Verelendung der jüdischen Massen in Ost-Europa und Rußland. Emigration in irgendwelche anderen Länder biete keine Lösung, da sie die ökonomische Basis nicht verändert. Er sah dies an den jüdisch-sozialistischen Bewegungen in Amerika. Diese hängten in ihren Versammlungen riesige Plakate an die Wände:»Die Welt ist unser Vaterland, der Sozialismus unsere Religion«, aber es half ihnen nichts. Nur im eigenen Land, auf seinem eigenen Territorium könne das jüdische Proletariat seinen Klassenkampf führen. Borochows Wahl fiel auf Palästina, wo die Juden auch in den primären Sektoren der Produktionsprozesse, z. B. in der Landwirtschaft, arbeiten und ihren ökonomischen Status normalisieren könnten.

Nora Levin hat darauf hingewiesen, daß mit dem Entstehen von wichtigen jüdisch-sozialistischen Bewegungen in Rußland, Amerika und Palästina in der zweiten Hälfte des 19. Jahrhunderts nicht nur die jüdische Welt (und nicht nur in diesen Ländern) sich eingreifend veränderte, sondern daß auch die nicht-jüdische Welt hierdurch mit neuen Aspekten und Dimensionen der Judenfrage konfrontiert wurde, die erheblich von der mittelalterlichen vorurteilsbefangenen Konzeption der christlichen Welt abwichen. Es bleibt darum bemerkenswert, daß trotz des Säkularisierungsprozesses und der Emanzipation alte Spannungen im neuen Gewand fortbestanden. Dies war auch in den Reihen der sozialistischen Bewegungen spürbar.

Enttäuscht durch das Scheitern der Revolution von 1848/49 in Deutschland, angeregt durch das Erwachen der nationalen Bewegungen in Italien, Ungarn und Griechenland und verbittert durch die unverzagte, unausrottbare Waffe des Antisemitismus, schrieb Moses Hess 1862: »Ich selbst habe es nicht nur bei Gegnern, sondern auch bei meinen eigenen Gesinnungsgenossen erfahren, daß sie in jedem persönlichen Streite von dieser ›Hepwaffe‹ Gebrauch machen, die in Deutschland selten ihre Wirkung verfehlt.«[10] Diese »Hepwaffe«, die Weitergabe der vorurteilsgeladenen Bilder vom Juden, wurde durch Karl Marx' Schrift *Zur Judenfrage* noch verschärft. Die Gleichsetzung des Kapitalismus mit dem Geist des »Judaismus« hat auch in sozialistischen Kreisen manche Unsicherheit geschaffen, die selbst durch Friedrich Engels' *Anti-Dühring* nicht ausgeräumt werden konnte. Das Wort »Jude« war ein politisches Reizwort geworden, das man zu gezielter Propaganda einsetzen konnte.

Levin beschreibt die vergeblichen Bemühungen der amerikanisch-jüdischen Delegierten, auf den Kongressen der II. Internationale 1889, 1891 und 1893 jüdische Fragen und die Fragen des Antisemitismus auf die Tagesordnung zu setzen.[11] Jüdisch-sozialistische Delegationen erhielten keinen eigenen Status. Auch Aaron Lieberman, der Vater des jüdischen Sozialismus in Rußland, scheiterte bei seinem Vorhaben, um 1875 eine »Jüdische Sozialistische Abteilung der Internationalen« zu errichten. Dieser Status wurde nur denen verliehen, deren Nationalität anerkannt war und die von einer staatlich-territorialen Basis aus operierten wie Polen oder Iren. Die Kongresse waren überzeugt, daß die jüdische Frage nichts mit einer Nationalität zu tun hatte, die für die Internationale relevant war. Es dominierte die Vorstellung von der Notwendigkeit der Assimilation der Juden an ihre jeweilige Umgebung. Hierdurch würde sich ihr Problem von selbst auflösen. Mit der Überwindung des Kapitalismus würde auch die Frage des Antisemitismus gelöst. Levin gibt noch viele Beispiele, um ihre These von der »wracking complexity and suspicious ambiguity« der damaligen sozialistischen Internationalen zu erhärten, und stützt sich u. a. auf Arbeiten von Lichtheim und Silberner.

Die Komplexität des Problems beruht auf der Tatsache, daß die

Frage der nationalen Identität zugleich auch einen innerjüdischen Konflikt betraf, der seit den Tagen des von Napoleon einberufenen Synedrions 1807 schwelte, freilich nicht immer deutlich wahrgenommen wurde. Zu leicht wird vergessen, daß die staatlich-politische Gleichberechtigung der Juden in Frankreich seit dem Jahre 1791 dem einzelnen jüdischen Menschen ein beträchtliches Maß an Freiheit gewährte, dies jedoch seinen Preis hatte. »Den Juden als Individuen alles, als Volk nichts«, so ungefähr lautete die Devise, und dabei ist es in der Folgezeit auch in anderen Ländern geblieben. Viele Juden, vor allem im gebildeten Bürgertum, sahen in der staatlich-politischen Gleichberechtigung und der Assimilation den einzigen Weg zur Vollendung der Emanzipation, wobei das Judentum schließlich nur noch als eine Religionsgemeinschaft definiert wurde.

Mit ihrer Haltung und ihren Kongreßbeschlüssen griff die sozialistische Internationale aktiv in die intern-jüdische Auseinandersetzung ein. Sie entschied sich für Emanzipation und Assimilation und vernachlässigte alle besonderen Aspekte, u. a. den der Verfolgung und der Behandlung als Staatsbürger zweiter Klasse, die das wirkliche tägliche Leben der jüdischen Massen prägt. Durch ihre starke Konzentration auf die industrielle Entwicklung und die Rationalität überging die Internationale zwei mächtige psychologische, auch in der Politik wirksame Motive: Haß und Angst, zwei Kernstücke der antisemitischen Propaganda. Einige, hauptsächlich der Intelligenzschicht angehörig, haben vielleicht nach dem Bruch mit allen Bindungen an ihre ursprüngliche Bezugsgruppe und in der Hingabe an einen politischen Radikalismus ihrer Existenz einen neuen Rahmen schaffen können in Gestalt eines revolutionär-messianischen Weltbildes, befreit von allen menschlichen Begrenzungen. Der Mehrzahl jedoch, noch gebunden an gefühlsmäßig erlebte Facetten ihrer religiös-kulturellen Identität, blieb dieser Weg verschlossen.

Die so entstandene Situation läßt nur eine Deutung zu: Das jüdische Individuum wird in seiner Identität letztlich durch den »anderen« bestimmt, nicht es selbst sagt, wer es ist oder sein möchte, seine Umwelt definiert seinen Status und weist ihm schließlich einen Platz zu. Damit übernimmt sie, sollte man meinen, gewisse Verpflichtungen für den

Schutz seines Lebens, für sein Hab und Gut. Daß die ihm »endlich gewährte bürgerliche Gleichberechtigung das alteingewurzelte Faktum der Diskriminierung nicht aus den Angeln hob«,[12] zeigte die Erfahrung in Deutschland.

Die Option der jüdisch-sozialistischen Arbeiterpartei für eine eigenständige Lösung in Palästina bedeutete im Grunde eine Absage an die Möglichkeit des Erfolgs der revolutionären sozialistischen Idee und der Macht der internationalen Solidarität. Die Geschichte hat diesem Zweifel recht gegeben.

Für die Sozialistische Internationale, d. h. für die Sozialisten damals, die ja auch nur gewöhnliche Menschen mit eingefleischten Vorurteilen waren, muß diese zionistische Lösung ein einziges Fragezeichen oder gar ein Ärgernis gewesen sein. Die Verhandlungen, die die jüdisch-sozialistischen Bewegungen mit der Internationale geführt haben, lassen die Spannungen ahnen, die sich unterschwellig, manchmal aber auch deutlich an der verbalen Oberfläche abgespielt haben.

1907 hat die *Poale Zion* ihren Antrag um Aufnahme in die II. Internationale eingereicht. 1924 wurde diesem Antrag stattgegeben. Heute sind, nach der Wiederaufnahme ihrer Arbeit 1951 und nach der Spaltung der *Poale Zion* in einen rechten und linken Flügel, beide Gruppierungen, die *Mapam* und *Mapei*, Mitglied der Sozialistischen Internationale.

Auch in der Weimarer Republik war die »Linke« nicht vorurteilsfrei. Eine Partei wählt ja ihre Wähler nicht. Wohl aber versucht sie, durch Propaganda bestimmte Wählerschichten für sich zu gewinnen. Greive beschreibt das Dilemma, in dem sich um 1890 die Sozialdemokratie befand. Ihre Parteilinie war eindeutig gegen jeden – fortschrittsfeindlichen – Antisemitismus. Aber mit der fortschreitenden politischen Instrumentalisierung des Antisemitismus ließ sich unter gewissen Umständen mit gewissen »Halbwahrheiten« und Formulierungen wie »antijüdischer Antikapitalismus« oder »jüdisches Ausbeuterthum« arbeiten. Man erfüllte hiermit die antikapitalistische Sehnsucht der Arbeiterschaft und des Kleinbürgertums und berücksichtigte zugleich »die aus der Kulturtradition stammenden, speziell religiösen Implikationen, die für das gesamte Gefühlsleben (zum Teil auch in der Arbei-

176

terschaft) bedeutsam blieben«.[13] Auch in der Weimarer Republik rechnete die damalige Linke mit starken antijüdischen Vorurteilen unter ihrer eigenen Anhängerschaft, so daß sie besondere Vorsicht bei der Kandidatenaufstellung walten ließ, wenn es um jüdische Parteimitglieder ging.[14] Dies mag bis zu einem gewissen Grad Taktik gewesen sein; daß es für diese Haltung auch triftige Gründe gab, soll später näher erörtert werden. Greive und Winkler stimmen darin überein, daß die KPD »mitunter« – etwa 1923–1924 – bewußt an die antisemitischen Vorurteile der von ihr umworbenen Anhängerschaft Hitlers anknüpfte; so gab es z. B. in Nürnberg beschlagnahmte Flugblätter kommunistischer »Provenienz« mit der Aufschrift: »Nieder mit der Judenrepublik«. Oder die vielzitierte Auslassung von Ruth Fischer, Mitglied der Zentrale der KPD: »Wer gegen das Judenkapital aufruft, ist schon Klassenkämpfer, auch wenn er es nicht weiß [...] Tretet die Judenkapitalisten nieder, hängt sie an die Laternen, zertrampelt sie.« Erstaunlich auch in ihrer politischen Blindheit ist die Notiz in der sozialdemokratischen *Münchener Post* 1932: »Zahlungskräftige Juden haben auch im Dritten Reich nichts zu befürchten, man greift ihnen nicht an die Gurgel, sondern nur an das Portemonnaie.«[15]

Winkler zufolge interessierte die Arbeiterschaft am Antisemitismus primär die Funktion, die er für den Kapitalismus hatte. »Von der Funktion, die er für die Antisemiten hatte, war seltener die Rede.« Und was er für die Juden bedeutete, dies lag ebenso wie »das Schicksal, das die deutschen und europäischen Juden nach 1933 treffen sollte [...] jenseits der Vorstellungskraft der deutschen Linken«.[16]

Diese Unsicherheit in bezug auf ihre eigene Anhängerschaft wird durch eine 1929 begonnene und 1935 vollendete, aber erst 1980 in vollem Umfang veröffentlichte sozial-psychologische Untersuchung von Erich Fromm vollends erhellt: *Arbeiter und Angestellte am Vorabend des Dritten Reiches*. Das Ziel dieser Arbeit war, eine Antwort auf die Frage zu finden, »in welcher Weise der seelische Apparat verursachend oder mitbestimmend auf die gesellschaftliche Entwicklung oder Gestaltung der Gesellschaft gewirkt hat«. Fromm hoffte, »über die rein deskriptive Erfassung der Bewußtseinshaltungen hinaus [...] Aufschlüsse über den systematischen Zusammenhang zwischen seelischem Apparat und gesellschaftlicher Entwicklung zu gewinnen«.[17] Mit Hilfe eines umfangreichen Fragebogens versuchte er, die Verbindung von bewußt oder unbewußt autoritärer Haltung mit radikalen Meinungen zu erfassen und ihre Bedeutung zu interpretieren. Rebellisch-autoritäre Charaktertypen waren nach Fromm – im Gegensatz zu konservativ-autoritären – häufig in den sozialistischen und kommunistischen Parteien anzutreffen.

> Solange die linken Parteien die einzigen waren, die an ihre rebellischen Impulse appellierten, konnten sie mit einer begeisterten Unterstützung rechnen, denn es war leicht, die rebellisch-autoritären Typen davon zu überzeugen, daß eine Zerstörung des Kapitalismus und die Errichtung einer sozialistischen Gesellschaft notwendig sei. Eben hier jedoch setzte später auch die nationalsozialistische Propaganda an [...] Auf diese Weise befriedigte die neue Ideologie zwei Bedürfnisse zugleich, die rebellischen Tendenzen und die latente Sehnsucht nach einer umfassenden Unterordnung.

Bei einer Analyse des Materials ergab sich als wichtigstes Ergebnis, daß nur 15% der untersuchten Population der Linken mit der sozialistischen Linie im Denken und Fühlen übereinstimmten. Nur von dieser äußerst kleinen Gruppe konnte erwartet werden, daß sie in Krisenzeiten bei der Stange blieb. Weitere 25% der Sozialdemokraten konnten als »verläßliche, nicht aber als glühende Anhänger gelten«. 20% der Anhänger der Arbeiterparteien besaßen in ihren Meinungen und Gefühlen eine eindeutig autoritäre Tendenz.

> Bei diesen Befragten war vermutlich das Gewicht der politischen Überzeugungen oft beträchtlich und von starken Gefühlen begleitet, aber die Verläßlichkeit ihrer Überzeugung muß als äußerst gering bewertet werden. Darüber hinaus dürfte in diesen Fällen die nationalsozialistische Idee eine größere Wirkung auf die Persönlichkeit gehabt haben als bei den linken Lehren, so daß diese Gruppe letztlich genau jene Personen repräsentierte, die entweder zu Beginn der dreißiger Jahre oder kurz nach der Machtergreifung von überzeugten Linken zu ebenso überzeugten Nationalsozialisten wurden.

Schließlich liegt die Vermutung nahe, daß eine starke Diskrepanz besteht zwischen linker politischer Ideologie, die man vertritt, und der Persönlichkeitsstruktur, die diese ideologische Haltung nicht durchgearbeitet hat.

Stellt man der Untersuchung von Fromm die jüngst in der Bundes-republik durch das SINUS-Institut ermittelten Daten einer Umfrage über rechtsextremistische Einstellungen gegenüber,[18] so muß man bei der Interpretation der auf der Seite 90 veröffentlichten Tabelle »Rechts-extremes Wählerverhalten« unter dem Aspekt der Parteipräferenz die größte Vorsicht walten lassen. Daß 20% der SPD-Wähler ein rechtsextre-mistisches Einstellungspotential haben, ist im Hinblick auf die Ergeb-nisse der Frommschen Untersuchung nicht so überraschend. Bei der Rubrik »Autoritäre Tendenzen bei nichtextremistischen Bevölkerungs-schichten« erheben sich jedoch einige Fragen. Der Untersuchung zufolge akzeptieren über das festgestellte rechtsextreme Einstellungspotential hinaus noch 37% der Wahlbevölkerung andere rechtsextreme Denkinhal-te, die bei einer kritischen Prüfung der gestellten Fragen außerdem von einer starken ethnozentrischen und paranoiden Einstellung zeugen. Überraschend ist, daß diese 37% zu gleicher Zeit für Militarismus, Füh-rerkult und Antisemitismus unempfänglich sind. Inwiefern diese Ergeb-nisse durch die zu positivistische Studie bereits präjudiziert sind, müßte durch eine Cluster-Analyse eventuell näher geklärt werden, wobei der Wert dieser Studie im übrigen unbestritten bleibt.

Zurück zu der eingangs gestellten Frage: Gibt es einen linken Antise-mitismus? Man könnte sich damit begnügen, auf die oben angeführten Untersuchungen hinzuweisen und die dort erhaltenen Resultate als eine bestätigende Antwort anzunehmen. Aber so gelangte man nur zu der folgenden Frage, was eine Ideologie dann überhaupt noch wert sei, deren Anhänger mit ihren verbalen Äußerungen gegensätzliche Einstel-lungen verkünden. Dasselbe gilt auch für religiöse Gemeinschaften mit dem zentralen Glaubenssatz der Nächstenliebe. Auf diese wichtigen Fragestellungen kann hier nicht näher eingegangen werden. Man sollte jedoch nicht geringschätzig über die komplizierten gruppendynami-schen Prozesse urteilen, die hier wirksam sind, um eine Gruppe, sei sie religiös oder ideologisch-politisch ausgerichtet, einigermaßen auf der gleichen Spur zu halten.

Daß die sozialistischen Bewegungen den Antisemitismus nie in ihr Parteiprogramm aufgenommen haben, steht fest; daß sie ihn im Ge-genteil als fortschrittsfeindlich empfunden und abgewiesen haben, ist sicher; daß ihre Definition des Fortschritts jedoch ideologisch präok-kupiert war, ist ebenso sicher. Darum waren sie blind für die reale Ju-denfrage in ihrer Mitte und für die hiermit verbundenen psychologi-schen Implikationen und ihre Lösungsvorschläge – mit der Aufhebung des Kapitalismus erledige sich der Antisemitismus von selbst, was sich als Illusion erwies, und zwar, wie die Geschichte gelehrt hat, als eine lebensgefährliche. Daß es eine Anzahl von Juden gab und gibt, die als Anhänger dieser Ideologie konsequent alle Bindungen mit der jüdi-schen Sache gelöst haben – Nora Levin nennt sie die »nicht-jüdischen Juden« –, gehört zur besonderen »Eigenart« des Judenproblems.

Ebenso gehört es heute dazu, daß sich Juden individuell und als Kol-lektiv mit der Frage der Aggression auseinandersetzen müssen, und zwar nicht mehr allein als deren Opfer, sondern als Vollstrecker, Aus-führende, Täter. Daß diese – psychologische – Problematik mehr ist als nur ein Kapitel aus der psychoanalytischen Literatur, wird nicht im-mer gern gehört. Aber es ist so. Daß die Juden, ob als Individuen oder als Gruppe, in der Diaspora oder im eigenen Land, vor dem Hinter-grund eines kollektiven Vorurteils gesehen und beurteilt werden – ne-gativ oder positiv, meistens ambivalent –, ist bekannt; daß die zuweilen heftigen Gefühle, die sie in ihrer Umgebung erwecken, in keinerlei Ver-hältnis zu ihrer zahlenmäßigen Repräsentanz stehen, bedarf ebenfalls keines weiteren Hinweises. Die Symbolfunktion, die sie im abendlän-dischen Denken und Fühlen erfüllen, ist evident. An einer anderen Stelle habe ich versucht, dieses »Widersacher«-Problem, die Frage der Feindschaft in der Ordnung der Nächstenliebe, der Humanisierung und Sozialisierung der Urtriebe, das Kernproblem der menschlichen Existenz, wie es sich in der reziproken Projektion zwischen Angreifern und Angegriffenen, zwischen Verfolgern und Verfolgten manifestiert, darzustellen. Daß die Juden bisher in der Geschichte je nach Gunst oder Ungunst der jeweiligen politischen und ökonomischen Verhält-nisse als Verfolgte oder als Rechtsuchende, Schutzbedürftige in einer Ausnahmestellung auftraten, hat den Eindruck ihrer Schwäche und Wehrlosigkeit in den Augen ihrer Umwelt verstärkt und sie mit dem Stigma der Schwäche geprägt. »Selig sind die Verfolgung Leidenden« hat einmal ein Jude aus der Sekte der Essäer in grauer Vorzeit gesagt, und seitdem hat »man« dafür gesorgt, daß diese Seligkeit den Juden auch zuteil wurde.

In dem Moment, in dem sich Juden nicht mehr als passiv-wehrlos leidende Objekte dem Beschauer darbieten, der nur zu sehr geneigt ist, seinen wirklichen oder phantasierten Anteil an den zugefügten Leiden mit der Verleihung eines Heiligenscheins an die Opfer zu verbrämen (in diesem Moment, in dem Juden, Israelis – was soll diese Sprachregelung!), aktiv und in eigener, nicht immer fehlerfreier und fleckenloser Regie aggressiv in die Geschichte eingreifen und sich auch fähig erweisen, Kriege zu führen, Unrecht und auch Untaten zu begehen, entfaltet sich verwirrender denn je ihr Bild vor der Außenwelt.

Wir wissen nicht, um welche Gruppierungen es sich bei den »antizionistischen Aktionen« handelt. Sind es die von Fromm beschriebenen »rebellisch-autoritären Charaktertypen« mit ihrer ideologisch-politischen Unzuverlässigkeit, oder ist es der Kern der »Neuen Linken«, die wie die linkssozialistischen Israelis die Entwicklung einer aktiv aggressiven Außen- und Siedlungspolitik im Widerspruch sehen zu den hohen Idealen der Moral und Menschlichkeit des ursprünglichen zionistischen Konzeptes und im Widerspruch zum Geist des sozialistischen Experimentes, wie er mit den Kibbuzim so eindrucksvoll der Welt präsentiert wurde.

Auch den Israelis wird es nicht erspart bleiben, sich mit dem »Widersacher«-Problem, dieses Mal in umgekehrter Richtung als in der Diaspora, auseinanderzusetzen. Und es ist eine offene Frage, ob es ihnen letztlich gelingen wird, ihre eigene aggressive Projektion auf einen Feind zu beherrschen und zu verinnerlichen, oder ob sie, um den Zusammenhalt der eigenen Gruppe zu gewährleisten, zu einem bedingungslosen »scape-goating« ebenfalls verurteilt sind.

Gleichviel, der intern jüdisch-israelische Konflikt hat sich auf der linken Seite in Deutschland zu einem Identifikations-»Anliegen« mit anschließender Krise und einem Wechsel der Fronten entwickelt. Aus dem Sündenbock war erst der Tugendbock geworden, beladen mit allen Idealen und Tugenden, die man in seiner eigenen Geschichte und bei seinen Eltern nicht antreffen konnte, und die Enttäuschung über die nicht gelungene Projektion eines moralischen Hochstandes – eines Übermenschen würdig – schuf schließlich den alt-neuen Sündenbock.

181

Und wiederum entfaltet sich auch das alt-neue Spiel mit der von der Außenwelt verliehenen Identität: Juden und Zionisten. Und tatsächlich kommt hier die Wirklichkeit ein Stück des Weges entgegen. Innerhalb der jüdischen Orthodoxie gibt es eine starke Gruppe, auch in Jerusalem, die die Existenz des Staates Israel aufs schärfste bekämpft. Immerhin bleibt es verdächtig, wenn nicht-religiöse Linke sich die Argumentation orthodoxer Juden in ihrer Schlußfolgerung zu eigen machen und auf diese Weise nicht nur in einen intern jüdischen Konflikt eingreifen.

Aber im Grunde geht es um die Identifikation und die politische Solidarität mit der PLO und den Kampf dieser Organisation um die Errichtung eines selbständigen palästinensischen Staates mit dem Ziel der Vernichtung des Staates Israel. Nun kann man schwerlich behaupten, daß frühere – sozialistische – israelische Regierungen das Palästinenserproblem vorausgesehen und demnach mit einiger politischer Weisheit behandelt haben. Martin Buber (und ein Kreis um ihn – Rufer in der Wüste, Fremdlinge in Jerusalem) hat vielleicht als einer der wenigen zu Beginn der zwanziger Jahre dieses politische Problem in seinen moralischen und damit sonderbarerweise auch politischen Konsequenzen formuliert. Inzwischen ist es Teil eines hochbrisanten weltpolitischen Problems geworden, das die beiden atomaren Großmächte zu dem ihren gemacht haben, die Gunst oder Ungunst der verworrenen, instabilen Lage der gesamten Region des Nahen Ostens nutzend, die durch ihren Reichtum an Bodenschätzen und ihren Zugang zum Indischen Ozean noch für lange Zeit ein Manipulationsobjekt für machtpolitische Erwägungen und Entscheidungen bleiben wird. Wer dieses undurchsichtige politische Spiel durchschaut und eine akute Lösung der Krise weiß, hebe die Hand.

Die Leichtigkeit, um nicht zu sagen: Leichtfertigkeit, mit der durch gewisse linke Gruppierungen stereotype Klischees zur Beschreibung politisch-militärischer Realitäten im Nahen Osten eingesetzt werden – Faschismus, Imperialismus, Kolonialismus usw. –, mit der deutlichen Tendenz, eine Analogie zu den »Verbrechen« des Nationalsozialismus zu zeigen: die simplifizierende Gleichsetzung von Sabra und Schatila, zwei schrecklichen, grausamen Geschehnissen in der Kette von grausamen Geschehnissen im gesamten Nahen Osten, mit Auschwitz, das Symbol geworden ist für die Grausamkeit des grausamen nationalsozialistischen Regimes – es widerstrebt mir, dies schreiben zu müssen, man kann Leiden nicht messen oder miteinander vergleichen, man sollte auch Grausamkeiten nicht gegeneinander aufbieten, noch einmal: es widerstrebt mir, dies schreiben zu müssen – der Vergleich von Begin mit Hitler –, diese Argumentationssequenzen lassen aufhorchen. Was ist hier im Gange? Was wir hier beschrieben haben, trägt die Merkmale des Vorurteils. Welche emotionalen Befriedigungen kann der Gebrauch dieser durchsichtigen Methode einbringen? Wenn es heißt: »Die Überwindung unserer deutschen Geschichte besteht in der Solidarität mit den Palästinensern«, so liegt die Deutung auf der Hand: Man projiziert wiederum seine eigenen Probleme auf einen Sündenbock, den »Zionismus«, man vermeidet auf phobische Weise das Wort »die Juden« und meint sie doch. Man löst eigene Ängste und Schuldgefühle aus ihrer Verstrickung, indem man in der Außenwelt einen Schuldigen aufweist. Man war ausgezogen, um den Anteil der Eltern an der Schuld der jüngsten eigenen Geschichte zu erfahren, bisher hat man nicht vom Hörensagen, sondern durch das Verschweigen Kenntnis von dieser Geschichte erhalten. Mit Hilfe von Solidarität hofft man nicht nur eigene innere Probleme, sondern zugleich auch die Probleme in diesem Teil der Welt zu lösen. Zu diesem Zweck argumentiert man mit Generalisierungen und Simplifizierungen, verkennt die Heterogenität gesellschaftlicher Prozesse, als ob man alle Probleme abschaffen müßte, um dann das Vollkommene zu schaffen.

In Analysen der hier erörterten Fragen wird die Enttäuschung über den Verlust an revolutionärem Elan hervorgehoben, der seit langem die sozialistischen Bewegungen in Europa kennzeichnet und ihren inneren Zusammenhalt in Frage stellt, seitdem sie sich mehr dem evolutionären Reformdenken zugewandt haben. In der Identifikation mit revolutionären Freiheitsbewegungen in aller Welt sollte sich sozusagen ein Nachholbedarf an stellvertretender revolutionärer Praxis vollziehen, der nicht nur dieser Generation von jungen Linken im eigenen Land vorenthalten wurde, und vor allem sollte das völlige Versagen der linken Parteien im Kampf gegen den Nationalsozialismus nun in anderen Ländern mit Hilfe von Identifikation und Projektion nachgespielt und wettgemacht werden.

Noch ein anderes Moment stimmt bedenklich. Durch die Jahrhunderte hat man die Juden wegen ihres »Schachers« der Feigheit, Listigkeit und Unterwürfigkeit bezichtigt. Hinter den jetzigen Vorwürfen taucht ein neues Moment der Diskriminierung auf, das wir bereits genannt haben: Ihr, die ihr wissen könntet, was es heißt, Opfer von Gewalttätigkeiten zu sein, hättet besser aus euren Erfahrungen lernen müssen.

Nun gibt es viele Arten von Lernprozessen und Möglichkeiten, die eigene Vergangenheit zu verarbeiten. Dies gilt für den einzelnen ebenso wie für Kollektive. Meistens wird heute zu simplifizierend hierüber gedacht, wenn es etwa heißt, man wolle die »Geschichte aufarbeiten« und dergleichen, als handle es sich um bloß bewußt gesteuerte, in der Zeit absehbare Operationen wie Organtransplantationen, Reparaturen an Automobilen oder Flipperautomaten. Auch die israelischen Militärs sind, ebensowenig wie die arabischen oder sonstige, eine Armee von Heilssoldaten. An den ethischen Forderungen, nach welchen Grundsätzen die menschliche Gesellschaft in dieser geschundenen Welt zu ordnen wäre, gibt es nichts zu rütteln, sie haben universelle Geltung, nicht nur für Israelis, Juden, die von jeher haderten mit dem moralischen Rigorismus ihrer Propheten; sie haben noch immer Geltung in einer Welt, in der wehrlose Menschen Aggressionen herausfordern.

Man kann, man muß sich besorgt fragen, ob die Politik, die seinerzeit von Menachem Begin geführt wurde, richtig ist oder war, ob sie die Integration im Nahen Osten förderte oder für lange Zeit verzögerte und ob sie die Sicherheit des Staates Israel letztlich gewährleistete. Zu der Bemerkung von Begin, daß er in der Person Arafats in seinem Bunker in Beirut Hitler aufspüren wollte, kann man nur entsetzt schweigen angesichts der wirklich nicht zu bewältigenden Vergangenheit dieses jüdischen Politikers, und man soll und muß sich fragen, ob ein Mensch wie er in dieser Zeit überhaupt noch politische Verantwortung in einer derart prekären Lage tragen darf und soll. Aber wer wollte Begin vorwerfen oder sich anmaßen, ihm und unzählig vielen anderen vorzuwerfen oder vorzuschreiben, wie er und mit ihm zahllose andere ihre Vergangenheit, ihre Geschichte in der Diaspora zu verarbeiten hätten? Wer? Hier scheint mir eine neue Form von »überhöhender« Diskriminierung vorzuliegen, ein völlig irreales Erwartungspotential, das in seiner diffamierenden Absurdität bereits kanalisiert wurde. Sie ähnelt der Bemerkung jenes gelehrten Mannes, der auf einem Kongreß, wo es um Schuld, Versöhnung und dergleichen ging, bekannte, daß er, obwohl kein Antisemit, Schwierigkeiten habe mit Juden, die an der Atom- oder Neutronenbombe mitarbeiteten.

»Der jüdisch-arabische Konflikt: unser Dilemma«, unter dieser Überschrift brachte die Heidelberger Studentenzeitung *forum academicum* Nr. 4/1967 die Schlußgedanken eines Vorwortes, das J. P. Sartre für die Sondernummer der *Temps Modernes* über den israelisch-arabischen Konflikt am 27. Mai 1967 geschrieben hatte. Wir zitieren die Schlußsätze:

So finden wir in uns unausweichliche und widersprüchliche Forderungen – unsere Forderungen: »der Imperialismus muß als Gesamtphänomen überall und in all seinen Formen bekämpft werden, in Vietnam und in Venezuela, in Santo Domingo und in Griechenland, auch bei seinem Versuch, im Nahen Osten Fuß zu fassen oder sich auf die Dauer einzurichten«; »den Gedanken, daß die Araber den jüdischen Staat vernichten und seine Bürger ins Meer jagen, kann man nicht einen Augenblick ertragen, außer wenn man Rassenfanatiker ist«; »in unserer Ratlosigkeit wagen wir nichts zu tun und zu sagen oder wenn wir etwas tun, so tun wir es mit viel Bedenken, daß wir zu früh aufgeben und ins Gegenteil verfallen. In Wirklichkeit haben wir nicht genug nachgedacht.«

Man kann nur mit Bedauern feststellen, daß linke Gruppierungen in der Auseinandersetzung mit der Judenfrage wiederum die alte ausweglose Hilflosigkeit an den Tag legen, daß sie die blinden Flecken ihrer Theoriebildung zu wenig reflektiert haben und daß sie anscheinend erst heute entdecken, welches Ausmaß die jüdische Frage in ihrem Land hatte, und – last but not least – daß sie nicht erst seit Auschwitz besteht. Man kann nicht umhin, ihnen das zu sagen; Hilflosigkeit ist keine Ausrede, um sich der wirklichen Reflexion über das Ganze der hier bestehenden Probleme zu entziehen. Es gibt mehrere Solidaritäten. Unser Dilemma. Dies war und ist auch das Dilemma der 400 000 Israelis, unter ihnen viele Angehörige des Heeres, die die demokratisch gewählte Regierung Begin zwangen, eine Untersuchungskommission einzusetzen, um den Anteil der israelischen Militärs an den Geschehnissen in den Lagern und damit vor allem auch ihre eigene menschliche und politische Verantwortung zu klären.

(1988)

Anmerkungen

1 Aus H. Keilson: Ballade vom irdischen Juden (in diesem Band S. 21)

2 A. Bebel: Antisemitismus und Sozialdemokratie (1893), zitiert nach H. Greive: Geschichte des modernen Antisemitismus in Deutschland, Darmstadt (1983), S. 91: »Was ist der weltliche Grund des Judentums? Das praktische Bedürfnis, der Eigennutz. Welches ist der weltliche Kultus der Juden? Der Schacher. Welches ist sein weltlicher Gott? Das Geld.«

3 B. Estel: Soziale Vorurteile und soziale Urteile, Opladen/Wiesbaden (1983)

4 R. M. Loewenstein: Psychoanalyse des Antisemitismus, Frankfurt a. M. (1968)

5 S. Sierksma: De religieuze projectie, Delft (1957)

6 M. Horkheimer/Th. W. Adorno: Dialektik der Aufklärung, Amsterdam (1947)

7 G. W. Allport: ABC's of Scape-Goating, Journal of Psychology (1944)

8 Vgl. S. Dubnow: Weltgeschichte des jüdischen Volkes, Berlin (1928); J. Elbogen: Geschichte der Juden in Deutschland, Berlin (1935); B. Martin u. E. Schulin (Hg.): Die Juden als Minderheit in der Geschichte, München (1981)

9 E. Silberner: Moses Hess – Geschichte seines Lebens, Leiden (1966)

10 Silberner, a.a.O., S. 398

11 N. Levin: While Messiah Tarried – Jewish Socialist Movements, New York (1977)

12 G. Schramm, Die Juden als Minderheit in der Geschichte, in: Martin/Schulin (Hg.), a.a.O., S. 316

13 Greive, a.a.O., S. 95

14 Vgl. Greive, a.a.O., S. 115

15 Vgl. Greive, a.a.O., S. 114

16 H. A. Winkler: Die deutsche Gesellschaft der Weimarer Republik und der Antisemitismus, in: Martin/Schulin (Hg.), a.a.O., S. 278

17 E. Fromm: Arbeiter und Angestellte am Vorabend des Dritten Reiches, Stuttgart (1980)

18 SINUS-Institut: Fünf Millionen Deutsche: »Wir sollten wieder einen Führer haben«, Reinbek (1982)

Psychoanalyse und Judentum

Es gibt eine Wissenschaft des Judentums. Gibt es auch eine »jüdische«
Wissenschaft? Und ist die Psychoanalyse eine »jüdische Wissenschaft«,
einzig und allein, weil ihr Schöpfer ein Jude war und u. a. auch ein zen-
trales Thema der biblischen Geschichte behandelte und außerdem nur
ein »gottloser Jude« war, wie Sigmund Freud in einem Brief an den
Schweizer Pfarrer und Psychoanalytiker Oskar Pfister am 9. Oktober
1918 sich selbst porträtierte? Dieses Bild, das er von sich selbst entwarf,
ist gewiß wahr. Aber die Entstehung und Entwicklung des psychoanalytischen Paradigmas allein auf den Atheismus Freuds und dessen Verhältnis zur Moderne mit ihrer strikten Trennung von Wissenschaft und Religion zu beschränken, läßt einige wissenschaftstheoretische Aspekte
außer Betracht, wie sie durch Thomas S. Kuhn formuliert sind. Dieser
erweiterte Ansatz liefert gewiß keinen simplen Beitrag, die komplizierten Verhältnisse zwischen Wissenschaft und Religion einerseits und zwischen Juden und Nichtjuden andererseits einsichtiger, eindeutiger zu gestalten. Aber man kann sie auch nicht außer acht lassen. Sie verleihen
der Frage nach dem Verhältnis von Psychoanalyse und Judentum erst
den dazugehörigen zeitgeschichtlichen Hintergrund. Peter Gay hat in
seiner Publikation *Ein gottloser Jude. Sigmund Freuds Atheismus und die
Entwicklung der Psychoanalyse* darauf hingewiesen, daß man sich in eine
unerwünschte Gesellschaft, »einen widersprüchlichen Bund von Juden,
die Freud eifrig für sich in Anspruch nehmen, und übelwollenden Nicht-
juden, die ihn noch eifriger herabsetzen«, begibt, wenn man die Psychoanalyse als eine jüdische Wissenschaft bezeichnet. Aber es gab und gibt
auch jüdische Kritiker, orthodoxe Rabbiner, Theologen und Philosophen, die die Psychoanalyse als dem Geist und den ethischen Maßstäben
der Tora zuwider verwarfen, totschwiegen oder sich von ihr unbeein-
druckt zeigten (u. a. Martin Buber und Franz Rosenzweig).

Daß besondere wissenschaftliche oder künstlerische Leistungen von Juden dem virulenten Spannungsfeld des antisemitischen Vorurteils erliegen (wie Heinrich Heine), zeigt auch die Qualifikation der Einsteinschen Relativitätstheorie durch einen bekannten deutschen Physiker als einer »jüdischen Wissenschaft«. Man muß als nicht-jüdischer Naturwissenschaftler schon besonders böswillig sein, um eine andere naturwissenschaftliche Theorie als »jüdisch« zu bezeichnen, in dem »wahnhaften« Glauben, die eigene Theorie gäbe die reine, objektive Wahrheit wieder. Freud hat zeit seines Lebens die Psychoanalyse als Naturwissenschaft definiert, eine Aussage, der heute wohl niemand mehr Beifall spendet, und sich dagegen gewandt, sie als »jüdische Wissenschaft«, als eine nationale jüdische Angelegenheit zu verstehen. Man könnte diese spontane, zähe Leugnung als einen Abwehrmechanismus deuten. Aber um wirklich »etwas« abwehren zu können, war nach seinem eigenen Eingeständnis und dem seiner Kinder seine eigene jüdische Bildung zu gering. Es sei denn, daß man in die Tiefen des ominösen kollektiven Unbewußten hinabsteigt, aus dem sich, wie wir nur zu gut wissen, sehr viel Geheimes, Pseudo-Spezifisches hervorzaubern läßt. Aber was verstand er unter »Wissenschaft« und was bedeutete ihm seine Zugehörigkeit zur jüdischen Gruppe, die er nie verleugnet hat? Aus seinen Arbeiten, seinen Briefen, Reden und den vielen überlieferten privaten Äußerungen entsteht das Bild eines jüdischen Mannes, dem der Glaube, die Religion und die Rituale der Väter nichts mehr bedeuten und dessen Werk in der Tradition der Aufklärung steht, jedoch, und hierin völlig im Gegensatz zu dem Werk von Max Weber, mit einer deutlich wahrnehmbaren antireligiösen Animosität. Für Freud bedeutete Wissenschaft betreiben, sich von den Fesseln des Glaubens zu befreien, mit dem Instrumentarium der Wissenschaft Kritik an der Religion zu üben und sie als Illusion, als Ur-Feind jeglichen nicht nur wissenschaftlichen Fortschritts zu demaskieren, um dann die Rätsel des Lebens zu lösen. Der erste Wiener Kreis von Anhängern und Schülern, die sich allwöchentlich um ihn scharten und an der Entwicklung des psychoanalytischen Paradigmas teilnahmen, waren Juden. Dennis B. Klein untersuchte in seiner Publikation *Jewish Origins of the Psychoanalytic Movement*,[1] inwiefern das jüdische Bewußtsein von Freud und seinen

188

Anhängern und deren jüdisches Selbstverständnis Anteil hatten an der frühen psychoanalytischen Bewegung. Klein ist, wie schon der Titel seiner Publikation ahnen läßt, von dieser Verwurzelung überzeugt. Die äußerst komplizierte Fragestellung ist so eng verknüpft mit der Emanzipationsgeschichte und den Säkularisationserscheinungen der jüdischen Minderheit in der Diaspora in Mitteleuropa, daß angesichts der Vielfalt der hier wirksamen politischen, sozialpsychologischen und kulturellen Faktoren äußerste Vorsicht geboten erscheint bei der Einschätzung und Beantwortung der sich anbietenden Problematik. Unter der Vielfalt der hier wirksamen Faktoren müssen auch die vorurteilsbedingten Reaktionsweisen der nicht-jüdischen Mehrheitsgruppe gesehen werden mit der jeder Majorität eigenen ethnozentrischen Hypokrisie, ihrer zuweilen wenig reflektierten, ambivalenten Gefühlseinstellung der jüdischen Minorität gegenüber.

Klein führt zwei Zeugen für seine Hypothese an: Otto Rank, einen der ersten Anhänger Freuds, und dessen Glaube an die »psychoanalytische Erlösungsmission der Juden« und Fritz Wittels, der allerdings nur kurze Zeit dem Kreis um Freud angehörte. Vor allem in Wittels' Schriften *Der Taufjude* (1904) und *Die sexuelle Not* (1907) fand der Gedanke der universellen Aufgabe der Psychoanalyse im Zusammenhang mit dem bitteren Status der jüdischen Minderheit in der katholischen Doppelmonarchie seinen beredten Ausdruck: »Einige von uns glaubten, daß die Psychoanalyse das Angesicht der Erde verändern [...] und ein goldenes Zeitalter [einführen] würde, in welchem kein Raum mehr für Neurosen sein würde. Wir fühlten, daß ähnlich wie große Männer [...] einige Völker eine Mission in ihrem Leben haben.« Auch Hitschmann, dem Kreis um Freud zugehörig und Mitglied der B'nai-B'rith-Loge, der erste Direktor der psychoanalytischen Klinik in Wien, pries die psychoanalytische Bewegung als eine jüdische und hielt sie darum für der übrigen Gesellschaft überlegen. Diese verheißungsvolle Erwartung der Gruppe um Freud bestätigt die Kuhnsche These, daß eine normalwissenschaftliche Tradition sich dann erst etablieren kann, wenn »ein Kreis von Personen sich zusammengefunden hat, deren Glieder von den Leistungen einer Auffassung zur Deutung bestimmter Phänomene überzeugt sind und auch davon, daß aus dieser Auffassung Modelle für weitere Problemlösungen herauszuholen sind« (Stegmüller).

Zu der Gruppe von Juden, die Freud eifrig für sich in Anspruch nehmen, gehört auch A. A. Roback, ein Judaist und Psychologe, der Ende der zwanziger Jahre die Frage, ob die Psychoanalyse eine jüdische Bewegung sei, vorbehaltlos bejahte. Er nannte Freud den »Chassid« in der modernen Psychologie, mit dem Hinweis auf Freuds mystische Neigungen *(Totem und Tabu)* und auf seine Methode, die ihn stark an den der kabbalistischen Philosophie unterliegenden Symbolismus erinnerte. Drei Jahrzehnte später hat David Bakan Robacks Beobachtungen erweitert mit der Behauptung, »der Geist der Kabbala sei in Freud lebendig« (P. Gay). Auch die von Mortimer Ostow edierte Publikation *Judaism and Psychoanalysis* muß hier erwähnt werden (New York 1982), in der von jüdischen Psychoanalytikern und einem psychoanalytisch geschulten Rabbiner (Richard L. Rubenstein) der ernsthafte Versuch unternommen wird, den Zusammenhang zwischen beiden Disziplinen zu untersuchen. Ostow zufolge schätzen beide Disziplinen Lernen, Erkenntnis, Wissen bis zu dem Punkt, wo mystische Versenkungen in Gestalt von esoterischen Erkenntnissen zugelassen werden. Hierzu rechnet Ostow auch das Phänomen der Übertragung. In der marginalen Position der Juden sieht er ein Motiv, sich der marginalen Position der Psychoanalyse zuzuwenden. Auch die beiden Disziplinen inhärente Methode der Interpretation, der Exegese, bestätigt den inneren Zusammenhang. Der Beitrag von Richard L. Rubenstein *The Meaning of Anxiety in Rabbinic Judaism* enthält Hinweise auf Kierkegaard, Tillich und Heidegger, womit im Grunde doch auch die Universalität des Angsterlebnisses im religiösen Erleben überhaupt dargestellt wurde. Zwei weitere Beiträge befassen sich mit Fragen der jüdischen Identität im allgemeinen und der Freuds im besonderen im Zusammenhang mit seiner Abhandlung über die Mosesfigur.

Es scheint mir schwierig und im kritisch-wissenschaftlichen Kontext auch eines Essays nicht zulässig zu sein, sich über die Identität einer jüdischen Persönlichkeit zu ergehen, die mit ihrem Werk das Antlitz eines Zeitalters geprägt hat, ohne die rückläufigen Einwirkungen dieses Zeitalters in seinen Hauptströmungen, in seinen soziopolitischen und

190

kulturellen Dimensionen aufgezeigt zu haben. Eine dieser Hauptströmungen war auch für Sigmund Freud zeit seines Lebens der Antisemitismus österreichischer Färbung. Das erste Wetterleuchten der sich nähernden Shoah hat er nach dem »Anschluß« Österreichs an das Dritte Reich bei seiner Emigration nach England noch am eigenen Leibe erfahren.

Wenn es also nicht die religiöse Dimension ist, die zu seiner jüdischen Identität einen Beitrag geliefert hat, und auch sein Denkstil, seine sprachlichen Formulierungen und Methoden sich mehr an der deutschen Klassik und den großen Konzepten der Weltliteratur gebildet haben als an der talmudischen Literatur oder den Schriften der Haskalah, die er beide nicht kannte, so bleibt die Frage nach der Beschaffenheit, nach der Modalität seiner jüdischen Identität vorläufig noch unbeantwortet. Wie seine berühmte Ansprache anläßlich seines 70. Geburtstags an die Mitglieder des jüdischen Vereins B'nai B'rith verdeutlicht, ist es seine Solidarität, sein Gefühl von Brüderlichkeit angesichts der Verfolgungen dieser Minderheit als Spiegel seines eigenen Schicksalswegs, worauf sein Verhältnis zum Judentum beruht. Dieser Text enthält einige für einen rationalen Psychoanalytiker höchst enthüllende Passagen. Dort heißt es:

> Daß Sie Juden sind, konnte mir nur erwünscht sein, denn ich war selbst Jude, und es war mir immer nicht nur unwürdig, sondern direkt unsinnig erschienen, es zu verleugnen. Was mich ans Judentum band, war – ich bin schuldig, es zu bekennen – nicht der Glaube, auch nicht der nationale Stolz, denn ich war immer ein Ungläubiger, bin ohne Religion erzogen worden, wenn auch nicht ohne Respekt vor den ›ethisch‹ genannten Forderungen der menschlichen Kultur. Ein nationales Hochgefühl habe ich, wenn ich dazu neigte, zu unterdrücken mich bemüht, als unheilvoll und ungerecht, erschreckt durch die warnenden Beispiele der Völker, unter denen wir Juden leben. Aber es blieb genug anderes übrig, was die Anziehung des Judentums und der Juden unwiderstehlich machte, viele dunkle Gefühlsmächte, umso gewaltiger, je weniger sie sich in Worten erfassen ließen, ebenso wie die klare Bewußtheit der inneren Identität, die Heimlichkeit der gleichen seelischen Konstruktion. Und dazu kam bald die Einsicht, daß ich nur meiner jüdischen Natur die zwei Eigenschaften verdankte, die mir auf meinem schwierigen Lebensweg unerläßlich geworden waren. Weil ich Jude war, fand

ich mich frei von vielen Vorurteilen, die andere im Gebrauch ihres Intellekts beschränkten, als Jude war ich dafür vorbereitet, in die Opposition zu gehen und auf das Einvernehmen mit der ›kompakten Majorität‹ zu verzichten.

Vergleicht man Freuds Worte mit dem 1941 verfaßten Testament von Henri Bergson, so entdeckt man bei allen fundamentalen Unterschieden in der Lebensführung, in Denkstil, wissenschaftlichen Zielsetzungen und Aktivitäten eine gemeinsame Grundhaltung zwischen diesen beiden Männern im Verhältnis zu ihrer jüdischen Bezugsgruppe, die nachdenklich stimmt. Bergson lebte während der deutschen Besatzung in Paris. Er ließ sich in seinem Rollstuhl, den gelben Stern auf seinem Mantel, gegen das ausdrückliche, nur für Juden geltende Verbot, auf dem Trottoir vor der deutschen Kommandantur auf und ab fahren. Trotz seiner Affinität zu den Lehrsätzen der katholischen Kirche und trotz seiner Distanz zu und seiner Kritik an »un certain nombre de juifs, dépourvus de sens moral«, wie man in seinem Testament lesen kann, hat er sich nicht taufen lassen. Dort heißt es: »J'ai voulu rester parmi ceux qui seront demain des persécutés.« Theodor Herzl ersann nach dem Dreyfus-Prozeß eine andere Lösung der Judenfrage.

Ist die Psychoanalyse eine jüdische Wissenschaft? Enthält sie wesentliche Elemente, an denen man ihre jüdische Abkunft möglicherweise erkennen kann? »Warum hat keiner von all den Frommen« – christlichen Frommen, möchte man hinzufügen – »die Psychoanalyse geschaffen, warum mußte man da auf einen gottlosen Juden warten«, schrieb Freud an Pfister.

Freuds jüdische Identität mag keinem Zweifel unterliegen, sie enthält jedoch starke ambivalente Elemente ebenso wie sein Verhältnis zum Deutschtum in seinen politischen und kulturellen Verästelungen. Freud scheint mir das typische innere Profil eines emanzipierten, assimilierten mitteleuropäischen Juden zu zeigen, stark und bewußt im Gebrauch aller politischen und kulturellen Angebote, die ihm seine Umgebung macht und zugleich vorurteilsgebunden verweigert, wobei »Assimilation« ohne Selbstaufgabe als ein Positivum, als ein Zeichen von gesunder Anpassung, von starker Lebensfähigkeit, wie es die biologische Wissenschaft definiert, verstanden werden muß. Die in religiöser und nationaler Hinsicht vorurteilsgebundenen mitteleuropäischen

Staaten und Gesellschaften zeigten sich dem hierdurch neu entstandenen Identitätsanspruch nicht gewachsen. Ihre einseitige, zu kurz bemessene Interpretation verschloß ihnen, daß Identität mehrere Loyalitäten haben kann, ohne des Verrats bezichtigt zu werden. Wer wie Freud als Jude nicht gläubig, Sozialist oder Zionist war, mußte sich, um am Leben zu bleiben, mit der »kompakten Majorität« seiner Umgebung auseinandersetzen oder resignieren, er konnte sich auch taufen lassen oder in der Wissenschaft seine Heimat finden. Aber auch hier waren mehrere Varianten möglich, wie Albert Einstein zeigt. Der Kern des gesamten Problems liegt in dem Verhältnis der jüdischen Minderheitsgruppe zu der nicht-jüdischen Mehrheitsgruppe im christlichen Abendland. Er betrifft die Identitätsproblematik der jüdischen Gruppe, die ihre Akkulturierung der emanzipatorischen Aufklärung verdankt, dem Gedanken der »fraternité«, ebenso wie die Identitätsproblematik der nicht-jüdischen.

Die Frage, ob die Psychoanalyse eine jüdische oder eine nicht-jüdische Wissenschaft sei, ist im Grunde irrelevant. Wenn man wissenschaftstheoretisch in Anlehnung an Reichenbach den Kontext der Entdeckung getrennt von dem Kontext der Rechtfertigung einer Theorie mit Bezug auf die entscheidende Entdeckung des psychoanalytischen Ansatzpunktes betrachtet, so ist die Entdeckung des Übertragungsphänomens gewiß die Konzeption der psychoanalytischen Theorie gewesen. Während Breuer vor den obszönen Symptomen seiner Patientin Anna O. die Flucht ergriff und eine zweite Hochzeitsreise nach Venedig arrangieren mußte, wurde Freud von ihnen in seiner Neugier gefesselt, er vergaß seine theoretische und vielleicht auch bürgerliche Präokkupation und sah mit neuen Augen. Breuer und Freud waren beide Juden. Weder in Breuers Flucht noch in Freuds Entdeckung kann ich jüdisches Gedankengut erkennen. Was Freud neu entdeckte, spricht für sein Genie, aber nicht für sein Judentum. Daß Prüderie, Heuchelei und Korruption nicht nur in sexuellen, sondern auch in gesellschaftlichen und politischen Angelegenheiten dem »démasquer« der Psychoanalyse anheimfielen, ist gewiß ein Skandalon, das bloßgestellt zu haben man Freud nur schwer verziehen hat. Aber abgesehen von diesen Entdeckungen geht es in der Psychoanalyse um ein völlig anderes Phänomen.

Die Psychoanalyse definiert Identität als eine Ich-Leistung. Freud wußte, daß er »jene rätselhafte Sache« in sich hatte, »die bis jetzt – jeder
Analyse unzugänglich – den Juden ausmacht«. Identität entsteht nicht
durch unkritische Übernahme von kollektiven Identifizierungsangeboten zur Bewältigung der eigenen Identität.

> Ich sagte Ihnen, die Psychoanalyse begann als eine Therapie, aber nicht als
> Therapie wollte ich sie Ihrem Interesse empfehlen, sondern wegen ihres
> Wahrheitsgehalts, wegen der Aufschlüsse, die sie uns gibt über das, was dem
> Menschen am nächsten geht, sein eigenes Wesen, und wegen der Zusam-
> menhänge, die sie zwischen den verschiedensten seiner Betätigungen auf-
> deckt.[2]

Wahrheitsgehalt, sein eigenes Wesen, Zusammenhänge aufdecken –
das sind die Widersprüche und Risse, das ist das persönliche, das eigene »Skandalon«, das private und öffentliche Ärgernis, der Kern, den
die Analyse enthüllt. Die Basis der Ich-Leistung ist die Annahme des
Konflikts, der Widersprüche und Risse, der condition humaine und
nicht ihre Leugnung und Glättung durch die unkritische Annahme kollektiver Identifizierungsangebote in Gestalt harmonisierender Heils-
erwartungen religiös-kirchlicher oder weltanschaulich-politischer Natur. Die Annahme dieser seiner eigenen Condition humaine gilt auch
für den Menschen Sigmund Freud. Er erfuhr sie als mitteleuropäischer
Jude, im Wetterleuchten der Shoah. In der Psychoanalyse formulierte
er sie, nicht zuletzt in seinen kulturkritischen Schriften, in ihrer All-
gemeingültigkeit.

(1992)

Anmerkungen

1 D. B. Klein: Jewish Origins of the Psychoanalytic Movement, Chicago/
  London (1981, 1985)
2 S. Freud: Gesammelte Werke, Bd. 15, S. 169

Tiefenpsychologie und Hermeneutik

Für Gerhard Kurz

Um einigermaßen verständlich über das Thema sprechen zu können, erscheint es angemessen – damit wir mit einem gewissen Erkenntnisgewinn die Beziehung zwischen Tiefenpsychologie und Hermeneutik verstehen –, in kurzen Umrissen eine Beschreibung dieser beiden Begriffe in einer historischen Rückblende zu bieten, wobei ich nicht die Schwierigkeiten verhehlen will, die mir die Beschäftigung mit der Hermeneutik im Umkreis der gestellten Aufgaben bereitete. Es wäre vielleicht einfacher gewesen, an einigen klinischen Beispielen, eingebettet in eine Reihe von Zitaten aus der psychoanalytischen und hermeneutischen Literatur, gestützt u.a. auf die Publikationen von Lorenzer, Habermas und Kuiper und anhand von Gesprächssegmenten aus der psychoanalytischen bzw. psychotherapeutischen Praxis das Postulat aufzustellen, daß die psychoanalytische Arbeit ein verstehendes Erschließen eines psychologischen Sachverhaltes ist und die hermeneutische Methode in der psychoanalytischen Theorie ihren tiefenpsychologischen Ausdruck gefunden hat. Beginnen wir mit der Hermeneutik.

Bei Erwin Leibfried las ich im Vorwort seiner Publikation *Literarische Hermeneutik* wenig Ermutigendes, Handfestes über die hermeneutische Theorie und die hermeneutische Reflexion:

> Zu sehen ist, daß das, was Hermeneutik heute ist, sich in einem argumentativen Prozeß herausgebildet hat: die Geschichte der Hermeneutik läßt sich begreifen als der immer gescheiterte Versuch, diese Theorie zu ermitteln. Es gibt überhaupt nur eine geschichtliche Entwicklung der hermeneutischen Reflexion, weil die systematischen Verfestigungen an ihrer Borniertheit zerbrachen: sie haben das, was zu leisten ihr Anspruch war: eine gültige Theorie des Verstehens zu entwerfen, nicht eingelöst.

Trotzdem schlage ich vor, uns nicht entmutigen zu lassen bei einer näheren Analyse unseres Themas, und zu schauen, was dabei herauskommt. Lassen wir uns überraschen.

Die Abkunft des Wortes »Hermeneutik« ist bekannt. Das griechische Wort »hermeneus« bedeutet Sprecher, Bote, Erklärer, Vermittler bzw. das Verbum »hermeneuein« auslegen, erklären, mitteilen, übersetzen. Das lateinische Äquivalent ist interpres, interpretari. »Die Grundbedeutung ist, daß ein mir Unbekanntes mir bekannt wird – dann verstehe ich etwas – oder mir bekannt *gemacht* wird.«[1] Hermeneutik als universitäre Disziplin, ihre Anwendung auf Texte in verschiedenen Wissenschaftsgebieten, zuerst in der Bibelauslegung praktiziert und dadurch mit einer Art wissenschaftlichem Heiligenschein umgeben, läßt vergessen, daß sie bereits in der Alltagswelt beheimatet war und ist. Verstehen hat etwas mit lebenspraktischen Interessen zu tun. Der Jäger, der Hirte, der Nomade, sie mußten und konnten, auch wenn sie nicht wußten, was Buchstaben sind, die Zeichen der Natur erkennen, sie deuten und ihre Bedeutung verstehen. »Das Verstehen erwächst zunächst in den Interessen des praktischen Lebens«, schrieb Dilthey. Die Verengung auf intersubjektive Verständigung abstrahiert das ursprüngliche Ziel der Weltorientierung von der Bewandtnisganzheit, dessen Verstehen Heidegger beschrieben hat: »Hermeneutik ist jenes Darlegen, das Kunde bringt, insofern es auf eine Botschaft zu hören vermag.« In dieser Definition liegt ein autoritärer Anspruch, der zu Kritik herausfordert.

Der wissenschaftliche Begriff bezieht sich auf die Kunst, die Rede des anderen zu verstehen. »Das kunstmäßige Verstehen von dauernd fixierten Lebensäußerungen nennen wir Auslegung oder Interpretation. In diesem Sinne gibt es auch eine Auslegekunst, deren Gegenstände Skulpturen, Gemälde sind.« (Dilthey) Gadamer hat im Anschluß an Schleiermacher auf die enge Beziehung der Hermeneutik zur Rhetorik hingewiesen, »die Kunst seine Gedanken richtig vorzutragen«. Das heißt noch nicht, daß in bestimmten Situationen das richtige Vortragen schon bedeutet, daß auch das Richtige vorgetragen wird. Dieser Gedanke wird in der Psychotherapie, die völlig auf das Wort, auf die Sprache ausgerichtet ist, eine spezifische Bedeutung annehmen.

Einer meiner Patienten, ein Mann Ende der Vierzig, ein höherer Angestellter, seit mehr als 20 Jahren verheiratet mit einer Frau, die ebenfalls eine gehobene Position als Angestellte einnimmt, Vater zweier Kinder – er kam wegen Arbeitshemmungen, Depressionen und unbestimmten körperlichen Beschwerden in Behandlung –, erzählte von seinem defizienten Verhältnis zu seinem Vater. »Ich fühle mich nicht als sein Sohn, ich bin vielmehr der Sohn seiner Frau. Er hat nie mit mir gesprochen. Als er mich sexuell aufklärte, sprach er immer von meinem ›Bäuchle‹, wenn er meinen Penis meinte.« Langsam entfaltet sich bei ihm das klinische Bild einer chronischen Depersonalisation, bei dem auch die Störung seines Körperschemas deutlich wird.

Hierher gehört auch das Versagen der Sprache, des richtigen Wortes, das Schweigen, das ebenfalls in psychotherapeutischen Situationen eine große Rolle spielen kann. Ich habe dies bei der Untersuchung der ersten aus einem nationalsozialistischen Konzentrations- und Vernichtungslager nach Holland zurückkehrenden jüdischen Kriegswaisen November 1945 erfahren, als sich mir die Sprache versagte und ein tiefes Schweigen zwischen uns entstand. Dieser Fall (»Esra«) ist in meiner Untersuchung *Sequentielle Traumatisierung bei Kindern. Deskriptiv-klinische und quantifizierend-statistische follow-up Untersuchung zum Schicksal der jüdischen Kriegswaisen in den Niederlanden* dargestellt. Ich habe ihn später auch hermeneutisch zu erschließen versucht in meinem Artikel *Wohin die Sprache nicht reicht.*[2]

Ich versuchte zu verdeutlichen, wie schwierig es ist, Geschehnisse, die sich in einer Welt abspielen, wohin die Sprache nicht reicht, wo sie »versagt«, in meine Alltagssprache zu übertragen.

Bei meinen Überlegungen ging ich von den Begriffen »Deutung« und »Bedeutung« aus. Man spricht in der psychoanalytischen Arbeit von einer »Deutungskunst«. Diese Formulierung ruft die Erinnerung an den alten Streit wach, inwiefern Hermeneutik als eine Kunst der Interpretation oder als geisteswissenschaftliche Disziplin verstanden werden muß. Aber schon hier erheben sich für einen gestandenen Psychoanalytiker ernsthafte Fragen, die zu lösen seine Kompetenz bei weitem übersteigt. Freud selbst wurde nicht müde, seine Psychoanalyse als Naturwissenschaft zu definieren. Ich glaube, daß es heute keinen Psychoanalytiker mehr gibt, der ihm hierin folgt. Trotzdem fühlt man sich nicht ganz wohl, wenn man als Analytiker mit geisteswissenschaftlichen Dimensionen der Hermeneutik konfrontiert wird.

Bei Stegmüller findet man z. B., daß das »nicht-kausale Erklären und Verstehen« fünf verschiedene Komponenten umfaßt, nämlich:

1. die intentionale Tiefenanalyse, welche eine Deutung menschlichen Verhaltens als Handeln liefert und von der man wahlweise sagen kann, daß sie eine Erklärung oder ein Verständnis menschlicher Einzelhandlungen liefert;
2. daß »die intentionale Tiefenanalyse nicht nur auf empirischen Annahmen, sondern darüber hinaus auf Bedeutungsimplikationen beruht« und daß darüber hinaus auch noch ein logisches Verständnis vorliegt;
3. daß, »soweit es nicht um menschliche Einzelhandlungen, sondern um soziale Handlungen geht«, ein »Verstehen höherer Ordnung« vorliegt;
4. daß es um ein »normatives Verständnis« geht, das, auf empirisch-hypothetischem Wege erzielt, von faktisch geltenden Normen handelt und nicht auf Rechtfertigung im Lichte »absolut geltender Normen«.
Und 5.: »Alle genannten Weisen des Verstehens (1.-4.) schließen sich zu dem zusammen, was man die Gewinnung eines funktionalen (Gesamt-)Verständnisses nennen könnte. In allen diesen Fällen ist es auch statthaft, den Prozeß der *Gewinnung* des Verständnisses als *Erklärung* zu bezeichnen, sei es die Bedeutungserklärung (Fall 1., 2., 3.), sei es die Erklärung im Sinn einer normativen Rechtfertigung (Fall 4.), sei es im Sinne einer funktionalen Erklärung: Erklärung im Sinne der Freilegung der Details eines komplexen Phänomens [...] Da ferner die Teilerklärungen 1., 2., 3. und 4. einerseits voneinander unabhängig sind, andererseits sich bei der schrittweisen Gewinnung wechselseitig stützen, kommt es zu einer *allmählichen Vertiefung des Verständnisses,* dessen Struktur an das Bild von der hermeneutischen Spirale erinnert.«[3]

Im folgenden soll der Frage nachgegangen werden, inwiefern es Übereinkünfte bzw. Unterschiede im hermeneutischen Vorgehen bei literarischen Texten und bei der »Tiefenpsychologie«, der »verstehenden Psychologie« gibt. Ausgehend von den Begriffen »Deutung« und »Bedeutung«, wird gefragt: Was wird gedeutet und welche Bedeutung erhält das Gedeutete in der psychoanalytischen Situation? Was verleiht der Deutung erst die Bedeutung? Welche Relevanz hat einer der allgemeinsten hermeneutischen Grundsätze, der von Stegmüller erwähnte hermeneutische Zirkel, für unsere Betrachtungen? Gilt auch für die Psychoanalyse »Das einzelne aus dem Ganzen und das Ganze aus dem einzelne verstehen«? Anscheinend ist dieser Grundsatz problematischer, als man wahrhaben will.

Leibfried weist darauf hin, daß in hermeneutisch bedeutsamen Texten nicht immer zwischen *verstehen* (als primärem Vollzug der Wahrnehmung des Textes), *auslegen* (als sekundärer Kommentierung oder Deutung) und *theoretischer Thematisierung* unterschieden wird. Außerdem darf man, ebenfalls nach Leibfried, nicht vergessen, daß immer ein bestimmtes *konkretes Ich* versteht. Bewußtseinstheoretisch kann man dieses *Ich* den *Subjektpol* des gesamten Prozesses nennen. Das andere Moment im Prozeß des Verstehens ist das jeweils Verstandene, das Moment »Text«. Man kann es den Gegenstands- (oder Objekt-)pol nennen. Ein Unterschied zwischen einem objektiv gegebenen Kommentar und einer subjektiven Deutung ist hermeneutisch nicht haltbar. »Es gibt keinen vom Subjekt ablöslichen Kommentar.« Im Rahmen unseres Themas scheint mir auch dieser Gedanke von Belang zu sein. In der psychoanalytischen Situation lauschen wir nach und interpretieren wir die Aussagen eines sich selbst interpretierenden Wesens, formuliert Kuiper.[4] Doch auch wir sind im Lauschen und Interpretieren *sich selbst interpretierende Wesen*. Besteht im hermeneutischen Sinne eine Übereinkunft bzw. ein Unterschied zwischen dem Wesen, das liest, und dem, das lauscht? Wir werden auf diese Frage später näher eingehen.

Zunächst möchte ich noch zwei Gedanken erwähnen, in denen Gadamer den zentralen hermeneutischen Vorgang erläutert: 1. den Entwurf des historischen Verstehens und 2. den Gedanken der Suspension der Vorurteile. Zum ersten:

> Die Aufgabe des historischen Verstehens schließt die Aufgabe ein, jeweils den historischen Horizont zu gewinnen, damit sich das, was man verstehen will, in seinen wahren Maßen darstellt. Wer es unterläßt, derart sich in den historischen Horizont zu versetzen, aus dem die Überlieferung spricht, wird die Bedeutung des Überlieferungsinhaltes mißverstehen. Insofern scheint es eine berechtigte hermeneutische Forderung, daß man sich in den anderen versetzen muß, um ihn zu verstehen. (G. H. Mead)

Als ich diesen Satz las, mußte ich an die psychiatrischen Gutachten über Überlebende der Shoah denken, in denen unterlassen wurde, was

Gadamer als Prämisse eines hermeneutischen Vorganges formuliert hat. Und mir fiel ein Satz aus dem Standardwerk *Psychiatrie der Verfolgten* von Bayer, Häfner und Kisker ein: Wer als Arzt, als Psychiater einen verfolgten Überlebenden begutachten will, muß fähig sein, in sich nachzuvollziehen, was der Untersuchte erlitten hat.

Es wird schon lange deutlich geworden sein, daß ich hier nicht über ästhetische Probleme und Objekte spreche.

Es ist aber nun die Frage, ob diese Beschreibung das hermeneutische Phänomen wirklich trifft. Gibt es denn hier zwei voneinander verschiedene Horizonte, den Horizont, in dem der Verstehende lebt, und den jeweiligen Horizont, in den er sich versetzt? Ist die Kunst des historischen Verstehens dadurch richtig und zureichend beschrieben, daß man lerne, sich in fremde Horizonte zu versetzen? Gibt es überhaupt in diesem Sinne geschlossene Horizonte? [...] Wenn sich unser historisches Bewußtsein in Horizonte versetzt, so bedeutet das nicht eine Entrückung in fremde Welten, die nichts mit unserer eigenen verbindet, sondern sie insgesamt bilden den einen großen, von innen her beweglichen Horizont, der über die Grenzen des Gegenwärtigen hinaus die Geschichtstiefe unseres Selbstbewußtseins umfaßt. In Wahrheit ist es also ein einziger Horizont, der all das umschließt.

Ich bin mir bewußt, daß ich hiermit auch einen der Kernpunkte des sogenannten »Historikerstreites« berühre.

Der andere Gedanke Gadamers, den ich nur kurz streifen möchte, ist der der »Suspension der Vorurteile«. Leibfried bemerkt hierzu, daß diese Materie eine der schwierigsten »im hermeneutischen Geschäft« ist. Schwierig gewiß, die Vorurteilsforschung ist verbunden mit Gesellschafts- und Ideologiekritik. Gadamer unterscheidet zwischen den *wahren* Vorurteilen, unter denen wir verstehen, von den *falschen*, unter denen wir mißverstehen. Das ist schwierig zu verstehen, das ist sogar äußerst schwierig zu verstehen. Unwillkürlich wird man hier an folgende Anekdote erinnert: Ein Arzt sagt zu einem Patienten nach einer gründlichen Untersuchung: »Ich weiß nicht, was Ihnen fehlt. Vielleicht kommt es vom vielen Trinken«. »Schon gut, Herr Doktor«, antwortet der Patient, »ich komme noch einmal zurück, wenn Sie nüchtern sind.« Gadamer mißt dem Zeitabstand die Entscheidung zu, wahre von falschen Vorurteilen zu scheiden. »Das ›hermeneutisch geschulte Bewußtsein‹ wird daher das historisch geschulte Bewußtsein einschließen.« Das ist fraglich, schon von seiner sprachlichen Formulierung her. Ist dies wirklich eine allein dem Bewußtsein zugeordnete Fähigkeit der Scheidung und Entscheidung? Und ist das kausal verbindende »daher«, die Koppelung von »hermeneutisch geschult« zu »historischem Bewußtsein« wirklich so eingleisig? »Es wird die das Verstehen leitenden eigenen Vorurteile bewußtmachen«, heißt es weiter bei Gadamer. Wie ist dies möglich? »Das Wesen der *Frage* ist das Offenlegen und Offenhalten von Möglichkeiten.« Aber zugleich offenbart es die angrenzenden Unmöglichkeiten, möchte man hinzufügen. Man sollte auch hier dialektisch denken. Aber ist dies nun nicht gerade eines der zentralen Vorurteile, die Gadamer meint: eigene Wünsche, Hoffnungen, Sehnsüchte, wenn er von ihrer Suspension spricht. Man kann sie nur beziehen auf Menschen. Deren gibt es Unbelehrbare, Verführbare in Vielzahl. »Die Negativität ihrer Erfahrung« zeitigt, im Gegensatz zu dem von Gadamer Gesagten, keinen »eigentümlich produktiven Sinn«. Im Gegenteil, »ständig falsche Verallgemeinerungen«, ich würde sie Klischees nennen, Stereotypen, die sprachliche Erkennungsmarke des Vorurteils, werden durch die Erfahrung nicht widerlegt, »für typisch Gehaltenes« wird gleichsam nicht enttypisiert. Hier scheint mir die Grenze hermeneutischen Verstehens erreicht: eigene Wünsche, Hoffnungen, Sehnsüchte als vor-dem-Urteil-liegende, ontologische Entitäten, abgelöst von Trieb- und gesellschaftlichen Machtstrukturen, zu betrachten. Diese eben genannten menschlichen Regungen sind nicht in einem Wolkenkuckucksheim angesiedelt. Wenn Gadamer in einem doppelten Sinn von Erfahrung spricht, einmal Erfahrung, die sich unserer Erwartung einordnet und sie bestätigt, und ein andermal von Erfahrung, die man »macht«, und damit psychische Prinzipien beschreibt, die als bipolare Koordinatensysteme das psychische Konfliktmodell bestimmen, wird man an das Lust- und das Realitätsprinzip, durch Freud in die Psychoanalyse eingeführt und beschrieben, erinnert. Die Art der Erfahrung, insofern sie einmal kraft einer bestimmten Negation »gemacht« wurde, die das Wissen über ein Allgemeines erweitert, nennt Gadamer dialektisch. Auch die der verstehenden Psychologie zugrunde liegenden Prinzipien stehen in einem dialektischen Verhältnis.

201

Nun aber zielt die Anwendung der hermeneutischen Methode auf literarische Texte, d. h. auf schriftlich fixierte Satzgebilde, an denen gearbeitet und gefeilt wurde, und die Beschreibung der Methode ihrer Anwendung und der vielen Interpretationsmöglichkeiten auf ein abgeschlossenes Universum, das im engeren Sinne unveränderlich bleibt. Zwei oder drei Fassungen literarischer Arbeiten, wie z. B. bei Robert Musil oder Gottfried Keller, oder mündlich oder schriftlich zusätzlich gegebene Kommentare und Erläuterungen können ebenfalls als in sich geschlossene Neufassungen betrachtet werden, ihre hermeneutische Bedeutung erhellt sich erst aus dem Vergleich der verschiedenen vorliegenden Fassungen hinsichtlich ihres Bedeutungswandels oder ihrer inhärenten Variabilität.

Hermeneutik bezogen auf den tiefenpsychologischen Umkreis unseres Themas meint das Gespräch, diese durch das Medium der Sprache geprägte unauswechselbare menschliche Möglichkeit des Ausdrucks von Gedanken, Empfindungen, Stimmungen, spiegelnd die Selbstreflexion eines historischen Entwicklungsganges, das Hin und Her, das Auf und Ab im Austausch spontaner, im Augenblick gebannter und erkennbarer Zeichen und Signale, selbst noch im Schweigen erkennbar, wenn auch nicht immer deutlich, dieses, sei es zuweilen monologisch, sei es dialogisch geführt, in der Zeit vorwärts- und zurückgekoppeltes Schaltsystem. Die Frage scheint berechtigt, ob es möglich ist, die hermeneutische Methode, die Interpretation bei der Erschließung von Texten auf die Dekodierung von Rede und Gegenrede anzuwenden, wobei die körperliche Anwesenheit der Sprecher mit ihrem motorischen Verhalten, das selbst das Gesprochene färbt, eine völlig neue, nicht ab- und übersehbare Dimension an das Gesagte oder Verschwiegene oder Zu-Verschweigende hinzufügt – ein Kontrapunkt oder eine krebsgängige Stimmführung, aber auf jeden Fall eine Mehrstimmigkeit im Ausdruck und eine Vielfalt der Rezeptoren.

Man kann die Psychoanalyse als eine historische Wissenschaft betrachten und mit Gadamer auf den wichtigen Unterschied hinweisen, wie ein Philologe und ein Historiker einen Text interpretieren. Der Historiker befragt seinen Text.

Indessen, Hermeneutik und Historik sind offenbar nicht ganz das gleiche. Indem wir uns in die methodischen Unterschiede zwischen beiden vertiefen, werden wir ihre vermeintliche Gemeinsamkeit durchschauen und ihre wahre Gemeinsamkeit erkennen. Der Historiker verhält sich zu überlieferten Texten insofern anders, als er durch dieselben hindurch ein Stück Vergangenheit zu erkennen strebt. Er sucht daher den Text durch andere Überlieferung zu ergänzen und zu kontrollieren. Er empfindet es geradezu als die Schwäche des Philologen, daß dieser seinen Text wie ein Kunstwerk ansieht, ein Kunstwerk ist eine ganze Welt, die sich in sich selbst genügt. Aber das historische Interesse kennt solche Selbstgenügsamkeit nicht. So empfand schon Dilthey gegen Schleiermacher: »in sich selbst abgerundetes Dasein möchte die Philologie überall sehen«. Wenn eine überlieferte Dichtung auf den Historiker Eindruck macht, wird das für ihn gleichwohl keine hermeneutische Bedeutung haben. Er kann sich grundsätzlich nicht als den Adressaten des Textes verstehen und dem Anspruch eines Textes unterstellen. Er befragt seinen Text vielmehr auf etwas hin, was der Text von sich aus nicht hergeben will. Das gilt selbst noch solcher Überlieferung gegenüber, die selber schon historische Darstellung sein will. Auch der Geschichtsschreiber wird noch der historischen Kritik unterworfen.

Insofern stellt der Historiker eine Überbietung des hermeneutischen Geschäftes dar. Dem entspricht, daß hier der Begriff der Interpretation einen neuen und zugespitzten Sinn erhält. Er meint nicht nur den ausdrücklichen Vollzug des Verstehens eines gegebenen Textes, wie ihn der Philologe zu leisten hat. Der Begriff der historischen Interpretation hat vielmehr seine Entsprechung in dem Begriff des Ausdrucks, der von der historischen Hermeneutik nicht in seinem klassischen und herkömmlichen Sinne verstanden wird, d. h. als ein rhetorischer Terminus, der das Verhältnis der Sprache zum Gedanken betrifft. Was der Ausdruck ausdrückt, ist eben nicht nur das, was in ihm zum Ausdruck gebracht werden soll, das mit ihm Gemeinte, sondern vorzüglich das, was in solchem Meinen und Sagen mit zum Ausdruck kommt, ohne daß es zum Ausdruck gebracht werden soll, also das, was der Ausdruck sozusagen »verrät«. In diesem weiten Sinne umfaßt der Begriff »Ausdruck« weit mehr als den sprachlichen Ausdruck. Er umfaßt vielmehr alles, hinter das zurückgegangen werden muß, wenn man dahinterkommen will, und was zugleich so ist, daß es ermöglicht, hinter es zurückzugehen. Interpretation meint hier also nicht den gemeinten, sondern den verborgenen und zu enthüllenden Sinn. In diesem Sinne ist ein jeder Text nicht nur ein verständlicher Sinn, sondern in mehrfacher Hinsicht deutungsbedürftig. Zunächst ist er selbst ein Ausdrucksphänomen. Es ist begreiflich, daß sich der Historiker für diese Seite an ihm interessiert. Denn der Zeugniswert, den etwa ein Bericht hat, hängt tatsächlich mit davon ab, was der Text als Ausdrucksphänomen darstellt. Daran kann man erraten, was der Schreiber wollte, ohne es zu sagen, welcher Partei er angehörte, welche Überzeugungen er an die Dinge heranbringt, oder gar, welcher Grad von Gewissenlosigkeit und Unwahrhaftigkeit ihm zuzutrauen ist. Diese subjektiven Momente der Glaubhaftigkeit des Zeugen müssen offenkundig mitbeachtet werden. Vor allem aber wird der Inhalt der Überlieferung, auch wenn die subjektive Zuverlässigkeit derselben ausgemacht ist, selber noch interpretiert werden, d. h. der Text wird als ein Dokument verstanden, dessen eigentlicher Sinn über seinen wörtlichen Sinn hinaus erst zu ermitteln ist, z. B. durch Vergleich mit anderen Daten, die den historischen Wert einer Überlieferung einzuschätzen erlauben.

So gilt für den Historiker grundsätzlich, daß die Überlieferung in einem anderen Sinne zu interpretieren ist, als die Texte von sich aus verlangen.

Er wird immer hinter sie und die Sinnmeinung, der sie Ausdruck geben, nach der Wirklichkeit zurückfragen, von der sie ungewollter Ausdruck sind. Die Texte treten neben alles sonstige historische Material, d. h. neben die sogenannten Überreste. Auch sie müssen erst gedeutet werden, d. h. nicht nur in dem verstanden werden, was sie sagen, sondern in dem, was sich in ihnen bezeugt.

Der Begriff der Interpretation kommt hier gleichsam in seine Vollendung. Interpretieren muß man da, wo sich der Sinn eines Textes nicht unmittelbar verstehen läßt. Interpretieren muß man überall, wo man dem, was eine Erscheinung unmittelbar darstellt, nicht trauen will. So interpretiert der Psychologe, indem er Lebensäußerungen nicht in ihrem gemeinten Sinn gelten läßt, sondern nach dem zurückfragt, was im Unbewußten vor sich ging. Ebenso interpretiert der Historiker die Gegebenheiten der Überlieferung, um hinter den wahren Sinn zu kommen, der sich in ihnen ausdrückt und zugleich verbirgt.

Als erstes soll das Wort »tief« reflektierend erschlossen werden. Es erscheint notwendig, dieser Frage nachzugehen, will man den theoretischen Ansatzpunkt für unsere oben genannten Erwägungen näher bestimmen. Bereits die Besinnung auf das Entstehen des Begriffes trägt zu seinem Verständnis bei. Was ist mit »tief« gemeint?

Ein kurzer historischer Exkurs. Zu Ende des 19. Jahrhunderts wurde es als die Aufgabe der Psychologie, als einer empirischen Realwissenschaft, definiert, vor allem die thatsächlichen, gegebenen Erscheinungen des Seelenlebens zu beschreiben und durch Analyse in ihre einfachsten Elemente aufzulösen. Das unwissenschaftliche Denken hat hier zwar schon vorgearbeitet, indem es die inneren Zustände in bestimmter Weise klassifiziert und auf allgemeine Begriffe (wie Empfindung, Vorstellung, Gefühl, Wille etc.) gebracht hat; die Psychologie hat jedoch die in der Sprache fixierten psychologischen Unterscheidungen erst zu prüfen und, wenn nötig, zu berichtigen und darf sich keineswegs dazu verleiten lassen, in falscher Anwendung des physikalischen Kraftbegriffes deswegen, weil die seelischen Erscheinungen auf gewisse Haupttypen zurückführbar sind (z. B. des Vorstellens, Fühlens und Wollens), dementsprechend eine Mehrzahl spezifischer »Seelenvermögen« vorauszusetzen (wie es durch Wolff in Gebrauch kam). Die Formen und Gesetze der teils successiven, teils simultanen Verknüpfung der Seelenzustände zu ermitteln, ist die zweite Aufgabe der Psychologie. Dieselbe wird durch den Umstand besonders erschwert, daß in der seelischen Innenwelt keine beharrlich und unabhängig voneinander existierenden Elemente (wie die Atome in der physischen Welt) sich vorfinden, sondern alles in beständigem Flusse begriffen ist, und daß es kein gleichgültiges und wirkungsloses Nebeneinander gibt (wie bei den Dingen im Raum), sondern alle gleichzeitig vorhandenen inneren Bestimmungen in innigster Wechselbeziehung stehen; hierzu kommt weiter noch die Thatsache, daß für den Fortgang des innern Geschehens jeweils nicht nur der augenblicklich vorhandene Seelenzustand, sondern auch die Gesamtheit aller Vorerlebnisse, die ganze Vergangenheit des Individuums mitbestimmend ist. Die Annahme einer das innere Geschehen beherrschenden mechanischen Gesetzmäßigkeit, auf welche Herbart seine »Mechanik der Vorstellungen« gründete, ist deswegen nur unter willkürlichen metaphysischen Voraussetzungen durchführbar; in Wahrheit gleicht dasselbe einem Entwicklungsprozeß, der aus dem Zusammenwirken wechselnder Bedingungen und relativ konstanter (aber selbst im Laufe des Prozesses sich langsam verändernder) Anlagen hervorgeht. Überhaupt kann in der Psychologie von Gesetzen im Sinne der Naturgesetze, welche es erlaubten, aus gegebenen Ursachen die zu erwartenden Wirkungen als notwendige Folge jener abzuleiten, keine Rede sein; die psychologischen »Gesetze« sind nur Ausdrücke für gewisse typische Formen des inneren Geschehens, und das Ziel psychologischer Erklärungen kann immer nur dies sein, zu gegebenen inneren Erscheinungen die Bedingungen und Ursachen (regressiv) aufzusuchen, welche jene verständlich erscheinen lassen, nicht aber (progressiv) die unter gegebenen Umständen eintretenden Erscheinungen vorauszusagen.

Im weiteren Verlauf werden auch Meynert, Krafft-Ebing zitiert, die Themen der Suggestion und Hypnose kurz angeschnitten.[5]

Verweilen wir noch eben bei diesem Jahr 1896, in dem die zitierte Passage geschrieben wurde. Freuds frühe Schriften (darunter *Charcot, Ein Fall von Hypnotischer Heilung, Die Abwehr-Neuropsychosen, Studien über Hysterie*, zusammen mit Breuer, bis zur *Kritik der »Angstneurose«*) sind in den Jahren 1892–1895 erschienen. 1896 erschien auch in der Übersetzung von Sigmund Freud die deutsche Ausgabe von Bernheims *Die Suggestion und ihre Heilwirkung*. Diltheys *Das Leben Schleiermachers*, die *Einleitung in die Geisteswissenschaften* und die *Ideen über eine beschreibende und zergliedernde Psychologie* erschienen in den Jahren 1870, 1883 und 1894. Als dritter Kronzeuge für die Neuorientierung der Psychologie, wie sie zwar noch zwiespältig in dem Meyerschen Konversations-Lexikon beschrieben wurde, soll *Also sprach Zarathustra* von Nietzsche zitiert werden. Der erste und zweite Teil, 1883 in Rapallo und Sils Maria in wenigen, hochgestimmten Tagen verfaßt, wurde im selben Jahr bei E. Schmeitzner in Chemnitz veröffentlicht. Der dritte Teil, 1884 in Nizza konzipiert und im selben Jahr ebenfalls bei E. Schmeitzner veröffentlicht, enthält im letzten Kapitel *Das andere Tanzlied*:

Eins!

Oh Mensch! Gieb Acht!

Zwei!

Was spricht die tiefe Mitternacht?

Drei!

Ich schlief, ich schlief –,

Vier!

Aus tiefem Traum bin ich erwacht: –

Fünf!

Die Welt ist tief,

Sechs!

Und tiefer als der Tag gedacht.

Sieben!

Tief ist ihr Weh –,

Acht!

Lust – tiefer noch als Herzeleid;

Neun!

Weh spricht: vergeh!

Zehn!

Doch alle Lust will Ewigkeit –

Elf!

– will tiefe, tiefe Ewigkeit!

Wenn ich auch Nietzsche nicht zum alleinigen Stammvater der Psychoanalyse stilisieren will, diese Ehre hätte er mit Schopenhauer und anderen zu teilen, so ist doch der vielfältige Gebrauch des Wortes »tief« im Zusammenhang mit »Traum«, »Weh«, »Lust«, »Herzeleid«, »Ewigkeit« auffallend. Freud kannte Nietzsches *Zarathustra* und *Jenseits von Gut und Böse*. Er zitiert Nietzsche ausführlich in seiner *Traumlehre* und in *Zur Psychopathologie des Alltagslebens*, in Band VII, VIII, X und wiederum ausführlicher in (Bd. XIII) *Jenseits des Lustprinzips*.

Wenden wir uns jedoch der hermeneutischen Reflexion des Wortes »tief« zu. Was ist mit »tief« gemeint, in seiner substantivischen oder adjektivischen Form. Ich muß bekennen, daß ich in meinem langen Berufsleben eine gewisse Allergie gegen den Begriff »Tiefenpsychologie« entwickelt habe, eingedenk des Gegensinns der lateinischen Urworte altus und sacer z. B. Natürlich wäre es ja niemandem eingefallen, von einer »Höhenpsychologie« zu sprechen. Immerhin bezeichnet man, was oben auf einer Landkarte liegt, mit »Norden«. Aber was soll's. Die eben erwähnte Allergie hat auch etwas mit dem ironisch-preisenden Odium zu tun, das Psychiater, Psychologen, Psychoanalytiker umgibt, als wären sie wer weiß wie gefährliche Leute: Sie durchschauen ihr Gegenüber auf den ersten Blick, erraten auf Anhieb deren verborgenste und geheimste Seelenregungen; natürlich hat dies mit Schuldgefühlen und Schamgefühlen zu tun; auf jeden Fall muß man sich vor solchen Menschen in acht nehmen – alles Anspielungen abwertender Natur, denn wer fühlte sich schon behaglich in der Nähe eines solchen ungebetenen, aufdringlichen Gastes, der fortwährend und keep smiling die Grenzen und Normen mitmenschlichen Umganges unter Verletzung der privatesten aller Bereiche übertritt.

Im *Grimmschen Wörterbuch* findet man unter dem Stichwort »tief« – Gegensatz zu hoch – unter der stattlichen Anzahl von Erklärungen und Zitaten die folgenden Definitionen: »im eigentlichen Sinne a) von oben weit nach unten (unter der Oberfläche) ausgedehnt sehr niederweils sich erstreckend« und weiter »c) von innersten (nicht offen liegenden, geheimnisvollen) leben und empfinden«. Es gibt auch eine »Tiefe« waagrechter Richtung, von vorne nach hinten sich weithin erstreckend, hinaus aufs tiefe Meer. Für unser Thema kommt in erster Linie nur die erste, vertikale Dimension in Betracht, obwohl sich in Bd. I *Zur Psychotherapie der Hysterie* eine Stelle findet, die die waagrechte, horizontale Dimension der ersten psychoanalytischen Theorie skizziert:

> Man hat sich hier im allgemeinen vor zweierlei zu bewahren. Wenn man den Kranken in der Reproduktion der ihm zuströmenden Einfälle hemmt, so kann man sich manches »verschütten«, was späterhin mit großer Mühe doch freigemacht werden muß. Anderseits darf man seine unbewußte »Intelligenz« nicht überschätzen und ihr nicht die Leitung der ganzen Arbeit überlassen. Wollte ich den Arbeitsmodus schematisieren, so könnte ich etwa sagen, man übernimmt selbst die Eröffnung innerer Schichten, das Vordringen in radialer Richtung, während der Kranke die peripherische Erweiterung besorgt.
>
> Das Vordringen geschieht ja dadurch, daß man in der vorhin angedeuteten Weise Widerstand überwindet. In der Regel aber hat man vorher noch eine andere Aufgabe zu lösen. Man muß ein Stück des logischen Fadens in die Hand bekommen, unter dessen Leitung man allein in das Innere einzudringen hoffen darf. Man erwarte nicht, daß die freien Mitteilungen des Kranken, das Material der am meisten oberflächlichen Schichten, es dem Analytiker leichtmachen zu erkennen, an welchen Stellen es in die Tiefe geht, an welche Punkte die gesuchten Gedankenzusammenhänge anknüpfen. Im Gegenteil; gerade dies ist sorgfältig verhüllt, die Darstellung des Kranken klingt wie vollständig und in sich gefestigt. Man steht zuerst vor ihr wie vor einer Mauer, die jede Aussicht versperrt und die nicht ahnen läßt, ob etwas und was doch dahinter steckt.

In diesem Zitat aus den Anfängen der Psychoanalyse findet man einzelne Formulierungen und Gedanken, die man leicht abgewandelt in der weiteren Entwicklung der psychoanalytischen Theorie findet; ich nenne: Einfälle, innere Schichten, Widerstand, oberflächliche Schichten, verhüllt, Mauer. Vor allem sind es jedoch die sprachlichen Bilder, die

Freud findet, um seine Anschauungen über psychische Prozesse zu verdeutlichen. Trotz allem erkennt man an dem Ausdruck des »logischen
Fadens«, den man auch an anderen Stellen findet, daß er den entscheidenden Sprung in die »Tiefe« noch nicht vollzogen hat. Zwar spricht er
bereits auf den folgenden Seiten von der »Existenz verborgener, unbewußter Motive« und von deren Abwehr, und in seiner Abhandlung über
die »spezifische« Ätiologie der Hysterie formuliert er bereits die Psychoanalyse als die »einzige Methode [...] zur Bewußtmachung des bisher
Unbewußten«. Aber erst im *Bruchstück einer Hysterie-Analyse* finden
wir eine Bemerkung, die für die weitere Entwicklung der psychoanalytischen Theorie von einschneidender Bedeutung gewesen ist und die erste Berührungspunkte mit der hermeneutischen Theorie bildet.

Vielleicht wird ein Leser, der mit der in den »Studien über Hysterie« dargelegten Technik der Analyse vertraut ist, sich darüber verwundern, daß sich
in drei Monaten nicht die Möglichkeit fand, wenigstens die in Angriff ge-
nommenen Symptome zu ihrer letzten Lösung zu bringen. Dies wird aber
verständlich, wenn ich mitteile, daß seit den »Studien« die psychoanalytische Technik eine gründliche Umwälzung erfahren hat. Damals ging die
Arbeit von den Symptomen aus und setzte sich die Auflösung derselben der
Reihe nach zum Ziel. Ich habe diese Technik seither aufgegeben, weil ich sie
der feineren Struktur der Neurose völlig unangemessen fand. Ich lasse nun
den Kranken selbst das Thema der täglichen Arbeit bestimmen und gehe
also von der jeweiligen Oberfläche aus, welche das Unbewußte in ihm seiner
Aufmerksamkeit entgegenbringt. Dann erhalte ich aber, was zu einer Symp-
tomlösung zusammengehört, zerstückelt, in verschiedene Zusammenhänge verflochten und auf weit auseinanderliegende Zeiten verteilt. Trotz
dieses scheinbaren Nachteils ist die neue Technik der alten weit überlegen,
ohne Widerspruch die einzig mögliche.
Angesichts der Unvollständigkeit meiner analytischen Ergebnisse blieb mir
nichts übrig, als dem Beispiel jener Forscher zu folgen, welche so glücklich
sind, die unschätzbaren wenn auch verstümmelten Reste des Altertums aus
langer Begrabenheit an den Tag zu bringen. Ich habe das Unvollständige
nach den besten mir von anderen Analysen her bekannten Mustern ergänzt,
aber ebensowenig wie ein gewissenhafter Archäologe in jedem Falle anzuge-
ben versäumt, wo meine Konstruktion an das Authentische ansetzt.

Hier finden sich die ersten Ansatzpunkte für unsere These, daß »Tiefenpsychologie« ausschließlich an der jeweiligen Oberfläche betrie-

ben werden kann, eine Einsicht, die wir auch heute unseren Kandidaten in den Supervisionen einschärfen. Jedoch, es ist mehr. Freud selbst spricht von einer gründlichen Umwälzung, die die psychoanalytische Technik erfahren hat in der Abwendung von der bisher betriebenen Symptombehandlung. Aber es scheint mir mehr als nur ein Problem der Technik zu sein. Wenn man sich der Grundregel des hermeneutischen Zirkels erinnert: das einzelne aus dem Ganzen und das Ganze aus dem einzelnen zu verstehen, liegt der Schluß nahe, daß Freud erfahren hat, daß mit der Deutung eines Symptoms das »einzelne« nur in isolierter Position, aber nicht aus dem »Ganzen« zu verstehen ist, und das »Ganze« auch durch Bearbeitung des »einzelnen« dem Verstehen verschlossen bleibt. Erst mit der Konstituierung des Unbewußten als Grund der seelischen Prozesse, wie Freud in seiner *Traumdeutung* gezeigt hatte, war es nur noch ein Schritt, um die Psychoanalyse als Lehre von den »tieferen, dem Bewußtsein nicht direkt zugänglichen seelischen Vorgängen als Tiefenpsychologie zu proklamieren«. Diese Gleichsetzung von »Tiefenpsychologie« mit »Psychoanalyse« findet man verstreut in Freuds Gesammelten Werken, z. B. in *Ein Traum als Beweismittel* (Bd. X, S. 19), *Das Unbewußte* (Bd. X, S. 273, Bd. XIV, S. 500).

Der Name Psychoanalyse bedeutet heute: »1. eine besondere Behandlungsmethode neurotischer Leiden; 2. die Wissenschaft von den unbewußten seelischen Vorgängen, die auch treffend ›Tiefenpsychologie‹ genannt wird.« Wenn Kuiper schreibt, daß die Deutung von Träumen bereits die Basisprinzipien jeglicher Hermeneutik in sich aufgenommen hat, nämlich:

a) was vorher undeutlich, unbegreiflich und ohne Sinn erschien, jetzt eine begreifliche Bedeutung erhalten hat, und

b) was unverbunden schien, wie loser Sand, erscheint jetzt verbunden mit einer Struktur, in der alle vorigen losen Elemente einen festen Platz einnehmen,

so kann ich ihm nur bedingt folgen. Die hermeneutische Theorie muß noch andere Aufgaben erfüllen. Dies gilt auch, wenn man das topische Modell und das Strukturmodell der Psychoanalyse, die Einteilung des »seelischen Apparates« in ein »der Außenwelt zugewandtes,

210

mit Bewußtsein ausgestattetes Ich« und ein »unbewußtes, von seinen Triebbedürfnissen beherrschtes Es« zerlegt und die Psychoanalyse als eine Psychologie des »Es« (und seiner Einwirkungen auf das »Ich«) bezeichnet; immer noch bleibt ein Rest, der hermeneutisch unausgefüllt bleibt.

Das Verhalten eines Menschen wird durchkreuzt von Impulsen oder steht unter Einwirkungen, von denen wir nicht wissen, woher sie kommen und was sie bedeuten. Dies ist eine simple Formulierung der These, daß »die Tiefenpsychologie die Lehre vom Unbewußten ist« (Bd. XIV, S. 283), daß »große Anteile des ›Ich‹ und ›Über-Ich‹ unbewußt bleiben können, normalerweise unbewußt sind« und unbewußte Wirkungen entfalten können. Es ist kennzeichnend für die Entwicklung der Psychoanalyse, daß Freud das »Ich« als eine Rinde sieht, die das »Es« umgibt, begabt mit der Funktion der Wahrnehmung nach außen, aber auch nach innen. Dennoch bleibt die Frage: Was ist deutbar? Und auf welchem Wege ist dies »Unbewußte« deutbar? Wobei man nicht vergessen darf, daß Deutungen des Unbewußten allen möglichen – auch verbrecherisch-politischen – Spekulationen offenbleiben. Und hier liegt meiner Meinung nach auch der Unterschied in der Anwendung der hermeneutischen Methode bei der verstehenden Erschließung eines Textes, eines historischen Textes und eines Gespräches.

Im Gespräch mit unseren Patienten lauschen wir nach und interpretieren die Aussagen eines sich selbst interpretierenden Wesens (Kuiper). Die Dynamik dieses Gespräches wird nicht nur durch den Sprecher, sondern auch durch den Zuhörer bestimmt. Auch er ist ein Subjekt mit einer Historie, mit seinen lebensgeschichtlichen Bedingungen, unterworfen den Einwirkungen seines Unbewußten, seines »Es«. Die Analyse hat das ihr immanente hermeneutische Problem theoretisch formuliert in dem Übertragungsphänomen von unbewußten Inhalten des Sprechenden auf den Lauschenden, des Analysanden auf den Analytiker, aber auch das der Gegenübertragung des Analytikers auf den Analysanden. Unbewußte Inhalte können hierdurch in einer dialogischen Situation Gestalt annehmen, die interpretierbar sind, jedoch auch das Risiko der Fehlinterpretation beinhalten. Die psychoanalytische Ausbildung hat versucht, diesem Dilemma zu begegnen.

Jedoch bleibt die Frage: Gibt es klinische Kriteria, die bei der Interpretation der jeweiligen Oberfläche tiefenpsychologischen Spekulationen wehren und hermeneutischen Ansprüchen genügen?

Anna Freud hat meines Erachtens diese Frage hinreichend beantwortet. In ihrer Schrift *Das Ich und die Abwehrmechanismen* (London 1946) heißt es:

Das Ich als Stätte der Beobachtung. Definition der Psychoanalyse. – In bestimmten Entwicklungsperioden der psychoanalytischen Wissenschaft war die theoretische Beschäftigung mit dem Ich des Individuums ausgesprochen unpopulär. Irgendwie war bei vielen Analytikern die Meinung entstanden, man sei ein um so besserer wissenschaftlicher und therapeutischer Arbeiter innerhalb der Analyse, auf je tiefere Schichten des Seelenlebens man sein Interesse richte. Jeder Aufstieg des Interesses von den tieferen zu den oberflächlicheren seelischen Schichten, also jede Wendung der Forschung vom Es zum Ich wurde als Beginn der Abkehr von der Psychoanalyse überhaupt gewertet. Der Name Psychoanalyse sollte für die Neuentdeckungen reserviert bleiben, die sich mit dem unbewußten Seelenleben beschäftigen, also für die Erkenntnisse über die verdrängten Triebregungen, Affekte und Phantasien. Probleme wie die Anpassung des Kindes oder des Erwachsenen an die Außenwelt, Wertbegriffe wie Gesundheit und Krankheit, Tugend oder Laster sollten die Psychoanalyse nichts angehen. Objekt der Psychoanalyse wären ausschließlich die in die Erwachsenheit fortgesetzten infantilen Phantasien, die imaginären Lusterlebnisse und die dafür befürchteten Strafen.

Eine solche Definition der Psychoanalyse, wie sie nicht zu selten in der analytischen Literatur zu finden war, könnte sich vielleicht auf den Sprachgebrauch berufen, der seit jeher Psychoanalyse und Tiefenpsychologie als gleichbedeutend verwendet. Sie hätte vielleicht auch die Vergangenheit auf ihrer Seite, denn von den Anfangsjahren der Psychoanalyse kann man sagen, daß die Lehre, die sich auf der Basis ihrer Funde aufgebaut hat, vor allem eine Psychologie des Unbewußten, nach heutigem Ausdruck: des Es war. Aber sie verliert sofort jeden Anspruch auf Richtigkeit, wenn man sie auf die psychoanalytische Therapie anwendet. Das Objekt der analytischen Therapie waren von Anfang an das Ich und seine Störungen, die Erforschung des Es und seine Arbeitsweise war immer nur Mittel zum Zweck. Und der Zweck war immer der gleiche: die Aufhebung dieser Störungen und die Wiederherstellung der Intaktheit des Ichs.

Eine Wendung der Arbeitsrichtung in den Schriften Freuds, von »Massenpsychologie und Ich-Analyse« und »Jenseits des Lustprinzips« angefangen, hat dann die Beschäftigung mit dem Ich von dem Odium des Unanalytischen befreit und das Interesse für die Ich-Instanzen ausdrücklich in den Mittelpunkt der Aufmerksamkeit gerückt. Seither läßt das Arbeitsprogramm der analytischen Forschung sich sicher nicht mehr mit dem Namen Tiefenpsychologie decken. Wir definieren gewöhnlich: Aufgabe der Analyse ist die möglichst weitgehende Kenntnis aller drei Instanzen, aus denen wir uns die psychische Persönlichkeit zusammengesetzt denken, die Kenntnis ihrer Beziehungen untereinander und zur Außenwelt. Das bedeutet auf das Ich bezogen: seine Inhalte, seine Ausdehnung, seine Funktionen und die Geschichte seiner Abhängigkeiten von Außenwelt, Es und Über-Ich. Auf das Es bezogen, heißt es: die Beschreibung der Triebe, also der Es-Inhalte, und das Verfolgen der Triebumwandlungen.

In der Publikation *Metapher, Allegorie, Symbol* von Gerhard Kurz fand ich im Kapitel »Hermeneutik des Symbols« den folgenden Satz: »Literaturwissenschaftliche Kategorien sind hermeneutische Begriffe, d. h. sie konturieren und konstituieren überkommene Probleme und Fragen.«[6] Auch die psychoanalytischen Kategorien der Abwehrmechanismen sind hermeneutische Begriffe. Die primäre Deutung des Abwehrvorganges erschließt erst das Verständnis für die Bedeutung des Abgewehrten in der Übertragungssituation. Hiermit scheint mir auch die Grundregel des hermeneutischen Zirkels erfüllt: Aus der Deutung der einzelnen Abwehrmechanismen entsteht erst das Verständnis für das Ganze der psychischen Inhalte, und das Ganze der psychischen Inhalte erschließt erst das Verständnis für die Bedeutung der einzelnen Abwehrmechanismen.

(1990)

Anmerkungen

1 E. Leibfried: Literarische Hermeneutik, Tübingen (1980). Die Zitate von Heidegger, Dilthey und Gadamer sind Leibfrieds Buch entnommen.
2 Wohin die Sprache nicht reicht (im vorliegenden Band S. 137–149)
3 W. Stegmüller: Hauptströmungen der Gegenwartsphilosophie, Bd. II, Stuttgart (1975), S. 138 f.
4 P. C. Kuiper: De mens en zijn verhaal, Amsterdam (1976)
5 Meyers Konversationslexikon, 5. Auflage, 14. Bd., Leipzig und Wien (1896)
6 G. Kurz: Metapher, Allegorie, Symbol, Göttingen (1982)

In der Fremde zuhause

Mit der Veränderung der Persönlichkeit ändert sich auch die Qualität der Erinnerung. Dieser Satz sollte am Anfang jedweden Erinnerungsberichtes stehen, aber gewiß am Anfang einer »Selbstdarstellung«, um Raum für kritische Reflexionen zu schaffen, wie es sich nicht nur für Psychoanalytiker geziemt, wenn sie sich daran begeben, sich selbst darzustellen. Was unter Umständen dabei herauskommt, hat Sigmund Freud in seiner »*Selbstdarstellung*« deutlich gezeigt. Inwiefern dies dem Initiator dieser Sammlung bewußt war, bleibe dahingestellt. Auf jeden Fall hat Freud, wenn es um sein »Selbst« ging, ebensoviel oder noch mehr verhüllt, als er dargestellt hat. Man könnte vielleicht sagen, er habe auch die Verhüllung dargestellt.

Anscheinend war er sich dessen bewußt, als er die *Nachschrift 1935* zur einige Jahre zuvor verfaßten »*Selbstdarstellung*« schrieb. Ich schreibe diesen Text auf einem PC. Junior, eine unserer stolzen Hauskatzen, springt auf den Tisch und schleicht um den Apparat, Florian, ein Spaniel aus der königlichen Hunde-Dynastie »Prinz Charles« (Gainsborough hat sie gemalt), schlummert vernehmbar auf einer Bank hinter meinem Rücken. Ich sehe zu meinem Erstaunen und Vergnügen, daß man auch auf einem Computer sinnvolle Fehlleistungen vollbringen kann. Anstatt »Selbstdarstellung« erscheint »Selbstbetrachtung« auf dem Schirm. Ist dies eine sanfte Mahnung, vorsichtiger mit der Selbstdarstellung umzugehen, und ist dies also der Grund meines Zögerns, trotz vielfachen Drängens des Editors, diesen Text überhaupt abzufassen?

Selbstbetrachtung geht der Selbstdarstellung voraus, Freud hat dies in seiner *Nachschrift 1935* bestätigt. Die Psychoanalyse war sein Lebensinhalt. Er betrachtete sein Leben, indem er es auf den verschlungenen Pfaden seiner wissenschaftlichen Entdeckungen und Arbeiten darstell-

214

te. Alles andere wäre uninteressant, meinte er. Persönliche Verhältnisse, seine Kämpfe, mit Ausnahme seiner Krebserkrankung – Enttäuschungen und Erfolge, mit Ausnahme der Anerkennung seiner Stellung in der modernen Geistesgeschichte durch Thomas Mann und der Verleihung des Goethepreises, gingen die Öffentlichkeit nichts an. Und dort, wo er in seinen Schriften »offenherziger und aufrichtiger« gewesen ist, habe man es ihm nicht gedankt. Zum Schluß rät er jedermann ab, es ihm gleichzutun. Er beschreibt sein Leben, als stelle er es in der Kontinuität eines deutschen Entwicklungsromans dar. Zum Schluß scheitert der Held, enttäuscht und verbittert. Vorhang.

Ist es verwunderlich, wenn heute ein Psychoanalytiker, aufgefordert, eine »Selbstdarstellung« zu verfassen, erst einmal nachschaut, wie es der große alte Meister getan hat, und versucht, sich in dessen Darstellung zu spiegeln?

Vergebens. Freuds naives Verhältnis zur Sprache, zur deutschen Sprache, die er vollendet beherrschte, und die unauslöschlichen Spuren der Shoah, deren Wetterleuchten er noch erlebte, trüben jeglichen Versuch der Nachgeborenen, auf welchem Niveau man ihn auch unternimmt. Die nach Jahreszahlen, von der Geburt an, gestaffelte Aufzählung vergangener lebensgeschichtlicher Ereignisse genügt nicht dem Anspruch des »Selbst«, das dargestellt werden soll. Der Umstand meiner Geburt, 1909, als Jude im wilhelminischen Deutschland, rund fünf Jahre vor dem Ausbruch des Ersten Weltkrieges – ich erinnere mich noch genau – in einem kleinen, im Oderbruch gelegenen Kreisstädtchen der Mark Brandenburg, einst des Heiligen Römischen Reiches Deutscher Nation Streusandbüchse –, mein Leben als Kind und Adoleszent, unheilvoll verwoben in die sattsam bekannten Zeitläufe jener und auch der folgenden Jahre, der Fememorde und *Fridericus-Rex*-Filme, für die einen »herrliche Zeiten« und Jahre des »Aufbruchs«, für andere, wenigere und für mich, meine Angehörigen und Freunde letzthin Katastrophen, scheint mir erwähnenswert. Die Landschaft, in der man geboren und aufgewachsen ist, kann man nicht hassen. Sie erscheint wieder in Träumen – der Fluß, auf dessen zugefrorener Hälfte, die andere blieb für die Schiffahrt offen, wir des Winters, nicht ohne Gefahr, weit hinaus ins Bruch Schlittschuh liefen; die Seen, zu denen

215

wir – ja, wir: Schulkameraden, Freunde und ich, auch wenn sich viele von ihnen den Anforderungen, Verführungen im Laufe der Zeiten als nicht gewachsen erwiesen – im Sommer radelten, um das kühle Wasser an dem erhitzten, nackten Körper wohlig zu fühlen; Hügel, Wälder und Wiesen, die wir, meine Schwester und ich, mit unseren Eltern und deren Freunden durchwanderten; Ferien an der Ostsee, im Riesengebirge, im Harz – alle sündhaft unschuldig in ihrer bildhaften Sprachlosigkeit. In dem Es-war-einmal der Erinnerung gibt es hellere und dunklere Spuren unter drohendem Gewölk: Sportfeste in den »Heiligen Hallen« – noch heute ist mir die Benennung dieses dem Brunnental benachbarten Tales mit dem Sportplatz in seiner Mitte ein Rätsel – und Fußballspiele auf dem »Roten Land« – ebenso rätselhaft –, Sängerfahrten des Schulchors unter dem unvergeßlichen, begeisternden Edgar Rabsch in Dörfer und Städte der Umgebung. Er kam eines Tages in das Geschäft meines Vaters und fragte meine Eltern, ob es ihnen angenehm sei, wenn ich unter seiner Leitung an Konzerten in der benachbarten protestantischen Kirche während der Gottesdienste teilnähme. Rabsch gehört zu den fünf bis zehn Einwohnern Ninives meiner Wahl. Hindemith hat für ihn Schulmusik geschrieben. Meine Eltern, kleine Geschäftsleute, führten ihr ehrbares, von äußeren Zwängen bedrohtes Leben, liberal gelöst von der jüdischen Orthodoxie, im Bewußtsein ihrer inneren und äußeren Zugehörigkeit zur gleichgestimmten Gruppe, der sie entstammten, und zugleich im Geiste der Maxime: »Der gestirnte Himmel über mir und das moralische Gesetz in mir«, obwohl sie Kant nie gelesen hatten. Sie hatten keine Einwände gegen meine Teilnahme.

Und dann die dunkleren Spuren; der Nachfolger von Rabsch forderte in einem völlig unerwarteten, wüsten Ausfall, in einer Chorstunde am Ende des Vormittags die wenigen jüdischen Kinder auf – außer mir noch zwei ältere Jungen – zu gehen, und wir gingen. Und später in der Oberstufe die Sache mit dem Heine-Gedicht *Die Weber*, das ich vortrug und dafür zwei Jahre in den »Klassenschiß« verbannt wurde – niemand sprach mehr mit mir –, weil, nach Meinung der Klasse, das Gedicht »das eigene Nest beschmutzt«. Unser Deutschlehrer, Geißler, auch seinen Namen habe ich behalten, mit dessen Zustim-

mung ich das Gedicht vorgetragen hatte, Sozialdemokrat, war anscheinend so angeschlagen, daß er sich nach einer anderen Schule versetzen
ließ. Und von den übrigen Lehrern, Klassenlehrer und Direktor ein-
begriffen, besaß niemand genug Zivilcourage, um diesen beschämen-
den Konflikt aus der Welt zu schaffen. Ich bin heute überzeugt, daß
auch sie das Gedicht als Nestbeschmutzung empfanden. Dieses und
noch viel mehr, die kleinen »unschuldigen« Hänseleien in den unteren
Klassen bis zu den Geheimnissen der Adoleszenten mit ihren nächtlichen Wehrsportübungen und Märschen unter Leitung von welchen
Lehrern? Um dieselbe Zeit nahm ich an einem Schülerpreisausschreiben »Kannst Du ein Buch empfehlen?« des »Börsenvereins des deutschen Buchhandels« teil. Ich empfahl *Demian* von Hermann Hesse
und gewann den dritten Preis. Mein Beitrag wurde in einer vom Börsenverein herausgegebenen Broschüre mit Texten von anderen Preis-
trägern veröffentlicht. Ich war der einzige Teilnehmer unseres Gymnasiums. Auch dieses Ereignis wurde totgeschwiegen.

Wer als Verfolgter auf der Flucht mitten in Europa gelebt und überlebt hat, dem bietet sich im Rückblick, als Hintergrund seiner Existenz,
nur eine einzige ungebrochene Kontinuität an: die des Kalenders mit
seinen eintönig wiederkehrenden Zahlen der Wochen und Monate,
Sonn- und Festtage mit roter Farbe gedruckt und gültig in aller Welt.

Den oben erwähnten Satz vom Wandel der Persönlichkeit und der
Qualität der Erinnerung fand ich in der *Psychiatrie der Verfolgten* von
Baeyer, Häfner und Kisker, neben der bahnbrechenden Untersuchung
meines Freundes und Kollegen Jan Bastiaans über *Psychosomatische gevolgen van onderdrukking en verzet,* einer der für meine wissenschaftliche Arbeit wichtigsten Publikationen. Die einsichtige Aussage, die sie
enthält, bestätigt nicht nur meine eigenen Erfahrungen in der Arbeit
über verfolgte jüdische Kinder. Ich finde sie auch relevant für das Unterfangen, dem ich mich mit den folgenden Aufzeichnungen ausliefere.

Mein Leben und meine Erinnerungen sind geätzt von den Schwaden
der Zerstörung. Auch diese Aufzeichnungen sind durchtränkt von Erfahrungen und Abschieden, freiwilligen und ungewollten, zwei Welt-
kriegen, Verfolgung und Emigration. Den Anfang der Shoah habe ich
noch in Berlin miterlebt.

Ich sah die Kinder, die alles verloren hatten, als sie aus den Verstekken und aus den Lagern zurückkamen, verloren ihre Eltern, Geschwister, Angehörige, oft bis zu sechzig, siebzig Personen. Ich sah die Zerstörung in uns und in ihnen, tagsüber, wenn sie spielten, und ich hörte sie abends in ihren Betten weinen, ohne Zurückhaltung weinen. Niemand brauchte sich zu schämen, ein jedes Kind wußte, warum ein anderes weinte, und auch wir, Erwachsene im Heim, wußten es. Das Los verband uns alle.

Ich war in den Niederlanden untergetaucht, zuerst bei Henk Fontein, dem Direktor der »Rekken'schen Inrichtingen« – einem Heim für schwer verwahrloste Jungen und Mädchen nahe der deutschen Grenze – und seiner Familie. Er war der Leiter einer Montessorischule gewesen in Bussum, dem Ort, in dem wir Asyl gefunden hatten. Er unterstützte unsere Arbeit und half uns, wissend, was es heißt, im Exil zu sein. Abends sahen wir die Scheinwerferblitze am Horizont, und wir hörten die Detonationen der ersten Bombardements des Rheinlandes durch die Royal Air Force, nach der gnadenlosen Bombardierung Rotterdams, für uns ein Signal, daß da jemand die Welt angezündet hatte und daß »man« nun versuchte, den Brand mit neuen Bränden zu löschen. »Es dauert fünf Jahre«, sagte Sam Goudeket, ein alter holländischer Freund zu mir und dämpfte den Optimismus eines Verzweifelten. Er war der Mann von Marianne Philips, einer von mir sehr geschätzten holländischen Schriftstellerin, die am selben Ort wie ich wohnte und mir bei der Ankunft meiner Eltern in Holland mit Möbeln und anderen Sachen geholfen hatte. Von Delft aus, wo ich meine zweite Versteckadresse bei Jan und Suus Riemtsma gefunden hatte, arbeitete ich, versehen mit gut gefälschten Ausweisen, als Dr. van der Linde für die niederländische Widerstandsgruppe »Vrije Groepen Amsterdam« als Arzt und Kurier. Man schickte mich überall dorthin, wo Spannungen, Konflikte bei den Untergetauchten auftraten, sei es zwischen Gastgebern und den Schützlingen, darunter auch Kinder, sei es unter den Versteckten selbst, wenn sie zu mehreren waren. Man saß, oft in zu kleinen Behausungen, zu dicht aufeinander, und alles dauerte zu lange. Ich muß damals meiner Sache doch wohl recht sicher gewesen sein und dies auch nach außen ausgestrahlt haben. Die verschiedenen Zugkontrollen überstand ich problemlos, obwohl es auch einige brenzlige Situationen gab. Die Angst schob ich beiseite. Ich war kein Held und habe keine großen Taten vollbracht, mit Waffen kann ich nicht umgehen. Aber wenn ich mich, nach dem Krieg, an das eine oder andere erinnerte, lief es mir manchmal kalt über den Rücken.

Einmal schickte mich die Organisation nach Amsterdam. Dort war in einem Haus an einer Gracht in der Innenstadt ein Junge von ungefähr 16 Jahren untergetaucht, der in steigendem Maße ein befremdendes Betragen zur Schau trug. Da er anscheinend kein »jüdisches« Aussehen hatte – was man denn auch darunter verstehen mag –, bewegte er sich frei auf der Straße. Er fiel durch seine stark antisemitisch gefärbten Äußerungen auf. Man befürchtete, daß er eines Tages seine Kontrolle völlig verlieren könnte und damit nicht nur sich selbst, sondern auch viele andere und die Organisation in Gefahr brächte. Man erwog, ihn zu »liquidieren«. Ich traf ihn in Amsterdam in seinem Versteck, einem nicht sehr geräumigen Zimmer, notdürftig möbliert, an der Wand stand ein großes Bett. Hierin schlief er zusammen mit einem jung verheirateten Ehepaar, das tagsüber in der Stadt arbeitete. Der Junge war völlig sich selbst und seinen Ängsten überlassen. Als ich mit ihm sprach, hatte ich den Eindruck, mit einem Papagei zu reden, der sich die virulentesten antisemitischen Losungen zu eigen gemacht hatte. Er transpirierte während des Gespräches, seine Gesichtsmuskeln »flimmerten«. Ich berichtete meinem Auftraggeber – eine Buchhandlung in der Spuistraat war unser Treffpunkt – und empfahl eine dringende Aufnahme in einer psychiatrischen Klinik auf Grund eines psychotisch-schizophrenen Prozesses. Mit Hilfe eines befreundeten holländischen Psychiaters wurde er kurz darauf in einer Klinik aufgenommen. Nach dem Kriege sah ich ihn noch einige Male. Er arbeitete in einer Buchhandlung und hielt sich lange Zeit gut. Er starb, verhältnismäßig jung, nachdem er noch zwei kurze Remissionen gehabt hatte.

Da ich im Laufe der Emigration einige Beziehungen zu holländischen Ärzten aufgenommen hatte, gelang es mir damals, rezeptpflichtige Arzneien ordnungsgemäß in die Verstecke zu bringen. Zu dieser Zeit war ich noch kein holländischer Arzt.

Auch meine Ausbildung als Arzt zeigt in ihrem Verlauf Spuren der gebrochenen Kontinuität. Nach dem Abitur war ich 1928 zum Studium nach Berlin gegangen, zugleich erhielt ich an der Preußischen Hochschule für Leibesübungen in Spandau eine Ausbildung als Turn-, Sport- und Schwimmlehrer, die mir später sehr zustatten kam. Da das Geschäft meiner Eltern durch die damalige allgemeine Wirtschaftskrise in Mitleidenschaft gezogen war und sie ziemlich mittellos dastanden, kam ihnen und auch mir das Angebot eines Bruders meines Vaters, der Arzt in Hamburg war, die Universitätsgebühren zu bezahlen, wenn ich mich entschlösse, später seine Praxis zu übernehmen, wie ein Geschenk des Himmels. Aus eigenem Entschluß hätte ich schwerlich diese Berufswahl getroffen. Der Gedanke an eine Praxis als Arzt für Allgemeinmedizin in Hamburg war nicht sehr verlockend. Im stillen hoffte ich, daß etwas dazwischenkäme. Es fällt mir nicht leicht, dies zu bekennen. Aber mit diesem welthistorischen »Zwischenfall« hatte ich nie gerechnet.

Ich las damals viel, machte Musik, begann auch Gedanken, Einfälle, die mich überfielen, aufzuschreiben, und trieb Sport. Nach meiner eigenen Einschätzung war ich ein mittelmäßiger Schüler, obwohl ich nie sitzengeblieben bin. Wenn durch einen strengen Winter Eislauf oder Rodel lockten, kamen auch die Schulleistungen ins Rutschen, und die Versetzung zu Ostern war in Gefahr. Durch die Hilfe meiner Schwester in Mathematik und eines Gymnasiallehrers für Latein, er hieß Knüfer, wir nannten ihn, seiner komischen Kopfbedeckung wegen, »Püppchen«, kam die Angelegenheit wieder in Ordnung. Knüfer war keine starke Persönlichkeit, vielleicht weil er zu »anständig« war. Von ihm erhielt ich eines Tages nach dem Kriege einen Brief, er hatte meine holländische Anschrift herausgefunden und schrieb mir, daß er sich aufrichtig freue, mir noch schreiben zu können. Ich hatte ihn in meiner Vorstellung, vielleicht seines komischen Hütchens wegen, wohl unterschätzt. Während andere Lehrer, die später, als ich die Schule schon verlassen hatte, die verkehrte Mütze trugen, von mir einst zu hoch eingeschätzt waren. Auch ein früherer Mitschüler und Ko-Abiturient meldete sich ungefähr fünfzehn Jahre nach Kriegsende. Er hatte irgendwo meinen Namen gelesen und kam aus Norddeutschland angereist, um mich zu besuchen. Er wollte mir einreden, daß ich – nach ihm – der Zweitbeste der Klasse gewesen sei. Ich nahm es als eine freundliche »Wiedergutmachung« und bewirtete ihn. »Kannst Du denn nicht hassen?« fragte mich damals ein holländischer Freund. »Ja, natürlich kann ich hassen«, antwortete ich, auch wenn ich wußte, daß Haß nicht meine stärkste Seite ist. Aber den Leuten der Einsatzkommandos, die den Gashahn in den Todesfabriken bedienten, oder anderen Mordgesellen bin ich später nie persönlich begegnet. Bei meiner Ausbildung zum Facharzt in der Amsterdamer psychiatrischen Universitätsklinik sah ich unter den Patienten Holländer, die bei der Waffen-SS Dienst getan hatten, oder die kleinen Mitläufer, die auch imstande gewesen wären ... aber jetzt: mitleiderregende, abgehalfterte Figuren ohne Waffen und Uniform. »Vor denen haben wir Angst gehabt«, sagte ein holländischer Kollege spöttisch.

Meinen Lebensunterhalt bestritt ich anfangs in Berlin mit Stundengeben, später als Musiker – Trompeter und Geiger –, manchmal auch als »crooner«, in verschiedenen »Bands«. Ich spielte auf Veranstaltungen von Sport-, Angler- und Ringvereinen von der Frankfurter Allee um den Alexanderplatz herum bis zum Presseball in allen Räumen des Zoo-Restaurants, beim Filmball, dem Ball der Technischen Hochschule in der Kroll-Oper, beim jour fixe bei Katharina van Oheimb, zu Tonfilmen (7 *Mädchen in einem Boot, Czardasfürstin*). Die Geige war das erste Instrument, das ich erlernte. Am Anfang bereitete mir die Koordination Schwierigkeiten. Als ich diese bewältigt hatte und die ersten einfachen Melodien spielen konnte, wuchs meine Zuversicht und die Freude am Instrument. Ich übte am liebsten am Abend in der Küche, die Akustik dieses Raumes verschaffte mir die Illusion einer Vollkommenheit, die mir von meiner strengen, klassischen Geigenlehrerin aufgegebenen Stücke einigermaßen zu beherrschen und erklingen zu lassen. Der klassische Rhythmus eines Viervierteltaktes bereitete mir, als ich zum ersten Mal als Student in einer kleinen Band als Geiger die »Broadway-Melodie« spielte, unvorhergesehene Mühen. Die neuartigen Akzentuierungen der Tanzweisen mit ihren Synkopen mußten erst erlernt werden. Hinzu kamen die technischen Probleme des neuen Instrumentes, der Trompete, deren Beherrschung durch die Klangfülle und das besondere Timbre dieses Instrumentes einen neuen musikalischen Anreiz bildete. Ich hatte den Tanzrhythmus so tief in mir aufgenommen, daß ich Jahre später den langsamen Viervierteltakt einer Händel-Sonate zuerst im Rhythmus eines Tangos spielte.

1932 verpflichtete ich mich zu einer Bühnenshow mit einer zwölf Mann starken Kapelle nebst einem Ballett von fünf Damen in Mitteldeutschland. Ein zweimonatiges Engagement im Europa-Café gegenüber dem Anhalter-Bahnhof in Berlin war nicht immer eine Qual, ein einmonatiges im Hamburger »Trokadero« eine Katastrophe, meine Lippen gingen kaputt, und ein zweiwöchentliches Lunchkonzert bei Karstadt Neukölln reizvoll.

Wenn ich an die Jahre denke, in denen ich nebenberuflich als Musiker lebte, überkommt mich das Gefühl, als ob diese Zeit außerhalb der Kalenderzeitrechnung steht. Die Erinnerung daran ist frei von aller Last und nostalgischer Mühsal, obwohl der Umgang mit Berufsmusikern im allgemeinen nicht frei ist von Querelen und Mißvergnügen. Wenn ich an die kleinen und großen Bälle denke, auf denen wir, vornehmlich Studenten der verschiedensten Fakultäten, spielten, und an unsere Devise: »Die Hauptsache ist, die Kapelle amüsiert sich«, um die anfänglich oft trübe Stimmung, als spielten wir bei Beerdigungsinstituten, zu vertreiben, ist es wie eine Ahnung des alten Kanons »Himmel und Erde müssen vergehen, aber die Musici, aber die Musici ...«

Ich sitze in meinem Zimmer hier in Holland, aus dem Radio erklingen Evergreens *Ain't misbehavin'*, *Day and Night*, *Tiger Rag*, *Some of these Days*, *Body and Soul*, *Love for Sale*, *I can't give you anything* und *Little white Lies*, die CD's haben sie aus ihrem 75 Touren-Schlaf erweckt und den Klang aufgeputzt, und plötzlich geschieht diese bemerkenswerte Transformation in eine andere Welt. Ob die Kinder, groß geworden mit den Beatles, den Rolling Stones und Michael Jackson, später einmal diese vergleichbaren Verwandlungen erfahren, müssen die kommenden Generationen entscheiden. Es ist eine andere Entrückung als die bei dem ersten Opernbesuch oder anderen musikalischen Ereignissen erfahrene.

Im Januar 1934 legte ich mein ärztliches Staatsexamen ab. Ein Jahr zuvor hatte der S. Fischer Verlag auf Empfehlung seines Lektors Oskar

Loerke meinen ersten Roman mit dem ironisch-prophetischen Titel *Das Leben geht weiter* verlegt. Er kam gerade noch zeitig genug, um verboten zu werden. Ich bin der letzte debütierende jüdische Autor des alten S. Fischer Verlages. Dem alten »Sami« habe ich bei einem Empfang in seiner Villa im Grunewald die Hand gedrückt. »Wir bringen ja ein Buch von Ihnen«, sagte er. Alfred Döblin, Leonhard Frank, Kurt Heuser, Joachim Maass, Karl Jacob Hirsch, Hermann Sinsheimer und viele, viele andere, die ich nicht kannte, standen und saßen herum. Von ihnen lebt keiner mehr.

In diesem Buch habe ich die Geschichte vom wirtschaftlichen Niedergang eines kleinen Selbständigen, meines Vaters, erzählt, die Vernichtung einer Existenz, zutiefst verknüpft mit den allgemeinen Wirren der Nachkriegszeit. Es war auch zugleich meine Geschichte. Als der Roman 1984, einundfünfzig Jahre später, als Taschenbuch wieder verlegt wurde, schrieb ich auf Einladung des Verlages ein Nachwort. Jetzt erst wurde mir bewußt, daß die damalige Selbstanalyse und die Beschreibung von Entwicklungen, soweit ich sie damals übersehen und erfassen konnte, nur *ein* Teil der Selbstdarstellung waren. Den anderen, den des jungen Juden im damaligen Deutschland des aufkommenden Nationalsozialismus, schrieb ich erst in den Niederlanden mit dem Roman *Der Tod des Widersachers*, der 1959 in Deutschland erschien.

Auch meine Ausbildung als Arzt konnte ich an den Nagel hängen. Ich wechselte schnell, der Zwang, Geld zu verdienen, war spürbar, in meinen anderen erlernten Beruf als Sportlehrer und unterrichtete an Schulen der jüdischen Gemeinde Berlin, am Zweiten Waisenhaus Pankow, im Landschulheim Caputh, wo ich im sogenannten Einstein-Haus eine Adoleszentengruppe betreute, an der Theodor-Herzl-Schule am Kaiserdamm und kurze Zeit auch an einer Privatschule im Grunewald, die Vera Lachmann gegründet hatte.

War ich, wie viele andere, blind und glaubte nicht an die Gefahr, die so sichtbar auf uns zukam? Oder dachte ich wie Danton im Luxembourg: »Sie werden es nicht wagen ...!«

Die Röhmaffäre öffnete uns die Augen. Der Rechtsstaat hatte aufgehört zu bestehen, das deutsche Bürgertum blieb stumm. 1936 gingen meine Frau und ich nach Holland, wo ich auch heute noch lebe. Sie hatte die Initiative zur Auswanderung ergriffen. Wir waren nicht gesetzlich verheiratet. Sie war von einer unfaßbaren Hellsichtigkeit. Als sie zum ersten Mal 1933 die Schrift von Hitler sah – sie war als Graphologin, Schülerin von Max Pulver, »a woman of genius« –, sagte sie ohne zu zögern, in ihrem reizvollen süddeutschen Tonfall: »Der zündet die Welt an.« Ich stand unmittelbar neben ihr. »Du bist verrückt«, sagte ich, ebenfalls ohne zu zögern. Meine Frau schwieg. Vielleicht hatte sie mich nicht gehört, da sie etwas schwerhörig war. Auch andere, Nichtjuden, glaubten ihr nicht. Die Geschichte hat ihr recht gegeben. Sie trug ihr schweres Los mit Würde, nicht immer mit Gelassenheit. Wir fielen unter die Nürnberger Gesetze und waren bereits in Berlin mit getrennten Adressen eingeschrieben. Sie starb im Sommer 1969. Wir haben, was sterblich an ihr war, auf dem jüdischen Friedhof in Hoofdorp, im Polder zwischen Amsterdam und Haarlem, beigesetzt.

Im selben Jahr, 1936, wanderte meine Schwester nach dem damaligen Palästina aus. Unsere Eltern blieben allein in Berlin zurück. An den Abschied damals von ihnen kann ich mich schwerlich erinnern. Standen sie am Bahnsteig und winkten? Und was tat ich? Küßte ich sie, lehnte ich mich aus dem geöffneten Fenster, um sie bis zuletzt zu sehen und zu grüßen? Zwei Jahre später, nach der Pogromnacht November 1938, konnte ich sie zu uns nach Holland kommen lassen.

In der öffentlichen Bibliothek des holländischen Städtchens – da es früher nie Stadtrechte erhalten hat, nennt man es in Holland noch stets »Dorf« – vor den Toren Amsterdams, wo wir uns, wiederum unter getrennten Adressen, nach einigem Herumirren niederlassen konnten, fand ich meinen drei Jahre zuvor erschienenen Roman in der Abteilung für deutsche Literatur. Er erinnerte mich an eine Episode, die ich nicht ganz vergessen hatte, das Buch stand in einem Regal der Bibliothek, etwas außerhalb meines Lebens, wie viele andere Träume abgestellt in einer verwaisten Ecke.

Wir waren nicht ohne freundschaftliche Beziehungen in Holland angekommen. Bald lernten wir noch mehr Menschen, meistens Holländer, kennen, unter ihnen einen nur zwölf Tage jüngeren holländischen Arzt, der kurz zuvor seine eigene Praxis eröffnet hatte. Wir sind noch heute gute Freunde.

In diesen Jahren der Emigration begann sich jene diffuse Mischung aus Abbruch, Überleben, drohender Zerstörung und Versuchen des Wiederaufbaus, des Entdeckens und Bewahrens dessen, was man vielleicht unter der Substanz eines Menschen verstehen kann, herauszubilden, jene persönliche Mischung von Empfindungen, die ich erst in der Rückschau, in der Betrachtung der Selbstdarstellung, als mir zugehörig wieder empfinde. Ich vermag sie nicht näher zu erklären. Ebensowenig, wie ich weiß, wie ich aussehe und wirke, wenn ich vor dem Spiegel stehe und mich rasiere. Hinzu kommt das Moment der Sprache, des Vermögens, in sprachliche Zeichen zu übertragen, zu übersetzen, was einem das Eigene, das Nächste ist in Zeiten der Verwirrung und Gefahr, und in den Jahren danach, das Eigene in der eigenen Sprache. Ich hatte dieses Problem erwartet, vielleicht war ich deswegen in Europa geblieben – aber es traf mich schwerer, als ich erwartet hatte. »um die geheimnisse / des konjunktivs / – die zeit der bunten bälle – / mühte ich mich / vergebens / an den grachten / die neuen freunde grüßend / und sie nennen mich mijnheer«, lautet die erste Strophe eines Gedichtes, das ich 1963 schrieb. Ich gab ihm den Titel *Sprachwurzellos*. Rudolf Walter Leonhard hat es neben anderen Gedichten von mir in jenen Jahren in *Die Zeit* abgedruckt.

Auch in wirtschaftlicher Hinsicht waren es schwierige Zeiten. Vor allem, wenn man, wie wir, in einem gewissen Abstand von der Metropole Amsterdam, dem Zufluchtsort vieler Emigranten, auf dem Lande, in der Provinz lebte und sich die Unterstützung von Hilfskomitees versagte. Wir waren, als wir ankamen, mittellos.

Ursprünglich hatte meine Frau mit einem bekannten Berliner Gynäkologen, der vorgab, kollegiale Beziehungen mit einem Forscher der Universität in Utrecht zu unterhalten, um sich dort nach seiner Emigration der Krebsforschung zu widmen, die Verabredung getroffen, daß ich ihm bei dieser Forschungsarbeit assistieren sollte. Zu jener Zeit und auch schon vorher hatte ich nie auch nur das geringste Interesse an wissenschaftlicher Arbeit auf welchem Gebiet auch immer verspürt. Nach meinem Staatsexamen in Berlin hatte ich darauf verzichtet, nur um den Doktortitel vor meinen Namen zu setzen, eine Doktorarbeit zu schreiben. Wie man mir damals an irgendeiner offiziellen Stelle bedeutete, hätte ich auf meinen Paß verzichten müssen, um eine solche Arbeit anfertigen zu dürfen. Ohne Paß hätte ich in der Falle gesessen. Also unterließ ich es und verschob es auf später. Hinterher ist mir auch nie deutlich geworden, ob der Plan mit der Krebsforschung überhaupt je eine reale Basis gehabt hatte, ob ihn meine Frau im Einverständnis mit dem Berliner Kollegen nicht einfach erfunden hatte, um mich aus Deutschland herauszulotsen. Der Kollege ist nie in Holland eingetroffen. Was aus ihm geworden ist, ist mir unbekannt. Gerüchte, deren es ja viele gab und gibt, wollen wissen, daß er nach Amerika ausgewichen ist, andere, daß ihn sein Schicksal in Berlin eingeholt habe.

Um diese ökonomische »Impasse« zu durchbrechen, begann ich im Rahmen der holländischen Gesetzgebung eine Praxis als pädagogischer Berater. Im Grunde trieb ich Psychotherapie mit Kindern und Erwachsenen, ohne je eine Spezialausbildung erhalten zu haben. Ich durfte nur keine Rezepte ausstellen. Ich glaube nicht, daß ich damals so schlecht gearbeitet habe, auch wenn ich heute, durch Erfahrungen weiser geworden, überzeugt bin, daß nur eine gewissenhafte, durch Supervisionen kontrollierte Ausbildung die Verwicklungen und Gefahren einer Therapie, denen sowohl Patient als auch Therapeut erliegen können, zu steuern vermag. Die großen oder kleinen Patienten kamen zu mir, zu der Adresse, unter der ich polizeilich gemeldet war und ein Zimmer gemietet hatte, oder ich ging zu ihnen, als »remedial teacher«, radelte zweimal in der Woche des Mittags nach Amsterdam und kam des Nachts wieder zurück. Es war eine anstrengende, aber nicht verlorene Zeit. Sie gab mir das Gefühl, eine nicht unnütze Arbeit zu verrichten. Meine früheren Erfahrungen mit Kindern in Deutschland kamen mir gut zustatten, der Einblick in holländische Familien erweiterte mein Gefühl für die Zusammenhänge dieser mir zuerst fremden Gesellschaft und ließ mich Formen der Toleranz und Freiheit erleben, die ich zuvor nie gekannt hatte. Bei meinen holländischen Freunden, die einen in der deutschen, die anderen in der französischen oder englischen Kultur zuhause wie in ihrer eigenen niederländischen, lernte ich, daß ein Mensch mehrere Loyalitäten haben kann, ohne des Verrates, des »Treuebruches« schuldig zu werden, und daß eine freie

Gesellschaft ihnen dies gestattet. Ich entdeckte zu meinem Erstaunen, daß die Pluralität der niederländischen Gesellschaft in religiös-kirchlicher Hinsicht die Gewissensfreiheit gewährleistet. Allmählich festigte sich in mir die Überzeugung, daß die völlig unvorhergesehene Tätigkeit in einem fremden Land, um mich über Wasser zu halten, in mir Gebiete erschloß, die noch nicht urbar gemacht waren, so wie Land dem Wasser abgerungen werden muß. Aber zugleich war ich mir bewußt, daß ich erst am Rande stand und nicht wußte, ob ich je das andere Ufer erreichen würde. Daß diese Arbeit auch zugleich eine gewisse materielle Sicherheit bot, machte sie wertvoller, und sie milderte, wie auch ein Placebo Spannungen löst, die unabänderliche Wirklichkeit einer provisorischen Existenz.

Auch hier erwies sich das Sprachproblem als ein Hindernis, das genommen werden mußte. Das Erlernen der holländischen Sprache war eine der Bedingungen, um im fremden Land zu überleben. Vielleicht auch, um überhaupt noch eine Zukunft zu haben? Aber ich glaube heute nicht mehr, daß es uns damals überhaupt möglich war, den Begriff »Zukunft« näher zu erfassen. War der folgende Tag gemeint? Oder vielleicht der darauf folgende? Die Sorge um das Tägliche überschattete die Gedanken an das drohende Kommende, dem wir als Spielball der Geschichte widerstandslos ausgeliefert waren. Es war unser Glück, daß wir in Augenblicken das Verhängnis vergessen konnten.

Da ich viel Zeit hatte, saß ich oft in Bibliotheken und vertiefte mich in holländische Zeitschriften und Zeitungen. Mein Sprachschatz wuchs, nicht zuletzt durch das Anhören von Fußballreportagen im Radio. Ich lernte einen anderen jungen, nichtjüdischen Emigranten kennen, Mitbegründer eines Reklamebüros in einer der Grachten in Amsterdam. Unter seiner Leitung gab ich unter dem Pseudonym »Benjamin Cooper« einige holländische Anthologien heraus, von denen noch heute die eine oder andere in Antiquariaten auftaucht.

Im zweiten Jahr meiner Emigration schrieb ich in einer plötzlichen Aufwallung eine Anzahl deutscher Gedichte, die zu meiner eigenen Überraschung den Weg in *De Gemeenschap*, eine angesehene niederländische literarische Zeitschrift fanden. Die Redaktion bestand aus einer Gruppe jüngerer, progressiver katholischer Literaten, unter ihnen be-

kannte Namen wie Anton Coolen, Jan Engelman und Anton van Duinkerken, die zu Zeiten des Spanischen Bürgerkrieges die Sache der Repu-
blikaner verteidigten.

Anton van Duinkerken, die zentrale Figur der Gruppe und befreun-
det mit Joseph Roth – dieser, eminenter Schriftsteller und Pumpgenie,
erhielt von dem Verlag »De Gemeenschap« beachtliche Vorschüsse –,
schrieb zur Einführung der Gedichte ein kurzes Vorwort. Unter den
acht publizierten befand sich in der ersten Lieferung das Gedicht *Wir
Juden sind auf dieser Welt*, das die Reihe eröffnete. Es wurde von einigen holländischen Tageszeitungen übernommen. Jahrzehnte später be-
schwor mich ein angesehener deutscher Verleger, dieses Gedicht nie in
Deutschland zu veröffentlichen. Er schien recht zu haben. Anfang der
fünfziger Jahre schickte ich Peter Huchel eine kleine Auswahl dieser
Gedichte. Huchel antwortete, daß die Gedichte einen tiefen Eindruck
auf ihn hinterlassen hätten. Er versprach, eine Auswahl in *Sinn und
Form* zu bringen. Es dauerte lange, bis es soweit war. Die Sache mit den
jüdischen Kreml-Ärzten kam dazwischen. Huchel brachte nur das Gedicht *Zu einem alten Niggun*. Auch diese Episode schien mir sym-
bolisch für mein Leben zu sein. Immer funkte die »Weltgeschichte«
dazwischen, wenn es um ärztliche oder literarische Ambitionen ging.
Ein weiteres in *De Gemeenschap* publiziertes Gedicht: *Bildnis eines Feindes* wurde einige Zeit später die Keimzelle meines Romans *Der Tod des
Widersachers*. Für die Veröffentlichung der Gedichte wählte ich wiederum ein Pseudonym, »Alexander Kailand«, um meine Eltern, die noch
in Berlin lebten, und die Angehörigen meiner Frau und auch uns nicht
zu gefährden.

Dank der in *De Gemeenschap* publizierten Gedichte wurden durch
eine Entscheidung des damaligen holländischen Justizministeriums
meine Eltern nach der Pogromnacht in Deutschland in den Niederlanden zugelassen. Sie bezogen eine kleine Wohnung ganz in unserer Nähe. Sie erlebten noch Geburt und Tod ihres ersten Enkelkindes und die
Geburt eines zweiten, an dem sie trotz allem noch eine, zwar nicht sor-
genfreie, Freude erlebten. Nach dem Überfall der deutschen Truppen,
zu Anfang der feindlichen Okkupation der Niederlande, gelang es meiner in Jerusalem lebenden Schwester, für sie eine Einreiseerlaubnis zu

erwirken. Sie wurden auf eine Spezialaustauschliste gesetzt, mein Vater war ein »hochdekorierter Frontkämpfer« des Ersten Weltkrieges gewesen. Als ich schon untergetaucht war, wurden sie in einem von den damaligen Machthabern bereitgestellten Personenwagen in das Lager Westerbork in der holländischen Provinz Drente gebracht. Dort warteten sie zusammen mit anderen auf die Austauschliste Gesetzten auf ihre Reise nach Palästina. Die Liste »platzte« jedoch, sie wurden deportiert. Meine Mutter war bereits eine kranke Frau. Das Leben meiner Eltern wurde gewaltsam in Birkenau beendet. Dies erfuhr ich erst nach dem Ende der Feindseligkeiten.

Beim Abschied von meinem Vater in Holland drehte er sich an der Tür noch einmal um und sagte mit eindringlicher Stimme zu mir: »Vergiß nicht, daß Du Arzt bist.« Hatte ich es je vergessen?

In die Zeit, bevor sie kamen, im Sommer 1938, fiel auch mein erster Kontakt mit dem damaligen Dekan der medizinischen Fakultät der Universität Amsterdam. Nach den kleinen literarischen »Erfolgen« erinnerte ich mich wieder, daß ich ja ein Arztstudium absolviert hatte. Jetzt gedachte ich, einmal aus berufenem Munde und im einzelnen die Möglichkeiten einer Anerkennung oder der Wiederaufnahme meines Studiums unter Berücksichtigung der bereits erworbenen Diplome zu erkunden. Ich wußte, daß die Chancen äußerst gering, ja gleich null waren. Ich habe diese höchst interessante und aufschlußreiche Begegnung mit einem hervorragenden Vertreter des holländischen akademischen Bürgertums an einer anderen Stelle detailliert beschrieben. Dieses informative Gespräch bestärkte mich in meiner Überzeugung, nichts an meiner gegenwärtigen Lage zu verändern, meine im Rahmen der Gesetzgebung aufgebaute kleine Praxis als pädagogischer Berater still weiterzuführen und zu warten, abzuwarten, bis der Krieg käme, von dem ich überzeugt war, daß er eines Tages, vielleicht bald ausbrechen würde. In Holland vertraute man, wie in den Zeiten der »Geuzen«, auf die »Wasserlinie«. Mein Vertrauen war weniger stark. Ein guter holländischer Freund von uns, frankophil, Jurist und in einer gehobenen öffentlichen Stellung, war fest davon überzeugt, daß Debussy, Mallarmé und die Maginotlinie das Unheil wenden würden. Auf einem nächtlichen Spaziergang durch die verlassenen Straßen unseres

Dorfes erzählte ich ihm von der großen Parade im Herbst 1936 Unter den Linden in Berlin, die ich mir noch kurz vor meiner Emigration mit steigendem Entsetzen angeschaut hatte. Ich konnte meinem Freund seinen charmanten, gefährlichen Wahn von der Stärke des französischen Alliierten ausreden. Er hat mir später gestanden, daß ich ihn mit meinen Informationen in den darauffolgenden Schreckenswochen und Monaten vor dem Selbstmord bewahrt hatte.

Aber welchen Wahn hegte ich, selbst noch in den Tagen der Kapitulation des niederländischen Heeres, als mir Freunde einen Platz auf einem Boot in Ijmuiden anboten, das sie und mich nach England bringen sollte? Sie wurden gerettet. Ich blieb zurück im geschlagenen und besetzten Holland, aus dem bald Züge, Viehwagen vollgepackt mit Menschenleibern, gen Osten rollen sollten. Die Niederlande wurden das »Polen« des Westens. Von 130 000 überlebten ungefähr 20 000 die Shoah.

Bereits einige Zeit nach meiner Ankunft im Herbst 1936 in den Niederlanden hatte ich den Versuch unternommen, mit der damaligen psychoanalytischen Vereinigung in Verbindung zu treten. Das Bedürfnis, eine Analyse zu machen – bei einem bereits in Berlin um 1930 unternommenen Versuch war es nicht dazu gekommen –, entsprang gewiß meiner damaligen inneren und äußeren Lage, in der eine Emigration eigentlich nicht vorgesehen war. Ob der Zeitpunkt der Indikation zu einer psychoanalytischen Behandlung in Holland überhaupt günstig gewählt war, bleibe dahingestellt. Aber bestimmt spielte damals auch der Wunsch eine Rolle, Anschluß an eine Gruppe zu finden und vielleicht auch an eine Arbeit oder Beschäftigung, die schon zuvor einen gewissen Platz in meinem Leben eingenommen hatte, wenn ich mir von ihrer Verwirklichung auch keine rechte Vorstellung machen konnte. Überhaupt waren mir damals diese und viele andere Zusammenhänge noch völlig undeutlich. Ich versuchte, Kontakte mit einigen holländischen Analytikern aufzunehmen, deren Namen ich erfahren hatte. Ich besuchte als Gast ihre öffentlichen Nachmittagsvorlesungen im »berühmten« III. Pavillon des »Wilhelmina Gasthuis«, derselben psychiatrischen Universitätsklinik, in der ich nach dem Kriege meine Facharztausbildung erhielt. Ich versuchte also, Kontakt zu bekommen, nicht ahnend, daß die niederländischen Analytiker zu jener Zeit in einen unsäglichen, schweren inneren Streit hinsichtlich ihrer Haltung gegenüber den aus Nazi-Deutschland vertriebenen jüdischen Kollegen verwickelt waren. Nach dem Kriege, erst vor einigen Jahren, haben zwei Publikationen die damaligen Zwiste dem Vergessen entrissen und sie kritisch dargestellt. Meine damalige Ahnungslosigkeit und Naivität hat mich gewiß vor größeren Enttäuschungen bewahrt. So gab ich meine Versuche schnell wieder auf und wendete mich anderen, eigenen Dingen zu, die für den Augenblick ersprießlicher für mich waren, ja, vielleicht dazu beigetragen haben, daß wir, meine Frau und unser kleines, in den Niederlanden geborenes Töchterchen, die schweren Zeiten der Emigration überstanden. Ich intensivierte bereits damals meine kleine pädagogische Praxis, kam mit Institutionen wie Pro Juventute, Schulleitern und Eltern in Berührung. Unter ihnen waren es zwei, die mir ein Versteck anboten, als es Zeit wurde unterzutauchen, und unter deren schützendem Dache ich Krieg und Verfolgung überlebte.

In der Untertauchzeit, zuerst an ein geräumiges Zimmer gebunden, das ich nur des Nachts hie und da verlassen konnte, in ungestörtem Einvernehmen mit Freunden der ersten Jahre meines Exils, las ich viel, vornehmlich deutsche und holländische Literatur, Bücher, die schon lange auf meiner Wunschliste standen, u. a. Goethes *Wilhelm Meister*, *Kultur der Renaissance* von Burckhardt, Tolstois *Krieg und Frieden*, Gedichte von Baudelaire, Verlaine, *Herfsttij der Middeleeuwen* von Huizinga und vieles andere. Die scheinbar spröde, doch bildhafte Schönheit der holländischen Sprache und Literatur, vor allem der Lyrik, war eine unerwartete Bereicherung nicht nur im ästhetisch-literarischen Sinne. Das älteste, im westflämischen Dialekt geschriebene Gedicht unbekannter Herkunft aus der zweiten Hälfte des 11. Jahrhunderts, mit dem Victor van Vriesland seine Anthologie *Spiegel van de Nederlandse poëzie door alle eeuwen* einleitet: »Hebba olla vogala nestas hagunnan / hinase hic anda thu«, ins heutige Niederländische von van Vriesland übertragen: »Hebben alle vogels hun nesten begonnen, behalve ik en jij« ist mir immer wie ein poetisches Sinnbild des Satzes aus der jüdischen Mystik erschienen: »Jedes Sein ist ein Sein im Exil.« Ich bin mir bewußt, daß ich mit diesem Vergleich die realpolitische Grundlage des Schicksals eines Verfolgten verlasse und eine Dimension aufrufe, der Sigmund Freud mit seiner antireligiösen Animosität in seinem psychoanalytischen Paradigma keinen Platz eingeräumt hat.

Hier möchte ich meinen verehrten Lehranalytiker und zugleich meisterhaften Cellisten Rik le Coultre zitieren. Am Schluß seiner Abhandlung über den Todestrieb, den er nicht anerkannte, heißt es: »Ich bin ein Heide und habe viele Götter und einer von ihnen ist Freud.« Ich bin zwar kein Heide, aber auch ich habe viele Götter.

In meinem Versteck schrieb ich ein langes Gedicht, »vers blancs«, mit dem Titel *Einer Träumenden,* dessen Publikation ich bisher noch nicht vorangetrieben habe, und die Novelle *Komödie in Moll,* die Geschichte eines Untergetauchten, die Fritz Landshoff 1947 im Querido-Verlag herausgab. Der Kern dieser Erzählung ist eine Anekdote, eine wahre Begebenheit. Ich vernahm sie in Delft, wo ich untergetaucht war. Sie handelt vom – normalen – Tod infolge einer Lungenentzündung eines jüdischen Untergetauchten in seinem Versteck. Da man ihn nicht ordnungsgemäß bestatten konnte, legte man den Toten des Nachts unter eine Bank im Park. Es gab Verwicklungen, denen seine Untertauchelltern nur knapp entgingen. Die Auflage konnte, durfte nicht in die damalige Westzone eingeführt werden, offiziell hieß es wegen Devisenschwierigkeiten. Aber mir persönlich vertraute Landshoff an, daß die Alliierten damals Angst hatten, kommunistische Literatur zuzulassen.

Erst im April 1988 hat Ulrich Walberer in der von ihm im Taschenbuch-Programm meines alten S. Fischer Verlages betreuten Reihe »Verboten und verbrannt / Exil« zusammen mit meinem ersten, 1933 publizierten Roman *Das Leben geht weiter* und dem 1959 im Westermann-Verlag, Braunschweig, veröffentlichten Roman *Der Tod des Widersachers* wieder herausgebracht. Ich verdanke ihm und dem ebenfalls im Verlag tätigen und mir seit meiner Jugend verbundenen Lektor Hellmut Freund den »kleinen Ruhm«, soweit ein bereits nach seinem Debüt ausgestoßener und nicht wahrgenommener Schreiber überhaupt noch hoffen kann, daß er dazugehört und gehört wird. Zu dem Roman *Der Tod des Widersachers* habe ich selbst ein besonderes Verhältnis. Die ersten fünfzig Seiten schrieb ich 1942 unter dem Druck der deutschen Besatzung. Das Manuskript begrub ich in dem Garten hinter unserem Häuschen. Nach dem Kriege grub ich es wieder aus, das Papier war durchnäßt, wir leben in einem Wasserland. In dem Roman wurde der Versuch unternommen, ein brisantes Thema, das Verhältnis zwischen Verfolgern und Verfolgten zu beschreiben. Es war ein verzweifelter Versuch, den Riß, der durch die Welt geht, aufzuspüren und vielleicht – durch den Geist? – zu heilen. Das Buch rührte an alle Tabus, wurde zum Teil durch die Kritik in Deutschland völlig abgelehnt oder enthusiastisch begrüßt. Im Grunde wurde es nicht bemerkt und verschwand. Es gab zwei holländische Auflagen, eine englische und eine amerikanische Ausgabe. Die Zeitschrift *Time* setzte es auf die Liste der »ten best readings« des Jahres 1962. Einer Einladung des »American Jewish Council« zu einer öffentlichen Diskussion mit Bettelheim leistete ich keine Folge. Holländische Kollegen warnten mich vor einer öffentlichen Konfrontation, der ich auch wegen meiner mangelhaften Beherrschung der englischen Sprache kaum gewachsen gewesen wäre. Trotz allem scheint dieser Roman doch ein zäheres Leben zu haben. Er enthält zwei Kapitel, derentwegen er hin und wieder zitiert wird und von denen ich bei Einladungen eines lese, die sogenannte Rucksackszene. Das andere, die Verwüstung eines jüdischen Friedhofes schildernd, ist zu lang, um vorgetragen zu werden. Anscheinend Gutwillige meinen, daß die Beschreibung eines Fußballspieles das am besten gelungene sei.

Birgit R. Erdle aus München hat vor kurzem in einem Vortrag in Los Angeles das Buch einer tieferen Analyse unterworfen und die »falschen« und richtigen Identifikationen, die alle bestehenden Tabus und Klischees durchbrechen, herausgearbeitet. Auch in Israel war man über das Buch entsetzt, vor allem nach der günstigen Aufnahme meines ersten Romans *Das Leben geht weiter* und der *Komödie in Moll*. Ich begriff, daß man sich in Israel den Luxus einer vorurteilsfreien Betrachtung von Verhältnissen, die auf Leben und Tod zielen, nicht leisten konnte. Aber ich bin der vielleicht etwas hochmütigen Anschauung, daß das Grundmotiv des Verhältnisses zwischen Verfolgern und Verfolgten, welcher Seite man dann auch die jeweilige Position zuerteilen möchte, überall seine Gültigkeit behält.

Auch meine Frau mußte mit unserem Kind einige Wochen untertauchen. Sie hatte sich lange Zeit den aufdringlichen Annäherungsversuchen des sogenannten »Deutschen Hauses« am Orte mit Witz und Verstand widersetzen können. Es ging hauptsächlich um die Vormundschaftsfrage für ihr, unser Kind, dessen Vaterschaft offiziell ungeklärt blieb. Es war also angeraten, einige Zeit zu verschwinden. Im Hungerwinter 1944/45 war sie ziemlich am Ende ihrer Kräfte. Die ganze Zeit wurde sie von Freunden aus der Illegalität beschützt und versorgt. Im Dezember 1944 radelte ich auf einem Fahrrad mit hölzernen Reifen aus Delft, einen Rucksack mit Butter und Käse vollgepackt auf dem Rücken, durch die verschneite Landschaft, vorbei an etlichen, mit alten deutschen Soldaten besetzten Kontrollposten, in Holland nannte man sie die »Bismarckjugend«, nach Hause. Während der Zeit meines Versrecktseins hatte ich meine Tochter nur zwei- oder dreimal an einem neutralen Ort gesehen. Sie erkannte mich nicht mehr, als ich wieder nach Hause kam, und erzählte mir immer von dem »anderen Mann«, an den sie sich erinnerte und den sie mit mir verglich. Es war eine schmerzliche Erfahrung für sie und für mich, die längere Zeit unsere Beziehung bestimmt hat. Zusammen erlebten wir die Befreiung. Im Mai 1945 war es das erste Mal, daß wir uns zu dritt ungefährdet auf die Straße begeben konnten. Alle unsere Nachbarn kannten uns. All die Jahre haben sie dichtgehalten.

Nach dem Kriege gründete ich zusammen mit anderen Überlebenden die Organisation zur Versorgung der jüdischen Kriegswaisen »Le Ezrat HaJeled«, zu deutsch »Zur Hilfe des Kindes«. Zweitausendeinundvierzig Kinder aller Altersstufen hatten die Verfolgung als Waisen überlebt. Ihnen wie auch den mehr als vierhundert Kindern aus den Lagern des vormaligen Niederländisch-Indien mußten Vormundschaften zugewiesen werden. Die Kinder aus den japanischen Lagern hatten es bei ihrer Rückkehr nach Holland schwerer. Es gab keine Ad-hoc-Organisation, die sie auffing.

Ich arbeitete für unsere Organisation, die Kinder erzählten mir ihre Geschichte, die bald auch die meine wurde. Oft war ich ungeschickt, fragte nach Umständen in Verstecken und Lagern, von denen sie nichts berichten konnten, da ihre und meine Sprache nicht dahin reichte, schrieb zahllose Berichte für verschiedene Institutionen und legte Dossiers an, die später die Grundlage bildeten für meine Untersuchung. Es gab viele ärztliche, psychologische, soziale und rechtliche Fragen, neuartige und oft äußerst verzwickte, da die Gesamtproblematik dieser Kinder die persönliche Dimension überstieg und die jüdische Gruppe als Kollektiv betraf. Ich ging mit Sozialarbeitern und Mitarbeitern, vor und nach den oft schwierig verlaufenen Gerichtsentscheidungen hinsichtlich der Vormundschaft, in die Heime, in denen die Kinder verblieben waren, oder zu den jeweiligen Pflegeeltern. Eine Menge Arbeit, die damals von uns allen verrichtet werden mußte, so daß man beinahe den Hintergrund, das Schicksal vergaß, dem sie ihre Existenz verdankte. Nein, nicht vergaß, es wurde unser tägliches Brot. Ich esse es noch heute, nicht nur in meiner Praxis, die ich noch täglich voll ausübe. Aber ich hatte meine Arbeit gefunden, nicht irgendeine. Damit endet das Exil. Ich blieb in den Niederlanden.

In den folgenden Jahren legte ich mit Genehmigung der zuständigen niederländischen Behörden und mit Unterstützung der verantwortlichen Professoren innerhalb von zehn Monaten in Amsterdam mein ärztliches Staatsexamen in den klinischen Fächern ab, die theoretischen hatte man mir erlassen. Danach folgte die Spezialisierung als Nervenarzt in Psychiatrie und Neurologie. Heute sind diese beiden Disziplinen getrennt. Zugleich nahm mich die niederländische Vereinigung für Psychoanalyse als Ausbildungskandidat an. Es war ein langer und nicht so einfacher Weg gewesen. In der Fremde, die keine Fremde mehr war, war ich zuhause. Es war der Anfang einer neuen Kontinuität.

Meine kindertherapeutische Ausbildung erhielt ich zuerst als Mitarbeiter der im Geiste von Anna Freud geführten Amsterdamer »child guidance clinic Prinsengracht« unter Leitung der nachmaligen ersten Professorin in der Kinderpsychiatrie an der Universität Amsterdam, Frau Dr. E. C. M. Frijling-Schreuder. In den von ihr geführten Supervisionen erhielt ich das psychoanalytische Rüstzeug für die praktisch-therapeutische Arbeit mit Kindern und Jugendlichen, dort habe ich mein Fach gelernt. Auf ihre Anregung schrieb ich anläßlich des 25jährigen Bestehens der »child guidance clinic« meine erste kleine wissenschaftliche Arbeit *Sexuelle voorlichting als trauma (Sexuelle Aufklärung als Trauma*), die in der Jubiläumsnummer des *Maandblad voor de geestelijke volksgezondheid* veröffentlicht wurde und durch ihre kritische Note einiges Aufsehen erregte. Zusammen mit zwei anderen kleineren Arbeiten erschien sie später in einem schmalen Bändchen unter dem Titel *Problemen in de sexuele opvoeding* (*Probleme der sexuellen Erziehung*), von dem auch eine deutsche Übersetzung erschien. Die Arbeiten habe ich in holländischer Sprache geschrieben und sie später selbst übersetzt. Dies waren meine ersten Schritte in die Welt der Wissenschaft.

Die sich aus der Arbeit nach dem Kriege mit den Waisenkindern ergebenden Fragen und Probleme habe ich in der bereits des öfteren erwähnten Untersuchung *Sequentielle Traumatisierung bei Kindern. Deskriptiv-klinische und quantifizierend-statistische follow-up Untersuchung zum Schicksal der jüdischen Kriegswaisen in den Niederlanden* beschrieben. Elf Jahre habe ich an ihr gesessen. Darum hat sie auch einen so langen Titel.

Bis 1970 arbeitete ich für die Waisenorganisation. Ab 1967 gab mir die Anstellung als wissenschaftlicher Mitarbeiter an der kinderpsychiatrischen Universitätsklinik Amsterdam die Möglichkeit, der Untersuchung den wissenschaftlichen Rahmen zu verleihen, den sie benötigte. Frau Dr. E. C. M. Frijling-Schreuder war bereits in den fünfziger Jahren als Leiterin der »child guidance clinic Prinsengracht Amsterdam« menschlich und wissenschaftlich in hohem Maße an dem Los der überlebenden jüdischen Kinder interessiert. Als ich ihr Mitte der sechziger Jahre schrieb, ich könnte mich nicht länger mehr vor der Arbeit an einer Untersuchung drücken, bot sie mir eine Stellung in ihrer Klinik an, gleichviel, ob bei dieser Arbeit etwas herauskäme oder nicht. Sie war mit mir der Meinung, daß diese Arbeit auf jeden Fall unternommen werden mußte. Andere Kollegen und Kolleginnen, jüdisch und nichtjüdisch, die ebenfalls, wenn auch etwas mehr am Rande, mit den Waisen gearbeitet hatten, waren inzwischen verstorben. Ich war der einzig noch Überlebende, der sich dieser Aufgabe unterziehen konnte.

1968 lernte ich Alexander Mitscherlich anläßlich seines Besuches in Amsterdam kennen. Er lud mich ein, auf einem »Markt« seines Institutes in Frankfurt am Main über meine geplante Untersuchung zu sprechen. Auch riet er mir, meine Pläne in einem Artikel auszuarbeiten, den er in der *Psyche* zu veröffentlichen gedachte. Er war ein praktisch denkender Mann und meinte, mit einem in der *Psyche* publizierten Artikel in der Hand könne man leichter Zuschüsse ergattern. Doch dazu kam es nicht. Alle seine Mitarbeiter waren der Überzeugung, die von mir vorgesehene Untersuchung einer Population von 204 Kindern, 10% der Totalpopulation, sei methodisch nicht zu bearbeiten.

In der Amsterdamer Klinik traf ich den klinischen Psychologen und Psychoanalytiker Herman R. Sarphatie. Er wurde mir schon vorher als spitzfindiger, kritischer Geist beschrieben. Wir führten lange, aufschlußreiche Gespräche. Er war der erste, den ich von meinem wissenschaftlichen Konzept überzeugen konnte, obwohl ich selbst über keinerlei Erfahrungen in Sachen Wissenschaft und Untersuchung verfügte. Als die Zusammenarbeit gut im Fluß war, hat er mir gestanden, man habe ihn von verschiedenen Seiten gewarnt, sich mit meinem Projekt einzulassen, es könne nur zu einem Debakel führen. Er ist mir die ganzen elf Jahre treu zur Seite gestanden, obwohl auch er nur zu gut die Risiken kannte, die wir eingingen. In einer späteren Phase stieß noch der Mathematiker Arnold Goedhart von der »Vrije Universiteit« Amsterdam hinzu. Gemeinsam haben wir die Arbeit vollendet. Die Stadt Amsterdam und das holländische Justiz- und Sozialministerium halfen mit Zuschüssen, schließlich auch bei der Drucklegung. Sie ist im Ferdinand Enke Verlag Stuttgart 1979 in der Reihe *Forum der Psychiatrie*, jetzt bereits in einer Neuauflage, erschienen. Ich genoß hierbei die Unterstützung von Prof. Dr. Walter Ritter von Baeyer, Heidelberg, mit dem ich bis zu seinem Tode freundschaftlich verbunden blieb.

Es wäre reizvoll, noch mehr Stimmen über die Voraussagen zu diesem wissenschaftlichen Unternehmen retrospektiv zu zitieren. Die meisten waren skeptisch bis ablehnend. Nur zwei sollen hier noch erwähnt werden. Zu Anfang hatten Sarphatie und ich für die niederländische Stiftung ZWO (»Zuiver Wetenschappelijk Onderzoek«) einen Entwurf verfaßt, in der Hoffnung, hierdurch Gelder für unser Vorhaben zu erhalten, z. B. für Hilfskräfte für die Bearbeitung der Dossiers und für andere Arbeiten. Wir beschrieben darin die betreffende zu untersuchende Population, die wissenschaftliche Zielsetzung, die zu untersuchenden Hypothesen – die der altersspezifischen Traumatisierung und der Intensität der Traumatisierung – und die beiden, voneinander unabhängigen, methodischen Verfahrensweisen. Bei der klinischen Arbeit mit den Kindern bei »Le Ezrat HaJeled« hatte ich bereits den Eindruck, daß die sogenannte Nachkriegsperiode ein wichtiger Faktor im gesamten Traumatisierungsgeschehen war.

In einem abschließenden mündlichen Bericht eröffnete uns der zuständige Sachbearbeiter, die Stiftung sei wohl äußerst interessiert an der Ausführung des Projekts – eine Bemerkung, die ich öfter vernommen habe –, jedoch auch der Meinung, der gewählte methodische Weg führe nicht zu den erhofften und wissenschaftlich verantwortbaren Ergebnissen.

Zum ersten hätte ich die auszuwertenden Dossiers bei meiner praktischen Arbeit für die Waisenorganisation selbst angelegt oder anlegen lassen, ohne jegliche Rücksicht auf eine spätere wissenschaftliche Bearbeitung. Dieser Einwand entsprach der Wirklichkeit. Als die Sozialarbeiterinnen mich fragten, was sie in die Dossiers eintragen sollten, sagte ich kurz entschlossen: »alles«. Wenn ein Kind ein neues Fahrrad bekam – eintragen. Wenn es bettnäßt – eintragen. Wenn es am Freitagabend in einem Anfall von Wut und Trauer alle Fensterscheiben einschlug – eintragen. Die Dossiers waren demnach nicht nach Maßstäben angelegt, die – der Meinung der Stiftung zufolge – eine wissenschaftliche Bearbeitung gestatteten. Zweitens, es wäre aus Gründen der wissenschaftlichen Zuverlässigkeit nicht angängig, daß bei diesem so hochsensiblen Thema der Traumatisierung von Kindern die Nachuntersuchung durch dieselbe Person ausgeführt würde, die auch die Voruntersuchung geleitet und die Eintragungen in die Dossiers veranlaßt hatte. Auf diesem einspurigen Weg entstünden Kontaminationen, die die objektive Gültigkeit der Untersuchungsresultate beeinträchtigten. Wenn wir einen anderen methodischen Weg fänden, würde man das Projekt gerne unterstützen. In einem früheren Gespräch zu Anfang unserer Zusammenarbeit hatte mir Sarphatie vorgeschlagen, nur einen Teil des Traumatisierungsgeschehens zu untersuchen, z. B. das Problem der oft umstrittenen Vormundschaftszuweisung. Ich lehnte diese Reduktion auf *ein* Thema ab, mich interessierte die Frage der sequentiellen Traumatisierung in ihrem ganzen massiv-kumulativen Verlauf mit allen – so weit erfaßbar – inhärenten Aspekten.

Ich wußte, daß ich mich, auch in methodischer Hinsicht, auf keine bisher erschienene Untersuchung stützen konnte. Zudem war ich der vielleicht etwas gewagten Meinung, daß man die Methode einer nicht-naturwissenschaftlichen Untersuchung, die, wie die vorliegende, keinen Vorläufer hatte, nur aus dem zu bearbeitenden Material heraus entwickeln konnte. Dies ist auch heute noch meine Überzeugung.

Ich muß gestehen, daß die Argumente der Stiftung wenig Eindruck auf mich gemacht haben. Ich wußte intuitiv, daß sie nicht stichhaltig waren. Vor allem der Einwand, daß Dossiers, die für die praktische Arbeit angelegt waren, ungeeignet seien für eine wissenschaftliche Bearbeitung, trübte mein Vertrauen in diese Form von Wissenschaft. Wissenschaft betreiben, wenn man zuvor das zu bearbeitende Material, die Dossiers, sozusagen mit dem Staubsauger gesäubert hat, und dann noch bei einer Population von Kindern, die allerschwerstem man-made-disaster ausgeliefert waren, massiv-kumulativen Traumatisierungen während Krieg und Verfolgung, und danach im Erleben und Verarbeiten der Waisenschaft durch Krieg und Verfolgung? Welchen Staub hätte man dann aus den Dossiers, das heißt aus ihrem Leben heraussaugen müssen, ohne die Traumatisierungen in ihren Verzahnungen zu reduzieren und damit zu bagatellisieren? Je mehr ich darüber nachdachte, desto stärker wuchs das Vertrauen in mein eigenes Konzept. Auch der Hinweis auf die Objektiviät des Nachuntersuchers konnte mich nicht überzeugen. Was heißt dies: ein objektiver Untersucher? Jemand, auf jeden Fall ein Mensch, der das Problem der man-made-disaster-Traumatisierung nicht kennt und dann mit seiner Nachuntersuchung objektiv beginnt? Es ist nur die Frage, ob er beim zehnten oder zwanzigsten Kind – die Population bestand aus 204 Kindern – seine Objektivität noch bewahren kann. Ob er dann nicht beginnt, seine eigenen blinden Flecke in das Material hineinzuprojizieren, wie man annimmt, daß es geschieht, wenn Vor- und Nachuntersucher in einer Person vereinigt sind. Handelt es sich hier überhaupt um Objektivität oder Relevanz, mit der ein Untersuchender seine Arbeit betreibt? Alle diese Fragen beschäftigten mich in der folgenden Zeit in hohem Maße, wobei mich Sarphatie tatkräftig unterstützte.

Frau Frijling-Schreuder förderte meine Arbeit, obwohl sie meinem Vorhaben, die quantifizierend-statistische Methode anzuwenden, etwas skeptisch gegenüberstand. Damit blieb sie als Analytikerin nicht allein. Eine amerikanische Kollegin versprach mir, sich für eine englische Edition einzusetzen, falls ich mich entschlösse, den statistischen Teil zu streichen. Eine andere amerikanische Kollegin bot sich an, sich ebenfalls für eine englische Ausgabe zu verbürgen, wenn ich ihr gestattete, ein Kapitel unter ihrem Namen beizusteuern. Auch dieses Angebot lehnte ich ab mit der als hochmütig erscheinenden Begründung, ich könnte mir nicht gut vorstellen, daß Goethe je einer Übersetzung seines *Faust* zugestimmt hätte, wenn der Übersetzer dem Werk noch einen Akt angefügt hätte. Eine rühmliche Ausnahme war Albert J. Solnit von der Yale-Universität. Er war der erste, der sich für eine vollständige englische Ausgabe einsetzte.

Inzwischen nähert sich, während ich dies schreibe, dank der großzügigen Unterstützung holländischer und deutscher Stiftungen, eine ungekürzte englische Ausgabe der Verwirklichung, ohne daß man mir ins Handwerk gepfuscht hat. Die Magnes Press der Hebräischen Universität Jerusalem wird sie verlegen. Sie gibt mir das Gefühl, heimgekehrt zu sein, zu meinen Eltern, Verwandten und Freunden.

Natürlich hegte ich trotz der tiefen Zuversicht in mein Vorhaben auch Zweifel. Das Risiko zu scheitern war oft das Thema in den Gesprächen mit Sarphatie. Aber dann hatte ich es wenigstens gewagt, den Fragen der Traumatisierung bei »unseren«, die Shoah überlebenden Kindern mit Hilfe des psychoanalytischen Grundmodells, der Einteilung in Alters- und Entwicklungsstufen, nachzuspüren und das Problem der altersspezifischen Traumatisierung und der Intensität der Traumatisierung zu untersuchen. Dies war meine Aufgabe als Überlebender.

Die Zweifel traten deutlich in Erscheinung während eines Gespräches, das ich Anfang der siebziger Jahre mit Abbi Robinson führte. Robinson, der Nachfolger von Carnap in Berkeley, aber wohl wesentlich flexibler als jener in seiner wissenschaftlichen Attitüde, und später Sterlin-Professor in Yale, war nach Holland gekommen, um eine hohe Auszeichnung von der niederländischen mathematischen Gesellschaft zu empfangen. Außerdem war er der Bruder meines damals bereits – zu früh – verstorbenen Schwagers. Ich erzählte ihm von meiner Arbeit und begann plötzlich – aus Angst, aus Provokation? – mich auf die Seite meiner Widersacher zu schlagen und mich etwas zynisch und ungläubig über meine statistischen Pläne zu äußern. Die statistische Auswertung hatte noch nicht angefangen. Obwohl ich nie im Sinn hatte, Leid mit Zahlen zu messen, stellte ich die gesamte statistische Methode mit ein paar dummen Formulierungen in Frage. Vielleicht kam ich mir in diesem Moment, in der Nähe dieses berühmten Mannes, auch wirklich dumm vor. Robinson hörte sich ruhig mein Geschwätz an und sagte dann auf seine etwas träge Weise – er nuschelte, wir sprachen deutsch miteinander:»Für einen Psychoanalytiker hast Du ja bemerkenswerte Vorurteile.« Und dann hielt er mir eine kurze Vorlesung über die Bedeutung und Funktion der Zahl. Ich erinnere mich noch gut seiner Worte, eine Arbeit sei nicht wissenschaftlicher, wenn sie nur mit Zahlen ausgeführt werde. Eine deskriptiv-klinische Untersuchung könne den gleichen wissenschaftlichen Rang haben.»Aber«, so fügte er hinzu,»wenn Du bei Deiner Untersuchung mit zwei methodischen Verfahrensweisen Konvergenzergebnisse bekommst, dann kannst Du schon mitreden.« Diesen Satz habe ich nicht vergessen. Er sagte, was ich mit dieser Arbeit und auch mit anderen, kleineren, die ich später durchführte, vorhatte. Ich war nicht auf der Suche nach»der« Wahrheit. Ich wollte mit den Leuten reden können, die so wie ich auf dem Wege waren, Wahres zu finden, zu ergründen, approximativ, Entdekkungen, die man plötzlich macht und die man mit Hilfe von Mitteln und Gründen rechtfertigt, die einem in dieser Zeitspanne zur Verfügung stehen, bis ein anderer kommt und neue Entdeckungen macht und diese mit neuen Gründen und Mitteln rechtfertigt. Ich wollte in dem Fluß der Erscheinungen einen Halt suchen, einen Platz, um innezuhalten, um nachzudenken und – in meinem Falle – auch des Vergangenen zu gedenken.

Es war, wie Robinson es vorausgesehen hatte, es ergaben sich Konvergenzergebnisse.

Walter Ritter von Baeyer war der erste deutsche Arzt und Professor, mit dem ich nach dem Zweiten Weltkrieg Freundschaft schloß. Zuvor hatte ich ihn schon über meine Schwester und meinen Schwager Hellmut Becker vom Max Planck-Institut für Bildungsforschung, Berlin, kennen- und schätzengelernt. Seinen Vater, einen auch heute noch häufig zitierten Gelehrten und ehemaligen preußischen Kultusminister in der Weimarer Republik, hatte ich während meiner Ausbildung an der Preußischen Hochschule für Leibesübungen in Spandau gesehen. Seinem Auftreten nach hätte er auch ein holländischer Professor und Minister sein können. Von Baeyer, diesem außerordentlichen, hochgebildeten Mann – sein Vater war der erste von den Nazis abgesetzte Professor –, verdanke ich viel, auch die Bekanntschaft mit Prof. Glatzel und dem Enke-Verlag. Von Baeyer hatte eine kleine, von mir 1950 publizierte Arbeit *Zur Psychologie der jüdischen Kriegswaisen in den Niederlanden* in seine Literaturliste aufgenommen. Bei einem »Weltkongreß für Psychiatrie« Ende der sechziger Jahre in Madrid stellte ich mich ihm vor und erzählte von meiner Arbeit, die damals noch in den ersten Anfängen steckte. Später bahnte er mir den Weg zu anderen, praktizierenden Kinderpsychiatern wie Lempp, Strunk, Harbauer, Nissen, Müller-Küppers u. a., an deren Kliniken ich meine Arbeit vortrug. Nach den Jahren der Emigration, des Krieges und der Verfolgung und den langen, stillen Jahren der Nachkriegszeit waren dies die ersten fachlichen Kontakte, die ich wieder in deutscher Sprache unterhalten konnte.

Als ich 1974 von Baeyer in Heidelberg zum ersten Mal besuchte, hatte ich die auf 54 großen Bögen ausgearbeitete tabellarische Darstellung von 204 Fällen bei mir. Zuvor hatte ich sie Frau Frijling-Schreuder gezeigt. Nach dem Tode meiner Frau stockte meine Untersuchung. Nach meiner Wiederverheiratung kam die Arbeit wieder in Fluß. Meine Frau hatte für die nötige technische Ausrüstung gesorgt, eine den Anforderungen entsprechende Schreibmaschine auf die spaltenweise Einteilung der betreffenden Kategorien abgestellt. Frau Frijling, wir hatten uns lange Zeit nicht über die Arbeit unterhalten, sah voller Verwunderung (oder Bewunderung?) auf die langen ausgefüllten Tabellen und schwieg. Dann sagte sie nur: »Wer hat denn das getippt?« »Ich«, antwortete ich.

242

Von Baeyer betrachtete angelegentlich die Tabellen. »Und da schreiben Sie ein bißchen Text umhin«, sagte er und machte mit der Hand eine Bewegung, als beginne er schon mit dem Schreiben. »Ja«, sagte ich. Dann erzählte ich ihm die Geschichte der jungen Frau aus meiner Nachuntersuchung in Israel, die Geschichte ihres Abschiedes als Kind von ihren Eltern in Amsterdam. Als die Terrormaßnahmen der deutschen Besatzung sich verschärften, beschlossen diese, der Arbeiterschaft zugehörig, ihre Kinder, sie hatte noch eine jüngere Schwester, untertauchen zu lassen. Nach dem Kriege wurde sie in einem der Heime, die wir für die Kriegswaisen eingerichtet hatten, aufgenommen. Sie war ungefähr zwölf Jahre alt, ein verschlossenes, einsilbiges Kind, niemand wußte so recht, was mit ihr los war. Nach Abschluß ihrer Schulausbildung und einem Kursus als Kindergärtnerin ging sie mit einer Gruppe des Heimes nach Israel. Dort traf ich sie im Frühjahr 1969. Sie berichtete: Man sagte uns Kindern, der Vater würde uns in einem Transportkarren zum Hauptbahnhof radeln, wo eine fremde Frau uns erwarte und irgendwohin aufs Land in die Ferien bringen würde. Vor dem Haus, auf der Straße drehte sie sich noch einmal um und winkte hinauf zum Fenster, wo sie ihre Mutter erwartete. Diese ließ sich jedoch nicht blicken. Das Kind dachte, Mutter ist böse auf mich, und darum schickt sie mich weg. Diese Szene ist fest in ihrem Gedächtnis geblieben. Erst als sie in Israel ihr erstes Kind zur Welt brachte und es in ihren Armen lag, erhielt dieses Erinnerungsbild eine andere Bedeutung. Aus der bösen Mutter, die ihr Kind wegschickt und ihr oben vom Fenster nicht nachwinkt, wurde die traurige Mutter, die sich hinter den geschlossenen Gardinen verbirgt, um vor ihren Kindern ihre Verzweiflung und ihre Tränen zu verbergen.

Die Promotion, mit siebzig Jahren, an der Amsterdamer Universität, gab mir die Bestätigung, daß ich »in der Fremde« zuhause war. Von Baeyer eröffnete in der vollen Aula, gemäß der altehrwürdigen holländischen Tradition, die Reihe der professoralen Opponenten. David J. de Levita war inzwischen, nach der Emeritierung von Frau Frijling-Schreuder, mein Doktorvater geworden. Wenn die Geschichte anders verlaufen wäre, sagte er in einer launigen Laudatio, ständest du heute nicht vor mir, sondern ich vor dir als Promovendus. Es war ein festlicher Tag, trotz des Themas und des Inhaltes der Arbeit, die aus den Folgen der Shoah entstanden war. Diese Doppeldeutigkeit bestimmt seitdem mein Leben. Seitdem gab es und gibt es Einladungen im In- und Ausland, Ehrungen, aber auch kleinliche Anfeindungen.

Im Frühjahr 1980 sprach ich in Bamberg anläßlich des Kongresses der »Mitteleuropäischen Psychoanalytischen Vereinigungen« zum ersten Mal, nachdem ich Deutschland verlassen hatte, vor einer breiteren Öffentlichkeit in einer deutschen Stadt über meine Untersuchung. Zuvor hatte ich Ende 1979 in Warschau auf Einladung der »Fédération Internationale des Résistants« (FIR) und in Kopenhagen auf Einladung von »Amnesty International« meine Untersuchung vorgestellt.

In Bamberg sprach ich ungefähr anderthalb Stunden, für einen wissenschaftlichen Vortrag qualvoll lange. Es war still im Saal, als ich sprach. Viele verließen den Raum, da sie die Spannung nicht aushalten konnten. Auch in der anschließenden Diskussion lange Zeit Schweigen. Bis jemand aufstand und in die eisige Stille die Worte sprach: »Was Sie uns da gesagt haben, ist ja fürchterlich.« Ich antwortete: »Sie haben recht, was ich gesagt habe, *ist* fürchterlich. Aber ich hatte nur die Wahl: entweder Sie laufen hinaus oder ich.« Das Eis war gebrochen.

Die tiefste Erfüllung der elf Jahre langen Anstrengungen liegt jedoch in der neuen Rechtsprechung für sequentiell traumatisierte Kinder. Mit der Postulierung der Nachkriegsperiode als einer dritten traumatischen Sequenz und ihrer Bestätigung durch die Konvergenzresultate der klinischen und statistischen Untersuchung gelang es, die zuständigen Gerichte von der Bedeutung dieser Sequenz hinsichtlich ihrer die Kette der Traumatisierungen verstärkenden oder mildernden Einwirkung auf das gesamte Traumatisierungsgeschehen für die Kinder zu überzeugen. Bisher wurde durch die betreffenden Institutionen wie auch durch die Gerichte nur die Zeitspanne von 1940–1945 als traumatisierendes Agens für Erwachsene und Kinder in Betracht gezogen. Während bei erwachsenen Verfolgten die Traumatisierung als Einbruch in die gereifte, erwachsene Persönlichkeit definiert werden kann, ist die Traumatisierung bei Kindern und Jugendlichen ein inhärenter Bestandteil ihrer Entwicklung.

Eine Erfüllung liegt ferner in dem Umstand, daß das Modell der »Sequentiellen Traumatisierung« auch auf andere Populationen als die von mir untersuchte angewendet werden kann. Dieser Eindruck entstand zum ersten Mal im Anschluß an einen Vortrag in der kinderpsychiatrischen Universitätsklinik Heidelberg unter Leitung von Prof. Dr. M. Müller-Küppers 1984. In der Diskussion trugen Sozialarbeiter und Psychologen ihre Probleme mit ausländischen Adoptivkindern vor. Das Modell der »Sequentiellen Traumatisierung bei Kindern« bot ihnen die Möglichkeit zum Einstieg in die Problematik ihrer Schützlinge mit ihren diffusen Loyalitäts- und Identitätskrisen und psychosozialen Defizienzerscheinungen.

Bei meinen viefältigen Besuchen in der Bundesrepublik hatte ich, noch bevor ich meine Untersuchung begonnen hatte und meine literarischen Arbeiten wieder aufgelegt waren, viele jüngere Menschen kennen- und auch schätzengelernt, aber alle eigentlich außerhalb meines Faches.

Meine Frau, unsere Ehe war nach dem Krieg auch vor dem holländischen Gesetz anerkannt, hatte mich vor Jahren in die Emigration begleitet, es war nur zu selbstverständlich, daß ich sie auf ihren Reisen zu ihren Angehörigen nach Deutschland begleitete, dem Land, das sie in all den Jahren nie wieder betreten hatte. Eine dauernde Rückkehr war für sie undenkbar. Trotzdem hatte das kleine Barockstädtchen im Odenwald, in dem sie geboren war und einen Teil ihrer Kindheit verbracht hatte, noch nichts von seiner Anziehungskraft auf sie, aber auch auf mich verloren. Das bewaldete Mittelgebirge mit seinen sieben Tälern und den alten, verfallenen Ruinen, etwas abseits gelegen von den großen Verkehrsstraßen, versponnen in seine eigene Geschichte, lud zu häufigerem Besuch und auch längerem Verweilen ein. In einem kleinen Häuschen, auf einem Hügel am Rande des Waldes mit dem Blick auf die gegenüberliegenden sanften Höhenzüge und dem Blick ins Tal, fanden wir den geographischen Topos, der auch unserer inneren Lage entsprach. Holländische Freunde, die zuerst unseren Aufenthalt in Deutschland skeptisch, wenn nicht abweisend betrachteten, verspürten nach einem Besuch dort bald den Reiz einer von Zerstörung verschont gebliebenen Landschaft und kamen auch öfter zurück. Bei einem Besuch Mitte der sechziger Jahre in meiner damals noch in der

DDR gelegenen Heimatstadt im Oderbruch wurde ich noch überall der Spuren gewahr, die der heillose Krieg geschlagen hat. Die Brücke über die Oder nach dem anderen Ufer, wo einst Zehden lag, hing noch immer zerstört – eine drohende Faust – in der Luft. Es bedarf nicht der äußeren Zeichen, um sich der inneren zu erinnern. Im Sommer 1980 ging ich mit meiner Frau – ich war eine neue Ehe eingegangen – und unserer fünfjährigen Tochter in einen HO-Laden im Eckhaus am Marktplatz, wo einst die Geschäftsräume meines Vaters waren. Die Auswahl war nicht sehr groß. Wir schauten uns um. Auf einmal stand meine kleine Tochter vor mir und sagte:»Ich möchte gerne, daß Du mir etwas kaufst, wo früher Dein Vater gestanden ist.«

Als ich im Winter 1990 in der Konzerthalle meines Geburtsstädtchens Abschnitte aus meinem ersten Roman, der ja dort angesiedelt ist, las und danach die Ehrenbürgerschaft der Stadt empfing, waren viele Kollegen und Freunde auch aus Nord- und Süddeutschland, alle jünger als ich, im Saal anwesend. Sie alle waren wegen mir gekommen. Kann ich ihnen meine Trauer vorwerfen, wo sie mir ihre aufrichtige Freundschaft als Gruß entbieten? Zwischen uns braucht nichts geklärt zu werden.

Daß ich meine wissenschaftliche Untersuchung auf Deutsch abfaßte, ist nicht nur ein Zeichen der Zweisprachigkeit unseres Hauses. Mit meinen Patienten spreche ich holländisch, insofern es ihre Muttersprache ist. Abgesehen von der größeren Diskretion bei den zuweilen umfangreicheren Falldarstellungen wollte ich außer den psychologischen Ergebnissen die historischen Tatsachen, die zu der Verwaisung geführt hatten, in der Sprache der Täter beschreiben, die auch die meine war und immer noch ist. In dieser gebrochenen Formulierung liegt auch mein Verhältnis zur deutschen Sprache, ein vielleicht gebrochenes Verhältnis, das gewiß nicht nur als ein Verlust betrachtet werden muß. Die spontane Naivität in ihrem Gebrauch ist mir verlorengegangen. Aber ich habe mich stets darum bemüht, sie auf einer anderen Ebene wiederzufinden.

Die schmale Gedichtsammlung, die Gideon Schüler 1986 in Gießen herausbrachte, trägt den bezeichnenden Titel *Sprachwurzellos*, dem 1963 entstandenen und in der *Zeit* veröffentlichten Gedicht entnommen. Die Verwandtschaft, die zwischen der deutschen und der niederländischen Sprache besteht, die Synonyma erschweren oft den Umgang mit beiden Idiomen. Zuweilen geschieht es, daß mir eine Formulierung zuerst auf Holländisch einfällt und erst im Anschluß hieran auf Deutsch gegenwärtig ist. Daß Schüler, eine mutige, unabhängige Persönlichkeit auch als Verleger, die Gedichte druckte, verdanke ich Gerhard Kurz, ehemals Professor für Germanistik an der Universität Amsterdam, später in Gießen. Er verfaßte mit viel Verständnis und Einfühlung das Nachwort zu dieser Ausgabe.

Vielleicht hatte ich nach der Promotion 1979 doch das Gefühl, die Aufgabe, die einem Überlebenden gestellt ist, einigermaßen erfüllt zu haben. Denn erst jetzt schienen Kräfte frei geworden zu sein, um den Faden literarischer Betätigungen dort wieder aufzunehmen, wo er 1933 abgebrochen wurde. Ein gewisses Interesse an den Emigranten und an der in der Emigration entstandenen Literatur, symbolisiert in den beiden bewundernswürdigen niederländischen Verlagen Emanuel Querido und Allert de Lange, beide in Amsterdam, kam meinen Bestrebungen entgegen. Von 1985–1988 war ich Präsident des PEN-Zentrums »German speaking writers abroad« mit dem Sitz in London, dem ehemaligen »Exil-PEN«. In dieser Funktion kam ich mit einigen literarischen Kreisen in Berührung, wurde eingeladen, herzlichst empfangen, sah einige Größen der gegenwärtigen Literaturszene aus der Ferne, wechselte wohl auch einige Worte mit ihnen. Aber was soll's ... Was hatte ich anzubieten? »Fünfzig Jahre sind eine lange Zeit, und in ihnen ging bestimmt mehr verloren als nur die naive Hoffnung eines sehr jungen Mannes, der eben sein erstes Buch bei ›S. Fischer‹ herausgebracht hatte, Hoffnung auf Erfolg, Ruhm, – ja, sagen wir es rundheraus: auf Unsterblichkeit.« Nun, dies schrieb ich 1984 im »Nachwort« im Rückblick auf mein Debüt 1933 im S. Fischer Verlag. Dem ist nichts hinzuzufügen. Es sei denn, daß ich in den letzten Jahren auch zu Leseabenden eingeladen werde, ein Ereignis, das zu einem Verhalten, sitzend auf einem harten Stuhl an einem leeren Tisch, führt, entgegengesetzt der Haltung, die ich in meinem Sprechzimmer im Gespräch mit meinen Patienten einnehme. Gewiß sind mein Fauteuil hinter der Bank und mein Lehnstuhl am zu beladenen Schreibtisch viel angenehmere Sitzgelegenheiten. Aber der da sitzt, ist im Grund immer derselbe.

In den achtziger Jahren habe ich zu meiner eigenen Überraschung angefangen, Essays zu schreiben, eine Kunstform, die sich zwischen Wissenschaft und Literatur bewegt. Vor Jahren hatte ich bereits in Berlin mich hierin versucht und eine kleine Arbeit mit dem Titel *Juden und Disziplin* im *Morgen,* einer damals angesehenen »Monatsschrift für Juden in Deutschland« publiziert. Dieser Essay entfesselte damals wegen seines etwas militanten Tones und Inhaltes eine Diskussion, die jedoch durch die sich überstürzenden Ereignisse bald wieder verstummte. In den Niederlanden hatte ich diese Form noch einmal aufgegriffen und auch in Holländisch den Versuch unternommen, angeregt durch Plutarchs vergleichende biographische Beschreibungen, die Lebensläufe von Comenius und Abravanel, einem christlichen und einem jüdischen Emigranten, gegenüberzustellen. Die Arbeit wurde in der jüdisch-holländischen Zeitschrift *Halsja* veröffentlicht.

Pläne, dieses Paradigma noch weiter auszuarbeiten, zerschlugen sich, ich fand nicht die Muße und die Zeit, mich in andere biographische Vergleiche zu vertiefen. Zwanzig Jahre nach dem Ende des Krieges schrieb ich auf Einladung eines holländischen Verlages einen Beitrag zu einem Buch mit dem Titel *Mogen wij nog antiduits zijn?* Einer der Mitarbeiter war Willem Drees, einer der großen Staatsmänner der Niederlande nach dem Kriege. Es war der Anfang einer Auseinandersetzung mit dem Deutschland meiner Vergangenheit und Gegenwart, ein Thema, das mich bis auf den heutigen Tag nicht losgelassen hat.

Jetzt wendete ich mich aufs neue dieser Kunstform zu. Der Anlaß war das Gespräch, das ich November-Dezember 1945 mit dem ersten aus einem Konzentrationslager – Bergen-Belsen – zurückgekehrten Kind führte. Es mißlang völlig. Ich habe diesen Fehlschlag getreu in meiner Monographie beschrieben.

Noch Jahre später beschäftigte mich die Frage, welche Faktoren zu diesem Debakel wohl beigetragen haben. Eine reine, einsichtige psychologische Erklärung, die auf der Hand lag, befriedigte mich nicht. Endlich glaubte ich den Schlüssel in der linguistischen Problematik der »Konventionalisierung der Sprache« gefunden zu haben, in der

Kluft, die zwischen den sprachlichen Welten des Konzentrationslagers und meiner Welt des Versteckes lag. Die Arbeit wurde zuerst in der *Psyche* unter dem Titel *Wohin die Sprache nicht reicht* publiziert und später in die Anthologie *Psychoanalyse im Exil* aufgenommen. Auf Anregung von Franz Hebel, Professor an der TH Darmstadt, schrieb ich darauf einen etwas umfangreicheren Versuch über den *Linken Antisemitismus* für ein Themenheft der Zeitschrift *Der Deutschunterricht*, den die *Psyche* einige Zeit später ebenfalls nachdruckte. Die Arbeit daran fiel mir nicht leicht, es war ein Abschied von vielem, was mir einst wertvoll und wahr erschien, so daß ich daran glaubte. Es war der Abschied von einer messianischen Ideologie. Andere Arbeiten folgten, *Phantasie und Psychoanalyse, Psychoanalyse und Nationalsozialismus, Wahn und Geschichtsschreibung*. Die Einladung zur Mitarbeit an dem vom Steinheim-Institut, Duisburg, unter Leitung von Julius H. Schoeps im Bertelsmann Verlag erscheinenden *Neuen Lexikon des Judentums* gab mir wiederum die Gelegenheit, die Fragen der Emanzipation und Assimilation der jüdischen Minderheit in Deutschland unter dem Aspekt *Psychoanalyse und Judentum* aufs neue zu überdenken und zu formulieren. Die oft gestellte Frage, ob die Psychoanalyse eine jüdische Wissenschaft ist, habe ich nicht zuletzt am Leben und Werk ihres Schöpfers Sigmund Freud zu beantworten versucht, der sie kategorisch verneint hat. Daß dieses Lexikon auch einen Abriß der *Sequentiellen Traumatisierung bei Kindern* enthält, bestätigt nur meine oben beschriebene Erfahrung der Brauchbarkeit dieser Arbeit im eher universellen Sinn.

Ich bin mir bewußt, auf zwei Pferden zu reiten, dem der Literatur und dem der Wissenschaft – die Rosse sind nicht sehr hoch – und damit Gefahr zu laufen, auf keinem Ritt ernst genommen zu werden. Ich habe mich immer ein wenig dagegen gesträubt, eine scharfe, kategorische Unterscheidung zwischen diesen beiden Disziplinen vorzunehmen, wenn der Lebenslauf und die Arbeit eines Menschen sie zu vereinigen trachten.

Zu meinem achtzigsten Geburtstag hatte Dirk Juelich im Hamburger Literaturhaus eine kleine Feier veranstaltet, an der Literaturwissenschaftler aus Deutschland und Holland und Psychoanalytiker aus beiden Ländern neben vielen anderen Gratulanten teilnahmen. In einem von ihm edierten liber amicorum *Geschichte als Trauma* fand ich ebenfalls beide Disziplinen vereint. Zur Zeit hat eine Münchener Germanistikstudentin – Bettina Schausten – ihre Magisterarbeit abgeschlossen, in der sie alles, was ich geschrieben habe, unter *einem* Gesichtspunkt zu erfassen und zu deuten versucht hat. Vielleicht ist dies ein etwas zu romantischer Aspekt für ein Leben, das Objekt und Zeuge der Shoah war und nicht vergessen kann, daß es ihr entronnen ist. Birgit R. Erdle bereitet meine Aufnahme in das *Kritische Lexikon der deutschen Gegenwartsliteratur* vor.

Allmählich unterlag auch die Psychoanalyse, wie ich sie bisher begriffen und für mich konzipiert hatte, einem Bedeutungswandel. Hatte ich in ihr zuerst die Lehre von den Trieben bewundert, die physikalisch-strenge Struktur ihres Gedankengebäudes und des démasqué zur Schau getragenen menschlichen Verhaltens, das in den Analysen Gestalt annimmt, so rückte mir jetzt der Freud der kulturkritischen Schriften und der *Neuen Folge der Vorlesungen* näher.

> Ich sagte Ihnen, die Psychoanalyse begann als eine Therapie, aber nicht als Therapie wollte ich sie Ihrem Interesse empfehlen, sondern wegen ihres Wahrheitsgehalts, wegen der Aufschlüsse, die sie uns gibt über das, was dem Menschen am nächsten geht, sein eigenes Wesen, und wegen der Zusammenhänge, die sie zwischen den verschiedensten seiner Betätigungen aufdeckt.

Später habe ich diese Aussage in dem Vorwort zur Dokumentation zur *Geschichte der Psychoanalyse in Deutschland*, die durch eine Gruppe jüngerer deutscher Kollegen anläßlich des psychoanalytischen Weltkongresses 1985 in Hamburg, dem ersten Kongreß der IPA wieder auf deutschem Boden nach 1933, zusammengestellt wurde, folgendermaßen formuliert:

> Wahrheitsgehalt, sein eigenes Wesen, Zusammenhänge aufdecken – das sind die Widersprüche und Risse, das ist das eigene »Skandalon«, das private und öffentliche Ärgernis, der Kern, den die Analyse enthüllt. Wenn sie aufhört zu demaskieren, das Ungeheure zu entlarven und sich mit der Arroganz und dem Machtmißbrauch unkontrollierbarer Herrschaftsstrukturen widerspruchslos zu arrangieren versucht, hört sie auf, »skandalös« zu sein, was sie

250

von Anfang an gewesen ist, sie denaturiert ihren eigenen Anspruch und reduziert sich selbst zu irgendeiner Therapieform, die selbst noch in Zeitläuften tiefster Unfreiheit zu gebrauchen ist.

Psychoanalyse, die Lehre von den Trieben und der Kultur, ich bin mir bewußt, daß die Erfahrungen meines eigenen Lebens und meine Arbeit mit den Waisenkindern zu diesem Bedeutungswandel beigetragen haben. Und noch eins – auch eine wissenschaftliche Arbeit kann eine poetische Beschwörung sein.

(1992)

»Ein Grab in den Lüften ...«

Gert Mattenklott hat jüngst in einer Besprechung des Homburger Kolloquiums »Judentum, Antisemitismus und deutschsprachige Literatur« *(FAZ* vom 15. März 1991, S. 35) einige beherzigenswerte Sätze, den wissenschaftstheoretischen Ansatz der Tagung betreffend, geschrieben: Bei einem so hochsensiblen Thema, in dem »das schlechte Gewissen der Judenmordschuld« vorder- oder hintergründig mitschwingt, dürfe man nie außer acht lassen, daß die Wissenschaftssprache den »unverwechselbaren Schuldzusammenhang zwischen Tätern und Opfern« zu »neutralisieren scheint«. Das scheint nicht nur so – sie tut es.

Auch Psychoanalytiker sollten dieser Mahnung eingedenk sein. Der Begriffsfetischismus, der im psychoanalytischen Jargon zuweilen bedenkliche Ausmaße annimmt, verleitet seine Adepten nur zu leicht zu beredten Betrachtungen und Auslegungen, hinter denen das zu behandelnde Thema gleichsam im Nebel verschwindet. Das »démasqué des Skandalösen«, einst das Hauptkennzeichen des neuartigen psychoanalytischen Paradigmas, wurde auf diese Weise unbemerkt und unbeabsichtigt zu einer neuen Maskerade. Die Sprache der Psychoanalyse hat in ihrer wissenschaftlichen Entwicklung – im Gegensatz zu der bilderreichen Sprache Sigmund Freuds – einen Abstraktionsgrad erreicht, der dem des Computerschachspiels vergleichbar ist. Theodor Reiks charmante Mahnung, den Mut zu haben, »nicht zu verstehen«, scheint im theoretischen Überschwang psychoanalytischer Bemühungen vergessen.

Diese Erwägungen motivieren mich zu den folgenden kurzen Ausführungen zu dem jahrhundertalten Thema der Schändung jüdischer Friedhöfe – aktuell nicht nur in deutschen Landen, sondern auch in Frankreich (Carpentras). An anderer Stelle[1] habe ich, bei einer anderen Gelegenheit, die Zerstörung, die »Schändung« eines jüdischen Friedhofes in extenso dargestellt. Die nachträgliche psychoanalytische Interpretation eigener literarischer Texte ist nicht meine Sache.

Julius H. Schoeps hat in seinem Artikel *Ein Stein aufs Grab. Die Zerstörung und Schändung jüdischer Friedhöfe in Deutschland (Die Zeit,* Nr. 46/1984) einige aufschlußreiche Daten und Hinweise zur Verwüstung von Friedhöfen geliefert. Er stützte sich hierbei auf Untersuchungen von zwei Sozialwissenschaftlern der Duisburger Universität (Reinard Becker und Alexander W. Vennekel, *Religion und Geschichte des Judentums),* vornehmlich aber auf die Publikation des Historikers Adolf Diamand *Geschändete jüdische Friedhöfe in Deutschland 1945–1980,* der für diesen Zeitraum 598 Friedhofsschändungen ermittelte. Das Bundeskriminalamt stellte für den Zeitraum von 1948 bis 1966 857 Friedhofsschändungen fest, darunter von mindestens 300 jüdischen Friedhöfen – ein »erschreckend hoher Anteil«, wie es in einer Verlautbarung des damaligen Bundesministeriums heißt.

Die ersten Berichte über Friedhofsschändungen im Zusammenhang mit der Vertreibung von Juden (Rothenburg o. d. Tauber 1298, Speyer 1349, Augsburg 1439, Nürnberg 1489) stammen aus dem Mittelalter und wurden gewiß durch kirchliche Devisen wie »Die Gräber unserer Feinde verdienen von unserer Seite keine Ehrfurcht« stimuliert und legitimiert. Aber es hieße die fundamental ambivalente Haltung der christlichen Kirchen verkennen, wenn man nicht auch der besonderen Erlasse geistlicher und weltlicher Obrigkeiten im Mittelalter und auch in der Neuzeit gedächte. Zum Beispiel befahl Friedrich II., König von Preußen, die Anlegung des jüdischen Friedhofes in Breslau. Er ließ am Eingang eine Tafel mit einem unmißverständlichen Text anbringen, der gewährleisten sollte, daß jüdische Friedhöfe nicht geschändet werden. Das bedeutet nichts anderes, als daß die Existenz von Friedhöfen überhaupt für gewisse Menschen eine delikate, die jüdischer Friedhöfe aber eine höchst delikate Angelegenheit ist.

Im Rahmen der Antisemitismusforschung sollte man, wie Schoeps es tut, auf die unterschiedlichen Formen der Zerstörung und Schändung nicht-jüdischer und jüdischer Grabstätten hinweisen. Eines aber ist gewiß: Bei der Zerstörung eines jüdischen Friedhofes ist nicht allein der Tote gemeint, dessen Name auf dem umgeworfenen Grabstein zuweilen auch in hebräischen Lettern eingehauen ist. Der Angriff richtet sich gegen die jüdische Gruppe als Ganzes.

Der Tod ist ein Gesell des Lebens. So wurde es auch schon in archaischen Zeiten verstanden. Auch wenn man ihn im eigenen Leben nicht sehen wollte – aus welchen Gründen auch immer –, seinen Schatten erspähte man im Leben des Feindes, wo man ihn aus der Welt schaffen, totschlagen konnte und durch Menschenopfer die wilden Götter zu besänftigen trachtete. Diese wilden Götter sind noch immer am Werk. Und es sind, wie man heute sagt, »Randgruppen«, Chaoten, Radikale, die für sie herhalten müssen.

Diese sozio-psychologische Erklärung halte ich für eine einfältige Ausrede. Denn sie neutralisiert und verschleiert die Frage, von welcher Gesellschaft sie der Rand sind und was es bedeutet, »Rand« von etwas zu sein. Wie dem auch sei – ob in der oben erwähnten ambivalenten christlichen Tradition, in der fehlenden Ehrfurcht vor den Gräbern der Feinde die Angst vor dem Sterben, vor dem Tod oder vielleicht die Angst vor dem Leben zum Ausdruck kommt, sei dahingestellt. Es scheint eine müßige Frage.

Aber ist sie wirklich so müßig, wie sie scheint?

In den Jahren 1933 bis 1945 wurden von ungefähr 1700 jüdischen Friedhöfen in Deutschland 80 bis 90% verwüstet.

Als Junge von vierzehn, fünfzehn Jahren vernahm ich in der kleinen Stadt der Mark Brandenburg, in der ich damals lebte, zum ersten Mal den Ruf: »Deutschland erwache, Juda verrecke.« Den tieferen Sinn dieses »erhabenen« Spruches – er stammte, wie man mir erzählte, von dem »Barden« Dietrich Eckart – habe ich erst viel später begriffen.

Im Frühjahr 1933 sah ich Hitler zum ersten Mal aus nächster Nähe. Auch diese Szene habe ich in meinem Roman geschildert. Ich kam, ein Jahr vor meinem Arztexamen, aus dem Hygiene-Institut in Berlin, überquerte die Straße Unter den Linden und bog in die Wilhelmstraße ein, wo sich zu dieser frühen Mittagsstunde viele Menschen eingefunden hatten. Sie warteten, neugierig und erregt, auf ihren »Führer«; das Radio hatte einige Stunden zuvor offenbar die Information gesendet, daß er an diesem Tage zu den Arbeitern in den Siemenswerken sprechen würde. Auch ich gesellte mich neugierig zu den Wartenden. Als die Autokolonne, aus der Reichskanzlei kommend, in die Wilhelmstraße einbog, durchbrachen die Menschen, Erwachsene und viele Kinder, die Polizeikette, die Autos mußten langsamer fahren. Hitler, in seinem hellen Trenchcoat, leutselig im offenen Wagen und ohne Kopfbedeckung neben dem Fahrer stehend, genoß sichtlich den Jubel der Massen. Hinten im Wagen saßen, mit gespannten Mienen rechts und links in die Menge spähend, sprungbereit lauernd die Bewaffneten, die ihn überallhin begleiteten. Auf einmal zuckte er nervös mit seinen Händen, die er bisher, wie man es von Photographien kannte, vor seinem Unterleib gefaltet hatte, wies auf die Kinder, die wie verhext vor seinem Wagen tanzten, und stammelte halblaut vor sich hin, wobei er seinen Oberkörper leicht nach vorn bog – ich stand dicht in seiner Nähe, am Rand des Bürgersteiges –: »Die Kinder, die Kinder.« Er wollte sie nicht überfahren, er war ja so kinderlieb, das wußte ein jedes Kind. Es waren dieselben Kinder, die er Jahre später bedingungslos seinem Wahn geopfert hat. Aber auch dies begriff ich erst sehr viel später.

Golda Meir wurde einmal gefragt, was sie glaube, wann wir Juden nicht mehr verfolgt und ermordet würden. Sie soll gesagt haben: Wenn unsere Feinde ihre Kinder genauso lieb haben wie wir die unsrigen.

Das Wort »Schändung« besagt, daß es sich um die Entweihung eines geheiligten Ortes handelt, eines »beth olam«, einer Stätte zur Ewigkeit, in der unsere Toten ruhen und warten auf den Jüngsten Tag – sofern sie nicht »ein Grab in den Lüften« gefunden haben wie meine Eltern, Max und Else Keilson. Im Aufrufen ihres Namens, der in keinem Stein eingemeißelt steht, sollen sie wieder auferstehen in meiner Erinnerung Trauer. In dieser Sache bin ich, ihr Kind, Partei. Man kann von mir nichts anderes erwarten.

Ich bin nicht der Meinung, daß eine psychoanalytische und soziologische Erhellung allein die Schändung jüdischer Friedhöfe dort aus der Welt schafft, wo man sie schon seit Jahrhunderten antrifft, und sei es auch in ihren Ambivalenzkonflikten. In seiner letzten Konsequenz ist dieses finstere Phänomen eine Angelegenheit der nicht-jüdischen Mitglieder einer Gesellschaft, der es obliegt, die Virulenz des hartnäckigen antisemitischen Vorurteils zu mildern. Und zwar um ihrer selbst willen. Die oben zitierten statistischen Angaben aus den Jahren

255

1933–1945 sollten so manchen nachdenklicher stimmen. Unwillkürlich erinnert man sich hier des Satzes des Schweizer Dichters und Kritikers Max Rychner: »Jedes von der Obrigkeit angezettelte Pogrom ist ein urtümliches Harakiri.«

(1992)

Anmerkung

1 Im Roman *Der Tod des Widersachers* (1959)

Was bleibt zu tun?

In einer Werkstatt meines niederländischen Wohnsitzes, die lange Zeit mein Auto gewartet hat, entdeckte ich eines Tages ein Plakat, das mir vorher noch nicht aufgefallen war, folgenden Inhaltes:»Als U niets te doen hebt, dan doe het asjebelieft niet hier«, in deutscher Übersetzung: »Wenn Sie nichts zu tun haben, dann tun Sie es bitte nicht hier.«

Die Absurdität dieser Aussage, in der das passive Nichts-Tun den gleichen Rang erhält wie das aktive Tun, ja, in der jeglicher Unterschied zwischen aktiv und passiv aufgehoben erscheint, insofern man ihn auf das »Hier« einer Werkstatt bezieht, hat ihren Widerpart in der paradoxeren Situation, in der ich mich hier befinde. Nie in meinem Leben wäre ich je auf den Gedanken gekommen, daß ich eines Tages hier in Hamburg, der Stadt, die mir von jeher lieb war, über das Thema sprechen würde, das mir aufgegeben wurde, *Was bleibt zu tun,* allerdings mit der Einschränkung, daß es mir freistünde, das Thema zu ändern. Nun hat diese mir zugebilligte Freiheit ihre deutlichen Grenzen. Ich bin der letzte in einer Vortragsreihe mit einer deutlichen Thematik. Sie betrifft die pädagogischen Aspekte der Erinnerungsarbeit im Echo des Holocaust, oder besser gesagt der Shoah. Holocaust hat für mich immer eine religiöse Komponente gehabt. In der Vernichtung der europäischen Juden kann ich keinen göttlichen Auftrag erkennen.

Wenn ich richtig informiert bin, wurde und wird in Ihrem Lande, der Bundesrepublik, in den vergangenen Tagen und Wochen eine enorme Erinnerungsarbeit im Sinne Ihrer Intentionen geleistet, und ich möchte nicht versäumen, allen diesen Anstrengungen meine tiefe und aufrichtige Reverenz zu erweisen. Es ist gut, sich zu erinnern und vielleicht auch zu trauern. Die Welt und die Menschheit auf ihr ist schnellebig und will gerne vergessen, und manchmal scheint es, sie lebe lieber vom Vergessen als von der Erinnerung. Freud hat einmal in einem genialen Einfall die »traumatische Neurose« als einen Versuch der Heilung der traumatischen Neurose definiert. Hiermit hat er für mein Gefühl das Paradoxon formuliert, daß die traumatische Neurose, die Erinnerung an überkommene Traumata, deren man sich aus einem inneren Zwang immer wieder erinnern muß, dazu dient, diese Traumata eigentlich zu überwinden, so daß man sie vergessen könnte. Das heißt nicht vergessen, als wäre nie geschehen, was inzwischen Geschichte geworden ist, sondern vielmehr eine milde Erinnerung an erlittene Verwundungen, so wie man Kinder tröstet, die gefallen sind und Schmerzen haben, bis sie wieder aufstehen und lachend weiterspielen. Wir wissen heute, daß dies nie der Fall ist, weder bei den wenigen Kindern noch bei der geringen Zahl Erwachsener, die die Shoah überlebt haben.

Ich könnte mir gut vorstellen, daß im Gegensatz zu der Definition von Freud es Ihre Intention bei der Veranstaltung dieses Vorlesungszyklus war, die pädagogischen Aspekte der Erinnerungsarbeit im Echo der Shoah so herauszuarbeiten, daß man die traumatischen Anlässe nie mehr vergißt. Das heißt nicht, vergessen, als wäre nie geschehen, was inzwischen Geschichte geworden ist, sondern erinnern an ein grausames Geschehen, in das Verfolger und Verfolgte in einem apokalyptischen Ausmaß so miteinander verstrickt waren, daß man nur in einer gemeinsamen Erinnerung, in welcher Generation auch immer, seiner historischen Bezogenheit gedenken kann.

Die Versäumnisse der Vergangenheit sind die Aufgaben der Gegenwart. Ein holländischer Geistlicher, Mitglied einer der beiden großen christlichen Kirchen in den Niederlanden, erzählte mir dieser Tage, er habe als Seelsorger bei den in der Bundesrepublik stationierten niederländischen Truppen in der Nähe von Celle, in Bergen-Höhne, die neu ausgehobenen Truppen jeweils zuerst nach Bergen-Belsen geführt und ihnen unumwunden gesagt: Ihr seid hier, damit das, was hier geschehen ist, sich nie mehr wiederholt.

In diesen Tagen und Zeiten ist oft von »Zeitzeugen« die Rede. Meistens werden hiermit alte oder ältere Leute gemeint, Überlebende eines Zeitgeschehens, in dessen Ablauf sie als Opfer verwickelt waren, mit der gar nicht so geheimen Absicht, ihre eventuelle spätere Zeitzeugenschaft zu vereiteln. Daß sie jetzt als Zeuge und nicht z. B. als Zeit-»Genosse« vorgestellt werden, verrät das juridische Ambiente ihrer Zeugenschaft. Irgend etwas soll untersucht, hinterfragt, beurteilt und zum Schluß eventuell verurteilt werden. Ich habe mich allmählich mit dieser Rolle vertraut gemacht und mich an sie gewöhnt, wenn ich sie auch nimmer begehrt habe. Auf jeden Fall war ich dabei immer auf der Hut, mich nicht als ein praeceptor Germaniae aufzuspielen. Es gibt, bereits von meinem Beruf her, so manche Fallen, Verlockungen zur Korruption des fest Vorgenommenen, von der einmal gewählten Haltung abzuweichen. Jedoch in einer anderen Hinsicht ist der erwählte und erlernte Beruf auch ein starker Schild des Schutzes und der Abwehr. So geschieht es, daß zuweilen Menschen mich konsultieren und auf einmal mit der Frage bestürmen: »Doktor, was muß ich tun«, oder, nachdem sie zuvor ihr Leben in groben Umrissen und die Zwänge, denen sie unterworfen sind, in einer Art Balance dargestellt haben, »Was bleibt mir übrig zu tun?«

Nicht immer handelt es sich dabei um Fälle, in denen es um Leben oder Tod geht. Im Gegenteil, es sind meistens sehr menschliche Konflikte, wo zwischen Bewahren einer tradierten, vertrauten aber abgenutzten Haltung und der Kreation einer neuen, aber in ihrer endgültigen Zielsetzung noch unsicheren Ausrichtung entschieden werden mußte. Vollends schwierig erwies sich Zurückhaltung, wenn ein Generationskonflikt dahinter sichtbar wurde, der mehr war als nur eine persönliche Stilfrage. Trotzdem, und ich bitte Sie, dieses kleine Wörtchen »trotzdem« gut zu behalten, erwies es sich auf die Dauer als weiser, dem Fragesteller die erwünschte Antwort oder Auskunft zu verweigern. Ihn darauf aufmerksam zu machen, daß, wenn er selbst nicht wüßte, was ihm zu tun bliebe, es doch das beste sei, nichts zu tun, nichts zu unternehmen und erst einmal abzuwarten, ob sich vielleicht nicht in ihm selbst eine Antwort heranbilde. Wenn er jedoch selber wüßte, was ihm zu tun stünde, sei es völlig unsinnig, mich zu fragen. Wohl sei es dann später möglich und vielleicht erwünscht, die Stufen der Frage- und Antwort-Dimensionen einer Analyse zu unterziehen. Meine Empathie für diese Dimensionen bewahrt bei aller professionellen Bezogenheit eine gewisse Distanz, ja sogar Neutralität, wie ich mir vielleicht nur einbilde. Diese ist ein Unterpfand des sich anbahnenden Gespräches für Momente von Ab- und Unabhängigkeit im wechselnden Diskurs. Die Erfahrung lehrt, daß es meistens nicht um die Antworten geht, sondern darum, die richtigen Fragen zu formulieren. Man wird sich damit abfinden müssen, daß es auf viele richtig formulierte Fragen keine oder nur sehr unvollständige Antworten gibt. Die Frage »Wie war es eigentlich möglich, daß es dazu kam?« scheint mir ein guter Ausgangspunkt zu sein, pädagogische Strategien zu überdenken, um einer Wiederholung vorzubeugen. In der Erziehung wie auch im modernen Strafvollzug hat die Frage nach den Quellen den Vorrang vor der Beurteilung und eventuellen Verurteilung einer Tat.

Daß meine Zeitzeugenschaft auf einer professionell-objektiven Ebene angesiedelt ist und ich sie mit wissenschaftlicher Akribie, soweit mir dies im gegebenen Fall zur Verfügung steht, zu beschreiben gedenke, kann schwerlich erhärtet werden. Im Gegenteil, ich bin Partei im Zeugenstand, und was ich eventuell anzubieten habe, ist keine – für mich auch nicht erstrebenswerte – Objektivität, auch, wie ich hoffe, keine übertriebene Subjektivität, sondern eine gewisse Relevanz zu dem Thema Ihres Vortragszyklus, die in meiner Biographie begründet ist.

Bereits bevor Auschwitz geschah, oder wofür Auschwitz steht, gab es einen zeitweilig virulenten Judenhaß in deutschen Landen. Im Wetterleuchten der Shoah habe ich nach meinem ärztlichen Staatsexamen in Berlin in Schulen der jüdischen Gemeinde in Berlin und anderen jüdischen Privatschulen und im Landschulheim Caputh als Lehrer und Erzieher gearbeitet und die Shoah in den Niederlanden im Versteck bei Freunden und im Untergrund erlebt. Alles dies verpflichtet mich nicht nur zu einer gewissen bereits signalisierten Zurückhaltung, diese ist auch der Reflexion über das vorliegende beladene Thema inhärent.

Anläßlich meiner Bar Mitzwah vor vielen, vielen Jahren in einer kleinen Provinz- und Kreisstadt im Oderbruch habe ich, wie es sich damals so gehörte, viele Bücher bekommen, den Fundus zu einer Bibliothek, so daß sich im sogenannten deutsch-jüdischen Lexikon jener Tage die humoristische Möglichkeit anbot, Bar Mitzwah mit »Bibliothek« zu übersetzen. Die innere Haltung, die Sensitivität einer Epoche mit der Möglichkeit, Spannungen in witzigen Formulierungen zu ent-

260

spannen – ursprünglich wollte ich hier das Wort »entladen« hinschreiben, aber ich bedachte mich rechtzeitig, das Verhältnis war nie entladen; es steckten, soweit ich mich erinnere, und das ist eine beträchtliche Zeitspanne, immer noch einige Patronen abschußbereit in der Flinte –, diese Möglichkeit der humoristischen Formulierungen haben Sie nicht erlebt und gekannt. Aber sie hat es auch einmal gegeben, und ich wollte Sie daran erinnern.

Unter den vielen Bar Mitzwah-Büchern befand sich damals ein schmales Bändchen, gelber Pappdeckel – es war die Zeit der Inflation –, darauf mit fetten, schwarzen Buchstaben der Titel gedruckt *Der Mensch ist gut,* der Autor Leonhard Frank. Kennt man ihn noch, erinnert man sich noch seines Namens und seiner Werke? Selbst in seinem Geburtsstädtchen Ochsenfurt, das er mit seinem ersten Roman berühmt gemacht hatte, konnte ich bei meinem Besuch im vergangenen Jahr keine Erinnerungsspur an ihn finden, auch in den Fenstern der Buchhandlungen nicht. Was er geschrieben hat, ist »datiert«, »zeitgebunden«, wie man heute naserümpfend rügt. Man sollte diese alte datierte Literatur ruhig wieder lesen. Sie vermittelt ein unmittelbareres Bild der deutschen Vergangenheit, als die offiziellen Historikerschriften es vermögen.

Daß der Mensch nicht gut ist, lehrt das Leben. Daß er sich vielleicht bemüht, zeitweilig auch gut zu sein, könnte unter Umständen auch aus dem Leben erschlossen werden, vorausgesetzt, daß über die Modalitäten von Gut und Schlecht ein gewisses Einverständnis besteht. Damit betreten wir das Gebiet der Moral. Auch die Moral gehört zur Ausrüstung des pädagogischen Instrumentariums. Zwar haben auch eine Gang und die Mafia ihre subkulturellen Moralvorstellungen. Jedoch weichen diese von den Moralvorstellungen der Humanität, verbindlich für Nationen und Staaten im zwischenstaatlichen Verkehr und im Umgang mit ihren eigenen Bürgern, nicht unerheblich ab. In diesem Brennpunkt scheint mir auch die Erziehungswissenschaft angesiedelt zu sein. Zwischen zwei Menschen, zwei Individuen, einander in Freundschaft und Sympathie verbunden, könnte dieses Einverständnis erreichbar sein als eine Lebensform, innerhalb deren Umfriedung man sich immer wieder findet nach den Irrungen und Wirrungen des Lebens, um sich im Arm des anderen auszuruhen. Die Erinnerung an zusammen durchlebte oder durchkämpfte Zeiten sind gewiß ein Schmelztiegel für das Schmieden und die Erneuerung alter Bande.

Ob dieses ziselierte, feinmaschige Gewebe auch im Verhältnis von Gruppen oder Völkern zur Entfaltung und Transparenz kommt, ist mehr als fraglich. Und zudem bleibt die Frage, ob es überhaupt wünschenswert ist. Kollektive gehorchen in ihrem inneren Aufbau und in ihren externen Beziehungen anderen Imperativen. Sie mehr individuellen, persönlich-intimeren Strukturen anpassen zu wollen, macht sie unecht. Man sollte sich davor hüten. Aber dennoch werden in der Spannung zwischen individuellem und kollektivem Verhalten Seinsweisen der menschlichen Existenz sichtbar, die zu immerwährenden Besorgnissen Anlaß geben.

»Der einzelne Mensch mag zur Freiheit, zur Erlösung bestimmt sein«, heißt es bei Max Horkheimer in dessen auf dem evangelischen Kirchentag in Köln im Sommer 1965 gehaltenen Vortrag *Die Bedrohung der Freiheit*, und weiter: »die Menschheit jedoch hat in der Natur seit je durch Herrschaft, Ausbeutung, Mord und Unterjochung der übrigen Kreatur, notfalls der eigenen Gattung, noch stets sich behauptet. Sie ist die blutigste, grausamste Species der bekannten Welt. Nichts war ihr zu heilig, auch nicht Wahrheit und Religion, um es als Instrument der Macht zu benutzen.« Und weiter liest man: »daß die zwecks Steigerung der Freiheit einzuführenden Beschränkungen zum Reich der Freiheit führen müßten, ist eine These idealistischer Philosophie, die in verändertem Sinn von der materialistischen übernommen wurde. Im Jahre 1910 hat in Deutschland der sich selbst als Deutscher bewußte Mensch, wenn von Kriegen die Rede war, gesagt: ein Krieg wird nicht mehr kommen, das läßt unser Kaiser nicht zu. Und was gekommen ist, ist ein Rückfall, weit hinter das letzte Jahrhundert.«

Ich würde es genauer datieren, ein Rückfall bis zur Mitte des 14. Jahrhunderts, zur Zeit der Kreuzzüge. Bereits zu dieser Zeit, rund 600 Jahre vor Auschwitz, gab es in deutschen Landen Pogrome. Der pseudo-wissenschaftliche Ausdruck »Antisemitismus« war noch nicht erfunden. Ismar Elbogen nennt in seiner 1935 im Erich Lichtenstein Verlag zu Berlin erschienenen *Geschichte der Juden in Deutschland*[1] einige

relevante Zahlen. So schätzt Gottfried von Ensmingen die Zahl der Toten auf 100 000, während hebräische Klagelieder »nur« 20 000[2] angeben. Elbogen zufolge wurden damals mehr als 350 blühende Gemeinden vom Bodensee bis nach Preußen, von Flandern bis nach Schlesien
vernichtet. Zehntausende wurden »erschlagen, ertränkt, verbrannt, gerädert, gehenkt, vertilgt, erdrosselt, lebendig begraben und mit allen
Todesarten gefoltert wegen der Heiligung des göttlichen Namens«.[3]
Die Taufe war damals ein Mittel, dem Tode zu entrinnen.

Wenn man nach den Mächten, den Triebfedern der Raserei fragt, die
damals zu den Judenschlachten und -schlachtungen geführt haben, so
nennt Elbogen den »von Geldgier geführten sozialen Kampf und den
religiösen Haß«. Zu beiden genannten Motivationen wäre das ein oder
andere noch zu sagen. Aber im Zusammenhang mit unserem Thema
scheint es mir wichtiger, nicht nur einseitig die Rolle des Hasses zu
beschreiben. Wie konnte es zu dieser erwähnten Raserei kommen, woher nimmt diese ihre Triebkräfte, mit welchen Idealen und Losungen
hat sie sich in der Vergangenheit drapiert und tut sie es noch heute, um
auf diese Weise ihre Legitimation zu erlangen?

Ich gehe davon aus, daß Sie in den vorangegangenen Referaten bereits genügend psychologische und soziologische Informationen erhalten haben, so daß ich kurz darauf hinweisen kann, daß wir es in Sachen
»Judenhaß« mit einer Übertragungssituation zu tun haben, bei der in
erster Instanz Probleme der Aggressivität, der Ambivalenz, der Projektion, des Schuldgefühls und Schuldbewußtseins im Spiel sind. Eventuell könnte man sogar von einer spezifischen Übertragungssituation
sprechen, und zwar spezifisch in dem Sinn, daß sie signifikant für die
»kahle menschliche Existenz« an sich genannt werden kann. Dieser Gedanke zwingt zu einer näheren Erklärung.

Die christliche Welt hat im 13. Jahrhundert versucht, in der Figur
des Ahasverus ihre Gefühlseinstellung gegenüber den Juden zum Ausdruck zu bringen. Ahasverus ist im Neuen Testament der Mann, der
Jesus auf seinem Weg zum Kalvarienberg einen Ruheplatz verweigert.
Die Strafe, die für diese Verweigerung über ihn verhängt wurde, ist die
ruhelose Flucht von Land zu Land, überall ein Verbannter, ein Fremder, ein Asylsuchender, der nicht leben und nicht sterben kann, ein

Geist, ein Spuk, ein Dämon, eine Warnung. In dieser Ahasverus-Figur ist ein Gefühlston enthalten, der vielleicht einen der merkwürdigsten Aspekte des Judenhasses andeutet. Selbst Autoren, die Ahasverus poetisch dargestellt und dabei ihr menschliches Mitgefühl mit diesem armen Landstreicher deutlich zum Ausdruck gebracht haben, waren sich anscheinend nicht bewußt, daß sie eine Interpretation der jüdischen Existenz in der Diaspora gegeben haben, in der die Trias von Schuld, Strafe und Tod einer der Grundakkorde des menschlichen Lebens überhaupt ist.

Wer die Reden zeitgenössischer säkularisierter Judenhasser sine ira, jedoch cum studio angehört hat und sie in diesen Tagen wieder vernimmt, konnte und kann entdecken, daß es Individuen und Gruppen gibt, die anscheinend von den meist primären Fragen ihrer eigenen Existenz so ergriffen wurden, daß sie keinen Rat mehr für sich selbst wußten und einen Gegner kreieren mußten, in dessen Bild (das sie selber entworfen hatten) sie sich unablässig spiegeln.

Dieses Bild, das Negativum ihrer eigenen undeutlichen und fiebrigen Existenz, hat sozusagen die Funktion, ihnen eine Scheinsicherheit zu geben. Alles, was man in sich selbst nicht wahrhaben will und abwehrt, erlebt man in der Projektion am anderen. Was man in sich selbst machtlos haßt, muß man im anderen vernichten.

Man ist nicht imstande, seine Projektionen zu korrigieren, man ist gezwungen, den inneren »Unruhestifter« verbissen in der Außenwelt festzunageln und ihn dort mit Feuer und Schwert, mit »Auschwitz«, im »anderen«, zu vernichten. Daß hier bereits klinisch zu formulierende Wahnvorstellungen eine Rolle spielen, wird in dem wahnwitzigen Streit offenbar, in der Gebundenheit an einen Gegner, in dessen Bann man geraten ist. In diesem Kampf jedoch offenbart man zugleich etwas von sich selbst. Man kann nicht mehr von ihm loskommen, sonst würde man auf sich selbst zurückgeworfen werden und sein eigenes Verlorensein, seine Unzulänglichkeit mit Entsetzen erfahren. In dem Augenblick, da man diesen Gegner, den man sich in der Außenwelt erschaffen hat, fahren lassen würde, wäre man gezwungen, sich mit dem »inneren Feind« zu konfrontieren.

Die Intensität, mit der sich dieser Prozeß vollzieht, ist oft derart, daß man beinahe von einer Verzauberung sprechen kann. Man gerät in den Bann des Gegners, den man sich selbst geschaffen hat als Ausdruck der eigenen Konfliktsituation, in deren Bann man steht. Solange man sich dieses Projektionsmechanismus und der ambivalenten Ausgangsphase, von der auch die Verzauberung Zeugnis ablegt, bewußt ist, solange aber noch ein Tropfen »Liebe« diesen Haß färbt, bleibt die menschliche Situation gerettet. Erst wenn man die Projektion verabsolutiert und damit die Wirklichkeit verzeichnet, wenn man seine eigene Existenz von der Vernichtung und dem Untergang des anderen abhängig macht, beginnt der letzte Akt der Tragödie.

Als Beispiel diene die Losung »Deutschland erwache, Juda verrekke«. Es ist das vielleicht deutlichste Beispiel in der Geschichte, das von der Unsicherheit eines Volkes und seiner Führer zeugt, die ihre eigene Position nicht besser zu bestimmen wußten als durch das, was ihnen der Haß eingab. Die – vorsichtig ausgedrückt – makabre Liebhaberei, jüdische Friedhöfe zu verwüsten, bereits Gestorbene zu töten, dieser Versuch, den Tod zu töten, wähnend, daß das eigene Leben sich dann kräftiger entwickeln könnte, gehört als letztes Glied in eine Kette, die von der Angst geschmiedet wurde.

Im Grunde ist dies nichts anderes als eine neue Formulierung der Übertragungssituation im Leben bestimmter, sich meist diktatorial gebärdender Individuen und nationalistisch überhitzter Völker. Ihnen gegenüber stehen die Individuen und Gruppen, denen es, aus welchem Grunde auch immer, gelungen ist, in ihrem Leben eine Gewissensstruktur zu errichten, die sie befähigt, ihre eigenen Konflikte und Schuldgefühle selbst zu tragen und ertragen zu können. Diese Gruppen haben in ihrer nationalen Existenz aus sich selbst gesellschaftliche Normen geschaffen, in denen die Forderungen der Toleranz und der Caritas integriert sind. Und dies nicht nur, um die Sicherheit der in ihrer Mitte lebenden jüdischen Gemeinschaften zu gewährleisten, sondern auch als Abschirmung gegen ihr eigenes »urtümliches Harakiri«, das Max Rychner im organisierten Antisemitismus sah. »Es gibt so etwas wie eine Dialektik des Fortschritts. All die Neuerungen und die unendlich großartigen Erfindungen, die wir haben, hängen mit den furchtbaren Dingen zusammen, die geschehen sind.« Diese Ausführungen von Horkheimer klingen im Zusammenhang mit den vorigen nicht sehr zuversichtlich, was die Entwicklung der Species Mensch betrifft. Sie könnten sogar, bei Böswilligen oder Verzweifelten, das Vertrauen in jeglichen Versuch einer »Erziehung nach Auschwitz« brechen, wenn nicht damit das ganze »Prinzip Erziehung« überhaupt in Frage gestellt würde. Ist die Kluft zwischen Neuerungen, technischem Fortschritt und menschlichen Verhaltenweisen in der Tat unüberbrückbar? Ist der Mensch im Bann seiner naturgegebenen Regungen und konservativen Triebstruktur ein retardiertes Wesen und als solches unbelehrbar? Was ist gemeint mit dem »Prinzip Erziehung«?

In einer Epoche, die »anti-autoritäre Erziehung« und »Kinderläden« erfahren hat, ist es zuweilen lehrsam, in alten, antiquierten pädagogischen Schriften zu blättern. Daß hier die Familie noch als das Zentrum des gesamten Erziehungsprozesses betrachtet wird, sollte uns nicht verdrießen. Sie ist es nämlich wieder geworden im Einvernehmen mit dem Fernsehapparat im Mittelpunkt des Familienlebens. In diesen Schriften heißt es unter anderem:

> Erziehung ist die absichtliche und planmäßige Einwirkung Erwachsener auf Unmündige, welche den natürlichen Vorgang des Erwachsens begleitet und wie dieser in der natürlichen Reifung, so ihrerseits in der geistigen Mündigkeit der Erwachsenen ihr Ziel findet.

Die Beliebigkeit dieser Definition ist unübersehbar. Sie entstammt der Vorstellung einer »heilen Welt«, die vergangen ist, falls es sie überhaupt je gegeben hat. Unter »absichtliche und planmäßige Einwirkung Erwachsener auf Unmündige« kann ebensogut ideologische Doktrination und Propaganda begriffen werden wie die sogenannte Erziehung zu den »höchsten Gütern« der Menschheit oder der Nation. Um kein Mißverständnis aufkommen zu lassen: diese Bedenken sind nicht an ein Land gebunden, sie gelten ubiquitär. Und weiter liest man:

> Fast ganz fällt der Begriff der Erziehung mit dem der Bildung zusammen; nur sind die zu Grunde liegenden bildlichen Anschauungen verschieden und ist der Begriff der Bildung insofern näher bestimmt, wie er das Bewußtsein eines Ideals voraussetzt, nach welchem der Bildner den noch gestaltlosen Stoff des ungebildeten Menschen zu formen sich bemüht.

So schön, so gut. Weiterhin findet man Aussagen wie die, daß die praktische Philosophie oder Ethik der Erziehung das Ziel, die Psychologie den Weg weise. Neben vielen theoretischen Erwägungen und differenzierten Betrachtungen über leibliche und geistige Erziehung, praktischen Hinweisen betreffs Erziehung durch Anleitung, Gewöhnung, Strafe, Zwang im unmittelbaren, praktischen Verhalten und im mittelbaren durch Belehrung und Unterricht stößt man urplötzlich auf den Satz, daß alle diese Formulierungen und Unterscheidungen mehr »dem Nachdenken des Erziehers« gelten, als daß sie in der Praxis sichtbar werden dürfen. Lassen Sie uns ebenhier einen Augenblick bleiben.

Dem Nachdenken des Erziehers! Das heißt, das Fundament der Erziehung ist die Reflexion des Erziehers, das Nachdenken über sich selbst, seine Rolle im soziokulturellen Erziehungsprozeß, das Abwägen von Möglichkeiten und Unmöglichkeiten in dem Raume, den ihm die Gesellschaft, deren Teil er ist, zu Operation und zu Kooperation, aber auch zu Verweigerung bietet, kurzum die Analyse der eigenen persönlichen Struktur, des soziokulturellen Prozesses und des historischen Raumes, in dem sich dieser Prozeß abspielt. Kann man diese Reflexion noch näher bestimmen in ihrer Funktionalität? Ich meine: ja. Sie beruht im »démasqué«, dem Entlarven der tradierten vorurteilsgebundenen Konventionen als Brutstätten alter Virulenzen im neuen Gewande eines Vorurteils. Daß in der gegenwärtigen historischen Situation, in unserem Kulturkreis der Operationsraum des Erziehers durch differenzierte soziale Organisationsformen wie Bürokratisierung, Institutionalisierung und Reglementierung an Freiheit, zugleich auch in sprachlicher Hinsicht durch Klischeebildung und Schematisierung an individueller Prägung und unwiederholbarer Gestaltung eingebüßt hat, soll hier nicht näher ausgeführt werden. Aber diese Einbuße ist bereits ein Anreiz zur Hinterfragung.

Psychologie als Wegweiser der Erziehung. Hier schließt die Frage an: was hat sie uns zu bieten? Ich meine sehr viele, aber auch schmerzliche Einsichten. Wenn man sich mit der Geschichte der Juden in Deutschland beschäftigt, kommt man nicht umhin, sich nicht nur mit den Wirkungen der Raserei, mit der Kriminalität des Pogroms und der Psychopathologie der Anstifter auseinanderzusetzen, sondern auch mit der universellen ambivalenten Haltung des christlichen Abendlandes gegenüber der in ihm verbleibenden jüdischen Minderheitsgruppe. Bereits aus dem frühen Mittelalter und den darauffolgenden Jahrhunderten gäbe es genügend Namen von Päpsten, Bischöfen, Kaisern, Geistlichen, Fürsten, Räten und Städten zu nennen, Erlasse, Schutzbriefe, die die von Anfang an prekäre Lage der Juden wahrnahmen, sie zeitweilig milderten und somit dem ambivalenten Ambiente erst sein volles Gepräge gaben. Thomas von Aquin und Abbé Grégoire zu Zeiten der Französischen Revolution sind zwei kirchliche Würdenträger, die diesen Prozeß erkannten und Vorschläge zur Verbesserung ihrer Lage einbrachten. Mit der gesetzlichen Gleichstellung der Juden begann ein soziokultureller Entwicklungsprozeß dieser Minderheitsgruppe auf höchstem Niveau, der vergessen ließ, daß die Juden trotzdem, auch in der Weimarer Republik, immer Staatsbürger zweiter Klasse geblieben sind. Aber man muß die Geschichte der Juden in Deutschland in ihren tiefsten Niederungen und höchsten Spitzen kennen, um die Tragödie der Shoah in vollem Umfang, d.h. auch in ihren grausamsten Konsequenzen zu erfassen. Neben den Ausgrenzungen der jüdischen Gruppe als Minderheit gab es im sozio-kulturellen Bereich für den Juden als Einzelperson auch Spannen der Synthese, des Einverständnisses, der Anerkennung einer Leistung. Es gab im Raume der deutschen Kultur nicht nur die jiddische Sprache, es gab u.a. die grandiose Schöpfung der »Wissenschaft des Judentums«, die Bibelübersetzung von Buber und Rosenzweig und noch vieles mehr. Es war einmal.

Die Verarbeitung der ambivalenten Gefühlseinstellung des Kindes ist eines der zentralen Themen, bei dem psychologische und pädagogische Problemstellungen einander begegnen und ergänzen. Es ist nicht nur ein psychologisches Problem, dessen Lösung zu Unabhängigkeit und Reife führt, sondern auch ein moralisches hinsichtlich seiner Auswirkungen auf Toleranz und Respekt vor Konfliktsituationen im sozioemotionalen Klima. Dieser Aspekt hat auch für die Personen Gültigkeit, auf die sich das Kind in seiner Gefühlsentwicklung bezieht. Es ist zugleich eine der schwierigsten Aufgaben im Leben des Kindes überhaupt, mit einander widersprechenden, feindlichen Beziehungsmustern in sich zu Rande zu kommen. Dierk Juelich hat in seinem Referat *Die Wiederkehr des Verdrängten* die psychopathologischen Konsequenzen der Abspaltung feindlicher Regungen inside und ihre Projektion outside auf einen scape-goat hinreichend beschrieben. Loewenstein hat in seiner auch heute noch überzeugenden Untersuchung *Christen und Juden* die These vertreten, daß diese ambivalente Gefühlseinstellung und nicht die rein feindliche Haltung die Unsicherheit schafft im Verhältnis von Juden und Nicht-Juden infolge der Christianisierung des Abendlandes. Hierdurch wurde jedes Kind durch den Mythos vom Opfertod von Jesus Christus, dem Lamm Gottes, mit einem Projektionsmechanismus vertraut, der weit über die kirchlich-religiöse Dimension hinaus auch in der national-politischen seine Mißbrauchbarkeit bewiesen hat.

Sierksma hat in seiner fundamentalen Untersuchung *Die religiöse Projektion* gezeigt, daß beide Mechanismen signifikant sind für die heidnischen Gottesdienste mit ihrer stark ambivalenten Gefühlshaltung den Gottheiten gegenüber und ihrem stark projektiven Charakter im Hinblick auf Mensch und Naturerscheinungen, der sich in Furcht, unerklärlichen Ängsten, Paranoia und Zwangshandlungen äußert. Heinsohn hat das Phänomen des Opfertodes im selben Umkreis einer tiefschürfenden Analyse unterworfen. Bekannt ist auch Mitscherlichs Ausspruch, wonach der Antisemitismus eine archaische Form sozialen Verhaltens ist. Welcher einzelne Anlaß auch immer ihn verursachen mag, er ist stets in einem magischen Denken begründet. Meine sehr verehrten Damen und Herren, Sie werden sich gewiß im stillen gefragt haben, was diese Ausführungen mit dem mir aufgegebenen Thema zu tun haben, inwiefern es überhaupt möglich ist, aus historischen und psychologischen Erwägungen Querverbindungen zu den pädagogischen Aspekten Ihres Vortragszyklus zu ziehen. Vielleicht haben wir uns bisher zu sehr mit psychopathologischen Substraten beschäftigt und haben dabei den Ansatzpunkt liegengelassen, von dem aus eine erzieherische Strategie denkbar und unerläßlich wäre. Ich habe Ihnen anfangs die selbstgewollten Begrenzungen meines Referates dargelegt, keine Rezepte versprochen im Sinne von »Man nehme« etc., mich jedoch bereit erklärt, die Stufen der Frage- und Antwortdimensionen einer Analyse zu unterziehen, wobei ich mein persönliches Verhältnis zu diesem Fragenkomplex nicht verheimlicht habe.

Aber alle Überlegungen im Umkreis der Erziehung dienen dem Ziel, den heranwachsenden Menschen mit den Unstimmigkeiten zwischen den verschiedenen Bereichen seines Lebens, zwischen Denken, Fühlen und Handeln, vertraut zu machen und sie ihm dadurch humaner und erträglicher zu gestalten. Der Mensch, der sein inneres Gleichgewicht verloren hat, verliert nicht nur die Kontrolle über seine Innenwelt, sondern auch über die Außenwelt. Seine psychischen Inhalte kann er unbewußt abtrennen. Durch die Projektion ist es ihm möglich, diese Inhalte und sich selbst in der Außenwelt scheinbar zu »objektivieren«; in Wahrheit jedoch subjektiviert er diese Welt. Die Außenwelt wird der Spiegel dessen, was das Individuum – unbewußt – an Wollen und Lassen ausstrahlt. In einer Fußnote in der *Traumdeutung* von Sigmund Freud[4] findet man folgende Anmerkung:

> Auch das Große, Überreiche, Übermäßige und Übertriebene der Träume könnte ein Kindheitscharakter sein. Das Kind kennt keinen sehnlicheren Wunsch als groß zu werden, von allem so viel zu bekommen wie die Großen; es ist schwer zu befriedigen, kennt kein Genug, verlangt unersättlich nach Wiederholung dessen, was ihm gefallen oder geschmeckt hat. *Maß halten*, sich bescheiden, resignieren lernt es erst durch die Kultur der Erziehung. Bekanntlich neigt auch der Neurotiker zur Maßlosigkeit und Unmäßigkeit.

Kultur der Erziehung – lernen maßzuhalten. Diese beinahe klassische Idealforderung im Goetheschen Sinne – ob Goethe nun in seinem Winckelmann-Essay die Klassik richtig oder falsch interpretiert habe, soll dahingestellt bleiben –, in eine psychoanalytische Formulierung übersetzt, würde bedeuten: Triebbeherrschung, Triebverzicht, Triebeinschränkung; Ethik ist Triebeinschränkung, heißt es in *Der Mann Moses und die monotheistische Religion*.[5] An einer anderen Stelle findet man im *Unbehagen in der Kultur*[6] in Anlehnung an einen »weisen Ratschlag« von Voltaire Hinweise auf die »jedermann zugängliche Berufsarbeit«, auf den Gewinn aus den Quellen psychischer und intellektueller Arbeit.

So wahr dies auch sein mag, mit diesen Formulierungen werden bereits die Grenzen jedweder psychologischen Betrachtungen angegeben, da sie im Vakuum der Theorie steckenbleiben. Die Frage der Sozialisation, der sozialen Ordnung einer Gesellschaft, eines Erziehungsvorganges in seiner gesellschaftsspezifischen Ausrichtung kann nur in dem soziokulturellen Raum dieser Gesellschaft gestellt und beantwortet werden, im Bewußtsein ihrer historischen Verantwortlichkeit und der dem Menschen anhaftenden Unzulänglichkeit. Haben die Juden in Deutschland trotzdem ihren Beitrag geliefert zur Errichtung und Gestaltung eines »kulturellen Paars«, wie es Loewenstein in seiner oben genannten Untersuchung formuliert hat? Hat man sie trotzdem, aus welchen Gründen auch immer, ausgeschlossen?

Aber hiermit wird eine neue Dimension unserem Problemkreis hinzugefügt. Ich überlasse Ihnen die Antwort. Ein »kulturelles Paar« sollte, angesichts der Ambivalenz und der primären Feindlichkeit ihrer Beziehungen, auf dem Gebote der Nächstenliebe aufgebaut sein, vernimmt man des öfteren. Aber es bleibt, gewitzt durch die Erfahrungen in der Geschichte, die Frage, ob Gemeinschaft überhaupt auf dem Prinzip Liebe aufgebaut werden kann. Die solchermaßen gemeinte Nächstenliebe bleibt eine Mutmaßung. Nächstenliebe in der Ordnung der Feindschaft, diese Formulierung scheint den in der Wirklichkeit wirkenden Kräften gemäß zu sein.

Die internationale Gemeinschaft scheint aus den wenigen überlebenden Zeugenschaften der Verbrechen in unserem Jahrhundert zu der Einsicht gekommen zu sein, daß vielleicht die Zeit herangereift ist, eine internationale Rechtsordnung und damit ein Instrument zu schaffen, um bereits dort präventiv einzugreifen, wo Rechtsordnungen gebeugt und neue Verbrechen an der Menschheit begangen werden. Und diese Entwicklung scheint mir die einzig hoffnungsvolle zu sein, in der sich die Erinnerung der Menschen an Verbrechen gegen die Menschheit als ein nicht trügerisches Agens bewährt, um Freiheit ohne Bedrohung zu gewährleisten. Und wenn ich zum Schluß noch einmal auf das Thema Ihrer Einladung eingehe, »Was bleibt zu tun?«, so möchte ich mich von Ihnen doch nicht ohne den Versuch einer Antwort verabschieden. Was zu tun bleibt, ist: über die Modalitäten unseres Faches weiterhin nachzudenken, es in den Widersprüchlichkeiten, der menschlichen Natur und der Gesellschaft, zu reflektieren, sich nicht mit billigen, leichten, nationalen Hurra-Lösungen zu begnügen und politisch aktiv zu bleiben.

Horkheimers Ausspruch: »Die Menschheit ist die blutigste, grausamste Species der bekannten Welt«, bleibe unvergessen. Aber trotzdem...

Wir sind nicht geboren für Freundschaften. Den menschlichen Verhältnissen entspricht im Grunde ein anderer Bezug. Kein noch so hochgestimmter Lobgesang kann den Argwohn beseitigen, der zwischen den Lebenden aufgerichtet ist. Wir alle sind Doppelspieler. Es ist das Nächste, was uns verbindet. Einsamkeit, Abgeschlossenheit ist das Gemeinsame. Das Liebend-miteinander-Sein, du meine Güte! Was ist hier gemeint? Vielleicht die gemeinsamen Belange, die nur zur Gründung eines Konsumvereins führen? Man schaue einmal umher, es gibt Beispiele genug, nach welchen Bauplänen die menschlichen Umstände einander zugeordnet sind. Und gar erst die Liebenden, von denen die Dichter zu singen belieben!

Wie ich meinem Feind erscheine, wie er mir begegnet, in den Verhüllungen und Maskeraden unserer Feindschaft enthüllt sich der Urgrund unseres Bestandes.

Also liest man im *Tod des Widersachers*.[7]

In die Strategie der Wissenschaftssprache übertragen: gnothi seauton – erkenne dich selbst, lautete das erzieherische Prinzip der Antike. Diese Formulierung genügt nicht mehr. Erkenne dich im anderen, den du als Feind, als Widersacher vernichten willst.

(1992)

Anmerkungen

1 Neuauflage: I. Elbogen und E. Sterling: Die Geschichte der Juden in Deutschland, Frankfurt a.M. (1988)
2 Ebenda, S. 55
3 Ebenda, S. 62
4 S. Freud: Gesammelte Werke, Bd. II/III, S. 274
5 S. Freud: Gesammelte Werke, Bd. XVI, S. 225
6 S. Freud: Gesammelte Werke, Bd. XIV, S. 436; vgl. auch S. Freud: Kulturtheoretische Schriften, Frankfurt a.M. (1986), S. 210f.
7 H. Keilson: Werke, Band 1, S. 450f.

Die fragmentierte Psychotherapie
eines aus Bergen-Belsen zurückgekehrten Jungen

In seinem Essay über den französischen Impressionisten Claude Monet schreibt Max Liebermann (1847–1935):

> [...] und gerade wie Menzel wird er (Monet) im übergroßen Streben nach Wahrheit unwahr. Summa ius, summa iniuria gilt auch von der künstlerischen Wahrheit, denn die künstlerische Wahrheit beruht nicht in der möglichst genauen und getreuen objektiven Wiedergabe der Natur, sondern in der subjektiven Wiedergabe des Eindruckes der Natur. Der Künstler formt zum Bilde nur seine Vision der Wirklichkeit.[1]

Dieser letzte Satz: »Der Künstler formt zum Bilde nur seine Vision der Wirklichkeit« tauchte in meiner Erinnerung auf, als ich das Thema überdachte, worüber ich heute zu Ihnen sprechen will: die fragmentierte Psychotherapie eines aus Bergen-Belsen als Kriegswaise in die Niederlande heimgekehrten jüdischen Jungen. Wie Sie vielleicht wissen oder vielleicht nicht wissen, habe ich kurz nach der Beendigung der Feindseligkeiten des Zweiten Weltkrieges, nachdem ich selbst aus meinem Versteck in Holland mit meinem eigenen Namen wieder aufgetaucht war, und in den darauffolgenden Jahrzehnten eine beträchtliche Anzahl Kinder, unmittelbar befreit aus den Konzentrations- und Vernichtungslagern, und eine viel größere Zahl derer, die aus den Verstecken auftauchten, untersucht und meine Befunde in extra angefertigten Dossiers der ad hoc gegründeten jüdischen Waisenorganisation »Le Ezrat HaJeled« niedergelegt. Als ich 25 Jahre später mit Hilfe des Research-Psychologen und Psychoanalytikers Herman R. Sarphatie die Follow-up-Untersuchung[2] von 204 Kindern begann, dienten folgende drei Fragen als Ausgangspunkt für die theoretischen Erwägungen:

1. Was waren es für Kinder, die nach dem Kriege aus den Konzentrations- und Vernichtungslagern und aus den Verstecken als Waisen wiederauftauchten?

2. Was hat die holländische Gesellschaft und vor allem die schwer geprüfte jüdische Gemeinschaft für sie getan?

3. Was ist aus diesen Kindern später, ungefähr 25 Jahre nach dem Ende des Zweiten Weltkrieges, geworden?

Den Jungen, über den ich jetzt hier berichten will, sah ich bereits im November 1945 mehrere Male. Er war aus Bergen-Belsen zurückgekommen. Er war das erste Waisenkind, das ich nach seiner Rückkehr aus einem Vernichtungslager untersucht habe, d. h. ich versuchte zu begreifen, was dieses Kind erlebt hatte, wie ich es vorher bereits bei Kindern aus den Verstecken versucht hatte. Und damit ist eigentlich bereits die Strategie oder besser die Haltung angegeben, mit der ich allen Kindern im Verlauf der Untersuchung und der Therapie entgegentrat. Ich meine, die Formulierung: »formt zum Bilde nur seine Vision der Wirklichkeit« ist nicht nur für den Künstler, im vorliegenden Falle für den Maler gültig, sie besitzt auch Relevanz für das Fach, das wir ausüben, die Psychotherapie, insofern wir ihr einen wissenschaftlichen Status verliehen haben. Lassen Sie mich diesen Gedanken ein wenig weiterverfolgen. Um keine Unklarheit aufkommen zu lassen hinsichtlich eines Vergleiches mit dem Maler, dem Künstler: Liebermann war ebenso wie Monet und alle großen Maler ein fleißiger Arbeiter, er beherrschte sein Handwerk, die Technik; »denn alle Entwicklung in der Kunst beruht im Grunde auf technischer Entwicklung«, ist ein anderer Satz in demselben Essay. Aber kurz darauf liest man: »und es wäre der höchste ästhetische Unverstand, diese neue Technik Claude Monets [...] für eine wissenschaftliche Errungenschaft zu halten, sie ist, wie jede künstlerische Technik, also eine Technik, die die Form für den Ausdruck gibt, eine Tat des Genies, das halb unbewußt handelt.« Nun, mit dieser Tat des Genies haben wir weiter nichts zu schaffen.

Wenn man die verschiedenen psychotherapeutischen Paradigmen mit ihren unterschiedlichen Lehrmeinungen, Techniken und Zielsetzungen betrachtet, so haben sie doch alle eines gemeinsam: Sie gehen von einer bestimmten Vorstellung oder Vision der psychischen Wirklichkeit aus, oder besser, von einer Vorstellung des Wirkens der Psyche, der sie in ihren Techniken Form und Gestalt verleihen. Was der Arbeit des geschulten Psychotherapeuten wissenschaftliche Dignität verleiht

274

und sie grundsätzlich von der künstlerischen Technik, die Liebermann zufolge eine halb unbewußte Tat des Genies ist, unterscheidet, ist die ununterbrochene Reflexion, das Sich-Rechenschaft-Geben und die dazu kontrollierbaren Rechtfertigungen, mit der wir unsere Arbeit in Supervisionen – man beachte den Terminus »Vision« in dieser allgemein bekannten Technik eines wissenschaftlichen Betriebes – oder sagen wir in »Intervisionen« oder Publikationen einer rationalen Kritik aussetzen. Daß die Psychoanalyse auch für mich die einzige Technik bietet, um der Arbeit des Psychotherapeuten die nötigen Kontrollelemente zu liefern, sei gleichsam am Rande bemerkt.

Reichenbach hat mit seiner Unterscheidung zwischen dem Kontext der Entdeckung und dem Kontext der Rechtfertigung eines Paradigmas im Rahmen des bereits von Hume gestellten Induktionsproblems einen gewichtigen Beitrag zu der Frage geliefert, auf welche Weise neue Erkenntnisse gewonnen und ein neues Paradigma gerechtfertigt wird. Nach Popper ist jedoch der »Induktionsgedanke ein Hirngespinst. Das Entdeckungsverfahren ist immer spekulativ« (Stegmüller). Und in diesem Punkte besteht, Popper zufolge, kein Unterschied zwischen Physiker und Metaphysiker. Was den Kontext der Rechtfertigung betrifft: Hier hat Popper seine Gedanken über das Falsifikationsverfahren entwickelt, das uns im Augenblick nicht interessiert. Es geht um den Kontext der Entdeckung. Und um Sie nicht zu lange auf die Folter zu spannen, will ich Ihnen hier bereits mitteilen, worum es mir in meinen Ausführungen geht. Es geht mir um das Wort »Bergen-Belsen« und was sich darum rankt, um die Ladung, die diese geographische Signatur für diesen Jungen hatte, für ihn, aber auch für mich. Aber diese letztere Schlußfolgerung, welche Bedeutung sie für mich annahm, habe ich erst später entdeckt. Im Grunde handelt mein Vortrag hiervon.

Wenn Sie die Literatur verfolgen, so werden Sie gewiß manche Publikationen gelesen und auch Vorträge über die Spätfolgen von child survivors gehört haben. Ich habe jüngst in Hamburg auf dem Kongreß »Children – War and Persecution« einen äußerst fachkundigen und vorsichtig formulierten Vortrag von James Michael Herzog gehört, in dem er die Schicksale eines elfjährigen jüdischen Kindes aus Minsk während der grausamen Besetzung Rußlands durch die deutsche Wehrmacht schilderte. Mir fiel auf, daß Herzog besonders behutsam die psychiatrischen und psychoanalytisch-diagnostischen Kategorien verwendete. Meistens ist dies nicht der Fall. Vor allem Psychoanalytiker haben eine Fertigkeit entwickelt, beliebig aus dem übervollen Reservoir der psychoanalytischen Begriffe den einen oder anderen technischen Ausdruck hervorzuzaubern und mit ihm zu operieren, während es Freud, wenn ich ihn richtig begriffen habe, in den *Vorlesungen zur Einführung in die Psychoanalyse* darauf ankam, die verwirrende deskriptive Nomenklatur der gängigen Psychiatrie durch die Rückkoppelung an die Begriffe der Triebtheorie aufs neue zu überprüfen und das Wesen eines Menschen durchsichtiger zu gestalten. Hierbei half ihm ohne Zweifel die Bildkraft seiner Sprache, seine Kenntnis der großen Werke der Weltliteratur, was man heute etwas geringschätzig Allgemeinbildung nennt.

Als ich später Herzog nach dem Alter seines Patienten fragte, lachte er und sagte nur: »Er war 50 Jahre, als er zu mir kam.« Später verständigten wir uns darüber, daß Kollegen außerhalb Europas ja fast nur erwachsene Überlebende gesehen und aus deren Erzählungen die Phase der Kindheit und Jugend, der direkten Verfolgungs-Periode, zu rekonstruieren versucht haben.

Ob dies immer gelang und ob die Rekonstruktion der Kindheit in der anamnestischen Erfassung eines Erwachsenen nicht auch etwas Illusionäres hat, ist eine andere Frage. Die Unspezifizität psychiatrischer und auch psychoanalytischer Symptomatiken und Konstellationsbeschreibungen wird der »repräsentativen Funktion« und der »historischen Modalität«[3] einer lebensgeschichtlichen Traumatisierung, wie wir sie durch man-made disasters des Zweiten Weltkrieges erfahren haben, schwerlich gerecht.

Ich werde Ihnen jetzt einen Teil des Rapportes vorlesen, den ich damals 1945 anfertigte und später in den Text meiner Follow-up-Untersuchung, publiziert 1979, übernommen habe:

Esra, geboren am 3.9.1933, entstammt einer orthodox-jüdischen Familie des gehobenen Mittelstandes. Zwölfjährig kam er mit dem Bild einer reaktiven Depression (»Trauersyndrom« von Trautmann) aus dem Konzentrationslager zurück, wo er seine Eltern und fünf Geschwister verloren hatte.

Esra war das erste Konzentrationslager-Kind, das der Referent untersuchte. Die Untersuchung fand statt in der Zeit vom 1. bis 12.11.1945. Der ursprüngliche, 1945 angefertigte Text lautete wie folgt: Unsere erste Bekanntschaft mit Esra verlief folgendermaßen: Er betrat mit weit aufgerissenen Augen und wie verträumt das Zimmer, ein Schlafwandler, der aus einer anderen Welt kommt, sah sich verwundert im Raum um und ließ sich langsam auf einem Stuhl nieder. Er war ernsthaft und nachdenklich. Und dieser Ernst und diese Nachdenklichkeit hatten zugleich etwas Bedrängendes, wie man es bei Kindern findet, die schwer an Erlebnissen tragen, die sie mit sich selbst ausfechten müssen und denen ihr Wesen und ihre kindliche Welt nicht gewachsen ist. Auch wenn man nichts von seiner Vergangenheit weiß, kann man, sich in die Sphäre, die er um sich verbreitet, einfühlend, sagen, daß wir es hier mit einem unfrohen, unglücklichen Jungen zu tun haben, der mühselig lebt.

Seine Antworten kamen langsam und zögernd. Und obwohl man nicht den Eindruck erhielt, daß er sich bewußt gegen die Untersuchung wehrte, kamen seine Worte nur mit Mühe und mit deutlichem Widerwillen über seine Lippen. Obgleich er über einen guten Wortschatz verfügt und auch seine Ausdrucksweise zeigt, daß er einem kultivierten Milieu entstammt, fällt eine gewisse Sprachgehemmtheit auf. Diese muß man als ein Signal begreifen, daß er das, was er erlebt hat, nur mit Mühe in Worte kleiden kann, da er noch völlig unter dem Eindruck des Erlebnisses steht, zugleich aber auch als ein Zeichen, daß die Erlebnisse mit starken Unlustgefühlen einhergehen, die hemmend und störend in die kindliche Psyche eingegriffen haben.

Ein von Natur einfaches, nicht übermäßig starkes Kind kämpft hier – zum großen Teil noch unbewußt – einen Kampf, den es selbst noch nicht begreift. Aus dem Konzentrationslager ist es nicht verhärtet oder abgestumpft zurückgekommen, sondern sensitiver. Die Unempfindlichkeit, die er mit seinen Verhaltensstörungen in seiner neuen Umgebung zu Schau trägt, ist nichts anderes als eine gewisse Hilflosigkeit. Die Wirklichkeit, mit der er in Berührung gekommen ist, war so übermächtig und hat so tiefe Spuren hinterlassen, daß seine Kräfte gegenwärtig nicht mehr ausreichen, um das tägliche Leben, das in vieler Hinsicht verändert ist, zu bewältigen. Seine Ängste, seine sonderbaren, befremdenden Einfälle, sein Gefühl, gequält zu werden, das sich darin äußert, daß er andere quält, dies alles verrät die tiefe Kluft, die sich hier aufgetan hat zwischen der Umwelt und einem in seinem tiefsten Wesen erschütterten Kind. Charakteristisch war seine Reaktion auf die vorsichtig gestellte Frage nach seinen Eltern, seinen Geschwistern, seinem Erleben im Konzentrationslager. Als Antwort ließ er nur seinen Kopf auf die Brust sinken. So blieb er lange Zeit schweigend sitzen. Ohne jegliches Pathos und ohne jegliche literarische Schönschreiberei muß hier festgestellt werden: Dieses Kind fühlt erst jetzt, wo es in das normale Leben zurückkehrt, den Schmerz und die Qual all dessen, was es gesehen und erlebt hat. Bisher steht er all diesem noch hilflos gegenüber. Der einzige Ausweg, um sich von all dem zu befreien, ist im Moment der Versuch, es zu verstecken. Man muß ihn als ein Kind betrachten, das einerseits im psychischen Sinne unterernährt ist (obwohl uns auch seine körperliche Verfassung nicht gut erscheint), andererseits ein enormes innerliches Pensum noch verarbeiten muß. Und es wird voraussichtlich noch lange Zeit dauern, bis er alles verarbeitet hat. Seinen gegenwärtigen Zustand muß man als einen Ausdruck seiner Hilflosigkeit sehen, als ein Unvermögen, in sich selbst Ordnung zu schaffen und sich normal ins tägliche Leben einzuschalten.

Soweit mein Rapport aus dem Jahre 1945. In der Publikation 1979 heißt es dann weiter:

Bis zu seiner Übersiedlung nach Israel lebte Esra bei entfernten Verwandten, die ebenfalls aus dem Konzentrationslager zurückgekehrt waren. Wegen seines apathischen Verhaltens und wegen Schulschwierigkeiten wurde er längere Zeit psychotherapeutisch behandelt. Die Behandlung erstreckte sich – mit bewußt eingebauten Unterbrechungen – über Jahre. Auch seine Pflegeeltern wurden in den therapeutischen Prozeß miteinbezogen.

Soweit die Zitate vom November 1945 und von 1979.

Auf drei Gedanken im ersten Rapport möchte ich Ihre Aufmerksamkeit richten, auf die Rede von der »Betroffenheit des Referenten im ersten Kontakt« und auf die »sein Vorstellungsvermögen überschreitende Welt des Konzentrationslagers«. Hiermit korrespondiert auch die Formulierung »ein Schlafwandler ... aus einer anderen Welt«. Sie alle stehen im Mittelpunkt unserer Aufmerksamkeit. Hieran schließt sich die Frage: Inwiefern besitzen diese Formulierungen eine Relevanz für die Konzeptualisierung einer psychotherapeutischen Strategie im allgemeinen und im besonderen Falle eines durch man-made disaster traumatisierten Kindes im Jahre 1945 und danach?

In den Publikationen, die unmittelbar nach dem Zweiten Weltkrieg über die Traumatisierungen von Kindern erschienen,[4] klingt bereits das Gefühl an, daß mit Kindern – und im besonderen mit der Gruppe der jüdischen Kinder – in verschiedenen europäischen Ländern Unerträgliches geschehen sei. Leid, Kindern angetan, ist zu allen Zeiten, wo es auch immer geschieht, unerträglich. Auch in diesen Tagen erleben wir es wieder. Dieses Gefühl verstärkte sich damals und in den folgenden Jahren vor allem in den Niederlanden bei allen Personen und Instanzen – Sozialarbeitern, Pädagogen, Kinderpsychiatern, Vormundschaftsgerichten –, die in ihrer täglichen Arbeit direkt auf das gegenwärtige Los und das zukünftige Schicksal dieser Kinder bezogen waren. Es war ihre Aufgabe, Vorschläge zur sozialen Rehabilitation und Wiedereingliederung der Kinder auszuarbeiten, praktische Hilfe zu leisten oder Gerichtsentscheidungen zu fällen – Maßnahmen, deren Tragweite ihnen durch die Beispiellosigkeit der zu behandelnden Fälle zunächst verschlossen blieb.

Sehr bald erwies es sich, daß viele der bisher in der Arbeit mit Kindern und Jugendlichen gewonnenen Einsichten und viele der bisher gültigen Maßstäbe nicht mehr ausreichten, um das breite Spektrum der sich hier manifestierenden Verhaltens- und Entwicklungsstörungen in seinem kumulativ-traumatischen Zusammenhang zu erfassen. In der kinderpsychiatrischen Praxis hatte man Bilder in diesem Ausmaß und in dieser Intensität bisher noch nicht erlebt. Das Neuartige dieser Bilder war, daß sie das menschliche Vorstellungsvermögen übertrafen.

Bereits während der Besetzung der Niederlande habe ich persönlich Erfahrungen und Erlebnisse gehabt, die ebenfalls mein Vorstellungsvermögen übertrafen. Ein Beispiel: In einer der großen Städte Hollands war ein jüdischer Junge im Alter von 15 Jahren bei einem jungen Ehepaar in einem Grachtenhaus der Altstadt seit ungefähr sechs Monaten untergetaucht. Es war sein viertes Versteck, für das Ehepaar war er ihr erster Untertaucher. Da er im landläufigen Sinn nicht als jüdischer Typ auffiel, konnte er sich zeitweise frei auf der Straße bewegen. Er kaufte dann hauptsächlich deutsche Zeitungen. Durch sein abweichendes Betragen, er hielt Selbstgespräche und zuweilen antisemitische Ansprachen, erregte er Aufsehen. Man warnte die illegale Organisation, die sich des Jungen angenommen und ihm die verschiedenen Adressen besorgt hatte. Der Vertrauensmann des Jungen sprach mit ihm und erschrak über dessen antisemitische Drohungen: Er würde eines Tages zur Ortskommandatur gehen und alles erzählen.

Die Organisation sah sich vor einen schwerwiegenden Entschluß gestellt und schaltete mich ein. Ich besuchte den Jungen in seinem Versteck in Begleitung des Vertrauensmannes. Später sprach ich mit ihm allein. Die Wohnung des Ehepaars, in der das Gespräch stattfand, bestand aus einer Küche, einem WC und einem Wohnschlafzimmer, in dem ein großes Bett stand. In diesem Bett schlief der Junge zusammen mit dem seit etwa einem Jahr verheirateten Paar. Abgesehen von dem Raummangel war in vielen Fällen ein eigenes Bett für den Untertaucher der Razzien wegen viel zu gefährlich. Während der Unterhaltung zitierte der Junge aus allerlei deutschen Zeitungen, die auch im Zimmer verstreut herumlagen und mit deren antisemitischem Inhalt er sich völlig identifizierte. Sein Realitätssinn war atrophisch. Während des Gesprächs transpirierte er stark. Zugleich bemerkte ich »Muskelflimmern«, ein Symptom, auf das Kraepelin bereits aufmerksam gemacht hat, in seinem Gesicht. Aufgrund dieses Befundes ließ ich ihn mit Hilfe eines approbierten holländischen Kollegen illegal in einer Klinik aufnehmen.

Die enge Verbindung zwischen dem Akt einer Wahrnehmung und dem Vorstellungsvermögen dessen, der wahrnimmt, hat Klaus Nerenz in einem Arbeitskreis anläßlich des letzten IPA-Kongresses im Juli 1993 in Amsterdam auf fesselnde Weise dargestellt. Der witzig-provozierende Titel seines Vortrages lautete: *Die Wahrnehmung des Psychoanalytikers: wissenschaftlicher »Animismus«, korrigiert durch Kant?* Ich meine, was Nerenz in diesem Vortrag zur Diskussion gestellt hat, gehört nicht nur zum Arbeitsbereich des Psychoanalytikers, sondern in das eines jeden Psychotherapeuten, auch wenn dieser meint, dem Übertragungs- und Gegenübertragungsphänomen in seiner Technik nicht den Raum anweisen zu müssen, den die psychoanalytische Technik ihm gewährt. Nerenz' Ausführungen auf dem Kongreß sind eine Fortsetzung und Erweiterung seines Vortrages *Gegenübertragung: Zur Aktualisierung und Geschichte eines mehrdeutigen Schlüsselbegriffs*, den er zur Arbeitstagung der DPV mit dem Thema »Gegenübertragung« im November 1992 in Wiesbaden gehalten hat. Ich möchte hierauf gerne etwas näher eingehen, auch wenn Sie vielleicht vor Ungeduld zappeln und endlich die angesagte Therapie in all ihren Facetten hören wollen. Ich werde Sie gewiß nicht nur in dieser Erwartung enttäuschen. Die differenzierte Präsentation von Fallgeschichten – case histories – auf Kongressen und anderen psychotherapeutischen Veranstaltungen ist eine alte Tradition. Aber die Frage ist, ob es auch eine gute Tradition ist. Vor vielen Jahren, ich glaube Ende der fünfziger Jahre, wurde Rudolf M. Loewenstein auf einem IPA-Kongreß in Amsterdam nach seiner Meinung über ein Problem gefragt, das zuvor in einer Fallgeschichte beschrieben war. Loewensteins Antwort, kurz und präzise gefaßt, lautete: »Ich bin nicht so intelligent, um mich zu einem Problem zu äußern, das ich erst kurz zuvor in einem Vortrag gehört habe.«

Ich möchte die anfangs gestellten Erwägungen, den bereits gesponnenen Faden bezüglich der Bezogenheit des Referenten im ersten Kontakt mit der »sein Vorstellungsvermögen überschreitenden Welt des Konzentrationslagers« weiterspinnen.

Was habe ich in diesem ersten Kontakt wahrgenommen, oder was habe ich nicht wahrgenommen, wahrnehmen können? Und was ist mit der soeben genannten Formulierung gemeint? Ist sie vor allem eine Art Klischee, mit dem eine innere Wahrnehmung, eine »Vorinterpretation« angedeutet werden soll, deren Deutung, d.h. auch deren emotionale Ladung noch nicht erfaßt wurde? Woran mangelte es in meiner Haltung als hingebungsvoller, passiv-rezeptiver Zuhörer? Ich habe bereits in meinem damaligen Rapport verdeutlicht, daß ich diesen ersten Kontakt als ein Versagen des Untersuchenden, als einen Zusammenbruch der gesamten Untersuchungssituation erfahren habe, was in dem plötzlichen Schweigen des Knaben seinen »beredten« Ausdruck gefunden hat. Jegliches Schweigen ist vielstimmig. Ein solcher negativer Anfang ist meistens eine Kontraindikation für eine Psychotherapie durch dieselbe Person. Noch einmal: Woran gebrach es in meiner Haltung, in meinem Verhalten als hingabebereiter Zuhörer?

Nerenz erörtert in seinen Vorträgen die Fragen der Wahrnehmung in bezug auf das Verhältnis von Aktivität – Passivität des Analytikers im analytischen Prozeß; er erörtert die Bedeutung dieses Phänomens in der einschlägigen Literatur und die wechselnden Positionen, die die verschiedenen Autoren im Laufe der Entwicklung des psychoanalytischen Paradigmas eingenommen haben. Inwiefern enthält die Wahrnehmung des Analytikers auch aktive Faktoren, die bewußt oder unbewußt den Wahrnehmungsprozeß steuern? Gestützt auf eine reiche Kenntnis der diesbezüglichen Literatur stellt er der sogenannten Position des »neutralen Beobachters« die These von der »Theoriebeladenheit aller Beobachtungen«, wie sie Thomas S. Kuhn in seinen wissenschaftstheoretischen Schriften formuliert hat, gegenüber. In diesem Zusammenhang erwähnt Nerenz auch den witzigen Vorwurf, der Psychoanalytiker suche die Ostereier, die er vorher selbst versteckt hat, ein Aperçu, das, Devereux zufolge, für alle Verhaltenswissenschaften gelte.

Aber ist dieses Suchen nach den selbstversteckten Ostereiern dann die einzige aktive Attitüde des Therapeuten? Ist sie die einzige Ergänzung des Gedankens der passiv-rezeptiven Wahrnehmungssituation? Nerenz schreibt:[5]

Die Konvergenz dieser Vorstellungen von Paula Heimann, Devereux, Freud und Bion besteht darin, die Wahrnehmung des Psychoanalytikers auch als aktiven Vorgang zu betrachten. Diese Vorstellungen freilich scheinen zu dem Gedanken an eine passiv-rezeptive Wahrnehmungssituation des Analytikers nicht zu passen. An diesem Punkte der Überlegungen zum Wahrnehmungsprozeß des Psychoanalytikers angekommen, gewinnt man leicht den Eindruck, in ein erkenntnistheoretisches Gestrüpp geraten zu sein. Man steht nämlich vor dem Problem, sich vorstellen zu sollen, der psychoanalytischen Wahrnehmung wohne ein Faktor inne, der selber schon – und darin besteht das eigentlich Aufregende – eine Art von Interpretation bedeutet, eine Interpretation avant la lettre. So jedenfalls wäre die Auffassung von der »Vorinterpretation« Devereux' zu verstehen, desgleichen die von der »Präkonzeption« und vom »Zustand der Erwartung« Bions oder die von der »gewissen Feinhörigkeit für das unbewußte Verdrängte« von S. Freud und zum Schluß der Ausspruch von Thomas S. Kuhn »von der Theoriebeladenheit jeder Wahrnehmung«. Das Problem aber, auf das wir gestoßen sind, besteht in erkenntnistheoretischen Gegebenheiten, die, wie ich meine, für die Erkenntnissituation des Psychoanalytikers, der Psychotherapeuten nicht spezifisch sind. Diese Gegebenheiten wurden schon vor mehr als zweihundert Jahren von Kant in seiner *Kritik der reinen Vernunft* (1781) formuliert. Auf ihn beziehen Freud und Bion sich denn auch ausdrücklich, Paula Heimann und Devereux dagegen erwähnten Kant, soweit ich weiß, nicht. In der Kant-Rezeption Freuds drückt sich das scheinbar unauflösliche erkenntnistheoretische Dilemma, vor dem wir stehen, in einer Formulierung aus, die ein Einerseits neben ein Andererseits stellt.

Soweit Nerenz. Es handelt sich um die Formulierung, auf die sich der Titel seines Vortrages bezieht. Der Satz von Freud lautet:

> Die psychoanalytische Annahme der unbewußten Seelentätigkeit erscheint uns einerseits als eine weitere Fortbildung des primitiven Animismus, der uns überall Ebenbilder unseres Bewußtseins vorspiegelte, und andererseits als die Fortsetzung der Korrektur, die Kant an unserer Auffassung der äußeren Wahrnehmung vorgenommen hat.

Lassen Sie mich hier einfügen, daß Schopenhauer mit *Die Welt als Wille und Vorstellung* einen größeren Platz in Freuds Schriften einnimmt, und zwar dort, wo die Probleme der Verdrängung und der Verlust der Wahrnehmung der Wirklichkeit wie z.B. bei Zwangsneurosen und neurotischen Verarbeitungen und das Problem der Konstituierung des Unbewußten eine Rolle spielen. Daß Freud in Schopenhauers Formulierung des »Willens« eine philosophische Bestätigung seines Triebkonzeptes fand, liegt außerhalb unserer Betrachtung. Uns interessiert im vorliegenden Fall nur die Tatsache »Bergen-Belsen« und seine Bedeutung innerhalb einer psychotherapeutischen Strategie.

Die Frage bleibt: Welches Apriori, welche nicht wahrnehmbare »animistische« Tendenz war damals, Ende 1945, in mir so aktiv, daß es die Untersuchungssituation störte. Die Antwort scheint nicht so schwer. Sie liegt in meiner Biographie begründet, auf die ich hier im einzelnen nicht näher einzugehen brauche. Auch der Umstand, daß ich damals noch keine niederländischen Papiere hatte, spielt vielleicht eine gewisse Rolle. Aber diesen möchte ich heute eher positiv werten. Ganz unbehindert von jeglicher theoretischen Präokkupation krempelte ich die Ärmel hoch und versuchte nur rein pragmatisch, die Kinder zu begreifen und in simplen Worten zu beschreiben, was ich wahrnahm. Die Worte »Bergen-Belsen«, »Auschwitz« u. a. waren mir nicht fremd, aber noch nicht vertraut. Sie waren in einem Gebiet zuhause, »wohin die Sprache nicht reicht«. Sie hatten in der Sprachkonvention noch nicht ihren Platz gefunden. Auch die Foto-Reportagen in den Zeitungen drangen anscheinend nicht zu uns durch. 1975 sagte mir Walter Ritter von Baeyer, emeritierter Ordinarius in Heidelberg und mit Heinz Häfner und Klaus-Peter Kisker Verfasser des Standardwerkes *Psychiatrie der Verfolgten* (1964), anläßlich eines Gespräches über die klinischen Wahrnehmungen bei erwachsenen Verfolgten: »Bastiaans hat uns allen die Augen geöffnet.« Jan Bastiaans, der niederländische Gelehrte, der erste, der mit seiner 1956 erschienenen Publikation *Psychosomatische gevolgen van oorlog en verzet* (*Psychosomatische Folgen von Krieg und Widerstand*) nicht nur uns Ärzten die Augen geöffnet hat. Ich neige zu der Auffassung, daß der Schock der Untersuchenden damals in Europa, bevor ihnen die Augen aufgingen, mit dem Schock der Untersuchten korrespondierte, als diesen die Augen aufgingen und das, was sie erlebten, ihnen die Sprache verschlug. Auch die Namen von Eitinger und Frankl müssen hier genannt werden. Man findet diese Schock-Erfahrung schwerlich wieder in manchen Untersuchungen nicht-europäischer Autoren, die aus den Erzählungen der erwachsenen Überlebenden von man-made disaster Kindheitserfahrungen zu destillieren versuchen. Mit dem Wandel der Persönlichkeit, z. B. durch das Altern, verändert sich auch die Qualität der Erinnerung. Man wird die Unspezifität psychiatrischer Symptombeschreibungen und psychoanalytischer Komplexe durch die Inkongruenz von zeitgebundenen Formulierungen und inhaltlichen Modalitäten oft peinlich gewahr, und dies gilt vor allem für durch man-made disaster betroffene Kinder. Man ist beinahe geneigt, dem wissenschaftlichen approach eine gewisse Abwehrfunktion zuzuschreiben, wenn man sich zu stark mit theoretischen Psycho-Strategien einläßt.

Und damit bin ich dann, endlich, werden Sie aufatmen, angelangt, mein eingangs gegebenes Versprechen einzulösen.

Nach diesem ersten Kontakt 1945 sah ich Esra einige Zeit nicht mehr. Wohl sah ich jedoch recht bald seine Pflegemutter, die Schwester seiner in Bergen-Belsen verstorbenen Mutter. Es war mir bald deutlich, daß sie nicht nur wegen Esra und ihren eigenen zwei Kindern kam – auch diese hatten mit ihren Eltern das Lager überlebt. Sie bewohnten ein Haus an einer etwas abgelegenen Gracht in Amsterdam. Sie lebten orthodox, eingebunden in die zusammengeschrumpfte jüdisch-orthodoxe Gruppe in Amsterdam. Die Frau erzählte mir die Geschichte ihrer Familie, eine der ehemals notablen holländisch-jüdischen Familien. Ich traf sie, am

284

Anfang unserer Bekanntschaft, in der Pause eines Konzerts im Amsterdamer Concertgebouw. Ich sehe noch, wie sie und ihr Mann – es muß 1946 gewesen sein – aufrecht, etwas abseits standen und die müßigen Pausengänger an sich vorbeistolzieren sahen. Ich versuchte mir vorzustellen, wie sie wohl in Bergen-Belsen auf dem Appellplatz gestanden hatten. Wir begrüßten uns, und von dem Moment an entwickelte sich zwischen der Familie und mir ein freundschaftliches Vertrauensverhältnis, an dem auch meine Familie, soweit übriggeblieben, teilnahm. Das Seltsame war, daß anscheinend das Verhältnis zwischen Esra und mir unangetastet blieb. Ich hatte mit seiner Pflegemutter sehr deutlich verabredet, daß Esra in allen Fällen, in denen sein Verhalten zwischen ihr und mir besprochen wurde, zuvor und auch danach informiert war und später auch wurde. Die etwaigen Konfliktsituationen zuhause wurden als eine normale, aus der Lebensgeschichte aller Hausbewohner ableitbare Reaktionsform antizipiert. Wenn Sie wollen, ging es um eine nicht bürokratisierte, nicht institutionalisierte und nicht reglementierte, für die Zeit damals nicht so ungewöhnliche Familientherapie, die für die heutigen Sachverständigen ziemlich unakzeptabel sein dürfte. Sei's drum! Beim ersten Mal, als Esra nach ungefähr anderthalb Jahren von sich aus mit mir eine Verabredung traf, ging es um Schul- und Lernprobleme. Ich arbeitete damals auch in Amsterdam in den Räumen der jüdischen Waisenorganisation, und irgendwo gelang es immer, für eine halbe Stunde ein Zimmer zu finden, in dem wir zusammensitzen und sprechen konnten. Ich glaube, daß diese Form der Improvisation uns beiden damals vieles erleichterte.

Er wußte, daß ich auch eine Ausbildung als Lehrer genossen hatte, und ich hatte den Eindruck, daß er mich zuerst in dieser Funktion erträglich fand. Niemals fragte ich ihn am Schluß unseres Zusammenseins, ob er eine neue Verabredung mit mir machen wolle, ohne nicht auch meiner Bereitschaft dazu deutlich Ausdruck verliehen zu haben. Noch heute bin ich der Meinung, daß man schwer traumatisierten Kindern nicht anders entgegentreten kann. Wer meint, hier als Professioneller Psychotherapie betreiben zu müssen, mit dem Impetus zu heilen, wie man es vielfältig vernehmen und lesen kann, wird betrogen herauskommen.

Damit überließ ich ihm zu Anfang völlig die Initiative und wartete gelassen seine Entscheidung ab. Ich war zu Beginn mit allem einverstanden. Nach einiger Zeit, als eine gewisse Vertraulichkeit zwischen uns entstanden war, sein Verhalten zuhause stärkere Konflikte auslöste und vor allem sein Onkel deutlich seine Ungeduld zeigte, wagte ich vorsichtig eine Andeutung, daß sie ja alle zusammen in Bergen-Belsen gewesen seien, es überlebt hätten und ich mir die Ungeduld seines Onkels schon vorstellen könne. Es war das erste Mal, daß das Wort Bergen-Belsen in unseren Gesprächen fiel. Esra schwieg, aber er sah mich einige Zeit erstaunt und sprachlos an. Aber er sah mich an, wandte seine Augen nicht mehr von mir ab wie im ersten Gespräch. Und da auch ich schwieg und die Pause in ihrem vollen Gewicht auf uns beiden lastete, dauerte es einige Zeit, bis Esra mit dem Kopf nickte als Zeichen seiner Zustimmung. Von da an war das Eis gebrochen. Bergen-Belsen gelangte als Kontrapunkt oder besser als Orgelpunkt wie bei einer Passacaglia in unser Gespräch. Und blieb dort. Aber ich wußte noch immer nicht, warum unser erstes Gespräch in der geschilderten Manier zusammengebrochen war.

In den folgenden Wochen und Monaten tauchten in unseren Gesprächen mehrere Male die Namen seiner Cousine und seines Vetters, der Kinder seiner Tante und seines Onkels auf. Es war deutlich, daß in ihm eine Auseinandersetzung mit Gefühlen von Neid und Eifersucht auf sie beide begann. Aber ich sprach mit ihm über seine Einsamkeit, Gefühle, die damals in ihm lebten und gewiß auch durch die Adoleszenzperiode mit ihrer starken Wendung nach innen an Intensität gewannen. Er stimmte zu. Langsam gelang es, das soziale Umfeld seines gegenwärtigen Lebens mehr in die Behandlung einzubeziehen. Er begann, sichtbar Interesse für seine eigene Lage zu bekommen, für Freundschaften auf der jüdischen Schule. Mädchen schienen weniger Beachtung zu finden, obwohl aus Bemerkungen über seine Cousine und aus Anspielungen auf das sexuelle Verhalten seines etwas älteren Vetters auf eine erwachende genitale Problematik geschlossen werden konnte. Mir schien jedoch die Beschäftigung mit dem eigenen Körper und vielleicht mit der Körperlichkeit des Menschen überhaupt im Vordergrund zu stehen, was mir bei einem Kind mit Erfahrungen des Konzentrations- und Vernichtungslagers Bergen-Belsen nicht so abwegig vorkam. Auch über seine Schulleistungen, die nach einer Periode des Scheiterns einen geringen Anstieg zeigten, machte er sich Gedanken. Er sprach über seine Konzentrationsschwächen, seine vergeblichen Anstrengungen, seine Noten zu verbessern. Ich hatte mit seiner Tante verabredet, daß wir seine Leistungen nicht kritisieren, sondern mit Verständnis seinen mühevollen Anstrengungen entgegentreten. Schließlich schlug er eines Tages von selbst vor, einen anderen Schultyp zu wählen, der ihm andere, bessere Aussichten auf den Einstieg in ein mehr technisches Fach böte, obgleich auch diese zu frühe Entscheidung die Möglichkeit einer späteren Revision in sich trug.

Vielleicht ist es angebracht, hier auf die Wichtigkeit der Einschätzung und der Bedeutung psychosozialer Entwicklungsfaktoren hinzuweisen. Die großen Lücken in der schulischen Ausbildung dieser traumatisierten Kinder, die später bei der Follow-up-Untersuchung ermittelte, hoch besetzte Kategorie »Diskrepanz zwischen Intellekt und Ausbildung« und die Anstrengungen, die wir in unserer Organisation machten, hier Abhilfe für alle betroffenen Kinder durch die Förderung der Lernprozesse zu schaffen, hat sich bei den psychotherapeutischen Bemühungen als vorrangig erwiesen. Auch Esra fiel in diese Kategorie. Es war ihm alsbald deutlich, daß es mir nicht um Leistungen, Noten und dergleichen ging.

Nach einiger Zeit kam er von selbst wieder zu mir. Er zeigte sich aufgeschlossen, begann kleinere Zwischenfälle in der Familie zu berichten. Dabei gelang es, seine eigene Rolle in der Familie schärfer zu umreißen. Er erzählte auch intimere Geschichten. Seine Schulausbildung trat mehr in den Mittelpunkt seiner Erwägungen, da er den Entschluß gefaßt hatte, nach dem Abschluß seiner Ausbildung in den Niederlanden nach Israel überzusiedeln und dort seine eigentliche Fachausbildung anzutreten. Die Stunde des Abschiedes, der Trennung von seinen Verwandten, seiner Pflegefamilie, in der er sich einen festen Platz erobert hatte, kam näher. Unsere Gespräche gewannen an Tiefe und an Intimität. Im Flüsterton erzählte er mir, ohne daß ich danach gefragt hätte, von seinen Überlebensphantasien bezüglich seiner Eltern und Geschwister. Der Kern seiner Phantasien war mir deutlich.

Es war soweit, und auch ich war soweit, daß ich ihn nach dem Abschied von Bergen-Belsen, von seinen Eltern und Geschwistern fragen konnte. Er erzählte mir die Geschichte, wie er eines Morgens aufwachte und seine Mutter tot neben sich auf der Pritsche fand. Sein Vater und seine älteren Brüder waren schon vorher verstorben. Wie sie zu Tode kamen, war ihm nicht bekannt. Seiner Mutter war es die ganze Zeit nach dem Tode ihres Mannes und ihrer älteren Kinder sehr schlecht gegangen. Hatte er mit ihrem Tod gerechnet? Er sah viele tote Juden um sich herum, auch stark abgemagerte, die kaum mehr gehen konnten. Ich stellte keine Fragen mehr, ich begann zu sehen und zu begreifen, Bergen-Belsen und die vielen anderen. Wir saßen da und waren beide sehr traurig. Danach konnte ich mit ihm die Funktion seiner Phantasien besprechen, den magischen Kern, der sich in der Vorstellung verbarg, er könne seine Eltern und Geschwister aus dem Tode zurückrufen, und dies alles in dem unbewältigten Erlebnis des Todes seiner Mutter neben sich auf der Pritsche in Bergen-Belsen. Bis weit in die Adoleszenz hinein hatte Esra das sich stets wiederholende halluzinatorische Erlebnis, daß seine Eltern und Geschwister noch am Leben seien und daß sein Vater ihn nachts von irgendwo aus Rußland, hinter dem Ural, telefonisch zu erreichen suchte. Was für ein Jahrhundert, in dem es Eltern in der Stunde der Not und Gefahr verwehrt ist, ihre Kinder zu beschützen, und Kinder in der Phantasie den gewaltsamen Tod ihrer Eltern und Geschwister lernen müssen und dennoch nicht begreifen! Auch war es jetzt erst möglich, Gefühle von Neid, Eifersucht und Loyalität gegenüber seinen überlebenden Verwandten und ihren Kindern zu besprechen. Nach der Deutung und Durcharbeitung dieser Gedanken, Phantasien und seiner Trauer trat bei ihm eine sichtbare Entspannung ein.

Zum Schluß noch einige Worte zu den Befunden der Nachuntersuchung. Ich traf ihn 1969 in Israel, und Esra sprach noch viel über den Verlauf der Therapie. Er war verheiratet. Sein Verhältnis zu seiner Frau und seinen beiden Kindern ist gut. Er hat einen ihn befriedigenden Wirkungskreis gefunden, in dem er sich, in Fortsetzung seiner in den Niederlanden etwas mühsam genossenen Ausbildung, weitergebildet hat. Trotzdem hat er das Gefühl, seine wirklichen Möglichkeiten nicht völlig ausgeschöpft zu haben. Seine Anpassung war leidlich. In den letzten Jahren hatte er in Streßsituationen psychosomatische Beschwerden entwickelt (Magen, Rücken), ohne jeglichen objektiven Befund. Seine Emotionalität blieb stabil. Auch kam es wiederholt zu kurz dauernden Überwältigungszuständen (wie sie Bastiaans als Bestandteil des KZ-Syndroms beschrieben hat), in denen die Erinnerung an seinen lebensbedrohenden Aufenthalt in Bergen-Belsen in Angst- und Trauerzuständen wieder durchbrach. Hierfür suchte er erneut psychotherapeutische Hilfe.

Die Erinnerung an sein Elternhaus spielt in seinem täglichen Leben noch immer eine große Rolle. Jeden Abend gibt er seinen Kindern noch einen Extrakuß und denkt bei sich: »Der ist von euren Großeltern«, die sie ja nie gekannt haben. Daß er mit diesen Gedanken für einen kurzen Augenblick auch seine Eltern wieder zum Leben erweckt, habe ich ihm nicht gedeutet.

Während des Eichmann-Prozesses in Israel war er ein gebrochener Mann.

Dieser Fall scheint mir nicht nur ein signifikanter Beitrag zu der theoretischen Frage nach den Prämissen einer neurotischen Entwicklung zu sein, wie sie S. Freud mit seinen Abwägungen zu Trieb und Trauma formuliert hat. Inwiefern es überhaupt gestattet ist, ein in geruhsameren Zeiten entstandenes Theorem wie die Psychoanalyse auch auf durch man-made disaster geformte Entwicklungsstörungen anzuwenden, bleibt ein interessantes wissenschaftstheoretisches Problem. Die altersspezifische Traumatisierung, wie sie in der *Sequentiellen Traumatisierung bei Kindern* dargestellt wurde, läßt die Schlußfolgerung zu, daß die Präpubertätsphase, in der sich Esra befand, den Triebanteil an dem Traumatisierungsgeschehen wiedergibt. Das Gewicht, das man dem Trauma als pathoplastischem Element zuerteilen muß, ist weit schwieriger zu bestimmen, obgleich seine Evidenz nicht in Zweifel gezogen werden kann. Hinzu kommt, daß in Esras Pflegefamilie, der Familie der Schwester seiner Mutter, sehr wenig über die Zeit in Bergen-Belsen gesprochen wurde. Man muß sich fragen, ob dieses Schweigen seine innere Haltung gefördert oder gehemmt hat. Im Gegensatz zu vielen Publikationen, die im Schweigen – in der Verschwörung des

Schweigens – ein kontraproduktives Element auf der Seite der überlebenden Opfer zu sehen meinen, kann das Verstummen – nicht nur
als Abwehr, als Zeichen der Verdrängung begriffen –, das wortlose
Nicht-Ruhen im Unbewußten, das Ferment abgeben zu einer Reanima-
tion, zu der Wiederkehr des sogenannten Verdrängten, wenn es an der
Zeit ist. Das Versagen des Untersuchenden im ersten Kontakt, die Einsicht, »wohin die Sprache nicht reicht«, ist nicht im Lacanschen Sinne
zu erfassen. Die Gleichung von der Struktur des Unbewußten und der
Struktur der Sprache steht hier nicht zur Diskussion. Durch die Kon-
ventionalisierungsprozesse in der Sprache wird auf unserem Planeten
Erde das »Entsetzliche« im sozio-kulturellen Raume geglättet und zeitweise paralysiert durch technische Errungenschaften und Experimen-
te, die uns auf den Mond und wer weiß an welche Gestade im All bringen. Oder nicht?

(1995)

Anmerkungen

1 M. Liebermann: Essays, Frankfurt a. M. (1993)
2 Veröffentlicht unter dem Titel: Sequentielle Traumatisierung bei Kindern.
  Deskriptiv-klinische und quantifizierend-statistische follow-up Untersuchung
  zum Schicksal der jüdischen Kriegswaisen in den Niederlanden, Stuttgart
  (1979)
3 E. Straus: Geschehnis und Erlebnis, Berlin (1930)
4 E. Minkowski: L'anesthésie affective (1946); G. Heuyer: Psychologie spéciale
  de l'enfant victime de la guerre (1946); M. Hincklin: War Damaged Children
  – Some Aspects of Recovery (1946); H. Keilson: Zur Psychologie der jüdischen Kriegswaisen in den Niederlanden (1949); A. Freud und S. Dann: An
  Experiment in Group Upbringing (1951) u. a.
5 Ich zitiere aus seinem Amsterdamer Vortrag *Die Wahrnehmung des Psycho-*
  analytikers... (1993)

Jüdische Kriegswaisen und ihre Kinder

Durch die festumrissene Zielsetzung meiner Follow-up-Untersuchung *Sequentielle Traumatisierung bei Kindern*[1] fanden einige bei der Nachuntersuchung gewonnene Informationen weniger Beachtung, wie zum Beispiel das Verhältnis der erwachsenen Waisen zu ihren Kindern und zu ihren ermordeten Eltern. Wohl findet man hier Hinweise und Beobachtungen, die sich auf diese Relationen beziehen. Sie sind jedoch nicht systematisch bearbeitet. Vielleicht könnte man sagen, daß bei der statistischen Bearbeitung, die ein mehr schematisches Konzept erforderte, nämlich das des Funktionierens in den drei Lebensbezirken von Beruf, Ehe und Freizeit, schon Ansatzpunkte zur Hinterfragung der oben erwähnten Beziehungen sichtbar wurden. Meistens findet man sie bei der Beschreibung der Loyalitäts- und Identitätsproblematik und im Zusammenhang mit der Trauerproblematik, die insgesamt den Kern der Lebensproblematik der untersuchten Gruppen bilden. Man hat den Eindruck, daß die individuelle und die Gruppen-Problematik sich hier zusammenfinden, die künstliche Trennung von individueller und sozialer Psychologie scheint aufgehoben zu sein.

In der oben erwähnten Untersuchung findet man bei der Operationalisierung des Begriffes »Freizeit« unter Ziffer IV. *Kongeniales Milieu* die folgende Definition: »Es handelt sich um die Leugnung der eigenen Historizität oder um deren Devaluation.« Bei der Skalierung der Items (A) und III (B) haben wir das soziokulturelle Milieu, in dem der Nachuntersuchte lebt, berücksichtigt. Bei Skoren wurde in Rechnung gestellt, daß bei den in Israel ansässigen Personen unserer Population die Tatsache, daß sie nicht mehr Angehörige einer Minderheitengruppe sind, nicht nur ihre Beziehungen zu dieser Gruppe regelt, sondern auch ihre Aggressionsneigung und ihr Aggressionsverhalten prägt.

Die Einheit der hier zur Diskussion stehenden Prozesse wurde selbst noch in den Fällen evident, wo sich bei den Nachuntersuchten eine völlige Distanzierung zu der ursprünglichen, kongenialen Gruppe vollzogen hatte und sich die Anpassung an eine andere, neue, das heißt bei unserer Population an die christliche Gruppe vollzog. Wir haben nicht gezögert, in den Fällen, in denen es im Lauf der Jahre zu einem befriedigenden, ungestörten Funktionieren gekommen war, auch von einer »normalen Entwicklung« zu sprechen. Jedoch, auch bei diesen Fällen spielte die ursprüngliche, kongeniale Gruppe noch eine gewisse Rolle. Die errungene Distanz, die Entfremdung von ihr, hatte sozusagen eine symbolische Funktion angenommen, sie war der Ausdruck der Verarbeitung eines traumatischen Geschehens geworden, das als solches nicht mehr empfunden wurde.

Wir wollen kurz bei einigen evidenten Fällen aus der Nachuntersuchung stehenbleiben. Der wunde Punkt in diesen äußerst intensiv und konzentriert geführten Gesprächen wurde meist dann erreicht, wenn das Verhältnis zu den eigenen Kindern zur Sprache kam. Dann zeigte sich sowohl in der Beziehung zu den ermordeten Eltern als auch zur kongenialen Gruppe der Abstand zu und die Entfremdung von Idealen, Werten und Symbolen – kurzum die Distanz zur Geschichte der eigenen Familie. Das Gespräch über die eigenen Kinder rückte die Frage der »Symbolidentifikation«, sei es auch von einer völlig anderen Seite her, wiederum aufs neue in den Mittelpunkt der Erwägungen. Die jeweilige Untersuchte – meistens handelte es sich um Frauen – bedachte auf einmal, daß sie ihren Kindern von sich und von der Vergangenheit erzählen müßte, und sie wurde unsicher, da sie nicht wußte, wie ihre Kinder hierauf reagieren würden.

Bevor ich im Anschluß hieran drei Fälle referiere, möchte ich zunächst noch einige theoretische Betrachtungen zu diesem fesselnden Thema anstellen.

Daß Eltern mit ihren Kindern seit deren Geburt und noch davor in einen Interaktionsprozeß verwickelt sind, daß sie durch ihr Verhalten, durch innerliche Haltung und Stimmung, mittels Einwirkungen durch Gebärden, Stimmen, Geruch und so weiter auf die Entwicklung ihrer Kinder Einfluß ausüben und daß die Kinder ihrerseits durch ihr Ver-

292

halten das ihrer Eltern und deren Gestimmtsein sowie deren Überzeugungen modellieren können, ist bekannt. Ängstliche Eltern verbreiten in ihrem häuslichen Kreis eine Atmosphäre der Angst und konfrontieren ihre Kinder früher oder später mit ihren negativen Erfahrungen und Erlebnissen. Autoritäre, prestigebewußte Eltern übertragen meistens die gleichen Eigenschaften auf ihre Kinder. Man könnte diese Reihe noch beliebig fortsetzen. Auch sollte man mit allen Erklärungsversuchen jedwelcher Art bei der sogenannten »zweiten Generation« der Verfolgten vielleicht doch etwas vorsichtiger sein, ohne daß damit in Zweifel gezogen wird, daß es sie gibt.

Bei meiner Untersuchung in Israel traf ich die 16jährige Tochter eines schwer traumatisierten Ehepaares – die Mutter hatte in den Niederlanden eine sehr schwere zweite und dritte traumatische Sequenz durchlitten, der Vater hatte Auschwitz überlebt. Sie empfing mich im Hause ihrer Eltern und regelte auf eine zurückhaltende, freundliche und rücksichtsvolle Weise, sozusagen hinter den Kulissen, meinen Besuch bei ihrer Mutter. Ich unterhielt mich mit dieser auf holländisch, und zu meiner Überraschung beherrschte auch die Tochter die holländische Sprache. Die Mutter bestätigte meinen Eindruck von ihrer Tochter als einem starken und stabilen Mädchen. Ich habe mehrere dieser Kinder auch in den Niederlanden getroffen. Die Bezeichnung »zweite Generation« hat ja nicht die unausweichliche Konnotation der »Psychopathologie«. Diese Feststellung findet man übrigens in der Literatur über die zweite Generation zur Genüge. Aber sie wird manchmal vergessen.

Interaktionelle Prozesse, die zur Sozialisation mit bestimmten Wertvorstellungen und Symbolen führen, verlaufen jedoch nicht nur auf verbalem Wege oder sind durch rationale und gezielte Lernprozesse konditioniert. Welche Rolle spielt das präverbale Moment, das Unbewußte bei der Übernahme von Einstellungen und Haltungen? Welche unbewußten psychodynamischen Vorgänge spielen sich zwischen den durch die Shoah traumatisierten jüdischen Eltern und ihren später geborenen Kindern ab? Und was ist das spezifische Moment der Übertragung der durch die Verfolgung geschaffenen Einstellungen und Überzeugungen? Kann man überhaupt mit einem gewissen Recht nach dem spezifischen Moment fragen?

Ich bin der Meinung, daß diese Frage legitim ist, wenn man einmal darauf verzichtet, die Probleme der zweiten Generation mit Hilfe von Symptom- oder Syndrom-Tabellen im Kontext eines für alle Kinder der zweiten Generation gültigen medizinisch-epidemiologischen Interpretationsschemas zu kodieren. Die psychiatrisch-diagnostische Nomenklatur ist abstrakter, unspezifischer Natur, sie versagt dort, wo nach der spezifischen Relation zwischen Ursache und Wirkung gefragt wird. Aber dies gilt auch für das psychoanalytische Interpretationsschema mit seinen unspezifischen Abwehrdeutungen. Die Gefahr hierbei ist, daß festliegende Interpretationsschemata, eine stigmatisierende Wirkung ausübend, den Blick trüben für die unterschiedlichen Traumatisierungsvorgänge, denen verschiedene Gruppen von Kindern hier in Europa ausgeliefert waren. Zugleich möchte ich daran erinnern, daß bereits von Baeyer, Häfner und Kisker in der *Psychiatrie der Verfolgten* die Unmöglichkeit erkannten, von der Symptomatik her Traumatisierungsvorgänge zu erfassen. Sie definierten die durch man-made disaster verursachte traumatische Neurose als eine Sozioneurose großen Stils. Gilt diese Erwägung auch für die Problematik der zweiten Generation?

Begemann, ein holländischer Wissenschaftler, hat diesen Gedanken in seiner Publikation *Een generatie verder* (*Eine Generation später*) aufgegriffen und versucht, einen allgemeinen Bezugsrahmen zu schaffen, innerhalb dessen die Erfahrungen und Probleme aller Kinder, deren Eltern durch die Kriegsereignisse 1940–1945 traumatisiert wurden, untersucht und interpretiert werden können. Ferner hat er darauf hingewiesen, daß es sich bei den Kindern der zweiten Generation nicht um Krankheitsbilder, sondern um Ergebnisse von Sozialisationsprozessen handelt. Diese können nur aus den für das jeweilige Kind relevanten historischen Umständen erklärt werden. Aber Begemanns Schlußfolgerungen, daß diese Interpretation nur gilt, wenn die betreffende Person sich in ihr erkennt, weckt Zweifel. Die Modalität eines traumatisierenden historischen Vorganges kann in ihrer subjektiven Evidenz eventuell geleugnet werden, jedoch nie in ihrer historischen Faktizität. Die hier in den Vordergrund tretende Spannung beherrscht nicht nur das Tun und Lassen der betreffenden Person, ob sie nun ihre eigene Historizität erkennt oder nicht, sie ist zugleich auch das Spannungsfeld, innerhalb dessen Grenzen sich die Exploration vollzieht und in sprachlichen Formulierungen festgelegt wird. Die Schlußfolgerung, daß der Sozialisationsaspekt lehrt, daß dann, wenn Störungen und Beschwerden auftreten, diese nicht durch medizinische Kausalitäten, sondern nur durch Interaktionsprozesse erfaßt werden können, scheint mir plausibler. Sozialisation, soweit sie die »zweite Generation« betrifft, kann nur in dem Spannungsfeld zwischen Individuum und Bezugsgruppe als gelungen oder gescheitert betrachtet werden.

Die historische Problematik der zweiten Generation der Verfolgten besitzt, was die aktuelle Lage der jüdischen Gruppe in Europa betrifft, durch die Jahrhunderte hindurch ihre eigene historische Relevanz. Betrachtet man das Verhalten der Mitglieder dieser Bezugsgruppe zu- und untereinander und in ihrem Verhältnis zu der Mehrheitsgruppe, in deren Bannkreis sie leben, unter dem Aspekt des *Symbolischen Interaktionismus*, wie das durch Blumer (1937) weiterentwickelte, ursprünglich durch G. H. Mead (1863–1931) formulierte Konzept genannt wird, so ergeben sich einige für unser Thema interessante Perspektiven. Zijderveld, einem niederländischen Soziologen an der Erasmus Universität Rotterdam, zufolge hat Mead keine in sich geschlossene Theorie entwikkelt. Publikationen, die seinen Namen tragen, wurden erst nach seinem Tode aus seinen Vorlesungsdiktaten von anderen zusammengestellt. Sie enthalten nur Grundlinien und Perspektiven. Aber sie bieten Möglichkeiten zu fortgesetzten theoretischen und empirischen Untersuchungen. Meads Ideen überschreiten im Gegensatz zu Watkins, Pawlow und Skinner die Grenzen des konditionierten Handelns. Zijderveld weist darauf hin, daß Mead wohl seinen theoretischen Erwägungen die Bezeichnung »social behaviour« gab. Aber er begriff unter »social« im Gegensatz zu den klassischen Behavioristen die komplementäre Verbundenheit der Rollen und Haltungen, die sich aus vorbewußten, semi-instinktiven Gebärden via Austausch (conversation of gestures) zu bewußten, sinnvollen, Identität stiftenden Interaktionen (meaningful interactions) entwickeln, wobei die Interaktionspartner Haltungen voneinander übernehmen (taking the role-attitude of the other). Hierdurch verhalten sie sich nicht nur zueinander, sondern zugleich auch zu sich selbst (the I and the me in the social self). Auf diese Weise entstehen bedeutungsvolle Symbole, entsteht Sinn (meaning), Kommunikation und Selbst-Erfahrung (self-consciousness).

Die klassischen Behavioristen haben diese »inwendigen Realitäten« niemals geleugnet. Aber sie konnten aufgrund ihrer naturwissenschaftlichen, nur auf das wahrzunehmende, meßbare äußere Verhalten gerichteten Einstellung nichts damit anfangen (Zijderveld). Die hierbei anschließenden Anschauungen von Mead, die die erworbenen Gruppenattitüden und sozialen Erwartungen, die angelernt und übernommen werden, betreffen, sind erwähnenswert. Aus den Sozialisierungsprozessen, also in den Interaktionen der Menschen in Gruppenzusammenhängen, entstehen als »emergent properties« die sogenannten inneren Realitäten als Bewußtsein, Geist (mind) und Identität. Sie sind sozusagen ein Verlängerungsstück des »äußeren Verhaltens« und nicht dessen Apriori.

Doch vor allem wecken Meads Ideen über die Symbolformung beim Interaktionsprozeß (taking the role-attitude of the other) unser Interesse. Es sind die unbewußten psychodynamischen Interaktionsprozesse, die in der Psychoanalyse unter anderem durch die Formulierung »Identifikation mit dem Angreifer« (A. Freud) versinnbildlicht wurden, die uns hier in groben Umrissen beschäftigen.

Im Symbol lernen wir die Sprache des Unbewußten kennen, oder genauer gesagt: das Übersetzen, »die Umsetzung von Gedanken in Bilder« und die »Verbildlichung eines abstrakten Gedankens«, wie Freud es ausführlich im vierten Kapitel der *Traumdeutung* beschrieben hat. Der Traum gebraucht nur die Symbolik »zur verkleideten Darstellung seiner Gedanken«, heißt es dort weiter. Aber zugleich liest man, daß »diese Symbolik nicht nur dem Traum zu eigen ist, sondern auch dem unbewußten Vorstellen, und daß es noch viele Unsicherheiten gibt, die unter anderem mit bestimmten Eigenschaften der Traumsymbolik zusammenhängen. Dieselben sind of viel- und mehrdeutig, so daß, wie in der chinesischen Schrift, erst der Zusammenhang die jedesmal richtige Auffassung ermöglicht.«

Hier ist der Berührungspunkt mit der gegenwärtigen Diskussion in der Literaturwissenschaft über *Metapher, Allegorie, Symbol*,[2] die Gerhard Kurz in seiner Publikation beschreibt. Freud hat im Prinzip Goethes Symbolkonzept übernommen, das sich durch zwei Merkmale auszeichnet: Anschaulichkeit und repräsentative Funktion. Jaspers zufolge können »alle Anschaulichkeiten der Welt zu Symbolen werden«. Kurz beschreibt das Symbol unter anderem als »hermeneutisches Phänomen«. Bereits die Griechen faßten in ihrem Symbolbegriff drei Kennzeichen zusammen, die man auch in späteren Symboltheorien wieder antrifft: »Symbol als Zeichen, Symbol als Empirisches, das als Empirisches eine Bedeutung trägt« (die demnach also »gedeutet« werden muß), und »Symbol als Zusammenhang«. Der Teil kann nicht ohne das Ganze und das Ganze nicht ohne den Teil erfaßt werden. Der »hermeneutische Zirkel« (Heidegger) besagt, daß man bereits vorher immer mehr erfahren haben und wissen muß, um etwas als Teil eines Ganzen zu begreifen. Psychotherapeuten sind durch ihre Arbeit in einem Maße »programmiert«, Symbole einzig in Träumen zu erkennen und zu deuten, daß sie vergessen, daß das Symbol, »die Verdichtung oder Zusammenstellung von Begriffen in einer einzigen Vorstellung« (van Dale, *Niederländisches Wörterbuch),* auch im täglichen Leben – und hier nicht nur in der Sprache, sondern auch in dem Verhältnis der Menschen untereinander und zueinander – eine Rolle spielt.

Aus der Ethnologie wissen wir, daß auch Menschen, Familienmitglieder, als Symbole figurieren können. Die Kopplung von Kindern und Zukunft ist bekannt.

Wir stehen vor der Frage: Wie erleben jüdische Eltern, die als Waisen die Verfolgung durch das nationalsozialistische Dritte Reich überlebt haben – sei es in Konzentrations- oder Vernichtungslagern, sei es in Verstecken –, ihre Kinder, und wie erleben diese Kinder ihre Eltern? Inwiefern prägt diese historische Dimension, die für den einzelnen und die Gruppe als Ganzes die gleiche war, das Apriori der Symbolformung? Und kann diese Symbolformung für diese Minderheitengruppe mit ihrer gleichfalls besonderen Geschichte spezifisch genannt werden?

Unser Ausgangspunkt ist, daß bei einer Gruppe wie der jüdischen in der Diaspora mit immer wiederkehrenden und einander sehr ähnlichen Erfahrungen im Verlauf ihrer Geschichte ein bestimmtes, ebenfalls immer wiederkehrendes und recht festgelegtes Interaktions- und

Erwartungsmuster die Symbolformung zwischen Eltern und ihren Kindern und vice versa modelliert. Diese ihre Geschichte beruht auf der sozialen Wirklichkeit, mit der die sogenannten »inneren« Realitäten (Bewußtsein, Sinngebung, Identität und so weiter) in einen dialektischen Prozeß verwickelt sind. Das Symbol ist ein Sinnbild und referiert an einen Kontext, in welchem das Sinnbild überhaupt erst seinen Sinn empfängt. Daß zwischen Ängsten und Geheimnissen der Eltern und bestimmten Reaktionsformen ihrer Kinder eine Verknüpfung besteht, ist klinisch evident. Aber welche Modalität hat diese Verknüpfung? Die Frage nach dem spezifischen Verfolgungsgeheimnis der Eltern scheint mir nicht allein in der Hinterfragung des Verlaufes eines grausamen Geschehens zwischen Tätern und Opfern zu liegen, wobei mich im Zusammenhang mit unserem Thema im Augenblick die Spezifizität des Opfers interessiert. Mit welcher Verdichtung oder Zusammenstellung von Begriffen haben wir es hier zu tun? Welche Rolle spielt das Geheimnis im Interaktionsprozeß zwischen Eltern und Kindern, und welche Symbolformung wird hier versinnbildlicht?

Die folgenden drei Fälle sollen die bisher gestellten Fragen verdeutlichen. Sie sind nicht als direkte Antworten auf diese Fragen zu betrachten. Das positivistische Postulat, daß Fragen ohne Antworten keine echten Fragen sind, kann ich nicht befürworten.

Der erste Fall betrifft einen rund fünfzig Jahre alten Mann, der mich vor einigen Jahren konsultierte. Er gehört zu der Population meiner Follow-up-Untersuchung. Ich kannte ihn als Zögling eines jüdischen Heimes nach dem Kriege. Er stammte aus einem orthodox-jüdischen Mittelstandsmilieu. Im Alter von ungefähr fünf Jahren tauchte er in einem christlichen Milieu bei einer älteren Witwe mit halberwachsenen Kindern unter, wo er sich während des ganzen Krieges versteckt hielt, isoliert von Altersgenossen, ohne je auf die Straße zu gehen. Er erhielt Privatunterricht. Im Dossier wird er als ein fröhlicher, intelligenter Bursche beschrieben. Auch seine Eltern tauchten getrennt unter. Der Vater wurde verraten und deportiert, die Mutter verübte Suizid. Der Junge konnte nach dem Kriege nicht länger in dem Kriegspflegemilieu bleiben. Er kam zunächst in eine andere nicht-jüdische Pflegefamilie, danach wurde er endgültig in einem jüdischen Kinderheim untergebracht. Dort sah ich ihn zum ersten Mal.

Im Heim brach für ihn eine äußerst mühselige Zeit an. Er lebte völlig isoliert in seiner Gruppe, man mochte ihn nicht. Er zeigte sich sehr widerspenstig, hatte Wut- und Angstanfälle, ein sehr unglückliches Kind. Trotz seines scharfen Verstandes blieb er mehrere Male sitzen, brach schließlich seine mittlere Schulausbildung ab und arbeitete in verschiedenen Betrieben im Büro. Mit 17 Jahren ging er mit einer Gruppe aus dem Heim nach Israel, mit zweiundzwanzig Jahren kehrte er zurück und versuchte sich wieder in verschiedenen Berufen, ohne je eine befriedigende Tätigkeit zu finden. Durch eine größere Erbschaft wurde er finanziell unabhängiger. Er heiratete eine nicht-jüdische Frau, nachdem er zuvor alle Kontakte mit der jüdischen Gruppe abgebrochen hatte. Seine Frau arbeitete als Sekretärin in einem mittelgroßen Betrieb, nach einigen Jahren erhielt sie dort eine leitende Position. In der Ehe wurden zwei Kinder geboren, eine Tochter, die ihr Chemiestudium mit Erfolg beendete, und ein Sohn, der in seiner Schul- und Berufsausbildung völlig scheiterte. Dieses Sohnes wegen kam der Vater, angeblich, zu mir, im Grunde kam er auch wegen sich selbst. Vor Jahren hatte er beim Follow-up-Gespräch in persönlicher und sozialer Hinsicht einen äußerst verunsicherten Eindruck hinterlassen. Deutlich war damals auch die massive Abwehr der Angstproblematik und seine Distanz zur kongenialen Gruppe.

In dem jetzigen Gespräch beklagt er sich über die Mißerfolge seines Sohnes: »In ihm sehe ich mich selbst. Alle Chancen, die er hatte und von mir bekommen hat, hat er vertan, er denkt nicht daran, etwas zu unternehmen. Obwohl er einen scharfen Verstand besitzt, hat er auf allen Schulen versagt. Ich kann nichts mehr für ihn tun, immer wieder habe ich ihm die helfende Hand geboten. Ich kann nicht mehr.« Danach kommt er auf einmal wieder auf seine Vergangenheit zurück: »Damals im Heim habe ich auch alle Chancen gehabt, aber niemand hat mich angespornt und mir geholfen.« Als ich ihn hierauf unterbreche und ihm bestätige, daß er wirklich alle Chancen hatte, daß er aber damals sehr unglücklich war und Hilfe in jeder Form zurückwies, zeigte er sich zuerst sehr erstaunt, antwortete dann aber unmittelbar: »Wo bleibe ich dann mit meiner Entschuldigung, die ich die ganze Zeit angeführt und gebraucht habe, was ist sie dann noch wert, wenn man mich wirklich angespornt hat? Kein Mensch besaß damals die Macht und die Kraft, die meine Eltern hatten. Wenn es meinem Sohn nicht gutgeht, geht es auch mir nicht gut. Ich begreife es nicht, oder begreife ich es zu gut? Immer habe ich gedacht, weil ich keine Eltern mehr hatte, glückte nichts. Mein Sohn hat Eltern, die ihn anspornen und unterstützen, doch es glückt ebensowenig. Was ist los?«

Auf die vielen Facetten, die dieser Fall hat, kann ich nicht näher eingehen – auch die Rolle der Mutter und der Schwester müssen unberücksichtigt bleiben. Als Haupteindruck bleibt, daß der Vater mit Hilfe seines Sohnes eine Art Selbstreparatur verrichten wollte, eine symbolische Handlung, mit der er ein Stück Zukunft (seinen Sohn) gewährleisten und zugleich auch ein Stück Vergangenheit (seine Eltern und sich selbst) reparieren wollte. Sein Sohn hat durch seine Weigerung, diese symbolische Rolle mitzuspielen, seinem Vater ein Stück von dessen eigener Lebensgeschichte vor Augen geführt, die dieser auf magische Weise zu leugnen versuchte. Aber zugleich hat der Sohn das Scheitern seines Vaters in den geschichtlichen Zusammenhang der Gruppe gestellt, von dessen Sinnerfahrung der Vater meinte sich distanzieren zu können.

Wir haben es hier nicht nur mit einem alltäglichen Generationskonflikt zwischen Vater und Sohn zu tun. Das symbolische Element beider Rollen beruht auf seiner repräsentativen Funktion. Das Besondere »repräsentiert« hier das Allgemeine, es fungiert als »summarische Darstellung« des Allgemeinen. Das Allgemeine ist das man-made disaster. Man muß es kennen, um das Besondere zu verstehen. Die symbolische Bedeutung verbürgt zugleich die symbolische Deutung.

Welche symbolische Funktion der Vater im Sozialisationsprozeß seines Sohnes erfüllt, kann man nur raten. »Er ist ein fröhlicher, loser Vogel«, schildert ihn der Vater. Er selbst ist im Heim, wie ich ihn kannte, ganz anders gewesen. Nur in der Zeit im Versteck wird er im Dossier als ein fröhlicher Bursche beschrieben. Vielleicht hat der Sohn die Rolle übernommen, die der Vater nach dem Kriege in seiner Trauer nie erfüllen konnte.

Gestatten Sie, daß ich Ihre Neugier auf die Deutung der symbolischen Bedeutung im Rollenspektrum im Verhältnis zwischen Vater und Sohn noch ein wenig auf die Probe stelle.

Der zweite Fall, ebenfalls aus der *Sequentiellen Traumatisierung,* betrifft einen Vater, der als Junge von fünfzehn Jahren unter dem Druck des Terrors der deutschen Besatzung in Amsterdam beschloß, auf eigene Faust sein Heil zu suchen. Aus seinem Versteck im Dachboden seiner elterlichen Wohnung hatte er den Abtransport seiner Eltern und seiner jüngsten Schwester durch den SD beobachtet. Danach tauchte er auf dem Lande unter.

Bei der Nachuntersuchung Anfang der siebziger Jahre erzählte er mir, daß sein neunjähriger Sohn ihn eines Tages fragte, wie alt eigentlich seine jüngste Schwester gewesen sei, als sie zusammen mit den Großeltern deportiert wurde. Als der Vater ihm: »zwölf Jahre«, antwortete, erwiderte sein Sohn auf der Stelle: »Also so alt, wie meine Schwester Judith jetzt. Warum hast Du sie nicht gerettet?«

Der Vater beschrieb mir damals seine tiefe Niedergeschlagenheit, in die ihn die Frage seines Sohnes versetzt hatte. Einige Jahre später erzählte der Vater einigen Freunden, die zu Besuch waren, diesen Vorfall. Zufällig hörte sein Sohn im Nachbarzimmer, die Tür stand offen, diese Geschichte. Am Abend hörten die Eltern ihn in seinem Bett verhalten schluchzen. Unter Tränen berichtete er, was er durch die offene Tür gehört hatte. Er bat seinen Vater um Entschuldigung, da er meinte, ihn tief gekränkt zu haben.

Die Entwicklung dieses Adoleszenten verlief ohne größere Konflikte. Nachdem er seine Schul- und Berufsausbildung erfolgreich vollendet hatte, heiratete er in Amsterdam. Als ihn ein Rundfunkreporter auf dem Hochzeitstag interviewte und ihn fragte, warum er denn den Entschluß gefaßt habe, sich in Israel niederzulassen, und ob es ihm in Holland nicht mehr gefiele, antwortete er spontan, und ein jeder konnte es im Radio hören: »Ich habe keine Großeltern gehabt, das heißt, ich habe sie wohl gehabt, aber nicht mehr erlebt, gekannt, sowohl von Vaters als auch von Mutters Seite sind sie umgekommen. Als ich mir bewußt wurde, was die Ursache ihres Todes war, stand es für mich fest, nach Israel zu gehen.«

Die Bedeutung der Frage des Sohnes und die desolate Reaktion des Vaters wird in ihrem vollen Ausmaß erst deutlich, wenn man den Hintergrund des Verhältnisses des Vaters zu seinem eigenen – ermordeten – Vater genauer kennt. Dieser, ein Sozialist von altem Schrot und Korn, hatte den Aufstieg des nationalsozialistischen Dritten Reiches von Anfang an richtig eingeschätzt. Er spielte eine aktive Rolle beim Auffangen der politischen und jüdischen Flüchtlinge, die in den dreißiger Jahren aus Deutschland in die Niederlande kamen. Über seinem politischen Engagement vergaß er, als es soweit war, sich Gedanken über die Rettung seiner eigenen Familie zu machen. Sein Sohn hatte mir dies bereits bei der Nachuntersuchung erzählt. In seinen Worten schwang bereits deutlich derselbe Vorwurf mit, den sein eigener Sohn ihm später gemacht hat: »Warum hast Du sie nicht gerettet?« Und die nimmer zu beantwortende Frage: »Hätte er es nicht besser wissen können?«

Als dritten und letzten Fall möchte ich den einer Frau diskutieren, die 57 Jahre alt war, als ich sie sprach. Sie wurde als Mädchen von 17 Jahren aus Polen deportiert und überlebte eine Reihe von Konzentrations- und Vernichtungslagern. Schwer krank und unterernährt wurde sie nach der Kapitulation in ein holländisches Krankenhaus eingeliefert. Später heiratete sie. Sie erzählte mir, daß ihre Tochter, ihr einziges Kind, sie verachte. Sie könne nicht begreifen, »daß wir uns dermaßen haben erniedrigen lassen. Alle Kinder verachten ihre Eltern«, fügte sie generalisierend hinzu. »Sie haben keinen Respekt mehr vor uns.« Ihre Tochter ist verheiratet und wohnt in Amerika. Sie sehen einander nur sehr selten.

Die Mutter berichtete mir von ihren tiefen Identitätskonflikten nach dem Kriege. Sie wollte aus dem Judentum »austreten«, heiratete dann aber einen jüdischen Mann, der in Belgien untergetaucht war. Noch immer kann sie nicht begreifen, was sie bei ihrer Tochter falsch gemacht haben soll. Ihr bedeutet ihr Kind alles. Sie hatte nach all den Entbehrungen schon nicht mehr gehofft, überhaupt noch eins zu bekommen.

Der erste und der dritte Fall verdeutlichen die Erwartungshaltung, in der die symbolische Bedeutung der Kinder für ihre Eltern eingebettet ist: im ersten die des Vaters, im dritten die der Mutter. Aber bei beiden wird die anscheinend persönliche Konfliktsituation erst transparent durch ihren Bezug auf die zugehörige Gruppe, in deren historischem Kontext sie erst ihre »Sinngebung« empfängt. Erst hier erhält das isolierte Private auch seine institutionalisierte Legitimität. In der Pesach Hagada heißt es, daß die Eltern ihren Kindern den Exodus aus Ägypten nicht als eine Geschichte von früher erzählen sollen, sondern als eine, die immer wieder und zu allen Zeiten geschieht.

Es scheint mir der Mühe wert zu sein zu überlegen, inwiefern die aus dem »symbolischen Interaktionismus« entwickelten Gedanken von George Herbert Mead[3] eine wertvolle Bereicherung bedeuten, auch bei der psychoanalytischen Untersuchung der zweiten Generation der Verfolgten. Und zwar hinsichtlich der Frage, inwiefern die Spezifizität der Einstellungen, die die jüdische Minderheitengruppe in der Diaspora im Verlauf ihrer Geschichte entwickelt hat, im spezifischen Verhältnis zwischen Eltern und Kindern und vice versa auf symbolische Weise zum Ausdruck kommt. Dies heißt, daß jeder individuelle Fall sich zugleich auf ein größeres Allgemeines bezieht, auf die Gruppe, der durch das nationalsozialistische Regime das Problem von Leben und Tod auf extrem grausame Weise aufgegeben wurde.

Bei einer psychoanalytischen Betrachtung der »zweiten Generation der Verfolgten« muß die Deutung von Abwehrmechanismen wie Projektion, Verschiebung, Verkehrung ins Gegenteil, Leugnung, Isolierung und so weiter sowie der Ich-Idealbildung den Rollen und den sozialen Erwartungsmusten Rechnung tragen, die in der jüdischen Gruppe in der Diaspora verinnerlicht und institutionalisiert sind. Daß hierbei von verschiedenen, keineswegs einheitlichen Erwartungsmustern ausgegangen werden muß, ist in den unterschiedlichen Assimilationsniveaus der nicht-jüdischen Mehrheit an die in ihrer Mitte lebenden jüdischen Minderheit begründet.

In dem Verhältnis der Eltern, die als Kinder und Jugendliche verfolgt und zu Waisen wurden, zu ihren eigenen nachgeborenen Kindern wird zugleich ein bestimmter Aspekt ihres Verhältnisses zu ihren eigenen, ermordeteten Eltern aktualisiert. Dieser Aspekt schließt nicht nur das intim-persönliche Moment der Eltern-Kind-Beziehung in sich ein, sondern auch das soziale Umfeld dieses Beziehungsmusters, in dem ganze Familien ausgerottet wurden. Dieses Beziehungsmuster ist in seiner zeitlichen Dimension sowohl auf das Vergangene (Vorfahren) als auch auf das Zukünftige ausgerichtet. Der »symbolische Interaktionismus« verleiht dieser Gruppe im Sinne des hermeneutischen Zirkels ihre gewisse Spezifizität.

(1995)

Anmerkungen

1 H. Keilson (unter Mitarbeit von H. R. Sarphatie): Sequentielle Traumatisierung bei Kindern. Deskriptiv-klinische und quantifizierend-statistische follow-up Untersuchung zum Schicksal der jüdischen Kriegswaisen in den Niederlanden, Stuttgart (1979; engl. Ausgabe 1992)
2 G. Kurz: Metapher, Allegorie, Symbol, Göttingen (1982)
3 A. C. Zijderveld: George Herbert Mead. In: Hoofdfiguren uit de sociologie, »Aula-boeken« 527, Het spectrum, Utrecht (dort weitere Literaturangaben)

Gedanken zur Traumaforschung

1889, vor mehr als 100 Jahren, publizierte der Berliner Neurologe Hermann Oppenheim seine Monographie *Die traumatischen Neurosen*. In ihr hat er die »Formalgenese, Kausalgenese« und »Symptomatologie« auf der Basis von mikrostrukturellen zerebralen Veränderungen in einer geschlossenen nosologischen Einheit zusammengefaßt. Hiermit postulierte er das organische Fundament für jegliche durch traumatische Einwirkungen bewirkte Verletzung eines Individuums. Diese Betrachtungsweise schloß an bei der Lehre eines organischen Traumas, das mit Narbenbildung einhergeht. Das Verhältnis Reiz und Reaktion bildete den Kern jedes Krankheitsbildes.

Seitdem hat die ursprünglich naturwissenschaftlich orientierte Traumaforschung, unter dem Einfluß von gesellschaftlichen, politischen und militärischen Ereignissen und Katastrophen, eine Entwicklung durchlaufen, die die ursprüngliche Definition von Oppenheim nicht nur in Frage, sondern auch die Abhängigkeit klinisch-psychiatrischer Befunde vom Selbstverständnis der sozialen Umwelt zur Diskussion gestellt hat. Es würde zu weit führen, auf den mit der Einführung der Psychogenese und Soziogenese langsam einhergehenden Wandel in der psychiatrischen Forschung und in der forensisch-psychiatrischen Begutachtung menschlichen Fehlverhaltens nach traumatisierenden Ereignissen näher einzugehen. Daß das Erlebnis eines Traumas z. B. im Kontext eines Betriebsunfalles gebunden ist an und abhängig ist von Faktoren wie Unfallgesetzgebung, Risikoeinschätzung und Entschädigung, erscheint uns heute als etwas Selbstverständliches. Es waren nicht die Ärzte und Psychiater, mit der rühmlichen Ausnahme von Sigmund Freud, es waren ursprünglich die Politiker und die Juristen und Phänomenologen wie Erwin Straus, die mit ihrem Gedankengut dazu beitrugen, die Folgen der Katastrophe des Zweiten Weltkrieges für die traumatisierten Überlebenden psychologisch und soziologisch neu zu formulieren. Die traumatischen Neurosen erweisen sich heute als »Sozio-neurosen großen Stiles«, um eine Formulierung von Walter von Baeyer u. a. aus ihrem Standardwerk *Psychiatrie der Verfolgten* zu zitieren.

Seitdem erscheint es mir legitim, über den Zusammenhang von menschlichem Verhalten, Traumaerlebnis und Traumaverarbeitung im Umfeld der Katastrophe unseres Jahrhunderts, deren Zeitzeuge ich war, weiter zu reflektieren.

Vor einigen Wochen, ich hatte mir bereits einige Notizen gemacht und auch den Titel der heutigen Antrittsvorlesung formuliert – vor einigen Wochen also las ich in einer Zeitschrift, die ich beim Aufräumen unter einem Stapel Papieren und Zeitungsausschnitten fand, ein Zitat von Hannah Arendt: sie habe nach 1945 keinen Satz mehr schreiben kön-nen, in dem nicht die Erfahrung der Shoah nachzitterte.

Ich kannte einiges von ihr und nahm diesen Satz in mir auf, wie man etwas bewahrt, das so selbstverständlich zu einem gehört, daß man ihm keinen besonderen Platz in seiner Erinnerung anweist. Aber im Verlauf der darauffolgenden Tage, bei stärkerer Konzentration auf das Thema der »Gedanken zur Traumaforschung« geschah etwas Merkwürdiges. Hannah Arendts Satz nahm, beinahe unbemerkt, langsam einen größe-ren Raum in meinen Gedanken ein, ja, er gewann an Gehalt, seine Be-deutung erschien mir in der Erinnerung, als enthielte er die innere Struktur, den Kern der Gedankenwelt, die sich um die Traumafor-schung rankt; wäre ihr zentraler Punkt – wie für denjenigen, der Krieg und Shoah im Herzen des unterjochten Kontinents, in den Niederlan-den erfuhr, sei es mit gefälschtem Paß unter angenommener Identität, aber als freier Mensch im steten Hintergrund, unausgesprochen und zuweilen leichtfertig bagatellisiert, die Angst – die tödliche Bedrohung: werde ich gefaßt oder werde ich im Stande sein, es später einmal nach-zuerzählen. In diesem Gestimmtsein versuchte ich, das oben genannte Zitat in der Zeitschrift noch einmal aufzusuchen, um es zu überprüfen. Aber ich fand die Zeitschrift nicht mehr, obwohl ich mich an den Platz zu erinnern meinte, wo ich sie aufbewahrt hatte. Vergebens. Sie kennen gewiß die Situation, in der man sich befindet, wenn man ein kurzes

Zitat aus einem Buch oder Artikel an einer Stelle sucht, wo man glaubt, es finden zu müssen, und nicht mehr antrifft. Ich begann zu zweifeln, ob ich es je dort gelesen hatte, wo ich es suchte. Daß es von Hannah Arendt stammte, schien unzweifelhaft. Aber dennoch, stammte es wirklich von ihr? Was war geschehen, daß ich in eine solide Verwirrung geriet? Hatte ihre Aussage an Überzeugungskraft verloren, hatte ich sie überschätzt, oder vielmehr auch unterschätzt? Das Material eines Lebens niest in die Arbeit, die man verrichtet, in ein Zitat ein, ob man schreibt oder spricht, gleichviel. Oft bedarf es einer äußeren Anregung, um sich dieses Umstandes bewußt zu werden.

Ein Zufall, der Ordnungsbegriff temporärer Signatur für das unwillkürlich gleichzeitige Auftreten von völlig beliebigen Ereignissen, denen ein gemeinsames, verborgenes Erscheinungsprinzip gleichsam untergeschoben wird – ein Zufall also, mir hinterher willkommen, als hätte ich ihn herbeigesehnt, wie wir gleich sehen werden, fügte, daß ich an einem Tage Ende Februar zwei Briefe erhielt. Ihre Schreiber waren zwei einander völlig unbekannte Personen, eine Frau und ein Mann, und ihre Episteln unterschieden sich in Form und Inhalt ebenso voneinander. Und dennoch bestand ein innerer Zusammenhang zwischen ihnen, der sich mir erst langsam erschloß.

Hannah Arendts Zitat fiel mir wieder ein. Mir war, als ob, einem starken Nachbeben gleich, beide Sendungen die tiefen Risse und Verschiebungen der Erdkruste, die unser Dasein prägt und, wie lange noch, ertragen muß, wieder einmal erschüttert und zum Schwingen gebracht hätten, als wären Vergangenes und Gegenwärtiges unseres Zeitalters, unserer Geschichte durcheinandergewirbelt und zu einer undifferenzierbaren Masse erstarrt, ohne Vokabel, ohne Gefühl. Ich kenne die Erschütterungen bei mir selbst und bei meinen Patienten der ersten und zweiten Generation. Um zu den zwei Briefschreibern zurückzukehren: der eine, der Mann, obwohl jünger an Jahren als ich, ein alter Bekannter, unser Kontakt erstreckte sich auf sporadische Briefwechsel und ebenso sporadische persönliche Fühlungnahme, schrieb mir, er habe beim hastigen Öffnen eines Bücherpaketes aus einem Antiquariat die *Tagebücher 1903–1939* von Oskar Loerke durchblättert und zu seinem Entsetzen, wirklich: er schrieb »Entsetzen«, festgestellt, daß Loerkes Eintragungen vom 10. Dezember 1932 und 6. Januar 1933, wo er vom »jungen Keilson« spricht, ihm die vergangene Zeit und die Zeitläufe von mehr als 60 Jahren bewußtgemacht hätten, wenn er sich über 14 Tage auf Reise zu mir begebe. Er kam hauptsächlich der Haager Vermeer-Ausstellung wegen. Dies war das eine. Die andere Sendung kam aus der Schweiz, aus Zürich. Sie enthielt, wie bereits vorher angekündigt, die Rede, die Jean Améry im Süddeutschen Rundfunk am 7. März 1966 unter dem Titel »Ressentiments« gehalten hatte. In ihr entfaltet Améry, als Opfer, sein Verhältnis zu der Bundesrepublik und der bundesdeutschen Gesellschaft jener Jahre und seine Erwartungen, seine zu hohen Erwartungen für die Zukunft aus der Sicht seiner Erlebnisse in der Emigration, im Widerstand in der belgischen Resistance, und, nach seiner Arrestierung, im Gefängnis, in verschiedenen Konzentrations- und Vernichtungslagern. Was ihn dort erwartete, bedarf heute keiner Erläuterung mehr.

Ich kannte Amérys Rede nicht. Sie war mir neu. Aber ihre Problematik war mir nicht fremd. Ich weiß nicht, ob Sie sie kennen. »Manchmal fügt es sich, daß ich sommers durch ein blühendes Land reise«, so beginnt sein erschütternder Bericht, und er erinnert sich, wie er Mitte 1945 befreit aus dem letzten Lager, auf dem Wege nach Hause, nach Brüssel, das seine Heimat nicht ist, reist. War es damals auch ein blühendes Land, möchte man fragen. Ich möchte vorläufig darauf nicht weiter eingehen und eine kleine Erklärung einfügen.

Als die Vorstellung, daß ich hier vor Ihnen, hinter diesem Pult stehen würde, um, wie es sich gehört, eine Antrittsvorlesung zu halten – als diese Vorstellung immer deutlichere Konturen annahm, an Wirklichkeit gewann, wurde mir der sanfte Zuspruch des Dekans des Fachbereiches, dem ich meine Berufung verdanke, im Laufe einer orientierenden Besprechung hier in Kassel wieder gegenwärtig. Beim Nachdenken über das Thema dieser heutigen Veranstaltung – ich hatte, was man ein streng-wissenschaftlich abstraktes, theoretisches Vorhaben nennt, im Kopf – bat mich mein Gegenüber, mein Gesprächspartner, ich möge auch das persönlich-biographische Element nicht ausgrenzen. Wie könnte ich auch. Schließlich erwartet man von einem Gast ja Geschichten, vielleicht aus fremden Ländern, die er bereist und erfahren hat. Und ich, eingedenk der allgemeinmenschlichen Neugierde, die ja auch mein Fach prägt, beschloß, dieses subjektive Moment nicht zu verwahren und seinem Wunsch zu willfahren.

Es fügt sich, daß ich, ein Sommersemester lang, in einer blühenden Stadt verbleibe. Ich kenne diese Stadt, bin schon früher einmal, 1932, hier gewesen, als Musiker auf der Trompete und Geige, in einer »Band«, ungefähr 10 Mann stark, mit jüdischen und nicht-jüdischen Musikern, zum Teil Studenten der Berliner Universität. Ich erinnere mich noch genau an die Musik, die wir damals spielten: *Tiger Rag, Ain't misbehavin', I can't give you anything, Some of these Days* u. a., und auch an die Bühnenshows, die wir spielten, hier in Kassel, in Zwickau und Chemnitz, an die reizenden Tänzerinnen der Truppe und an so manches, was nicht gerade in eine Antrittsvorlesung gehört.

Der Kapellmeister nannte sich »Mario Guido«. »Welcher Jude verbirgt sich hinter diesem Namen«, schrieb eine Kasseler Zeitung. Es war nicht sehr freundlich, es war der Anfang der Historie. Sie ist in ihren individuellen und allgemeinen Verzahnungen, was die Täter betrifft, nur im Allgemeinen, nicht im Individuell-Subjektiven erfaßt und beschrieben. Ich werde später auf diesen Gedanken zurückkommen.

Aber sie hatte recht. Er hieß Max Goldberg und war ein Jude, ein etwas rundlicher, schwarzhaariger, cholerischer Mann, jedoch gutmütig und gemütlich, wie viele Choleriker. Und er bezahlte redlich, und dies war für uns, Studenten, sehr wichtig. Wir hatten das Geld bitter nötig. Von Musik hatte er, so glaubten wir, nicht viel Ahnung. Er stand vor der Kapelle und schlug den Takt. Bei den Proben hatten wir ihm die Noten auf den Kopf gestellt gegeben – ohne daß er es zu Beginn merkte, dirigierte er weiter. Aber seine Frau, eine Nichtjüdin, sie sang verschiedene damals populäre Hits auf ansprechende und kultivierte Weise, hatte eine musikalische Ausbildung genossen und merkte unseren nicht sehr erhabenen Schabernack. Sie glättete bereits die ersten Falten einer Palastrevolution hinter den Kulissen.

Aber kehren wir zu Hannah Arendt und den beiden Briefschreibern zurück. Der erste, mit dem Hinweis auf die Tagebuchaufzeichnungen meines ersten Lektors im Verlag, Oskar Loerke, lenkte meine Gedanken wieder auf eine Episode meiner Historie, den Eintritt und Rauswurf aus der deutschen Literatur, dem im darauffolgenden Jahr die Wiederholung in der Medizin folgte. Zum Glück konnte ich die sozial-ökonomischen Folgen dieser Maßnahmen durch meine Ausbildung an der Preußischen Hochschule für Leibesübungen in Spandau als Lehrer an verschiedenen Schulen der jüdischen Gemeinde Berlin, dem jüdischen Landschulheim Caputh, wo ich im Einstein-Haus eine Adoleszentengruppe betreute, und der Theodor-Herzl-Schule, Berlin Kaiserdamm, auffangen.

Diese biographischen Notizen müssen als Unterteile eines historischen Ablaufes gewertet und gedeutet werden, der ihnen erst ihre Bedeutung und ihr Gewicht verleiht. Die »subjektive Relevanz«, nach einer Prägung von Erwin Straus, erhält erst in der »historischen Modalität«, der Anwesenheit einer jüdischen Minderheitsgruppe im Deutschland der Jahre, in die mein Leben eingebettet ist, ihre volle Gestalt. Es sind, unter dem Aspekt der sogenannten »Endlösung« betrachtet, die Jahre, die ich bei meiner Untersuchung nach den Sequenzen eines Traumatisierungsgeschehens als »erste traumatische Sequenz« beschrieben habe. Ihre innere Vulnerabilität reicht jedoch weiter zurück. Wenn man eine Geschichte erzählt, soll man sie, wenn auch nur auf fragmentarische Weise, von Anfang an erzählen, von guten und von bösen Zeiten. Was die inhärente Situation betrifft, erfuhr ich bereits als Kind von sieben oder acht Jahren den Aussonderungszustand, in dem ich mich befand. Daß dieser bereits sehr früh und auf einem kindlich-primitiven Niveau sich offenbarte, läßt seine Virulenz desto vehementer und eindringlicher erscheinen. Ein ungefähr anderthalb Jahre jüngerer Junge rief damals, mitten im Spiel, auf einmal aus: »Die Juden haben nur ein Ei im Sack, das andere hat ihnen der Doktor herausgeschnitten.« Ich lief entsetzt und verängstigt weg vom Spielen – ich spielte gerne mit den anderen Kindern und auch mit diesem Jungen – zu meinen Eltern, die mich auf eine aufgeklärte Weise auffingen und besänftigten.

Der Versuchung, auf die hier aktivierten Kastrationsängste bei beiden Beteiligten näher einzugehen, werde ich nicht völlig erliegen, mich ihr aber auch nicht völlig entziehen können. Die soziokulturelle Auslegung der circumcisio im Rahmen eines religiösen Rituals als Kastration mag für einige hierfür disponierte Strukturen ihre Gültigkeit behaupten. In dem spezifischen Gruppenprozeß des religiösen und säkularisierten Judenhasses sind noch andere, fundamentale Elemente wie z. B. die Projektion auf einen Sündenbock im Spiel. In den Bann von Ängsten gezogen zu werden, weist Ähnlichkeiten mit der Faszination des Hasses auf, in dessen Bann man gerät, wenn er, von der ambivalenten Achse menschlichen Verhaltens getrennt, als ein auf sich selbst gestelltes Phänomen erlebt und ausagiert wird.

Erst viel später begriff ich, daß dieser Junge seine eigenen Ängste um seine Geschlechtsidentität hinausgeschrien hatte, in der irrigen Annahme, mit der Lust, den anderen zu quälen, und mit dem Triumph, dessen Ängste zu provozieren, gehe er für den Moment und vielleicht für immer seiner eigenen Ängste verlustig, indem er sie dem anderen aufbürdet. Man findet diesen Mechanismus in der Vorurteilsforschung wieder, bei der Projectio auf einen Sündenbock und in dem Verhältnis Verfolger-Verfolgte bei man-made-disaster-Traumatisierungen. Dabei war er eigentlich ein ganz netter, verträglicher Junge, etwas weichlich, mit mädchenhafter Motorik, während sein anderthalb Jahre älterer Bruder ein robuster Typ war. Wir spielten oft zusammen. Nach dem Kriege hat man mir bei einem meiner Besuche an meinem Geburtsort von seinem Schicksal berichtet.

Wenn man sich im Alter, mit der Geschichte der Shoah im Hintergrund, aller derer erinnert, mit denen man als Kind gespielt oder als Schüler in einer Klasse gesessen oder als Student in der Anatomie und in den Praktika der Institute zusammengearbeitet hat, und Schmerzen und Trauer das Unwiederbringliche der unvergessenen Verluste für immer bewahrt haben, kann es geschehen, daß man sich, wiederum im Alter, neuen Einsichten und Überlegungen gegenübersieht, denen man sich stellen muß. Mit dem Wandel der Persönlichkeit verändert sich auch die Qualität der Erinnerung. Aber diese Veränderung geht mit neuen Problemstellungen einher. Was heißt hier: Veränderung der Qualität? Es bedeutet nicht nur eine Abnahme des Gewichtes der Geschehnisse und Untaten, denen man ausgeliefert war, im Sinne einer Abschwächung oder Verhärtung, daß man sie anders abwägt. Es geht auch nicht um die Geschichte im Sinne des zeitlichen Ablaufes und

Vollzuges von einander folgenden Ereignissen, als handele es sich um eine Manifestation von anonymen Mächten, die sie steuerten. Was die Traumaforschung von jeher interessiert hat, ist die Frage nach der Funktion und der Rolle der Menschen in diesem Verlauf, in diesen Verwicklungen, d. h. an erster Stelle der überlebenden Opfer, denen Hilfe geboten werden muß. Ihre Position als Überlebende war schließlich in diagnostischer Hinsicht innerhalb des medizinischen und psychologischen Rahmens einer Untersuchung eher zugänglich und dadurch adäquater zu erfassen und zu beschreiben als, wenn man einmal von klischeeartigen Generalisierungen absieht, die innere Beschaffenheit der Täter, insofern sie sich nicht selbst umgebracht hatten. Dazu kommt, daß psychiatrische Untersuchungen der Täter, der Urheber, Anstifter und Vollstrecker des man-made disaster, im Auftrag einer Gerichtsbarkeit geschahen, mit den ihr inhärenten Implikationen. Wenn man die Frage stellt, wie es wohl bei einem Kinde zu diesem oben erwähnten Durchbruch von Angst und Haß auf einen anderen kommt, stellt man die zentrale Frage nach den vorhergegangenen und vorbereitenden Geschehnissen der Dezennia, als Auschwitz noch kein Begriff war.

Jean Amérys Rede ist das Dokument eines Menschen, eines Überlebenden, wie es ergreifender und beispielhafter für die Periode »danach«, die ich in meiner Follow-up-Untersuchung die »dritte Traumatische Sequenz« genannt habe, nicht gedacht werden kann. Seine literarische Dignität kann jedoch die Wucht des Erlittenen nicht verringern, im Gegenteil, sie vertieft die Wunden und bindet sie unlösbar an eine Dimension, in der Rettung nicht mehr möglich ist, um von Heilung zu schweigen. Jean Amérys Schicksal, dem er fünf Jahre später erlag, war mir bekannt. Da ich meinte, in der oben erwähnten Rede bereits die frühen Anzeichen dieses selbstgewählten Loses zu erkennen, und ich meiner Professionalität hier nicht das Recht eines Endurteiles zubilligen wollte, gab ich sie einem Manne, mit dem ich schon seit einiger Zeit professionelle Kontakte unterhielt.

Es handelt sich um einen holländischen qualifizierten Facharbeiter, 1922 in Amsterdam aus einem Arbeitermilieu geboren. Als junger Bursche wurde er zum Arbeitseinsatz nach Deutschland auf eine Werft der Kriegsmarine in Vegesack bei Bremen transportiert. Bei einer Essensausgabe kam es, meinem Gewährsmann zufolge, mit einem deutschen Arbeiter, der sich vordrängelte, zu Rangeleien zwischen ihm und diesem Mann, und nachdem sich deutsche und ausländische Arbeiter in die Auseinandersetzung einmischten, zu Prügeleien. Ein anderer, älterer holländischer Zwangsarbeiter kam ihm zu Hilfe und nutzte dabei die Gelegenheit, um seinen Unmut in allgemein gehaltenen Schimpfkanonaden gegen »die Deutschen« zu ventilieren. Das Ende vom Lied war, daß der eine Holländer nach Neuengamme deportiert wurde, wo er alsbald starb, und der andere, der Anstifter, mein Informand, in ein Straf-Erziehungslager nach Varge transportiert wurde. Er blieb dort drei Monate, genau die Zeitgrenze, um noch Überlebenschancen zu haben. Als er nach Vegesack zurückkehrte, wog er noch 40 Kilo. Bei der Essensausgabe fiel er durch sein Aussehen der dicken deutschen Köchin auf. Mit ihrer großen Schöpfkelle reichte sie tief in ihren Suppenkessel, um den »Nachschlag« herauszufischen. Als ich sagte, daß ich diesen Ausdruck nicht kenne, sagte er: »Jeder Zwangsarbeiter kennt das Wort Nachschlag.« Da er gut Deutsch sprach, er führte nach dem Kriege oft das Wort bei Zusammenkünften der ehemaligen Zwangsarbeiter in Bremen, auch sah ich ihn einmal im deutschen Fernsehen, gab ich ihm Amérys Rede. Er hatte auf Holländisch einige Aufsätze verfaßt, die auch ins Deutsche übersetzt und veröffentlicht waren. Eine Arbeit von ihm *Onder de stolp van het boze* (*Unter der Glocke des Bösen*) hatte einer Anthologie von Erinnerungen von holländischen Zwangsarbeitern den Gesamttitel verliehen. Er fand Amérys Deutsch keine leichte Kost. Zuvor hatten wir uns über linguistische Probleme unterhalten, über bestimmte, oft gebrauchte fäkale Ausdrücke im Lager wie »Schweine, Scheiße, Arschloch«. Da die meisten Arbeiter auch im Straf-Erziehungslager kein Deutsch verstanden, entging ihnen z. B. die Bedeutung des Weckrufes am Morgen: »Aufstehen, Schweinehunde« und dergleichen. Wir versuchten verschiedene dieser Ausdrücke ins Holländische zu übersetzen und die Frequenz ihres Gebrauches zu ermitteln.

Alsbald wurde mir deutlich, daß den oft beschriebenen Regressionen der Gefangenen die Regression ihrer Wächter und Folterer vorausgegangen war, wie zuerst an ihrem Sprachgebrauch deutlich wurde. Dieser Gedanke erscheint mir für jedwede Gemeinschaft, jedes Volk Gültigkeit

zu beanspruchen, wenn es zu seiner nationalen oder völkischen Selbst-
behauptung meint, zu sogenannten »inhumanen« Methoden greifen zu
müssen, die man, ohne zynisch gestimmt zu sein, geradeweg als dem
Menschen sehr eigen auffassen muß: man-made disaster.

Aber noch zwei andere Gedanken kamen im Gespräch nach oben.
Mein Gegenüber – ich werde ihn Klaas nennen, obgleich er mir völlige
Offenheit betreffs seiner Identität zugestanden hat – hatte selbst einige
Gedanken aufgeschrieben. Er konnte sich völlig in Amérys Gefühlswelt
einfühlen. Ja, er ging noch einen Schritt weiter, er meinte, daß man
viele Generationen später die als Helden preisen werde, die man als
Zeitgenosse und Zeitzeuge als Mörder und Verbrecher verdammte. In
seiner schriftlichen Darstellung, die er mir gab, berichtet er von einem
französischen Kriegsgefangenen, der ihm in Bremen/Vegesack Geschichtsunterricht gab. Klaas schrieb: Napoléon grand / – Hitler petit.
Napoleon gut /– Hitler kaputt.

Und dann folgte eine phantasievolle Zukunftsbeschreibung, die ich
Ihnen nicht vorenthalten möchte. Hundert Jahre später fallen aus dem
Osten Völker in Europa ein, besetzen die Länder, deportieren Men-
schen. Fern von seiner Heimat sieht Klaas einen Deutschen und einen
Holländer als Zwangsarbeiter in einer Munitionsfabrik am Werke. Der
Deutsche gibt Geschichtsunterricht, er sagt: Hitler groß / – Saddam
klein. Hitler gut / – Saddam kaputt.

Manch einer unter Ihnen wird sich vielleicht ob der Ideen über den
Verlauf der Geschichte und der Historisierung ihres Verlaufes so seine
Gedanken machen. Wahn und Geschichtsschreibung stiften oft eine
fatale, fast unentwirrbare Verzahnung, vor allem bei der Beschreibung
totalitärer Systeme, die an sich schon wahnhaft genannt werden müssen. Auch die Psychoanalyse hat historische Dimensionen in ihr Paradigma integriert. Einzig aus dieser Kompetenz heraus kommen mir
einige Überlegungen als Fazit aus den Gesprächen mit meinem Gegenüber. Inwiefern entspringen seine Aufzeichnungen und Gedanken
nicht auch den tiefen Regressionen eines Ex-Zwangarbeiters und
-Strafgefangenen und sind als komplementär den oben erwähnten linguistischen Signalen zuzuordnen. Selbst die dicke Köchin mit dem
»Nachschlag-Schöpflöffel« fand er keine sympathische Figur, obgleich

er ihr vielleicht doch sein Leben verdankt. Amérys Text schmerzt tief, sagte Klaas. Der Traum von einer besseren Welt, den viele, auch Améry, in den Konzentrations- und Vernichtungslagern hegten, entartete in einen Alptraum.

Ist dieses profunde ambigue Verhältnis nicht dafür verantwortlich zu machen, daß die dritte traumatische Sequenz, die die Fähigkeit besitzt, die Kette der Traumatisierung zu brechen, zu mildern, aber auch zu verstärken, bei erwachsenen Überlebenden psychotherapeutisch so schwer zu bearbeiten ist? »Zu großer Idealismus ist auch keine gute Sache«, sagte Klaas. »Aber was soll's«, fügte er hinzu: »es gibt keine Meßlatte für Traumatisierungen durch man-made disaster.«

Damit hat er auf seine Weise das Problem der Intensität einer Störung, einer eingreifenden und anhaltenden traumatischen Erfahrung, zum Ausdruck gebracht, dem wir Psychoanalytiker bisher vielleicht zu wenig Aufmerksamkeit geschenkt haben.

Daß sich Améry bei seinen Reisen durch ein blühendes Land mit seinen einer tiefen Enttäuschung entspringenden Erwartungen eines schnellen Wiederaufblühens des deutschen Volkes – nicht nur in ökonomischer Hinsicht, versteht sich – aufs neue abhängig gemacht hat von Kräften außerhalb seiner eigenen Person, erschien uns beiden, Klaas und mir, als ein tragisches Paradox, dem wir den Respekt nicht versagen konnten.

Zum Schluß meiner Ausführungen möchte ich die Gedanken wiederaufnehmen, die ich bereits zu Anfang leicht angedeutet hatte, ich meine den Inhalt des ersten Briefes, das Entsetzen des Mannes, als er die Geschehnisse von vor 60 Jahren überdachte.

War es nur seine moralische Entrüstung, der er auch im Gespräch, das wir in den Niederlanden führten, Ausdruck verlieh? Oder gab es noch andere Aspekte? Ihn beschäftigte die Frage, die bereits Erich Fromm in seiner Untersuchung *Arbeiter und Angestellte am Vorabend des Dritten Reiches* auf einem anderen Niveau zu beantworten versuchte: Wie kam es zu dem allem, wie war es überhaupt möglich, daß geschehen konnte, was geschehen ist in diesen ersten Jahren?

Ich habe sie bereits bei dem Angst- und Haßausbruch meines früheren Spielkameraden gestellt. Was geschah mit dem einzelnen in den entscheidenden Jahren 1932–1936? Welches waren die Elemente der kollektiven Verführung, wenn man diesen Terminus nicht als Entschuldigung für die Unterwerfung unter ein totalitäres System und für die Selbstaufgabe jeglicher persönlicher Verantwortung verstanden wissen will? Welches waren oder sind die vorbereitenden Faktoren gewesen, vielleicht schon seit langem wirksam in ihrer Geschichte, denen beinahe ein ganzes Volk erlag? Ist es die Banalität des Bösen, wie Hannah Arendt meinte? Oder ist es nicht vielmehr die Banalität des täglichen Lebens mit seinen simplen Entscheidungen, Karriere zu machen, Geld zu verdienen, eine Familie zu unterhalten, dazuzugehören, wie es jüngst in seiner Dissertation der niederländische Historiker Dick de Mildt *In the Name of the People* (an der juridischen Fakultät, am van Hamel Institut Amsterdam, das unter der Leitung von Prof. Rüter weltweites Ansehen genießt) formuliert hat. Was war geschehen, daß junge Menschen aus konservativ-bürgerlich-religiösen Familien, Personen ohne psychopathische oder delinquente Strukturen, nach 1933 aus diesen simplen und banalen Motiven heraus als Ärzte in die Aktion Reinhard gerieten, ihre ärztlichen Befunde über die Todesursachen der von ihnen ermordeten, abgespritzten »deutschstämmigen« behinderten Kinder fälschten und mit einem fiktiven Namen signierten, und daß sie letztlich in den Todeslagern im Osten zu Kriegsverbrechern wurden? Hatte die unkritische Übernahme kollektiver Identifizierungsangebote in Wirklichkeit die unheilvolle Funktion, die eigene Identität zu stärken durch die Paralysierung moralischer Hemmungen? Kein Problem steht isoliert für sich. Auch in der Traumaforschung gilt es, die Zusammenhänge zwischen den verschiedenen Gedanken, die Zwischenräume zwischen den verschiedenen Feldern der Wissenschaften zu befragen.

Es leben noch heute Menschen in Deutschland, die damals auf der Seite der Machthaber standen, die in jenen entscheidenden Jahren zu Haltungen und Entschlüssen kamen, die sie später in einer Ideologiekritik wissenschaftlich als Irrtum identifizierten und mit einem Neubeginn korrigierten. Man sollte es nicht unterlassen, sie zu befragen. Die moralische Entrüstung über die Folgen von Krieg und Verfolgung bleibt eine legitime Reaktion, und ihre wissenschaftliche Auswertung, auch hinsichtlich der zweiten und dritten Generation, behält ihre Dignität. Aber sie sollte uns nicht hindern, die entscheidenden dreißiger Jahre in Deutschland, die die »erste traumatische Sequenz« mit vorbereiteten, in ihren sozialen und psychologischen Dimensionen und Verzahnungen zu untersuchen, um auch in präventiver Hinsicht Einsicht in Mechanismen zu erhalten, die dazu führten, daß geschehen konnte, was geschehen ist.

Hegel soll geschrieben haben: »Das einzige, was der Mensch aus der Geschichte lernt, ist, daß er nichts daraus lernt.« Nun, zu Hegels Zeiten gab es noch keine Psychiatrie, kein psychoanalytisches Paradigma und keine Traumaforschung. Vielleicht unterschätzte Hegel die menschliche Neugierde und andere, auch menschlich angenehmere Tugenden. Sehr merkwürdig für einen Philosophen seines Ranges, von dem es heißt, daß es zu seinen Vergnügungen gehörte, Jahrmärkte und Kirchweihfeste zu frequentieren. Noch einmal, die moralische Entrüstung, so legitim sie auch ist als Antwort auf Verbrechen gegen die Menschheit, darf kein Hindernis sein, dem analytischen Kerngedanken: »das Ich ist nicht Herr im eigenen Haus«, zu neuen Einsichten zu verhelfen. Wir dürfen nie aufhören mit unseren Gedanken und Fragen, so daß es einmal vielleicht doch ein bescheidener Hausherr wird. Die Antwort liegt bei Ihnen, meine sehr verehrten Damen und Herren, bei uns allen.

Ich danke der Universität Gesamthochschule Kassel für die Einladung. Sie bedeutet mir viel. Als Gast auf dieser Erde finde ich eine Gastprofessur meinem Alter und den Wechselfällen meines Lebens angemessen. Daß sie den Namen von Franz Rosenzweig trägt, stimmt mich wehmütig und nachdenklich. Dixi.

(1996)

Die Faszination des Hasses

Das Verhältnis von Juden und Christen in Deutschland.
Ein Versuch

Die Liebe ist, will man der Operette, die dies verkündet, Glauben schenken, eine Himmelsmacht, unwiderruflich. Welche Macht, möchte man dann fragen, verdichtet das Faszinosum des Hasses? Die Hölle etwa? Der Himmel liegt, oder ist, wie allgemein bekannt, oben. Die Liebe kommt demnach, wie der Segen also, von oben. Sie »erhebt« den Menschen, sowohl den, der liebt, wie auch den, der sich geliebt weiß. Dies »Sich-in-Liebe-vereint-Wissen«, aktiv oder passiv, schafft Sicherheit, Vertrauen, Wärme, Frieden. Alles in allem: Lieben wirkt erhebend, erbauend, aufbauend.

Wenn die Hölle, ausgestattet mit einem Schlund, aus dem giftige, tödliche Gase aufsteigen, unten liegt, folgt daraus, daß auch der Haß, das Hassen mit den Dämpfen von unten aufsteigt? In welche Richtung zielt am Ende sein Wirken, das, analog den Liebesgefühlen, »Sich-im-Hassen-vereint-Wissen« (wenn es so etwas in den Gefilden des Hasses überhaupt gibt), worauf zielt es, nach unten, in die Hölle, den Abgrund? Ist das Faszinosum des Hasses der Abgrund, in dem das, was in ihm versinkt, zugrunde geht, zerstört am Boden liegt oder bereits vergangen ist? Oder verspürt ein Mensch erst beim Erklimmen eines Berges, wenn er hochoben angelangt ist und in die Tiefe hinabschaut, im Schwindel der Höhenangst zugleich den Sog des Abgrundes, das Schweben zwischen oben und unten, hoch und tief, den Odem der Hölle etwa?

Es nimmt immer wieder wunder, in welchem Maße sich primäre Kategorien eines verstohlen magisch-archaischen Weltbildes – in ihm sind die Freund-, aber in noch vehementerem Grade die Feindbilder der nicht-jüdischen Umwelt von der Existenz des Juden angesiedelt – mit den polaren Einstellungen, Himmel – Hölle, Liebe – Haß, oben – unten, Tod und Leben, wie von selbst einstellen, wenn man die verschiedenen Elemente überdenkt, die zu den Inhalten des eigenen »Selbst« beigetragen haben, dessen Wahrnehmung zur Diskussion steht.

Wer sich als Jude, der viele Dezennia deutscher und europäischer Geschichte bewußt erfahren hat, mit dem Problem der Feindschaft zwischen Juden und Christen befaßt, sieht sich nicht nur der paradoxen, aber gleichwohl heilsamen Aufgabe gegenüber, zwei psychologische Phänomene: »Vorurteil« und »Haß« ohne Vorurteil und Haß zu reflektieren, soweit dies überhaupt menschenmöglich ist. Er wird sich außerdem mit den Fragen der Selbstwahrnehmung und des Selbstverständnisses des jüdischen Individuums im deutschen und europäischen Raum auseinandersetzen müssen, seine Rolle als »Sündenbock« betreffend, wie sie ihm durch seine Umwelt vorurteilsbedingt vordefiniert und aufgezwungen wurde. Man wird dann auch gewahr, wie die christianisierten europäischen Völker diesem manifest oder latent in ihnen lebenden Vorurteil im Verlauf ihrer Geschichte in stets unterschiedlicher Form Ausdruck verliehen haben und wie leicht das diskriminierende Vorurteil in Haß, Verfolgung und Vernichtung umschlägt, ein psychologisch simples, deutbares Phänomen, das in seiner Vehemenz bekannt ist und oft unterschätzt wird.

Eine Bemerkung zuvor. Ich habe bewußt den 1879 von Wilhelm Marr geschaffenen Begriff »Antisemitismus« nicht gebraucht. Er erscheint mir pseudowissenschaftlich, verharmlosend, und er deckt bei weitem nicht mehr, was »Judenhaß« durch die Jahrhunderte zuwege gebracht hat. Er erweckt den Eindruck, als sei Judenhaß ein Phänomen der Moderne, entstanden aus den gesellschaftlichen Strömungen des letzten Jahrhunderts. Diesem Mißverständnis kann nicht deutlich genug entgegengetreten werden.

Hinzu kommt die unleugbare Tatsache, daß das vorliegende Unternehmen retrospektiver Natur ist. Das geschichtliche Endergebnis steht fest: die Vernichtung der jüdischen Minderheitsgruppen in Deutschland und mit ihr das, was die jüdische Gemeinschaft in den verflossenen Jahrhunderten trotz allem in guten und bösen Tagen an ideellen und materiellen Gütern individuell und kollektiv im deutschen Raum hervorgebracht hat. Man kann darüber mit Gefühlen von Trauer be-

319

richten oder voller Wut und Haß, mit Ressentiments, in der vielleicht unbewußten Zielsetzung, Geschehnisse korrigieren zu wollen. Es wird nichts nützen. Das jüdische Selbstverständnis hat alle diese Modalitäten in seine Erwägungen einzubeziehen, auch die Vernichtung der jüdischen Gemeinschaften in den von den deutschen Truppen besetzten Ländern. Die Geschichte der Juden in deutschen Landen ist oder korrekter: war zwar nur ein unbedeutender Faktor in der Geschichte des deutschen Volkes und war hierin dem zahlenmäßigen Anteil der Juden in der Gesamtbevölkerung ähnlich. Er betrug 1935 ungefähr 0,75%, während indessen neun Zehntel aller Juden in der Welt – darum nannte man sie auch »askenasische« – des Deutschen mächtig waren, meistens in seiner ursprünglich mittelalterlichen Form.

Der Einfluß der Umwelt auf die Entwicklung und Gestaltung des »Selbst« eines Menschen durch die Sprache und was sie vermittelt, kann schwerlich überschätzt werden. Auch dies gilt für die jüdische Gruppe als Ganzes und für den jüdischen einzelnen. Die verschiedenen Zeitalter der deutschen Geschichte haben, wie im Wüstensand, auch in der Geschichte der Juden ihre Spuren hinterlassen. Desto größer die Notwendigkeit, nicht nur die grausamen Fakten der Geschichte aufzulisten, sondern sich auch auf die hinter ihnen wirksamen Triebfedern zu besinnen. Doch bietet eine Deutung noch keinen Trost. Im Gegenteil, selbst die Erinnerung an Kooperationen in der Vergangenheit, an Bündnisse, Freundschaften und Errungenschaften ist geätzt mit den Schwaden der Vernichtung. Was sind das für Zeiten, könnte man mit Bert Brecht sagen, daß man nicht mehr fragen kann, ob Sigmund Freud sein Werk auch in einem anderen Sprachraum hätte schaffen können, da dem Schweigen der Ermordeten keine Antwort zu entnehmen ist?

In psycho-soziologischen Handbüchern wird zu Recht ausgeführt, daß das Vorurteil auch das Verhältnis von anderen Gruppen zueinander bestimmen kann, wie etwa die Beziehungen zwischen weiß – farbig, protestantisch – katholisch, arm – reich, und daß dieses Verhalten eng zusammenhängt mit dem Auftreten von Minderheiten in bestimmten kulturhistorischen und Krisensituationen.

Wenn man sich einmal näher mit der Rolle befaßt, die das Vorurteil

320

im Leben des einzelnen wie auch in dem von Gemeinschaften spielt, dann bemerkt man erst die Schwierigkeiten, die einer psychologischen Definition des Judenhasses im Wege stehen, zumal man sich auch vorstellen kann, daß bereits die Anwesenheit einer jüdischen Minderheit, die sich selbst als »das auserwählte Volk« verstanden hat, in den christianisierten, europäischen Völkern von jeher ein etwas verwirrendes und zugleich anmaßendes Bild gestiftet hat. Zugleich erkennt man jedoch die Virulenz einer menschlichen Haltung, die seit den Kreuzzügen, kirchlichen Segregationsentschließungen mit Ghettoisierungen und »gelbem Fleck« auf Kleidungsstücken, über spanische Schmerzbänke, Luthers Brief *Über die Sabbatäer an einen guten Freund,* ein gehässig halbleises Geflüster im Salon und die *Protokolle der Weisen von Zion* bis zum *Stürmer* und der Juden- und Rassengesetzgebung schließlich zu dem allen führt, wofür »Auschwitz« steht. Für den Historiker und den Soziologen ist diese nackte Aufzählung von historischen, judenfeindlichen Manifestationen gewiß unannehmbar. Sie können darauf hinweisen, daß bestimmte judenfeindliche Manifestationen, etwa die des Mittelalters, nicht ohne ihren soziokulturellen Hintergrund betrachtet werden dürfen, weil eine Epoche, in der bereits einfacher Diebstahl mit »Rad und Galgen« bestraft werden konnte, krankhaften Vorstellungen von Dämonenfurcht, Hexenwahn, Angst vor ansteckenden Krankheiten und ähnlichem leichter anheimfiel.

Gewiß, wenn man die Geschichte des Judenhasses studiert, kann man verschiedene Grundmotive unterscheiden, das religiöse, das ökonomische und das politische. Dabei muß man betonen, daß schon im Ausgangspunkt ein Unterschied besteht zwischen Judenverfolgung, um »Christi Blut zu rächen«, und Verfolgungen wegen biologisch-rassischer Scheinlehren, in denen sich, zu spät von den Kirchen erkannt, ein neues Heidentum zu konstituieren versuchte.

Den Psychologen jedoch interessiert in erster Linie der feindliche Unterton und die Kreation eines Sündenbockes, die alle bisher erwähnten Geschehnisse miteinander verbinden. Das Studium der Geschichte des Judenhasses lehrt, daß die erwähnten Formen, Motive und Aspekte nur als Kulissen gesehen werden können, zwischen denen, bei einer mit jedem Bild sich verändernden Umgebung, immer wieder dasselbe

Stück aufgeführt wird, nämlich das Drama des menschlichen Vorurteiles und Hasses. Dieser feindliche Unterton klingt bereits bei der ersten Konfrontation beider Parteien, und zwar im religiösen Umfeld mit und bestimmt auch weiterhin ihr Verhältnis.

Schon im alltäglichen Leben wird uns das Phänomen des Sündenbockes in verschiedenen Entwicklungsstadien vorgeführt. Das kleine Kind, das sich bei seinen Versuchen, die Außenwelt zu erkunden, zu erobern, zu kontrollieren, an einem Tische stößt, erlebt den Tisch als den Schuldigen für seine motorische Unvollkommenheit. Seine Wut und sein Haß richten sich in erster Instanz auf den Sündenbock Tisch. In einem anderen Entwicklungsstadium wird ein Kind, das an Enuresis nocturna leidet, seinen Bär, der bei ihm schläft, als den Schuldigen betrachten und bestrafen. Die psychotherapeutische Praxis bestätigt, daß jeder Mensch dazu neigt, die Schuld für seine Konflikte, Fehler und Versäumnisse bei anderen zu suchen. Auf diese Weise befreit er sich von eigenen Schuldgefühlen und von Gewissensfragen nach seiner eigenen Beschaffenheit, seinen eigenen Schwächen. Warum, so lautet dann die Frage, ist das Vorurteil und der Haß gegen die Juden in der Geschichte so konstant geblieben? Lassen Sie mich dieses wichtige Problem nur kurz streifen, ohne auf die alttestamentarisch-religiösen Wurzeln, die Funktion des Sündenbockes betreffend, der, mit den Sünden der Gemeinschaft beladen, in die Wüste geschickt wird, näher einzugehen. Der Opfertod des Sündenbockes tilgt eigene Schuld.

Von welcher Seite man sich diesem Problem auch nähern will, von der religiösen, ökonomischen oder politischen: Die Juden haben in allen Zeiten die Rolle des Sündenbockes spielen müssen. Das Mittelalter sah sie als Hexen, Mörder, Kannibalen, sie hatten alle nur denkbaren Abnormitäten, sie repräsentierten den Teufel, den Widersacher der Schöpfung.

In seinen *ABC's of scapegoating* hat G. W. Allport (Chicago 1944) vier Gesichtspunkte als Bedingungen für die Schaffung eines Sündenbockes herausgestellt:

1. der Sündenbock muß leicht zu unterscheiden sein,
2. er muß leicht erreichbar sein,
3. er darf nicht zurückschlagen können,

4. er muß bereits früher Sündenbock gewesen sein, so daß schon ein kleiner Vorfall den feindlichen Unterton zur heftigen Aggression anschwellen lassen kann.

Alle diese vier Punkte wurden von den Juden erfüllt. Die Bedeutung der Errichtung des Staates Israel fällt außerhalb dieses Referates.

Neulich fragte ich eine Bekannte, ob sie mir eine Definition des Begriffes »Haß« geben könne. Ohne Zögern antwortete sie: »Haß, das ist Un-Liebe«. Als ich sie darauf fragte, was denn dann »Liebe« sei, sagte sie etwas zurückhaltender: »Aber das weiß doch jedes Kind.«

In *Meyers Lexikon* aus dem Jahre 1901 fand ich unter dem Stichwort »Haß« folgende Beschreibung:

> Haß, als Gegensatz der Liebe (s.d.) die zum Affekt bez. zur Leidenschaft gesteigerte Abneigung, welche, wie alle Affekte, bei genügender Stärke auch äußerlich (in Haltung und Miene) zum Ausdruck kommt. Dem Hassenden ist der Anblick, ja oft schon der Gedanke an die Existenz des Gehaßten unerträglich, er sähe denselben am liebsten völlig vernichtet, und dieser Wunsch setzt sich bei gebotener Gelegenheit leicht in Taten um. Der höchste Grad des Hasses wird dabei ›tödlicher‹ Haß genannt, und sehr treffend hat Darwin den Ausdruck des Hassens in Parallele gestellt mit der Haltung eines zum Angriff bereiten Tieres. Ist dabei das Gefühl des Widerwillens bis zum physischen Ekel gesteigert, so wird der Haß zum Abscheu. Der Haß als Leidenschaft kann sich aus einfacher, auf der Kollision oder dem Gegensatz bestimmter Interessen beruhender Gegnerschaft entwickeln, indem das Bewußtsein der Veranlassung allmählich verschwindet und nur der angeregte Affekt zurückbleibt (so enden Rechts- und andere Streitigkeiten mit grimmigem Haß), die aus einer ursprünglichen, dem Hassenden selbst unerklärlichen Antipathie (s.d.) hervorgehen.

Welche Funktion, individuell oder kollektiv, besitzt denn der Haß in der Existenz des Judenhassers? Bereits in dieser Formel liegt die Schwierigkeit beschlossen, der sich der Untersuchende gegenübersieht. Denn sein präwissenschaftlicher Ausgangspunkt ist, daß es sich beim Judenhaß um eine Wechselbeziehung handelt, um ein spezifisches Verhältnis zwischen Juden und Christen, bei dem beide Parteien, und nicht nur in Deutschland, durch die Jahrhunderte hin, als Individuen und als Kollektiv, einander zugeordnet waren.

Es läßt sich demnach nicht vermeiden, daß, wenn man über dieses Verhältnis spricht, man einen Diskurs auf zwei Ebenen führt: auf der kognitiven Ebene realer, rechtlicher, sozialer, politischer Ereignisse und auf der Ebene psychologischer, vorbewußter und unbewußter Einstellungen, Vorurteile, Symbolformungen, Phantasien und Arten des Wahns. Die Spannung zwischen diesen beiden Niveaus findet ihren Niederschlag in der Darstellung realer, d. h. in der Realität abgelaufener Aktionen und Reaktionen in Verbindung mit der Interpretation psychologischer Haltungen zum Teil magischen Inhaltes und archaischer Denkmuster. Es wird schwierig sein, den Zusammenhang zwischen diesen beiden Ebenen einsichtsvoll aufzuspüren, ohne das Kausaldenken nicht übermäßig zu strapazieren.

Das Thema des vorliegenden Referates gewährt demnach in der Vielschichtigkeit seiner Fragestellungen auf verschiedenen Ebenen und seiner heutigen zeitgeschichtlichen Gebundenheit zugleich Hypothesen, Spekulationen und Fehleinschätzungen reichlich Spielraum, und zwar nicht nur hinsichtlich der Deutung von Interaktionsprozessen zwischen beiden Parteien im allgemeinen, sondern auch im besonderen in deutschen Landen.

Die Entwicklung des Christentums aus dem Judentum – die ersten Christen waren Juden – machte ihr Verhältnis in psychologischer Hinsicht so verwickelt, wie es oft der Fall ist bei einer zu großen Affinität in einer Ausgangssituation. Die Bekehrung des europäischen Kontinentes zum Christentum hat jedes Individuum und jede Nation mit dieser Affinität in Berührung gebracht und mit der an sie gebundenen diskriminierenden Beurteilung der Rolle der Juden.

Die oberflächlich interpretierte Funktion der Juden als Verräter und Mörder hat ebenso oberflächlich den Weg gebahnt zur Errichtung eines Vorurteils, das von Geschlecht zu Geschlecht durch Tradition und Unterricht überliefert wird und das unabhängig neben dem Erleben der eigenen Religion bestehen konnte. Außerdem konnte mit diesem Vorurteil ein Stück Aggression instrumentalisiert werden, eine psychologische Prämisse für das Funktionieren jedweder Gruppe, jedoch insbesondere der einen, in der das Gebot, die Nächsten und selbst die Feinde zu lieben, ins Zentrum gestellt wurde.

324

Man darf dieses Gebot in seinen psychologischen Konsequenzen und in seinem moralischen Appell nicht geringschätzen. Der holländische katholische Dichter und Philosoph Anton van Duinkerken sprach von dem »Gebot zur Nächstenliebe in der Ordnung der Feindschaft«, Nietzsche von einem »Sklaven-Aufstand der Moral«, von einer »Umkehrung aller Werte«. Dieses Gebot wendet sich in erster Instanz gegen die aggressiven Triebäußerungen – homo homini lupus est – und vor allem gegen ihr ungehemmtes Ausleben gegenüber Schwächeren, wie es in der Mentalität des Dschungels zutage tritt. Es hängt eng zusammen mit der primären Feindseligkeit der Menschen untereinander, mit der Bedrohung durch den Untergang, die zu allen Zeiten über der Menschheit hing. Die Beherrschung dieser Triebäußerungen ist ein Opfer, das der Mensch für den Aufbau der Kultur bringen muß.

Kann der Haß, und hierin den Gefühlen der Liebe ähnlich, nicht auch vom Hasser erhebend, erbauend, erfahren werden? Ist Heinrich von Kleists poetischer Appell »Schlagt ihn tot, das Weltgericht fragt euch nach den Gründen nicht« nicht auch zugleich der Ausdruck eines Gefühles von Erhabenheit, Souveränität, eines Gefühles, das Kleist in seinem eigenen und privaten Leben nur schwerlich besessen hat?

Dabei entstehen viele Fragen, die man triebpsychologisch als das polare Verhältnis von aggressiven zu zärtlichen Gefühlen auffassen kann. Diese Formel läßt sich auf beinahe jedes Verhältnis von Individuen und Gruppen zueinander anwenden. Mit der Notwendigkeit, Aggressionen zu ventilieren, verbindet sich die Forderung, ein passendes Objekt zu finden, das als Zielscheibe dienen kann. An diesem Punkt wird man unwillkürlich an den Ausspruch von Sigmund Freud erinnert: »Man fragt sich nur besorgt, was die Sowjets anfangen werden, nachdem sie ihre Bourgeois ausgerottet haben.«

Hier erhebt sich die Frage, ob Freuds Aussage nicht auch die Konsequenzen, die das Verhältnis von Verfolgern und Verfolgten bestimmt, in einer neuen Form erscheinen läßt, nämlich von Aufeinander-angewiesen-Sein, Einander-nötig-Haben. Das Thema ist in seinen Variationen unerschöpflich.

Der fatalen Rolle nachzuspüren, die der Haß in den Gefilden des Vorurteils im »Heiligen Römischen Reich Deutscher Nation« seit ungefähr 1096, dem ersten Auftreten der Kreuzritter, durch die Jahrhunderte in wechselnder Gestalt spielt, und den Niederschlag in den Erinnerungsspuren der jüdischen Individuen und der jüdischen Gruppe zu erwägen, gelten die folgenden Ausführungen. Aber diese werden in ihrer Eindeutigkeit durch geschichtliche Tatsachen differenziert und dadurch kompliziert. Es gab – sei es auch vereinzelt – bereits in dem oben erwähnten, frühen Verhältnis auch »Schutzsituationen«, »Privilegien«, »Toleranzedikte«. Rüdiger von Hußmann, Bischof von Speyer (1073–90), siedelte beispielsweise nach dem Brand des Mainzer Judenviertels 1084 einen Teil der Mainzer Juden in Speyer an, »um das Ansehen unserer Stadt tausendfach zu vermehren«, verlieh ihnen Rechte und Privilegien, die Kaiser Heinrich IV. später bestätigte. In Rothenburg und Nürnberg versuchten um 1300 Teile der Bürgerschaft, die Juden der Stadt, wenn auch erfolglos, gegen die von einem fanatischen Rädelsführer jener Tage namens Rindfleisch initiierten Massaker zu beschützen. Dem Rat der Stadt Regensburg gelang es damals, »die Judenverfolgungen abzuwehren«. Nach seiner Krönung in Aachen legte König Albrecht einigen Städten hohe Bußen auf, der Rat der Stadt Nürnberg verbannte einige Aufrührer.

Was sagen uns, ohne ihre Bedeutung übertreiben zu wollen, im Rahmen unseres Themas diese einzelnen Beispiele aus dem Mittelalter heute, nach den Erfahrungen im 20. Jahrhundert? Im Hinblick auf die Anzahl der damaligen Opfer erscheint ihre Aussagekraft äußerst gering. Es besteht kein Zweifel: Auch damals stand die Anzahl der überlebenden Juden in keinem Verhältnis zu der Zahl der Opfer. Aber im Beziehungsrahmen beider Gruppen – Verfolger und Verfolgte – bietet sich ein Phänomen an, das außer der Frage nach dem Stellenwert des Vorurteiles und Hasses im Umfeld ihres Wirkens auch die Frage nach der Faszination des Hasses genauer stellt.

Die Streitgespräche zwischen Kirche und Synagoge, die zahlreichen Publikationen, die durch die Zeitläufe hin über das Thema erschienen sind, lassen uns die Spannungen ahnen, die immer in diesen Konfrontationen verborgen lagen. Es handelt sich für den Judenfeind, so paradox es auch klingen möge, gar nicht um die Juden als eine in der Diaspora lebende Gruppe, gegen die er sich richtet. »Die Judenfeinde kennen die Juden nicht«, sagt Charles Péguy, der Judenfeind habe ein abstraktes Bild des Juden, destilliert aus der prälogischen Existenz seines Vorurteils, in dem die allgemeinmenschlichen Neigungen, zu generalisieren, zu simplifizieren und Naturkräfte oder ganze Nationen zu personifizieren, sich ausleben.

Für den Gläubigen bestand innerhalb der christlichen Kirche die Möglichkeit, seine verbotene Aggressivität auf einem anderen, tolerierten Niveau zu äußern, beispielsweise im Bekehrungseifer gegen die Ungläubigen, die Abtrünnigen und den Sündenbock. Für die Kirche mit ihrem zentralen Gebot der Liebe erhebt sich die spezielle Frage, wie sie dieses Gebot in Übereinstimmung bringen kann mit den notwendig sublimierten oder nackten Taten von Aggression, ohne in Konflikt zu kommen mit ihren eigenen Prämissen.

Die Entlastung aggressiver Neigungen spielt im seelischen Haushalt eine nicht zu vernachlässigende Rolle. Sigmund Freud meinte, daß »gerade benachbarte und einander auch sonst nahestehende Gemeinschaften sich gegenseitig befehden und verspotten« und auf diese Weise zweierlei Ziele erreichen: einmal eine relativ harmlose Befriedigung ihrer Aggressionsneigung und zweitens eine größere Kohäsion ihrer eigenen Gemeinschaft. In diesem Zusammenhang erwähnt er die Rolle des »überallhin versprengten« Volkes der Juden, das sich in dieser Weise anerkennenswerte Verdienste um die Kulturen seiner Wirtsvölker erworben hat, indem es die ihm auferzwungene Rolle des »Sündenbockkes« übernahm. Leider, so fährt er fort, hätten die Judengemetzel des Mittelalters nicht ausgereicht, dieses Zeitalter friedlicher zu gestalten. Nachdem der Apostel Paulus die allgemeine Menschenliebe zum Fundament seiner christlichen Gemeinde gemacht hatte, war die äußere Intoleranz des Christentums gegen die draußen Verbliebenen eine unvermeidliche Folge geworden.

Aber die Frage bleibt, wie in Menschen, individuell oder in der Masse, so starke Haßgefühle erweckt werden können, daß sie sogar unter der Losung der »Liebe« zu kriminellen Taten fähig zu sein scheinen, wie sie in den Judenverfolgungen durch die Jahrhunderte hin und in der neueren säkularisierten Geschichte in Rußland, Polen und Deutschland geschehen sind. Daß die alten religiösen Vorurteile auch noch in modernen judenfeindlichen Tendenzen und Strategien am Werke sind, wird auch durch Shulamit Volkov in ihrer Publikation *Die Juden in Deutschland 1780–1918* angenommen.

Das Problem ist jedoch differenzierter. R. M. Loewenstein hat in seiner Studie *Christen und Juden* die virulente Macht des Vorurteils und seine Projektion auf einen Sündenbock beschrieben, wie sie durch Tradition und Unterricht von Jesu Leben und Sterben seit der Christianisierung des Abendlandes in Erscheinung getreten sind. Er hat gezeigt, daß es nicht die feindliche Haltung, der Haß allein ist, der die Unsicherheit schuf, sondern die ambivalente Gefühlseinstellung der Kirchen, die wiederum ihren Ursprung hat im Entstehen des Christentums selber als »einem Zweig aus dem Stamme Juda«. Sierksma hat in seiner Untersuchung *Die religiöse Projektion* nachgewiesen, daß diese beiden Mechanismen signifikant sind für die heidnischen Gottesdienste mit ihrer stark ambivalenten Gefühlshaltung den Gottheiten gegenüber und ihrem stark projektiven Charakter im Hinblick auf Mensch und Naturerscheinungen, die sich in Furcht, unerklärlichen Ängsten, Paranoia und Zwangshandlungen äußert.

Die Kirche in ihren höchsten Amtsträgern, den Päpsten, hat dies immer begriffen, und sei es nur, daß sie in ihren offiziellen Verlautbarungen und in ihrer Haltung schwankend blieb. Die offiziellen Erklärungen von Papst Gregorius dem Großen (590–604) und in späteren Jahren von Alexander III. und Innocentius III. (1198–1216) unterscheiden sich gewiß in der Akzentuierung der mehr feindlichen Gefühlseinstellungen gegen die Juden, in psychologischer Hinsicht jedoch vermitteln sie ein treffendes Bild der inhärenten Spannung. Die Kirche war sich dieser ambivalenten Inhalte bis zu einem gewissen Grade wohlbewußt und sie gebrauchte die aggressiven Strebungen, um ihre Macht zu instrumentalisieren, die Kohäsion ihrer eigenen Gruppe zu stärken und durch die Kreation eines Feindbildes zu gewährleisten. »The Jews' guilt of the crucification of Jesus consigned them to perpetual servitude and like Cain they are to be wanderers and fugitives [...] The Jews will not dare to raise their necks bowed under the yoke of perpetual slavery against the reverence of the Christian faith.« Während die Evangelien den Beweis für die wahre Existenz der Juden lieferten, war der Untergang der Juden der Beweis für den Triumph der Kirche. Zugleich aber waren die Juden die Hüter der heiligen Bücher, und der Prophetie aus dem Buch Jesaja zufolge und nach dem Zeugnis von Paulus wird ein Rest von Israel erhalten bleiben, und das zweite Erscheinen des Messias wird von der Bekehrung dieser Überlebenden abhängen. Diese Ambivalenz schuf von Anfang an eine Spannung, die, wenn man sie mit der Methode der psychoanalytischen Psychologie definiert, nur aus psychischen Prozessen zu erfassen ist, die angedeutet werden mit den Begriffen der ödipalen Situation, der Gewissensformung, der Übernahme der väterlichen Gebote und Aufrichtung der väterlichen Autorität.

Solche Prozesse gehen immer gleichzeitig mit einer Verdrängung der aggressiven und sexuellen Triebe einher, die jedoch im Ganzen der psychischen Struktur bestehenbleiben. Sie sind der »innere Feind«, der »Widersacher« jedes Menschen, sie sind die Unruhestifter, die in psychologischen Krisenzeiten im Projektionsmechanismus zum Durchbruch kommen. Sie bilden die Reserve, die man immer wieder gebrauchen kann, wenn es gilt, einen Aufstand gegen den Vater oder seinen Stellvertreter anzuzetteln, individuell oder kollektiv.

Der Projektionsmechanismus ist ein allgemeinmenschlicher Abwehrmechanismus. Die Projektion ermöglicht es dem Menschen, seine verdrängten Impulse in die Außenwelt zu werfen und sie dadurch an einer anderen Person kritisch zu erleben. Hierdurch erspart er sich das Unbehagen und die Last, die ihm seine eigenen Schuldgefühle verursachen könnten, wenn er die Kritik gegen sich selbst richten würde. Während in der Projektion die kritisierenden Instanzen der eigenen Gewissensfunktion gegenwärtig sind, schirmt sich das »Ich« gleichzeitig ab gegen ihr intrapsychisches Funktionieren.

Der Mensch, der sein inneres Gleichgewicht verloren hat, verliert nicht nur die Kontrolle über seine Innenwelt, sondern auch über die Außenwelt. Seine psychischen Inhalte kann er unbewußt abtrennen. Durch die Projektion ist es ihm möglich, diese Inhalte und sich selbst in der Außenwelt zu »objektivieren«. Die Außenwelt wird der Spiegel dessen, was das Individuum unbewußt an Wünschen und Wollen ausstrahlt.

Hinzu kommt, daß im Christentum das Verhältnis Vater – Sohn einen zentralen Platz einnimmt. Auf diese Weise werden die Juden, indem sie Christus nicht anerkennen und ihn verleugnen, zu Repräsentanten des »inneren Feindes«, der abgewehrten Triebwünsche in der Außenwelt, auf die man sein Unbehagen loslassen kann. Bei einer Analyse dieser Prozesse kann man die überraschende Entdeckung machen, daß der klischeeartige Gebrauch eines Vorurteils mehr über den Projektierenden als über das diskriminierte Objekt, den Sündenbock, aussagt.

In diesen Bezügen sieht R. M. Loewenstein eine der Wurzeln für die ambivalente Haltung des Judenhasses. Sie knüpft an die religiöse Problemstellung an, wie sie sich in dem Verhältnis Christen – Juden in der Geschichte manifestiert hat. Sie gibt weiterhin eine Erklärung für einen der charakteristischen Züge der nationalsozialistischen Bewegung Hitlers, die die Kirchen zu spät als einen Aufstand gegen das Christentum und die in ihm enthaltenen Gebote Gottvaters erkannt haben. Aber auch die Losung »Für Gott mit König und Vaterland« hatte schon im protestantischen Preußen einen stark aggressiven Unterton, in dem zugleich heftige antijüdische Sentiments mitschwangen. Dieser vorbewußte und präkausale Mechanismus der Verschiebung eines affizierten Verhältnisses, einhergehend mit dem Projektionsmechanismus auf einen Sündenbock, spielt im Leben von Individuen und Gemeinschaften eine entscheidende Rolle. Virulent erweist sich diese Einstellung in all den Fällen, in denen die Kategorien »gläubig« und »ungläubig«, »fremd« und »feindlich« den tief eingewurzelten Aggressions- und Vorurteilstendenzen – homo homini lupus est – eine makabre Existenzberechtigung zu verleihen scheinen.

Die christliche Welt hat im 13. Jahrhundert versucht, in der Figur des Ahasverus ihre Gefühlseinstellung gegenüber den Juden zum Ausdruck zu bringen. Ahasverus ist der Mann, der Jesus auf seinem Weg zum Kalvarienberg beleidigt oder gar geschlagen haben soll. Die Strafe, die für diese Verweigerung über ihn verhängt wurde, ist die ruhelose Flucht von Land zu Land, überall ein Verbannter, ein Fremder, der nicht leben und nicht sterben kann, ein Geist, ein Spuk, ein Dämon, eine Warnung. In dieser Ahasverus-Figur ist ein Gefühlston, der vielleicht einen der merkwürdigsten Aspekte der Judenfeindschaft andeutet. Selbst Autoren, die Ahasverus poetisch dargestellt und dabei ihr menschliches Mitgefühl mit diesem armen Landstreicher deutlich mitsprechen ließen, waren sich anscheinend nicht bewußt, daß sie eine Interpretation der jüdischen Existenz in der Diaspora gegeben haben, in der die Trias von Schuld, Strafe und Tod einer der Grundakkorde des Menschenlebens überhaupt ist.

Daß diese Thematik z. B. im religiösen Bereich unter Vermeidung von aggressiven Projektionsmechanismen nach außen auch andere religiöse und rechtliche Lösungen ermöglicht und diese Möglichkeit vielleicht das Faszinosum im Verhältnis von in-group zu out-group darstellt, sei hier eben am Rande vermerkt.

Diese antinomische Konstellation bräuchte an sich nicht zu Katastrophen und Desastern zu führen, wenn in ihnen nicht in fundamentalen Krisenzeiten, d. h. bei der Auflösung bisher gültiger Wertstrukturen und in ihrem Kielsog ein richtungsloses Chaos fluktuierender Energien freikäme, die sich an die primäre Feindlichkeit der menschlichen Natur binden und ihr destruktives Verhalten verstärken.

Judenhaß ist ubiquitär, überall wo der Opfertod von Jesus und die Rolle der Juden als Mörder das Zentrum der christlichen Glaubenslehre bilden. Jedoch muß man hier ergänzend hinzufügen, daß die Erscheinungsform des Hasses wechselt mit der jeweiligen Lebensart des Landes, den tradierten spezifischen staatlichen Organisationsstrukturen und den dadurch inhärenten rechtlich kodifizierten Verhaltensmustern. In ihnen haben die betreffenden Völker einen Schutzwall aufgerichtet nicht nur zum Schutz der unter und mit ihnen lebenden jüdischen Gruppe, sondern zur Abwehr der in ihrer Gemeinschaft wirksamen eigenen destruktiven Tendenzen.

Der Anstoß zu diesen Betrachtungen entstand aus der Wiederaufnahme der Lektüre der *Geschichte der Juden in Deutschland* von Ismar Elbogen, 1935 im Erich Lichtenstein Verlag Berlin erschienen. Ich war damals Lehrer an den Schulen der jüdischen Gemeinde Berlin, bevor ich in die Niederlande emigrierte. Aber ich las das Buch in den Jahren nach 1945 anders, als ich es je zuvor gelesen hatte. Die Vernichtung der mittelalterlichen Siedlungen der Juden in Deutschland – mehr als 350 blühende Gemeinden, »Zehntausende erschlagen, ertränkt, verbrannt, gerädert, gehenkt, vertilgt, erdrosselt, lebendig begraben und mit allen Todesarten gefoltert wegen der Heiligung des göttlichen Namens«, und mit den Menschenleben die Zerstörung ihrer Kultur – war dies nicht die erste Shoah? Die zwiespältige Haltung der Kirchen, verstärkt durch die Auseinandersetzung mit Luther, schuf in den Jahren danach in dem tief zerteilten Land eine ebenso tiefe Unsicherheit, nicht nur für die jüdische Gruppe. Machtkämpfe überall zerschnitten das in Klein-staaten aufgeteilte Land. Der von »Geldgier geschürte soziale Kampf und der religiöse Haß« (Elbogen) entluden sich in den Judengemet-zeln. Die Fehden der damaligen weltlichen und kirchlichen Mächte un-tereinander und gegeneinander manifestierten sich nicht zuletzt in den zwiespältigen, kontroversen Schutz-, Vertreibungs- und Vernichtungs-maßnahmen jener Tage den Juden gegenüber.

In Elbogens Darstellung versetzte mich die Beschreibung, wie 100 bis 200 Jahre später den Juden nachgetrauert wurde und man sie wie-der zurückrief, in ein gewisses Erstaunen. Und die Juden kamen, siedel-ten sich wieder an und blieben. Man kann das schicksalhafte Wechsel-spiel nachlesen in den Historien der Städte Mainz, Köln, Regensburg, Speyer, Nürnberg. Warum rief man sie wieder zurück, warum kamen sie wieder, was zog sie an, was bewegte sie, sich dort wieder niederzulas-sen, wo einst …?

Elbogens Bemerkung, daß im Gegensatz zu Spanien, Frankreich und England es in Deutschland nie eine generelle Ausweisung der Juden gegeben hat, machte mich ebenfalls stutzig. Aber die altbekannte zwie-spältige Einstellung der Kirchen und der Öffentlichkeit blieb, wenn auch im Laufe der Jahre einige Städte und Fürsten, weltlicher und kirchlicher Signatur, aus welchen Gründen auch immer, humanitären oder merkantilen, die gesetzlichen Bestimmungen lockerten und die religiösen Rasereien ausblieben. Aber das Erstaunen bleibt: Warum wurden sie zurückgerufen und warum kamen sie und blieben sie, bis …? Sie haben gute und böse Tage durchgemacht, eine lange Wan-derung, schreibt Elbogen 1935.

Wenn Simon Dubnow in der *Weltgeschichte des jüdischen Volkes, Band VII: Allgemeine Übersicht. Die Geschichte des jüdischen Volkes in der Neuzeit* von der langsam fortschreitenden politischen und wirtschaftlichen Evolution der Judenheit Westeuropas sagt: »Zwar bleibt der Jude doch immer aus der bürgerlichen Gesellschaft ausgeschlossen, zwar hat er nach wie vor unter dem drohenden Joche der Entrechtung zu leiden, doch läßt er sich die Unterjochung durchaus nicht mehr mit der gleichen Demut wie bisher gefallen«, so wird mit dem Gebrauch der religiösen Formel »Demut« ein Zustandsbild im Verhältnis der beiden Kontrahenten gezeichnet, das für beide Teile enthüllend genannt werden kann. Und zwar sowohl enthüllend, wenn man die Zeiten um 1085, als auch, wenn man die Perioden der Aufklärung und der Emanzipation reflektiert. Die Zustimmung und Ablehnung dieser emanzipatorischen Entwicklungen auf beiden Seiten, Entwicklungen, die letzthin wohl nicht aufzuhalten waren, haben Hannah Arendt zu der Überlegung von der »frohen Botschaft der Emanzipation« geführt, »die die Juden so ernst nahmen, wie sie nie gemeint gewesen war«.

Hier ist gewiß der Zeitpunkt gekommen, daß auch der Referent, ein ehemaliger deutscher Jude, der die Shoah in den Niederlanden überlebt hat und noch immer ein gewisses Einverständnis mit der deutschen Sprache pflegt, die Wurzeln seines Selbstverständnisses und dessen Relation zu seiner Selbstwahrnehmung überdenkt. Wenn wir hier mit Hilfe psychologischer, soziologischer und historischer Redensarten einen Beitrag zum Diskurs zu liefern gedenken, bedeutet dieser Einstieg nur einen Versuch, im Gestrüpp der Daten und Fakten eine Lichtung zu schlagen, um dem Wesen des Judenhasses auf die Spur zu kommen. Die Frage bleibt offen, ob es eine richtige Spur ist.

Vielleicht sollte man jedoch lieber nach dem blinden Flecken seiner Selbstwahrnehmung fragen, nach dem, was man nicht sehen wollte oder, wenn man es wahrnahm, mit anderen Akzenten belegte. Welche Spannung ertrug man nicht, oder vielleicht umgekehrt: welche Spannung ertrug man zu gut? Aber vielleicht war es auch die besänftigende Haltung einiger nicht-jüdischer Freunde?

Es ist eine Erkenntnis meines Faches, daß sich mit der Veränderung der Persönlichkeit auch die Qualität der Erinnerung wandelt. Die Rezeption von Texten und Fakten unterliegt ebenfalls einer Veränderung. Die Frage nach dem, was man einstmals wahrgenommen hat oder nicht, ist die Frage nach den Erinnerungsspuren in der biographischen

Historie eines Menschen im Kontext seiner Gruppenzugehörigkeit und nur in diesem Zusammenhang vielleicht von irgendeinem Interesse. Was nun die jüdische Selbstwahrnehmung nicht nur in deutschen Landen betrifft, so geht eine Analyse eines jüdischen Individuums zugleich auch mit der Analyse der gesellschaftlichen Prozesse der Assimilation und Emanzipation der jüdischen Minderheit in all diesen Ländern einher. Diese Zuordnungen bestimmen und erschweren zugleich die analytischen Erwägungen. Mit der Aufgabe ihrer eigenständigen, rabbinischen Gerichtsbarkeit im Zuge der Emanzipationsgesetzgebung im europäischen Raum (der Einfluß der emanzipatorischen Bewegungen der amerikanischen Staaten soll hier nicht eingebracht werden) verlor sie ihren eigenständigen »nationalen« Status und damit auch das einheitliche Gepräge als religiöse Gruppe. Aus »Fremden« sollten Bürger werden. Hierdurch wurde eine neue Konfliktlage geschaffen. Inwiefern akzeptierte die nicht-jüdische, christliche in-group in den deutschen Ländern, später mit einer mächtigen Staatskirche, die ehemals »fremde« out-group als zugehörig?

Um mich nicht in komparatistischen Spekulationen zu verlieren, will ich eine andere Position beziehen. Es geht auch um die Prozesse der Emanzipation und Assimilation der christlich geprägten Mehrheitsgruppe an die jüdische Minderheitsgruppe, eine Frage von besonderer Bedeutung, wenn man die nie geleugnete ursprüngliche religiöse Verflechtung beider Gruppen betrachtet und die inhärente Spannung zwischen beiden. Auf eine simple Formel gebracht: Es geht jetzt um die Frage der Feindschaft in der Ordnung der Nächstenliebe. Und auf welche Weise haben die verschiedenen christlichen Länder in ihrer Gesetzgebung diesem Problem Rechnung getragen?

Aber inwieweit konnten und/oder wollten die »Fremden« sich ohne Selbstaufgabe »zuhause« fühlen? Daß sich viele »zuhause« fühlten, ist gewiß. Daß zu Anfang des Jahrhunderts daneben die zionistische Ideenwelt vor allem unter den jüngeren Juden viele Anhänger gewann, ist ebenfalls gewiß. Hier liegt meiner Meinung nach einer der zentralen Punkte der Selbstwahrnehmung und des Selbstverständnisses. Die reiche Streuung der verschiedenen Identitätsmöglichkeiten für das jüdische Individuum in diesem Spannungsfeld im Laufe der Emanzipation wurde durch die politischen und nationalstaatlichen Entwicklungstendenzen ihres deutschen »Wirtsvolkes« einer »verspäteten Nation« mit allen inhärenten Ängsten und Überkompensationen noch angereichert. Das Verhältnis von »Selbstverständnis« und »Wahrnehmung« des jüdischen »Bürgers« spitzte sich zu. Es sind nicht, wie man vielfach annimmt, die Identitätsprobleme, die hier den Ausschlag geben. Sie sind sekundärer Natur und hängen, soweit ich es sehe, von der Loyalitätsproblematik ab, die, von der in-group weitgehend definiert, der outgroup auferlegt wird und, was Deutschland mit seinem Geburts- und Gesinnungsnationalismus der Vergangenheit betrifft, irrationaler Natur ist.

Dieser irrationalen Wurzel scheint auch die Frage nach dem Faszinosum des Hasses zu entspringen. Schon der Begriff des »Faszinosums« enthält magische Elemente, wie aus den Berichten über Hexenprozesse und Verfolgungen deutlich hervorgeht. Stellt man sie jedoch in den Kontext eines ab origine ambivalenten Verhältnisses, erhält sie eine eigene Bewandtnis, auch wenn eine Beantwortung gewissen Restriktionen unterworfen bleibt.

Alle diese Erklärungen bleiben rein deskriptiv und an der generalisierenden Oberfläche menschlicher Verhaltensweisen. Wenn man sie jedoch z. B. auf die Beziehungen zwischen Verfolgern und Verfolgten bezieht, wie es das nun zu Ende gehende Jahrhundert in der spezifischen Beziehung Christen – Juden dargeboten hat, bieten sich auch andere Einsichten an. Vielleicht wird so mancher die Frage nach dem Faszinosum des Hasses – die Frage, was an fesselnden Impacts im Haß in ihren Relationen den Hasser an den Gehaßten/Verhaßten bindet und vielleicht auch den Verhaßten an den Hasser –, eingedenk der Unzähligen, die diesem ebenfalls ambivalenten Faszinosum zum Opfer gefallen sind, als eine ungeheure Herausforderung empfinden, vielleicht sogar als eine Schändung der Erinnerung an die Opfer.

Platos *Gastmahl* berichtet vom Faszinosum der Liebe in der Legende von dem ursprünglichen Doppelmenschen, dessen Hälften, getrennt durch die Götter, in ihrem Verlangen einander suchten und wußten, wann sie die verlorengegangene Hälfte wiedergefunden hatten. Es bleibt merkwürdig, daß Leo Pinsker, der Autor der 1882 erschienenen Publikation »*Autoemanzipation!*«, worin er die »Judäopathie« als eine Art »Dämonopathie« definierte, in dieser eine Art »platonischen Haß« zu erkennen glaubte, dem es zu verdanken sei, daß das jüdische Kollektiv verantwortlich gemacht wird für die eventuell verübten Missetaten von Individuen. Pinsker war übrigens einer der ersten, noch vor Theodor Herzl, der für die Juden eine eigene Heimstätte forderte.

Könnte man diesen »platonischen Haß« mit der Frage nach dem »Faszinosum des Hasses« erweitern? Leidenschaft kann sich mit Gefühlen der Liebe verbinden, aber auch mit Regungen des tiefsten Hasses. Wer die Haßtiraden gewisser ehemaliger Zeitgenossen angehört hat, wird sich der Leidenschaft, auch wenn sie kalt erscheint, beim Vortragen dieser Haßgesänge erinnern, dieser Abgesänge des Hasses, der Vernichtung, des Tötens – Leidenschaften würdig eines höheren Zieles, wie man meinen sollte.

In dieser Leidenschaft mit ihrer bewußt suggestiv gemeinten Ausstrahlung offenbart sich jedoch zugleich die – anscheinend – unauflösbare Bindung des Hassers an das Objekt seines Hasses, seinen Widersacher, offenbart sich zugleich seine verlorengegangene oder nie besessene Souveränität über seine eigene Existenz. Ein Liebender kann nicht mit noch heftigerer Leidenschaft von seiner Liebe Zeugnis ablegen als der vom Haß erfüllte. Er sieht in seinem Widersacher all das, was er in sich selbst nicht sehen und wahrhaben will. Er erträgt »seine« Wahrheit nicht, und er erträgt auch die Spiegelung in dem »anderen« nicht, in ihm, dem »anderen« muß er sich selbst vernichten, um den Wahn seiner eigenen Grandiosität zu retten. Seine Haltung ähnelt der Verwirrung eines Friedhofschänders, der meint, sein eigenes Leben zu erhöhen, wenn er Gräber schändet, in dem Wahn, den Tod zu töten.

Zur Exemplifizierung dieser Gedanken sei ein Gedicht mit dem Titel *Bildnis eines Feindes,* das ich 1937 schrieb, angefügt. Es wurde 1938 unter Pseudonym durch die katholische literarische Zeitschrift *De Gemeenschap* in den Niederlanden veröffentlicht:

Bildnis eines Feindes

In deinem Angesicht bin ich die Falte
eingekerbt um deinen Mund,
wenn er spricht: du Judenhund.
Und du spuckst durch deiner Vorderzähne schwarze Spalte.
In deiner Stimme, wenn sie brüllt, bin ich das Zittern,
Ängste vor Weltenungewittern,
die vom Grund wegreißen und zerstreuen.
Deine Hände würgen. Deine Enkel werden es bereuen.
Im Schnitt der Augen, wie deine Haare fallen,
erkenn ich mich, seh ich die Krallen
des Unheils wieder, das ich überwand.
Du Tor, du hast dich nicht erkannt.
Vom Menschen bist du nur ein Scherben
und malst mich groß als wütenden Moloch,
um dich dahinter rasend zu verbergen.
Was bleibt dir eigenes noch?
Denn deine Stirn ist stets zu klein, um je zu fassen:
… ein Tropfen Liebe würzt das Hassen.

In diesem Gedicht geht es um die reziproke Spiegelung beider Widersacher innerhalb der Modalität des Hasses, das »Sich-Erkennen« innerhalb der Grenzen, die ihm der andere anweist. Zeigt sich das Faszinosum
des Hasses im »Zittern« der Stimme, »wenn sie brüllt«, im Moment des
nichtbewußten Sich-Erkennens, der Spiegelung im »anderen«? Oder
liegt es im panischen Moment der schreckhaften Entdeckung einer
»grandiosen Nichtigkeit«, der condition humaine? Kann sie beides bedeuten: den Weg in die Destruktion oder den Anfang eines neuen Lebens? Ist dieses »Zittern« vor der schrecklichen Entdeckung vielleicht
das »tremendum«, das Rudolf Otto in *Das Heilige* beschreibt, das aber
auch Verbindlichkeit besitzt für das »Unheilige«, »Abstoßende«, für das
»Gift« und das »Gegengift«, wie es Birgit R. Erdle in ihrer Arbeit über
Gertrud Kolmar und Emmanuel Lévinas (in Anlehnung an die Studie
über den »Sündenbock« von René Girard) am Beispiel eines Prosa-Ge-

dichts von Gertrud Kolmar formulierte. Sie entdeckt in diesem Gedicht die »unheimliche Faszination des Opferrituals« – gewiß gültig in archaischen Mustern einer magischen Denkwelt, in der vorurteilsgebundenen Projektion unbewußter Inhalte auf einen »anderen«. In dieser Regression wird jedoch zugleich auch der Bruch im Kontinuum der Humanisierung dargestellt. Diesem archaischen Mythos steht in dem durch die Stimme Gottes, der »Akeda«, verhinderten Opfertod Isaacs ein anderer, moderner Mythos gegenüber. Rembrandt hat dieses »Tremendum« gemalt. Gunnar Heinsohn hat es 1987 beschrieben.

Liegt das Faszinosum des Hasses in der zitternden Erwartung der im Haß miteinander Verbundenen vor dem Ausschlag der Nadel, nach welcher Seite sie ausschlägt? Für den Hasser nach der Seite der Lösung seiner unbeherrschbaren aggressiven Spannungen auf einen Sündenbock oder ...? Für den Gehaßten, den Sündenbock, in der gleichen zitternden Erwartung, aber zugleich, im leidgeprüften Wissen der Vermeidung des Opfertodes, vielleicht in der getäuschten Hoffnung, der Georg Büchner in seinem *Danton* Ausdruck verliehen hat, als er seinen Protagonisten bei seiner Einlieferung in das Gefängnis »Luxembourg« die Worte sagen läßt: »Ich habe geglaubt, sie werden es nicht wagen.« Wäre dies nicht der Anfang eines neuen Lebens, wie ihn R. M. Loewenstein am Ende seiner Untersuchung in der Formel vom »kulturellen Paar« geprägt hat, entstanden aus dem Bewußtsein der stetigen Bedrohung jedweder menschlichen Existenz?

Wie bereits angedeutet, bräuchte die Faszination des Hasses nicht zu einer menschlichen Katastrophe zu führen. Jedoch Haß, gelöst aus seinem ursprünglich ambivalenten Kontext, verselbständigt und isoliert im grandiosen Wahn eines »Selbst«, erweist sich nicht nur als mörderisch, er ist auch »selbst«-mörderisch. »Man haßt nicht, wenn man gering schätzt, sondern nur indem man gleich und hoch schätzt« (Nietzsche). Man irre sich nicht, Max Rychner hat es treffend formuliert, als er jedes von einer Obrigkeit organisierte Pogrom als ein »urtümliches Harakiri« bezeichnete.

Das Faszinosum des Hasses liegt in der dynamischen Spannung des Ambivalenzkonfliktes, und hierin ähnlich dem Faszinosum der Liebe, in der Erwartung, nach welcher Seite die Nadel ausschlägt. Gilt die Er-

338

wägung auch für das Verhältnis von Juden und Christen, ist auch im Judenhaß, ursprünglich christlicher Prägung und auch im säkularisierten Gewande erkennbar, die Möglichkeit humaner Lösungen denkbar? Als Beispiel hierfür ein Gedicht in Sonettform des niederländischen Dichters Jacobus Revius (1586–1658), eines Zeitgenossen von Vondel, Hooft, Huygens, Luyken, der Höhepunkte der niederländischen Literatur im »Gouden Eeuw«, dem »Goldenen Zeitalter«. Jacobus Revius, dessen Geburtsname Jacob Reefsen war, wuchs in einem orthodox-reformierten, streng calvinistischen Milieu auf, studierte Theologie in Leiden, wo er später als Professor lehrte. In den leidenschaftlichen theologischen Disputen seiner Zeit stritt er für die Reinheit der christlichen Lehre, die Freiheit der Kirche, die Verbreitung des Evangeliums und die Größe der Niederlande. Diese vier Elemente bestimmten sein wissenschaftliches und poetisches Werk.

Das Gedicht trägt den Titel *Hy droech onse smerten*, in deutscher Übertragung *Er trug unsere Schmerzen;* dem holländischen Text folgend werde ich Ihnen eine prätentionslose Übersetzung in die deutsche Sprache vermitteln. Ich bitte um Ihre verständnisvolle Nachsicht.

Hy droech onse smerten

T'en zijn de Joden niet, Heer Jesu, die u cruysten,
Noch die verradelijck u togen voort gericht,
Noch die versmadelijck u spogen int gesicht,
Noch die u knevelden, en stieten u vol puysten,
T'en zijn de crijchs-luy niet die met haer felle vuysten
Den rietstock hebben of den hamer opgelicht,
Of het vervloecte hout op Golgotha gesticht,
Of over uwen rock tsaem dobbelden en tuyschten:
Ick bent, ô Heer, ick bent die u dit heb gedaen,
Ick ben den swaren boom die u had overlaen,
Ick ben de taeye streng daermee ghy ginct gebonden,
De nagel, en de speer, de geessel die u sloech,
De bloet-bedropen croon die uwen sehedel droech:
Want dit is al geschiet, eylaes! om mijne sonden.

Er trug unsere Schmerzen

Die Juden sind es nicht, Herr Jesus, die Dich kreuzigten,
Noch verräterisch Dich schleppten vors Gericht,
Noch die Dir schmählich spien ins Gesicht,
Noch die Dich knebelten und stießen Dich voll Beulen.
Die Kriegsleut sind es nicht, die mit den harten Fäusten
Den Hammer oder Riedstock haben aufgenommen
Und das verfluchte Holz auf Golgotha errichtet
Und über Deinen Rock hin würfelten und täuschten.
Ich bin's, o Herr, ich bin's, der dies Dir angetan,
Ich bin der schwere Baum, womit Du warst beladen,
Ich bin der zähe Strang, womit Du warst gebunden,
der Nagel und der Speer, die Geißel, die Dich schlug,
Die blutbetropfte Krone, die Dein Schädel trug:
Denn alles dies geschah, o Leid, um meine Sünden.

In diesem Text ist das zentrale Geschehen im christlichen Glauben, der
Opfertod von Jesus, in seinem vollen symbolischen Gehalt konkret dargestellt. Das Faszinosum des Hasses klingt noch in der Benennung und
der Konfrontation mit den Juden und den römischen Kriegsleuten
nach und in der Bestätigung: sie sind es nicht. In der letzten Zeile:
»Denn alles dies geschah ...«, wird die Möglichkeit der Externalisierung der Schuldfrage noch kurz erwogen, aber sie ist bereits verwandelt
im Faszinosum der Selbstwahrnehmung und des Selbstverständnisses
der eigenen Conditio humana. Das virulente Problem der ambivalenten Projektion und Externalisierung auf einen Sündenbock ist hier gelöst mittels der Introjektion der aggressiven Tendenzen im Aufbau der
Gewissensfunktion, und somit wurde ein religiöses Ereignis in seiner
paradoxalen Wahrheit aufs neue verinnerlicht.

(1996/1997)

EINZELNE ESSAYS, VERMISCHTE SCHRIFTEN

Hermann Hesse, Demian.

Es ist in der Tat schon genug geschrieben und geredet worden über die Jugend, über das, was sie liebt und was sie haßt, über ihre Freuden und Leiden, überlegene Kenner der jugendlichen Psyche haben ihre Kenntnisse allen denen mitgeteilt, die begierig waren, sie zu hören, Dichter, bewährt durch Geist und Wort, haben sich dem Problem von ihrem künstlerischen Standpunkte aus genaht, junge Menschen endlich haben ihre schon kräftige Stimme erhoben, haben angeklagt und gefordert, aufgeschrien vor Schmerz und gesungen vor Trunkenheit – es ist in der Tat schon genug geschrieben und geredet worden über die Jugend. Allzuviel schon. So wurde der Aufschrei totes Pathos, der Taumel philiströse Stimmung. Was wurde überhaupt noch ernstgenommen?

Und der *Demian*? Auch er setzt die Reihe fort, die mit dem *Werther* begann. Wie der *Werther* seiner Zeit die Zungen löste, aussprach, was viele bewegte, viele empfanden in jener rosigen Zeit, so auch der *Demian*, im Zeitalter der Mechanisierung, der vergeblich erstrebten Einigung zwischen Körper und Geist, kurz: in einer wirren Zeit.

Aber was mag es sein, das diesem Buche eine Sonderstellung unter anderen ähnlichen Büchern einräumt? Ist es der Name des Dichters, der allein schon für »reelle Ware« garantiert? Nein! Denn das Buch erschien unter einem Pseudonym, und erst als das erregte Publikum nach dem wirklichen Verfasser, der sich hinter dem Pseudonym barg, fahndete, gab Hesse freimütig seine Autorenschaft zu. Seine Absicht nämlich war erreicht: Das Buch hatte allein durch sich selbst gewirkt, konnte also den Namen eines »Arrivierten« als Empfehlungsschreiben auf dem Wege in die Öffentlichkeit verschmähen. Was mag es aber für eine Bewandtnis haben mit diesem Buche, daß es so ergreift, so Menschliches atmet? Ruft es mit gewaltigem Stimmaufwand die Leiden einer Jugend in die Welt hinaus, umfaßt es alle Menschen mit brüderlichem Arme, fordert es sie auf, sich zusammenzuschließen, unter welcher Fahne es auch sei? Nichts von alledem. Kein Kraftaufwand an Stimme, keine große Geste. Sondern schlicht, ganz schlicht spricht es. Es wendet sich an jeden einzelnen Menschen mit der Bitte um des deutschen Volkes willen: in sich zu gehen, sich selbst zu finden.

Seine Gestalten sind nicht aufdringlich, sie locken nicht. Fest stehen sie und gehen ihren vorgeschriebenen Weg. Und der Leser merkt allmählich und dann immer mehr, daß sich da etwas abspielt, was nicht allein die Personen des Buches betrifft, sondern was auch ihn angeht. Und das ist die größte Gabe, die einem ein Buch gewähren kann, daß es aus dem Rahmen heraustritt, um einen als Freund ein Stück des Weges zu begleiten, daß man sich, älter geworden, gerne an diesen gemeinsam gegangenen Weg zurückerinnert.

Schlicht ist der *Demian* und wahr. In seiner Wirkung und Darstellung möchte ich es mit Albrecht Dürers wunderbarem Kupferstich *Ritter, Tod und Teufel* vergleichen. Die ähnlichen Gedanken, die man aus dem Dürerschen Stiche, um 1513 entstanden, herauslesen kann, finden sich wieder in dem *Demian*, geschrieben ungefähr 400 Jahre später.

400 Jahre bedeuten viel in der Entwicklung des Menschenlebens. Was liegt in ihnen alles einbeschlossen! Luther, Goethe, Napoleon, Nietzsche und Lenin. 5 Lebensalter von Menschen, die vieles neu geschaffen, das Zeitbild völlig verändert haben. Und dennoch muten einen der *Demian* und der Kupferstich an, als ob das eine die bildliche oder die textliche Erläuterung des anderen wäre. Denn das Menschenleben auf seiner höchsten Stufe ist, innerlich betrachtet, das gleiche. Die Entwicklungsstufen, die Täler, die zu den Gipfeln führen, mögen allein voneinander verschieden sein in ihren Wertungen, ihren Genüssen, ihren Zielen. Und so glaube ich mit Recht Dürers Stich und Hesses Buch miteinander vergleichen zu dürfen.

Bei Dürer ist es der Ritter der Zeit Luthers, nicht mehr der der Minnesänger, da Herr Walther von der Vogelweide sein Tandaradei sang. Vorüber ist das Tandaradei, vorüber. Der Ritter muß jetzt einen schweren Panzer tragen, Kampf bedeutet ihm Lebenslust, nicht darf er mehr bei schönen Frauen im großen, prächtigen Saale sitzen, er muß jetzt seinen schwersten Gang gehen, darf nicht zur Seite oder rückwärts sehen, denn hier lockt der Tod, dort grinst der Teufel. Aber in seinem Herzen trägt er das Bild der Burg, die ihm Rettung bringt, seine Gralsburg, zu ihr strebt er.

Das sind kurz die Gedanken, die sich einem beim ersten Anschaun des Stiches auftun. Die Form erscheint zuerst hart, ganz und gar nicht klassizistisch ebenmäßig zu sein. Aber je länger man sich hineinsieht, um so wunderbarer geht einem doch die Schönheit des Stiches auf, die Beseeltheit, die künstlerisch geschlossene, strenge Form, die keine Nachlässigkeit duldet, und eine gesunde Kraft, wie wir sie zu jener Zeit nur noch in den alten Landsknechtsliedern wiederfinden.

Bei Hesse ist es der junge Mensch unserer Zeit, in der wir leben und die wir lieben, wenn wir sie auch verwünschen. Es ist der junge Mensch mit den Schatten unter den Augen, mit dem sachlich kurzgeschnittenen Haar. Der über jegliches sentimentale Getue spottet. Der wohl die Natur mit seiner ganzen inneren Kraft empfindet, sich aber hütet, in Schwärmereien auszubrechen. Einen solchen Menschen zeichnet Hesse, ohne ihn nach der dunklen oder hellen Seite hin zu übertreiben, oder ihn etwa zu idealisieren. In seinem Vorwort sagt Hesse das auch. Allerdings meint er, dieser Sinclair sei ein nur einmalig vorkommender Mensch. »Da irrt sich Hesse.« Gottseidank. Denn sonst würde es bisher auch noch keine 70. Auflage geben.

Er schildert die Seele eines jungen Menschen, wie sie ist. Das Schwanken zwischen Sein und Nichtsein, Gut und Böse. Das Klammern in höchster Not an einen gesteigerten Mystizismus, irgendeinen Kult. Dann wieder die Hoffnung, daß irgend etwas Großes in ihm, dem jungen Menschen, stecke, ein Dichter, ein Maler oder sonst ein Prophet einer neuen Menschheit. Aber immer wieder erscheint der Kehrreim: ich muß zu mir selbst kommen, will mich selbst leben. Alles andere ist Humbug – um mit Hamsun zu reden.

Es ist auch müßig, darüber zu diskutieren, inwiefern Hesse von der Psychoanalyse beeinflußt ist, ob nicht das Verhältnis zwischen Demian und seiner Mutter auf die Formel des Ödipuskomplexes gebracht werden könnte. Das ist alles müßig. Darauf kommt es mir auch gar nicht an. Das Entscheidende ist, daß die Menschen in dem Buche leben, wirklich leben, daß sie eine Sprache reden, die ich verstehe, daß man mitfühlen und mit dem Herzen ihre Leiden verstehen kann.

In dieser wunderbaren Weise der Darstellung sehe ich noch die tiefere Ähnlichkeit mit dem Dürerschen Stiche, insbesondere mit der Gestalt des Ritters.

Sinclair muß auch durch enge Pfade und Schluchten gehen, bis er den Weg zu sich selbst gefunden hat. Auf seinem Wege bleibt ihm nichts erspart, und er leidet tief dabei, wenn er weiß, daß er im Schlamme steckt und doch kein Mittel findet, emporzutauchen. Beide, der Ritter und Sinclair, sind in Gefahr. Beide haben den trotzig verzweifelten Willen, sich zu retten. Und doch wissen sie, daß der Weg zur Gralsburg nur durch eine tiefe Schlucht gehen kann. Das Wunderbare bei Hesse ist noch, daß Sinclair, der kein Ziel aus dem Herzen reißen und es sich stecken kann, in seiner Herzensnot malt, sein Traumbild, seine Lichtgestalt, nach der er strebt und von der ihm Rettung kommen kann, malt. Aber – so könnten nun einige einwerfen –: »Der *Demian* ist doch letzten Endes kein positives Buch. Die Sache schließt doch ziemlich trostlos: der eine Prachtmensch stirbt, und der andere, der sich eben erst gefunden hat, liegt verwundet da, und man weiß noch nicht einmal, ob er mit dem Leben davonkommen dürfte.« Diesen kann man einmal den *Werther* entgegenhalten. – »Hm. Allerdings. Ja, aber« – und dann könnte man weiter sagen: Das, was ich als Fazit aus dem Buche mitnehme, ist die Erkenntnis und die ewige Wahrheit Goethes: »Wer immer strebend sich bemüht, den können wir erlösen.«

(1928)

[Ein kleines Selbstbildnis]

Mein Vater stammt aus Ostpreußen, meine Mutter kommt aus Schlesien. Sie zogen in die Mark Brandenburg, nach Freienwalde, einer kleinen Kreisstadt, – nicht weit davon fließt der Oderstrom in seinem neuen Bett. Der Fluß mußte in der Nähe sein, er barg das Gemeinsame, von Breslau her wälzt er sich in die Ostsee hinunter. Als ich geboren wurde, Dezember 1909, trank mein Vater eine Flasche Sekt, er konnte es sich leisten. Es war der silberne Sonntag. Aber ich glaube nicht daran.

Meine Eltern betrieben ein Geschäft wie viele andere. Sie schickten mich auf eine hohe Schule, sie taten viel für mich. Sie ließen mich in Ruhe.

Nach dem Krieg kam die Inflation, danach die Stabilisierung – nach unten.

Ich beendete die Schule, ging nach Berlin, um zu studieren und Geld zu verdienen. Nach vier Jahren kamen meine Eltern nach.

Belangloses – Leben als Musiker, Turn-, Sport- und Schwimmlehrer – staatlich geprüft! hoppla – außerdem Medizinstudent.

(1933)

Sport – jüdisch gesehen

Wenn man als aktiver jüdischer Sportler angesichts der Turnhallen und Sportplätze, auf denen jüdische Menschen Sport treiben, gefragt wird, ob es jüdischen Sport gibt, so ist man geneigt, unbedenklich mit ja zu antworten. Es erscheint müßig, darüber eine Betrachtung anzustellen, findet sich doch der Begriff deutscher Sport, französischer und also auch jüdischer Sport im allgemeinen Sprachgebrauch und wird unbedenklich angewendet. Wenn man sich aber dann einmal fern den Turnhallen und Sportplätzen fragt, ob denn das ein besonderer, nämlich jüdischer Sport sei, ob denn, von einer anderen Seite her gesehen, das Judentum im Sport so unmittelbar und tief sein Wesen offenbarte wie in seinen andern großen Schöpfungen, die das Beiwort jüdisch mit Recht tragen, so gerät man ehrlich in Verlegenheit. Dieser Frage gegenüber erscheint es sinnvoll, dem Fragenkomplex »jüdische Dichtung«, »jüdische Musik«, »jüdische Malerei« die Frage »jüdischer Sport« anzugliedern. Um zu untersuchen, wie es in dieser Hinsicht mit dem Sport bestellt ist, der doch auf den ersten Blick nur als eine Angelegenheit der sichtbaren Gestalt und somit nur den äußeren Schichten der Persönlichkeit zugehörig erscheint, müssen wir einiges Grundsätzliches über den Sport voranschicken.

Sport ist ein englisches Wort, aber es wäre falsch zu sagen, die Engländer hätten den Sport erfunden wie Turnvater Jahn das Turnen. Der Sport ist nicht erfunden worden, auch nicht von den Engländern, er ist entdeckt worden wie Amerika, und sicherlich auch von den Engländern, aber er bestand lange schon zuvor in Form der Leibesübungen bei den verschiedenen Völkern. Auch die Griechen haben die Leibesübungen nicht erfunden, wenn sie sie auch bewußt getrieben und zu der festen Form entwickelt haben, die der Nachwelt aus der Überlieferung ihres Lebens als Ursprung und Vorbild erscheint. In diesem Sinne haben die Leibesübungen der Griechen einen unverkennbaren Ausdruck griechischen Wesens getragen. Es ist nun nicht unsere Aufgabe, kulturhistorisch und ethnologisch den Beitrag der verschiedenen Völker zu den Leibesübungen zu untersuchen, noch etwa, die Ehre der Juden zu retten, indem wir, wie viele Bemühungen zu diesem Thema zuvor es zu unternehmen meinten, durch Aufzeichnung diesbezüglicher Bibel- und Talmudstellen beweisen, daß auch die alten Juden sich schon sportlich betätigten. Es ist keine Frage, daß alle einstigen Naturvölker auf dieser Stufe ihrer Entwicklung eine natürliche, z.T. auch unbewußte Form der Leibesübungen kannten. Ob dies Jagd, Kampf, Spiel war, ob es sich mit dem Kultischen als Tanz verband, immer ist es der Ausdruck eines bewegten Körpers, der von der Natur als Zeichen des Lebens die lebensvolle Spannung Ruhe – Bewegung eingepflanzt erhielt. Die kulturhistorische Betrachtung und Entwicklung der Leibesübungen führt uns deshalb nicht weiter, weil alles an Bewegungsablauf, Spiel, Kampf, was wir heute unter Sport zusammenfassen, eine Erscheinung der modernen Zeit ist. Nicht, wie man glauben mag, das Zeitalter der Renaissance in Europa ist es gewesen, das durch sein Streben nach klassischem Lebensstil auch den Sport neu geschaffen hat. Eine äußere Not, die zur Forderung wurde, der Protest des Menschen gegen den Primat des Berufs, der Arbeit, die die natürlich gebundenen Kräfte einengten, der Aufstand gegen den immer mächtiger werdenden Apparat des Daseins, gegen die »Organisation des Daseinsapparates«, wie Jaspers es nennt, riefen den Sport hervor. Rousseau hat an seiner Wiege gestanden, Pestalozzi. Er ist ein Protest gegen die Technisierung, ein Protest allerdings in selbst immer mehr technisierter Form. Und damit veranschaulicht er wie bald kein anderes Beispiel, was man die Tragik des modernen Menschen genannt hat, daß es ihm nur möglich ist, den Konflikt zwischen Ratio und Irratio für die Irratio zu lösen auf die Weise der Ratio.

Der Sport wird von allen zivilisierten Völkern auf der Erde getrieben; er ist eng verflochten mit der europäischen Form der Zivilisation wie das Auto, die Eisenbahn, das Radio. Es läßt ihn aber nicht in eine Reihe mit diesen technischen Erscheinungen setzen, daß er nicht von dem Menschen losgelöst gedacht werden kann. Er ist eng gebunden an den Menschen, an seine Körperlichkeit, die in ihrer Grundanlage zum Unterschied von der tierischen bei allen Menschen gleich ist. In der sportlichen Betätigung äußern sich die Grundformen menschlichen Bewegungsvermögens, Laufen, Springen, Gehen, Schwingen, Werfen, Schwimmen. Auch die Bäume können schwingen, wenn der Wind sie biegt, auch die Tiere können laufen, springen, schwimmen. Aber ihnen allen fehlt die bewußte Ausrichtung auf den Körper, die Bewegungsübung, geboren aus den Verhältnissen der menschlichen Existenz. Aber auch die psychischen Grundmomente, Freude an der Bewegung, am Spiel, am Kampf sind wie bei jedem Menschen, so auch bei jedem Volk als urmenschliche Triebe und Lüste an die Natur des Menschen gebunden. Daraus erhellt, daß wir im Sport eine Form der übernationalen Übereinkunft unter den Menschen besitzen.

Wenn wir nun zu unserem Ausgangspunkt zurückkehren und unter jüdischem Sport den Sport verstehen, den jüdische Menschen betreiben, so müssen wir uns gleichzeitig fragen, mit welchem Recht der Sprachgebrauch die Begriffe jüdischer, finnischer, japanischer Sport anwendet. Es wäre vielleicht besser, man spräche von einer jüdischen Sportbewegung. Doch wenn wir einmal in dem zuvor definierten Satz die Betonung nicht auf den »Sport« legen, sondern auf die Menschen, die Sport treiben, so werden wir bald einige aufschlußreiche Feststellungen machen können. Nehmen wir ein Beispiel. Wenn auf der kommenden Olympiade die Japaner zufällig die Sieger im Weit-, Drei- und Stabhochsprung, im Schwimmen und überraschend in irgend noch einer Konkurrenz sein sollten, so wird es keinem Menschen einfallen, diese betreffenden Sportarten als japanischen Sport zu erklären, wenn auch aus dem Körperbau und der Beschaffenheit des Japaners auf eine besondere Begabung und Eignung für diese Sportarten geschlossen werden könnte. Aber wie steht es mit dem Jiu Jitsu, das ohne Zweifel eine echte, ursprüngliche japanische Leibesübung darstellt? Es gibt ein Ballspiel, das nur in Spanien gespielt wird, mit gleichzeitigem Vortrag altspanischer Heldengesänge; das Boulespiel wird nur in Frankreich, Baseball nur in Nordamerika gespielt. Diese und viele andere Nationalspiele, drücken sie nicht den Charakter, die Eigenart einer Nation auf eine besondere Weise aus?

Es gibt also ohne Frage innerhalb des großen Komplexes Sport einige Disziplinen, in denen einige Völker durchaus schöpferisch ihr eigenes Wesen darstellen, sei es auch nur durch die Kombination verschiedener Möglichkeiten, wie das Polospiel auf Motorrädern in Amerika. Aber der hierfür geprägte Ausdruck »Nationalspiel« ist der treffendste. Denken wir hingegen an Tennis, an Fußball, an Skilauf, also an Sportarten, deren Ursprungsländer feststehen und die anfangs unzweifelhaft nationale Züge getragen haben, so sehen wir, daß es auch im Sport Schöpfungen gibt, die wie in der Kunst das überpersönliche Volkslied, mit der Zeit auch einen bestimmten Grad übernationaler Anonymität erreichen. Selbst wenn man Unterschiede der Technik, des Stiles anerkennt, in dem sich das Temperament am klarsten zeigt, wie ihn z. B. im Fußballspiel die Engländer, Italiener und Afrikaner spielen, oder in dem Lauf über lange Strecken, wie ihn die Finnen und Südamerikaner entwickelt haben, so berechtigt das immer noch nicht, zu dem übergeordneten Begriff »Sport« das nationale Beiwort hinzuzufügen.

Und wie liegt der Fall beim deutschen Turnen oder bei der deutschen Gymnastik, die doch unzweifelhaft ihren deutschen Ursprung voll zum Ausdruck bringt? Die deutsche Gymnastik wird, aufbauend auf der schwedischen Gymnastik in ihrer besonderen Verbindung von Musik und Bewegung und gleichzeitiger systematischer Erfassung und Ausbildung der Bewegungsformen, der deutsche Typ der Bewegungsformen bleiben, die man unter der Rubrik »Gymnastik« zusammenfaßt. Aber dem aufmerksamen Beobachter enthüllt sich das mögliche Phänomen, daß gerade die deutsche Gymnastik bei ihrem Siegeszug und ihrer Verbreitung in der ganzen Welt in der Lehre und in der Struktur der Bewegungsformen, die auch zum Sport führen, einst zur anonymen Schöpfung werden kann wie in der Musik die Formen des Kontrapunkts, der Fuge, der Sonatenform.

Wenn es theoretisch auch möglich ist, daß die Juden, nachdem sie zu dem Sport hingefunden haben, in ihm eine neue und bestimmte Bewegungsreihe so gestalten, daß ihr Wesen in ihr offenbar wird, so bedeutet es doch keine Einschränkung oder sogar Minderung der jüdischen Sportbewegung, wenn wir bei der oben gegebenen Definition bleiben. Denn entscheidend für die sportliche Übung und Haltung eines Menschen und einer Menschengruppe ist, ob sie den Menschen in Wahrheit zurückführt zu der Einfachheit, Harmonie und Freude, die ein Mensch an einem in der Natur bewegten Körper zu empfinden vermag.

(1936)

[Zur Reihe *Déjà-vu*]

Déjà-vu nennt man das unerklärliche Gefühl, das uns alle von Zeit zu Zeit befällt: etwas, was geschieht, meinen wir schon früher geträumt oder erlebt zu haben.

Ben Akiba zog daraus den Schluß, daß es nichts Neues unter der Sonne gibt.

Die Hindus sehen darin Erinnerungen an ein früheres Leben; die moderne Psychologie kann gar nichts damit anfangen.

Die Reihe *Déjà-vu* enthält Déjà-vu-Erlebnisse, wie sie die großen Männer der Vergangenheit haben würden, wenn sie plötzlich in unserer Zeit wieder zum Leben erwachten.

So ist jedes *Déjà-vu*-Bändchen gefüllt mit klassischer Weisheit für den modernen Menschen.

B. C.

(1938)

Einsteigen!

Einsteigen in ein ganz altmodisches Vehikel, zu einer Reise durch unsere Welt!

Was wir zu sehen bekommen, ist durchaus wert, einmal auf diese gemütlich-ungemütliche Weise aufzubrechen. Denn auf dem Bock unserer Postkutsche sitzt niemand anders als der große Menschenfreund, Pazifist, Flüchtling, Emigrant und Christ Jan Amos Comenius, der nach einem Leben nach Art einer Pilgerfahrt seine letzte Ruhestätte in unserem kleinen, friedlichen niederländischen Städtchen Naarden fand. Und nun denn eine gute Reise, Zeitgenossen.

B. C.

(1938)

Liebe Zeitgenossen,

ob Soldat oder Frau, Jurist oder Geschäftsmann, katholischer Priester oder evangelischer Pfarrer: Erasmus von Rotterdam ist in unsere Zeit zurückgekehrt, um an Euch und die Euren das Wort zu richten, in seiner bissigen, Menschen und Zustände anprangernden Sprache (die wir für Euch alle etwas verständlicher zu machen versucht haben).

Wir bitten Euch dringend, die Ordnung zu wahren, und geben das Wort Erasmus von Rotterdam ...

B. C.

(1938)

Vorwort

Nur wenige Worte braucht es, um die hier zusammengetragenen Friedensstimmen einzuführen. Sind sie doch selbst aussagekräftig genug, um – jede für sich – ihre eigene, besondere, unmißverständliche Sprache zu sprechen, die unzweideutig ist und nicht mißzuverstehen.

Konfuzius, Henriette Roland Holst, Plato oder der Marschall Foch, Männer und Frauen aller Länder und Zeiten, unterschiedlicher Herkunft, verschiedenen Berufs und verschiedener Weltanschauung: sie alle sind sich einig in dem großen und universellen Gedanken, der Friede heißt.

Diesen universellen Gedanken allgemein zu erfassen und unserem beschränkten Rahmen in ein neues Licht zu stellen, ist der Zweck dieses Buches. Es beabsichtigt nicht, eine Sammlung der schönsten und berühmtesten Aussagen über den Frieden zu sein. Damit ergab sich von selbst eine Beschränkung des Materials, und manche Berühmtheit, die man in einem Buch über den Frieden erwarten würde, mußte unbeachtet beiseite gelegt werden.

Auch mußten wir bei der Auswahl außergewöhnlich sorgfältig zu Werke gehen, denn bei manchem, was beim ersten Hören wie eine Friedensstimme klang, fehlte, sooft auch das Wort »Friede« im Munde geführt wurde, bei näherem Zusehen die friedeliebende Haltung, der aller Haß fremd war.

Dies galt vor allem für das Auswählen der Stimmen der Zeitgenossen, die grundsätzlich nicht fehlen durften. Geben sie dem ganzen doch den Nachdruck, nach dem unsere friedlose und darum so friedehungrige Zeit verlangt.

Gerade weil sie sich so oft derselben Worte bedienen, kam es darauf an, hier bewußt die wahren von den falschen Propheten zu scheiden, um die bereits allum herrschende Verwirrung nicht noch zu vergrößern.

Die Worte Augustins, daß das Ziel des Krieges nur der Friede sein kann, mögen erklären, warum auch und sogar bevorzugt Stimmen von Soldaten aufgenommen wurden. In diesem Sinne sind auch Soldaten, und die besten von ihnen wußten das, Werkzeuge des Friedens. Möge man dies doch niemals vergessen!

Auch die Stimmen, die von dem inneren Frieden des Individuums sprechen, sind hier vertreten. Sie gehören unverzichtbar in dieses große Wechselgespräch, das Zeugnis ablegt von dem Sieg über die Begierde, den Haß, die Angst von »non-violence« bis zum sozialen Frieden. Es führt uns den Frieden vor Augen als Ganzes, in dem bestimmte Ideen Hand in Hand gehen, das andere Ideen dagegen ausschließt. Friede und Freiheit! Kein Friede aus Angst, in Zeiten der Unterdrükkung, kein Sonderfriede im Dienst bestimmter Interessen. Kein Friede auf Kosten der Gerechtigkeit!

Ein Friede aus Mut und Kraft, der der Überwindung der Aggression entstammt. Friede des Menschen mit sich selbst, ein menschenwürdiger Friede.

Erst aus der Verschiedenheit der Temperamente erwächst der Gedanke des Friedens zu etwas Vollkommenem, indem ein jeder für sich ihm einen neuen Gedanken hinzufügt.

So entsteht in allen die Idee des Friedens als eine praktische und ideelle Notwendigkeit, wie man sie sich in allen Zeiten erträumt hat, unbefleckt und unteilbar.

Denn der Friede ist unteilbar: Wo immer auf Erden, bei welchen Völkern und aus welchen Gründen, er in Gefahr ist, da wird das innere Gleichgewicht der Welt gestört und unsere eigene Existenz bedroht.

B. Cooper

(1939)

Nächtliche Begegnung

Winston Churchill, beim Licht einer Stehlampe in einem Lehnstuhl sitzend, mit einem Buch, Brille, Zigarre.

DIENER (bei der Tür) Sir ...

CHURCHILL (ohne aufzublicken) Du kannst schlafen gehen, James.

DIENER Unten an der Tür ist ein Mann, der Sie sprechen möchte.

CHURCHILL (blickt auf) Ein Mann? ... Jetzt? ... Aber das ist ... Wie spät ist es?

DIENER Zwölf Uhr, Sir.

CHURCHILL Bestimmt ein Verrückter. Schick ihn fort.

DIENER Er geht nicht weg. Ich habe alles versucht. Er sagt, er sei ein Kollege.

CHURCHILL Ein Kollege? Ich habe so viele Kollegen. Wie sieht er aus?

DIENER Er hat eine Art Uniform an, wie Platzanweiser in Kinos sie tragen; und er hat einen Vollbart.

CHURCHILL (mit einem schnellen Entschluß) Laß ihn herein.

DIENER (zögernd) Sollte ich vielleicht Mrs. Churchill rufen ... oder Scotland Yard anrufen?

CHURCHILL Stell die Zigarrenkiste auf den Tisch, eine Flasche Portwein und ein zweites Glas. Das ist meine Leibwache ... Wie heißt er?

DIENER Es klingt ein bißchen russisch, oder ... ich hab's nicht gut verstanden.

CHURCHILL Russisch? Mit einem Vollbart ... Sollte Stalin sich seit Potsdam nicht mehr rasiert haben? – (Pause.)

Der Diener ist unterdessen hinausgegangen und kommt zurück mit einem alten, königlich wirkenden Mann in Uniform, der ruhig auf Churchill zugeht. Churchill ist langsam aufgestanden und geht, als würde er durch den Fremden angezogen, ihm einige Schritte entgegen.

CHURCHILL Sie kommen etwas spät, Sir, ich habe nächtliche Konferenzen nie gemocht, auch früher nicht, als ich noch jung war. Ich fand es immer schade um die Nächte. Und jetzt bin ich zu alt. Kommen Sie. Was wollen Sie so spät noch?

PLATO (indem er sich würdevoll verbeugt) Ich bitte Sie, meinen späten, unangekündigten Besuch zu entschuldigen, Herr Doktor Churchill.

CHURCHILL Doktor Churchill! (lacht) Setzen Sie sich. Eine Zigarre? Nein? Dann ein Glas Portwein. Schenk ein, James, und laß uns dann allein. Ich nehme an, Herr ....

PLATO (mit einer leichten Verbeugung) Entschuldigung, – Plato ...

CHURCHILL Plato? Ach so ... daß Herr Plato mir etwas zu sagen hat. Diener ab.

Beide setzen sich. Betrachten einander lange Zeit schweigend.

CHURCHILL Wie schreibt sich Ihr Name, Herr Plato?

PLATO P–L–A–T–O.

CHURCHILL Genau wie der alte Plato, der Philosoph aus Griechenland, der Mann mit der eigenartigen Liebe. Ich habe nie daran geglaubt. Das heißt, in der Politik gibt es auch so etwas.

PLATO Sie kennen mich also.

CHURCHILL Ich Sie? Nein.

PLATO Sie haben es doch selbst gesagt?

CHURCHILL Ich? Oder wollen Sie damit sagen, daß ...

PLATO Ja, ja.

CHURCHILL (zu sich selbst) Also doch ein Verrückter! Trinken Sie, Herr Plato, es ist meine Hausmarke. – Sind Sie hier in London in einem Kino tätig?

PLATO Nein, nicht hier (mit dem Daumen weisend), drüben.

CHURCHILL Aha. – (Er betrachtet ihn neugierig.) Bedienen Sie sich. Was wollen Sie von mir?

PLATO Herr Churchill, ich bin gekommen, um Ihnen zu gratulieren.

CHURCHILL Zu gratulieren. – Sehr freundlich von Ihnen. Darf ich fragen, wozu? In letzter Zeit hat man mir bei verschiedenen Gelegenheiten gratuliert.

PLATO Ich habe gehört, daß die Universität Brüssel Ihnen den Ehrendoktor verliehen hat.

CHURCHILL In der Tat. Honoris causa. Finden Sie das so wichtig?

PLATO Natürlich, immer, wenn die Welt des Geistes und des Gedankens die Welt der Taten ehrt.

CHURCHILL Vortrefflich formuliert. Das hätte selbst der alte Plato nicht besser sagen können.

PLATO Sie meinen Sokrates, meinen Lehrer, der den Giftbecher trank.

CHURCHILL Sie kennen die alten Bücher offenbar gut. Ich habe sie früher auch gelesen. Aber Sie haben recht – ich bin immer ein Mann der Tat gewesen.

PLATO Ich habe sie nicht gelesen, Doktor Churchill, ich habe sie geschrieben. *Kriton, Phaidon, Gorgias, das Gastmahl,* erinnern Sie sich, und meine *Politeia,* über den Staat.

CHURCHILL Sie sind also doch Plato. Das ist merkwürdig. Platzanweiser in einem Kino. Aber ich habe so oft in meinem Leben mit jemandem zusammen am Tisch gesessen und eine Zigarre geraucht, von dem ich mir das nie erträumt hätte. Ich hoffe, daß das keinen üblen Nachgeschmack gibt. Und jetzt also mit Plato. Das übersteigt mein Vorstellungsvermögen wohl ein wenig.

PLATO Das meine auch, Doktor Churchill.

CHURCHILL Lassen Sie den »Doktor« weg, mein lieber Herr Plato. So haben die Belgier das nicht gemeint. Menschen wie unsereiner bekommen viele Ehrungen. Es hört sich an, als wollten Sie mich verspotten. Wir sind doch beide alte Männer. Sie sind sicherlich noch etwas älter als ich. Lieber Himmel, Sie müssen in der Tat verd… alt sein. Das kommt vom Geist.

PLATO Jetzt spotten Sie.

CHURCHILL Ich habe große Hochachtung vor dem Geist und den Männern des Geistes, der Wissenschaft.

PLATO Denen haben Sie alles zu verdanken, – den Sieg.

CHURCHILL Es ist wahr, die Wissenschaft hat den Krieg gewonnen. Ich zögere nicht, das zu sagen.

PLATO Darum hat man Ihnen den Ehrendoktor verliehen.

CHURCHILL Vielleicht.

PLATO … obwohl (stockt).

CHURCHILL Sprechen Sie nur weiter.

360

PLATO ... obwohl Sie letztlich die Männer des Geistes und der Wissenschaft doch nicht so hoch schätzen.

CHURCHILL Wie meinen Sie das?

PLATO Ich lese ab und zu die *Times* und habe darin Ihre Äußerungen über jene Männer des Geistes und der Wissenschaft gelesen, die gegen den Gebrauch der Schöpfungen Ihres Geistes, nämlich gegen die Atombombe, protestieren.

CHURCHILL Ach du meine Güte! Jetzt kommen Sie mir auch noch mit der Atombombe. Ich wollte, das Ding wäre von Straßenkehrern erfunden worden.

PLATO Die Atombombe ist aber nicht von Seifensiedern erfunden worden.

CHURCHILL Stört die Bombe Sie dort auf der anderen Seite? Ist Ihr Kino in Gefahr?

PLATO Das Kino, in dem ich die Ehre habe Platzanweiser zu sein, liegt tief in einer Höhle, tief in den Felsen gehauen. Keine Atombombe kann es zerstören.

CHURCHILL Was interessiert Sie die ganze Geschichte dann? Noch ein Glas?

PLATO Natürlich interessiert sie mich. Ich bin zwar Platzanweiser am jenseitigen Ufer. Aber ein wenig lebe ich hier auch noch, auf dieser Seite, sei es auch als Schatten eines Schattens ...

CHURCHILL Trinken Sie, – ich bin müde.

PLATO Das verstehe ich. Aber doch, da ich nun einmal hier sitze – und wir werden kein zweites Mal so beieinander sitzen – im Namen des Geistes und der Wissenschaft protestiere ich gegen den Platz, den Sie und andere den Männern des Geistes und der Wissenschaft anweisen.

CHURCHILL Das also ist es: der Kollege, der die Plätze anweist! Ich habe Ihnen nur gesagt, was ich angemessen finde.

PLATO Die Wissenschaftler müssen erfinden, was der Geist ihnen eingibt, auch wenn später die gräßlichsten Dinge draus werden. Von der Politik müssen sie sich fernhalten. Sie dürfen nicht mitbestimmen, für welche Zwecke ihre Erfindungen benutzt werden.

CHURCHILL Sehr richtig. So ist es immer gewesen und die Gelehrten waren es zufrieden. Und jetzt auf einmal ... Warum eigentlich? Ich verstehe nicht, warum die Wissenschaftler sich plötzlich so aufregen.

PLATO Dafür gibt es zweifellos viele Gründe, die zu neu sind innerhalb der Gegebenheiten, die ihrerseits, wie Sie richtig ausführen, seit alters her bestehen, ja eigentlich solange es die Wissenschaft gibt.

CHURCHILL Sie sagen es. Hat Archimedes nicht auch Kriegsmaschinen erfunden und sie auch eingesetzt?

PLATO Gewiß.

CHURCHILL Und hat Leonardo da Vinci, dem die ganze Welt soviel Dank schuldet, sich nicht auch mit der Konstruktion von Kriegsgerät beschäftigt?

PLATO Auch das ... ich leugne es nicht.

CHURCHILL Was also wollen Sie mit Ihrem Protest an meine Adresse? Tadeln Sie lieber Archimedes und Leonardo!

PLATO Das ist nicht nötig. Die haben das übrigens selbst getan.

CHURCHILL So? Wie denn das?

PLATO Noch immer sind die Werke des Friedens, die sie geschaffen haben, größer als die, die für Kriegszwecke benutzt werden.

CHURCHILL Das sind Ausreden.

PLATO Und ihr Geist war nicht nur am Werk bei ihren Schöpfungen und Konstruktionen. Er war auch in ihrem Gewissen lebendig.

CHURCHILL Davon rede ich nicht. Und übrigens weiß man das nicht.

PLATO Jeder Schaffende, ob Denker oder Künstler, weiß das.

CHURCHILL Sollen sie dann doch aufhören zu erfinden.

PLATO Sie wissen selbst, daß das unmöglich ist und gegen die Natur des menschlichen Geistes. Erfinden und den Mund halten.

CHURCHILL Ach, früher waren diese unschuldigen kleinen Maschinen Museumsstücke. Die Technik ist inzwischen so viel weiter.

PLATO Nicht nur die Technik! Auch die Männer, die die Erfindungen machen, sind so viel weiter.

CHURCHILL Im Moment sind sie lästig.

PLATO Ihr Gewissen ist schärfer, ihr Verantwortungsgefühl größer. Sie wissen, daß es nicht im Wesen des Geistes liegt, sich selbst zu vernichten.

CHURCHILL Überlassen Sie das lieber den Politikern, Herr Plato.

PLATO Sie irren, wir leben … das heißt, Sie leben nicht mehr in der Zeit von Archimedes und Leonardo. Es hat nur lange gedauert, bis man es auszusprechen wagte. Die Männer, die die Erfindungen machen, wollen selbst auch darüber mitbeschließen, wofür die benutzt werden; sie sind nicht mehr damit zufrieden, wie das geschieht. Ehrlich gesagt, waren sie das niemals.

CHURCHILL Das finde ich einfach lächerlich.

PLATO Sie hätten sich darüber gerade freuen müssen: Sie, ein Politiker, der sich um das Wohl der Menschen kümmert.

CHURCHILL Es ist noch nie was Gutes dabei herausgekommen, wenn sich Wissenschaftler in die praktische Politik einmischen. Die Geschichte beweist das.

PLATO Gut, nehmen wir an, Sie haben recht…

CHURCHILL Ich habe recht. Sie haben es selbst am Beispiel Syrakus gezeigt.

PLATO Sie meinen meinen Versuch, die Grundprinzipien meiner *Politeia* in die Praxis umzusetzen?

CHURCHILL In der Tat.

PLATO Syrakus beweist genau das Gegenteil.

CHURCHILL Und das wäre?

PLATO Daß es bitter nötig ist, daß die Philosophen an der Spitze des Staates stehen.

CHURCHILL Das ist ein sophistischer Beweis. Aus einem Fehler eine Tugend machen! Das kenne ich. Nein, die Männer des Geistes, der Wissenschaft müssen sich den Notwendigkeiten des Staates beugen. Sie haben keine Ahnung von den praktischen Voraussetzungen, die für die Staatsführung unabdingbar sind. Außerdem macht der Umgang mit Geist und Wissenschaft den Menschen weltfremd. Er wird blind. Nüchterne, praktisch denkende und handelnde Menschen müssen die Staatsführung in der Hand haben. Keine Sekte, ob das nun Gelehrte, Priester, Militärs oder Aristokraten sind …

PLATO (ihn unterbrechend) Keine Sekte! Ausgezeichnet! Auch nicht die Sekte der Politiker, Sir!

363

CHURCHILL (ohne sich stören zu lassen) ... Das ist gegen das Prinzip der Demokratie, gegen die ewigen Ideen der Demokratie.

PLATO Hick hick –

CHURCHILL Was ist?

PLATO Entschuldigen Sie – hick –, aber immer wenn von den ewigen Ideen die Rede ist, krieg ich den Schluckauf. Entschuldigen Sie – hick –

CHURCHILL Keine Ursache. Ich werde nicht mehr davon sprechen. Wir waren bei Syrakus stehengeblieben.

PLATO Immer Syrakus.

CHURCHILL Was ist jetzt schon wieder?

PLATO Immer, wenn die Männer des Geistes es ernst meinen, kommen die nüchternen und praktisch denkenden und handelnden Leute dazwischen. Auch eine Sekte, Sir, und was für eine! Und dann geht es schief.

CHURCHILL Nicht doch.

PLATO Auch die praktischen, nüchternen Menschen müssen weise sein und nicht den wahren Philosophen in die Speichen greifen.

CHURCHILL Natürlich, das leugnet ja niemand. Weisheit ist immer nötig, um einen Staat zu regieren. Man braucht kein Philosoph zu sein, um das zu wissen. Glauben Sie mir, ich habe da eine ausgiebige Erfahrung. Das kann man alles sehr schön aufschreiben und sagen. Aber die Praxis ist anders. Das würde ja was werden.

PLATO Keinesfalls etwas Schlechteres als das, was wir bislang zu sehen bekamen.

CHURCHILL Das Leben ist Kampf, vergessen Sie das nicht, Herr Plato. Die Wissenschaftler kennen das Leben nicht.

PLATO Kampf – um was, Sir?

CHURCHILL Um die ewigen Ideen der Menschheit: Gerechtigkeit, Freiheit und Liebe ...

PLATO Hick ... hick ... hick ...

CHURCHILL Sagen Sie den Wissenschaftlern, daß sie ihr Bestes tun müssen, um ein Mittel gegen die Atombombe zu erfinden. Dann ist die Sache wieder in Ordnung.

PLATO Auch dann ist sie leider durchaus *nicht* in Ordnung.

364

CHURCHILL Trinken Sie noch ein Gläschen?
PLATO (steht auf) Ich muß gehen.
CHURCHILL Wann beginnt die nächste Vorstellung in Ihrem Kino?
PLATO Das Theater ist durchgehend geöffnet.
CHURCHILL Ach – bekommen Sie soviel neue Filme?
PLATO (schon an der Tür) Bei uns läuft seit Tausenden von Jahren
immer derselbe Film ...

N. B. Die Universität Brüssel hat Churchill zum Ehrendoktor ernannt.
In seiner Rede vor dem Unterhaus hat Churchill den Wissenschaftlern
geraten, sich nicht mit Politik zu beschäftigen. Ihre Angelegenheit sei die
Wissenschaft und sonst nichts. Die Gelehrten müßten sich seiner Meinung nach ebensowenig in Staatsangelegenheiten einmischen wie jede
andere Sekte auch: Priester, Militärs, Aristokraten. Wenn sie das doch
tun, so Churchill, handeln sie in Streit mit der Idee der Demokratie.

(1946)

Vorurteil und Haß

Ein psychologischer Beitrag zu dem Problem des Antisemitismus

Für einen Arzt, der seine Angehörigen, Freunde und Bekannten mitsamt ihren Kindern durch eine sich plötzlich epidemisch verbreitende Infektionskrankheit verloren hat, ist es leichter, einen wissenschaftlichen Beitrag zu dem Problem der Epidemiologie zu liefern, als für einen Psychiater, der als Jude die letzten drei bis vier Dezennien europäischer Geschichte bewußt miterlebt hat, sich mit dem psychologischen Problem des Antisemitismus auseinanderzusetzen. Er sieht sich nämlich der paradoxen, aber gleichwohl heilsamen Aufgabe gegenüber, über zwei psychologische Phänomene, das Vorurteil und den Haß, ohne Vorurteil und Haß nachzusinnen.

So mancher mag allein schon den Versuch, über kollektiv verübte Verbrechen, als welche die Aktionen gegen die Juden durch die Jahrhunderte hin bezeichnet werden müssen, kühl und unparteiisch schreiben zu wollen, verwerflich nennen: eine wissenschaftlich getarnte Beleidigung des Andenkens der Opfer.

Wer jedoch das kollektive Auftreten von antijüdischen Ressentiments als ein Problem der geistigen Volksgesundheit, seine Verhütung als eine Forderung der mentalen Hygiene ansieht, der wird nicht aufhören, nach einer Methode zu suchen, die es ermöglicht, Einsichten in dieses Phänomen zu vertiefen.

Wenn man sich einmal näher mit der Rolle befaßt, die das Vorurteil im Leben des Einzelmenschen wie in dem von Gemeinschaften spielt, dann bemerkt man die Schwierigkeiten, die einer psychologischen Definition des Antisemitismus im Wege stehen. Zugleich erkennt man jedoch auch die Virulenz einer menschlichen Haltung, die von einem gehässig halbleisen Geflüster im Salon, von kirchlichen Segregations-Entschließungen, spanischen Schmerzbänken über die Losungen der Kreuzzüge, über Luthers Brief *Über die Sabbatäer an einen guten*

Freund und die *Protokolle der Weisen von Zion* bis zur Juden- und Rassengesetzgebung und schließlich zu den Gaskammern von Auschwitz führt.

Der Historiker und der Soziologe können darauf hinweisen, daß bestimmte antisemitische Manifestationen, etwa die des Mittelalters, nicht ohne ihren historisch-kulturellen Hintergrund betrachtet werden dürfen, weil eine Epoche, in der bereits einfacher Diebstahl mit »Rad und Galgen« bestraft werden konnte, krankhaften Vorstellungen wie Dämonenfurcht, Hexenwahn, Angst vor ansteckenden Krankheiten und ähnlichem leichter anheimfiel.

Wenn man die Geschichte des Judenhasses studiert, kann man verschiedene Grundmotive unterscheiden: das religiöse, das ökonomische und das politische. Dabei muß man betonen, daß schon im Ausgangspunkt ein Unterschied besteht zwischen Judenverfolgungen, »um Christi Blut zu rächen«, und Verfolgungen aus biologisch-rassischen Scheinlehren, mit denen sich ein neues Heidentum zu konstituieren versuchte.

Den Psychologen interessiert jedoch in erster Linie der feindselige Unterstrom, der alle bisher erwähnten Tatsachen miteinander verbindet. Das Studium der Geschichte des Antisemitismus lehrt, daß die erwähnten Formen, Motive und Aspekte nur als die Kulissen gesehen werden können, zwischen denen, bei einer mit jedem Bilde sich verändernden Umgebung, immer wieder dasselbe Stück aufgeführt wird, nämlich das Drama des menschlichen Vorurteils und Hasses.

In psycho-soziologischen Handbüchern wird zu Recht ausgeführt, daß das Vorurteil auch das Verhältnis von anderen Gruppen zueinander bestimmen kann, wie etwa die Beziehungen weiß – farbig, protestantisch – katholisch, arm – reich, und daß dieses Verhalten eng zusammenhängt mit dem Auftreten von Minoritäten in einer bestimmten kulturhistorischen Situation.

Warum jedoch ist gerade das Vorurteil gegen Juden in der Geschichte so konstant geblieben?

Wenn wir der Frage nachgehen, stoßen wir schnell auf das psychologisch wichtige Problem des Sündenbockes. Von welcher Seite man sich diesem Problem auch nähern will, von der religiösen, ökonomischen oder der politischen: die Juden haben in allen Zeiten die Rolle des Sündenbockes spielen müssen. Das Mittelalter sah sie als Hexen, Mörder, Kannibalen, sie hatten alle nur denkbaren Abnormitäten, sie repräsentierten den Teufel, den Widersacher der Schöpfung.

Im Alten Testament spielt der Sündenbock eine wichtige Rolle; er ist das Geschöpf, das, mit den Sünden der Gemeinschaft beladen, in die Wüste getrieben oder als Opfertier geschlachtet wird. Das Opfern des Sündenbockes tilgt eigene Schuld. Auch Christus, nach Johannes »das Lamm Gottes«, nimmt die Sünden der Menschen auf sich; sein Opfertod, sein stellvertretendes Leiden erlöst von Schuld.

Schon im alltäglichen Leben wird uns das Phänomen des Sündenbockes in verschiedenen Entwicklungsstadien vorgeführt. Das kleine Kind, das sich bei seinen Versuchen, die Außenwelt zu erkunden, zu erobern, zu kontrollieren, an einem Tisch stößt, erlebt den Tisch als den Schuldigen für seine motorische Unvollkommenheit, seine Wut und sein Haß richten sich in erster Instanz gegen den Sündenbock Tisch. In einem anderen Entwicklungsstadium wird ein Kind, das an Enuresis nocturna leidet, seinen Bär, der mit ihm schläft, als den Schuldigen bestrafen. Die psychotherapeutische Praxis bestätigt, daß jeder Mensch dazu neigt, die Schuld für seine Konflikte und Fehler bei anderen zu suchen. Auf diese Weise befreit er sich von eigenen Schuldgefühlen und von Gewissensfragen nach seiner eigenen Beschaffenheit, seinen eigenen Schwächen.

In seinen »ABC's of scapegoating« hat Allport vier Gesichtspunkte als Bedingungen für die Funktion des Sündenbockes herausgestellt:

1. Der Sündenbock muß leicht zu unterscheiden sein;
2. er muß leicht erreichbar sein;
3. er darf nicht zurückschlagen können;
4. er muß bereits früher Sündenbock gewesen sein, so daß schon ein kleiner Vorfall den feindlichen Unterstrom zur heftigen Aggression anschwellen lassen kann.

Alle diese vier Punkte werden von den Juden erfüllt.

Wie groß die Rolle ist, die das Vorurteil im Leben des Individuums spielen kann und auch spielt, wird deutlich, wenn man eine andere Facette betrachtet, nämlich: die Sympathie, die Liebe (oder was man so im allgemeinen darunter zu verstehen wünscht), die in ihrem Wesen ebenso unbegreiflich und unerklärlich ist.

In Platons *Symposion* erhält dieses Vorurteil seine philosophische Legitimation in der Legende von den zwei Liebenden, die ursprünglich eine Einheit bildeten und jetzt im Leben einander suchen und es in ihrem Verlangen wissen, wenn sie die verlorengegangene Hälfte wiedergefunden haben.

Aber während die Liebe zu allen Zeiten von den Künstlern als Objekt für ihre Darstellungen gewählt wurde und während manches psychologische System seine armselige Existenz ihr verdankt, stehen wir vor der merkwürdigen Tatsache, daß der Haß, der wie sie aus einer prälogischen Wurzel kommt, im Verhältnis zu ihr wenig Beachtung gefunden hat.

Jeder weiß, daß enttäuschte Liebe in Haß umschlagen kann (»und willst du nicht mein Bruder sein, so schlag ich dir den Schädel ein«). Auch wissen wir heute, daß ein Kind, dem man die »basic needs« vorenthält, Aggression, Haß und asoziales Betragen entwickeln kann. Liebe und Haß sind zwei polare Erlebnisformen. Wo die eine manifest auftritt, muß der Psychologe die andere aufspüren, und umgekehrt. Ihr funktionelles Verhältnis zueinander bestimmt das Verhältnis des Menschen gegenüber seinem Mitmenschen und der Außenwelt grundlegend.

Dies gilt auch für den Antisemitismus. Welche Funktion hat dann der Judenhaß, wenn er individuell oder kollektiv auftritt, in der Existenz des Antisemiten?

Es könnte als sinnlos erscheinen, die Frage nach der Funktion des Hasses und seiner antisemitischen Ausprägung überhaupt zu stellen. Man könnte meinen, daß hiermit einer Erscheinung, die bisher nur unermeßliches Leid verursacht und das Antlitz unserer Welt gewiß nicht verschönt hat, eine Art von Legitimation zuerkannt werde.

In der Wissenschaft muß man diese Frage jedoch ebenso stellen, wie man nach der Funktion jeglichen gesellschaftlichen Geschehens fragt, insbesondere, wenn man Mißstände, Missetaten, Verbrechen und Krisen in ihrem funktionellen Wirken zu studieren versucht. Erst die Analyse des funktionellen Mechanismus eines pathologischen Geschehens

– dem ärztlichen Forscher ist dieser Gedankengang vertraut – ermöglicht es, Veränderungen herbeizuführen.

Es ist deshalb unsere Aufgabe, um im Antisemitismus die individuellen und kollektiven Motive von Verfolger und Verfolgten zu beschreiben, die Mechanismen zu erforschen, die hier am Werke sind. Bereits in dieser Formel liegt die Schwierigkeit beschlossen, der sich der Untersuchende gegenübersieht. Denn sein präwissenschaftlicher Ausgangspunkt ist, daß es sich beim Antisemitismus um eine Wechselbeziehung handelt, um ein spezifisches Verhältnis zwischen Juden und Nicht-Juden, bei dem beide Parteien durch die Jahrhunderte hin, als Individuen und als Kollektiv, einander zugeordnet waren.

Demnach wäre zu untersuchen, ob sich in diesem spezifischen Verhältnis ein Geschehen entdecken läßt, das bezeichnend wäre für einen der beiden Partner allein, oder ob sich in diesem Verhältnis ein menschlicher Inhalt auffinden läßt, an dem beide ihren Anteil hätten.

Diese Betrachtungsweise stellt beide Gruppen als psychologisch in sich geschlossene und profilierte Einheiten zur Diskussion, die nur durch den religiösen Glauben voneinander geschieden sind. Mag das auch zum Teil richtig sein, so ist es eben nur zum Teil richtig; und es besteht die Gefahr, daß man die den beiden Gruppen inhärente Problematik ihres Menschseins dabei aus dem Auge läßt, während es gerade diese Problematik ist, die wir zu erfassen suchen und die uns interessieren muß.

Die zahllosen Publikationen, die durch die Zeitläufte hin über das Thema Juden – Christen erschienen sind, lassen uns die Spannung ahnen, die immer in dieser Konfrontation verborgen lag, eine Spannung, die sich durch die ganze jüdische Geschichte in der Diaspora zieht, eine Geschichte des Verhältnisses zwischen Verfolgern und Verfolgten.

Der Vorteil unserer Methode ist jedoch, daß sie es uns ermöglicht, das reich nuancierte, zuweilen verwirrende Bild, das die Juden in der Diaspora bieten, außer acht zu lassen.

Es ist in unserem Zusammenhang interessant, daß schon Thomas von Aquino in seinem *De regimine Judaeorum* vorschlägt, die Juden zu einer regelmäßigen Arbeit zu bringen, und daß später Abbé Grégoire, der große Fürsprecher der jüdischen Emanzipation in Frankreich, in seinen Schriften von einem tiefgreifenden Verständnis für den Zusammenhang zwischen Vorurteil, soziologischer Struktur und Aggressivität zeugt. Es handelt sich nämlich beim Antisemiten, so paradox es auch klingen möge, gar nicht um die Juden als eine in der Diaspora lebende Gruppe, gegen die er sich richtet. »Die Antisemiten kennen die Juden nicht«, sagt Charles Péguy; der Antisemit habe ein abstraktes Bild des Juden, destilliert aus der prälogischen Existenz seines Vorurteils, in dem die allgemeinmenschlichen Neigungen, zu generalisieren, zu simplifizieren und Naturkräfte oder ganze Nationen zu personifizieren, sich ausleben.

Wenn man sich anschickt, die Spannung, die in der Konfrontation von Juden und Nicht-Juden beschlossen liegt, in psychologischer Fachsprache auszudrücken, so entgeht man nicht dem Vorwurf, man gebrauche die psychologische Erfassung als ein Absolutum in einer Kultursituation, die sich mehr durch ihre Unsicherheiten als durch ihre Sicherheiten auch in psychologicis ausweise.

Beider Gruppen gemeinschaftliches Auftreten in der Geschichte beginnt, als der Ruf »die Christen vor die Löwen« verstummt und die ersten christlichen Gemeinschaften entstehen und sich ausbreiten. Ungefähr um dieselbe Zeit kommt es zu den ersten Judenverfolgungen, da die Juden nach dem Untergang ihres Staates und der Verwüstung des Tempels ihr Leben außerhalb Palästinas, in der Diaspora, beginnen.

Die Spannungen und Kriege der biblischen jüdischen Nation mit ihren Nachbarn können wir außer Betracht lassen. Das waren nationalpolitische Ereignisse, wie sie jedes Volk in seiner Geschichte kennt. Ebenso kann der Kampf, den der neue Staat Israel um seine Existenz führt, unberücksichtigt bleiben.

Mit dem Aufblühen der christlichen Gemeinschaften und der Kirche als Trägerin der Autorität entwickelt sich das Verhältnis zwischen Juden und Nicht-Juden unter dem Hauptmotiv der Kreuzigung und Verleugnung Christi durch die Juden. Die Entwicklung des Christentums aus dem Judentum – die ersten Christen waren ja Juden – macht das Verhältnis in psychologischer Hinsicht so verwickelt, wie es meistens der Fall ist bei einer zu großen Affinität in der Ausgangssituation. Die Bekehrung des europäischen Kontinents zum Christentum hat jedes Individuum und jede Nation mit dieser Affinität in Berührung gebracht und mit der an sie gebundenen Be- und Verurteilung der Rolle der Juden.

Die oberflächlich interpretierte Funktion der Juden als Verräter und Mörder hat, ebenso oberflächlich, den Weg gebahnt zur Errichtung eines Vorurteils, das von Geschlecht zu Geschlecht durch Tradition und Unterricht überliefert wird und das unabhängig neben dem Erleben der eigenen Religion bestehen konnte. Außerdem konnte mit diesem Vorurteil ein Stück Aggressivität ventiliert werden, eine psychologische Prämisse für das Funktionieren jedweder Gruppe, jedoch insbesondere der einen, in der das Gebot, die Nächsten und selbst die Feinde zu lieben, zentral gestellt wurde.

Man darf dieses Gebot in seinen psychologischen Konsequenzen nicht geringschätzen. Nietzsche spricht von einem »Sklaven-Aufstand der Moral«, von einer »Umkehrung aller Werte«. Dieses Gebot wendet sich in erster Instanz gegen die aggressiven Triebäußerungen, vor allem gegen ihr ungehemmtes Ausleben gegenüber Schwächeren, wie es in der Formel »homo homini lupus« und in der Mentalität des Dschungels zutage tritt. Es hängt eng zusammen mit der primären Feindlichkeit der Menschen untereinander, mit der Bedrohung durch den Untergang, die zu allen Zeiten über der Menschheit hing. Ihre Beherrschung ist ein Opfer, das der Mensch für den Aufbau der Kultur bringen muß.

Dabei entstehen viele Fragen, die man triebpsychologisch als das Verhältnis von aggressiven zu zärtlichen Gefühlen auffassen kann. Diese Formel läßt sich auf beinahe jedes Verhältnis von Gruppen zueinander anwenden. Mit der Notwendigkeit, Aggression zu ventilieren, verbindet sich die Forderung, ein passendes Objekt zu finden, das als Zielscheibe fungieren kann. An diesem Punkt wird man unwillkürlich an den Ausspruch von Sigmund Freud erinnert: »Man fragt sich nur besorgt, was die Sowjets anfangen werden, nachdem sie ihre Bourgeois ausgerottet haben.«

Hier erhebt sich die Frage, ob Freuds Aussage nicht auch die Konsequenzen, die das Verhältnis von Verfolgern und Verfolgten bestimmten, in einer neuen Form erscheinen lassen: in der Form von Aufeinander-angewiesen-Sein, Einander-nötig-Haben. Das Thema ist in seinen Variationen unerschöpflich.

Für den Gläubigen bestand innerhalb der christlichen Kirche die Möglichkeit, seine verbotene Aggressivität auf einem anderen, tolerierten Niveau zu äußern, beispielsweise im Bekehrungseifer gegen den Ungläubigen, den Abtrünnigen und den Sündenbock. Für die Kirche mit ihrem zentralen Gebote der Liebe erhebt sich die spezielle Frage, wie sie dieses Gebot in Übereinstimmung bringen kann mit den notwendig sublimierten oder nackten Taten von Aggression, ohne in Konflikt zu kommen mit ihren eigenen Prämissen.

Man könnte es sich einfach machen, den Weg zurückverfolgen und das erste feindliche Verhältnis zwischen Juden und Nicht-Juden bei dem Widerstand beginnen lassen, den die jüdischen Gemeinschaften dem Bekehrungseifer der Christen entgegengesetzt haben.

Das Problem ist jedoch differenzierter. Nicht die feindliche Haltung nämlich ist es, die Unsicherheit schafft, sondern die ambivalente Gefühlshaltung der Kirchen, die wiederum ihren Ursprung im Entstehen des Christentums selber hat. Die Kirche in ihren höchsten Amtsträgern, den Päpsten, hat dies immer begriffen. Diese Ambivalenz schuf von Anfang an eine Spannung, die die Konfrontation färbte. Während die Evangelisten den Beweis für die wahre Existenz der Juden lieferten, war der Untergang der Juden der Beweis für den Triumph der Kirche. Zugleich aber waren die Juden die Hüter der heiligen Bücher, und der Prophetie aus dem Buch Jesaja zufolge und nach dem Zeugnis von Paulus wird ein Rest von Israel erhalten bleiben, und das zweite Erscheinen des Messias wird von der Bekehrung dieser Überlebenden abhängen.

Psychologisch ausgedrückt, läßt sich feststellen, daß wir es beim Antisemitismus, wie er uns in der religiösen Sphäre entgegentritt, mit zwei Phänomenen zu tun haben, die für eine Analyse wichtig sind: mit der ambivalenten Haltung und dem auf den Sündenbock ausgerichteten Projektionsmechanismus. Beide sagen etwas aus über die Art und Weise, wie ein Mensch seine inneren Konflikte im Verhältnis zu seinen Mitmenschen regelt. Sie hängen nahe zusammen mit dem Problem der Schuldgefühle und sind beim Aufbau der Gewissensfunktion mit am Werke.

Sierksma hat in seiner fundamentalen Untersuchung *Die religiöse Projektion* gezeigt, daß beide Mechanismen signifikant sind für die heidnischen Gottesdienste mit ihrer stark ambivalenten Gefühlshaltung den Gottheiten gegenüber und ihrem stark projektiven Charakter im Hinblick auf Mensch und Naturerscheinungen, der sich in Furcht, unerklärlichen Ängsten, Paranoidie und Zwangshandlungen äußert. Mitscherlich erklärte dazu: »Wenn der Antisemitismus auch behaupten mag, noch so zivilisiert zu sein, er ist eine archaische Form sozialen Verhaltens. Welcher einzelne Anlaß auch immer ihn verursacht hat, er ist stets in einem magischen Denken begründet.«

Wie ist es vom psychologischen Standpunkt aus möglich, daß in Menschen, individuell oder in der Masse, so starke Haßgefühle erweckt werden können, daß sie sogar unter der Losung der »Liebe« zu kriminellen Taten fähig zu sein scheinen, wie sie in den Judenverfolgungen durch die Jahrhunderte hin und in der neueren säkularisierten Geschichte in Rußland, Polen und Deutschland geschehen sind.

Man könnte diese Frage mit dem Hinweis beantworten, daß man religiösen Fanatismus nicht mit einem echten religiösen Gefühl, das auf Verinnerlichung ausgerichtet ist, verwechseln dürfe. Auch soziokulturelle Kriterien könnte man anführen: Krisenzeiten, Pestepidemien, Kriege. Aber dies alles wären nur sehr oberflächliche Antworten, und die Hauptfrage, woher die enormen Quantitäten von Haß und Aggression kommen, die den Juden gegenüber zutage treten, bleibt noch unbeantwortet.

In seinem grundlegenden Werk *Christen und Juden* hat R. M. Loewenstein darauf aufmerksam gemacht, daß die ambivalente Gefühlseinstellung, wenn man sie mit der Methode der analytischen Psychologie definiert, nur aus psychischen Prozessen zu erfassen ist, die angedeutet werden mit den Begriffen der ödipalen Situation, Gewissensformung, Übernahme der väterlichen Gebote und Aufrichtung der väterlichen Autorität.

Solche Prozesse gehen immer gleichzeitig mit einer Verdrängung der aggressiven und sexuellen Triebe vor sich, die jedoch im Ganzen der psychischen Struktur bestehenbleiben. Sie sind der »innere Feind«, der Widersacher jedes Menschen, sie sind die Unruhestifter, die in psychologischen Krisenzeiten zum Durchbruch kommen. Sie bilden die Reserve, die man immer wieder gebrauchen kann, wenn es gilt, einen Aufstand gegen den Vater oder seinen Stellvertreter anzuzetteln, individuell oder kollektiv.

Loewenstein untersucht weiterhin, inwiefern das junge christliche Kind durch den Vorgang der Identifikation mit der Christusfigur, wie sie im ersten Religionsunterricht geboten wird, in seinem Streben, der väterlichen Autorität gehorsam zu sein, bestärkt wird, während ein Abfall von Christi »Leitbild« zugleich eine feindliche Tat gegen den Vater darstellt.

Hinzu kommt, daß im Christentum das Verhältnis Vater–Sohn einen zentralen Platz einnimmt. Auf diese Weise werden die Juden, indem sie Christus nicht anerkennen und ihn verleugnen, zu Repräsentanten des »inneren Feindes«, der abgewehrten Triebwünsche in der Außenwelt.

In diesen Bezügen sieht Loewenstein eine der Wurzeln für die *ambivalente Haltung* des Antisemitismus, und diese Schlußfolgerung scheint mir wichtig zu sein. Sie knüpft an die religiöse Problemstellung an, wie sie sich in dem Verhältnis Christen–Juden in der Geschichte manifestiert hat: »Ein Zweig, entsprungen aus dem Stamme von Juda.« Sie gibt weiterhin eine Erklärung für einen der charakteristischen Züge der nationalsozialistischen Bewegung Hitlers, die die Kirchen zu spät als einen Aufstand gegen das Christentum und die in ihm enthaltenen Gebote Gott-Vaters erkannt haben.

Außerdem räumt Loewenstein dem psychischen Mechanismus der Projektion auf einen Sündenbock einen zentralen Platz ein in der Dynamik des Antisemitismus. Der Projektionsmechanismus ist ein allgemein-menschlicher Abwehrmechanismus. Die Projektion ermöglicht es dem Menschen, seine verdrängten Impulse in die Außenwelt zu werfen und sie dadurch an einer anderen Person kritisch zu erleben. Hierdurch erspart er sich das Unbehagen und die Last, die ihm seine eigenen Schuldgefühle verursachen könnten, wenn er die Kritik gegen sich selbst richten würde. Während also in der Projektion die kritisierenden Instanzen der eigenen Gewissensfunktion gegenwärtig sind, schirmt sich das Ich gleichzeitig ab gegen ihr intra-psychisches Funktionieren. Ein gutes Beispiel hierfür ist der Lehrer, der, auf Grund von Sittlichkeitsdelikten aus dem Schuldienst gejagt, eine pornographisch-antisemitische Zeitschrift gründet (*Der Stürmer*), in der er die Juden aller möglichen Perversitäten bezichtigt.

Der Mensch, der sein inneres Gleichgewicht verloren hat, verliert nicht nur die Kontrolle über seine Innenwelt, sondern auch über die Außenwelt. Seine psychischen Inhalte kann er unbewußt abtrennen. Durch die Projektion ist es ihm möglich, diese Inhalte und sich selbst in der Außenwelt zu »objektivieren«. Die Außenwelt wird der Spiegel dessen, was das Individuum unbewußt an Wünschen und Wollen herausstrahlt.

Wenn man die psychologische Situation des Antisemitismus unter diesen Aspekten näher betrachtet, drängt sich die Vermutung auf, daß es sich beim Judenhaß um eine Übertragungssituation handelt, in der es in erster Instanz um die Probleme von Aggression, Ambivalenz, Projektion, Schuldgefühlen und Schuldbewußtsein geht. Vielleicht sollte man hinzufügen, daß es sich um eine spezifische Übertragungssituation handelt, spezifisch in dem Sinne, daß sie erhellend genannt werden kann für die nackte menschliche Existenz an sich.

Die christliche Welt hat im 13. Jahrhundert versucht, in der Figur des Ahasverus ihre Gefühlseinstellung gegenüber den Juden zum Ausdruck zu bringen. Ahasverus ist im Neuen Testament der Mann, der Jesus auf seinem Weg zum Kalvarienberg einen Ruheplatz verweigert. Die Strafe, die für diese Verweigerung über ihn verhängt wurde, ist die ruhelose Flucht von Land zu Land, überall ein Verbannter, ein Fremder, der nicht leben und nicht sterben kann, ein Geist, ein Spuk, ein Dämon, eine Warnung. In dieser Ahasverus-Figur ist ein Gefühlston enthalten, der vielleicht einen der merkwürdigsten Aspekte des Antisemitismus andeutet. Selbst Autoren, die Ahasverus poetisch dargestellt und dabei ihr menschliches Mitgefühl mit diesem armen Landstreicher deutlich zum Ausdruck gebracht haben, waren sich anscheinend nicht bewußt, daß sie eine Interpretation der jüdischen Existenz in der Diaspora gegeben haben, in der die Trias von Schuld, Strafe und Tod einer der Grundakkorde des Menschenlebens überhaupt ist.

Wer die Reden zeitgenössischer säkularisierter Antisemiten sine ira, jedoch cum studio angehört hat, konnte entdecken, daß es Individuen und Gruppen gibt, die anscheinend von den meist primären Fragen ihrer eigenen nackten Existenz so ergriffen wurden, daß sie keinen Rat mehr mit sich selbst wußten und einen Gegner kreieren mußten, in dessen Bild (das sie selber entworfen hatten) sie sich unablässig spiegelten.

Dieses Bild, das Negativum ihrer eigenen undeutlichen und fiebrigen Existenz, hat sozusagen die Funktion, ihnen eine Scheinsicherheit zu geben. Alles, was man in sich selbst verschweigt und abwehrt, erlebt man in der Projektion am anderen. Was man in sich selbst machtlos haßt, muß man im anderen vernichten.

Man ist nicht imstande, seine Projektion zu korrigieren, weil man haßt. Man wird durch das Vorurteil gezwungen, den »inneren Unruhestifter« verbissen in der Außenwelt festzunageln und ihn dort mit Feuer und Schwert zu bekämpfen.

In diesem Kampf jedoch offenbart man zugleich etwas von sich selbst, seine Gebundenheit an den Gegner, in dessen Bann man geraten ist. Man kann nicht mehr von ihm loskommen, ja, man darf nicht von ihm loskommen, sonst würde man auf sich selbst zurückgeworfen werden und sein eigenes Verlorensein mit Entsetzen erfahren. In dem Augenblick, da man diesen Gegner, den man sich in der Außenwelt erschaffen hat, fahren lassen würde, wäre man gezwungen, sich mit dem »inneren Feind« zu konfrontieren.

Die Intensität, mit der sich dieser Prozeß vollzieht, ist oft derartig, daß man beinahe von einer Bezauberung sprechen kann. Man gerät in den Bann des Gegners, den man sich selbst geschaffen hat als Ausdruck der eigenen Konfliktsituation, in deren Bann man steht. »Man haßt nicht, wenn man gering schätzt, sondern nur indem man gleich oder hoch schätzt« (Nietzsche).

Solange man sich dieses Projektionsmechanismus und der ambivalenten Ausgangsphase, von der auch die Bezauberung Zeugnis ablegt, bewußt ist, solange aber noch ein Tropfen Liebe diesen Haß färbt, bleibt die menschliche Situation gerettet. Wenn man die Projektion verabsolutiert und damit die Wirklichkeit verzeichnet, wenn man seine eigene Existenz von der Vernichtung und dem Untergang der anderen abhängig macht, beginnt der letzte Akt der Tragödie.

Als Beispiel diene die Losung »Deutschland erwache, Juda verrekke«. Es ist das vielleicht deutlichste Beispiel in der Geschichte, das von der Unsicherheit eines Volkes und seiner Führer zeugt, die ihre eigene Position nicht besser zu bestimmen wußten als durch das, was ihnen der Haß eingab.

Vielleicht hat Max Rychner recht, wenn er in diesem Zusammenhang von einem »urtümlichen Harakiri« spricht, das der Boden jeglichen organisierten Antisemitismus sei. Die – vorsichtig ausgedrückt – makabre Liebhaberei, jüdische Friedhöfe zu verwüsten, bereits Gestorbene zu töten, dieser Versuch, den Tod zu töten, wähnend, daß das eigene Leben sich dann kräftiger entwickeln könnte, gehört als letztes Glied in eine Kette, die von der Angst geschmiedet wurde.

Im Grunde ist dies nichts anderes als eine neue Formulierung der Übertragungssituation im Leben bestimmter, sich meist diktatorial gebärdender Individuen und nationalistisch überhitzter Völker. Ihnen gegenüber stehen die Individuen und Gruppen, denen es, aus welchen Gründen auch immer, gelungen ist, in ihrem Leben eine Gewissensstruktur zu errichten, die sie befähigt, auch ihre eigenen Schuldgefühle selbst tragen und ertragen zu können.

Diese Gruppen haben in ihrer nationalen Existenz aus sich selbst gesellschaftliche Normen geschaffen, in denen die Forderungen der Toleranz und Caritas integriert sind. Und dies nicht nur, um die Sicherheit der in ihrer Mitte lebenden jüdischen Gemeinschaften zu gewährleisten, sondern auch als Abschirmung gegen ihr eigenes urtümliches Harakiri.

Die Geschichte des Großinquisitors von Dostojewskij ist ein Beispiel dafür, wie das Problem der ambivalenten Projektion gelöst werden konnte: In der Gewissenserforschung ist die Aggressivität nach innen gerichtet, und ein religiöses Geschehen ist in seiner paradoxen Wahrheit aufs neue formuliert.

Zum Schluß bleibt die Frage, ob nicht die jüdische Existenz dem Projektionsmechanismus entgegenkomme, ihm in gewissem Sinne Vorschub leiste; ob nicht durch religiöse Vorschriften und Gesetze, deren tägliche Praxis ein empfindliches Schuldgefühl überwacht, Aggression von außen angezogen werde. Es bleibt die Frage, ob eine Gruppe, die sich in ihrer Geschichte auf ein »Heiliges« bezogen weiß und einen alten Bund in dem paradoxen Verhältnis von Gehorsam und Ungehorsam gegen das Gesetz erlebte, ob diese Gruppe sich nicht auch ihren eigenen Projektionen gegenüber eine exzentrische, provozierend wirkende Position erworben habe. Die Fähigkeit, schwach zu sein und zu leiden und zugleich über seine Schwäche und sein Leiden zu lachen, von der im Profanen der jüdische Witz zeugt, ist vielleicht eine notwendige Ergänzung zu dem Zorn und dem Eifer, von denen die alten Propheten Zeugnis ablegen.

Wenn man all dies kritisch erwägt, drängt sich der Gedanke auf, daß die Juden durch die Stellung, die sie in der nicht ausschließlich religiösen Geschichte der Völker einnehmen, eng verknüpft sind mit den Erscheinungen der nackten menschlichen Existenz und daß das Verhältnis Christen – Juden eine charakteristische Grenzsituation darstellt.

Von hier aus ergibt sich als letzte Konsequenz entweder der Weg in die Grausamkeit und die Destruktion oder die gemeinsame kulturelle Aufgabe.

Von welcher Seite man sich diesem uralten Problem auch nähert: man kann sich nicht des Eindrucks erwehren, daß die Fata Morgana der Wüste, in der einst der Gedanke an ein »Oberwesen«, dessen »Macht aus dem Munde der jungen Kinder und Säuglinge zugerichtet ist« (achter Psalm), eine Form angenommen habe, die einem großen Teil der Menschheit zum Schicksal wurde und mit der Fata Morgana dessen korrespondierte, was man die menschliche Seele nennt.

Daß auch in der Gemeinschaft der Widersacher große menschliche und kulturelle Möglichkeiten liegen – wer will es bezweifeln? Sie waren selbst dort gegeben, wo der Antisemitismus sein modernes, kriminelles Gesicht zeigte; die Entstehung der jiddischen Sprache, die grandiose Schöpfung der »Wissenschaft vom Judentum« wie auch die Bibelübersetzung von Buber-Rosenzweig bezeugen es.

Diese veränderte Haltung hat ihren Niederschlag gefunden in der Broschüre der Niederländischen Reformierten Kirche »Israel und die

Kirche« und – eine wichtige Nuance – im Streichen des Wortes »perfiduus« im Gebet der römisch-katholischen Kirche für die Juden.

Wer das Problem des Antisemitismus in seiner ganzen Breite zu erfassen versucht, steht vor der mühseligen Aufgabe, viele Tatsachen und Daten zu berücksichtigen. Die Tatsachen aber sind hart, wie die Wahrheit, die in ihnen beschlossen liegt.

(1961/1964)

Seen und Wälder – zuoberst auf dem Planeten

Im gleichen Maße, wie sich die sozialökonomische Struktur der Niederlande verändert, wandelt sich auch das Bild ihrer Landschaft. Zwar findet der Fremde noch immer die Bilder, die ihm die alten holländischen Landschaftsmaler vorgemalt haben, die weiten Räume mit grünen Weidefeldern, durchzogen von Kanälen, grasendes Vieh, Mühlen, und dies alles überwölbt von einem unlotbaren Himmel. Aber das altvertraute Landschaftsbild wird bereits zersplittert von Fabriken, Schornsteinen und hochragenden Wohnvierteln.

Es ist ein Paradoxon der niederländischen Geschichte, daß eine Provinz, die in Männern wie dem Staatsmann-Advokaten Troelstra und dem protestantischen Pfarrer Domela Nieuwenhuys der niederländischen Arbeiterbewegung zwei Vorkämpfer geschenkt hat, in ihrem landschaftlichen Charakter etwas »Zeitloses« bewahrt hat; als habe Friesland mit diesen zwei hervorragenden Gestalten seinen Tribut gezollt an die moderne Zeit und sich damit das Recht erkauft, zu bleiben, was und wie es war. Auch die Erdgasbohrtürme bei Slochteren und Drachten werden in nächster Zukunft daran nichts ändern. Unter dem Aspekt der sozialökonomischen Struktur könnte man dieses »zeitlos«, auf den Raum übertragen, als »unterentwickelt« interpretieren. Aber die alten friesischen Uhren, die, ein begehrtes Sammlerstück in so manchem holländischen Wohnzimmer, die Zeit ansagen, lassen ahnen, daß die Verbindung von Zeit und Raum für Friesland von besonderer Gültigkeit ist. Immer ist auf ihren Zifferblättern auch eine Landschaft gemalt, Sonne und Sterne, mit vielem Grün und Blau, während zwei geschnitzte goldene Engel auf den Sockeln oben auf dem Uhrenkasten mit ihren Trompeten lautlos den Ruhm verkünden. Wer beschreibt mit Worten diese Landschaft, wie sie so naiv auf das Zifferblatt gemalt ist, dieses Grün, Blau, Gold? Es ist nicht die lichtgesättigte bellezza anderer, südlicher Länder, die das Auge aufreißt und erregt. Ist es dann das Zusammenspiel der Farben, das Gamma der verschiedenen Tönungen, die Zwischenwerte, der Schmelz, der das Ganze überzieht, verhüllt und zugleich durchsichtiger leuchten läßt? Ist es das Wasser, das in einer 195 Kilometer langen Schnur den friesischen Raum durchzieht, eine 60 Kilometer lange Kette größerer und kleinerer Meere (Seen), durch Kanäle und breite Gräben miteinander verbunden und das größte, zugleich mannigfaltigste in sich geschlossene Wassersportgebiet Westeuropas bildend? Vom Wasser aus muß man Friesland erleben und zu beschreiben versuchen. Wenn sich auch die Wünsche des Wassersportlers in erster Hinsicht auf Anlegeplätze, Yachthäfen, Schiffswerften, Segelmachereien, Hotels, Gaststätten, Zeltplätze und alles, was seiner Erholung und Zerstreuung dient, erstrecken – dem Naturfreund erschließt sich noch ein anderes Erlebnis. Man sollte sich hüten, eilfertig zu malerischen Vergleichen seine Zuflucht zu nehmen, als sei in eine Landschaft eine Landschaft hineinaquarelliert. Wer je bei einem schönen Tage auf einem der großen friesischen Seen, auf dem Princehof bei Eernewoude oder auf dem Sneekermeer oder tiefer unten in der Südwestecke auf dem Fluessen oder auf dem Slotermeer auf einem Boot die Wasserspur zurück zum Ufer verfolgt hat und im Umkreis den weiten Raum an der ungebrochenen Linie des Horizontes ermißt, hat mehr erfahren als einzig verhaltene Stille und Schönheit eines Wasserlandes. Wenn im Winter zur Eiszeit die Friesen ihren Elfstedentocht veranstalten, offenbart diese Landschaft einen anderen, grimmigeren Zug ihres Wesens.

Wenn man per Auto der Meeren-Route folgt, wenn die Silhouetten der Dörfer hinter den schweren Leibern der Kühe und Pferde verschwinden und wieder aufglänzen, wenn die von Baumgruppen umfriedeten großen Bauernhöfe, verstreut in den an Wassermühlen reichen Weideflächen, den Rhythmus der zufällig Gestalt gewordenen Einheit von Naturkraft und planender menschlicher Vernunft mit leichten Akzenten angeben, ist es, als lebe man zuoberst auf dem Planeten. Und dazu unablässig der Wind. Das Zusammenspiel von Ruhe und Bewegung, das den Charakter jedweder Landschaft bestimmt, ist hier bei jedem Wetter in seinen beiden Elementen deutbar: wenn bei

einem leichten Wind die weißen Segel über das Land gezogen werden –
das Boot, tiefer im Wassergraben, bleibt unsichtbar – oder wenn im
Sturm die Tiere auf den Feldern ergeben warten. Der Blick von einder
zu einder – das holländische Wort für Horizont gibt hier besser das
Begrenzende wieder – ist zugleich das Beruhigende.

Die zahllosen Seen, fisch- und vogelreich, zum Teil Überreste eines
Meerbusens, der sich vor vielen tausend Jahren, als die Landverbin-
dung zwischen England und Frankreich unterbrochen wurde, vor der
gesamten holländischen Küste ausstreckte – zum Teil entstanden aus
den Gletscherwassern der Eiszeit oder aus den Abgrabungen von
Hoch- und Tiefmoor wie der Fluessen –, verraten die geologische Geschichte eines Landes, die mit der Historie ihrer Bewohner eigentümlich korrespondiert. In frühen Zeiten war das Land eine Bauernre-
publik mit Zentren, in denen ein alter Adel regierte, den später die
Herren-Bauern als Könige auf eigenem Boden ablösten, jedoch wie jener hielten sie fest an Überlieferungen, Sprache und Sitten und waren
nicht minder stolz und selbstbewußt, gestählt im Kampfe gegen Ein-
dringlinge von Osten und Süden wie im Kampf gegen das Wasser an
der Westgrenze. So legen auch die friesischen Städte Zeugnis ab von
einer Vergangenheit, die zum Teil nur noch museal ist. Aber das Wasser hat sie erbaut, nicht nur Städte wie das pittoreske Hindeloopen, das
geometrisch strenge Staveren, beide an der früheren Zuiderzee gelegen
und seit der Erbauung des Afsluitdijk und der Einpolderung weiterer
Wassergebiete von der Vergangenheit zehrend. Auch Sloten, mit seinen
700 Einwohnern die kleinste unter den elf friesischen Städten, seit 1250
eine Festung mit Stadtrechten, an einer strategisch wichtigen Kreu-
zung von Land- und Wasserwegen gelegen, ist mit seinen Gräben,
Seen, Wasserpforten und Wällen Zeuge einer stolzen Vergangenheit.
Wenn man auf einer der Wasserpforten steht, kann man das ganze
Städtchen übersehen. In dem Diep spiegeln sich die Staffelgiebel, das
Rathaus und die niederländisch-reformierte Kirche. Die Atmosphäre
dieses kleinsten niederländischen Städtchens ist erhalten geblieben wie
seine Festungsanlage, die im Jahre 1672 auf Anweisung von Menno
van Coehoorn, dem berühmten holländischen Festungsbaumeister, errichtet wurde. Der Verkehr hat, zum Glück, keinerlei Bedeutung für

das Städtchen. So wie es da liegt, hat es seit Jahrhunderten gelegen. Wie alt mag der Mann sein, der beim Diep an einen Baum gelehnt, Blumen in Vasen vor sich auf der Erde, auf Käufer wartet? Zwei Mädchen gehen mit einer Liste von Haus zu Haus und sammeln für irgendeine Kollekte. Nur der Milchmann mit seinem Lieferauto zerbricht mit seinen lauten Gesprächen vor den geöffneten Türen die Stille.

Staveren, in der äußersten Südwestecke Frieslands gelegen und vom Wasser umspült, eine der ältesten Hansestädte, bietet nur mehr wenig Erinnerungen an seine großartige Vergangenheit. Geduckt liegt es in streng geometrischer Anordnung hinter dem mächtigen Seedeich, und der Blick von seinem höchsten Punkt, im Wechsel über die unermeßliche Fläche des Ijsselmeeres und über das weite friesische Land mit seinen Gehöften, verstreut liegenden Baumgruppen und den Luftspiegelungen über Land und Wasser, bleibt tief in der Erinnerung.

So auch Hindeloopen, ebenfalls eine alte Hansestadt. Nirgendwo denn hier wird man mehr gemahnt an Aufstieg und Verfall, keine friesische Stadt ist mehr verknüpft mit dem »goldenen Jahrhundert« der Niederlande, hauptsächlich mit Amsterdam. Die Einflüsse Skandinaviens und der baltischen Länder vermischen sich mit denen aus China, Japan und Indien zu einem völlig neuen, eigentümlich farbenprächtigen Gepräge niederländischer Volkskunst in Wohnstil und Kleidertracht. Die sogenannten »Kommandeurshäuser«, die eigenartigen »Sommerwohnungen« am Südrand, das Zöllnerhaus am Hafen mit seinem schlanken Türmchen, die Brücken mit ihren alten Laternen über den Binnengräben, alles Zeugen einer Vergangenheit, die mit dem Wasser verknüpft ist.

Selbst eine sich so urban gebende Landstadt wie Bolsward, die Stadt des großen friesischen Dichters Gysbert Japiks und des gewaltigen Kanzelredners Johannes Brugmann (um 1450) – noch heute verweist eine holländische Redensart auf dieses gewaltige »Feuermaul« –, hat in ihren Straßennamen die Erinnerung an ihren einstigen Ursprung bewahrt: gelegen auf einer Anhöhe an der früheren Middelzee. Mit ihren prächtigen Bauwerken, darunter das berühmte Rathaus, ein Renaissancebau mit Rokokotreppen und vielen anderen herrlichen Ornamenten, ist es vielleicht noch vor Sneek die am meisten einheitliche friesische Stadt. Es hat alles aus der alten Zeit herübergerettet und ist doch eine im Heutigen lebende Siedlung, stolz, selbstbewußt, empfindsam, beherrscht und ohne jegliche selbstherrliche Allüre. Und vielleicht sind alle diese Bezeichnungen auch angemessen der Bevölkerung dieses Landes, das ihren kühlen, wachsamen Charakter geformt und bewahrt hat aus der Ruhe und Bewegung ihrer Landschaft. Noch heute schlägt wie seit Jahrhunderten jeden Abend um 10 Uhr vom Rathausturm die Glocke zum Zeichen, daß die Stadttore geschlossen werden, daß es eigentlich Zeit ist, schlafen zu gehen ...

Ein Bericht über Friesland, das Land der blinkenden Seen, wäre unvollständig, wenn man nicht auch der Wälder gedächte, an denen es reich ist: das Gebiet um Beetsterzwaag und der Oranjewoud bei Heerenveen, zu schweigen von den Wäldern an der Grenze zwischen Friesland und Drente, auf den Sanddünen bei Appelscha, und von den niederen Waldbeständen, wo einstmals Moor abgegraben wurde, wie bei Duurswoude und anderen Plätzen der friesischen Wälder-Route. Oranjewoud ist ein großzügig angelegter Naturpark mit historisch interessanten Gebäuden des friesischen Landadels an umschatteten Waldwegen, Parkanlagen und Wassergräben.

Bei Beetsterzwaag findet man auf ruhigen Pfaden mitten im Walde Heidefelder, Moortümpel und dann die großen Bauernhöfe, in eine Lichtung hineingestellt, natürlich umfriedet, und Tiere, Pferde und Kühe, die abseits unter Bäumen grasen.

Nirgendwo, erinnere ich mich, habe ich je ein solches Bild gesehen, in den Alpenländern nicht, nicht im Schwarzwald oder Odenwald und in keinem der anderen Waldgebiete Europas, die ich kenne. Aber keines hat auch dieses Licht aus Himmel, Wasser und Erde, denn keines liegt wie Friesland zuoberst auf dem Planeten.

(1966)

385

Vorwort

[zu *Ach, Sie schreiben deutsch?*]

Die Geschichte der deutschsprachigen Autoren im Exil, die sich einst – 1934 – im »Deutschen Exil-PEN« zusammengeschlossen hatten, ist noch nicht zu Ende erzählt. Mit der Veränderung des Namens in »PEN-Zentrum deutschsprachiger Autoren im Ausland« begann nur ein neuer Abschnitt. Dieses Buch ist ein Beitrag, der die Fortsetzung ihrer Biographie dokumentiert. Er umfaßt, rund gerechnet, ein halbes Jahrhundert Zeit- und Literaturgeschichte, Vergangenes und Gegenwärtiges. Er gibt Information und Kommentar. Außerdem enthält dieser Band die Lebensläufe von ungefähr zwei Dutzend »jüngeren« Autoren, die erst nach 1945 freiwillig ins Ausland gingen.

In Buchform liegen diese Lebensberichte zum ersten Male auf. Ihnen gingen indessen in den Jahren 1959, 1968–70, 1982 Veröffentlichungen voraus, die von unserer unermüdlich tätigen, langjährigen Sekretärin Gabriele Tergit (geboren 1894 in Berlin, gestorben 1982 in London) für vorwiegend internen Gebrauch beim Stand damals verfügbarer Informationen zusammengestellt wurden. Als der Vorstand Dr. Karin Reinfrank-Clark beauftragte, die Herausgabe des Handbuches voranzutreiben – sie verfaßte auch den kurzen historischen Abriß –, schloß dieser Auftrag die notwendigen Korrekturen ein. Eine Historiographie, die die vielfältigen Aktivitäten des Zentrums als Gegenstand hätte, ist indessen bisher nicht verfügbar, wenngleich das Thema so ergiebig wie lohnenswert wäre.

Der Sammlertätigkeit des Londoner Sekretariats verdanken wir, daß erstmals die Porträts unserer Mitglieder gezeigt werden; für viele von uns selbst ist dies dort, wo nicht nähere persönliche Beziehungen bestehen, die erste Gelegenheit, uns über die Ländergrenzen hinweg ins Auge zu blicken. Als Präsident des Zentrums danke ich allen, die das Zustandekommen des Buches ermöglichten.

386

Man findet im Anhang die Namen derer, die einst Mitglied des Zentrums waren und nach 1960 verstorben sind, unter ihnen einige berühmte Namen. Aber nicht um diese geht es hier im Grunde, auch wenn sie aller Welt kundtun, wer alles in jenen Tagen vertrieben wurde. Literaturgeschichte ist mehr als nur die Ausstellung von Berühmtheiten.

Der vorliegende Band enthält als Kern in kurzen biographischen, mit Daten gespickten Abrissen die individuellen Lebensgeschichten der noch, Dezember 1985, überlebenden Autoren, zudem ein Auswahlverzeichnis ihrer publizierten Arbeiten. Sie alle sahen sich im Zuge der Judenverfolgung und/oder aus politischen Motiven, auch um ihr Leben zu retten, 1933 durch die Machtergreifung des Nationalsozialismus in Deutschland gezwungen, das Land, in dessen Sprache sie schrieben, zu verlassen. Sie gingen unfreiwillig. Nach 1945 sind sie freiwillig »draußen« geblieben. Niemand hat sie je aufgefordert heimzukehren. Karl Wolfskehl – kein Mitglied des Zentrums – starb 1948 im neuseeländischen Exil, in der Fremde. »Ein deutscher Dichter bin ich einst gewesen«, lautet die erste Zeile eines Verses des nicht-jüdischen Dichters Max Herrmann-Neiße, eines der Mitbegründer unseres Zentrums, geschrieben im Exil, wo er 1941 gebrochenen Herzens in London starb.

Die Triebfedern des Entschlusses der Überlebenden, draußen zu bleiben oder nach ihrer Befreiung aus der Haft, den Konzentrations- und Vernichtungslagern ins Ausland zu gehen, sollen hier unerörtert bleiben. Man frage den langjährigen Ex-Präsidenten unseres Zentrums H. G. Adler. Thomas Mann hat 1945 in einigen Briefen an Autoren der sogenannten »inneren Emigration« für seine Person und damit auch für viele andere seine Entscheidung, draußen zu bleiben und sich in der Schweiz anzusiedeln, deutlich begründet. Aber bereits lang zuvor, 1939, hatte Carl Zuckmayer geschrieben, und das Zitat soll wegen seines treffsicheren Vorausblickes hier ungekürzt wiedergegeben werden: »Die Fahrt ins Exil ist ›the journey of no return‹. Wer sie antritt und von der Heimkehr träumt, ist verloren. Er mag wiederkehren, aber der Ort, den er dann findet, ist nicht mehr der gleiche, den er verlassen hat, und er selbst ist nicht mehr der gleiche, der fortgegangen ist. Er mag wiederkehren, zu Menschen, die er entbehren mußte, zu Stätten, die er liebte und nicht vergaß, in den Bereich der Sprache, die seine eigene ist. Aber er kehrt niemals heim.«

Das unfreiwillige Exil wurde zur freiwilligen Diaspora.

Gemeinhin sollte man annehmen, daß ihre Arbeiten, ihre Schriften und nicht ihre Biographien wichtig seien für die Kenntnisnahme von Autoren. Daß hier von diesem Entwurf abgewichen wird, beruht auf dem historisch-konfliktuösen Ausgangspunkt unseres Konzeptes, welches auch dasjenige des Zentrums war, nämlich der Existenz aller ehemaligen im Exil-Zentrum vereinigten Autoren, und der Tatsache, daß es sich nicht allein um individuelle Schicksale, sondern um eine Gruppenerscheinung handelt.

Heute leben und arbeiten die Mitglieder des PEN-Zentrums zerstreut über den Erdball in 14 Ländern. Sie sprechen in ihrem täglichen Leben, wenn sie sich nicht in deutschsprachigen Räumen niedergelassen haben, auch die neuerlernte Sprache ihres gegenwärtigen Wohnsitzes, des Landes, dessen Staatsbürgerschaft sie mitunter angenommen haben. Sie sprechen diese, in der sie zuweilen auch schreiben, mit fremdem Akzent, ihre Kinder als Muttersprache und deutsch mit fremdem Akzent. Sie wohnen in großen oder kleinen Städten, auf dem Lande, je nachdem es ihre Arbeit abverlangte oder wohin sie das Schicksal verschlagen hat. Sie haben Nachbarn, mit denen sie vielleicht bereits längere Zeit auf distanziert freundschaftlich-nachbarliche Weise, aber unerkannt verkehrten, bis diese eines Tages entdeckten und ausriefen: »Ach, Sie schreiben deutsch«, voll Überraschung oder mit einem gewissen Erstaunen.

Dieser von Arno Reinfrank gefundene Satz, dem Buch als Titel mitgegeben, scheint mir erhellend für die äußere und innere Lage zu sein, in der sich Leben und Arbeit der »draußen« gebliebenen Autoren vollzieht. Ja, sie sind draußen geblieben und schreiben – trotzdem? – immer noch deutsch.

Was treibt sie zu diesem Absurdum, zu diesem Schrei ins Leere, zu dieser von Stolz, Trauer und Auflehnung zuweilen bis an die Grenze der Würdelosigkeit reichenden Haltung, teilhaben zu wollen an einem Gespräch, an einer Sprachgemeinschaft, der selbst die Sprache abhanden gekommen scheint?

Drei Tote, drei Selbstverstümmelte liegen auf dem Wege zu diesem aussichtslos erscheinenden Versuch zur Partnerschaft in der Sprache: Paul Celan, Peter Szondi, Jean Améry. Nicht Gefühle von Bitterkeit, von enttäuschter Hoffnung, von Anklage lenken die Hand, die dieses niederschreibt. Wer hier von Zufall spricht, kneift. Es handelt sich um klinische Fakten, und diese sollten bedacht sein.

Der holländische Dichter Leo Vroman, nach seiner Internierung in den japanischen Konzentrationslagern des vormaligen Niederländisch-Indien nach New York emigriert und dort als Biologe tätig, antwortete auf die Frage, warum er sich nach dem Kriege nicht wieder in den Niederlanden angesiedelt habe:»Lieber Heimweh als Holland.« Die elfjährige Tochter eines Mitgliedes fragte ihren Vater, der 1936 Deutschland verlassen hatte, nachdem sie die Formulierung»… deutschsprachiger Autoren im Ausland« verwundert zur Kenntnis genommen hatte:»Leben wir denn im Ausland?«

Da es sich, und wie bereits erwähnt und im Gegensatz zu dem Holländer Vroman, hier um eine Gruppenerscheinung innerhalb des gegenwärtigen deutschen Schrifttums handelt, wäre es vielleicht einmal der Mühe wert, sich näher mit den Umständen und kategorialen Bedingungen des Weiterlebens und Arbeitens der Überlebenden draußen zu befassen und nachzuforschen, welches ihre Beziehungen zu den deutschsprachigen Publikationsmedia sind oder noch geblieben sind, welche Kontakte und Verbindungen sie mit den publizistischen Media ihres gegenwärtigen Wohnsitzes unterhalten. Welche Möglichkeiten bieten sich ihnen, welche Erwartungen können sie noch hegen? Man sollte nicht geringschätzend oder resigniert diese Fragen angehen. Gewiß stößt man hier, wenn man die jeweilige Oberfläche verläßt, auf die verzwickten Problemkreise von Identität, Loyalität und Solidarität, auf schlecht vernarbte Verwundungen und Trauer, auf konfliktuöse Spannungen inhärent an den einstigen Status der Vertreibung und des Exils, transponiert auf die Zeit danach. Das merkwürdige Paradoxon, in der»Fremde«, im Ausland, das keine Fremde mehr ist, zu Hause und auch in der deutschen Sprache noch beheimatet zu sein und dies auch zu wollen, läßt zum einen die Unübersetzbarkeit des Begriffes»Heimat« stärker hervortreten, zum anderen

hebt es eine bisher noch nicht identifizierte Befindlichkeit von Seinsweisen ins Bewußtsein.

Was bewegt sie, draußen in einem neuen Vaterland die alte Muttersprache, belastet mit Vergangenheit, zu schreiben? Ist es ein willenloses
Gebundensein an Erfahrungen und nimmer verblassende Erinnerungen an früher bei gleichzeitiger Rückkoppelung an die ursprünglich
überkommene Sprachform, das Aufflackern einer alten, nimmer über-
wundenen Krankheit, Heimweh, trügerische Hoffnung und eine neue
Form des Überlebens? Oder ist ihr Leben zum Symbol geworden, eine
Variante auf den Spruch aus der jüdischen Kabbalistik: »Alles Sein ist
ein Sein im Exil«? Man könnte auch fragen: ist eine solche Antinomie
lebensecht und lebenswert?

So viele Fragen, so viele Antworten.

Vielleicht wäre es wirklich an der Zeit, eine Analyse mit wissenschaftlich überprüfbaren Kategorien in Angriff zu nehmen, um die simple
Frage zu beantworten: Welche Positionen nehmen die in der sprachlichen Diaspora überlebenden Autoren im gegenwärtigen deutschen literarischen Leben noch ein? Literatur lebt ja auch von der Literatur, von
persönlichen Kontakten; bereits räumlich leben sie von alledem getrennt. Sie leben auch abseits des gängigen deutschen Sprachstromes
mit seinen Abnutzungen und Neuschöpfungen, mit seinen Phrasen, Redensarten und Experimenten. Zu abseits, um im Zeitalter der postindu-
striellen Massenvernichtung zu neuen, dem vergangenen grauenvollen
Geschehen angemessenen Sprachbildern zu gelangen? Gehören sie noch
dazu, und werden sie noch dazugerechnet? Werden sie wahrgenommen,
und wie werden sie rezipiert? Oder sind sie vergessen? Es gehört ja zur
menschlichen Natur, zu vergessen und vergessen zu werden.

Man sollte sich darum nicht scheuen und mit seiner Befragung noch
tiefer ansetzen: Nehmen sie überhaupt noch einen Platz ein, dem man
einen gewissen Wert, eine bestimmte Relevanz beimessen könnte? Sind
sie im günstigsten Falle nur Objekte einer historischen Forschung, die
selbst einige Zeit benötigte, bis sie sich ihrer Aufgaben und Fragestellungen bewußt wurde? Oder bleiben sie, im ungünstigsten Falle, nur
die Idealobjekte einer Tierschutzvereinsgesinnung hinsichtlich einer
im Aussterben begriffenen seltenen Tierart?

Es wäre ungerecht, da es auch nicht der Wahrheit entspräche, hier Antworten, Befindlichkeiten zu verschweigen. Es gibt auch Erfreuliches zu berichten, neue Kollegialitäten, Bekanntschaften, Freundschaften, Möglichkeiten der Publikationen, Einladungen, Teilnahme an Gesprächen – alles im Geiste des PEN INTERNATIONAL, dem wir alle uns verpflichtet fühlen.

Schließlich sollten auch wir draußen nicht vergessen, daß das literarische Leben im zweigeteilten Nachkriegsdeutschland mit seinen unterschiedlichen sozio-kulturellen Grundmustern und politischen Ausrichtungen auch im eigenen Sprachraum neue Probleme und Konflikte zu bewältigen hatte. Zwar lebt die Literatur von alters her von Antagonismen, Konflikten und Fehden auch persönlicher Art. Aber wohl noch nie hat eine politische, soziale und geistige Krisensituation die literarische Tradition im innerdeutschen Sprachraum derart in Frage gestellt und zu neuen Konstellationen geführt, wie wir sie selbst erlebt haben. In ihnen sind die Spuren der vorangegangenen Katastrophe noch sichtbar. Heine hat sich in seinem Pariser Exil dem »Neuen Deutschland« noch verbunden gefühlt. Die Krieg und Verfolgung überlebten und »draußen blieben«, blieben draußen. Hier darf nicht verschwiegen werden, daß der nach dem Zweiten Weltkrieg proklamierte literarische »Kahlschlag« menschliche Peinlichkeiten entstehen ließ, von denen man sich fragen muß, ob sie nun wirklich nötig waren.

Aber letzthin müssen die Überlebenden von heute befragt werden, wie sie ihre Lage reflektieren, mit welchen Vorstellungen sie ihre eigene, nicht gerade einfache Position interpretieren und welchen Beitrag zum deutschen Schrifttum sie immer noch zu liefern meinen. Es könnte nur einer sein, der ihrer besonderen Existenz entspricht.

Das Besondere könnte auf verschiedenen Ebenen herausgestellt, hier soll es nur in seinen fundamentalen Spannungselementen kurz umrissen werden. Aber daß es auch heute noch seinen einstigen historisch bedingten konfliktuösen Ausgangspunkt nicht verleugnet, scheint gewiß.

Herbert A. Strauß[1] hat diesen Gedanken in seinem Essay *Akkulturation als Schicksal* als Einleitung zu der von ihm und Christhard Hoffmann edierten Publikation *Juden und Judentum in der Literatur*, was

die jüdische Gruppe betrifft, entwickelt – Akkulturation als kultur-
geschichtliches und kulturanthropologisches Konzept, die Begegnung
von Elementen verschiedener Kulturen betreffend. Die spezifische Variante, die Begegnung des voremanzipatorischen Judentums mit Kul-
turelementen im deutschen Sprachraum hat im Laufe des emanzipatorischen Prozesses, in Hinsicht auf die jüdische Gruppe, neben oder
trotz großer kultureller Leistungen auch immer zu »Außenseiter«[2]-Po-
sitionen geführt. In ihnen kam, reflektiert oder verduselt, das labile
Gleichgewicht einer Synthese zum Ausdruck, deren Basis der ursprünglich christlich-religiös formulierte Ambivalenzkonflikt blieb. Die subtile Wechselwirkung der dabei zu beobachtenden Kultureinflüsse,
Strauß zufolge bisher nicht gebührend gewürdigt und durch die Tra-
dierung von Stereotypien auch literarischen Ursprungs verdunkelt, hat
sich meines Ermessens in der reziproken Projektion des Freund-Feind-
Bildes niedergeschlagen, ein sozial bedingter Vorgang, der auf beiden
Seiten elementare menschliche Grundeinstellungen von Angst und Abwehr evoziert. Die Akkulturationsvorgänge der deutschen Elemente
im Umkreis des sich emanzipierenden Judentums scheinen in ihren
verzweigten Auswirkungen und Abwandlungen durch sozial und national formulierte Stereotypien als Folge altgehegter Vorurteile noch
völlig ungeklärt.

Die Autoren des ursprünglichen Exil-Zentrums nahmen von Anfang an eine Außenseiterposition ein. Dies gilt auch für seine nicht-
jüdischen Mitglieder. Daß diese von ihrem Widersacher, dem nationalsozialistischen Deutschland, als »Juden« oder »Judenknechte«
denunziert wurden, verdeutlicht einen weiteren Aspekt ihrer Außenseiterposition. Zu allen Zeiten hat es Autoren gegeben, die im Gegensatz zu der in ihrem Lande herrschenden Gesinnung standen und freiwillig oder unfreiwillig ins Exil gingen. Auch in ihrem eigenen Land
können sich Autoren heimatlos, unbehaust fühlen, Multatuli z. B.
und Autoren der sogenannten »inneren Emigration«. Sprache möge
neben Kleidung, allgemeinen Gewohnheiten, wozu auch die Essens-
gewohnheiten gerechnet werden müssen, eines der bedeutendsten
Merkmale des Akkulturationsprozesses im Verhältnis einer kulturellen Minderheit zu ihrer mehrheitlichen Umwelt sein – die Sprache,

vielmehr die Verselbständigung in der Sprache, scheint auch das Element eines individuellen Emanzipationsvorganges zu bilden und einen Ablösungsprozeß von abgenutzten Klischeevorstellungen und Konventionen einzuleiten und zu vollenden, der auch in der Umwelt zu Außenseiterpositionen führt, ein neues Selbstverständnis schafft und neue Solidaritäten. Soweit der Versuch einer Standortbestimmung.

Zurück zu der eingangs gestellten Frage, welchen Beitrag zum deutschen Schrifttum die draußen gebliebenen Autoren zu liefern meinen oder wähnen. Man sollte diese Frage nicht geringschätzen. Sie enthält gewiß neben subjektiv-nostalgischen Elementen auch einen Ansatzpunkt zu literaturkritischen Erwägungen außerhalb der Vorstellungen eines in sich beständigen und von der Umwelt abgeschlossenen Kulturkreises.

Man sollte sich nicht auf den oft mißverstandenen Ausspruch Goethes von der »Weltliteratur« berufen oder seine Lage als (noch?-)Vermittler deutscher Sprache und Kultur im Ausland hochstilisieren. Jedem von uns muß es schließlich selbst überlassen bleiben, wie er seine Existenz zu interpretieren wünscht. Auch ist es für Mitglieder unseres Zentrums, die als Hochschullehrer und Dozenten für deutsche Sprache und Literatur an Universitäten im Ausland arbeiten, selbstverständlich, daß sie als Mittler tätig sind. Unsere Frage ist handwerklich gemeint, sie betrifft das Werkzeug, das Sprach-Gerät. Die Literatur besteht, so will es mir scheinen, nicht nur aus einzelnen Namen von Frauen und Männern und den Titeln ihrer Werke, auch sind es wohl nicht die großen Namen allein, die das Fortbestehen der Literatur verbürgen. Die Literatur ist gleich einer Landschaft, jeder Baum, jeder Strauch, jede kleine Anhöhe vervollständigt erst ihr Bild, und vielleicht sind wir nur wie die Gärtner oder die Straßenarbeiter mit anderen unermüdlich am Werke, daß die Menschen, und nicht allein die Sonntagsmaler und die Spätaufsteher, die Pfade und Wege in ihr finden und das Laufen nicht verlernen und zuweilen auch hinaufwandern auf die großen, einsamen Berge. Der langjährige Aufenthalt draußen unterliegt auch in sprachlicher Hinsicht neuen Akkulturationsvorgängen. Führt diese Begegnung zu Verarmung, oder befähigt sie die Autoren, wenn die erste, allerdings steile Hürde der Verwirrung genommen ist, auch neue sprachliche Impulse dem Bestehenden hinzuzufügen? Hiermit ist nicht nur die Wahl der Stoffe und der Themen gemeint, die interkulturelle Situation selbst enthält Zündstoff genug für die Gestaltung neuer Aspekte menschlicher Erwartungen, Enttäuschungen und Niederlagen. Viel eher könnte man sich vorstellen, daß, ähnlich Walter Benjamins Aussage: »Schneller als Moskau lernt man Berlin von Moskau aus sehen«, die räumliche Distanz just der Sprache neue Bilder abfordert, daß der ursprünglich scheinbare Verlust sich in einen Zuwachs an Ausdrucksmöglichkeiten, in den Gewinn einer neuen sprachlichen Optik verwandelt, daß man schärfer sieht, hört und schreibt, je weiter man dem Gegenstand seiner Betrachtung fern ist. Im Zeitalter der Satelliten-Kommunikation scheint dies kein überstiegener Anspruch zu sein.

Den Harmonisierungsbestrebungen beschaulicher Menschenbetrachtung entgegen, sich bewußt der Vielfältigkeit und Vielspältigkeit der menschlichen Natur, ohne jeden Anspruch auf Tragik, aber auch abhold jeglichem kaltschnäuzigen Modernismus, ist das Konzept dieses Buches entworfen. Zu Beginn der Abhandlung versprach es Information und Kommentar. Die Information haben die Autoren geliefert. Der andächtige Leser ist gehalten, den Kommentar selbst beizusteuern.

(1985/1986)

Anmerkungen

1 H. A. Strauß; Ch. Hoffmann (Hrsg.): Juden und Judentum in der Literatur, München (1985)
2 H. Mayer: Außenseiter, Frankfurt a. M. (1975)

394

Erinnerungen an Caputh

Vor einigen Jahren fand in der Deutschen Bibliothek in Frankfurt am Main eine Ausstellung über die Reformpädagogik statt. In der Dokumentation von Abbildungen und Texten wurde der Versuch unternommen,»einen zweifachen Verdrängungsprozeß transparent und wenigstens teilweise rückgängig zu machen: die leibhaftige Verdrängung der in Personen und Institutionen verkörperten progressiven Pädagogik aus Deutschland nach 1933 – und die Verdrängung dieses Vorganges aus dem Bewußtsein der Generationen von Lehrern und Erziehern, die seit 1945 herangewachsen sind«.

Das Ganze schien mir kein leichtes Unterfangen zu sein, und der Anspruch, den man dem Zitat entnehmen kann, zielte gewiß nicht nur auf die bewußten, kognitiven Elemente. Zudem hatte ich den Eindruck, es betreffe hier ein politisches Unterfangen, politisch in dem Sinn der Sachen, um die es in der Polis geht, die Sache des Bürgers, des freien Bürgers. Bei der Aufhebung von Verdrängungsprozessen handelt es sich auch immer um die Lösung von emotionellen Erlebnisqualitäten, um die Befreiung von Gefühlen aus Verklammerungen und Zwängen.

Obwohl ich es immer vermieden habe und auch heute noch vermeide, als Magister Germaniae aufzutreten, nahm ich damals die Einladung zur Eröffnung der Ausstellung an. Ich wußte, und der Initiator der Ausstellung hat es mir auf meine Frage bestätigt, daß meine Tätigkeit als Lehrer und Erzieher an den Schulen der jüdischen Gemeinde und vornehmlich am Landschulheim Caputh den Anlaß zur Einladung bildete. Dieser Umstand erfordert einige nähere Informationen.

Während meines medizinischen Studiums an der Universität Berlin hatte ich noch in den Jahren 1928 bis 1930 an der Preußischen Hochschule für Leibesübungen in Spandau im sogenannten Akademiker-Lehrgang, an dem in der Mehrzahl Philologen teilnahmen – wenn ich mich nicht irre, als Pflichtfach –, an einer Ausbildung zum Turn-, Sport- und Schwimmlehrer teilgenommen und Sommer 1930 mein Lehrerdiplom erhalten. Während meines weiteren medizinischen Studiums habe ich keinen Gebrauch davon gemacht. Das Motiv, mich auch in Spandau einschreiben zu lassen, war vielgestaltig und, wie ich es heute sehe, nicht frei von einer gewissen romantischen Tönung.

Ich kam ungefähr achtzehnjährig aus einer kleinen Provinz-Kreisstadt der Mark Brandenburg, im schönen Oderbruch gelegen, nach Berlin. In meine sehr adoleszenten Erwartungen von einem selbständigen Leben in der Großstadt hatte sich auch ein gerütteltes Maß von Angst vor diesem Leben und vor all dem Unbekannten, das es noch zu entdecken und zu bestehen galt, eingeschlichen. Und da ich schon auf der Schule viel Sport getrieben hatte, faßte ich plötzlich, als fiele er in einer Sekunde der inneren Erleuchtung wie vom Himmel, den Entschluß zu dieser Ausbildung. Heute, nach meiner Ausbildung als Psychoanalytiker, weiß ich diese Ängste auch triebpsychologisch näher zu erklären. Aber damals wußte ich es noch nicht. Nach dem Abschluß meines medizinischen Studiums mit dem Staatsexamen Januar 1934, ohne baldige Aussicht auf eine Praktikantenstelle an dem einzigen jüdischen Krankenhaus in Berlin, unbemittelt, bedrängt und verstört durch die allgemeinen Umstände des täglichen, allgemeinen und persönlichen Lebens erinnerte ich mich wieder meiner Spandauer Ausbildung. Durch Vermittlung kam ich an das Landschulheim Caputh. Dort, im sogenannten Einstein-Haus (die Stadt Berlin hatte es Einstein einst geschenkt und dieser hatte das Geschenk erst nach Klärung einiger heikeler Fragen angenommen), es war ein zweistöckiges Holzhaus, unten mit einem weiträumigen Gemeinschaftszimmer, lebte und arbeitete ich. Es lag oben auf dem Hügel am Rande des Kiefernwaldes, von der weiten Terrasse hatte man einen herrlichen Blick hinunter auf die Häuser des Dorfes und auf den See; in diesem Haus, Einstein hatte Deutschland inzwischen schon verlassen, lebte ich mit einer Gruppe Adoleszenten, trieb Sport und unterrichtete auch jüngere Kinder. Nach ungefähr einem Jahr kam ich, da es nur wenige staatlich befugte jüdische Sportlehrer gab, an verschiedene Schulen der jüdischen Gemeinde in Berlin; langsam, nicht leichten Herzens löste ich meine Verbindung mit Caputh.

Als ich vor Jahren die Einladung nach Frankfurt am Main erhielt, ging ich zuvor durch die Ausstellung und sah mir die Abbildungen und Texte an. An den Wänden hingen auch Photographien vom Landschulheim Caputh, wie ich es in meiner Erinnerung hatte. Ich erinnerte mich auch an ein unvollendetes Manuskript, einen durchaus unfertigen ersten Entwurf, der Handschrift nach zu urteilen, Anfang der fünfziger Jahre, 1951 oder 1952, entstanden. Ein genaueres Datum kann ich leider nicht angeben. Ich beschloß, um zu zeigen, welche Bewandtnis es mit der oben genannten Losung und Befreiung von Gefühlen aus Verklammerung und Zwängen hat, dies an einem Beispiel, einem ziemlich paradoxen Beispiel, zu demonstrieren. Ich las einige kurze Stücke aus diesem ersten Entwurffragment. Der Titel, der Arbeitstitel lautet: *Kleine Chronik der Zerstörung des Landschulheims in C.*

Aber es war nie meine Absicht gewesen, je eine Chronik der Zerstörung zu schreiben. Mir schwebte vor zu erzählen, wie wir damals, in jenen Jahren, Kinder und Erwachsene, zusammengelebt haben, damals in den Jahren, beim ersten Wetterleuchten der Shoah, bevor es geschah, um zu erzählen, was zerstört wurde im Landschulheim in C.

Ich bezweifle, ob ich es je noch einmal aufnehmen und vollenden werde.

(1992)

Rede anläßlich der Verleihung des Ehrendoktorats durch die Universität Bremen

Verehrte Anwesende,

mir ist heute eine große Ehre zuteil geworden, und ich danke der Universität des Landes Bremen, vornehmlich dem Fachbereich »Human- und Sozialwissenschaften« und seinem Fürsprecher Thomas Leithäuser für die Würdigung meiner Arbeit und damit auch meiner Person. In der Vergangenheit, die für mich immer noch Gegenwart ist, habe ich viele Schmähungen erlitten. Auch wenn diese nicht immer ausschließlich meiner Person galten, so haben sie doch mein Leben als Angehörigem des jüdischen Volkes im Abendland, dessen Schicksal, das Ihnen bekannt ist, ich bewußt teile, mitbestimmt. Wer die Shoah erlebt und überlebt hat, dessen Dasein verläuft auf einem schmalen Pfad zwischen Schmähungen und Ehrungen.

In diesem Bewußtsein stehe ich heute vor Ihnen, geätzt von den Schwaden der Erinnerung an Zerstörung und Vernichtung, aber auch in dem Bewußtsein, daß meine literarischen und wissenschaftlichen Bemühungen, für deren letztere mir die Universität Bremen ihre Anerkennung verliehen hat, auch auf diesem schmalen Pfade angesiedelt sind.

Als ich 1945 nach Beendigung der Feindseligkeiten, mittellos, in Amsterdam versuchte, Arbeit und vielleicht auch wieder Anschluß an mein, Januar 1934, in Berlin abgeschlossenes Studium als Arzt und an eine mir bis dahin auch in den Niederlanden verschlossen gebliebene ärztliche Tätigkeit zu finden – abgesehen von der Periode, da ich, während der feindlichen Besetzung, im Versteck unter einem angenommenen Namen für die holländische Widerstandsbewegung »Vrije groepen Amsterdam« als Arzt im Lande herumreiste –, damals wußte ich noch nicht, daß das Ethos einer wissenschaftlichen Arbeit auch eine große humane Möglichkeit ist gegen die Kräfte der Destruktion. Und daß die praktische Arbeit für, durch Verfolgung und Krieg, schwer traumatisierte Kinder und Jugendliche auch imstande ist, eigene Wunden zu heilen. Lassen Sie mich darum kurz berichten, wie es zu dieser Arbeit kam und was sie mir heute bedeutet.

Nach dem Ende der Feindseligkeiten kam ich Mai, Juni 1945 in Kontakt mit der »Joodse Coordinatie Commissie« in Amsterdam, einer erst in den eher befreiten südniederländischen, später auch in den anderen nördlich des Moerdijk gelegenen befreiten Provinzen ad hoc gebildeten Kommission von jüdischen Überlebenden, mit dem Auftrag, die Scherben der dezimierten jüdischen Gemeinschaft zusammenzukehren. Durch meine zweifache Ausbildung als Arzt und Lehrer betraute die kommissarische Leitung dieser Kommission, der nachmalige Professor Klerekoper und Frau Herzberger, mich mit dem sogenannten Kinder-und Jugenddezernat. Damals wurde dann die Organisation zur Versorgung der jüdischen Kriegswaisen in den Niederlanden »Le Ezrat HaJeled« (»Zur Hilfe des Kindes«) gegründet, für die ich bis 1970 arbeitete. Wir wußten, daß, dank dem unvergessenen Einsatz von kirchlichen und politischen Gruppen, eine Anzahl Kinder als Waisen dem Tode entkommen waren. Wie viele es waren, wußten wir nicht, und was auf uns zukam, war uns ebenfalls unbekannt. Wohl hatte ich während meiner illegalen Arbeit auch eine Anzahl untergetauchter Kinder im Versteck gesehen, in der *Sequentiellen Traumatisierung bei Kindern* habe ich darüber berichtet. Das erste Kind, das aus einem Konzentrationslager, Bergen-Belsen, zurückkam, untersuchte ich November, Dezember 1945. Meine Sprache reichte damals noch nicht in die Welt des Konzentrationslagers.

Holländischer Arzt wurde ich erst 1947, und Facharzt erst 1951.

Nach jahrelanger praktischer Arbeit mit Kindern und Jugendlichen mit einer ad hoc aufgebauten psycho-sozialen Abteilung, mit pädagogischen Mitarbeitern in verschiedenen Kinderhäusern, mit child guidance clinics, anderen holländischen Institutionen und Gerichten gab mir Frau Professor Frijling-Schreuder 1967 die Möglichkeit mittels einer Anstellung an der Amsterdamer kinderpsychiatrischen Universitätsklinik, meine Arbeit zu beginnen. Dort gewann ich von Anfang an die treue Mitarbeit des klinischen Psychologen und Analytikers Herman Sarphatie. Zu einem späteren Zeitpunkt stieß noch der Mathematiker Arnold Goedhart, verbunden mit der »Vrije Universiteit« Amsterdam hinzu. Elf Jahre habe ich an der Untersuchung gearbeitet. Darum hat sie auch einen so langen Titel *Sequentielle Traumatisierung bei Kindern. Deskriptiv-klinische und quantifizierend-statistische follow-up Untersuchung zum Schicksal der jüdischen Kriegswaisen in den Niederlanden.*

Ich möchte nicht verhehlen zu sagen, daß die Zeit, während der ich mit der Untersuchung beschäftigt war und später allein den Text verfaßte, durch die Übereinstimmung mit meinen Freunden und meiner engeren Umgebung als eine glückliche in meiner Erinnerung geblieben ist, trotz des auch uns überwältigenden thematischen Inhaltes. Daß ich hierbei die volle, auch technische Unterstützung meiner Frau Marita Keilson-Lauritz genoß, darf nicht unerwähnt bleiben. Beinahe jedermann hatte mir zugeredet, dieses Wagnis der Untersuchung zu unternehmen, mit dem nachdrücklichen Hinweis auf die historische Bedeutung des bereits vorhandenen Aktenmaterials. Aber viele offizielle und auch nicht offizielle Personen und Institutionen haben gemeint, daß bei dieser Untersuchung und durch die Weise meines methodischen Konzeptes nichts herauskäme, und mich dies auch wissen lassen.

Man hat mir von einer – ehedem bekannten – deutschen Schauspielerin berichtet, daß sie während der Proben eines neuen Theaterstückes auch dasaß und strickte. Als man sie fragte, warum sie das täte, habe sie geantwortet:»Auf jeden Fall kommt ein Strumpf heraus.«

Meine Untersuchung hat in den Niederlanden und auch in Deutschland zu einer Jurisprudenz geführt, die dem massiv-kumulativen Traumatisierungsvorgang bei Kindern und Jugendlichen in seinen Sequenzen Recht widerfahren läßt. Inzwischen hat es sich gezeigt, daß das Modell der »Sequentiellen Traumatisierung« auch auf andere Populationen von Kindern als der ursprünglich untersuchten angewendet werden kann.

Ich habe in meinem Leben erfahren, daß eine wissenschaftliche Untersuchung eine humane Form des Widerstandes gegen die Kräfte der Destruktion sein kann, daß sie neue, humane Kräfte gegen die Kräfte der Gewalttätigkeit und Zerstörung im Menschen zu mobilisieren vermag.

In diesem Geiste weiß ich mich verbunden mit dem Fachbereich »Human- und Sozialwissenschaften« der Universität Bremen. In diesem Bewußtsein empfange ich mit Dank die Ehre, die mir heute erwiesen wurde.

(1992)

Überwindung des Nationalsozialismus

Literarische und psychoanalytische Annäherungen

Das mir aufgegebene Thema »Die Überwindung des Nationalsozialismus. Literarische und psychoanalytische Annäherungen«, ergänzt durch die Bitte des Veranstalters, biographische Daten nicht auszuklammern, enthält viele Fragen und Elemente, deren sich ein Referent bewußt sein muß, bevor er mit seinen Überlegungen und Darlegungen beginnt. Es erscheint mir nicht nötig, zuvor nach einer besonderen Definition des Begriffes »Nationalsozialismus« zu streben, obwohl es ratsam sein könnte, daß man zuerst genau bestimmte, was es zu überwinden gelte. Ob es überhaupt für jemanden wie mich, einen aus Deutschland vertriebenen Juden, der die feindliche Besetzung durch die deutsche Militärmacht in den Niederlanden am eigenen Leib erfahren hat, möglich ist oder war, den Nationalsozialismus zu überwinden, möge dahingestellt bleiben. Selbst wenn man das eigene Leben retten konnte, ist es die Erinnerung, die nie vergehende Trauer um die Opfer der Verfolgung, Angehörige, Freunde, Bekannte, Erwachsene und Kinder, die jeder Überwindung im Wege steht.

Überwindung des Nationalsozialismus ist eine Sache, literarische und psychoanalytische Annäherung solcher Überwindung eine andere. Und der Zusammenhang zwischen beiden eröffnet völlig neue und andersartige, vielleicht fragwürdige Dimensionen, sowohl der Literatur als auch der Wissenschaft, so daß man sich fragen muß, ob es überhaupt möglich ist, sich diesem Thema zu stellen, ohne auf die ihm inhärenten Provokationen einzugehen.

In meiner wissenschaftlichen Arbeit stehen die Auswirkungen der Verfolgung im Mittelpunkt. In der literarischen, was ich als Schüler in einer kleinen Stadt im Oderbruch, als Student in Berlin erfuhr und in den Jahren, bevor ich das nationalsozialistische Deutschland verließ. Es sind Erinnerungen, von denen ich berichten will, nicht in geordneter, chronologischer Reihenfolge, sondern assoziativ, in anekdotischer Form, allgemeine und sehr persönliche Umstände betreffend. Und zugleich soll von den Gedanken berichtet werden, die ich mir über die Zeiten machte, denen mein Leben ausgeliefert war. Auch dies werden keine tiefschürfenden Analysen sein, sondern eher Andeutungen, Anspielungen, Versuche, neben der äußeren auch die innere Topographie des Ortes zu bestimmen, an dem ich mich gerade befand.

Um keinen Zweifel aufkommen zu lassen: der Nationalsozialismus wurde auf dem Schlachtfeld, zu Lande, in der Luft und auf dem Wasser überwunden. Es waren die Soldaten der damaligen Alliierten, die ihn bezwungen haben. Es waren die Waffen, die Gewalt der Waffen, die den Streit entschieden haben. Als ich im Oktober 1936 aus Berlin in den Niederlanden ankam, erspähte ich auf den Kleidungsstücken der holländischen Bürger, die sich unseres Loses annahmen, das Symbol eines »gebrochenen Gewehres«, dessen Bedeutung mir recht bald deutlich wurde. Es war das Abzeichen einer pazifistischen Gesinnung, mir nicht unbekannt und auch nicht unsympathisch, wäre ich nicht kurz zuvor in Berlin, Unter den Linden, Zeuge einer großen Militärparade gewesen. Hier zeigten Machthaber und Militär alles, was sie »im Haus hatten«, wie man in den Niederlanden es plastisch ausdrücken würde. Und das war, weiß der Himmel, nicht wenig.

Man muß erkennen, was man überwinden will. Ich habe als Kind den Ersten Weltkrieg, 1918 das Ende des Kaiserreiches, die Weimarer Republik und die Zeit des emporkommenden und die Macht ergreifenden Nationalsozialismus in Deutschland erlebt. Und ich habe mir darüber meine Gedanken gemacht. Nach meiner Ankunft in den Niederlanden im Herbst 1936 schrieb ich – zu meiner eigenen Verwunderung – eine Anzahl Gedichte, darunter das folgende:

In deinem Angesicht bin ich die Falte
eingekerbt um deinen Mund,
wenn er spricht: du Judenhund.
Und du spuckst durch deiner Vorderzähne schwarze Spalte.
In deiner Stimme, wenn sie brüllt, bin ich das Zittern,
Ängste vor Weltenungewittern,

die vom Grund wegreißen und zerstreuen.
Deine Hände würgen. Deine Enkel werden es bereuen.
Im Schnitt der Augen, wie deine Haare fallen,
erkenn ich mich, seh ich die Krallen
des Unheils wieder, das ich überwand.
Du Tor, du hast dich nicht erkannt.
Vom Menschen bist du nur ein Scherben
und malst mich groß als wütenden Moloch,
um dich dahinter rasend zu verbergen.
Was bleibt dir eigenes noch?
Denn deine Stirn ist stets zu klein, um je zu fassen:
… ein Tropfen Liebe würzt das Hassen.

Dieses Gedicht mit dem Titel *Bildnis eines Feindes*, 1937 entstanden und in den folgenden Jahren mit anderen unter dem Pseudonym »Alexander Kailand« in der niederländisch-katholischen Zeitschrift *De Gemeenschap* veröffentlicht, ist zugleich die Keimzelle meines Romans *Der Tod des Widersachers*, dessen erste 50 Seiten ich 1941/42 schrieb; ich vergrub das Manuskript im Garten, bevor ich untertauchte. Nach dem Krieg grub ich es wieder aus und begann erneut daran zu arbeiten. Es ist die Analyse einer Feindschaft zwischen einem »Ich« und seinem Widersacher, der vielleicht wahnwitzige Versuch, die bedrohte menschliche Existenz auszuloten, bevor, ja, bevor ihre Feindschaft zum Verhängnis wird. Diesen Gedichten hatte ich es zu verdanken, daß meine Eltern nach den Novemberpogromen aus Berlin noch in den Niederlanden einreisen konnten. Sie wurden 1942, mein Vater war ein dekorierter Frontkämpfer des Ersten Weltkrieges, auf eine Austauschliste nach dem damaligen Palästina gesetzt, wo meine Schwester wohnte. Die Liste platzte. Das Leben meiner Eltern wurde in Birkenau beendet.

Es ist nicht, wie oft angenommen wird, der Haß, der die Basis der Feindschaft bildet, sondern der Ambivalenzkonflikt, der den Hasser und den Gehaßten, Verhaßten aneinander bindet, ja fesselt und die Projektion eigener Unsicherheiten und Identitätskonflikte auf den anderen ermöglicht. »Kein Liebhaber kann anhänglicher von dem Gegenstand seiner Liebe sprechen, als er, auf die Weise, die die seine war, auch wenn er mich verwünschte. Er suchte mich«, heißt es an einer Stelle des Buches. »Ein Tropfen Liebe würzt das Hassen«, lautet die letzte Zeile des zitierten Gedichtes. Erst die Lösung des Hasses aus der ambivalenten Struktur, seine Isolierung mittels instrumentalisierter Vorurteile schafft die Vernichtung.

Das Gedicht enthält in großen Zügen das Thema, worüber ich heute implizit zu sprechen gedenke: das Verhältnis von Juden und Nicht-Juden, Verfolgern und Verfolgten in Deutschland, die psychologischen und gesellschaftlichen Implikationen von Vorurteilen, die reziproke Projektion innerer Selbstbilder auf einen Widersacher, und das Problem des Hasses und der Ambivalenz, wie es seit Jahrhunderten durch die paulinische Tradition der christlichen Kirchen – ein Zweig aus dem Stamme Juda – gegen die jüdische Minderheit in Erscheinung trat. Judenfeindschaft ist ubiquitär dort, wo jüdische Minderheiten inmitten christianisierter Gemeinschaften leben. Anscheinend jedoch haben viele dieser Gemeinschaften im Laufe ihrer Historie rechtsstaatliche Sicherungen geschaffen, mit denen sie nicht nur die unter ihnen lebenden jüdischen Minoritäten, sondern auch sich selbst und ihre eigene Gemeinschaft schützen gegen die in ihnen wütenden destruktiven Möglichkeiten. Nicht zu Unrecht formulierte der Schweizer Dichter und Kritiker Max Rychner: Jedes von der Obrigkeit angezettelte Pogrom ist ein »urtümliches Harakiri«. Und bereits um 1630 schrieb der holländische Dichter und Professor für Theologie zu Leiden, Jacobus Revius, in einem Gedicht: »T'en zijn de Joden niet, Heer Jesu, die u cruysten,/ Noch die verradelijck u togen voort gericht« (»Die Juden sind es nicht, Herr Jesus, die Dich kreuzigten,/ Noch verräterisch Dich schleppten vors Gericht«), mit den von einer tiefen religiösen Haltung zeugenden Schlußzeilen, von denen die erste lautet: »Ick bent, ô Heer, ick bent die u dit heb gedaen« (»Ich bin's, o Herr, ich bin's, der dies Dir angetan«). Diese Gedanken findet man später auch bei Paul Gerhard. Sie haben anscheinend jedoch in der durch den Calvinismus geprägten bürgerlichen Gesellschaft der Niederlande einen bereits vorbestellten Boden gefunden.

Daß der Holocaust von Deutschland ausging, ist bestimmt kein Unfall der Geschichte. Aber selbst Unfälle gehören, wie die von einer

Obrigkeit provozierten Pogrome, zu der Kategorie der Traumatisierungen. Und diese sind auch das Thema meiner wissenschaftlichen Arbeiten.

Die beiden Bilder, die Militärparade in Berlin und das »gebrochene Gewehr« auf dem Revers der Niederländer, haben sich tief in meine Erinnerung eingegraben. Wenn jedoch mit der »Überwindung des Nationalsozialismus« nicht allein die ihm inhärente substantielle militärische Macht gemeint ist, d. h. die Wehrmacht und alle anderen militärisch ausgerichteten Organisationen wie SS, Waffen-SS, Standarten quod libet, Polizeibataillone usw., sondern – und vielleicht vor allem – die Geisteshaltung, die diesem gesamten Machtpotential einen ideologischen Unter- oder, wenn Sie so wollen, Überbau verliehen hat, der mit anderen »Waffen« und nicht durch Kriegshandlungen in Schlachten zu besiegen, zu überwinden ist – wenn es also um die Frage der Ideologie geht, verändert sich das Spektrum unserer bisherigen Überlegungen. Es entstehen neue Fragekorrelationen sozialpolitischer, psychologischer Art. Jede Antwort erzeugt neue Fragestellungen, neue Einfallswinkel werden bloßgelegt, Hypothesen formuliert und wieder verworfen, Assoziationen entstehen spontan.

Sie werden es einem Arzt nachsehen, selbst einem Psychiater/Psychoanalytiker, wenn sich bei ihm bei dem Begriff Überwindung als erstes die Assoziation mit der Überwindung einer ernsthaften Krankheit, sei sie in ihrer Symptomatik körperlicher oder seelischer Natur, einstellt, womit nicht eine Ideologie an sich mit einem Krankheitsbegriff stigmatisiert werden soll. Aber wie man in einem medizinischen Laboratorium die verschiedenen Funktionen des menschlichen Körpers untersucht, um Veränderungsprozesse, Abweichungen und eventuelle Krankheitserreger zu entdecken, enthält auch eine Ideologie verschiedene begriffliche Spurenelemente harmloser oder virulenter Natur, deren Beschaffenheit untersucht, beschrieben und definiert werden kann. Daß es sich dabei nicht nur um individuelle Einstellungen, sondern um kollektive Prozesse handelt, erschwert ohne Frage eine Analyse, macht sie jedoch nicht unmöglich, wenn man eine gewisse Vorsicht walten läßt.

Sie werden gewiß erstaunt sein, vielleicht sogar entrüstet, wenn hier ein naturwissenschaftliches Verfahren ohne weiteres auf ein geisteswissenschaftliches Gebiet übertragen wird. Ja, vielleicht regt sich in Ihnen bereits der Argwohn, ich wolle auf diese etwas plumpe und unwissenschaftliche Weise einen Krankheitsbegriff einführen, um die Ideologie des Nationalsozialismus a priori als ein Krankheitsbild zu konstituieren. In ihrer 1969 im *Merkur* erschienenen Laudatio für Martin Heidegger, anläßlich seines 80. Geburtstages, bemerkt Hannah Arendt in einer Fußnote, daß Heideggers Flirt mit dem Nationalsozialismus – Hannah Arendt spricht von »Escapade« und »Irrtum«, andere nannten es »Irrweg« – geistesgeschichtlich nicht durch Bausteine aus Denksystemen von anderen großen deutschen Denkern gespeist wurde. »Dieser Irrtum«, so Hannah Arendt, »ist unerheblich gegenüber dem viel entscheidenderen Irren, das darin bestand, der Wirklichkeit in den Gestapokellern und den Folterhöllen der Konzentrationslager, die unmittelbar nach dem Reichstagsbrand entstanden, in angeblich bedeutendere Regionen auszuweichen.« Was in jenem Frühjahr 1933 wirklich geschah, hat Robert Gilbert, der deutsche Volks- und Schlagerdichter unvergeßlich in vier Verszeilen gesagt:

Keiner braucht mehr anzupochen,
mit der Axt durch jede Tür –
die Nation ist aufgebrochen
wie ein Pestgeschwür.

Und Hannah Arendt fährt fort: »Diesen Irrtum hat Heidegger nach kurzer Zeit eingesehen und dann erheblich mehr riskiert, als damals an den deutschen Universitäten üblich war. Aber das gleiche kann man nicht von den zahllosen Intellektuellen und sogenannten Wissenschaftlern behaupten, die nicht nur in Deutschland es immer noch vorziehen, statt von Hitler, Auschwitz, Völkermord und dem ›Ausmerzen‹ als permanenter Bevölkerungspolitik zu sprechen, sich je nach Einfall und Geschmack an Plato, Luther, Hegel, Nietzsche, oder auch an Heidegger, Jünger oder Stefan George zu halten, um das furchtbare Phänomen aus der Gosse geisteswissenschaftlich und ideengeschichtlich aufzufrisieren. Man kann wohl sagen, daß das Ausweichen vor der Wirklichkeit inzwischen zum Beruf geworden ist, das Ausweichen nicht in eine Geistigkeit, mit der die Gosse nie etwas zu tun hatte, sondern in ein Gespensterreich von Vorstellungen« – ich würde hier gern den Begriff »Vorurteil« hinzufügen (H. K.) –, »das von jeder erfahrenen und erfahrbaren Wirklichkeit so weit ins bloß ›Abstrakte‹ gerutscht ist, daß in ihm die großen Gedanken der Denker alle Konsistenz verloren haben und gleich Wolkenformationen, bei denen auch ständig die eine in die andere übergeht, ineinanderfließen.«

Soweit Hannah Arendt. Daß einstige Freunde, Bekannte, die sich liberal und demokratisch präsentiert hatten, sich mir nach 1933 unter Berufung sogar auf Hölderlin als Parteigenossen vorstellten, ist unvergessen. Was mich an Hannah Arendts Argumentation fesselte, war nicht die Verteidigung von Heidegger, sondern die analytische Methode, das Aufspüren und Benennen von Spurenelementen in der deutschen Geistesgeschichte und ihr Mißbrauch – Hannah Arendt spricht von »Gosse« – in Weltanschauung, Ideologien, Denksystemen.

Hannah Arendts Methode ist interessant, jedoch nicht neu, abgesehen davon, ob ihre Verteidigung Heideggers stichhaltig ist. In einem ihrer Briefe an Heinrich Blücher schreibt sie, daß Heidegger immer feige gewesen sei. Aber die von ihr geprägte Formel »Gosse« in Verbindung mit »geisteswissenschaftlich«, »Geist«, als gäbe es eine »reine« Geistigkeit und demnach auch eine deutsche, immun gegen »jede Gosse«, gegen jeden Mißbrauch, scheint mir äußerst problematisch. Meint sie wirklich, daß all die Obengenannten – samt Heidegger – als Alibi nur von der Gosse gebraucht werden können, um die Verbrechen des Nationalsozialismus ideologisch zu überhöhen und auf »die« Geistesgeschichte abzuwälzen, was einer Schuldtilgung gleichkäme?

Um den Bezugsrahmen meiner Ausführungen zu konsolidieren und bevor ich das bisher Gesagte mit biographischen und literarischen Beispielen unterbaue, noch ein Hinweis auf eine andere Publikation. In ihr ist nicht von »Gosse« und von »Geistigkeit«, gleich einer Wolke hoch über dem mißbrauchten Erdball schwebend, die Rede. Ihr Thema ist Ideologiekritik: Kein »Ausweichen vor der Wirklichkeit« und auch kein »Ausweichen in die Geistigkeit«, wie Hannah Arendt suggeriert.

Hans Schwerte, emeritierter Rektor der TH Aachen, unter seinem ursprünglichen Namen Hans Ernst Schneider einst SS-Obersturmfüh-

rer und Koordinator der Abteilung »Germanischer Wissenschaftsein-
satz« der pseudowissenschaftlichen Stiftung »Ahnenerbe«, in den Niederlanden tätig in eben der Zeit, als ich dort unter angenommenem
Namen im Versteck saß und im Widerstand aktiv war, hat aufgrund
seiner kompetenten Lebenserfahrung, die mit einem Namenwechsel
einherging, die gleiche Methode der Spurensuche in seiner Publikation
Faust und das Faustische. Ein Kapitel deutscher Ideologie angewandt
und kam zu entgegengesetzten Erkenntnissen. In der Bedeutungs-
geschichte des Wortes »Faustisch« hat er sie kritisch-einfühlend beschrieben. Soweit ich es beurteilen kann, hat er hiermit einen wesentlichen Beitrag zur Diagnostizierung des Entwicklungsgangs »deutscher
Ideologie« geliefert – wobei vielleicht der Akzent auf das Adjektivum
die Hauptsache ist – und zugleich einen Beitrag zur Erkennung des
Nationalsozialismus als einer deutschen Ideologie. Das Erkennen aber
ist die Bedingung der Überwindung. Daß dieser Satz den Lebens- und
seit einigen Jahren auch Leidensweg von Hans Schwerte zeichnet, sei
nur am Rande erwähnt.

Schwerte zeigt (notabene 1962), wie, ausgehend von der Kunstfigur
»Faust«, ein ursprünglich rein literarischer Begriff »faustisch« von »eindeutig fixierbaren Literaturdenkmalen – der Historia (von D. Johann
Fausten) von 1587, den Schauspielen und Puppenspielen, der Dichtung Goethes – ›weltanschaulich‹ und weltdeutend ausgeweitet«, abgeleitet wird. »Bald ist Faust der verdammte Verbrecher, bald der Heros
der Menschheit, oder Heros der Nation; bald das ›Faustische‹ ein
Schimpfwort, bald ein Geheimniswort.« Der Begriff gerät »ins Feld politischer Auseinandersetzungen« und »zu einem ideologischen Stich-
und Kampfwort […], das schließlich zur Konstituierung eines ›faustischen Menschen‹, mit eigener ›faustischer Kultur‹, ›faustischer Religion‹, ›faustischer Mission‹ usw. dient. Innerhalb solchen ideologischen
Ausweitungs- und Überhöhungsprozesses verschmolz dieser Wort-
bereich in einem seiner Abläufe, dem für die deutsche Geschichte fol-
genreichsten, immer enger und verhängnisvoller mit dem Nationalen,
Deutsch-Nationalen, Deutsch-Imperialen, und entfernte sich dabei
um so weiter von seinem literarischen Ausgang.« Schwerte sieht im
»Nationalsozialismus, der auch das ›Faustische‹ in mancherlei Variatio-

nen neu zu beleben versuchte«, einen »pseudoromantischen Rückgriff, wie so vieles damals«, er sieht »die allzu enge Verbindung des ›Faustischen‹ mit nationalen (und säkularen) Hochstimmungen«. Weiterhin spricht er von der Fehlinterpretation des poetischen Textes von Goethe, von propagandistischen Verzerrungen, und kommt zu dem Schluß, »zwischen 1840 und 1940 hat sich [...] im großen und ganzen ein interpretatorischer Prozeß vollzogen, den man umschreiben könnte als die Enttragisierung der Tragödie Goethes, das Eliminieren ihrer formalen Struktur (›Eine Tragödie‹) – und analog, in begrifflicher Analogie zu dieser Formzerstörung: das Löschen der Schuld Fausts, das Umdeuten seiner Schuld und seines wiederholten ›Irrtums‹ geradezu in ein humanes, in ein prometheisches Verdienst.« Siehe Himmlers in Posen gehaltene Rede nach dem Besuch eines Vernichtungslagers. Unter dem Eindruck der dort an Menschen begangenen grausamen Verbrechen pries er doch, daß die Täter trotzdem »anständig« blieben im Dienst einer großen nationalen Idee, die sie die Taten verrichten hieß.

Mit seiner zitierten Deutung hat Hans Schwerte die Antworten gegeben, die Heidegger Paul Celan verweigert hat – man vergleiche sein Gedicht *Todtnauberg* –, als dieser ihn in seiner Hütte im Schwarzwald besuchte, in der Hoffnung, ein tröstendes Wort im Sinne einer Erkennung der Schuld des Nationalsozialismus zu erhalten. Schwerte hat mit seiner Ideologiekritik das Verhältnis »Macht und Moral« implizit aufs neue thematisiert und die virulente Wirkung eines instrumentalisierten Vorurteils in der unkritischen Übernahme von kollektiven Identifizierungsangeboten zur Stärkung der eigenen Identität aufgedeckt.

Hier möchte ich eine autobiographische Notiz anschließen, ein Schlüsselerlebnis aus den letzten Jahren meiner Gymnasialzeit. Hänseleien, wie sie sich zwischen ansonsten ungestört miteinander spielenden jungen Kindern ereignen, in denen z. B. die verschiedenen Religions- oder Parteizugehörigkeiten oder die Berufe der Eltern eine Rolle spielen, sollen hier nicht überakzentuiert werden, obgleich sie im Hinblick auf die jüdische Existenz ohne Zweifel eine bereits bestehende Kluft vertieften. Die paulinische Tradition der christlichen Kirchen hinsichtlich des Verrates der Juden an Jesus hatte zuweilen in diesen

Plänkeleien einen bestimmten Stellenwert, gab jedoch zu ausgesprochenen, länger währenden, abgrundtiefen Feindseligkeiten noch keinen Anlaß. Implizit ist hiermit zugleich die Frage nach dem Schicksal der gesetzlich verbürgten Emanzipation der jüdischen Minderheitsgruppe in deutschen Landen gestellt. Die Antwort hat die Geschichte jedoch bereits gegeben. Der vorsichtige Versuch eines Neubeginns, den man hie und da heute beobachten kann und in dessen Problematik ich zuweilen fachlich bezogen werde, soll respektiert werden, auch kann er Geschehenes nicht ungeschehen machen. Man kann darüber mit Gefühlen von Trauer, Wut oder Haß berichten. Es wird nichts nützen. Das jüdische Selbstverständnis in der Diaspora muß den Verlauf seiner Geschichte in der Diaspora und besonders in Deutschland in seine Erwägungen miteinbeziehen. Meine Erinnerungen sind geätzt durch die Schwaden der Zerstörung. Ein »Zusammen«, ein »Gemeinsames«, das, allen Dissonanzen zum Trotz, in der ursprünglichen Anlage Möglichkeiten zu Partnerschaften zu bieten schien, ist in seinem Kern angetastet und tief verletzt. Und dies gilt, wie ich meine, auch für die andere Seite.

Das Schlüsselerlebnis also: In der Unterprima des städtischen Gymnasiums meines Geburtsortes entwickelte ein aus Berlin kommender Deutschlehrer im Rang eines Assessors (sein Name war Geißler) ein neues, für die damaligen Zeiten modernes Konzept. Jeder Schüler wählte sich selbst ein Thema, über das er einen kurzen Vortrag hielt. Anschließend sollte eine Diskussion stattfinden. Einer sprach über Fichtes *Reden an die deutsche Nation*. Ein anderer über Sport. Ich wählte *Die Weber* von Heinrich Heine, eines der schönsten deutschen Revolutionsgedichte. Geissler war mit meiner Wahl einverstanden. Als ich mich nach dem Vortrag wieder auf meinen Platz setzte, forderte er die Klasse zur Diskussion auf. Eisige Stille, niemand reagierte. Auf die erneute Aufforderung erhob sich der Klassensprecher, ein großer, stämmiger Bursche, Sohn des Kolonialwarenhändlers in der Bahnhofstraße, und sagte:»Die Klasse lehnt es ab, über dieses Gedicht zu diskutieren. Es beschmutzt das eigene Nest.« Und nahm wieder Platz. Ich sah das Entsetzen im Gesicht des Lehrers. Er war überwältigt von dieser unerwarteten Situation. Rief er mich nach der Stunde zu sich, um sich zu entschuldigen? Irgend etwas sagte er zu mir, er war wie gelähmt. Ich war für zwei Jahre im »Klassenschiß«. Niemand sprach mehr mit mir. Zwar trat gegen die Abiturzeit eine gewisse Entspannung ein. Aber was geschehen war, war unumkehrbar.

Das Reinheits- und Sauberkeitsideal als Einwand gegen ein Gedicht bedarf im Lichte der damals aufkommenden Rassenreinheitspropaganda heute wohl keiner näheren kritischen Reflexion mehr. Es ist auch die Frage, ob die verantwortlichen Mitschüler, Teilnehmer von Nachtmärschen und -übungen unter Leitung von ehemaligen Offizieren und jetzigen Lehrern des Gymnasiums, nicht von deren Einflüsterungen geleitet waren. Der aus Berlin kommende Deutschlehrer, ohne Zweifel ein Sozialdemokrat, war dem amtierenden Lehrerkollegium ein willkommenes Wild zum Abschuß. Man darf nicht vergessen, daß der Fahnenstreit zwischen »Schwarz-Weiß-Rot«, den Farben des untergegangenen Kaiserreiches, und »Schwarz-Rot-Gold«, der Flagge der neugegründeten Republik, die politische Atmosphäre der Weimarer Republik bis zu Straßenschlachten stimuliert hat. Abgesehen von allen persönlichen Verletzungen und Konflikten – Herr Geißler verschwand recht bald, er ließ sich an eine andere Schule in Berlin versetzen –, offenbart dieser Konflikt die völlige Unfähigkeit der Schulleitung, ja vielleicht auch ihren Unwillen, die entstandene Lage wenigstens pädagogisch zu lösen. Man schwieg.

Mir wurde damals deutlich, daß die durch Vorurteile bedingte judenfeindliche Gesinnung gegen die Person Heines nur ein Baustein der gesamten deutsch-völkischen Ideologie war, eine Planke nach der Definition von Adorno und Horkheimer in einem Raster von Vorurteilen und Gehässigkeit. Daß in unserer Schule der Anteil der jüdischen Schüler vielleicht höchstens 1% betrug, erhellt meine Situation im Vergleich zu Schulen in den Großstädten, wo der Prozentsatz an manchen Schulen unvergleichlich höher war. Ich hatte ungefähr um dieselbe Zeit an einem Schülerwettbewerb teilgenommen, ausgeschrieben vom Börsenverein des Deutschen Buchhandels, zum Thema »Kannst Du ein Buch empfehlen?« Ich hatte Hermann Hesses *Demian* empfohlen und mit meiner Arbeit den dritten Preis gewonnen. Von dem gewonnenen Geld – 30 Reichsmark – durfte ich Bücher kaufen. Ich erwarb die

Dünndruck-Taschenbuchausgabe *Vorlesungen* von Sigmund Freud, und vermittels der psychoanalytischen Optik erschloß sich mir eine neue Welt, die mir bereits früh Einsichten in Geschehnisse und Zusammenhänge ermöglichte und mich in vielen Lebenslagen stützte.

Seitdem hat Heinrich Heine, sein Leben und sein Werk, für mich eine persönlichere Bedeutung erhalten. 1943/44 war ich in Delft untergetaucht, bei den Eltern eines jungen Mädchens, das ich einige Zeit behandelt hatte. Der Vater, ein Chemiker, Leiter eines großen Laboratoriums, fragte mich nach einigen Wochen, ob ich für die Widerstandsorganisation »Vrije groepen Amsterdam«, für die er gefälschte Dokumente produzierte, arbeiten wolle. Ich erhielt einen hervorragend gefälschten Paß auf den Namen Dr. van der Linden, mit dem ich trotz der vielen Kontrollen durch das ganze Land reisen und Untertauchmilieus besuchen konnte, wo es zu Konflikten zwischen Gastgebern und Schützlingen gekommen war. Ich sprach mit Kindern in ihrem Versteck, sprach auch mit den Kriegspflegeeltern, überbrachte als Kurier Berichte usw. Alles in allem eine nicht ganz ungefährliche Mission, jedoch ohne Waffen und Heldentaten. Zwei relevante Erlebnisse aus dieser Zeit habe ich später in meine Untersuchung *Sequentielle Traumatisierung bei Kindern* aufgenommen. Abends oder in der Nacht hörte ich dann, wenn ich unter dem Dach in meinem Zimmer lag, das hohe Gesumm der Flugzeuge, die übers Wasser von England kamen. Ich kannte ihr Ziel. Damals schrieb ich das folgende Gedicht, eine Variation auf ein Gedicht von Heine:

Denk ich an Deutschland in der Nacht –
Wie oft hab ich den Vers gelesen
und dessen, der ihn schrieb, gelacht.
Es wär mein Bruder nicht gewesen.

Ich nicht – ich bin aus andrem Holz,
dacht ich, mich kann die Axt nicht kerben,
ich trage meinen harten Stolz
im Leben hart – hart auch im Sterben?

Doch lieg ich jetzt und gar so wund
in fremdem Land und scheu das Licht.
Es tönt aus meines Kindes Mund
ein andrer Klang als mein Gedicht.

Und wenn es dämmert, ziehn vom Meer
Flieger herauf zur Phosphorschlacht.
Ich lieg auf meinem Lager, schwer,
denk ich an Deutschland – in der Nacht.

Ich verließ Berlin, als es in Deutschland bereits Nacht war. Die Geschehnisse des Jahres 1934, die Röhmaffäre, stärkten mich in meinem Entschluß zur Emigration: Eine Staatsführung, die Auftrag zum Morden gibt, ein Parlament, das hinterher diese Aktion legitimiert, eine Justiz, die nicht eingreift und mit ihrem Verhalten das Ende des Rechtsstaates besiegelt – in einem solchen Staat war alles möglich, konnte man alles erwarten. Meine Frau, ich hatte sie 1933 bei einem jüdischen Kommilitonen kennengelernt, sie entstammte einem liberal-katholischen Haus Süddeutschlands und schätzte die Lage besser ein als wir, drängte auf eine rasche Entscheidung. Wir waren nicht verheiratet und fielen unter die Nürnberger Gesetze. Nur mit Mühe konnte ich sie 1934 von ihrem Entschluß abhalten, Jüdin zu werden. Sie wurde es später, nach dem Kriege. Sie war eine ausgezeichnete Graphologin. 1933 standen wir in irgendeiner Ausstellung schweigend einige Zeit vor einem großen Photo Hitlers mit seiner Unterschrift. Plötzlich unterbrach sie die Stille. »Der zündet die Welt an«, sagte sie mit ihrem schönen süddeutschen Tonfall. »Du bist verrückt«, entfuhr es mir. Sie antwortete nicht. Vielleicht hatte sie mich nicht gehört, da sie etwas schwer hörte. Später fuhr sie in die Niederlande und bereitete unsere Emigration vor. Sie kam mit einer Grammophonplatte mit holländischen Kinderliedern zurück. »In Holland gibt es auch Kinder, für die Du arbeiten kannst«, sagte sie, obwohl wir nicht verstanden, was die Kinder sangen. Meine Eltern stimmten ihr zu.

»Machen Sie, daß Sie rauskommen«, sagte mein Lektor, Oskar Loerke, zu mir. Er hatte zuvor, Frühjahr 1933, mein erstes Buch, einen Roman *Das Leben geht weiter*, angenommen. Mit Peter Suhrkamp, der gerade die Redaktion der *Neuen Rundschau* von Rudolf Kayser, dem Schwiegersohn Alfred Einsteins, übernommen hatte, lief ich durch Berlin. Suhrkamp versuchte mir das Verhalten von Gottfried Benn zu erklären, nach dem ich ihn gefragt hatte. Ich war der letzte jüdische Autor des alten S. Fischer Verlages und bekam bald darauf ein Publikationsverbot. Nach meinem medizinischen Staatsexamen, Januar 1934, und den darauffolgenden Repressionen flog ich auch hier raus. Ich wechselte über in meinen zweiten erlernten Beruf, den eines staatlich geprüften Turn-, Sport- und Schwimmlehrers an der Preußischen Hochschule für Leibesübungen in Spandau, unterrichtete zuerst als Sport- und Musiklehrer am Landschulheim Caputh, dann als Sportlehrer an mehreren Schulen der jüdischen Gemeinde in Berlin (der Moses-Mendelssohn-Schule, Große Hamburger Straße, der Volksschule Kaiserstraße, dem 2. Waisenhaus Pankow und der Theodor-Herzl-Schule, Kaiserdamm) und arbeitete in den Räumen der Synagoge Oranienburger Straße, zusammen mit einem älteren Kollegen, Dr. Friedberg, in der Sportberatung. Für den Bar-Kochba war ich einst auf dem Kaiserdamm im Staffellauf Potsdam-Berlin 500 Meter auf glühendem Asphalt gelaufen. Auch unser Freund Carl Friedrich Weiß, Physiker an der Technisch-Physikalischen Reichsanstalt am Knie und Mitglied der Bekennenden Kirche, überzeugte mich von der Aussichtslosigkeit unserer Lage. Wir musizierten jeden Sonntag in seinem Haus, seine Zwillinge waren gerade geboren. Nach dem Kriege saß er mit seiner Familie und einem Bechstein-Flügel neun Jahre in einem Lager für deutsche Wissenschaftler in der Sowjetunion. Als er freikam, errichtete die DDR in Leipzig für ihn, obwohl er kein Mitglied der Partei war, ein Laboratorium für Atomforschung. Er bekam selbst einmal den Friedenspreis der DDR. Nach dem Krieg entdeckte er durch Gedichte von mir, die die *Zeit* veröffentlicht hatte, daß ich noch am Leben war. Wir erneuerten unsere Freundschaft. Auch auf diese Weise überwindet man viel.

Für den aus Deutschland in die Niederlande emigrierten Juden ging es damals nicht um das Überwinden des Nationalsozialismus. Es ging darum, daß man den Terror der Verfolgung überlebte. Es ging buchstäblich um Tod und Leben, obwohl man sich dieser marginalen Positionen erst hinterher, danach bewußt wird. Nach dem Ende des Krieges gründete ich zusammen mit anderen überlebenden Juden in den Niederlanden die Organisation »Le Ezrat HaJeled« (»Zur Hilfe des Kindes«), für die ich bis 1970 als Leiter der psychosozialen Abteilung arbeitete und auch den pädagogischen Stab von drei Kinderheimen betreute. Ich hatte meine Arbeit gefunden, nicht irgendeine, sondern meine. Hiermit endete das Exil. Ich blieb in den Niederlanden. Ich durchlief noch einige klinische Semester, erwarb im Herbst 1947 das niederländische Arztdiplom, machte eine psychiatrisch-neurologische und eine psychoanalytische Ausbildung. Im August 1967 wurde ich wissenschaftlicher Mitarbeiter der Amsterdamer kinderpsychiatrischen Universitätsklinik, leitete eine Abteilung, behandelte Kinder und begann, meine Erfahrungen mit den jüdischen Kriegswaisen in einer wissenschaftlichen Arbeit zu ordnen und zu überdenken.

In den Niederlanden gab es nach dem Zweiten Weltkrieg eine Gruppe von 2041 jüdischen Waisenkindern aller Altersgruppen, aller religiösen und sozialen Schattierungen. Die meisten hatten Krieg und Verfolgung in – notwendigerweise – nicht-jüdischen Kriegspflegefamilien überlebt. Eine kleinere Anzahl kam aus den Vernichtungs- und Konzentrationslagern zurück. Über alle Kinder, soweit sie noch nicht volljährig waren, mußten Vormundschaften ausgesprochen werden. Es ergaben sich viele Probleme individueller und gruppenpsychologischer Art.

Zuweilen erinnern mich Freunde daran, daß ich doch auch zu den »survivors« gehöre – der Ausdruck »survivor« hat für mich einen weniger dramatischen Akzent –, zu den nicht vorgesehenen Ausnahmen. Durch das Fach, das ich doch noch erlernt habe und noch ausübe, habe ich nach dem Zweiten Weltkrieg eine gewisse Anzahl von diesen nicht vorgesehenen Ausnahmen untersucht und behandelt, vornehmlich Kinder, Kriegswaisen, und den Versuch unternommen, mir in der Sprache meines Faches in einer Langzeituntersuchung über ihr Schicksal einige Informationen zu verschaffen. Man muß, soweit es möglich ist, den Kräften der Destruktion die Dignität einer wissenschaftlichen Untersuchung gegenüberstellen, die die Folgen dieser Destruktion untersucht. Ich denke hier an ein Gespräch, das ich einst nach dem Kriege mit Leo Eitinger, Professor für Psychiatrie in Oslo, führte. Eitinger, in Prag geboren und nach Norwegen emigriert, überstand die Verfolgung in Auschwitz und gehörte zu den ersten und wichtigen Forschern über die psychiatrischen Folgen der Verfolgung. Wir waren uns einig, daß man die Verfolgung wohl überstehen, aber nicht überwinden kann, und daß auch ein Opfer trotzdem seine Würde behält. Wir stimmten auch überein, daß unser Fach durch das Gespräch die besondere Möglichkeit bietet, die Würde des geschundenen menschlichen Antlitzes, um eine Formel von Emmanuel Lévinas zu gebrauchen, wiederherzustellen. Ich habe mit Hilfe des klinischen Psychologen und Psychoanalytikers Herman R. Sarphatie und, in einem späteren Stadium, des Statistikers Arnold Goedhard an einer Gruppe von 204 jüdischen Kriegswaisen die Hypothese der altersspezifischen Traumatisierung und der Intensität der Traumatisierung untersucht und ein neues Trauma-Konzept entwickelt, so daß eine gewisse Voraussage über die Art der durch Verfolgungstrauma entstandenen Schädigungen möglich ist und auch anderen als der ursprünglich von mir untersuchten Gruppe von Kindern, Kindern aus anderen Ländern und anderen Erdteilen, Opfer dessen, was Menschen einander antun, besser geholfen werden kann.

Auch jetzt, wo ich hier vor Ihnen stehe und über diese vergangene Zeit und ihre Folgen spreche und weiß, daß es härtere, grausamere Schicksale gegeben hat als das meine, auch jetzt sind es diese Arbeit für und mit Kindern, meine Gedanken und Arbeiten über Traumatisierung, Vorurteil und über die Faszination des Hasses, über Feindschaft, und, wenn Sie wollen, über die Nächstenliebe in der Ordnung der Feindschaft, die mir die Gewißheit des Überlebens dank meiner holländischen Freunde verschaffen. Und in dieser Gewißheit liegt etwas von dem, was mit der Formel vom »Überwinden des Nationalsozialismus« gemeint sein könnte.

(1997)

417

Freud und die Kunst

»Frau Venus, meine schöne Frau,
Von süßem Wein und Küssen
Ist meine Seele geworden krank;
Ich schmachte nach Bitternissen.«

Meine sehr verehrten Damen und Herren,
diese Strophe aus *Der Tannhäuser*, einem 1836 geschriebenen Gedicht
von Heinrich Heine mit dem Untertitel *Eine Legende*, Sie werden es
gewiß erkannt haben, fügt sich meiner Meinung nach thematisch in
das Zitat des englischen Psychoanalytikers D. W. Winnicott:[1]

> Wir können hoffen, durch künstlerischen Ausdruck mit unserem primiti-
> ven Selbst, aus dem die stärksten Gefühle und sogar schneidend scharfe
> Empfindungen stammen, in Berührung zu bleiben, und wir sind wirklich
> arm dran, wenn wir lediglich geistig gesund sind.

Die Verbindung »Kunst und Psychoanalyse« ist keine zufällige Ad-hoc-
Beziehung. Sie hat ihre Geschichte, die bis auf den Schöpfer der Psychoanalyse, Sigmund Freud, zurückgeht.

Winnicotts Aussage könnte auf den ersten Blick Verwunderung erwecken und zu der Frage überleiten: auf welche Epoche bezieht sie sich
eigentlich? »Daß die Übergänge von der moralischen Regel zum Verbrechen, von der Gesundheit zum Kranksein, von unserer Bewunderung zur Verachtung der gleichen Sache gleitende, ohne feste Grenzen sind, das ist durch die Literatur der letzten Jahrzehnte und andere
Einflüsse vielen Menschen zu einer Selbstverständlichkeit geworden«,
dies sagte Robert Musil in seiner Rede zur Rilke-Feier in Berlin am 16.
Januar 1927. Wir können heute getrost die Formulierung »und andere
Einflüsse« durch »und die Psychoanalyse« ersetzen. Der Einfluß der
Psychoanalyse auf die Literatur und das sozio-kulturelle Klima eines
Zeitalters und umgekehrt der Einfluß der Literatur auf die Psychoanalyse als Wissenschaft ist nicht zu leugnen. Aber zugleich spricht Freud
von der »Kunst der Deutung«[2] und siedelt damit das Problem »Kunst
und Psychoanalyse« in einem Teufelskreis an, aus dem so leicht kein

418

Ausweg herausführt. Aber kehren wir zurück zu Heine und Winnicott.

Winnicott geht es um den »künstlerischen Ausdruck«, um die Bereicherung – bitte achten Sie auf die Implikation rhetorischen Sprachgebrauchs –, die sie dem Rezipienten bietet vermittels der Berührung
»mit unserem primitiven Selbst, aus dem die stärksten Gefühle und
sogar schneidend scharfe Empfindungen stammen«. Hiermit hat Winnicott offenbar den Stellenwert der Psychoanalyse als Auslöser bzw. Sti-
mulator oder als Indikator von schöpferischen Prozessen, aber auch
von schöpferischen Endprodukten zu definieren versucht.

Was jedoch den »künstlerischen Ausdruck« betrifft, so bleibt unklar,
was Winnicott damit meint. Auf den ersten Blick könnte man annehmen,
daß er in den »stärksten Gefühlen« das Unterpfand sah für den
künstlerischen Ausdruck schlechthin und seine adäquate Rezeption
beim Publikum. Diese Annahme ist, was den künstlerischen Ausdruck
betrifft, fragwürdig. Es geht – in der Literatur wenigstens – nicht um
die hohen oder tiefen Gefühle und um die erhabenen Worte. »Tief
empfunden und unwirksam«, heißt es im *Tonio Kröger*,

[d]enn das, was man sagt, darf ja niemals die Hauptsache sein, sondern nur
das an und für sich gleichgültige Material, aus dem das ästhetische Gebilde
in spielender und gelassener Überlegenheit zusammenzusetzen ist. [...] Und
weil der ein Stümper ist, der glaubt, der Schaffende dürfe empfinden [...]
Das Gefühl, das warme, herzliche Gefühl ist immer banal und unbrauch-
bar [...].

Heine hat dies in einem Vierzeiler treffend gesagt:

Und als ich euch meine Schmerzen geklagt,
Da habt ihr gegähnt und nichts gesagt;
Doch als ich sie zierlich in Verse gebracht,
Da habt ihr mir große Elogen gemacht.

Bedeutet dies, psychoanalytisch übersetzt, den Akt der Neutralisierung
des Triebes vor der Sublimierung?

Inwiefern Thomas Mann in *Tonio Kröger* nur eine Definition des
l'art pour l'art gegeben hat, die für andere Kunstrichtungen wie Expres-
sionismus, Dadaismus, Surrealismus und engagierte Literatur nicht
mehr gültig ist, möchte ich dahingestellt sein lassen. Ich wollte Sie nur
auf die innere Problematik von Winnicotts Satz aufmerksam machen,

419

eine Problematik, die uns, was die Psychoanalyse betrifft, auch noch weiterhin beschäftigen wird. Man könnte in Heines Schilderung der psychischen Verfassung von Tannhäuser (Richard Wagner hat das Sujet später aufgegriffen und nach eigenem Geschmack verarbeitet und vertont) das paradigmatische Vor-Bild für Winnicotts Forderung sehen. Ihre thematische Übereinstimmung beruht auf der Absage an »infantile Ansprüche« der Liebe »mit süßem Wein und Küssen«, sie manifestiert sich sprachlich im »Schmachten nach Bitternissen«, um die Schleusen zu öffnen für die »Berührung mit unserem primitiven Selbst«, mit »stärksten Gefühlen und schneidend scharfen Empfindungen«. Damit haben sie beide, Heine und Winnicott, die Frage nach dem Anteil von gesunden und kranken Faktoren im kreativen Prozeß zur Diskussion gestellt, Heine in bezug auf Tannhäuser, den Minnesänger, Winnicott in Hinsicht auf den künstlerischen Ausdruck und seinen Empfänger.

Gestatten Sie, daß ich bei dem Wörtchen »krank« meine Zweifel anmelde. Was ist hier gemeint im Zusammenhang mit dem »primitiven Selbst«? Das Wort »krank« oder »Krankheit« meint ein Zustandsbild oder, besser, eine Befindlichkeit, die im körperlich-organischen Bereich leichter zu erfassen und objektiver zu definieren ist als im seelischen. Im Körperlich-Organischen gibt es klinische Eichungen, gestützt auf Laboratoriumsbefunde, deren Werte innerhalb eines als »normal« geltenden Spektrums allgemein orientierende Aussagen über »gesund« und »krank« einigermaßen gewährleisten.

Im seelischen Bereich gelten für »gesund« und »krank« sowohl in phänomenologischer als auch in funktioneller Hinsicht andere Methoden und Kriterien. Nehmen Sie z. B. zwei Phänomene, Erlebniszustände, die im psychischen Haushalt eine gewichtige Rolle spielen, wie den »Wahn« und die »Phantasie«, und ziehen Sie die einschlägige Literatur zu Rate, so wird Sie eine Fülle von Beobachtungen, Beschreibungen und Zuordnungen zu gesunden und psychopathologischen Erlebnisgehalten erwarten, sowohl im »normalen« täglichen Leben des einzelnen als auch in der geschichtlich-politischen Daseinsform ganzer Völker. Sind Schaffende, vielleicht behaftet mit einem sogenannten »privaten Größenwahn«, trotzdem normale Menschen? Die transkulturelle Psychiatrie hat uns gelehrt, daß es die sozio-kulturellen Einflüsse sind, die letztlich entscheiden, was als »normal« oder »nicht normal«, als anstößig oder geziemend gewertet wird, auch in der Kunst. Ich erinnere Sie an die Prozesse um *Lady Chatterley's Lover* von D. H. Lawrence, um die Werke von Baudelaire, Flaubert, Jean Genet und anderen.

Ein anderer, eher harmloser Begriff, an dem sich die oben erwähnte Kontroverse auch in der Kunst entzündet, ist der der »Reife«, womit im seelischen Bereich ein bestimmter Entwicklungs- und Integrationsstand umschrieben werden soll. Man warf z. B. Klaus Mann vor, daß er zuviel schrieb, daß er seine »Reife« nicht abwartete. »Als wenn das Gesetz der Reife, das für Kürbisse, Kartoffeln und Eiterbeulen gilt, irgendeine Verbindlichkeit hätte für die menschliche Existenz, die sich zum Kampfe stellte«.[3] Waren von Hardenberg-Novalis, Heinrich von Kleist normale, reife Männer?

Zwar schreibt bereits Klabund in seiner 1922 erschienenen *Geschichte der Weltliteratur in einer Stunde* im Anschluß an Jens Peter Jacobsen:

> Man müßte einmal eine Literaturgeschichte der Schwindsüchtigen schreiben. Diese konstitutionelle Krankheit hat die Eigenschaft, die von ihr Befallenen seelisch zu ändern. Sie tragen das Kainsmal der nach innen gewandten Leidenschaft, die Lunge und Herz zerfrißt.

Klabund selbst war lungenkrank, Kafka und viele andere auch. Die Tuberkulose ist als Seuche, in unserem Erdteil wenigstens, so gut wie verschwunden. Welche Folgen hat dies für die Literatur, könnte man fragen. Aber es wäre eine Art Kannengießerei, wenn man, ausgehend von der sogenannten Trieb- oder Charakterstruktur und dem Erlebnisgehalt eines Künstlers, von der Dichotomie in »gesunde« und »kranke« Persönlichkeitsanteile, eindeutige Linien zu seinem Werke zöge, d. h. zu dem, was ein Kunstwerk – hiermit ist nicht nur die Literatur gemeint – an selbständiger Gestalt einbringt, und hierbei der Psychoanalyse eine Rolle (ja, aber welche?) zuerkennen wollte. Es erscheint mir zweifelhaft, ob die Anwendung der psychoanalytischen Neurosentheorie einen wesentlichen Beitrag zur Erfassung kreativer Prozesse, zur Klärung künstlerischen »Machens« liefern kann, was sowohl den Pro-

421

zeß, den Akt des »Machens«, als auch das Ergebnis betrifft. Zwar soll hiermit nicht geleugnet werden, daß es möglich erscheint, literarische Texte mit Hilfe des Traumdeutungs-Modells psychoanalytisch hinsichtlich manifester und latenter Inhalte zu überprüfen. Aber dabei bleibt stets die Frage offen, was den Schaffensprozeß als wesentlich kennzeichnet: das von der Persönlichkeit des Künstlers gelöste Werk, das nach Inhalt und Form befragt werden muß, oder die unter der Oberfläche wirkenden Motive und Triebfedern des betreffenden Künstlers, sein sozusagen persönlicher, seelischer Haushalt.

Bereits hier möchte ich, um meine eigene Grund- und Ausgangsposition zur Diskussion zu stellen, eine Passage von Ernst Kris, einem Psychoanalytiker und Kunsthistoriker, zitieren:[4]

>»Die klinische Analyse schöpferischer Künstler zeigt, daß die Lebenserfahrung des Künstlers manchmal nur in einem beschränkten Sinne die Quelle seiner Vision ist, daß seine Kraft, sich Konflikte vorzustellen, bei weitem den Bereich seiner eigenen Erfahrung übersteigt oder, um es genauer zu sagen, daß zumindest manche Künstler die besondere Gabe besitzen zu verallgemeinern, was immer ihre eigene Erfahrung gewesen ist.« Etwa Shakespeare im Falstaff oder Prinz Hamlet finden zu wollen, ist eine »nutzlose« Suche und »steht im Gegensatz zu dem, was die klinische Erfahrung mit Künstlern als psychoanalytische Versuchspersonen anzuzeigen scheint. Manche großen Künstler scheinen ebenso mehreren ihrer Charaktere nahezustehen und mögen viele von ihnen als Teil ihrer selbst empfinden. Der Künstler hat eine Welt geschaffen und nicht sich einem Tagtraum hingegeben.«

Wenn z. B. Picasso sagt, ein Bild sei das Ergebnis von Zerstörungen, so erscheint es fraglich, ob man diesem Ausspruch eine psychopathologische Dimension zuweisen muß. Oder ob hiermit nicht ein viel wesentlicherer Aspekt der modernen Malerei zutage tritt, nämlich das Verhältnis des Malers zur Wirklichkeit, ein Problem, das die Basis jeglichen künstlerischen Schaffens überhaupt bildet. In dem Begriff »Wirklichkeit« ist für mich – hierüber will ich keinen Zweifel aufkommen lassen – auch das gesellschaftliche Sein eingeschlossen. Oder um ein anderes, vielleicht etwas spöttisches Beispiel des Malers Kees van Dongen zu nennen, der zu einer Dame der Pariser Gesellschaft, deren Porträt er gemalt hatte, sagte:»Gnädige Frau, gehen Sie jetzt nach

422

Hause und trachten Sie dem Porträt zu ähneln.« Oder Max Liebermann, der zu einer Frau, die mit ihrem Porträt unzufrieden war, weil
sie keine Ähnlichkeit erblicken konnte, sagte:»Jenädige, ik heb Ihnen
viel ähnlicher jemalt als Sie sind.« Ich glaube nicht, daß diese Anekdo-
ten eines Kommentars bedürfen.

Es wäre reizvoll, Heines Gedicht weiter zu analysieren, die Metaphern»Sehnsucht nach Tränen« und»nach spitzigen Dornenkronen«,
und ferner»errette mich vor der Höllenqual und vor der Macht des
Bösen« und dann die Worte des Papstes auf das flehentliche Bitten
Tannhäusers:»Der Teufel, den man Venus nennt«, und schließlich:
»Mit Deiner Seel mußt Du jetzt des Fleisches Lust bezahlen; Du bist
verworfen. Du bist verdammt zu ewigen Höllenqualen.«

Für einen gestandenen Psychoanalytiker wäre dieser Text, ein altes
christliches Motiv der Sünde enthaltend, eine analytische Fundgrube,
vor allem, wenn man Heines Leben auch dabei in Betracht zöge. Anscheinend geht das Gedicht aus wie das Hornberger Schießen. Tannhäuser kommt wieder heim in den Venusberg, legt sich müde ins Bett,
spricht kein Wort, Frau Venus kocht ihm ein Süppchen, wäscht seine
wunden Füße und fragt, wo er denn gewesen sei. Und Tannhäuser beginnt zu erzählen. Heines Leidenserfahrungen, im Tannhäuser anscheinend antizipiert und auf ironische Weise in seiner subjektiven Einzig-
artigkeit dargestellt, haben erst später in seinen Gedichten aus der
Matratzengruft ihren vollen künstlerischen Ausdruck und ihre All-
gemeingültigkeit erhalten.

Man könnte im *Tannhäuser* von einer masochistischen Grundein-
stellung sprechen und demgegenüber von einem sadistisch geprägten
Über-Ich, d. h. von einer überaus strengen Gewissensfunktion. Aber
mit diesen Erwägungen würden wir die Frage, welche Rolle der Psychoanalyse im Verhältnis zur Kunst zugedacht werden könnte, keiner Lösung näherbringen. Vielleicht sollte man eine Antwort, eine Lösung
auch nicht erwarten, und uns verbleibt nur die Anstrengung, das Umfeld der Fragestellung neu zu überprüfen, zu sondieren.

Wir wollen uns zuerst darüber verständigen, was mit»Psychoanalyse« eigentlich gemeint ist. In *Neue Folge der Vorlesungen zur Einführung
in die Psychoanalyse* heißt es:

Ich sagte Ihnen, die Psychoanalyse begann als eine Therapie, aber nicht als Therapie wollte ich sie Ihrem Interesse empfehlen, sondern wegen ihres Wahrheitsgehalts, wegen der Aufschlüsse, die sie uns gibt über das, was dem Menschen am nächsten geht, sein eigenes Wesen, und wegen der Zusammenhänge, die sie zwischen den verschiedensten seiner Betätigungen aufdeckt.

In einem anderen Zusammenhang habe ich diese Aussage von Freud kommentiert. Sie werden mir gestatten, daß ich mich jetzt selbst zitiere: »Wahrheitsgehalt, sein eigenes Wesen, Zusammenhänge aufdecken – das sind die Widersprüche und Risse, das ist das persönliche, das eigene ›Skandalon‹, das private und öffentliche Ärgernis, der Kern, den die Analyse enthüllt.«[5] Es fällt auf, daß Freud an einigen Stellen, wo er über die Deutungskunst spricht, das »Anstößige« erwähnt. Das Aufdecken, das Demaskieren des »Anstößigen« im persönlichen wie auch im gesellschaftlichen Bereich scheint mir die Perspektive zu sein, womit die Psychonalyse unser Zeitalter geprägt hat. Dies Demaskieren sollte uns auch vor einem Übermaß an psychoanalytischer Reflexion bewahren. In Anbetracht der Spekulationsfreudigkeit der Psychoanalytiker nebst dem ihrer Wissenschaft anhaftenden Begriffsfetischismus sollten wir uns auch in einer so erhabenen wie fragwürdigen Sache, wie es die Kunst ist, davor hüten, in die unauslotbaren Tiefen oder Höhen des Unbewußten hinab- oder hinaufzusteigen und darüber zu vergessen, daß das »›Es‹ in der psychoanalytischen Terminologie ein Abstraktum ist«, das nur wünschen kann.[6] Die von Freud ebenda beschriebene Ich-Spaltung macht es plausibel, daß die während der infantilen Entwicklung auftretenden Konflikte sich nicht zwischen Ich und Es abspielen, sondern als Konflikte im triebhaften Ich zu betrachten sind. Durch die frühen Programmierungen des Kleinkindes muß das »Es« in seinem direkten Verhältnis zur Außenwelt »Ich« genannt werden. Diesen und anderen Entwicklungen hat Joseph Sandler in seinem Vortrag an der Wiener Universität anläßlich von Freuds 50. Todestag Rechnung getragen, als er zusammenfassend sagte, daß die Kluft zwischen der Psychoanalyse und anderen Gebieten schmal geworden sei und die Grenzen sich verwischten; daß die Einheitlichkeit der psychoanalytischen Theorie unhaltbar geworden und einem Theoriepluralismus unter Beibehaltung einer kleinen Anzahl von Grundannahmen gewichen sei; und daß die Metapsychologie zugunsten einer praxisbezogenen klinischen Theorie in den Hintergrund getreten sei.

Lassen Sie uns annehmen, daß alle diese Erwägungen dazu beitragen, das Verhältnis Kunst – Psychoanalyse etwas weniger kompliziert zu machen, als wenn man es allein unter dem Aspekt gesund – krank betrachtete. Auch während meiner Ausbildung als Psychiater/Psychoanalytiker nach dem Zweiten Weltkrieg in Amsterdam war ich oft Ohrenzeuge von Gesprächen zwischen älteren, erfahrenen und angesehenen Analytikern über das Verhältnis von gesunden und kranken Anteilen bei Künstlern und in schöpferischen Prozessen. Sie sagten sehr kluge Sachen, die ich leider zum Teil wieder vergessen habe. In Erinnerung ist mir die Äußerung geblieben, daß eben der gesunde Anteil des betreffenden Künstlers den Ausschlag gegeben habe. Ich fand das damals schon eine etwas enge, mechanistische Auffassung, besonders wenn ich sie mit der oben erwähnten Rede verglich, die Musil 1927 anläßlich des Todes von Rilke hielt.

Mein eigener Ausbildungsanalytiker, Rik Le Coultre, übrigens ein ausgezeichneter Cellist, war Schüler von Karl Landauer, der frühzeitig aus Frankfurt am Main nach Amsterdam emigrierte und später in Bergen-Belsen elend umgekommen ist. In meiner eigenen Analyse hat nur die Kunst des Überlebens eine Rolle gespielt. Zwar hatte ich Le Coultre zu Anfang der Analyse meine in der Untertauchzeit geschriebene und 1947 im Querido-Verlag in Amsterdam veröffentlichte Novelle *Komödie in Moll* geschickt. In einem Brief bestätigte er dankend den Empfang und schrieb, er wolle in Hinsicht auf die Analyse nicht weiter auf die Publikation eingehen. Wir haben dann in der Analyse auch nie über Literatur im speziellen und im allgemeinen gesprochen. Nur einmal, als ich fröhlich auf der Couch über ein für mich damals aktuelles literarisches Thema vor mich hin phantasierte, gab Le Coultre eine kurze, treffende Deutung, die mich bestürzte und einen traurig-wütenden Affekt auslöste. Ich warf ihm vor, er habe mir ein schönes literarisches Thema vermasselt. Le Coultre, sonst sehr schweigsam, um mich nicht zu stören, sagte nur, etwas entschuldigend: »Ja, das geht manchmal so.«

Aber diese anekdotisch-autobiographischen Bemerkungen können schwerlich verhüllen, daß ich über »Kunst« wenig reflektiert habe, im Gegensatz zu meiner Beschäftigung mit der Psychoanalyse. Unlängst las ich in einem Interview mit Alfred Döblin, daß er die Frage, ob er je sein literarisches Werk psychiatrisch-psychoanalytisch reflektiert habe, rundweg verneinte. Das habe ihn nie interessiert, sagte er, einigermaßen erstaunt über die Frage.

Die Gründe zu Döblins Antwort müssen nicht nur in ihm selbst gesucht werden, sie liegen auch in der Psychoanalyse, in der Weise, wie sie sich in jenen Zeiten manifestierte und wie sie betrieben wurde. Und vor allem in ihrem Kunstverständnis. Obwohl man nicht leugnen kann, daß die Psychoanalyse viel zum Studium und Verständnis künstlerischer Phänomene beigetragen hat, liegt ihr größtes Verdienst meiner Meinung nach in ihrem Beitrag zur Veränderung des sozio-kulturellen Klimas eines Zeitalters, in ihrem Beitrag zur Moderne. Das heißt auch: in den Impulsen, die künstlerische Konzepte und Aktivitäten von ihr empfangen haben. Und hier entdecken wir das Paradoxon. In seiner zu Anfang völlig abschätzigen Bewertung des Surrealismus (André Breton) und seiner etwas milderen, spöttischen Beschreibung Salvador Dalís erweist sich bei Freud selbst eine Diskrepanz zwischen seinen psychologischen Errungenschaften und ihren Ausstrahlungen auf den Zeitgeist und auf die zeitgenössische Kunst und seinem eigenen Kunstverständnis. Hier liegt auch der Ansatzpunkt für eine weitere Analyse unseres Themas.

Freud war ein literarisch interessierter und belesener Mann. Er war empfänglich für das Schöne auch in der bildenden Kunst. Die Bildhaftigkeit seines Stiles genügt hohen literarischen Ansprüchen. Den Ausgangspunkt für seine wissenschaftliche Annäherung an die Kunst, d. h. an die Psychologie des Künstlers und des künstlerischen Schaffens, findet man bereits in der *Traumdeutung*, in den sprachlichen Formulierungen, womit er die Mechanismen der »Traumarbeit« beschreibt: Verdichtung, Verschiebung, Darstellung durch das Gegenteil, durch das Kleinste, Entstellung usw. Weitere Beiträge zu diesem Thema trifft man verstreut in seinen Werken an, z. B. in *Der Witz und seine Beziehung zum Unbewußten* (1905). In *Der Dichter und das Phantasieren*

426

(1908) stellt Freud das Phantasieren der Erwachsenen, bei dem die Anlehnung an reale Objekte aufgegeben wird, dem Spiel der Kinder gegenüber, in dem der Bezug auf die Wirklichkeit nicht aufgegeben wird. Die Kenntnis vom Wesen der Phantasie schöpft Freud aus den Mitteilungen von Patienten, den »Nervösen«, wie er sie nennt. Im Anschluß hieran heißt es:

> Man darf sagen, der Glückliche phantasiert nie, nur der Unbefriedigte. Unbefriedigte Wünsche sind die Triebkräfte der Phantasien, und jede einzelne Phantasie ist eine Wunscherfüllung, eine Korrektur der unbefriedigenden Wirklichkeit.

Mit Bezug auf die ars poetica schreibt Freud gegen Ende seiner Arbeit:

> Der Dichter [...] besticht uns durch rein formalen, d. h. ästhetischen Lustgewinn, den er uns in der Darstellung seiner Phantasien bietet. [...] eine *Verlockungsprämie* oder eine *Vorlust*.

Wir müssen fragen, ob diese Erörterungen über die Phantasien wirklich zu den Problemen der poetischen Effekte führen und sie verdeutlichen. Freuds Formulierung »ästhetischer Lustgewinn und Vorlust« nötigt uns, uns auch mit der »Ästhetik« kurz zu beschäftigen. In seinen Schriften *Die Zukunft einer Illusion* (1927) und *Das Unbehagen in der Kultur* (1930) versucht er ebenfalls die Phänomene »Kunst« und »Kultur« triebtheoretisch näher zu erfassen. Dort liest man:

> Die Kunst bietet, wie wir längst gelernt haben, Ersatzbefriedigungen für die ältesten, immer noch am tiefsten empfundenen Kulturverzichte und wirkt darum wie nichts anderes aussöhnend mit den für sie gebrachten Opfern.

An anderer Stelle heißt es, die Phantasiebefriedigungen bedingten den Genuß an den Werken der Kunst als Lustquelle und Lebenströstung. »Doch vermag die milde Narkose, in die uns die Kunst versetzt, nicht mehr als eine flüchtige Entrückung aus den Nöten des Lebens herbeizuführen« (hier wird man an Hölderlin erinnert, der sein Leben so gänzlich der Kunst widmen wollte), doch, fährt Freud fort, »ist sie nicht stark genug, um reales Elend vergessen zu machen.«

Auch in der »*Selbstdarstellung*« (1925) wählt er als Ausgangspunkt für seine psychoanalytische Annäherung an die Kunst und den Künstler den Übergang vom Lust- zum Realitätsprinzip, wobei das Reich der Phantasie als eine Schonung definiert wird, die einen Ersatz für Triebbefriedigung bereithält, auf die man im wirklichen Leben hatte verzichten müssen.

Lassen Sie mich hier noch einmal feststellen, daß Freud nie die Position aufgab, die er in seinem Vorwort zu dem Werk von Marie Bonaparte über Edgar Allan Poe eingenommen hatte: Durch die psychoanalytische Deutung versteht man erst, in welchem Maße der Charakter eines Werkes von der Eigenart seines Schöpfers abhängt und wie diese wiederum geformt wird durch den Niederschlag starker Gefühlsbindungen und schmerzlicher Erfahrungen in der frühen Jugend. Damit hat Freud erneut die Möglichkeiten – aber auch die Fallstricke – psychoanalytischer Deutung von literarischen Texten betont. Aber wichtiger erscheint mir der gleichzeitige Hinweis, daß psychoanalytische Untersuchungen nicht das Genie des Dichters erklären sollen. Freud wird nicht müde zu betonen, daß die psychoanalytische Forschung das »Geheimnis« (Freud gebraucht diesen Terminus in diesem Zusammenhang oft) der Kreativität nicht geklärt hat. Wie brennend gern Freud dieses Problem des Schöpferischen gelöst hätte, verrät u. a. der folgende Satz aus *Der Dichter und das Phantasieren* (1908):

> Sie vergessen nicht, daß die vielleicht befremdende Betonung der Kindheitserinnerung im Leben des Dichters sich in letzter Linie von der Voraussetzung ableitet, daß die Dichtung wie der Tagtraum Fortsetzung und Ersatz des einstigen kindlichen Spielens ist.

Sollte Freud den Faktor »Arbeit«, den Flaubert so treffend beschrieben hat, hier vergessen haben?

Einen Beitrag zu seiner These liefert u. a. K. R. Eisslers *Goethe*-Biographie (1963), wobei ich Sie auf die psychoanalytische Erhellung der Branconi-Episode im besonderen aufmerksam machen möchte. Der Rahmen für eine gewisse Annäherung an Goethes Gedicht *Über allen Gipfeln ist Ruh'* ist hiermit gewiß geschaffen. Goethe schrieb es auf dem Kickelhahn, einem Berg in der Nähe von Ilmenau. Schubert hat es später vertont. Eissler gibt eine tiefschürfende Analyse der äußeren Situation und inneren Verfassung, in der sich Goethe, er war damals 32 Jahre alt, befand: das Erlebnis des Sonnenuntergangs in der Einsamkeit, seine komplizierten Beziehungen zu verschiedenen Frauen, die in seinem Leben eine Rolle spielten, seiner Mutter, Schwester, seiner Freundin Charlotte von Stein, der schönen Marquise Maria Antonia von Branconi, der pietistischen Susanne von Klettenberg, der »schönen Seele« in Goethes Roman *Wilhelm Meister*. Auch Lavater wird eine bestimmte Rolle zugewiesen. Der Korb mit Proviant, den er in seinem Aussichtsturm auf dem Kickelhahn empfängt, ohne den Brief, den er sehnlichst erwartet – nichts wird vergessen. Auch Symbole spielen eine gewisse Rolle, z. B. das Symbol des zerfledderten Körpers, das durch die Funktion des Gedichts (Eissler meint hier wohl: durch den kreativen Prozeß) bewahrt bleibt. Und noch viel mehr wird zur Analyse herangetragen: Goethes masochistische Gemütsverfassung in dieser Periode, seine Regression auf das Stadium der oralen Befriedigung, indem er in Schlaf fällt und dann, plötzlich erwachend, das prächtige Gedicht auf die hölzerne Wand seiner Hütte schreibt. Wahrlich, eine sublime Analyse. Eissler meint, daß dem Gedicht und dem, was es zum Vorschein bringt, eine spezifische Persönlichkeitsproblematik zugrunde liegt. Das mag gewiß sein. Aber dies hat nichts mit literarischen Qualifikationen zu tun. Eisslers Text enthält einige prächtige Abschnitte jenseits der psychoanalytischen Termini. Aber unterschätzt er hierbei nicht den poetischen Akt?

Die Wirkung eines literarischen Textes, vornehmlich eines Gedichtes, liegt, soweit ich es verstehe, in seiner polyvalenten Rezeption und ist kaum gebunden an eine spezifische Persönlichkeitsstruktur, die seinem Verfasser zugeschrieben wird. »Der Bau, in dessen Zweigen Pallas Athenes Eule haust, hat verschlungene, tiefverborgene Wurzeln«, mit diesem Satz schließt William G. Niederland seine interessante Studie *Klinische Aspekte der Kreativität* (1967). Man sollte nicht vergessen, daß es auch bei Goethe lange Perioden gab, in denen er sich von der Literatur abkehrte. Rilke hatte Jahre geschwiegen, bevor er wieder die Sprache fand für seine *Duineser Elegien*, und Paul Celan klagte in seinen Briefen an Max Rychner über den Zustand seiner Unproduktivität.

Aber zurück zu unserem ursprünglichen Thema und Freud. In *Zur*

Einführung des Narzißmus mit seinen etwas mühseligen Erwägungen, »woher denn überhaupt die Nötigung für das Seelenleben rührt, über die Grenzen des Narzißmus hinauszugehen und die Libido auf Objekte zu setzen«, findet man kurz danach den Satz:

> Ein starker Egoismus schützt vor Erkrankung, aber endlich muß man beginnen zu lieben, um nicht krank zu werden und muß erkranken, wenn man infolge einer Versagung nicht lieben kann.

Anschließend zitiert Freud aus Heines Gedicht *Schöpfungslieder. Das Siebte*:

> Krankheit ist wohl der letzte Grund
> Des ganzen Schöpferdrangs gewesen;
> Erschaffend konnte ich genesen,
> Erschaffend wurde ich gesund.

Aber dieser Gedanke wird erst in den *Vorlesungen zur Einführung in die Psychoanalyse* weitergeführt: »Es gibt nämlich einen Rückweg von der Phantasie zur Realität, und das ist – die Kunst.« Warum dieser Gedankenstrich, könnte man fragen. Der Gedanke mündet in die bekannte These Freuds, daß der Künstler es nicht weit habe zur Neurose. Seine überstarken Triebbedürfnisse, »Ehre, Macht, Reichtum, Ruhm und die Liebe der Frauen [zu] erwerben«, bleiben unbefriedigt, da ihm die Mittel dazu fehlen. Darum wendet er sich von der Wirklichkeit ab und überläßt sich ganz der Wunschbildung seines Phantasielebens, von wo aus der Weg zur Neurose führen könne. »Es muß wohl vielerlei zusammentreffen, damit dies nicht der volle Ausgang seiner Entwicklung werde; es ist ja bekannt, wie häufig gerade Künstler an einer partiellen Hemmung ihrer Leistungsfähigkeit durch Neurosen leiden.« Und dann folgt ein nicht uninteressanter Satz: »Wahrscheinlich enthält ihre Konstitution eine starke Fähigkeit zur Sublimierung und eine gewisse Lockerheit der den Konflikt entscheidenden Verdrängungen.« Und weiter unten liest man, daß der Künstler das allzu Persönliche seiner Tagträume, »welches Fremde abstößt«, so zu bearbeiten weiß, daß ihre Herkunft aus den verpönten Quellen nicht so leicht zu entdecken ist. Und damit erreicht der Künstler durch seine Phantasie in der Wirklichkeit, was er zuvor nur in seiner Phantasie erreicht hat: »Ehre, Macht und Liebe der Frauen.« Ich werde darauf noch einmal zurückkommen.

Dennoch, so Freud, kann die Psychoanalyse nicht die Frage beantworten,

[w]oher dem Künstler die Fähigkeit zum Schaffen kommt [...] Der Künstler sucht zunächst Selbstbefreiung und führt dieselbe durch Mitteilung seines Werkes den anderen zu, die an den gleichen verhaltenen Wünschen leiden. Er stellt zwar seine persönlichsten Wunschphantasien als erfüllt dar, aber diese werden zum Kunstwerk erst durch eine Umformung, welche das Anstößige dieser Wünsche mildert, den persönlichen Ursprung derselben verhüllt, und durch die Einhaltung von Schönheitsregeln den anderen bestechende Lustprämien bietet. [...] Als konventionell zugestandene Realität, in welcher dank der künstlerischen Illusion Symbole und Ersatzbildungen wirkliche Affekte hervorrufen dürfen, bildet die Kunst ein Zwischenreich zwischen der wunschversagenden Realität und der wunscherfüllenden Phantasiewelt, ein Gebiet, auf dem die Allmachtsbestrebungen der primitiven Menschheit gleichsam in Kraft verblieben sind.

Hier erhebt sich für uns die Frage, inwieweit Winnicott mit seiner Formulierung »Berührung mit unserem primitiven Selbst« sich auf diese Stelle in Freuds Arbeit *Das Interesse an der Psychoanalyse* (1913) bezieht. Diese Frage ist interessant genug, um kurz bei ihr zu verweilen. Mit der Formulierung »Lockerheit der den Konflikt entscheidenden Verdrängung« – womit der Antagonismus Realitätsprinzip vs. Lustprinzip gemeint ist – führt Freud eine Hypothese in die Diskussion ein, die er an anderer Stelle bei der Besprechung der Regression, der Rückkehr zu psychischen Stadien der frühen Kindheit, näher erläutert. Diese Stadien sind geprägt von Archaismen, von Magie, Allmachtsbestrebungen, die im seelischen Gefüge des Erwachsenen die primitiven Selbstanteile bilden. Nietzsches Wort, daß sich im Traum »ein uraltes Stück Menschtum fortübt, zu dem man auf direktem Wege kaum mehr gelangen kann«, gilt auch für den Bereich der Phantasie, in dem ebenfalls eine Regression stattfindet. Freud erblickt in der Stärke dieser primitiven infantilen Reste das Maß der Krankheitsdisposition zu neurotischen und psychotischen Zustandsbildern. Daher die von ihm postulierte Affinität des Künstlers zur Neurose. Eissler und andere dagegen betonen die Ich-Stärke im kreativen Prozeß, die die vorangegangenen Regressionen wieder aufhebt und in den Dienst künstlerischer, d. h. auch rationaler Arbeit stellt. Ob Freud mit »Lockerheit der den Konflikt entscheidenden Verdrängung« diese Ich-Stärke bereits antizipiert hat? Gottfried Benn hat dieses Problem auf seine Weise formuliert: man solle das Material kalt halten. Bei Musil fand ich im »Nachwort zum Druck« seiner oben erwähnten Rilke-Rede den Ausspruch vom »beweglichen Gleichgewicht [...] für die Entfaltung der Schöpfung und die Möglichkeiten des Geistes«. Auch dieses Bild sprach mich an.

In der oben zitierten Passage von Freud verdienen die Formulierungen »Wunschphantasien«, »erfüllt«, »Kunstwert«, »Umformung«, »das Anstößige mildert«, »den persönlichen Ursprung [...] verhüllt«, »Einhaltung von Schönheitsregeln«, »Lustprämien« unsere Aufmerksamkeit. Goethe war Freud zufolge nicht nur ein großer Bekenner, sondern auch ein »sorgsamer Verhüller«. »Konventionell zugestandene Realität«, »Allmachtsbestrebungen der primitiven Menschheit«, »verpönte Quellen«, »Umformung, welche das Anstößige dieser Wünsche mildert«, »Schönheitsregeln« – alle diese Formulierungen erhalten in dem hiesigen Kontext eine neue überraschende Dimension, wenn man sie gegen den zwei Jahre vorher, 1911, in der Zeitschrift *Pan* veröffentlichten Aufsatz von Robert Musil *Das Unanständige und Kranke in der Kunst* hält. Lassen Sie mich hieraus nur den folgenden Satz zitieren:

> Kunst kann Unanständiges und Krankes wohl zum Ausgangspunkt wählen, aber das daraufhin Dargestellte – nicht die Darstellung, sondern das dargestellte Unanständige und Kranke – ist weder unanständig mehr noch krank [...] Das Bedürfnis nach (künstlerischer) Darstellung empfinden heißt, selbst wenn Begierden des wirklichen Lebens den Anstoß geben sollten – kein dringenderes Bedürfnis nach ihrer direkten Befriedigung haben [...] Man wird auch im wirklichen Leben anders denken lernen müssen, um Kunst zu verstehen.

Meine Damen und Herren, Musils Ausführungen – man könnte sie als einen Beitrag zur Frage der Sublimierung verstehen – machen die Sache für uns nicht leichter. Aber sie verdeutlichen, daß Freuds Kunstverständnis, seine Fixierung auf das Ästhetische, das Schöne, die konventionell zugestandene Realität wie eine Hypothek auf seiner Psychoanalyse lastet. Erhellend für seine Kunstauffassung ist das folgende Zitat aus der *Neuen Folge der Vorlesungen zur Einführung in die Psychoanalyse*:

Von den drei Mächten, die der Wissenschaft Grund und Boden bestreiten können, ist die Religion allein der ernsthafte Feind. Die Kunst ist fast immer harmlos und wohltätig, sie will nichts anderes sein als Illusion.

Einen solchen Satz kann nur jemand schreiben, der das Lebensglück, das kurze, nur im Genuß der Kunst, des Ästhetischen, des Schönen findet und weiter vielleicht nicht gestört sein will durch den Gedanken und die Erfahrung, daß auch das »Schmerzliche wahr sein« kann und auch »das Schöne vergänglich«.

Freuds Beschreibung der Kunst als harmlose und wohltätige Illusion, die auch noch die Rolle der Tröstung, der Versöhnung übernehmen kann, rechtfertigt die Frage, aus welchen Quellen sein Kunsterlebnis und sein Kunstverstand gespeist wurden, und welche Funktion man ihnen in seinem Leben zusprechen muß. Vielleicht begreifen wir dann auch besser eine Wissenschaft, die wie die Psychoanalyse das Zeitalter der Moderne mitgestaltet hat, in ihrem Verhältnis zur Kunst, deren moderne Erscheinungsformen der wissenschaftlichen Analyse verschlossen blieben, obwohl sie ihrer bedurften – einem Verhältnis, das kaum als »befriedet« bezeichnet werden kann. Denn die »Schönheit« ist schon lange kein Kriterium mehr im ästhetischen Bereich.

In Freuds Bewunderung für Goethe wird zugleich auch seine Faszination von einer ästhetisch-klassizistischen Auffassung der Künste, seine Empfänglichkeit für die sinnliche Vollendung eines Kunstwerks, aber auch für das Streben nach übersinnlicher Vollkommenheit sichtbar. (Man betrachte nur seine Bewunderung für den Moses von Michelangelo und für die Akropolis in Athen.) Für ihn verband sich das ästhetische Empfinden mit dem Erlebnis des »Schönen«, wie es ursprünglich durch den Philosophen Alexander Gottlieb Baumgarten (1714–1762) in seiner *Aesthetica* als »Theorie der sinnlichen Erkenntnis« formuliert und in seiner Nachfolge u. a. von Hegel und Schelling in Anlehnung an die Blütezeit der deutschen Literatur und Dichtung zu Zeiten von Herder und Goethe weiterentwickelt wurde.

Der Begriff »Kunst«, von »können« abgeleitet, meinte ursprünglich die allgemeine, vernunftgeleitete Fähigkeit, etwas zu machen, herzustellen: die Kunst der Tierzucht, die Feldherrenkunst oder Strategie, die Kunst des Schneiders und des Schuhmachers, das Handwerk, aber auch die ärztliche Kunst. Daneben gab es die »schönen Künste«. Diese »schönen Künste« hatte Freud gewiß im Sinn, wenn er von der »Deutungskunst« sprach. Der Genesis der Ästhetik liegen – nach Helmut Kuhn, einem Schüler von Richard Hönigswald (1875–1947) – zwei Zusammenfassungen zugrunde: Erstens der erst am Ende des 18. Jahrhunderts geläufig gewordene Begriff der »Kunst«, der bis auf den heutigen Tag noch den Sprachgebrauch bestimmt, als eine umfassende Bezeichnung für Dichtung, Musik, Bühnen-, Bild- und Baukunst. »Kunst« als nomen universale, als Bezeichnung einer Wesenheit, an der jede einzelne der »schönen Künste« teilhat und die ihre Erzeugnisse als Kunstwerke, ihre Hervorbringenden als Künstler abstempelt: sie ist ein Gedankenkind der deutschen Klassiker und ihrer Ästhetik. Aber zugleich auch geprägt durch das Zeitalter der Französischen Revolution, die dem »Charakter des Ästhetischen« zugleich den der Zweckfreiheit verlieh. Diesen Aspekt des Zweckfreien meinte vielleicht Freud, als er die Kunst als eine harmlose Illusion bezeichnete, die nicht – wie die Wissenschaft und die Religion – aktiv in gesellschaftliche Prozesse eingreife.

Die zweite Zusammenfassung bestand in der Stiftung einer engen, ausschließlichen Beziehung zwischen der als Wesenheit definierten Kunst und der Schönheit, die nun als allein »sinnliche Schönheit« erfaßt werden kann. Auch im folgenden stützen wir uns auf die Ausführungen von Helmut Kuhn. Der Begriff des Schönen, der Schönheit, steht seit Plato in enger Beziehung zu dem des Guten und zu dem des Seins. »Schönheit ist also der Glanz des Seins, an dem sich die Liebe im Sinne des platonisch verstandenen Eros entzündet.«

Es wird Ihnen, verehrte Anwesende, gewiß klar sein, daß diese Wesenheit des Ästhetisch-Schönen seit langem ihre Geltung verloren hat. Grund genug, um sie ins Gedächtnis zu rufen. Im Laufe der sozio-kulturellen Entwicklungen und Veränderungen des 19. und 20. Jahrhunderts wurden die philosophischen Ansprüche der Ästhetik zugunsten einer Psychologie der Kunst oder des ästhetischen Erlebnisses aufgegeben. An dieser Wendung hin zur Psychologie hatte Theodor Lipps einen gewichtigen Anteil. Seinen Namen findet man des öfteren in Freuds Schriften, so daß man seinen Einfluß schwerlich unterschätzen kann. Die niederländische Musikwissenschaftlerin Etty Mulder hat in ihrer kulturhistorischen Arbeit *Freud en Orpheus* mit dem Untertitel *Oder wie das Wort die Musik verdrängte* (1987) die Folgen dieser Entwicklung für die Vorrangstellung des Wortes, der Sprache näher entfaltet.

Es ist bekannt, daß die Musik in Freuds Leben eine untergeordnete Rolle spielte. Frau Lampl-de Groot erzählte, daß ihr Freud abriet, Klavier zu spielen, als sie bei ihm in Analyse ging. Sie sollte lieber alle Empfindungen in Worte fassen. Diese Einstellung erklärt seine Hinwendung zu literarischen Texten. Daß sein Interesse breit gefächert war und er auch neben der klassischen Tradition Gespür hatte für die Romantik, beweist seine grandiose Arbeit *Das Unheimliche* (1919), in der er sich auf Schelling und E. T. A. Hoffmann beruft.

Peter Gay spricht von der zwanghaften Haltung Freuds nicht nur in seiner Beschäftigung mit theoretischen psychologischen Fragen, sondern auch in seiner Faszination von Phänomenen der Kunst und der künstlerischen Persönlichkeit. Daß hierbei auch eine gewisse Ambivalenz gegenüber Künstlern eine Rolle spielte, wird in seinem Verhältnis zu Arthur Schnitzler deutlich, zu dessen 50. Geburtstag er schrieb: »Ich habe mich oft verwundert gefragt, woher Sie diese oder jene geheime Kenntnis nehmen, die ich mir durch mühselige Erforschung des Objektes erworben.«

Wir müssen uns fragen, ob nicht sein steter Hinweis auf das Ästhetisch-Schöne in der Kunst, das verbissene Festhalten an einer idealen Vorstellung vom Wesen der Kunst, die uns heute befremdet, auch zwanghafte Züge aufweist. Als ich mich anläßlich dieses Vortrags wiederum in Freuds Schriften vertiefte und auch im Register die Titel der wissenschaftlichen und literarischen Werke überflog, die er zitiert und zur Kenntnis genommen hatte, blieben zwei Namen in meinem Gedächtnis haften. Der eine ist Jens Peter Jacobsen, über dessen Roman *Niels Lyhne* Freud 1895 an Wilhelm Fließ schrieb: »Der Jacobsen (N. L.) hat mir tiefer ins Herz geschnitten als irgendeine Lektüre der letzten neun Jahre.« Man wird ihn vergeblich im Gesamtregister suchen. Anscheinend gehörte er nur in den Bereich von Freuds Privatlektüre. Der andere Name, den man ebenfalls vergebens in dem Gesamtregister suchen wird, ist der von Baudelaire. Freud kannte ihn anscheinend nicht, d. h. nicht *Les Fleurs du Mal* und darum auch nicht die Gedichte *Une Charogne* und *L'Albatros.*

Im allgemeinen zitiert oder erwähnt man nur die Bücher, die jemand wie Freud gelesen hat, und nicht die, die er nicht gelesen hat. Ich könnte mir vorstellen, daß diese meine Erwägungen ein gewisses Befremden bei Ihnen hervorrufen, vielleicht auch etwas Spott. Aber ich habe mir ernsthaft die Frage gestellt, ob Freuds Kunstverständnis wohl immer noch eine so feste Selbstsicherheit ausstrahlen würde, wenn er erst einmal den betörenden Hauch im Verwesungsprozeß von *Une Charogne* verspürt und die metaphorische Deutung der Künstlerexistenz in *L'Albatros* nachvollzogen hätte, diesem König der Lüfte, der ungeschickt, hilflos auf den Planken des Schiffes daherwatschelt, verspottet und verhöhnt von den Matrosen. So ließe sich sagen, daß eine auffallende Asynchronizität besteht zwischen Freuds wissenschaftlichen Errungenschaften und seinem Kunstverständnis und seiner Kunstdeutung.

In seinem *Gedenkwort* anläßlich des Todes von Lou Andreas-Salomé erwähnt Freud den großen, »im Leben ziemlich hilflosen Dichter« Rainer Maria Rilke, dem sie zugleich Muse und sorgsame Mutter gewesen war.

Zwar findet man den Namen von Karl Kraus mit zwei Stellenangaben im Gesamtregister. Aber die Namen anderer, die im deutschen Sprachraum unlösbar mit der »Moderne« verbunden sind, Stefan George, Richard Dehmel, Franz Kafka, Robert Musil, haben anscheinend weder in sein Werk noch in sein Bewußtsein Eingang gefunden. Der »große […] im Leben ziemlich hilflose Dichter Rainer Maria Rilke« schrieb 1912 die folgenden Zeilen seiner ersten *Duineser Elegie*:

436

Denn das Schöne ist nichts
als des Schrecklichen Anfang, den wir noch grade ertragen,
und wir bewundern es so, weil es gelassen verschmäht,
uns zu zerstören. Ein jeder Engel ist schrecklich.

Sollte es wiederum ein Dichter sein, dieses Mal ein im Leben ziemlich
hilfloser, dem es in einigen wenigen Zeilen eines Gedichtes gelang,
»diese oder jene gemeine Erkenntnis auszusprechen«, die sich Freud
erst durch mühselige Erforschung des Objektes in seiner Wissenschaft
aneignen konnte?

In seiner Schrift *Das Unbehagen in der Kultur* (1930) faßt er in einer
großartigen Übersicht alle die durch die Psychoanalyse erworbenen
Einsichten in die menschliche Natur und Gesellschaft zusammen und
zeichnet die Condition humaine in der Kultur. Es ist das Bild des Menschen mit seinen unbewußten primitiven Regungen und Bedürfnissen
von Lieben und Hassen, von Aggression und dem Wissen zur Beherrschung der Natur, von äußeren Zwängen und inneren Nötigungen
durch Angst und Schuld, von Opfern und Verzichten, die er sich auf-
erlegen und leisten muß, um Kultur zu gestalten und sein Überleben in
und mit der menschlichen Gesellschaft zu gewährleisten. Es ist ein Entwurf und zugleich das Démasqué eines Zeitalters, in dem die Inhuma-
nität, das Grauen, das Schreckliche ihren Platz haben. (Ich weiß aus
eigener Erfahrung, worüber ich spreche.)

Man könnte Freuds Ansichten über die Funktion der Kunst (Genuß,
ästhetische Lust, Vorlust, Verlockungsprämie, Tröstung, Versöhnung,
milde Narkose, harmlose Illusion usw.) als einen Abwehrmechanismus
deuten, der ihn zäh an seinem Kunstverständnis und seinem Schön-
heitsideal festhalten ließ, um ein Gegengewicht gegen seine eigene Condition humaine zu haben, in der die Frage gesund – krank stets aufs
neue gestellt wurde. Vielleicht bedeutete die Kunst für ihn wirklich
eine »milde Narkose«, die ihn auch bei der psychoanalytischen Betrachtung Shakespearescher Dramen nicht mehr verließ.

Bis zu einem gewissen Grad stimmt dies sicher auch. Aber diese
These ist schwer durchzuhalten, wenn man nicht zu gleicher Zeit ver-
steht, daß der Begriff »Schönheit« im Kontext der Gedankengänge
Freuds eine andere Ladung, einen anderen Beziehungs- und Orientie-

rungspunkt hat, als er ihn in den Zeiten von Rilke hatte, nämlich den der deutschen Klassik Goethescher Prägung.

Auch wenn man sich unterfinge – und ich versuche, diesen Vortrag über »Freud und die Kunst« kunstgerecht auf psychoanalytische Weise zu beschließen –, den Anfang der ersten *Duineser Elegie* (»Wer, wenn ich schriee, hörte mich denn aus der Engel / Ordungen? und gesetzt selbst, es nähme / einer mich plötzlich ans Herz: ich verginge von seinem / stärkeren Dasein«) als eine Erfahrung aus der frühen Kindheit des Knaben René Karl Wilhelm Johann Josef Maria Rilke zu deuten, und zwar im folgenden biographischen Bild: Seine Mutter, eine prätentiöse, nicht unbegabte Dame aus den gehobenen Ständen, erscheint rauschend, aufgedonnert am Abend im Schlafzimmer des Kindes, neigt sich, den Hut mit der großen Feder auf dem Haupt, zum obligatorischen Nachtkuß über das Bettchen, um sich dann, noch immer rauschend, am Arm ihres weniger prätentiösen und weniger gehobenen Gatten zu einem der vielen abendlichen Empfänge und Bälle zu begeben, die sie regelmäßig besucht. Das Kind, allein gelassen in seinem trostlosen Bett, weiß, daß es keinen Sinn hat zu rufen. Wie oft hat er schon geschrien – wer hörte ihn denn?

Ich persönlich halte diese Deutung der Erfahrung für durchaus annehmbar. Aber daß es Rilke, als er allein war in Duino und später ebenso allein in Muzot, gelang, diese frühe, »anstößige« Erfahrung ins Allgemeine zu heben und einen jeden, der diese Elegie liest, das eigene »Schreckliche« erleben zu lassen in einer Sprache, die Nähe und Abstand zugleich vermittelt, erlaubt nur eine Deutung: Rilke war nicht nur ein großer Künstler, seine Dichtung bedarf keines analytischen Kommentars, selbst wenn er richtig wäre ... Vielleicht.

(1997/1998)

Anmerkungen

1 D. W. Winnicott: Die primitive Gefühlsentwicklung des Kindes. In: Ders.: Von der Kinderheilkunde zur Psychoanalyse, München (1976)
2 Die Freudsche psychoanalytische Methode (1904), Jenseits des Lustprinzips (1922), Kurzer Abriß der Psychoanalyse (1924) u.ö.

3 Klaus Mann zum Gedächtnis (1950), s. hier S. 131–136
4 Aus Kris' Studie *Psychoanalytic Explorations in Art* (zit. nach P. Gay: Freud.
Eine Biographie für unsere Zeit, Frankfurt a. M. 1989)
5 Psychoanalyse und Judentum; s. hier S. 194
6 Rik Le Coultre: Splijting van het Ik als centraal neuroseverschijnsel. In: Ders.:
Psychoanalytische thema's en variaties, Deventer (1966), S. 105–122

Ein deutsches Doppelleben
Claus Leggewie untersucht, wie aus SS-Obersturmführer Schneider
der liberale Germanist Schwerte wurde

Der Untertitel über den Mann, »der aus der Geschichte lernen wollte«,
ist ein Programm. Denn das ist wohl die zentrale Frage dieses Buches:
ob es denn möglich ist, aus der Geschichte zu lernen.

Man hätte die deutschen Kriegsverbrecher nicht hängen, sie vielmehr in eine gutbewachte Klinik bringen und sie dort analysieren sollen, hat Alexander Mitscherlich nach dem Nürnberger Tribunal geäußert. So wollte er die jüngste deutsche Geschichte besser begreifen.
Aber wer das »Nicht schuldig« der in Nürnberg Angeklagten gehört
hat, mußte erkennen, daß das »Dritte Reich« auch nach der Niederlage
im Gerichtssaal fortbestand. Die in Nürnberg verurteilten Kriegsverbrecher scheinen mir kaum die geeigneten Personen für welche
Therapieformen auch immer. Der unverkennbare Ausdruck eines
schlechten Gewissens ist, ob jemand leidet unter dem Leid, das er anderen zugefügt hat. Dies ist die Voraussetzung für jedes Gespräch über
die Untaten der damaligen Machthaber. Ob einer der Kriegsverbrecher
nach Verbüßung einer langjährigen Strafe zur Einsicht seiner Schuld
gekommen wäre, ist fraglich. Und Mitscherlichs Forderung scheint
dann auch widersinnig, was er wußte. Und trotzdem …

Der Name Hans Ernst Schneider steht auf keiner Liste gesuchter
Kriegsverbrecher, weder auf der in Ludwigsburg noch auf den 12 000
Namen umfassenden diesbezüglichen Listen der früheren DDR.

Claus Leggewie, Jahrgang 1950, Professor für Politologie an der Universität Gießen, wollte wissen, wie aus dem 1909 in Königsberg geborenen Deutschen Hans Ernst Schneider ein Nazi geworden war; er wollte
zudem wissen, wie aus dem Nazi Hans Ernst Schneider nach 1945
Hans Schwerte, der liberale Akademiker wurde.

Es ist Leggewie hoch anzurechnen, daß er dieses halsbrecherische
Unternehmen nicht mit dem blasierten Hochmut eines Nachgebore-

nen (»Mir wäre das nicht passiert, ich wäre makellos geblieben.«) angegangen ist. Er wußte, daß das Problem der Verzahnung von individuellem und kollektivem Schicksal eines der schwierigsten Themen jeder psychologischen Bestandsaufnahme und auch jedweder Geschichtsforschung ist. Aus dieser Haltung führte er seine kritischen Gespräche mit Schwerte. Und Kritik bedeutet: Analyse und Reflexion, nicht nachträgliche Pseudo-Abrechnung.

Leggewie suchte nach keiner Entschuldigung, weder für Schneiders Anteil an den Untaten der Organisation, deren Uniform er als Obersturmführer der SS trug (formal zugeordnet dem Persönlichen Stab Himmlers), noch für das verbrecherische Gedankengut, das er als Leiter einer Abteilung des ominösen »Ahnenerbes«, als »Weltanschauungsfachmann« der »germanischen Wissenschaft« in die Niederlande trug. (Ich habe die deutsche Besetzung als unmittelbar Bedrohter in den Niederlanden überlebt. Ich weiß, wovon ich rede.)

Schneider/Schwerte ist nur drei Tage jünger als ich. Wir sind Altersgenossen, Überlebende, Zeugen eines Zeitgeschehens, das uns trennte, während es uns zugleich in ungleicher Gegnerschaft umschloß.

Ich erinnere mich an die Zeit nach dem verlorenen Ersten Weltkrieg, als ich noch in Deutschland lebte und in Berlin studierte, an die politischen Wirren und Straßenkämpfe in der Weimarer Republik, an die »Dolchstoßlegende«, an die vielfältigen, aggressiven nationalistischen Losungen und Parteien. Ich habe erfahren, wie Mitschüler, Lehrer, selbst Freunde, denen ich viel verdanke, in diesem entscheidenden Jahr demselben verführerischen Einfluß erlagen wie Hans Ernst Schneider. Seitdem hat mich, den Überlebenden der Shoah, die Frage nie verlassen, wie man damals so unkritisch nationalistisches Ideengut übernahm, ohne sich der Risiken bewußt zu sein, die der einzelne, aber auch die Nation einging.

Hans Schwerte ist ein Zeitzeuge. Hat er sich – wie man gesagt hat – selbst »entnazifiziert«? Können *Faust und das Faustische* oder etwa seine Publikation über *Die Ästhetik des Widerstands* von Peter Weiss als internalisierte Ideologiekritik gelesen werden? Bedeuten der Namenswechsel, das allmähliche Hineinwachsen in eine Laufbahn als angesehener Germanist, als liberaler Hochschullehrer und Rektor der TH in Aachen (gerade während der 68er Studentenbewegung) und vor allem seine aktive Teilnahme an den »Nürnberger Gesprächen« (1965) über »Ursachen der Verfolgung und Vernichtung der Juden« eine grundsätzliche Wandlung, eine wirklich neue Identität? Dem versucht Leggewie an Hand der ihm zur Verfügung stehenden Informationen nachzuspüren. Er hält es für durchaus plausibel. Haben sich nicht auch, so fragt er, die beiden deutschen Staaten nach dem Krieg einen neuen Namen zugelegt und eine neue Identität erworben?

Leggewies Buch zeigt auch, daß erst Hans Schwerte Auskunft geben konnte über Hans Ernst Schneider und: daß man Nazi gewesen sein kann und das nicht immer bleiben muß. Dann ist da die Frage, ob Schwerte über »Verbindungen« aus alten Zeiten verfügte und welche alten Nazis und welche neuen Demokraten womöglich etwas »wußten«. An diesem Thema wäre das Erscheinen dieses faszinierenden Buches beinahe gescheitert. Um verzögernden Prozessen zu entgehen, entschloß sich der Verlag, das letzte, das Aachener Universitätsmilieu betreffende Kapitel zu streichen. Ich frage mich, wie bedeutend das alles eigentlich sein kann. Es wäre schade, wenn aus Gründen, die der Beurteilung des Rezensenten verschlossen sind, das Problem auf Nebenkriegsschauplätze abgetrieben würde. Moralische Entrüstung und nachträgliche Abrechnung, die sich mit paranoiden Attitüden mischen, werden diesem Fall nicht gerecht. Sie liefern keinen Beitrag zur kritischen Aufarbeitung einer Geschichtsperiode und eines Lebens, das die deutsche Geschichte dieses Jahrhunderts spiegelt.

Juristisch scheint dieser Fall geklärt zu sein. Das strafrechtliche Verfahren wurde eingestellt. Daß man Hans Schwerte die Pension – erworben nach 1945, nicht davor – gestrichen hat, scheint beamtenrechtlich in Ordnung: Man hatte einen Vertrag geschlossen mit einem Mann namens Schwerte, den es als solchen nicht gab. Menschlich ist das, einem alten Mann gegenüber, dessen Verdienste im akademischen Bereich unbestritten sind, jedoch einigermaßen bedenklich.

Bereits bevor Schwertes Identität offiziell aufgedeckt wurde, sei, so zitiert *Der Spiegel*, etwas außerhalb der Legalität, Leggewies offenbar gestrichenes Kapitel, ein Foto Schneiders in SS-Uniform in Aachen von Hand zu Hand gegangen. Ein Kollege habe es, »kichernd«, einem anderen während eines Essens gezeigt. Dies »Kichern«, ob diese Information nun authentisch ist oder nicht, fügt dem Fall »Schneider/ Schwerte« und damit der deutschen Nachkriegsgeschichte eine neue Note hinzu: das Groteske, das Monströs-Grausige, das zugleich lächerlich erscheint, als befänden wir uns in einem Stück von Pirandello oder einem Film von Charlie Chaplin. Das aber darf nicht vergessen machen, daß es sich hier nicht nur um ein Schelmenstück, sondern auch um eine menschliche Tragödie handelt. Claus Leggewie hat das begriffen und – bei aller Kritik – seinen Respekt nicht versagt.

(1998)

Zerstörung und Erinnerung

Jiskor Lübeck

Man hat mich eingeladen, heute am 9. November 1998, in diesem Haus, der wiederaufgebauten Synagoge der alten Hansestadt Lübeck, anläßlich der Wiederkehr des 60. Gedenktages, an dem in Deutschland Synagogen angezündet wurden und brannten, zu Ihnen zu sprechen. Die Feuer, weit sichtbar über die Grenzen, sind Meilensteine, mal schwächere, mal stärkere Signale eines Brandes, der einst, Jahrhunderte zuvor nicht nur in deutschen Landen, gelegt war. Die meisten unserer Feiertage, mit Ausnahme des Jom Kippur, des Versöhnungstages, sind auch Gedenktage. Ihnen eignet die besondere Verbindung von religiösen und historischen Faktoren. Man kann sie nicht voneinander trennen, ohne die Geschichte und die Existenz der jüdischen Minderheit in der Diaspora seit der Zerstörung des Tempels im Jahr 71 durch die Römer unter Titus in Jerusalem mißzuverstehen. Ein solcher Gedenktag ist der 9. November nicht.

Ohne Zögern habe ich diese Einladung angenommen in der Gewißheit meiner Erinnerungen an die Zeiten, da ich noch mit meinen Eltern und meiner Schwester in Deutschland lebte, bis ich im Herbst 1936 in die benachbarten Niederlande auswich. Dort überlebte ich und blieb in der Hoffnung auf die Zeiten danach bis auf den heutigen Tag und diese Stunde.

Des öfteren wurden in der Geschichte der Juden in der Diaspora Synagogen angezündet und die Gläubigen, die in ihnen Schutz suchten, mitverbrannt, wenn sie nicht vorher auf andere Weise umgebracht worden waren. Die Geschichte der Verfolgung der jüdischen Minderheit in der Galuth ist zugleich die wenig respektable Geschichte ihrer Verfolger. Die *Geschichte der Juden in Deutschland* des jüdischen Historikers Ismar Elbogen (1935) und die unter dem Titel *Die Juden als Minderheit in der deutschen Geschichte* gesammelte Ringvorlesung des historischen Seminars der Universität Freiburg (1980/1981), herausgegeben von Bernd Martin und Ernst Schulin, berichten von Judengemetzeln und brennenden Synagogen zu Beginn der Kreuzzüge und in den folgenden Jahrhunderten. In dem endlosen Streit zwischen weltlichen und kirchlichen Machtstrukturen empfingen die jüdischen Gemeinden zwar mitunter Hilfe und Schutz von dem jeweilig amtierenden Kaiser, von Städten, Bischöfen. Aber die zwiespältige Haltung der weltlichen Machthaber, wie auch die widersprüchlichen, durch Vorurteile präformierten Attitüden der Kirchen mit ihrem ambivalenten Verhalten zur Existenz der jüdischen Minderheiten schufen eine tiefe Rechtsunsicherheit, die auch für die folgenden Jahrhunderte ihre Auswirkung hatte.

Die Synagoge war das Symbol, gegen das der Haß sich richtete. Noch in diesen Tagen erreichten mich Berichte aus Ihrem Lande. Vor etwa 14 Tagen sah und hörte ich auf einem der Fernsehkanäle die Schuldbekenntnisse protestantischer Kirchen aus dem Raum um Dresden über ihr Schweigen und ihr Abseitsstehen, als 1938 mit dem Anzünden der Synagogen die alten, sattsam bekannten Signale zur dann einsetzenden Judenverfolgung gegeben waren.

Ich erinnere mich noch genau an den Tag des Geschehens, an die Berichte des holländischen Radios, aber noch mehr an die unmißverständlich gesalzenen Kommentare der sonst moderaten holländischen Zeitungen auf die Ereignisse im Nachbarland.

Ich erinnere mich an die Telephongespräche mit meinen Eltern, die damals noch in Berlin lebten, bis es mir gelang, sie zu uns nach Holland zu holen. Daß es schließlich nicht gelang, sie zu retten, auch das ist in diesen Gedenktag eingegangen.

Aber ich erinnere mich auch an meine nicht-jüdischen Freunde damals in Berlin, an den unvergeßlichen Oskar Loerke, Lektor meines Verlages, und an seine Worte, die er mir sagte:»Machen Sie, daß Sie rauskommen, ich befürchte das Schlimmste!« Auch andere wie mein Freund Karl Friedrich Weiß, Atomphysiker und Mitglied der Bekennenden Kirche, gaben ihren Befürchtungen für die Zukunft, nicht nur der meinen, sondern auch der Ihren, der Nation, Ausdruck und bestärkten meinen Entschluß, Deutschland zu verlassen, und halfen mir dabei. Nicht zuletzt gedenke ich meiner verstorbenen Frau Gertrud Manz.

Aber nicht über die Geschehnisse jenes 9. November 1938 will ich zu Ihnen sprechen – nicht über die Zerstörungen und die Ereignisse davor und danach. Diese sind in ihrer Allgemeinheit und Aktualität bekannt. Ich stehe hier wieder in einer Synagoge in Deutschland. Dieser Umstand versetzt mich in Zeiten zurück, da ich als Kind mit meinen Eltern und meiner Schwester in einem kleinen Städtchen im Oderbruch lebte und wir dort unsere Feiertage in der Synagoge und im häuslichen Kreis begingen. Es sind wehmütige Erinnerungen, gewiß, sie tun weh wie so manche Erinnerungen, die später folgten. Es erfordert Mut, sie aufs neue aufzurufen.

Davon will ich Ihnen in Kürze berichten, von dem unscheinbaren Synagogengebäude, denn wir waren nur eine kleine Landgemeinde, und was ich darin erfahren habe von der Wärme, der Vertraulichkeit und Herzlichkeit, aber auch von der Bezauberung und Besonderheit eines althergebrachten Lebensstils, wie er sich dem Kind in den synagogalen Riten, den häuslichen Gebräuchen, den Segenssprüchen über Wein und Brot, jedoch am überzeugendsten in der Entzifferung der hebräischen Lettern darbot. In diese Buchstaben wurde eine Sprache eingeschrieben, deren Laute im Umgang des alltäglichen Lebens nicht gehört wurden. Daß es so etwas gab, wovon meine Mutter sagte, daß es eine heilige Sprache und Schrift sei, bleibt unvergessen. Der Einbruch des Religiösen in die Welt des Kindes läßt sich mit dem Begriff »heilig« nur unscharf beschreiben, aber auf jeden Fall war er gebunden an das Haus, in dem diese Schrift und Sprache neben der deutschen Sprache auch zuhause war.

Vom oberen Teil des Städtchens führte von der Hauptstraße eine kurze Seitengasse zu einer breiten, ausgetretenen, holprigen steinernen Treppe, »Judentreppe« genannt, die an beiden Seiten von eisernen Geländern flankiert wurde. Sie begann am obersten, rechten Teil des Synagogengartens und lief, von diesem durch einen hölzernen Zaun getrennt, bis hinunter in die mit Kopfsteinen gepflasterte Fischerstraße, wo sich der Eingang zur Synagoge befand. Nur der Name »Judentreppe« kündete von der Nähe einer religiösen Stätte.

Über diese steinerne Treppe gingen meine Eltern und wir Kinder und andere jüdische Familien mit ihren Kindern, um unten das schwer zu gehende Pflaster zu meiden, zuweilen von den Umwohnenden freundlich gegrüßt. Man kannte uns und wir kannten die, die uns grüßten. Auch das gab es einmal! Zu den hohen Festtagen waren unsere Mütter und auch wir Kinder festlich gekleidet. Die Männer trugen schwarze Zylinderhüte, wodurch so mancher, wie mein Vater, größer und feierlicher erschien, als es seiner Gestalt und innerem Zweifel entsprach.

Unsere Synagoge lag, etwas abseits, im unteren, kargeren Teil des Städtchens, in dem keine Villen, Geschäfte oder andere ansehnliche Gebäude standen, sondern nur einfache schmale Mietshäuser, ein Magazin, ein Schuppen. Hier speicherten einige größere Geschäfte an den Haupt- und Durchgangsstraßen ihre Vorräte und Materialien. Die Synagoge war gewiß ein etwas größeres und auffälligeres Gebäude als die benachbarten, aber ohne jede äußerliche Verzierung, wenn man es mit den Gotteshäusern anderer Religionsgemeinschaften im Städtchen verglich. Auch der innere Gebetsraum war nicht groß, außerhalb seiner Bestimmung ohne Kerzenlicht unansehnlich, ohne Putz, schmucklos und kahl, mit einfachen Glasfenstern, mit den steifen Reihen von hölzernen Bänken und aufklappbaren Pulten, Aufbewahrplätzen für Gebetbücher und Gebetsmäntel.

Auch der mit Gold bestickte Vorhang des erhöhten Thoraschreines hinter dem Altar vermochte diesen Eindruck nicht zu mildern. Nur die Anwesenheit von Menschen brachte die kühle Monotonie des Raumes zum Schwinden. Wenn zu den Festtagen die Juden aus den umliegenden Dörfern aus dem Oderbruch und von den märkischen Höhen aus Werneuchen und Tiefensee sich einfanden, begann der festlich erleuchtete Raum zu leben und zu glühen. Hier saßen oder standen die Männer in ihren Gebetsmänteln, beteten, bewegten ihre Körper hin und her, beugten sich tief oder unterhielten sich flüsternd, während der Vorbeter seines Amtes waltete.

Was man mit diesen Pultdeckeln zum Beispiel alles anstellen konnte, erfuhr ich erst viel später in den siebziger und achtziger Jahren nach dem Zweiten Weltkrieg in Budapest, wo man zu Purim die Pultdeckel in einem Heidenspektakel klappern ließ als Zeichen an »kodesch bocher«, wie man etwas salopp in gewissen jüdisch-holländischen Kreisen sagt, das ist »kadosch baruch hu«, der Heilige, gelobt sei ER – als

Zeichen, sage ich, daß man überlebt hat, nicht viele eben, aber was soll's, die überlebt haben. Nicht als Dank oder Gelöbnis. Denn ein gläubiger Jude rechtet nicht mit den Menschen, den andern, sondern rechtet nur, wie Rachel einst, und, wie einer der verzweifelten jüdischen Kriegswaisen in den Niederlanden mir aufschrieb, mit dem Einen, der alles hört, wenn man zu ihm schreit. Aber ER antwortet nicht.

Unten von der Eingangshalle gelangte man über eine knarrende Holztreppe hinauf in das obere Stockwerk, wo eine Art Balkon in einem rechten Winkel entlang an zwei Wänden lief und den Innenraum in halber Höhe in ein Oben und Unten teilte. Hier, auf dem zweireihigen Balkon saßen die Frauen. So verlangte es die Tradition. Dem Kind jedoch bot diese Trennung neue Möglichkeiten zum phantasievollen Kontakt. Der Blick von oben nach unten und umgekehrt war offen und ungestört, man sah einander, nickte sich zu und verständigte sich auf diskrete Weise. Ich konnte von unten meine Mutter, meine Schwester und die anderen Frauen sehen, wenn sie standen oder sich über die Brüstung beugten und hinab auf uns schauten. Oder wir Kinder gingen hinauf, um sie zu besuchen. Meine Mutter hatte in ihrem Elternhaus eine gediegene religiöse Erziehung erhalten. Ich glaube, daß sie zutiefst empfand, wenn sie, versunken in stille Gebete, ihre Augen schloß. Sie war, im hergebrachten Sinn des Wortes, eine »glaubensstarke Frau«. Sie konnte die hebräischen Texte auswendig hersagen.

Ich sah, wenn meine Mutter an einem Fasttage, den sie treu auf ihrem Platz verbracht hatte, sich vor dem Schlußgebet erhob, uns verschmitzt zunickte und den Tempel verließ. Auch dies ein sich jedes Jahr wiederholendes Ritual. Wir Kinder fasteten zunächst einen halben Tag, bald rechneten wir es uns zur Ehre an, es den Erwachsenen gleichzutun. Wir wußten, daß der frühe Aufbruch der Mutter das Zeichen für die hungrigen Heimkehrer war, daß, wie jedes Jahr, ein festlich und reichlich gedeckter Tisch sie erwartete.

Unsere Synagogen hatten von jeher nicht nur eine religiöse Bestimmung im Leben der Gemeinden, sondern auch in der Welt. Sie waren oder sind ein Lehrhaus, ein Versammlungsplatz, ein »beth hamidrasch« der Gemeinden, wo ihre Mitglieder sich auch zu anderen Zusammenkünften einfanden, ein sozialer Treffpunkt, Ort der Zusammengehörigkeit, der Geselligkeit, des Ernstes, der Diskussion. Wenn während der religiösen Andacht im flüsternden, abseitigen Gespräch von Mann zu Mann, von Frau zu Frau, es zu bunt wurde, gebot der ehrwürdige Vorsteher, der alte Herr Putzig, von seinem Platz am ersten Pult durch ein schneidendes »PSST!« diesem Treiben ein Ende. Aber auch anderswo muß es so zugegangen sein. Hier, in einer sephardischen Synagoge in den Niederlanden, muß Spinoza die Idee des Pantheismus zuerst gedacht haben, von der Allgegenwart des Göttlichen selbst noch im banalsten Outfit.

Ungefähr seit meinem 6. Jahr war ich unten in der Synagoge, wo die Männer ihr Reich hatten, an der Seite meines Vaters und sah mit Bewunderung – oder war es doch mehr Verwunderung? –, wie er mit dem Zeigefinger seiner rechten Hand dem Text des Gebetes, den der Vorbeter vortrug, zu folgen trachtete und dabei, wie es die übrigen Männer taten, leise eine Melodie mitsummte, die ich bisher noch nie gehört hatte. Er war kein großer Sänger. Aber er konnte gut pfeifen. Als Soldat im Ersten Weltkrieg wurde er bei Nachtmärschen in Frankreich zusammen mit anderen ausgewählt, pfeifend an der Spitze der Truppe zu marschieren.

Ja, mein Vater war Soldat im Ersten Weltkrieg. Er wurde sogar mit dem »Eisernen Kreuz« dekoriert. Der Dank des Vaterlandes ist euch gewiß! Die »Jüdische Rundschau – Allgemeine jüdische Zeitung, Berlin, den 7. August 1914–15. AB 5674« veröffentlichte damals folgenden Aufruf: »Deutsche Juden! In dieser Stunde gilt es auch für uns zu zeigen, daß wir stammesstolzen Juden zu den besten Söhnen des Vaterlandes gehören. Der Adel unserer vieltausendjährigen Geschichte verpflichtet. Wir erwarten, daß unsere Jugend freudigen Herzens freiwillig zu den Fahnen eilt.

Deutsche Juden! Wir rufen euch auf, im Sinne alten jüdischen Pflichtgebotes mit ganzem Herzen, ganzer Seele und ganzem Vermögen Euch dem Dienste des Vaterlandes hinzugeben.« Unterzeichnet: »Der Reichsverein der deutschen Juden. Zionistische Vereinigung für Deutschland.« Und: »Wir schließen uns dem Aufruf des Reichsvereins der Deutschen Juden und der Zionistischen Vereinigung für Deutschland an. Wir vertrauen, daß unsere Jugend durch die Pflege jüdischen Bewußtseins und körperlicher Ausbildung in idealer Gesinnung und Mannesmut erstarkt, sich in allen kriegerischen Tugenden auszeichnen wird. Das Präsidium des Kartells jüdischer Verbindungen. Der Ausschuß der jüdischen Turnerschaft.« Vielleicht ist es sinnvoll, auch dieser Texte zu gedenken.

Außerdem enthielt die Titelseite der Zeitung noch einen redaktionellen Kommentar mit der Überschrift *Feinde ringsum!* Er strotzt von Gehässigkeiten gegen das »Moskowitertum«, gegen »alte europäische Kulturstaaten [...], die sich mit den Erbfeinden aller Gesittung und aller Freiheit verbinden, um das ›Land der Kultur‹ zu vernichten«, und »wir kämpfen für die Wahrheit, wir kämpfen für das Recht, wir kämpfen für die Freiheit menschlicher Kultur«.

Im Tempel jedoch konnte mein Vater seine Künste nicht beweisen. Mir wurden in der Folgezeit die Gesänge vertrauter, und ich sang sie »aus voller Kehl und frischer Brust« mit, wie in späteren Jahren, als Stütze der zweiten Stimme im Schulchor, die Lieder mit ihren völlig anderen Inhalten und Tonarten unter dem unvergessenen Musiklehrer Edgar Rabsch. Sein Name soll auch hier genannt werden, er ist einer der fünf Männer, dessentwegen Ninive nicht verwüstet wurde. Rabsch war auch Organist an der protestantischen Nicolai-Kirche oberhalb des Marktplatzes, gegenüber unserer Wohnung. Wir sahen ihn jeden Sonntagmorgen, wenn er, eilenden Schrittes, unter dem Arm die verschlissene Tasche mit Noten geklemmt, sich mit seinem Gefolge zum Dienst in die Kirche begab. Oft holte er mich an Wochentagen, um den Luftbalgen zu treten, wenn er Orgel spielte. Eines Tages erschien er im Geschäft meines Vaters. Er fragte meine Eltern, ob sie gegen meine Mitwirkung an einem Chorwerk unter seiner Leitung während des Dienstes in der Kirche etwas einzuwenden hätten. Anderthalb Jahre zuvor war ich »Bar Mitzwah« geworden, d. h. aufgenommen in die religiöse Gemeinschaft der volljährigen jüdischen Männer.

Ich konnte den Minjam komplettieren. Das heißt, wenn nur neun Männer zum Gottesdienst anwesend waren und ich kam hinzu, war ich der Zehnte. Und der Gottesdienst konnte beginnen, aus der Thora vorgelesen werden. Ich war sehr stolz, der zehnte Mann zu sein. Meine Eltern stimmten zu. Sie hatten nichts gegen meine Mitwirkung ein-

450

zuwenden. Sie wußten, daß ein Mensch mit einer festgefügten Identität mehrere Loyalitäten haben kann, ohne Verrat zu begehen. Und ich lernte, daß der Begriff »heilig« etwas mit Respekt vor dem »anderen« zu tun hatte.

Aber nicht nur im Tempel, auch im häuslichen Kreis waren es Festtage. An den »Jamin Noraim«, den hohen Festtagen, hatten mein Vater und die anderen jüdischen Geschäftsleute ihre Läden geschlossen. Man ging hinaus im Brunnental spazieren, besuchte einander, wir Kinder hatten offiziell schulfrei, oft zum Neid der anderen Schulpflichtigen. Es war, als halte auch unser Städtchen mit uns seinen Ruhetag, als bestünde ein stilles Einvernehmen zwischen den Bürgern.

Daß sich die Verhältnisse später anders, gewalttätiger anließen, straft die im nachhinein offenbar gewordene Wahrheit der hier dargestellten Idylle nicht Lügen. So erfuhr sie das Kind. Älter geworden erkannte es, daß die brüchige Wahrheit nur die halbe Wahrheit war.

Ich erinnere mich – es muß im letzten Kriegsjahr 1918/19 gewesen sein –, als plötzlich zwei russische Soldaten während der Feiertage im Tempel erschienen. Sie suchten auf der hintersten Bank ihre Plätze. Es waren zwei hochgewachsene, schlanke, noch junge Männer. In ihrer Uniform sahen sie gut aus. Es waren Gefangene, natürlich, aber niemand wußte, wo sie eigentlich herkamen. Der Vorsteher gab ihnen zwei Gebetbücher. Sie nahmen am Gottesdienst teil. Am Ende der Andacht, wenn sich alle Anwesenden ein »Gut Jontef« wünschen, das heißt einen guten Feiertag, und sich die Hände schüttelten, reichte man auch ihnen die Hand. Es waren Gefangene und Juden.

Sie blieben verlegen in ihren Bänken stehen. Plötzlich waren sie wieder verschwunden. Ein paar Tage später sah ich sie hinter dem Rathaus auf einer Bank vor einem kleinen Gebäude sitzen, das einmal als Gefängnis eingerichtet war. Sie lasen. Ich wagte nicht, mich ihnen zu nähern. Es waren schließlich gefangengenommene Feinde. Nach einer Woche sah man sie nicht mehr.

Am »Jom Kippur«, am Versöhnungstag, einem der »Jamin Noraim«, der hohen Festtage, wurden wir Kinder kurz vor dem Ende des Morgengebetes von unseren Eltern angehalten, den inneren Raum der Synagoge zu verlassen. Plötzlich veränderte im Raum, auf eine geheimnisvolle Weise, sich die Haltung der Erwachsenen. Als ob wir Kinder auf einmal nicht mehr dazugehörten, hieß man uns auf eine umsorgte, liebevolle Weise gehen. Im Laufe der Jahre lernten wir von selbst, wann der Zeitpunkt gekommen war, in den hinter der Synagoge höher gelegenen terrassenförmig angelegten, kleinen Garten hinaufzusteigen und zu warten, bis man uns wieder einließ, die Knaben unten zu den auf harten Bänken sitzenden Männern, die Mädchen oben auf die Galerie zu den Frauen.

Wir Kinder kamen als strahlende Helden zurück zu unsren Eltern. Sie empfingen uns, als kämen wir wohlbehalten von einer großen Reise zurück. Sie liebkosten uns und wir waren froh, wieder bei ihnen zu sein. Viele Frauen hatten geweint. Wir wußten nicht warum. Jedes Jahr vollzog sich das gleiche Spiel von Trennung und Wiedersehen. Natürlich versuchten wir Kinder von außen, Laute von drinnen zu erforschen. Aber wir hörten nur den verhaltenen Gesang des Vorbeters und die gedämpfte Antwort der Gemeinde. Es blieb ein Geheimnis.

Bis ich, dreizehnjährig, den Raum nicht mehr zu verlassen brauchte. Meine Eltern und die anderen Erwachsenen gedachten ihrer Toten, ihrer Eltern und aller derer, die ihnen nahegestanden hatten. Wir Kinder hatten ja noch unsere Eltern, was sollten wir mit ihrem Gedenken der Toten anfangen? Aber heute erscheinen mir diese Erklärungen nicht mehr hinreichend, nach meinen Erfahrungen mit den jüdischen Kindern in den Niederlanden, die durch Verfolgungen Waisen geworden waren.

Auch die Synagoge, in der ich zuhause war, wurde in Tagen des Pogroms zerstört. Sie ist nie wieder aufgebaut worden, es gab ja auch keine Juden mehr in dem Städtchen. Als vor einigen Wochen oben am Anfang der »Judentreppe« ein Gedenkstein gesetzt wurde, lud man mich ein. Ich war der einzige Jude in der Stadt und bei dieser schlichten Feier. Vor Jahren hatte man mich zum Ehrenbürger ernannt. Eine ausgestreckte Hand kann ich nicht verweigern. Schien es lange Zeit, daß die Brände nur den Juden als Opfer galten, heute weiß man, daß schließlich auch die Brandstifter, diejenigen, die den Brand gelegt hatten, Opfer ihrer eigenen Taten sind. Jedes von einer Obrigkeit angezettelte Pogrom ist ein urtümliches Harakiri, lautet ein Satz des schweizerischen Dichters und Kritikers Max Rychner. Er enthält eine Wahrheit, die auch das heutige Gedenken durchzieht. Bereits der Historiker Theodor Mommsen hatte im Berliner Antisemitismusstreit 1880 auf die Forderung seines Kollegen Heinrich von Treitschke, die Gleichstellung der Juden aufzuhalten, vor einem selbstmörderischen Nationalismus gewarnt. Von Treitschke stammt der berüchtigte Satz:»Die Juden sind unser Unglück.« Auch Haß kann eine Brandfackel sein. Was können wir tun, daß unsere Kinder nicht mehr Opfer der Verfolgung werden? Diese Frage stellte eine Frau dem bekannten Amsterdamer Advokaten und brillanten Schriftsteller Abel Herzberg, der Bergen-Belsen überlebt hatte. Herzberg sah die Frau einige Zeit schweigend an. Dann sagte er, gefaßt und voller Überzeugung:»Die Frage ist falsch gestellt. Sie muß lauten ›Was können wir tun, daß Kinder nicht mehr zu Brandstiftern, Henkern und Henkersknechten erzogen werden.‹« Und damit bin ich an den Schluß meiner Ausführungen gekommen. Ich gedenke meiner Eltern, sie sahen die brennenden Synagogen in Berlin. Ihr Leben wurde in Auschwitz beendet. In ihrem Tode ist mir der gewalttätige Tod aller Juden gegenwärtig. Und in deren Tode gedenke ich zugleich aller anderen, die umkamen. Aber ich gedenke heute auch meiner Freunde in den Niederlanden, die mich retteten, ich gedenke auch meiner Freunde im vormaligen Deutschland, die mich warnten, noch bevor die Synagogen brannten.

Und ich frage zum Schluß: Welche Sehnsucht lebt in unserem gemeinsamen Gedenken? Welches Verlangen treibt uns an?

Ich hoffe, daß diese Synagoge und alle anderen im wiedervereinten, neuen Deutschland nie mehr angezündet und verbrannt werden.

(1998/1999)

453

»Sieben Sterne ...«

Meine Geschichte zur Sprache gebracht

Herr Präsident, meine Damen und Herren,
sieben Sterne hat der Große Bär. Sie können mir getrost glauben. Ich
selbst habe sie gezählt. Die Zahl stimmt. Da gibt es nichts zu deuten. Es
bleibt dabei: Sieben Sterne hat der Große Bär.

»Sieben Sterne hat der Große Bär.« So lautet die erste Zeile eines
Schlagers aus dem zweiten deutschen, aber ersten Ufa-Tonfilm *Melodie
des Herzens*, 1929 gedreht, mit Willy Fritsch und Dita Parlo. Das war
damals ein »Hit«, wie man heute sagen würde. Ich nehme nicht an,
daß Ihnen Text und Melodie noch einigermaßen vertraut sind. Wie
sollten sie auch. Der Text übrigens ist kein großartiges literarisches Gebilde, eines Poesiepreises bestimmt nicht würdig.

Und die Musik? Ach, was soll ich dazu sagen? Ich habe den Schlager
in der damaligen Reichshauptstadt Berlin oft mit den Bands, in denen
ich als Trompeter und Geiger saß, gespielt und auch »gecroont«, in
diversen, oft zwielichtigen Milieus, bei allen möglichen Tanzveranstal-
tungen und Bällen im Norden und Osten der Stadt, von Angler-, Ring-
und sonstigen damaligen Amateur-Sportvereinigungen, wo es sehr
echt und lebensnah zuging (»Keilerei mit Tanzvergnügen« nannten
wir das), bis hin zu den schicken großen Bällen der Studentenverbin-
dungen in Saarow-Pieskow, dem Presseball in allen Räumen des Zoo-
Palasts, dem Filmball, dem Ball der Technischen Hochschule in der
Kroll-Oper.

An einen Vorfall erinnere ich mich besonders. Im großen Saal der
Oper spielte Paul Godwin, ein vorzüglicher, klassisch ausgebildeter
Geiger und Bratschist, mit seiner exzellenten Kapelle in großer Besetzung. Ich selbst spielte in einer Studenten-Band, »Die weißen Raben«,
in einem kleineren, gemütlichen Saal. Viel später, in den siebziger Jahren, trat Godwin in Amsterdam, wohin auch er in den Dreißigern seine

Zuflucht genommen hatte, im großen Saal des Concertgebouw mit Yehudi Menuhin auf. Sie spielten die *Symphonia Concertante* von Mozart.

Inzwischen hatte ich in den Niederlanden, nach 1945, Godwin näher kennengelernt. Ich erinnerte ihn an den bewußten Abend in der Kroll-Oper: Seine Kapelle hatte eine längere Pause eingelegt, und während dieser Zeit ließ man Grammophonplatten spielen. Godwin war rasend. Wie ein angeschossenes Wild lief er treppauf, treppab durch die hellerleuchteten Räume. Jedermann wußte: Godwin ist rasend, weil, während seine Kapelle pausiert, zur Grammophonmusik weiter getanzt wird.

»Paulchen, erzähl doch mal, was war denn los an diesem Abend«, fragte ich ihn einmal, als wir zusammen Erinnerungen austauschten. Wir sprachen Deutsch miteinander. »Es war furchtbar«, sagte er, selbst in der Erinnerung noch benommen von dem Ereignis, »wir machten Pause, und man tanzte weiter auf Plattenmusik.« »Das kann ich verstehen«, sagte ich als ehemaliger Kollege. »Das war das eine«, sagte er. »Und das andere?« fragte ich. »Ich Dummkopf«, sagte Godwin, »ich habe nicht gemerkt, daß es meine eigenen Platten waren, die ich mit derselben Kapelle aufgenommen hatte und die man an diesem Abend in der Pause spielen ließ.« »Ach so, Du glaubtest, es wären Aufnahmen von Dajos Béla oder Marek Weber?« (Das waren bekannte, konkurrierende Kapellen jener Tage.) »Ja«, sagte er, »ich habe mich selbst nicht mehr erkannt. Aber trotzdem«, fuhr er fort, »waren es noch Zeiten, damals in Berlin…« »Ja«, bestätigte ich, »damals in Berlin, obgleich …« Godwin winkte ab: das »obgleich« irritierte ihn. Er ging. Damals hatte er also seinen eigenen Sound nicht mehr erkannt, den besonderen spezifischen Klang, die Tonfärbung, die Klangsprache, an der man den Stil einer Band oder eines Interpreten erkennt. Godwin hatte sich selbst nicht mehr erkannt.

Meine sehr verehrten Damen und Herren, Sie werden sich gewiß, etwas ungeduldig geworden, gefragt haben, warum ich Ihnen, im Anschluß an die läppische Zeile mit den sieben Sternen und dem Großen Bären, diese kuriose, nichtswürdige Geschichte erzähle, zur Eröffnung eines Vortrages in der Akademie, deren Tagungsthema »Geschichte zur

Sprache gebracht« eigentlich einen seriöseren Beginn verdiente. Abgesehen davon, daß man mir bei der Gestaltung des Themas völlig freie Hand gelassen hat, dürfen Sie mir glauben, daß ich selbst überrascht war, als mir beim ersten Nachdenken darüber, was ich würde sagen wollen, noch bevor ich überhaupt eine Zeile zu Papier gebracht hatte, plötzlich, wie von selbst, unerwartet, wie aus heiterem Himmel, die anfangs zitierte Zeile eines eher alten als ehrwürdigen Schlagers einfiel, ein nicht unwesentlicher Bestandteil meiner sonst nicht so frivolen Lebensgeschichte, eine Zeile, aus der sich dann, wie ich hoffte, alles andere spontan entwickeln würde.

Werde ich imstande sein, in den folgenden Ausführungen den Sound meiner Geschichte in dem, was ich auf meine Weise zur Sprache bringen will oder bereits gebracht habe, einigermaßen wiederzuerkennen und Ihnen davon zu berichten? Geschichte zur Sprache gebracht: Was ist das eigentlich und wozu ist es nötig? Von jeher haben Menschen einander Geschichten erzählt, erfundene oder selbst erlebte, wahre und Lügengeschichten à la Odysseus. Wozu? Um sich damit zu brüsten? Zur Erbauung? Um sich die Zeit zu vertreiben? Um böse Geister zu bannen? Um zu wissen, wer man ist und wie die Welt aussieht? Zur Information, wie es heute so vielbedeutend heißt? (Eine Rolle, die durch depersonalisierte Apparate inzwischen reibungslos übernommen wurde.) Zur Warnung vor – ja vor was denn? Vor Windhosen? Vor Verkehrsstauungen? Es sind das alles ernstgemeinte Fragen. Ich habe sie mir oft genug gestellt.

Nun also: Ich habe Deutschland 1936 verlassen und in den Niederlanden überlebt. Ich bin in der Fremde zuhause. Jedes Sein ist ein Sein im Exil. Man kann nicht mißtrauisch genug gegenüber den eigenen Fragen und Antworten sein, den Wörtern und Metaphern, die man gebraucht, wenn es um Wahrheit oder Lüge oder, gelinder gesagt, um Täuschung, und auch um Selbsttäuschung, geht. Die Zweifel bleiben.

Der Einfluß der Umwelt auf die Entwicklung und Gestaltung des »Selbst« eines Menschen durch die Sprache und was sie vermittelt, kann schwerlich überschätzt werden. Dies gilt auch für die jüdische Gruppe als Ganzes und für den jüdischen einzelnen. Die verschiedenen Zeitalter der deutschen Geschichte haben, wie im Wüstensand, auch in der Geschichte der Juden ihre Spuren hinterlassen. Desto größer die Notwendigkeit, nicht nur die grausamen Fakten der Geschichte aufzulisten, sondern sich auch auf die hinter ihnen wirksamen Triebfedern zu besinnen. Doch bietet eine Deutung noch keinen Trost. Im Gegenteil, selbst die Erinnerung an Kooperationen in der Vergangenheit, an Bündnisse, Freundschaften und Errungenschaften, ist geätzt mit den Schwaden der Vernichtung. Was sind das für Zeiten, könnte man mit Bert Brecht sagen, in denen man nicht mehr fragen kann, ob Sigmund Freud sein Werk auch in einem anderen Sprachraum hätte schaffen können, da dem Schweigen der Ermordeten keine Antwort zu entnehmen ist?

Nun bin ich es gewohnt und es gehört zum Inventar und Intrumentarium meines Faches als Nervenarzt und Psychoanalytiker – Ilse Grubrich-Simitis, die vorjährige Sigmund-Freud-Preisträgerin der Akademie hat Ihnen den Königsweg zum Unbewußten beschrieben –, ich bin es also gewohnt, mich meinen eigenen akut auftretenden Einfällen zu überlassen und abzuwarten, was dabei herauskommt. Auch diejenigen, die sich meiner Sorge anvertrauen, lernen es, schneller oder langsamer, ihren Einfällen zu lauschen. Auf diese Weise lernt man, seine Lebensgeschichte in Sprache zu transformieren, um sich so einigermaßen zu vergewissern, wer man ist und wie es dazu gekommen ist, und, wenn nötig, Korrekturen anzubringen, um etwas glücklicher zu sein. Eigentlich eine sehr einfache Sache, auch wenn viele behaupten, daß es eine verteufelt verzwickte Sache ist. Und vielleicht ist es das auch. Und wenn dies alles nur annähernd gelingt: Ich habe keine andere Möglichkeit gelernt und weiß auch keine andere, um diesem Ziel näher zu kommen. Die Wahrheit des Satzes vom »Königsweg zum Unbewußten« wird gerade dort sichtbar, wo diese Transformation *nicht* gelingt.»Was ich nicht sagen kann, existiert nicht für mich«, erklärte mir noch unlängst, nach einer der vielen, peinlichen Schweigeperioden, die ich hinterher mit ihm besprach, ein Mann, dem seine religiös traumatisierte Kindheit die Sprache verschlagen hat.

Ich weiß aus eigener Erfahrung: Auch wenn man irgendwo an der Peripherie beginnt, man nähert sich, indem man erzählt, assoziativ stets dem Zentrum, dem Kern seiner Existenz. Ich selbst habe das, nach Jahren der Verfolgung, in meiner eigenen Analyse, unter der sorgsamen Hut eines niederländischen Kollegen, eines Psychiaters, Psychoanalytikers, Hegelianers und vortrefflichen Cellisten, erfahren. Sie sehen: Eine festgefügte Identität kann mehrere Loyalitäten haben. So mehrschichtig und mehrdeutig kann das Leben und die Geschichte eines Menschen sein. Geschichte und Sprache. Gerhard Kurz hat unlängst, was die Sprache betrifft, in seinem kleinen Bändchen *Macharten*, auf das ich mich hier beziehe, einige Bemerkungen über das Mehrdeutigkeitsparadigma gemacht. Mehrdeutigkeit als Resultat mehrerer Deutungen von Begriffen. Eindeutig ist die bloße Zahl. Auch mein Leben und meine Erfahrungen sind mehrdeutiger, als sie die Sprache, selbst die poetische, zum Ausdruck bringen kann.

Daß das musikalische Element anscheinend in allem eine gewichtige Rolle spielt, hat mich nicht sonderlich überrascht. »De la musique avant toute chose«, heißt es. Ob auch Geschichte, bevor sie zur Sprache gebracht, zu »avant toute chose« gehört, diese Frage will mir gar nicht so absurd vorkommen. Aber lassen wir das.

Bereits 1964 hatte diese Akademie eine Preisfrage ausgeschrieben: »Kann Sprache Gedanken verbergen?« Harald Weinrich hatte damals in seinem preisgekrönten Essay *Linguistik der Lüge* die Antwort gegeben: »Es hängt also keine Lüge an den Metaphern. Die Sprache belügt uns nicht, und wir belügen niemanden.« Das könnte sehr beruhigend für mich sein und mich das Zitat aus *Mein Kampf* vergessen lassen, daß dem Juden die Sprache nicht das Mittel sei, seine Gedanken auszudrükken, sondern das Mittel, sie zu verbergen. Ich könnte, Weinrich folgend, beruhigt sein und fortfahren. Bin es jedoch nicht. Marita Keilson hat 1987 in Überlegungen zu *Maske und Signal* Weinrichs beschwichtigender Aussage eine 1952 in den Vereinigten Staaten erschienene Publikation von Leo Strauss gegenübergestellt, zum selben Thema, aber mit einem bemerkenswert anderen Titel: *Persecution and the Art of Writing*. Leo Strauss hat sich mit sogenannten heterodoxen, also abweichlerischen jüdischen Denkern früherer Zeiten befaßt. Er wußte um die Notwendigkeit, Gedanken zu verbergen, Dinge zwischen den Zeilen zu schreiben und zu lesen in Zeiten der Verfolgung und Unterdrückung. Hier war das Verhältnis zur »Wahrheit« ein grundsätzlich anderes.

Strauss war, wie Walter Benjamin, bereit, die Geschichte »gegen den Strich zu bürsten«, sie abzuklopfen nach der »Tradition der Unterdrückten«. Man frage die Überlebenden.

So ein Überlebender steht hier vor Ihnen, meine Damen und Herren. Insofern ist es vielleicht auch nicht so überraschend, daß man mich einlud, hier zu Ihnen zu sprechen. Außer in meiner täglichen ärztlichen Praxis habe ich in wissenschaftlichen Arbeiten und auch in literarischen Texten versucht, Geschichte zur Sprache zu bringen, meine Geschichte, die zugleich auch die Geschichte von verschiedenen anderen ist. Jedoch: Unter welchen Nenner soll ich diese Versuche einordnen in die Geschichte eines Zeitalters, dessen Risse, Widersprüche, Versagungen, Siege, Triumphe, Niederlagen, Zerstörungen und Vernichtungen selbst für Historiker, geschweige denn für einen wie mich, schwer in ein Gesamtbild, in Worte zu fassen sind – ohne meine Zuhörer totzuschlagen und mich selbst umzubringen.

Man hat mich des öfteren, meines Alters wegen, zum Zeitzeugen ernannt. Nun, Zeitzeugen sind nicht immer die zuverlässigsten Zeugen, ihre Erinnerungen sind von besonderer Art, heimgesucht durch Lükken oder Fälschungen. Erinnerungen, die sie mit durch Vor- oder Nachurteil bedingte Phantasien auszuschmücken versuchen. Zeitzeugen sind Pendler zwischen den Zeiten, und wie die meisten Pendler nirgendwo wirklich zu Hause. Zeugen treten außer bei Hochzeiten bei juristischen Prozessen, Gerichtsverhandlungen auf, zur eindeutigen Klärung der Schuldfrage bei Unfällen oder Vergehen welcher Art auch immer. Meine Rede zielt nicht auf eine Zeugenschaft dieser Art.

Sprache ist mehrdeutig. Einzig die Zahl ist eindeutig, heißt es bei Gerhard Kurz. Ich habe mit meinem Titel *Sieben Sterne* versucht – Sie werden es schon lange, je nachdem, schmunzelnd oder kritisch bemerkt haben –, diese Eindeutigkeit als eine Art Kontrapunkt zu legitimieren, wobei ich, mir selbst widersprechend, hinzufügen muß, daß der Satz »Sieben Sterne hat der Große Bär« nur für das nördliche Halbrund eindeutige Gültigkeit beanspruchen kann. Auf dem südlichen ist der Große Bär nicht wahrnehmbar und verschwindet für den kritischen Beobachter aus dem nächtlichen Himmel. Aber zurück zum Zeitzeugen.

Shulamit Volkov schreibt in *Die Juden in Deutschland 1780–1918*, erschienen in der Reihe *Enzyklopädie deutscher Geschichte*, Band 16, in dem Kapitel *Die jüdische Geschichtsschreibung. Der Anfang einer neuen Disziplin*, die Historiographie der jüdischen Geschichte sei heute eine eigenständige historische Disziplin. Aber sie fährt fort: »Gleichzeitig bildet die Geschichte der Juden in den verschiedenen Ländern aber auch einen festen Bestandteil der Geschichte der autochthonen Gesellschaften. Diese doppelte Perspektive ist besonders für das Studium der neueren Geschichte von Bedeutung, da die Juden zunehmend am Schicksal ihrer Wohnländer teilhatten und selbst allmählich ein Teil davon wurden. Nirgendwo trifft dies mehr zu als in Deutschland. Die Geschichte der Juden in Deutschland muß sowohl im Kontext der europäisch-jüdischen Geschichte als auch der deutschen Geschichte gesehen werden. Dasselbe historiographische Material muß stets von zwei Seiten gewertet werden.«

Dieser doppelte Ansatzpunkt hat mit steigender Intensität mein Leben und mein Arbeiten geprägt, vielleicht weil ich ihn in entscheidenden Jahren erfuhr. Er ist auch ein Leitfaden für meine folgenden Ausführungen. Seine eigene Bedeutung liegt bereits in dem Umstand, daß sie in deutscher Sprache, der Sprache, die mir als sogenannte Muttersprache beigebracht wurde, hier ausgesprochen werden.

Als Sechzehnjähriger erfuhr ich im Gymnasium den Zusammenstoß dieses doppelten Ansatzpunktes, zuerst auf dem Gebiete der Literatur. Ich meine: die Verzahnung der jüdischen Geschichte mit der deutschen, oder umgekehrt. Ein Prozeß, der für beide Partner schließlich den Gang in die Katastrophe bedeutete. Für den einen: die Vernichtung der europäischen Juden, für die Auschwitz steht, für den anderen: die nationale deutsche Katastrophe, zu der auch Auschwitz gehört.

Deutschunterricht, Freienwalde anno 1925/26. Jeder Schüler sollte einen Beitrag zu einem selbstgewählten Thema zur Diskussion stellen. Ich trug, mit Einverständnis des betreffenden Lehrers, eines frischgebackenen Assessors, sein Name war Geißler, *Die Weber* von Heinrich Heine vor. Als ich mich wieder auf meinen Platz begeben hatte, entstand eine Todesstille. Auf die Aufforderung des Lehrers zur Diskussion erhob sich der Klassensprecher und sagte: »Die Klasse lehnt es ab, über dieses Gedicht zu diskutieren, es beschmutzt das eigene Nest«,

460

und setzte sich wieder. Geißler erstarrte. Daß die Schulleitung und älte-re, erfahrene Lehrer nicht willens oder fähig waren, ihrem jüngeren Kollegen bei der Lösung des Konfliktes zu helfen, kennzeichnet die historische Lage jener Zeit. Und das war für mich das entscheidende Moment, die Unfähigkeit oder der Unwille der Lehrerschaft, um die Beschaffenheit und Tragweite der Situation in einer soziologischen Analyse nicht weiter ausufern zu lassen, sich mit diesem Konflikt zu befassen. Vielleicht hielten sie Heine auch für einen Nestbeschmutzer. Sowas tut man nicht im eigenen Land. Dafür ging man, bis vor kurzem, lieber in die Kolonien oder in die Nachbarländer. Kurz danach verließ Geißler die Schule. Ich blieb bis zum Abitur zwei Jahre im sogenannten Klassenschiß. Niemand sprach mehr mit mir.

Dieses Ereignis traf mich im Kern meines Selbstverständnisses. Um die gleiche Zeit, 1928, errang ich bei einem Schülerwettbewerb des Börsenvereins für den Deutschen Buchhandel zum Thema »Kannst Du ein Buch empfehlen?« mit einem Aufsatz über *Demian* von Hermann Hesse den dritten Preis. Für das Preisgeld kaufte ich drei Bücher: einen Novellenband von Stefan Zweig; *Eros im Zuchthaus* von Karl Plättner, einem Kumpan von Max Hölz, um meine sexuelle Neugier zu befriedigen; und die kleine ledergebundene Dünndruckausgabe der *Vorlesungen* von Sigmund Freud, die ich über die Zeiten gerettet habe. Dies letztere Buch erwies sich alsbald als das einzig wirksame Antidoton.

Diese ganze tragikomische, paradoxe Periode hat für mich bis auf den heutigen Tag nichts an Eindringlichkeit und Signalfunktion verloren. Die Erfahrung gehört zur »ersten traumatischen Sequenz« meines Lebens, über das ich zu berichten habe. Ich möchte Sie hierbei darauf aufmerksam machen, daß ich mit dem Ausdruck »erste traumatische Sequenz« eine Formulierung aus meiner späteren wissenschaftlichen Arbeit gebrauche. Da ich bereits angekündigt hatte, daß ich auf zwei ungesattelten Pferden, dem der Wissenschaft und dem der Literatur reite, wird es Sie nicht weiter verwundern, wenn ich in der Manege des öfteren von einem Pferd auf das andere springe. Ich hoffe, mir dabei nicht das Genick zu brechen.

Es wird deutlich, daß es hier nicht eine literarische Konfliktsituation betraf, in der zwei gleichberechtigte Parteien ihren Strauß ausfochten.

Es ging hier um etwas völlig anderes. Sprache geht immer der Gewalt voraus. Die alten historisch verankerten, vorurteilsbedingten Sprachgiftfackeln, sei es weltlicher, sei es kirchlicher Evidenz und Signatur, waren wieder entzündet. Und wer Gift in seine Sprache mischt, um seinen Widersacher umzubringen, ist eines Tages sein eigenes Opfer. Der Tübinger Linguist Gerd Simon hat dies jüngst in einem Vortrag über *Die NS-Sprache aus der Innensicht* am Beispiel des Linguisten Manfred Pechau und seiner wissenschaftlich nicht bedeutenden, aber historisch aufschlußreichen Dissertation aus dem Jahre 1935 über die Sprache im Dritten Reich aufgezeigt. Und natürlich sind Sternberger, Storz und Süskind und ihre bewunderungswürdige »Entsorgung« der deutschen Sprache zu nennen.

Die Gruppe 47 mit ihrer »Kahlschlag«-Devise (ein merkwürdig aggressives Therapeutikum!) nahm ich zur Kenntnis. Auch die Begegnung mit Wolfgang Weyrauch anläßlich meiner Teilnahme an einem Symposium der Unesco in Gauting machte mich nicht schlauer. Das literarische Leben in Nachkriegsdeutschland blieb mir im Grunde fremd.

Daß *Die Weber*, eines der starken Revolutionsgedichte in deutscher Sprache, insofern ich mir ein Urteil erlauben darf, als nestbeschmutzend rezipiert werden konnten, hat mir schon als Adoleszent die Augen geöffnet für Zusammenhänge und Fakten auf dem politischen und soziokulturellen Feld jener Tage.

Walther Rathenau besaß ein schönes Rokoko-Schlößchen in unserem Städtchen. Ich entsinne mich noch der entsetzten Gesichter meiner Eltern, als sie mir – ich kam aus dem Kino, wo ich *Fridericus Rex* mit Otto Gebühr gesehen hatte – die Ermordung Rathenaus mitteilten. Der Kahr-Putsch in München und der anschließende Prozeß gegen die Putschisten verschaffte mir eine Ahnung davon, daß sich Geschichte, wie ich sie erfuhr, unter dem Siegel von Konflikten, von Gewalt und Totschlag (»Köpfe werden rollen«) vollzog. Einige Jahre später verschwand mit der sogenannten Röhm-Affaire – inzwischen war ich Erzieher einer Adoleszenten-Gruppe im Einstein-Haus des jüdischen Landschulheims in Caputh – mein Vertrauen in die Rechtssicherheit dieses Landes völlig, nicht nur als Jude, sondern als Bürger in Deutschland.

Inwieweit war ich mir selbst als Adoleszent anno 1925/26 meiner historischen, konfliktbeladenen Position als Jude in der Diaspora bewußt? Ich zögere mit einer Antwort. Um diese Zeit kam ich zum ersten Mal mit der zionistischen Idee in Berührung. Auf jeden Fall war ich nicht fähig, diese Perspektive in meinem ersten Roman *Das Leben geht weiter* darzustellen. Ich war 21, 22 Jahre, als ich ihn 1931/32 schrieb, neben meinem Studium und meiner Existenz als Jazzmusiker. Der Verlag schickte mir die Fahnen nach Samnaun in die Schweiz, wo ich dank eines fürstlichen Vorschusses mit einer Gruppe Studenten der Charité in Berlin meinen ersten Skiurlaub verlebte. Als ich zurückkam, brannte der Reichstag. Oskar Loerke und Peter Suhrkamp (er hatte soeben die Redaktion der *Neuen Rundschau* von Rudolf Kayser übernommen und war bei allen Besprechungen anwesend) drängten auf eine Veränderung im Manuskript. Sie meinten, daß die geballten Fäuste beim Demonstrationszug im letzten Kapitel die Chancen des Romans bedrohten.

Warum hatte ich diese revolutionäre Geste gewählt? Die Wohnung meines Elternhauses lag am Marktplatz gegenüber dem Rathaus. Ich hatte dort die Aufzüge und die Redner der beiden Parteien miterlebt. Ich sah Goebbels und hörte seine salbungsvoll beschwörende Stimme, wenn er zu den aus Berlin in Lastwagen angereisten SA-Männern sprach, und die eher schulmeisterliche Rednerattitüde von Ernst Torgler in seiner Ansprache an die ebenfalls aus Berlin nach Freienwalde verfrachteten »Rotfrontkämpfer«.

Die geballten Fäuste waren nicht der Ausdruck meiner persönlichen politischen Einstellung. Vielleicht war diese Passage, wie ich es heute begreife, der einzige versteckte Ausdruck der Ohnmacht, eines hilflosen Protestes gegen die noch unreflektiert gebliebene doppelte Perspektive. Der linke Antisemitismus war damals noch nicht sichtbar in Erscheinung getreten, der von rechts wohl. Mein Roman war der Versuch, den Niedergang eines Kaufmanns aus dem kleinen Mittelstand in den politischen und ökonomischen Wirren der deutschen Geschichte nach 1918 zu beschreiben. Das war die Geschichte meines Vaters, das Scheitern eines deutschen Mannes. So wurde sie auch von der bürgerlichen Presse jener Tage begriffen. »Beinahe die Geschichte des deutschen Bürgertums« oder so ähnlich war der Tenor der Rezensionen.

Einige Monate später erhielt ich einen von einem Herrn Hartmann handschriftlich geschriebenen Brief. Er war der Sekretär irgendeiner Akademie oder der bereits gegründeten Reichskulturkammer. Er schrieb, er habe meinen Roman mit großem Interesse gelesen und so weiter pipapo, und er wolle gerne wissen, wie ich der neuen Ordnung gegenüberstünde. Ich hatte, kurz vor meinem medizinischen Staatsexamen, andere Sorgen, begriff nicht, daß der Herr Hartmann, oder wie er sonst geheißen haben mag, nicht wußte oder begriff, daß ich Jude war, und zerriß das Schreiben. Schade, ich hätte den Brief aufbewahren müssen. Die Mehrdeutigkeit der Rezeption als Spiegel der Mehrdeutigkeit der Sprache und der Geschichte, fürwahr, ein überwältigendes Problem, auch in persönlicher Hinsicht. Die Literatur war ebenso wie bald darauf die Medizin ein verlorener Posten. Und weiter ohne Interesse für mich. Bald darauf setzte ich mich in die Niederlande ab.

In den Niederlanden schrieb ich dann auf einmal, eruptiv, Gedichte in deutscher Sprache, obwohl ich das Holländische bereits beherrschte. Judengedichte, die die literarische katholische Zeitschrift *De Gemeenschap* bis 1939 publizierte. Darunter das 1937 entstandene Gedicht *Bildnis eines Feindes*, das so beginnt: »In deinem Angesicht bin ich die Falte / eingekerbt um deinen Mund, / wenn er spricht: du Judenhund.« Und einige Zeilen weiter, ich zögere, es auszusprechen, die prophetische Zeile: »Deine Hände würgen. Deine Enkel werden es bereuen.«

Das Gedicht, Konfrontation und Spiegelung zugleich, war der erste, unvollkommene Versuch, der Erscheinung des Feindes, wie ich ihn damals erlebte, in der Sprache Leben zu verleihen und mir ein Zeitgeschehen mit einer neuen Thematik einsichtiger zu gestalten. Es ist auch die Keimzelle meines Romans *Der Tod des Widersachers*, der vielleicht wahnwitzige Versuch, die tödliche Auseinandersetzung mit dem Widersacher unter einer anderen Perspektive auszuloten, vielleicht auch zu heilen. Ich habe Hitler in der Wilhelmstraße ganz aus der Nähe gesehen, als er Anfang 1933, aus der Reichskanzlei kommend, wie ein Sieger neben seinem Fahrer im Wagen stand. Er fuhr zu den Arbeitern in der Siemensstadt. »Die Siegestrompeten erschallen zu früh«, schrieb Ernst Wiechert damals. Ich habe die Szene in der Wilhelmstraße im *Tod des Widersachers* dargestellt.

Es sind nicht nur die historischen Fakten, wie man sie bei Ismar Elbogen in seiner 1935 erschienenen *Geschichte der Juden in Deutschland* nachlesen kann, die mich zutiefst trafen – nicht die bereits Ende des 11. Jahrhunderts mit den Kreuzzügen beginnenden Ausbrüche von Haß und Gewalt gegen die jüdische Minderheit, und auch nicht die Rolle, die den Juden als Sündenbock in den innerdeutschen Auseinandersetzungen zwischen weltlicher und geistlicher Obrigkeit, zwischen Obrigkeit und den Zünften zuerteilt wurde, die mich mehr als nachdenklich stimmten. Warum wurde ihre Identität durch Vorurteil und Gesetze von außen bestimmt und eingeengt? Warum wurden sie als Schuldige in Krisen jedweder Art angeprangert und verfolgt? Alle diese Fakten sind bekannt oder sollten es zumindest sein, wenn man heute über Auschwitz spricht, als habe es so etwas, sei es zeitgebunden und in einem anderen technischen Gewande, früher nie gegeben. Mich hat von jeher das Verhältnis, das besondere Verhältnis zwischen diesen beiden Gruppen in deutschen Landen gefesselt – ja gefesselt. Was bindet sie auf so stürmische Weise aneinander? Was geschieht in ihren gegenseitigen Spiegelungen, des einen im anderen, durch die Jahrhunderte ihrer verhängnisvollen Geschichte? Warum wurden die Juden vertrieben? Und warum kamen sie immer wieder zurück, wenn man sie rief? Ist es, geboren aus einem historisierten, unwandelbaren Vorurteil, wirklich nur blinder Haß, Gewalt und Zerstörung, die Condition humaine mit ihren unmenschlichen Zügen, wenn es um Macht und Territorien geht, die unter dem Deckmantel erhabener Ideen und Motive ihr grausames Spiel treibt? Welche Gedanken speisen durch die Jahrhunderte den Eigendünkel der Machthaber mit ihren Ängsten vor der Nestbeschmutzung? Oder sind doch noch andere Kräfte im Spiel? Zeigt sich in der Weise ihres Umgangs mit uns und in unserer Antwort nicht noch etwas anderes, ein Aneinander-gebunden-, ein Aufeinander-angewiesen-Sein, ein Gemeinsames, das ebenso schrecklich ist, wie es Möglichkeiten zu einer Synthese, zu einem »kulturellen Paar«, wie es Rudolf M. Loewenstein in seiner unvergessenen Publikation *Juden und*

Christen nannte? Ist es, vorsichtig ausgedrückt, soweit ich es sehe, das Faszinosum des Hasses, das Geheimnis der Faszination, das dieses ambivalente Verhältnis prägt und zugleich seine Fallen stellt? Mein Roman *Der Tod des Widersachers* ist auf dieser Sie vielleicht wahnwitzig anmutenden These, auf dieser Interpretation historischer Prozesse aufgebaut. In der Darstellung der Zerstörung eines Friedhofes wird sie bis zur letzten Konsequenz durchgeführt. Auch meine Abschlußvorlesung auf dem Franz-Rosenzweig-Lehrstuhl der Universität Kassel zum Verhältnis von Christen und Juden in Deutschland trägt den Titel *Die Faszination des Hasses*. (Der Judenhaß in der Antike war ein anderer Haß als der des christianisierten Europas, eben durch die Ambivalenz ihres Verhältnisses, das wiederum auf der gemeinsamen historischen Abkunft gründet.)

In den ersten Monaten der Besetzung der Niederlande durch die deutschen Truppen schrieb ich die ersten fünfzig Seiten des Romans *Der Tod des Widersachers*. Kurz bevor ich untertauchte, vergrub ich das Manuskript im Garten. Während ich dann selbst halb im Versteck lebte, halb mit einem gut gefälschten Paß unter falschem Namen als Mitglied der niederländischen Widerstandsgruppe »Vrije Groepen Amsterdam« unterwegs war, schrieb ich die Geschichte von Nico, einem jungen holländischen Juden, der bei einem jungen nicht-jüdischen Ehepaar untergetaucht war. Man wollte sein Leben retten vor dem Feind, den man von der einen Seite erwartete, dem Besetzer. Aber der Feind kam in Form einer Lungenentzündung von einer anderen Seite und fällte ihn. Sein improvisiertes Begräbnis unter einer Bank im Park sorgte für unvorhergesehene Verwicklungen. Es ist eine wahre Geschichte und zugleich eine *Komödie in Moll*. Fritz Landshoff hat sie 1947 im Querido-Verlag veröffentlicht.

Nach dem Krieg grub ich das verscharrte Romanmanuskript wieder aus. Obwohl es in einem metallenen Behälter lag, hatte das Grundwasser das Papier beschädigt. Meine Arbeit mit den jüdischen Kriegswaisen begann. Ich legte daneben, aufs neue, in Amsterdam das Arztexamen ab und vollendete meine Ausbildung als Spezialist. Anschließend nahm ich die Arbeit an meinem Roman wieder auf. Das war kein leichtes Unterfangen.

466

Nach einer langen Unterbrechung konnte ich 1951 wieder dort anknüpfen, wo 1934 meine Geschichte in Berlin ihr vorläufiges Ende gefunden hatte. Die Frage, welche Geschichte in Sprache eingegangen ist, scheint soweit geklärt. Aber die Mehrdeutigkeit dieses Einganges bedarf noch näherer Analyse. Es ist nicht das Schicksal, das Fatum der Alten, das ich erfuhr »als letzte Unvernunft des Seins«, auch hängt nicht die »heitre Blumenkette […] durch die Unendlichkeit des Alls und sendet ihren Schimmer in die Herzen – die Kette der Ursachen und Wirkungen – und in das Haupt des Menschen ward die schönste dieser Blumen geworfen, die Vernunft, das Auge der Seele«, wie Adalbert Stifter seine bezaubernde Erzählung von dem Juden Abdias und seiner blinden Tochter beginnt.

Lassen Sie mich auf sehr unpoetische Weise sagen, was ich 1940 beim Einfall der deutschen Truppen in die Niederlande erfuhr und erst dreißig Jahre später, als ich an der kinderpsychiatrischen Universitätsklinik in Amsterdam arbeitete, bei der Konzipierung meiner Untersuchung über die *Sequentielle Traumatisierung bei Kindern* für mich und die Fachwelt deutlich formulieren konnte: das Phänomen der massiv-kumulativen Traumatisierung durch man-made disaster, d. h. durch das, was Menschen einander antun. Und das ist, wie wir heute alle wissen, wahrlich nicht gering. Ich habe viele Kinder gesehen, zurückgekommen aus Verstecken und Konzentrations- und Vernichtungslagern. Einen Jungen von zwölf Jahren, der in Bergen-Belsen seine Eltern und vier Geschwister verloren hatte, untersuchte ich bereits November/Dezember 1945. Diese Untersuchung und meine Ohnmacht und mein Versagen habe ich später in einem kleinen Aufsatz mit dem Titel *Wohin die Sprache nicht reicht* beschrieben.

Bei meiner follow-up-Untersuchung von durch man-made disaster, durch die Katastrophe von Menschenhand, traumatisierten Kindern, die Waisen geworden waren, habe ich mittels einer systematisch durchgeführten klinisch-deskriptiven und quantifizierend-statistischen Methodik drei traumatische Sequenzen in ihrem zeitlichen Ansatz und in ihren zeitlich und inhaltlich divergierenden Abläufen unterschieden und die Lebensläufe einer repräsentativen Gruppe von 204 Kindern in ausführlichen Falldarstellungen und in einer tabellarischen Übersicht beschrieben. Mit ihrem Schicksal habe ich mein eigenes Verwaist-Sein eingebracht. Es ging mir dabei nicht um die Einführung von neuen psychiatrischen Begriffen. Vielmehr war es mein Ziel, die historische Modalität des Traumbegriffes neu zu formulieren und einen Einstieg in ein verwirrendes, grausames Zeitgeschehen zu finden – »wohin die Sprache nicht reicht«.

Ich betrachte dies heute aus der Sicht eines alten Mannes, eines ehemalig deutschen Juden, der, in der Fremde zuhause und sich seiner Grenzen bewußt, im Spiel der Emotionen und Reflexionen, in dem, was er in holländischer und deutscher Sprache sagte oder schrieb, nie aufgehört hat, sich zu erinnern, nie aufgehört hat, wiederhole ich, sich seiner eigenen Geschichte zu vergewissern und ihren Ablauf noch einmal kritisch zu überprüfen, ohne das »trotzdem« und »obgleich« aus dem Auge zu verlieren.

Und nun werden Sie wissen wollen, wo die sieben Sterne und der Große Bär geblieben sind, mit denen ich meine Ausführungen begann. Ja, wo sind die geblieben? Fast möchte ich mit Erich Kästner antworten: »Wenn man mir immer wieder schreibt: / Herr Kästner, wo bleibt das Positive? / Ja, weiß der Teufel wo das bleibt!«

Das Leben meines Vaters und das meiner Mutter wurde in Birkenau beendet. Mein Vater war dekorierter Frontkämpfer des Ersten Weltkrieges. Im Sommer 1997 besuchte ich seine Heimat, das frühere deutsche Ostpreußen, Masuren. Ich wohnte in Dawidy, einem Schloß, einem Vorwerk, früher den Grafen Dohna gehörend. Es liegt auf dem Weg von Placek, dem früheren Preußisch-Holland, nach Fromburg (Frauenburg), der Kopernikusstadt. *Dawidy* ist der Titel eines Gedichtes, das ich dort geschrieben habe.

In meinem Roman *Das Leben geht weiter* habe ich das Leben meines Vaters als das eines deutschen Kaufmannes dargestellt. In dem Gedicht *Dawidy* gedenke ich seines Schicksals als des Schicksals eines in Deutschland geborenen Juden. Mit diesem Gedicht möchte ich schließen:

In diesem Haus oder, vielleicht, in jenem lebte mein Vater als Kind –
die alte Stadt mit neuen, kyrillischen Lettern,
erreichbar mit Paß, gültigem Stempel und Taxi,
an der Grenze.
Wo sein Spiel, seine Freunde, oder war er allein,
lag rücklings auf der masurischen Erde und träumte,
ein Bett, geborgen im hohen Meer verschwiegener Wolken,
atemlos?

Was suchen Sie, fragte der Dolmetsch Taxifahrer?
Spuren? Gibt es hier nicht, seine Antwort,
studierte den Stadtplan und lenkte den Wagen zurück.

Gedenk und vergiß. Im Abschaum der Geschichte
gibt es kein anderes Maß für Flucht und Tod.
Anfang wie Ende: kein Stein, kein Gras gibt Kunde,
zerstört und vorbei, unsinniger, unvergänglicher Schmerz,
verwaist, was bleibt: als wäre er nie gewesen, mein Vater –
hieß Max, trug später den verordneten Namen Israel,
mit Würde.
Hat nicht viel erzählt, hab ihn zu wenig befragt.
Keine Spuren mehr im Rauchfang der Lüfte –
sprachloser Himmel ...

(1999/2003)

Plädoyer für eine Luftschaukel

Vorstellung als neues Mitglied der Deutschen Akademie
für Sprache und Dichtung

Sehr verehrter Herr Präsident, meine Damen und Herren,
wer beinahe ein Säculum – und was für eins – auf seinem Rücken trägt,
sollte sich kurz fassen. Die Zeit wird knapp.
In meiner Akademierede *Sieben Sterne* hatte ich bereits autobiographische Daten eingefügt, hatte von meiner Herkunft gesprochen, von den
jungen Jahren in Bad Freienwalde an der Oder, von der Studienzeit in
Berlin vor und nach 1933 – *Das Leben geht weiter* ist der Titel meines
ersten Romans. Ich hatte zumal von meinen Eltern gesprochen, die ich
nach Holland holen, nicht aber vor den deutschen Invasoren retten
konnte. Ich bewahre sie in erzählender Prosa und Gedichten. Es bleibt
demnach nicht mehr viel zu berichten.
»Machen Sie, daß sie rauskommen, ich befürchte das Schlimmste«,
sagte Oskar Loerke zu mir. Dem alten Sami Fischer habe ich in seinem
Haus Erdener Straße im Grunewald, Berlin, noch die Hand gedrückt.
Tutti, seine Tochter, die Frau von Gottfried Bermann Fischer hatte ihm
meinen Namen zugeflüstert. »Wir bringen ja ein Buch von Ihnen«,
sagte er und sah mich wie eine Katze an, die das Mausen nicht lassen
kann. Zwei Jahre später habe ich ihn mit meinen Träumen auf dem
jüdischen Friedhof Weißensee begraben. Martin Gumpert – wer kennt
ihn noch? – hatte mich in seinem Auto mitgenommen. Oskar Loerke
und Manfred Hausmann sprachen. Gerhart Hauptmann stand aufrecht während der ganzen religiösen Zeremonie. Mit Peter Suhrkamp
ging ich einmal durch Berlin. Ich fragte ihn nach Gottfried Benn, er
hatte in jenen Tagen die bekannte Kontroverse mit Klaus Mann. Ich
bewunderte den Gedichtband *Morgue*, die Szenerie war mir ja vertraut.
Suhrkamp begriff, was mich beschäftigte, und erzählte mir: Zu der ersten großen Kundgebung der neuen Regierung in der Kroll-Oper hatte
der Kultusminister Rust auch Gottfried Benn eingeladen. Und Benn

470

war gekommen. Ich schwieg. Suhrkamp fuhr fort – dort, in der Kroll-Oper habe Benn zum ersten Mal gesehen, mit wem er sich eingelassen, und war wieder gegangen. Ich überwand meine Scheu und fragte:»Ja, hat er das nicht schon eher gewußt?«Suhrkamps Antwort:»Ach, Benn hat doch immer in einer Luftschaukel gewohnt.«

Daß ich überhaupt heute hier vor Ihnen stehe, meine Damen und Herren, verdanke ich meiner ersten, 1969 verstorbenen Frau, Gertrud Manz. Ich lernte sie Mitte 1933 in Berlin kennen. Sie kam aus einem liberal-katholischen Milieu Süddeutschlands. Als man die Elfjährige fragte:»Gertrudle, was ist denn unser höchster Feiertag?«, antwortete sie:»Fastnacht«. Sie hat die kommenden Fastnächte in Deutschland vorausgesehen. Wir fielen unter die Nürnberger Gesetze. Sie ist vorausgegangen und hat in den Niederlanden Quartier für uns gemacht. Auch meinen holländischen Freunden, die mich retteten, habe ich zu danken.

Die Geschichte mit der Luftschaukel hat es mir angetan. Die Luftschaukel, sie ist auch ein wenig meine Privatgeschichte. Eine nachträgliche Apologie also für einen früheren Luftschaukelaussteiger in unseligen Zeiten? Nein, eher ein Plädoyer für die Luftschaukel.

Ich kenne die Geheimnisse und den Kitzel der Angst auf der Luftschaukel, des Schwebens zwischen Himmel und Erde auf den quirligen, lauten Jahrmärkten, wenn die an stählernen Seilen festgeknoteten, schwerfälligen Gondeln mit Hilfe der in den Kniebeugen gestauten Kraft langsam in Schwung gesetzt, gegen die Anziehungskraft der Erde allmählich höher gestemmt werden, bis hin zu dem Punkt, wo sie wieder zurückfallen und ein beseligendes Gefühl Kopf und Glieder durchzieht, als wäre man freischwebend in den Lüften zu Hause und als höre dies nie auf, aber zugleich weiß man verteufelt gut, daß es einmal endet, daß man wieder aussteigen muß, zurück auf die Erde, der man entstiegen, die Erde, die das Material kalt hält.

Ich kannte und liebte auch die Windfahnen auf den Achterbahnen, wenn sich die Wagen hochoben in den Kurven seitlings neigen und in wilder, bodenloser Fahrt dem Abgrund entgegeneilen, als gleite man unaufhaltsam auf Flügeln hinab in den Orkus, um dann besänftigend in der steigenden Schienenspur wieder Grund unter seinen Füßen zu fühlen. Und so geht es immer weiter, hinauf und hinab. Meine Damen und Herren, ich habe mich immer und oft gefragt, in welcher Luftschaukel ich wohl gesessen hätte, wenn ich ein anderer in Deutschland gewesen wäre und der andere ich, und wir beide zugleich auch Ikarus. Ich weiß, daß dies eine unsinnige Frage scheint. Historiker verpönen sie als unhistorisch, wissenschaftlich nicht zu bearbeiten und zu beantworten. Man ist halt, der man ist. Und damit basta. Aber warum basta?

Nach dem Krieg blieben meine Frau, Jüdin geworden, und ich in den Niederlanden. »Aber Du darfst die deutsche Sprache nicht verlernen«, sagte sie. Von der Wiedergutmachung bauten wir uns 1963 ein kleines Häuschen nicht weit von hier im Odenwald, der Heimat der Verstorbenen, wo ich auch heute noch, wiederverheiratet, meine Ferien mit den Kindern, den nun Erwachsenen, verbringe, das Gras mit der Sense mähe und wo ich auch schreibe.

Schon als Schüler begann ich zu schreiben. Ich habe nie auf den Barrikaden gestanden, aber schon früh eine Art Tagebuch geführt. Im Laufe meines langen Lebens schrieb ich erzählende Prosa, hin und wieder ein Gedicht, Essays, Rezepte, Gutachten, Rapporte, Briefe, Rechnungen und eine große wissenschaftliche Untersuchung. Da saß ich auf einmal auf dem anderen Platz in der Sprachschaukel, ließ mir auch die Luft der Wissenschaft um die Nase wehen und bediente mich ihrer Sprache mit ihren Reduktionen und Abstraktionen, theoretischen Fragen und Problemen, führte gelehrte Gespräche über Hypothesen, altersspezifische Traumatisierung bei Kindern und soziokulturelle basic needs, über iterative Itemanalyse, Faktorenanalyse und dergleichen mehr. Es war wie in einer anderen Luft, aber mit der gleichen Bezauberung. Selbst schrieb ich auch den quantifizierend-statistischen Text. Ich könnte es heute nicht mehr.

Auf all diesen Plätzen in der Luftschaukel der Sprache habe ich einmal gesessen. Mir gegenüber saß Franz Schubert, als er sein Streichquintett in C-Dur mit zwei Celli schrieb und erstaunt und leicht empört lauschte, wie Ella Fitzgerald, die neben mir saß, zu singen begann: »I can't give you anything but love, baby, that's the only thing I've plenty of, baby.«

Und wenn Sie mir im Nachklang des Goethe-Jahres die Gretchenfrage stellen: »Und wie hast du's mit der deutschen Sprache, Hans?«, dann ist hier meine Antwort. Ich habe sie bereits 1963 formuliert. Sie deckt mit ihrem Titel eine Ladung, vielleicht eine Konterbande, deutschsprachiger Gedichte:

Sprachwurzellos

um die geheimnisse
des konjunktivs
– die zeit der bunten bälle –
mühte ich mich
vergebens
an den grachten
die neuen freunde grüßend
und sie nennen mich mijnheer

unter den windseiten
der brücken
– es war eine hohe flut –
beim grünspan der türme
im keller das volk der asseln
zerbrach die goldene grammatik
barbara schrie

dames en heren –
also lernte ich ihre sprache
der himmel darüber
hutspot und bols
wurzellos
ein pfad im gekröse
der zeltlager
und weiß mich gedemütigt
in der wollust
verdorrter schriftzeichen

Trotzdem und darum danke ich bewegt der Deutschen Akademie für Sprache und Dichtung.

(1999/2003)

Nachwort

»Mit sympathischem Eindruck« habe er vor wenigen Tagen »das Manuskript von Hans Keilson gelesen«, vermerkt der Dichter Oskar Loerke am 10. Dezember 1932 in seinem Tagebuch. Und fügt hinzu: »ich will es empfehlen. –« Mit diesem Eintrag beginnt die Geschichte der Beziehung Hans Keilsons zum S. Fischer Verlag. Dass der im Dezember 1909 geborene Verfasser mit seinem Roman *Das Leben geht weiter* der letzte jüdische Debütant des Verlags sein würde, das konnte dessen Lektor in der Weihnachtszeit 1932 noch nicht wissen. Aber als er im Januar 1933, vier Wochen vor Hitlers Machtübernahme, das Manuskript mit Keilson durcharbeitete, da war die Katastrophe schon abzusehen. Am Freitag, dem 6. Januar 1933, notiert Loerke ins Tagebuch: »Dienstag war der junge Keilson bei mir. Bis in die Nachmittagsdämmerung hinein an seinem Buche gearbeitet. Auf Kürzungen gedrungen. K. ist Sportlehrer, Medizinstudent im 10. Semester, Musikant auf Trompete, Geige, Harmonika. Imponierend, wie sich junge Leute dieser Art durchschlagen.« Den Tagebuchband hat Loerke selbst später mit der Aufschrift versehen: »Die Jahre des Unheils 1933/1934«.[1] Als er das schrieb, befand sich »der junge Keilson« schon im niederländischen Exil.

Der junge Mann, der sich auf Loerkes Einladung in der *S. Fischer-Korrespondenz* des Frühjahrs 1933 selbst so vorgestellt hatte: »Leben als Musiker, Turn-, Sport- und Schwimmlehrer – staatlich geprüft! hoppla – außerdem Medizinstudent« –, er beendete mit ebendiesem Selbstporträt unfreiwillig seine gerade so verheißungsvoll begonnene Laufbahn als deutscher Schriftsteller im angesehensten Literaturverlag Deutschlands. Der Roman hätte sein Durchbruch sein können; nun aber kam er, wie der Autor in einem Essay rückblickend notiert

475

hat, »gerade noch zeitig genug, um verboten zu werden«. Wer *Das Leben geht weiter* heute von neuem liest, wird mit Erstaunen bemerken, dass hier trotz aller autobiographischen Züge von Judentum oder Judenfeindschaft mit keinem Wort die Rede ist. Von einer deutschen Generationserfahrung wollte Keilson erzählen, diesseits der Scheidung von jüdischen und nichtjüdischen Deutschen, die wenige Wochen vor der Veröffentlichung zum regierungsamtlichen Programm geworden war.

Bereits in diesem Debüt lässt sich gleichwohl eine Bewegung ausmachen, die sich als bestimmend erweisen wird für das weitere Werk dieses Arztes und Dichters:[2] die Wandlung von einer zunächst neuromantisch getönten Subjektivität zu einer undogmatisch-humanen politischen Verantwortung, die Selbstironie und Humor einschließt. Protagonist dieser Geschichte ist der junge Albrecht Seldersen, ein empfindsamer Einzelgänger, künstlerisch begabt, sportlich und naturliebend. Zehn Jahre nach dem Krieg erlebt er die Weltwirtschaftskrise als Bankrott seines Vaters, eines kleinen Kaufmanns, und als Abstieg der Familie. Zugleich wird er Zeuge der im Freitod endenden Ausbruchsversuche des lebensphilosophisch begeisterten Freundes Fritz. Jugendbewegte Unruhe und ökonomische Existenzangst, soziale Deklassierung und sozialistische Aufbruchsstimmung artikuliert dieser Roman als Generationserfahrung – und er tut das fast durchweg in Auseinandersetzung mit dafür typischen *literarischen* Modellen.

»Was er konnte, war dies: ein wenig Geige spielen, Verse machen, eine Stimmung bis zu Ende auskosten, sehnsüchtig und schmerzvoll.« *Tonio Kröger* ist es, aus dem Keilson diesen Satz zitiert (was seiner autobiographischen Glaubwürdigkeit im Übrigen keinen Abbruch tut). Wie an Thomas Manns Erzählung, so klingt die Darstellung Albrechts auch an andere Lieblingsbücher seiner Generation an. Wenn er etwa an der Bahre des toten Freundes das Sterben romantisch zur neuen Geburt verklärt, zu Opfer und Erlösung, meint man Hermann Hesses *Demian* zu hören. Tatsächlich hatte der früheste publizierte Essay des siebzehnjährigen Gymnasiasten Keilson diesem Roman gegolten, damals erklärtermaßen seinem »Lieblingsbuch«. In manchen Erzählerkommentaren echot der Tonfall Knut Hamsuns; Kultbücher der neuromantischen wie der jugendbewegten Generationen. Vor allem Thomas Manns empfindsamer Außenseiter aber fungiert von der ersten Erwähnung an als explizites Identifikationsmodell für den Heranwachsenden:»Dieses Buch wurde für Albrecht bestimmend, hier glaubte er sich erkannt«. Wie für so viele junge Leser ist auch für ihn Tonios Geschichte ein Buch»von einer bestrickenden Schwermütigkeit und Süße […]. Er las es unzählige Male, fast konnte er es auswendig«. Über den Weltschmerz des Pubertierenden hinaus ist auch Albrecht ein»Beobachter bis zur Selbstaufgabe, einer, der sich selbst den Spaß verdarb – ein Überzähliger des Lebens«. Er ist es in solchem Maße, dass er fortan in Tonio Krögers Spuren geht. Nicht explizit wird das erklärt, sondern, ein ironisch distanzierender Kunstgriff, implizit, in diskreten Anspielungen und kryptischen Zitaten. Erkenntnislust und»Erkenntnisekel« also treiben auch diesen heranwachsenden Künstler an. Nietzsches und Tonios»große Lust, hinter die Kulissen zu sehen«, hat auch ihn gepackt – und eben deshalb kann der stets Abstand wahrende Erzähler konstatieren:»Ohne Zweifel, er war blasiert«. Und eben deshalb zieht er aus seinen scharfen Beobachtungen gesellschaftlicher, und das heißt hier vor allem: kapitalistischer Verhältnisse keine praktischen Konsequenzen.»Er blieb unentschieden«, notiert der Erzähler,»noch wußte er nicht, daß eines Tages auch von ihm eine Entscheidung verlangt werden könnte.« (Allein der Autor ahnt hier vielleicht, wie prophetisch diese Notiz bald sein wird.) Albrecht, so liest man,»ging seinen Weg, den er nur von ungefähr kannte« – Tonio Kröger, so erinnert man sich,»ging den Weg, den er gehen mußte, […] und wenn er irre ging, so geschah es, weil es für Etliche einen richtigen Weg überhaupt nicht giebt.«[3]

Eine neusachliche *imitatio* Tonio Krögers also ist die Jugendgeschichte Albrecht Seldersens, ein Leben und Leiden nach literarischem Muster; unglücklich und verantwortungslos, verantwortungslos und deshalb unglücklich. Eben diese Parallelisierung aber ermöglicht es dem Erzähler nun, die entscheidende Weggabelung eindrucksvoll zu markieren, an der sich Albrechts Entwicklung von der Stagnation Tonios trennt.»Ich dachte, Sie würden still Ihren Weg gehen«, sagt der enttäuschte Mentor in jenem langen Gespräch über Kunst und Politik, das hier gewissermaßen die Strukturposition von Thomas Manns Lisa-weta-Kapitel einnimmt. Aber die ausdrückliche Verpflichtung auf das »Buch«, das »am Anfang unserer Bekanntschaft« stand, steht bereits im Irrealis. »Ich dachte, Sie würden still Ihren Weg gehen« – da hat Albrecht soeben seinen Entschluss zum politischen Engagement erklärt. Ja, er erinnert sich an »das wunderbare Buch«; er schildert sogar seine eigene Verlassenheit und die seiner Generation noch einmal in heimlichen Zitaten daraus. Aber er tut es nun in kritischer Distanz: »Ich stand mitten im Leben und verlor immer mehr die Beziehung, den Halt an ihm.« Abzusehen war »der Tag […], an dem ich gänzlich erledigt war« – wörtlich wie Tonio Kröger.[4] Und deshalb will er, der den Streiks in der Kleinstadt und dem Bankrott des Vaters wie ein Unbeteiligter zugesehen hat, nun dabei mitwirken, »zu stürzen, was sich im Verfall schon befand und an ihm sich wirksam zeigte, aber in dem Gedanken, etwas Neues aufzubauen«.

Aber ist das nicht ein Verrat jener traurigen und einsam-stolzen Geistigkeit Tonio Krögers an »das Leben«? Albrechts Antwort ist in der entschiedenen Ablehnung dieser Kunst-Leben-Dichotomie die knappste Positionsbestimmung, die er zu geben vermag: »nur im Leben«, erklärt er dem Lehrer, »glaube ich dem Geist dienen zu können.« Der Aufbruch in eine politische *vita activa*, so leidenschaftlich proklamiert und so unbestimmt in seinen sozialistischen Andeutungen – literarisch wird er hier greifbar als jäher Übergang vom neuromantischen Bildungsroman zur Sozialkritik der Neuen Sachlichkeit: Tonio Kröger lernt die soziale Revolution. Wie die kleinbürgerlichen Helden Falladas, Kästners oder Irmgard Keuns erfährt er die Funktionsweise kapitalistischer Marktregeln am eigenen Leib, beobachtet ängstlich und fasziniert Klassenkämpfe zunächst in der Kleinstadt, dann in Berlin, erkennt mit den gesellschaftlichen Zusammenhängen auch die eigene Angewiesenheit auf Solidarität. Stilistisch artikuliert sich dieser Wandel als Ausgang aus der Sprach-Welt des *Demian* und des *Tonio Kröger* ins Stilregister der neusachlichen Großstadtromane. Wehte in Albrechts Gesprächen über Geist und Leben noch die bitter-süße Luft des *fin-de-siècle*, so wird in der Konstatierung des bürgerlichen Zusammenbruchs eher der schneidende Luftzug aus Döblins *Ber-*

lin Alexanderplatz spürbar: »Er ist auf der Strecke geblieben, der Bürger
Johann Seldersen, er ist im Kampf unterlegen. Was Krieg, Nachkrieg,
Inflation, jedes für sich allein, nicht vermochten, haben sie vereint in
langer, zäher Arbeit geschafft: Krieg, Nachkrieg, Inflation. Es ging hart
auf hart.«

Der unpolitische Vater selbst wird nach dem Ruin von der Tatkraft
des Sohnes mitgezogen, der Generationenkonflikt in einer (für Keilsons
Werk überhaupt charakteristischen) Wendung zur Vater-Sohn-Solidari-
tät vermieden. Das Schlussbild zeigt beide am Fenster, als Beobachter
eines sozialistischen Demonstrationszugs; ihre solidarisch erhobenen
Fäuste hat Oskar Loerke dem jungen Autor wieder ausgeredet, in jenen
Januartagen des Jahres 1933. Der skeptischen Grundhaltung des Romans wird die scheinbare Abmilderung tatsächlich gerecht. In der jetzigen Version nämlich bleiben die Entscheidungsschwierigkeiten eines
entwurzelten Kleinbürgers unerlöst in der Schwebe, gehen nicht auf im
effektvoll unglaubwürdigen Pathos.

Diese Hinwendung zur sozialen Welt vollzieht in mancher Hinsicht
nach, was der Dichter des *Tonio Kröger* selbst schon längst vorgemacht
hatte – und fast eher noch dessen Sohn. Ein Porträt Klaus Manns als
eines »Kameraden« im Schreiben und im Kampf hat Hans Keilson
1949 verfasst; das Vorwort zu diesem Gedenkband schrieb Thomas
Mann selbst. Ausdrücklich blickt Keilson hier auf die *Tonio-Kröger*-
Welt der eigenen Jugend zurück. Wenn dann Klaus Manns Weg von
der Welt des »Künstlerischen« in die Taten und Leiden des wirklichen
»Daseins« gewürdigt wird, dann ist dies wohl auch ein wenig autobiographisch zu lesen.

Wie bei Klaus Mann aber war es erst die große zeitgeschichtliche
Katastrophe, die dem Schreiben ein entschieden neues Verhältnis zur
politischen Wirklichkeit abverlangte und angesichts derer die Identität
des Autors sich neu bestimmte. Der Liebhaber Demians und Tonio
Krögers – mit dem Aufkommen des Nationalsozialismus zeigt er sich
als dessen aktiver Gegner, als entschieden jüdischer Publizist und
Schriftsteller. So lange wie möglich setzt er sich ein für die Verteidigung jüdischen Lebens in Deutschland. Im Jahr 1936, eben hat er eine
der großen Paraden Unter den Linden erlebt, veröffentlicht Keilson im

Morgen, der *Monatsschrift der Juden in Deutschland*, einen untergründig bebenden Aufruf zur »Aufrechterhaltung und Pflege der organisierten Disziplin« in den »Einrichtungen, die uns [...] zur Verfügung stehen«. Mit der spartanischen Formel *Juden und Disziplin* ist diese Beschwörung einer Welt überschrieben, die schon untergegangen ist, als der Text noch einmal an sie appelliert. Noch im Veröffentlichungsjahr geht der Verfasser ins holländische Exil, nach der Besetzung taucht er in Delft und in der Nähe von Enschede unter.

Später, als Präsident des Exil-PEN, hat Hans Keilson zu dem Band *Ach, Sie schreiben deutsch?* (1985) das Vorwort verfasst. Darin erläutert er die Titelfrage folgendermaßen: Die exilierten Autoren waren

> gezwungen, das Land, in dessen Sprache sie schrieben, zu verlassen. Sie gingen unfreiwillig. Nach 1945 sind sie freiwillig ›draußen‹ geblieben. Niemand hat sie je aufgefordert heimzukehren. [...] Ja, sie sind draußen geblieben und schreiben – trotzdem? – immer noch deutsch. Was treibt sie zu diesem Absurdum, zu diesem Schrei ins Leere, zu dieser von Stolz, Trauer und Auflehnung zuweilen bis an die Grenze der Würdelosigkeit reichenden Haltung, teilhaben zu wollen an einem Gespräch, an einer Sprachgemeinschaft, der selbst die Sprache abhanden gekommen scheint?

Keilsons Gedichte umkreisen schon früh dieselbe Frage. In einem *Fragment* überschriebenen Gedicht aus dem Jahr 1944 heißt es:

> War je der Zunge, die er sprach, ein Dichter
> so gram wie ich, der ich mich bitter schäm,
> daß ich bespien, besudelt von Gelichter
> Zeichen und Laut aus ihrem Munde nehm

Schon ein Jahr zuvor hat Keilson diese Entfremdung in ein Sprach-Bild gebracht. Während der Sprecher des Gedichts wach liegt und die Flieger kommen hört, die »vom Meer« heraufziehen »zur Phosphorschlacht«,

> [...] lieg ich jetzt und gar so wund
> in fremdem Land und scheu das Licht.
> Es tönt aus meines Kindes Mund
> ein andrer Klang als mein Gedicht.

480

Dass dieses Gedicht überhaupt noch deutsch klingen kann, wird ermöglicht durch die Erinnerung an einen anderen aus Deutschland verjagten jüdischen Dichter. Erste Strophe:

Denk ich an Deutschland in der Nacht –
Wie oft hab ich den Vers gelesen
und dessen, der ihn schrieb, gelacht.
Er wär mein Bruder nicht gewesen.

Um dieser – wenn auch problematischen – Tradition willen kann das Gedicht noch in jener Sprache geschrieben werden, die das eigene Kind nicht mehr spricht. Das Gedicht *Sprachwurzellos,* zuerst erschienen 1963 in der *Zeit,* redet von der unvollkommenen sprachlichen Akkulturation des Exilierten im neuen Land – redet auf deutsch.

Das war durchaus nicht selbstverständlich. Hans Keilson selbst hatte im Exil ja bereits Gedichte unter neuem Namen publiziert, hatte als »Alexander Kailand« und »Benjamin Cooper« in niederländischer Sprache vier Bände der Buchserie *Déjà-vu* angeregt und in ihr Texte herausgegeben, die humoristisch oder ernst, im lesefreundlichen kleinen Format, an große Traditionen von Aufklärung und Humanismus erinnerten: an Comenius und Erasmus von Rotterdam und an »Friedensstimmen aller Zeiten und Völker« (*Zeven maal zeven Vredesstemmen aller Tijden en Volken*).[5] Wäre es nicht naheliegend gewesen, irgendwann auch als Schriftsteller ins Niederländische zu wechseln? In der Festschrift zu Keilsons achtzigstem Geburtstag hat der nach New York ausgewanderte Psychoanalytiker Norbert Freedman diese Frage gestellt, und er hat im Gegensatz zu seinem eigenen Sprachenwechsel Keilsons Umgang mit dem Deutschen gedeutet als »psychische Transformation« einer Nationalsprache in die »Sprache in der inneren Welt«.[6]

Die Wandlungen und Weiterungen der Perspektive, die sich in Keilsons Roman-Debüt aus der untergehenden Republik vorbereitet hatten, ermöglichten in den Texten des Exils die Darstellung von Erfahrungen, die für die meisten deutschsprachigen Schriftsteller weithin ein Tabu blieben. Ein Essay und ein Gedicht, die heimlich im Exil geschrieben und beide erst in den vergangenen Jahren publiziert wurden, lassen sich als Schlüsseltexte jener Zeit lesen und als Erklärungen für Hans Keilsons

politische und literarische Unabhängigkeit. In einem kurz vor Kriegsende geschriebenen Essay über das, was er die »Ausradierung deutscher
Städte« nennt, beschreibt er – der später einmal eingesteht, »daß Haß
nicht meine stärkste Seite ist« –, wie da »eine Welt vernichtet wird, [...]
und ist es auch die Welt des Feindes«. Der Luftkrieg über Deutschland,
der für die deutschen Schriftsteller noch weit über die »Gruppe 47« hinaus ein Tabu bleiben sollte und ein weißer Fleck der Literatur – aus-
gerechnet in diesem Essay eines von den Deutschen verjagten Juden, dessen Eltern in deutschen Vernichtungslagern ermordet wurden, wird er
präzise vergegenwärtigt; noch in der Hoffnung auf die Niederlage des
Feindes ohne Triumph; noch in der ihm aufgezwungenen Frontstellung
zwischen Tod und Leben in einer eigensinnigen Humanität. In dem
Blankvers-Poem *Einer Träumenden*, das Keilson 1943 für seine erste Ehefrau schrieb und das erst 1992 veröffentlicht wurde, hatte er geschrieben: »Du sahst Sieg und Vernichtung Deiner Heimat, / den Feuerball,
der durch die Straßen rollte«.

Das erste Buch Keilsons nach Kriegsende war die große Erzählung *Komödie in Moll*. 1947 erschien das Buch in Fritz Landshoffs *Querido*-Ver-
lag, abermals als eines der letzten. Die tragikomische Geschichte von
dem Juden, der im Versteck an einer Krankheit stirbt und dessen Leichnam nun, unter den Augen der Gestapo, unauffällig beseitigt werden
muss, hätte einem weniger genauen Erzähler als Keilson gewaltig miss-
raten können. Ihm geriet sie zu seiner vielleicht, doch ja: schönsten,
sicher seiner erstaunlichsten Erzählung. Im Skandalon des humoristischen (nicht ironischen) Erzählens über das makabre Thema zeigt sich
auf vertrackte Weise die unsentimentale Humanität, die überhaupt das
Zentrum seines literarischen Lebenswerks ausmacht. Die makabre Ko-
mik ist die trotzige Antwort auf das Grauen; es bildet das narrative
Äquivalent jener mitmenschlichen Umgangsformen, die hier der welthistorischen Barbarei entgegengesetzt werden. Der Gegensatz zwischen
der geschichtlichen Außenwelt und dem Haus von Wim und Marie (in
denen Keilson den Beschützern der Untergetauchten ein Denkmal gesetzt hat) ist konstitutiv für die Konzeption dieser Geschichte. Während draußen Okkupation und Judenverfolgung, Angst und Denunzia-

tion herrschen und das Dröhnen des Luftkriegs, regieren in diesem Haus eine gelassene Hilfsbereitschaft und unpathetische Solidarität. Allein dies ist das Gegenbild zu den Schrecken der Epoche, nicht mehr die Natur, deren Schönheit selbst von der Allgegenwart des Sterbens deformiert ist.

Für Wim und Marie wird – wie für den autobiographischen Helden von Keilsons Erstlingsroman – *jewishness* erst durch die nationalsozialistische Verfolgung zum Thema. »Es war nicht ihre Gewohnheit, über *die* Juden zu sprechen. Daß einer ein Jude war, war für sie kein Problem.« Gerade dieses Geltenlassen ermöglicht ihnen die praktische Hilfe für den »Untertaucher« Nico (der übrigens durchweg als niederländischer Jude erscheint; die deutsche Herkunft des Verfassers wird nirgends thematisiert). Erst angesichts seines Todes wird ihnen bewusst, wie fremd ihnen die jüdischen Bräuche und Rituale geblieben sind. »Wim, weißt du eigentlich, wie die Juden ihre Toten begraben?« Ihrer eigenen Ahnungslosigkeit bewusst, werden die Helfergestalten auf einmal selbst sonderbar hilfsbedürftig gegenüber dem Juden, dem sie Zuflucht gegeben haben. Die Frage nach den Traditionen des Judentums beschäftigt auch den Protagonisten – wie zuvor den Verfasser selbst. Wenn in der Erzählung fast beiläufig die Gestalt Hiobs erscheint, dann hat sich auch dies vorbereitet in Keilsons Gedichten der dreißiger und vierziger Jahre – am eindrucksvollsten wohl in dem an chassidische Traditionen anknüpfenden Gedicht *Zu einem alten Niggun* von 1938; 1952 hat Peter Huchel es in *Sinn und Form* veröffentlicht.

Nico stirbt an der Grippe. Dieser Tod im Versteck erscheint fast absurd vor dem großen Morden; und es wäre leicht, die Erzählung als makabren Versuch beiseitezuschieben. Doch gerade in der Wahl eines Sujets, das blasphemisch wirken könnte, besteht hier Keilsons Versuch, der Gefahr des Verstummens zu begegnen. Denn im Unterschied zur unermesslichen Tragödie ist diese *Komödie in Moll* überhaupt *erzählbar*. Die entgegengesetzte Möglichkeit, das Verstummen vor dem Unsagbaren, wird in der Erzählung selbst thematisiert. Von gewissen Transporten »im Viehwagen« wird da geflüstert, und wir sehen Nicos Gedanken abbrechen vor dem, »wohin die Sprache nicht reicht«: Seine

Gedanken »fuhren in den Zügen mit, die ohne Unterlaß gen Osten gingen, liefen durch die Lager, […] sahen bis ans Ende, bis ans –«; dies ist der einzige Satzabbruch im ganzen Text. Nicht von dem Ausgesparten wird hier erzählt, sondern von den Beschwernissen des Alltags im Versteck – von der Angst vor der Putzfrau, vor den Nachbarn, vor jedem Niesen; von einem Alltag, in dem selbst der gute Freund und Helfer ein »Provokateur« sein könnte und in der die unauffällige Beschaffung von Aspirin, das Trocknen der im Fieber durchgeschwitzten Bettwäsche, die Verständigung des Arztes eine Lebensgefahr bedeuten kann. Mit dieser tragikomischen Detailgenauigkeit gewinnt Keilsons Geschichte am Rand des Unsagbaren die Erzählbarkeit zurück – und zwar vor diesem ständig bewusst gehaltenen Hintergrund. »Der Tod, nicht Sex war das Geheimnis«, hat Ruth Klüger zu Beginn ihres Berichts *weiter leben* geschrieben.[7] Ganz ähnlich wird hier einmal die Allgegenwart des Sterbens mit dem kontrastiert, was »in normalen Zeiten« einmal der Fall gewesen ist: »Mit der Liebe hat jedermann viel früher und viel öfter zu tun, natürlich.«

Welche Provokation diese Geschichte für die Lesererwartungen von Zeitgenossen und erst recht von Nachgeborenen bedeutet, die schon wissen zu glauben, was in einer Geschichte vom Tod eines Juden im nationalsozialistischen Reich gefälligst erzählt zu werden hat, das spricht der Erzähler einmal in seinem leisen Understatement aus. Es ist die einzige Passage des Textes, in der auf dessen Titel angespielt wird:

> Nico […] hatte sich gegen den Tod zur Wehr gesetzt, der von außen kam. Da hatte ihn jener von innen geholt. Wie in einer Komödie, in der man den Auftritt des Helden, der die Auflösung bringt, von rechts erwartet. Und er kommt von links aus der Kulisse. Die Zuschauer jedoch gehen danach überrascht, erfreut und ein wenig gewitzigt nach Hause. Sie fühlen, daß das Spiel am Ende doch ein wenig traurig ablief. Denn man hatte ihn von rechts erwartet…

Zum traurigen Verlauf dieser Geschichte gehört die Nutzlosigkeit aller Vorsorgemaßnahmen. Dass aber diese Nutzlosigkeit nicht Sinnlosigkeit bedeutet, das ist die Pointe dieser Erzählung. Der eine große Wunsch des Protagonisten, die Befreiung noch zu erleben, wird nicht erfüllt; nirgends wird sie auch nur erwähnt. Vor diesem schwarzen Horizont aber gewinnt die Darstellung schlichter Humanität ihre Leuchtkraft. Dazu trägt schließlich auch der nüchterne Realismus bei, der jede gefällige Harmonisierung umgeht. Die Kluft zwischen der Welt des Flüchtlings, der in seinem engen Versteck die Schrecken der Lager halluziniert, und der Welt seiner Beschützer ist unüberbrückbar. Nicht nur von Dankbarkeit, auch von Anfällen von Hass auf diese in »ihrer geschützten, sicheren Häuslichkeit« Behüteten ist die Rede – einem Hass, der nicht verschwindet, wenn er selbst ihn »ungerecht« nennt. Auch Wim und Marie, die guten Menschen, empfinden diese Fremdheit: »Ein Geheimnis!« denkt Marie einmal: »Es war nicht nur, daß sie ihn versteckt hatten – er selbst stellte dies Geheimnis dar, seine Person, sein Leben. Wie ein Niemandsland lag es um ihn, fremd und undurchdringbar. Der Abstand war nicht zu überbrücken.« Diese Einsicht in die Unerreichbarkeit des Verfolgten, des Sterbenden und des Toten *bestärkt* hier aber nur das Bedürfnis, ihm Schutz zu geben *in* seiner Einsamkeit: »Die mondlose Nacht war kalt. Gut, daß er in eine warme Decke gehüllt ist, dachte sie und konnte diesen kuriosen Einfall nicht loswerden«. Nicht Nicos »Geheimnis« aufzudecken erkennt Marie am Ende als ihre Aufgabe, sondern im Gegenteil: es zu bewahren. Das letzte Bild zeigt sie und Wim einsam in der weiten Landschaft; beklommen und sprachlos. Gerade so aber sieht sie der Erzähler als »zwei warme Inseln in dem kalten Meer der Finsternis«.

»Das Ganze war eine Komödie«, bemerkt der Ich-Erzähler in Keilsons folgendem und meistgelesenen Roman einmal, »eine Komödie in Moll. Morgen würde es echt und eine Tragödie sein.« Wie ein Echo klingt der Titel der Exil-Erzählung hier mitten im großen Nachkriegsroman noch einmal an. Und tatsächlich nimmt dieser literarisch ehrgeizigste Versuch die Fragestellungen ungleich komplexer und tiefgründiger wieder auf, die in der *Komödie in Moll* so scheinbar einfach und leicht durchgespielt worden waren. *Der Tod des Widersachers*, erschienen 1959, gilt mit Recht als Hans Keilsons *opus magnum*. Begonnen wurde die Arbeit an diesem Text bekanntlich im Versteck im Exil, also deutlich *vor* der *Komödie*; aus Furcht vor Entdeckung durch die

Nazis wurde das unabgeschlossene Manuskript dann vergraben und erst Jahre später wieder zur Hand genommen; diese tatsächliche Entstehungsgeschichte ist dann in die aus Fakten und Fiktion gespeiste Rahmenhandlung eingefügt worden. Der Roman wurde – wie der Erstlingsroman – in Deutschland und in den Niederlanden veröffentlicht; in den USA stand die englische Übersetzung *The Death of the Adversary* 1959 auf der Bestenliste des *Time Magazine* als eines der zehn wichtigsten Bücher des Jahres. Kein Buch Keilsons ist öfter und kontroverser besprochen worden, in Europa, den USA und Israel.

Keimzelle auch dieses Romans ist ein im Exil verfasstes Gedicht, *Bildnis eines Feindes*, von 1937. In drastischen und bedrängenden Bildern wird dort die wechselseitige Bindung von Aggressor und Verfolgtem geschildert, bis am Ende das »Ich« des Verfolgten und das »Du« des Feindes, dieser Inbegriff von Trennung, Geschiedenheit, Entweder-Oder, auf unheimliche Weise verschmelzen, zu einem werden: »In deinem Angesicht«, so wird hier der »Feind« angeredet,

> In deinem Angesicht bin ich die Falte
> eingekerbt um deinen Mund,
> wenn er spricht: du Judenhund.

Das Spiel von Projektion und Identifikation, von Externalisierung des Dunklen und Fremden im eigenen Ich und der Sündenbockfunktion des anderen – es vollzieht sich in *beiden* Richtungen, gilt also auch für den, der hier als Verfolgter erscheint:

> Im Schnitt der Augen, wie deine Haare fallen,
> erkenn ich mich, seh ich die Krallen
> des Unheils wieder, das ich überwand.

Mit dieser Verschmelzungserfahrung kippt nun überraschend auch der so trügerisch einfache Gedichttitel um. Das dort angekündigte *Bildnis eines Feindes* – es erweist sich zugleich als ein Selbstporträt.

Gemessen an der Provokationskraft dieses Gedankens, der im *Tod des Widersachers* zur tragenden Idee des gesamten Romans wird, war, wie man sieht, die makabre *Komödie in Moll* nur ein vergleichsweise harmloses Vorspiel. Bei näherem Hinsehen aber zeigen sich einige bemerkenswerte konzeptionelle Gemeinsamkeiten. Auch der Roman nämlich entfaltet sein Geschehen und seine umfangreichen Reflexionen in einer ›mittleren Distanz‹ gegenüber dem zentralen Ereignis des Holocaust – nah genug, um alles Erzählte darauf beziehbar zu machen, und entfernt genug, um nicht die Sprache zu verlieren. Zunächst ist diese Distanz eine zeitliche; der Roman spielt überwiegend in den »Jahren davor«, vor »dem *Ereignis*« – mit welchem Begriff jenes Geschehen in den Lagern, das im Vorgängertext Nico als Halluzination erschien, zugleich verhüllt und herausgehoben wird. Nicht nur die Shoah, sondern schon das Judentum selbst erscheint vor diesem Horizont als ein Unaussprechbares. In einem Dialog zwischen Vater und Sohn wird es zu Beginn mit derselben deiktischen Ellipse eingeführt wie in der *Komödie* die Morde. Vom »Feind« ist da die Rede, der eigentümlich verfremdeten, mit dem Kürzel »B.« abstrahierten Gestalt des faschistischen Führers. Ob er denn auch *sein* Feind sei, fragt der Junge den Vater:

»Ich kenne ihn ja nicht, kennt er mich denn?«
»Gewiß, der deine auch. Wir werden ihn kennenlernen, fürchte ich.«
»Warum aber?« fragte ich weiter. »Was haben wir denn getan?«
»Wir sind…« erwiderte mein Vater.
Stille.

Wie in der *Komödie*, so ist auch hier der Tod allgegenwärtig; ein Schatten, der jedes Lebensgefühl verdunkelt. »Seit Tagen und Wochen«, lautet der erste Satz der Binnenerzählung, »denke ich an nichts anderes mehr als an den Tod.« Am Ende dieses Prologs steht der resümierende Satz: »So voll bin ich vom Tod, so gesättigt.« (Und auch hier wird, in fast wörtlicher Entsprechung zur *Komödie*, dem Sterbenden die Sehnsucht nicht erfüllt, das Ende noch mitzuerleben.)

Auf die Schwierigkeiten des Schreibens über das Unsagbare antwortet nun aber auch der kunstvolle narrative Rahmen: Zugleich autobiographisch und fiktional distanzierend, führt er das fortan leitmotivische Bildfeld von Dunkelkammer und Photographie ein (der Vater des Erzählers ist Photograph), reflektiert die nie ganz auflösbare Spannung von Dokumentation und Erfindung, von Fälschung und Fiktion; und immer wieder bedenkt er selbstkritisch das Verhältnis von Erinnerungsprozessen, Gedächtnis und Zensur.[8] Eine zentrale Passage sei hier zitiert:

> Von Zeit zu Zeit verspüre ich das Bedürfnis in mir, mir selbst zu versichern, daß die einzige Quelle, die meine Aufzeichnungen speist, mein Gedächtnis ist. [...] Zum Glück bin ich von dem Ehrgeiz, mir selbst eine gewisse Kunstfertigkeit andichten zu wollen, so weit entfernt, daß ich meine Erinnerungen ohne Zensur passieren lassen kann [...].

Das Abgründige an diesen Authentizitätsspielen ist der Umstand, dass sie jedesmal durch die Bedingtheiten der Erzählerinstanz gebrochen und relativiert sind. Die explizit bestrittene Kunstfertigkeit bestimmt die Konstruktion des Romans implizit als reflektierte Artistik; seine raffinierte Verschachtelung von Rahmen und Binnentext erinnert weit eher an frühromantische Strategien der Fiktionsbrechung als an die vorgeblich unzensierten Erinnerungen, die der Erzähler hier mit psychoanalytischem Augenzwinkern passieren zu lassen vorgibt. So einleuchtend diese ästhetischen Vorkehrungen sind, um der Illusion eines unmittelbaren Zugangs zum Unaussprechlichen zu wehren, so bezeichnend für Keilson scheint doch andererseits, dass alle Einsichten in den »Fälschungs«-Charakter des nur scheinbar Erinnerten, des in Wahrheit doch fiktional Konstruierten hinauslaufen auf eine moralische Legitimation in pragmatischer Hinsicht. Am Ende der Binnenerzählung arbeitet der Ich-Erzähler buchstäblich als Fälscher – aber als Passfälscher für Untergetauchte, denen er so das Leben retten kann.

Vielleicht dient die komplizierte narrative Apparatur hier noch einem zweiten Zweck, nämlich der Absicherung des provozierenden Gedankens von der wechselseitigen Angewiesenheit von Feind und Selbst, den die Parabel von den Elchen Wilhelms II. in ein befremdliches Bild bringt. Die Elche, die der Zar dem deutschen Kaiser geschenkt hat, gehen trotz aller Vorkehrungen in ihrem Gehege ein, weil ihnen die Wölfe fehlen. Diese Grundidee einer agonalen Symbiose von Gut und Böse, Freund und Feind ist schon im zweiten Kapitel eingeführt worden: Da fragt der Erzähler, was ein Mann denn tun könne, »wenn der Widersacher in ihm hervorbricht und ihn [...] treibt und hetzt zu einer Jagd, wo er Jäger und Wild zugleich ist«. Und

was hier nur imaginiert ist, wird später im realen Kampf zur bestürzenden Erfahrung: »Ich hatte ihn unter den Gürtel getroffen. Ich sah ihn liegen und war befriedigt und sogleich war ich selbst der Getroffene, der sich dort wand«.
Diese Erfahrung hat Folgen für die Bestimmung der eigenen Identität. Worauf man »stolz« sein solle, fragt der Sohn den Vater:

Stolz? Worauf? Daß man ist, der man ist, und nicht ein anderer? Vielleicht gar noch ein Stoßgebet, etwa: ›Mein Gott, ich danke Dir, daß ich bin, wie ich bin, und nicht wie der andere?‹ Dies ist der Anfang aller Barbarei.

Die Anspielung auf das Gleichnis Jesu ist nicht beiläufig; immer wieder wird das Umkreisen der Freund-Feind-Dichotomie in diesem Roman auf einen zugleich psychologischen und theologischen Horizont bezogen. Mit der Wiederaufnahme der Hiob-Bezüge in dieser »verteufelten Geschichte« (bis zum blasphemischen Gebet an »Gott […], der Du Dich selber zum Widersacher geschaffen hast all derer, die Du ihre Rucksäcke packen ließest, und all derer, die zweifelten«) wird auch das Leiden an der doch unausweichlichen Feindschaft artikuliert im metaphysischen Bild einer zerfallenen Welt: »Mir war die Welt in Stücke gebrochen, von denen zwei große Fragmente, Freund und Feind, sich nur unvollkommen zu dem Ebenmaß der verlorenen Einheit zusammensetzen ließen.« Zur Provokation wird dieses Bild, wenn der Erzähler für den Feind die Nazis, für den Freund den gejagten Juden einsetzt, der erleben muss, »daß ich selbst zum Feind ausersehen war«.
Wie der Autor tatsächlich noch zu den Zuschauern bei Hitlers Berliner Triumphzügen gehört hatte, so erlebt hier der Erzähler im siebten Kapitel den Feind »B.« bei einer Kundgebung in einer Art Bürgerbräukeller, hört seine Reden und weiß, dass er hier »meine eigene Vernichtung« hört. Zugleich aber analysiert er so kühl wie möglich die Mechanismen der Feindschaft. Hinter den ekstatischen Hasstiraden des Feindes auf ihn und seinesgleichen erkennt der analytische Blick des Zuschauers den verdrängten Selbsthass: »Alles macht er zunichte. Es ist seine eigene Vernichtung, die ihn antreibt.« Zur Projektionsfläche dieses Selbstvernichtungswillens geworden und damit seinerseits zum

Hass auf den Hassenden gezwungen, empfindet der Erzähler seine eigene Identität als deformiert. Beim Blick in den Spiegel glaubt er das Bild jenes anderen zu erblicken:

> Auf eine seltsame Weise, ohne daß ich es merkte, hatte es sich mit Krallen und Haken in mein Fleisch hineingelassen. Je mehr ich auch daran rüttelte, um so stärker fühlte ich nur die Schmerzen seiner Verankerung. – Unverwandt sah ich so lange in den Spiegel, bis ich mich selbst in ihm zu erkennen glaubte.[9]

In der deutschsprachigen Literatur des Exils gibt es einen berühmten Text, dessen Grundgedanke dem dieses Romans ähnlich ist (auch in der Provokationskraft und der Intensität der Selbsterforschung): Thomas Manns Essay *Bruder Hitler* von 1938. Passagenweise lässt sich dieser Versuch wie ein Kommentar zum Roman lesen. Was Keilson hier inmitten der Barbarei gelingt, ist die Ausweitung der anthropologischen Reflexion zur humanen Perspektive. Dabei wird jede platte Verkürzung, jedes verharmlosende Missverständnis der Hass-Bruderschaft mit »Bruder Hitler« verhindert durch jene narrativen Vorkehrungen, die das Zentrum dieses Romans umstellen und die Autorität des Binnenerzählers immer wieder unterlaufen. In dieser anthropologischen *als* humanen Perspektive ließ sich die Weigerung begründen, die eigene Sprache aufzugeben, weil sie auch die des Feindes war. »Ach, Sie schreiben deutsch?« Ja, so konnte ein jüdischer Exilant deutsch schreiben.

Man hat diesem Roman gelegentlich seine Abstraktion vorgeworfen, das Überwiegen der essayistischen Reflexion über ein handlungsorientiertes Erzählen.[10] Aber dieser Einwand bezeichnet doch weit eher die wesentliche Kunstleistung dieses Textes – eben die Verbindung von Roman und Essay, dieses genuin moderne Verfahren der künstlerischen Reflexion einer Wirklichkeit, deren Pluralität und Abstraktion sich den Konventionen eines mimetischen Realismus entzieht. Ließ sich das aber schon von den Erfahrungswelten der Moderne sagen, wie erst von der Grenzerfahrung dessen, was *hier* in Rede steht! Andererseits verbindet die beklemmende Darstellung der Schändung eines jüdischen Friedhofs durch eine Jugendbande, eben *weil* sie durch eine

Potenzierung der Erzählerinstanzen auf Distanz gehalten wird (als Binnenerzählung in der Binnenerzählung), detailrealistische Vergegenwärtigung *und* psychologische Analyse. Beides resultiert hier in jenem ungeheuerlich einfachen Satz:»Wir waren gekommen, die Toten umzubringen.« Dieses Resultat einer Modellstudie begründet zugleich auch literarische Verfahren des Textes selbst, seinen Umgang mit Fiktionskonstruktion und Erinnerung: Der Versuch einer Ermordung der Toten bedeutet einen Angriff auf das Gedächtnis und damit auf die Bestimmung der eigenen Identität. (Deshalb wird denn auch *diese* Handlungssequenz bezogen auf die Grundfrage nach der Einheit von Freund und Feind.)

Wie eine skeptische Summe und Metareflexion seines Erzählwerkes liest sich Hans Keilsons bislang letzte, kürzeste und dichteste Erzählung *Dissonanzen-Quartett*; Peter Härtling hat sie ihm 1968 für eine Anthologie abverlangt. In romantischer Brechung bezogen auf Mozarts Komposition KV 465 (1785) und abermals im intrikaten Spiel mit autobiographischem Bericht und Fiktionalität, lässt sich diese letzte Geschichte eines Vater-Sohn-Verhältnisses vor dem Hintergrund des Exils in zweierlei Hinsicht als skeptischer Abschied von der Fiktion lesen. Erstens reflektiert der Text das Verhältnis von Memoria und Imaginatio jetzt als den Verlust jener Authentizität, die zumindest dem Binnenerzähler des *Widersacher*-Romans noch als letzter Halt gedient hatten:»Wenn ich an mein Elternhaus denke, ist die Erinnerung das Echo eines Echos, dem der ursprüngliche Laut abhanden gekommen ist.« Mit dem Verlust dieses Ursprungs aber, der geschichtlichen Referentialität des Erinnerns, wird im nächsten Satz, zweitens, auch eine Vergeblichkeit des literarischen Erzählens konstatiert, die sich vom tatenfrohen Optimismus des Debütromans weit entfernt hat:»Die Geschichte meiner Eltern und unserer Familie ist die Geschichte einer ohnmächtigen Welt, deren glanzreiche Siege man als den Beginn noch grausamerer Vernichtungen nur noch beargwöhnen kann.«

Gerade die Resignation des Erzählers Keilson aber hat, so scheint uns, den Essayisten und Lyriker beflügelt. Bereits mit dem *Widersacher* war ja die Verschränkung von Roman und Essay in eine Konsequenz vorgetrieben worden, nach der das Weitererzählen grundsätzlich erschwert sein musste – schwer vorstellbar, dass der Autor danach hätte zurückfinden können in die Leichtfüßigkeit der *Komödie in Moll*. Stattdessen konzentrierte er sich auf die Lyrik und seit den 80er Jahren auf das Genre des Essays, das ihn ja ebenfalls schon seit den dreißiger Jahren beschäftigt hatte. Dabei verliert das essayistische Schreiben seinerseits den Grundzug des autobiographisch Erzählerischen nur selten.

Wer diese Essays liest, sieht Hans Keilson, so seine eigenen Worte in der Selbstdarstellung *In der Fremde zuhause* als Reiter »auf zwei Pferden«, dem der Literatur und dem der Psychoanalyse. Die »Rosse« sind, wie er selbstironisch hinzufügt, »nicht sehr hoch.« Und er fährt fort: »Ich habe mich immer ein wenig dagegen gesträubt, eine scharfe, kategorische Unterscheidung zwischen diesen beiden Disziplinen vorzunehmen, wenn der Lebenslauf und die Arbeit eines Menschen sie zu vereinigen trachten.« So sind nach dem Selbstverständnis des Autors Keilson die wissenschaftliche Abhandlung und der medizinische Rapport von seinem literarischen Werk nicht zu trennen: »Ich habe«, schreibt er im Nachwort zu *Das Leben geht weiter*, »unzählige Rapporte geschrieben über Kinder und Erwachsene, die ich untersucht und behandelt habe, um Gerichte und andere Instanzen im Idiom meines Faches von dem Leid zu überzeugen, das sie in schweren Jahren überkommen hatte. Diese Arbeit bestimmt im Grunde mein persönliches Verhältnis zur Literatur.«

Sein Medizinstudium hatte Keilson 1928 in Berlin begonnen. 1934 legte er das ärztliche Staatsexamen ab. Da er unter das Berufsverbot fiel, arbeitete er bis zu seiner Emigration 1936 als Sport- und Musiklehrer an jüdischen Schulen. Während der Besetzung der Niederlande war er im Untergrund als Arzt für den Widerstand tätig. Nach dem Krieg gründete er mit anderen Überlebenden eine Organisation, die sich der Versorgung jüdischer Kriegswaisen annimmt. Er holte niederländische Arztexamina nach und unterzog sich einer Ausbildung als

Psychotherapeut. Seit 1951 (und bis heute) praktiziert Hans Keilson als »Nervenarzt«, wie er sich gerne nennt, in Bussum, einer kleinen Stadt zwischen Amsterdam und Utrecht.

1979 wurde er promoviert mit einer kinderpsychiatrischen Untersuchung zum »Schicksal« – ja, er verwendet dieses Wort – »der jüdischen Kriegswaisen in den Niederlanden«. Sie trägt den Titel *Sequentielle Traumatisierung bei Kindern.* Diese Untersuchung gilt längst als ein Standardwerk zu diesem Gebiet.

Eine erste Sammlung seiner Essays erschien 1998 im Gießener Verlag *Literarischer Salon* unter dem Titel *Wohin die Sprache nicht reicht.* Dessen Verleger Gideon Schüler hat sich um das Werk Keilsons sehr verdient gemacht. Die Essays, Reden und Glossen Keilsons lassen Zusammenhänge hervortreten, die mehr als ein halbes Jahrhundert umspannen. Resümiert werden sie vielleicht am bündigsten in seiner Selbstdarstellung als »ein ehemaliger deutscher Jude, der die Shoah in den Niederlanden überlebt hat und noch immer ein gewisses Einverständnis mit der deutschen Sprache pflegt«. »Ehemalig« und zugleich, mit Vorbehalt, »einverständig«: was die unterschiedlichen Texte zusammenhält, ist eben dieses Weitersprechen gegen das Fremdwerden, der Versuch, eine Sprache zu finden und eine Sprache finden zu helfen, gerade auch im Bewusstsein, dass es etwas gibt, wohin die Sprache nicht reicht. Mit *Wohin die Sprache nicht reicht* ist der bedeutende, programmatische Titelessay von 1984 überschrieben. In diesem Essay beschreibt Keilson die schwierige Kommunikation zwischen ihm und einem 12jährigen Jungen, der als Waise aus dem Konzentrationslager Bergen-Belsen zurückgekommen war. Der Essay endet mit den Sätzen – und man weiß nicht, ob der Psychoanalytiker oder der Schriftsteller Keilson redet –: »Es könnte sein, daß hinsichtlich meiner Ausführungen in Anlehnung an Wittgenstein der Eindruck entstehen könnte, daß man darüber, worüber man nicht reden kann, schweigen sollte. Ich teile diese Meinung nicht. Man sollte es immer wieder aufs neue versuchen.«

Keilsons Tonfall ist die Jahrzehnte hindurch bemerkenswert gleich geblieben – urban, gelassen und genau. Gelegentlich erlaubt er sich Fragen wie die, »woher der Pfeffer kommt, in dem der Hase liegt«. Noch dort, wo er vom Entsetzlichen redet, und gerade dort, beharrt er auf einer Nüchternheit, die das Reden erst ermöglicht. So erzählt Keilson von seinen verschiedenen Leben in Deutschland und den Niederlanden, von Lebensläufen seiner Patienten, von Gefährten. Manche Erinnerungen, etwa an die Nebenverdienste als Jazztrompeter und *crooner* (in »einer zwölf Mann starken Kapelle nebst einem Ballett von fünf Damen«), lesen sich wie Zeugnisse einer sehr fernen und fremden Welt. Von Erfahrungen aus der Finsternis berichten mehrere Beiträge, andere erörtern Grundmuster des Judenhasses oder das Verhältnis von *Psychoanalyse und Judentum*, von *Tiefenpsychologie und Hermeneutik*. In diesen Essays hat das autobiographische Erzählen einen so pragmatischen wie literarisch produktiven neuen Ort gefunden. Wie in den Gedichten werden hier die Themen des erzählerischen Werkes neu bearbeitet und erweitert, von der in Kassel gestellten Frage nach der *Faszination des Hasses* (1996) bis zur eigensinnigen Auseinandersetzung mit Hans Schwerte in der *Literarischen Welt* (1998) – der Verteidigung eines Mannes, der als Hans Ernst Schneider einmal einer der »Widersacher« gewesen war. Der Titel *Ein deutsches Doppelleben* erinnert an Gottfried Benns autobiographisches *Doppelleben*. Immer wieder kommt Keilson in diesen Essays auf die für ihn grundlegende analytische Bedeutung des Ambivalenzkonfliktes zurück, die das Gedicht *Bildnis eines Feindes* im poetischen Bild schon offen legt. Im Essay *Überwindung des Nationalsozialismus*, mit dem bezeichnenden Untertitel *Literarische und psychoanalytische Annäherungen*, schreibt er: »Es ist nicht, wie oft angenommen wird, der Haß, der die Basis der Feindschaft bildet, sondern der Ambivalenzkonflikt, der den Hasser und den Gehaßten, Verhaßten aneinander bindet, ja fesselt und die Projektion eigener Unsicherheiten und Identitätskonflikte auf den anderen ermöglicht.« Daraus zieht er die Folgerung, dass der Täter der Täter und »auch« ein »Opfer« seiner »eigenen Taten« ist.

Wovon auch Keilson erzählt und handelt, stets hat der Leser jenen freundlich-ironischen Ton im Ohr, der das »gewisse Einverständnis mit der deutschen Sprache« beglaubigt. Er hält das Sprechen von dem, »wohin die Sprache nicht reicht«, in Gang. In diesem Ton artikuliert sich ein Denken, in dem Wissen in Weisheit übergegangen ist. Beispiel-

494

haft der Vortrag *Freud und die Kunst,* in dem die Tragweite einer psychoanalytischen Annäherung an die Kunst umsichtig und gänzlich undogmatisch geprüft wird:»Vielleicht sollte man eine Antwort, eine Lösung auch nicht erwarten, und uns verbleibt nur die Anstrengung, das Umfeld der Fragestellung neu zu überprüfen, zu sondieren.« Gedichte hat Keilson schon vor der Emigration geschrieben. 1934 erschien in der jüdischen Zeitschrift *Der Morgen* das Gedicht *Neuer Psalm.* Nun aber, im Exil in den Niederlanden, wie er in seiner Rede vor der Deutschen Akademie für Sprache und Dichtung von 1999 sich erinnert, schrieb er »auf einmal, eruptiv, Gedichte in deutscher Sprache«, obwohl er die niederländische Sprache bereits beherrschte.»Judengedichte« nennt er sie in dieser Rede. Unter den Pseudonymen Alexander Kailand und Benjamin Cooper konnte er zwischen 1937 und 1939 Gedichte und Prosa in der katholischen Literaturzeitschrift *De Gemeenschap* und in niederländischen Anthologien veröffentlichen. Deutsche Exilautoren durften in den Niederlanden vor 1940 noch mit einem sprachkundigen und an der deutschen Literatur interessierten Publikum rechnen.

Es liegt nahe, in der besonderen Situation des Exils in einem bei aller sprachlichen und kulturellen Nähe doch fremden Land den Grund für das ›eruptive‹ Schreiben von Gedichten in deutscher Sprache zu sehen. Gedichte sind Gebilde höchster sprachlicher Konzentration. Mit einer solchen Arbeit an der eigenen Sprache konnte eine Vergewisserung und Behauptung der eigenen Identität gesucht und gefunden werden.

Keilsons Gedichte erproben Formen und Töne der lyrischen Tradition: Das erzählende, balladeske, lange Gedicht, die poetische Anrede, das kurze imaginative Gedicht; rhythmisch und strophisch gegliederte Gedichte und Gedichte mit unregelmäßigen Rhythmen, gereimte und reimlose Gedichte. Hörbar sind Anklänge an die Sprache der Bibel und des religiösen Lieds, an den Ton des Volkslieds und den Ton Heines, der im Ende 1943 entstandenen Gedicht *Variation* doch als der »Bruder« im Exil, »in fremdem Land«, und im Schmerz über Deutschland erfahren wird. Der Essay *Überwindung des Nationalsozialismus* berichtet von der Situation seiner Entstehung.

Mit einer Mischung aus Schmerz, Sentimentalität, Pathos, Selbstironie, Witz und Lässigkeit wird Heines Ton in vielen Gedichten ›variiert‹. In manchen Gedichten wie z. B. dem *Amsterdamer Lied* kann man aber auch eine »Tonfärbung«, wie Keilson in derselben Rede sagt, der 20er und frühen 30er Jahre hören, die Tonfärbung der Kabarettlyrik Walter Mehrings, Kurt Tucholskys und Erich Kästners – und die Tonfärbung des Schlagers. Die Schlager dieser Zeit waren Keilson bestens vertraut aus der Berliner Zeit, als er in Tanz- und Jazzbands selbst Trompete und Geige spielte. Der zitierten Rede vor der Deutschen Akademie für Sprache und Dichtung hat Keilson den Titel »*Sieben Sterne…*« gegeben, ein Zitat aus einem Schlager der 20er Jahre. Im Gang der Rede verschieben sich die »Sterne« des Schlagers assoziativ in das Bild der Judensterne – gerade weil darauf nicht ausdrücklich verwiesen wird. Das Gedicht *Sterne*, 1967 entstanden, leitet die Erinnerung an eine jüdische Kindheit über in die Erinnerung an die Vernichtung der Juden, die »Sternlein« aus dem »alte[n] kinderlied« in die alten Judensterne:

sechsseitig
geometrisch
aus gelbem stoff
handtellergroß
mit schwarzen lettern
sichtbar zu tragen
und festgenäht auf
der linken seite des kleidungsstückes
in brusthöhe

Die »süßen plätzchen«, die die Mutter an den Festtagen früher buk, »sterne aus dem ofen«, sind nun verbrannt: »die süßen plätzchen / verbrannten / in den öfen«. Dieses Bild evoziert lapidar die Krematorien der Vernichtungslager.

Angeregt wurden manche Gedichte Keilsons auch von der naturmagischen und sprachlich ziselierten Lyrik Oskar Loerkes, z. B. *Komm Schlaf* und *Apollinischer Garten*. Die Gedichte nach 1945 erproben die Formen der experimentellen lyrischen Moderne. Doch wird die Chiffrierung der lyrischen Sprache nicht so weit getrieben wie etwa bei Ingeborg Bachmann und Paul Celan. Keilsons Gedichte wahren eine narrative Verständlichkeit, ein Zug seiner Gedichte von Anfang an.

496

Die erprobende lyrische Geste zeigt sich auch in der auffallenden Folge von Überarbeitungen einzelner Gedichte, z. B. des Erzählgedichts *Zug durch die Wüste*. Entstanden ist es 1938/1939, überarbeitet wurde es 1946, dann 1984/1986. Dies zeugt einerseits von Vertrauen in eine Haltbarkeit des Anfangs über die Jahre hinweg, andererseits von der Konzeption des Gedichts als eines Versuchs, eines ›offenen‹ Werkes. Sie entspricht der allgemeinen Tendenz der modernen Literatur zum Experiment. Bei Keilson mag auch die Haltung des Wissenschaftlers hinzukommen, der ›geschlossenen‹, abgeschlossenen Aussagen misstraut. Schließlich haben Dichter immer an ihren Werken gefeilt, haben sie auf der Suche nach der überzeugenden Form die gerade letzte Fassung wieder überarbeitet.

Die Gedichte Keilsons sind nach 1945 verstreut in Zeitungen und Zeitschriften erschienen. Eine schmale Sammlung von Gedichten aus sechs Jahrzehnten erschien unter dem programmatischen Titel *Sprachwurzellos* zuerst 1986 im Verlag *Literarischer Salon* und dann in vier weiteren, mehrfach überarbeiteten Auflagen. Derselbe Verlag legte 1992 als Einzelveröffentlichung *Einer Träumenden. Poem* vor, ein langes Blankversgedicht in antikisierender Sprache und in Form einer poetischen Anrede an eine »Schwester«. Ihre Träume sind Träume kosmischen Schreckens. Das Gedicht endet mit der Aussicht auf die Überwindung solcher Träume durch das »andere[] Geschick« der Liebe. In der poetischen Form und in der analytischen Bildlichkeit bekundet sich die Absicht, ein Gedicht gegen den zeitgenössischen Schrecken zu entwerfen. Geschrieben hat Keilson dieses Gedicht 1943 während der deutschen Okkupation. Untergetaucht war er damals in den »Recken'schen Inrichtingen«, einem Heim für schwer verwahrloste Jugendliche nahe der deutschen Grenze.

Das Gedicht entfaltet in einem monströsen Bild einen Gedanken, der in Keilsons späteren psychoanalytischen Essays zum Nationalsozialismus eine grundlegende Bedeutung erhält: In der Zerstörung Anderer liegt immer auch ein Anteil an »Selbstzerstörung«. Im Traum frisst eine Schlange schließlich sich selbst auf, nachdem sie alles verheert und ihre eigene »Brut« aufgefressen hat. Sie erstickt an sich selbst: »[…] Lustvoll schauerte / der glibbrig-fette Leib, da ihm so feil

/ die eigene Gier im doppelten Genuß / der Selbstzerstörung und der Völlerei – .«

Die Situation des deutschen Juden in der Emigration, in dem »der Oderstrom und / der Jordan meines verlangens«, wie es mit einem kühnen Oxymoron heißt, »lodern« (*Schizoid*), der Antisemitismus, die Verfolgung und Ermordung der Juden, deren »zeiten« nun nach »todein / todaus« bemessen werden (*Schizoid*), und die Situation des Überlebenden machen das große Thema der Gedichte Keilsons aus. Anrührend steht die Angst »ich bin kein mensch / ich bin ein tier / das angst hat« (*Selbstbildnis*, 1937) neben dem furchtlosen Eintritt in das Haus des fremden Gastgebers (*Einem Gastgeber*, 1939). Gedichte wie *Schizoid*, *Sprachwurzellos* oder *Totentanz. Versuch einer ars poetica* setzen sich nach der Vertreibung und Ermordung der Juden der programmatischen Frage aus, wie Dichten – Dichten in deutscher Sprache – für die Überlebenden noch möglich sei. Das Bild der zwei Stöme in *Schizoid* steht in einer spezifisch deutsch-jüdischen Bildtradition. 1926 hatte schon Franz Rosenzweig für seine Existenz als Deutscher und Jude die Metapher des »Zweistromlands« gewählt. Der einprägsame, schöne Titel *Sprachwurzellos* nimmt ein Schlagwort auf, mit dem seit dem Ende des 19. Jahrhunderts die vermeintliche ›Entwurzelung‹ der Juden getroffen werden sollte. Wahr, so besagt dieses Gedicht, wurde dieses Schlagwort 1933, mit der Vertreibung der deutschen Juden aus Deutschland und das heißt auch mit dem Versuch der Vertreibung aus der deutschen Sprache. Los von der Sprachwurzel – das meint die bittere Situation des Emigranten. In diesem Los-Sein findet jedoch der Dichter die Sprachwurzel als ein verzweifeltes, demütiges und leidenschaftliches Los: »und weiß mich gedemütigt / in der wollust verdorrter schriftzeichen«. Die letzten Zeilen von *Totentanz* lauten:

> *survivor syndrom*
> *knochenfraß*
> *mundfäule*

Der medizinische Begriff der Mundfäule wird zur Metapher für die Situation des überlebenden deutsch-jüdischen Dichters.

498

Eine durchgängige Bedeutung gewinnt im lyrischen Werk Keilsons das Motiv der Erinnerung und des Gedenkens. Hier kommen der Dichter und der Psychoanalytiker Keilson wiederum überein. Psychoanalytische Arbeit ist immer auch Arbeit an verschütteten, verdrängten Erinnerungen. Erinnern, Gedenken, Andenken stellen eine der ältesten Aufgaben von Dichtung dar – und sie wurde, überblickt man die deutsche Literatur nach 1945, nach dem Holocaust und dem Krieg von vielen Autoren als ihre eigentliche literarische Herausforderung übernommen. Mit dem Begriff der »Trauerarbeit«, den Alexander und Margarete Mitscherlich in den sechziger Jahren in die öffentliche Diskussion einführten, ist diese Form des literarischen Erinnerns und Gedenkens ziemlich treffend bezeichnet worden. Das frühe Gedicht *Der Tod Ehrich Mühsams* gedenkt eines Dichters, der 1934 im Konzentrationslager Oranienburg umgebracht wurde. Erinnerungen an die Mutter enthält das Gedicht *Sterne*, an den Vater das späte Gedicht *Dawidy* (Dawidy ist der Name eines Schlosses im früheren deutschen Ostpreußen, der Heimat des Vaters). Hier heißt es lapidar: »Gedenk und vergiß.« – Eine einfache, eine so schwierige Formel! Das Gedenken wird nicht nur zuerst genannt und gegen das Vergessen gesetzt, sondern auch mit dem Vergessen verbunden. Einem Gedenken, das auch ein Vergessen-Können ermöglicht, traut der Dichter und Psychotherapeut Keilson zu, eine Hoffnung auf Zukunft entbergen zu können. An anderer Stelle erwähnt Keilson die Gefahr einer »Unrast« der Trauer, welche die »Erinnerungen in den Strudel eines nie endenden Abschiednehmens« zieht. Nicht zu überlesen ist freilich, dass die Formel auch von einer Ohnmacht des Gedenkens weiß. Das Gedicht *Bühlertal* ist dem Andenken von Gertrud Manz gewidmet, der ersten Frau von Hans Keilson. Die Eltern, die er noch in die Niederlande hatte holen können, wurden deportiert und im Konzentrationslager Birkenau umgebracht. Im Gedicht *4. Mai* – der 4. Mai ist Totengedenktag in den Niederlanden, am 5. Mai wird der Tag der Befreiung begangen – ertönt die »dunkle Glocke der Erinnerung«. Das Motiv der Erinnerung und des Gedenkens findet sich auch in den zeitkritischen Gedichten Keilsons. In *Sanierung Amsterdam* wird die Sanierung eines Stadtteils ins Bild einer Beisetzung von Erinnerung gefasst.

Bis heute ist die Antwort des niederländischen Bürgers und deutschsprachigen Schriftstellers, des Dichters, Erzählers, Essayisten und Arztes Hans Keilson auf die Erfahrungen seiner Epoche jene Beharrlichkeit geblieben, mit der er über das, worüber man nicht reden kann, immer wieder aufs neue zu reden versucht. Einer »Faszination des Hasses« ist er nie erlegen. »Jene, die stärker hassen«, hat er geschrieben, »sind vielleicht die Glücklicheren, sie können ihrer Trauer ein Dach geben.« Die Trauer der anderen bleibt obdachlos. Aber hier ist der Ort der Humanität.

Heinrich Detering
Gerhard Kurz

Anmerkungen

1 O. Loerke: Tagebücher 1903–1939. Hg. von H. Kasack, Heidelberg/Darmstadt (1956), Veröffentlichungen der Deutschen Akademie für Sprache und Dichtung, Bd. 5, hier: S. 256 f. und 259

2 Zu dieser Einheit grundlegend M. Leuzinger-Bohleber: Hans Keilson: Traumaforscher, Psychoanalytiker und Literat, in: M. Leuzinger-Bohleber/W. Schmidt-Kowarzik (Hg.): »Gedenk und vergiß – im Abschaum der Geschichte.« Trauma und Erinnern: Hans Keilson zu Ehren, Tübingen (2001), S. 23–34, sowie Birgit Erdles umfangreicher Artikel *Hans Keilson* in H. L. Arnold (Hg.): Kritisches Lexikon der deutschen Gegenwartsliteratur.

3 Th. Mann, Frühe Erzählungen. Hg. v. Terence J. Reed, Große kommentierte Frankfurter Ausgabe, Bd. 2.1, Frankfurt a. M. (2004), S. 262 f.

4 Vgl. Tonios letzten Satz im Lisaweta-Gespräch: »*Ich bin erledigt.*« (ebd. S. 281)

5 Vgl. die gründliche Bibliographie in der Magisterarbeit von B. Schausten: Der Blick auf die Seele. Eine Studie zum Werk Hans Keilsons, München (1991), S. 179–186. Schausten verzeichnet auch die (wenigen) literarischen Beiträge, die Keilson in niederländischer Sprache veröffentlicht hat. – Zu den wichtigen Prosawerken vgl. auch die Untersuchungen und Auswahlbibliographie in K. Schwiesow: Studien zur literarischen Entwicklung Hans Keilsons, Magisterarbeit Kassel (1992).

6 N. Freedman: Sprache als Objekt. Vernichtung, Unterdrückung und Wiederfinden der eigenen Sprache. Ein Entwurf, in: D. Juelich (Hg.): Geschichte als Trauma. Festschrift für Hans Keilson zu seinem 80. Geburtstag, Frankfurt a. M. (1991), S. 71–74, hier: S. 73

7 R. Klüger: weiter leben. Ein Bericht, Göttingen (1992), S. 7

8 Vgl. A. Assmann: Zwischen Geschichte und Gedächtnis, in: Leuzinger-Bohleber/Schmidt-Kowarzik, a.a.O., S. 141–152, sowie, aus psychoanalytischer Perspektive: U. A. Müller: Wunden der Geschichte. Zwischen Erinnern und Erinnerung, ebd. S. 87–104

9 Vgl. dazu auch die Studie von B. Erdle: Unheimliches Verstehen. Zu einem Roman von Hans Keilson, in: Hitlerdeutungen. Luzifer-Amor 5 (1992)

10 So in einem im übrigen sehr erhellenden Beitrag F. Trapp: Zur Genese des Hasses. Zu Hans Keilsons Roman »Der Tod des Widersachers«, in: Juelich, a.a.O., S. 151–164

Bibliographische Nachweise

Romane und Erzählungen

Das Leben geht weiter. Roman. Erstdruck: Berlin: S. Fischer 1933. Anlässlich dieser Veröffentlichung verfasste Keilson auch das *Kleine Selbstbildnis* für die *S. Fischer-Korrespondenz* (hier, S. 347). Der Roman – das letzte Debüt eines jüdischen Schriftstellers bei S. Fischer – wurde 1934 verboten. Von den Entstehungsumständen berichtet Keilson in dem *Nachwort*, das er für die Neuausgabe des Romans in der von Ulrich Walberer herausgegebenen Reihe *Verboten und verbrannt/Exil* im Fischer-Taschenbuch 1984 verfasste (hier Band 1, S. 581). Für diese Neuausgabe, die 1995 eine weitere Auflage erfuhr, erhielt der Roman den Untertitel *Eine Jugend in der Zwischenkriegszeit*.

Komödie in Moll. Erzählung. Die Arbeit an dieser Novelle wurde noch im Untergrund in den Niederlanden begonnen und kurz nach dem Ende von Krieg und deutscher Besetzung beendet. 1947 erschien sie in einem der wichtigsten Exilverlage, bei Querido in Amsterdam. In Deutschland wurde sie erst 1988 in der von Ulrich Walberer herausgegebenen Reihe *Verboten und verbrannt/Exil* im Fischer-Taschenbuch veröffentlicht; eine durchgesehene Neuausgabe erschien ebd. 1995. Der Text ist dem niederländischen Ehepaar gewidmet, bei dem Keilson in Delft untergetaucht war.

Der Tod des Widersachers. Roman. Hans Keilsons bekanntester Roman geht zurück auf einen Einfall, den bereits sein 1937/38 im niederländischen Exil entstandenes Gedicht *Bildnis eines Feindes* skizziert. 1942 begann er mit der Arbeit am Roman; die ersten vierzig Seiten des Manuskripts vergrub er, um sie vor den deutschen Besatzern zu schützen. Erst nach dem Krieg nahm er die Arbeit wieder auf. 1959 erschien der Roman im Verlag Georg Westermann in Braunschweig. Im Gegensatz zur deutschen Ausgabe fand die englische Übersetzung *The Death of the Adversary* (übersetzt von I. Jarosy), die 1961 in London (im Verlag Oswald Wolff) und 1962 in New York (im Verlag Orion Press) veröffentlicht wurde, weite Beachtung. Das *Time Magazine*, das im September 1962 eine ausführliche Rezension dieser *Anatomy of Hatred* gebracht hatte, setzte den Roman im Januarheft 1963 auf die Liste der zehn wichtigsten *Fiction Books* des Jahres 1962 (zusammen mit Büchern von Katherine Anne Porter, Richard Hughes, William Faulkner, Vladimir Nabokov, Frank Swinnerton, Philip Roth, Jorge Luis Borges, J. F. Powers und Shirley Jackson). Für die 2. Auflage der erstmals 1961 erschienenen niederländischen Übersetzung *In de ban van den tegenstander* (übersetzt von M. G. Schenk) schrieb Keilson 1982 eine kurze *Vorbemerkung* (hier Band 1, S. 587). 1989 wurde der deutsche Text in der von Ulrich Walberer herausgegebenen Reihe *Verboten und verbrannt/Exil* im Fischer-Taschenbuch erneut veröffentlicht; eine durchgesehene Neuausgabe erschien ebd. 1996.

Dissonanzen-Quartett. Erstdruck in der 1968 von Peter Härtling im S. Fischer Verlag herausgegebenen Anthologie *Die Väter. Berichte und Geschichten* (darin S. 108–118), Taschenbuchausgabe bei Fischer 1989; erneut veröffentlicht in Hans Keilson: *Sieben Sterne. Reden, Gedichte und eine Geschichte. Mit einem Nachwort von Gerhard Kurz.* Gießen: J. Ricker'sche Verlagsbuchhandlung / edition literarischer salon (Gideon Schüler), 2003.

Nachwort. Der Text wurde zur Neuausgabe seines Erzähldebüts *Das Leben geht weiter* (1933) im Fischer-Taschenbuch 1984 verfasst.

Vorbemerkung. Unter der Überschrift *Woord vooraf* wurde dieser Text in der niederländischen Neuausgabe des Romans *Der Tod des Widersachers* (Haarlem 1982) veröffentlicht. Für die vorliegende Werkausgabe wurde er von Marita Keilson-Lauritz, in Zusammenarbeit mit dem Autor, ins Deutsche übersetzt.

Gedichte

Sprachwurzellos. Gedichte. Hans Keilsons gesammelte Gedichte erschienen in der von Gideon Schüler betreuten Gießener *edition literarischer salon* (J. Ricker'sche Universitätsbuchhandlung) in fünf Auflagen, deren Textbestand variiert. Die erste Ausgabe erschien 1986; eine erweiterte Ausgabe wurde 1989 als »Festgabe für Hans Keilson zu seinem 80. Geburtstag im Dezember 1989« veröffentlicht und erlebte noch im selben Jahr eine Neuauflage. Die vierte Auflage erschien 1993, die fünfte 1998. Sofern ein Gedicht nur in einer dieser Auflagen enthalten war, wird das im folgenden vermerkt.

Variation. Geschrieben in Delft 1944, Erstdruck in der Wochenzeitung *Die Zeit* am 23. Oktober 1964.

Neuer Psalm. Geschrieben in Berlin 1933, als erste Gedichtveröffentlichung Keilsons erschienen in *Der Morgen. Monatsschrift der Juden in Deutschland* 1934. Erneut veröffentlicht in der von Manfred Schlösser herausgegebenen Anthologie *An den Wind geschrieben. Lyrik der Freiheit. Gedichte der Jahre 1933–1945.* Darmstadt: Agora 1961, S. 308.

Amsterdamer Lied. Geschrieben 1937, in *Sprachwurzellos* 1986 erstmals veröffentlicht.

Wir Juden... Geschrieben 1937, erstmals veröffentlicht unter dem Pseudonym »Alexander Kailand« in der katholischen, literarischen Zeitschrift *De Gemeenschap* im März 1938, S. 122. Das Gedicht eröffnet hier einen Zyklus (S. 122–127), dessen Überschrift zugleich die dieses Gedichts ist (*Wir Juden ...*) und der mit den folgenden Texten fortgesetzt wird: *Ballade von den Juden, der Wirtschaft und der Moral* (hier S. 90), *Tischgebet* (hier S. 23), *Auch wir...* (hier S. 91), *Rückkehr* (hier S. 64); die Überschrift der im Anschluss gedruckten *Ballade vom irdischen Juden* (s. hier S. 21) ist typographisch von diesem Zyklus abgesetzt. Eingeleitet werden »Kailands« Gedichte in diesem Heft durch den nur mit dem Wort »Redactie« (»Die Redaktion«) gezeichneten Essay *Een joodsch Dichter: Alexander Kailand* (»Ein jüdischer Dichter: Alexander Kailand«), S. 119–121.

Fragment. Geschrieben im Dezember 1944, in *Sprachwurzellos* 1986 erstmals veröffentlicht.

Im Versteck. Geschrieben im März 1944, in *Sprachwurzellos* 1986 erstmals veröffentlicht.

Bildnis eines Feindes. Geschrieben 1937, zusammen mit *An die jungen Dichter Hollands* (s. hier S. 94) erstmals veröffentlicht unter dem Pseudonym »Alexander Kailand« in der Amsterdamer Zeitschrift *De Gemeenschap* im Mai 1939, S. 263 (dort lautet die Überschrift *Bildnis eines Feindes!*). Das Gedicht skizziert bereits einen Grundgedanken des 1942 begonnenen Romans *Der Tod des Widersachers* (s. Band 1, S. 452).

Ballade vom irdischen Juden. Geschrieben 1937, erstmals veröffentlicht unter dem Pseudonym »Alexander Kailand« in der Zeitschrift *De Gemeenschap* im März 1938, S. 126.

Tischgebet. Erstdruck unter dem Pseudonym »Alexander Kailand« in der Zeitschrift *De Gemeenschap* im März 1938; aufgenommen in die 5. Auflage von *Sprachwurzellos* (Gießen 1998).

Zu einem alten Niggun. Geschrieben 1938, Erstdruck in *Sinn und Form* 1952, Heft 3, S. 73. Erneut in *Castrum Peregrini*, Heft 65, 1964, S. 78 f. »Ein ›Niggun‹ ist ein wortloser oder wenige Worte umspielender oder einen Wortvortrag begleitender, meist stark rhythmischer Gemeinschaftsgesang, wie er für die Chassidim charakteristisch ist.« (Arno Nadel: Die häuslichen Sabbatgesänge, Berlin 1937)

In memoriam. Geschrieben 1939, erstmals veröffentlicht unter dem Pseudonym »Alexander Kailand« in der Zeitschrift *De Gemeenschap* im März 1940. Erneut in *Castrum Peregrini*, Heft 65, 1964, S. 81 f.

Geh nicht nach Haus. Geschrieben 1943, erstmals veröffentlicht in der von Manfred Schlösser herausgegebenen Anthologie *An den Wind geschrieben.*

Lyrik der Freiheit. Gedichte der Jahre 1933–1945. Darmstadt: Agora 1961, S. 242 f.

Wenn wir gesessen... Geschrieben in der Illegalität zwischen 1943 und 1945; es handelt sich um eine Nachdichtung nach dem *Diwan Shamsi Tabriz* des persischen Dichters Dschelaleddin Rumi (1207–1273) in der englischen Übersetzung von R. A. Nicholson (*Selected Poems from the Diwani Shamsi Tabriz,* Cambridge 1898, Neuausgabe 1977); in *Sprachwurzellos* 1986 erstmals veröffentlicht.

Komm schlaf. Geschrieben 1944, in *Sprachwurzellos* 1986 erstmals veröffentlicht.

Apollinischer Garten. Geschrieben 1947, in *Sprachwurzellos* 1986 erstmals veröffentlicht.

Kleine Anweisung zum Vortrag der Gedichte. Geschrieben 1946, in *Sprachwurzellos* 1986 erstmals veröffentlicht.

Sprachwurzellos. Geschrieben im März 1963, Erstdruck in der Wochenzeitung *Die Zeit* am 5. April desselben Jahres; nachgedruckt auch als Prolog zu dem Essayband *Wohin die Sprache nicht reicht* (s.u. S. 508).

Zuweilen. Geschrieben im Januar 1966, Erstdruck in der Wochenzeitung *Die Zeit* am 11. März desselben Jahres.

Totale Optik. Geschrieben im Januar 1967, Erstdruck 1970 in der *Neuen Rundschau* bei S. Fischer (81. Jg., 3. Heft, S. 543 f.); nachgedruckt in der von Alexander von Borman hg. Anthologie *Die Erde will freies Geleit. Deutsche Naturlyrik aus sechs Jahrhunderten.* Frankfurt a. M. 1984.

Totentanz. Geschrieben im Januar 1967, in *Sprachwurzellos* 1986 erstmals veröffentlicht.

Schizoid. Geschrieben im September 1966, in *Sprachwurzellos* 1986 erstmals veröffentlicht.

Bad des Jungen im Waldsee. Geschrieben im Januar 1938, in der 4. Auflage von *Sprachwurzellos* 1993 veröffentlicht.

Sterne. Geschrieben am 23./24. Oktober 1967, in *Sprachwurzellos* 1986 erstmals veröffentlicht.

Dawidy. Geschrieben im Juli und August 1997, unter dem erweiterten Titel *Dawidy – für Siglinde* in die 5. Auflage von *Sprachwurzellos* aufgenommen. Die Widmung bezieht sich auf Siglinde von der Goltz, mit der Keilson 1997 die u.a. nach Dawidy führende Reise unternahm.

Bühlertal. Geschrieben im Oktober 1969, im Oktober 1989 überarbeitet und im selben Jahr in die 2. Auflage von *Sprachwurzellos* aufgenommen.

In den Tagen des November. Geschrieben 1947, Erstdruck in *Castrum Peregrini* Heft 119/120, 1995, S. 39.

Dolce vita. Geschrieben 1968, nur in die 4. Auflage von *Sprachwurzellos* aufgenommen.

Sanierung Amsterdam. Geschrieben im November 1967, in *Sprachwurzellos* 1986 erstmals veröffentlicht.

Schuhe. Geschrieben im Oktober 1966, in *Sprachwurzellos* 1986 erstmals veröffentlicht.

Wir die nur verlieren können. Geschrieben im März 1967 für Gabriele Tergit, in *Sprachwurzellos* 1986 erstmals veröffentlicht.

In den Zelten des Vergessens. Geschrieben im Februar 1970, Erstdruck in *Castrum Peregrini,* Heft 119/120, 1995, S. 40; 5. Aufl. von *Sprachwurzellos.*

Auch Eurydice. Geschrieben 1970, in *Sprachwurzellos* 1986 erstmals veröffentlicht.

Der Golem. Geschrieben im Mai 1966, Erstdruck in der Wochenzeitung *Die Zeit* am 29. Juli desselben Jahres.

Experiment. Geschrieben 1974, überarbeitet im August und September 1993, im selben Jahr in der 4. Auflage von *Sprachwurzellos* erschienen (und nur dort); nachgedruckt in der *Frankfurter Allgemeinen Zeitung* am 22. Mai 2001.

Intoxikation. Geschrieben 1967, Erstdruck 1970 in der *Neuen Rundschau* bei S. Fischer (81. Jg., 3. Heft, S. 542 f.); nachgedruckt in der von Alexander von Borman hg. Anthologie *Die Erde will freies Geleit. Deutsche Naturlyrik aus sechs Jahrhunderten.* Frankfurt a. M. 1984.

Rückkehr. Geschrieben 1937, Erstdruck 1964 in *Castrum Peregrini,* Heft 65, S. 80; in die 5. Auflage von *Sprachwurzellos* aufgenommen.

Zug durch die Wüste. Begonnen 1938–39, nach mehrfachen Überarbeitungen abgeschlossen 1984–86; in *Sprachwurzellos* 1986 erstmals veröffentlicht.

Wenn die Rose verblüht. Geschrieben in der Illegalität zwischen 1943 und 1945; es handelt sich um eine Nachdichtung nach dem *Diwan Shamsi Tabriz* des persischen Dichters Dschelaleddin Rumi (1207–1273) in der englischen Übersetzung von R. A. Nicholson (*Selected Poems from the Diwani Shamsi Tabriz,* Cambridge 1898, Neuausgabe 1977); in *Sprachwurzellos* 1986 erstmals veröffentlicht.

Einer Träumenden. Poem. Der Text wurde »geschrieben Juli–August 1943 / untergetaucht in / ›Rekken'schen Inrichtungen‹, / Eibergen (Niederlande)«, so der dem Titel in beiden bisherigen Veröffentlichungen beigefügte Vermerk. Die »Rekken'schen Inrichtungen« war eine psychologisch-pädagogische Einrichtung für psychisch gestörte Kinder und Jugendliche unmittelbar an der deutschen Grenze nahe Enschede; an ihr war Keilson von März bis Oktober 1943 untergetaucht. Das Gedicht wurde geschrieben für Hans Keilsons (1969 verstorbene) erste Ehefrau Gertrud Manz. 1992 wurde es in der von Gideon Schüler betreuten *edition literarischer salon* als »Freundschaftsgabe der ELS für Hans Keilson« in kleiner Auflage und bibliophiler Ausstattung veröffentlicht

(Gießen: J. Ricker'sche Universitätsbuchhandlung). 1999 wurde der Text aufgenommen in den Band *Zerstörung und Erinnerung*, der in derselben Reihe als »Festgabe für Hans Keilson zum 90. Geburtstag« erschien (S. 17–28).

Der Tod Erich Mühsams. Geschrieben 1937, Erstdruck in *Zur deutschen Exilliteratur in den Niederlanden 1933–1940*, hg. von Hans Würzner, Amsterdam: Rodopi 1977 (Amsterdamer Beiträge zur neueren Germanistik, Bd. 6), S. 131.

Selbstbildnis. Geschrieben 1937, Erstdruck in *Zur deutschen Exilliteratur in den Niederlanden 1933–1940*, hg. von Hans Würzner, Amsterdam 1977 (Amsterdamer Beiträge zur neueren Germanistik, Bd. 6), S. 132.

Einem Gastgeber (für Cas Emmer). Geschrieben 1938, Erstdruck in *Zur deutschen Exilliteratur in den Niederlanden 1933–1940*, hg. von Hans Würzner, Amsterdam 1977 (Amsterdamer Beiträge zur neueren Germanistik, Bd. 6), S. 132.

Ballade von den Juden, der Wirtschaft und der Moral. Geschrieben 1937, Erstdruck in *De Gemeenschap*, März 1938, S. 122 f.

Auch wir... Erstdruck in der Zeitschrift *De Gemeenschap*, März 1938, S. 124 f.

St. Guénolé. Geschrieben 1938, bislang unveröffentlicht.

An die jungen Dichter Hollands. Erstdruck (zusammen mit *Bildnis eines Feindes*, s. hier S. 20) unter dem Pseudonym »Alexander Kailand« in der Zeitschrift *De Gemeenschap* im Mai 1939, S. 262.

Meinem Vater, als er ins Exil ging. Geschrieben Anfang 1939, überarbeitet im Sommer 2000; Erstdruck in Hans Keilson: *Sieben Sterne. Reden, Gedichte und eine Geschichte*. Gießen: J. Ricker'sche Universitätsbuchhandlung / edition literarischer salon (Gideon Schüler) 2003.

Der Wehrmachtsbericht. Geschrieben 1943, bislang unveröffentlicht.

Alte fahlgrüne Hose. Geschrieben im November 1967, bislang unveröffentlicht.

Erwägung. Geschrieben im Oktober 1967, bislang unveröffentlicht.

Also lächle. Geschrieben im Dezember 1967, bisher unveröffentlicht.

Rettung. Geschrieben März 1967, Erstdruck 1970 in der *Neuen Rundschau* bei S. Fischer (81. Jg., 3. Heft, S. 543 f.).

Beim Trödler. Geschrieben im November 1968, bisher unveröffentlicht.

4. Mai. Geschrieben 2000; Erstdruck in Hans Keilson: *Sieben Sterne. Reden, Gedichte und eine Geschichte*. Gießen: J. Ricker'sche Universitätsbuchhandlung / edition literarischer salon (Gideon Schüler) 2003.

Essays

Wohin die Sprache nicht reicht. Essays – Vorträge – Aufsätze 1936–1996. (Innentitel: *Vorträge und Essays aus den Jahren 1936–1996.*) Mit einem Nachwort von Wolfdietrich Schmied-Kowarzik. Gießen: J. Ricker'sche Universitätsbuchhandlung / edition literarischer salon (Gideon Schüler) 1998.

Juden und Disziplin. Erstdruck in *Der Morgen. Monatsschrift der Juden in Deutschland*, 12. Jg., Nr. 4, Juli 1936, S. 146–153.

Ein leises Unbehagen. Beendet am 24. Februar 1945, Erstdruck in *Wohin die Sprache nicht reicht* (1998).

Klaus Mann zum Gedächtnis. Erstdruck ohne eigene Überschrift in *Klaus Mann zum Gedächtnis.* Mit einem Vorwort von Thomas Mann. Amsterdam: Bermann-Fischer/Querido 1950 (Reprint Hamburg: MännerschwarmSkript Verlag/Edition Klaus Blahak 2003), S. 73–79. In *Wohin die Sprache nicht reicht* erschien der Essay unter der Überschrift *Lieber Herr...*; der Titel wurde für diese Ausgabe auf Wunsch Hans Keilsons geändert.

Wohin die Sprache nicht reicht. Erstdruck in *Psyche*, 38. Jg., Heft 10, 1984, S. 915–926. Eine englische Übersetzung erschien unter dem Titel *Beyond the Reach of Language* in *The Dutch Annual of Psychoanalysis 1995–1996. Traumatisation and War, vol. 2.* Hg. von Han Groen-Prakken, Antonie Ladan u. Antonius Stufkens. Lisse 1995, S. 66–75.

Lieber Holland als Heimweh. Erstdruck in niederländischer Sprache unter dem Titel *Vijftig jaar in Holland* in *De Gids* Nr. 2/3, 1987, S. 115–120. Die (autorisierte) deutsche Übersetzung von C. P. Baudisch erstmals in *Nachbarn*, Heft 35 / 1987: *Der 10. Mai 1940 – 50 Jahre danach.* Danach in *Niederlande. Ein Reisebuch.* Hg. von Egon Boesten u. Willi Weyers. Hamburg: VSA 1990, S. 141–144.

Linker Antisemitismus? Erstdruck in *Psyche*, 42. Jg., Heft 9, September 1988, S. 769–794. Eine frühere Fassung des Essays erschien unter derselben Überschrift in *Der Deutschunterricht*, Heft 3: *Juden in der deutschen Literatur II*, 1985, S. 69–86, sowie unter dem Titel *Zum Problem des linken Antisemitismus. Vortrag zur 2. Jahreshauptversammlung der Gesellschaft für Exilforschung*, *13.2.1986* in Marburg/Lahn (1986) als selbständige Veröffentlichung der »Gesellschaft für Exilforschung«.

Psychoanalyse und Judentum. Erstdruck in *Neues Lexikon des Judentums*, hg. von Julius H. Schoeps. Gütersloh/München: Bertelsmann Lexikon Verlag 1992 u.ö., S. 376–379.

Tiefenpsychologie und Hermeneutik. Erstdruck in *Dimensionen der Psyche. Bewußtes und Unbewußtes*, hg. von Reinhard Kögerler u. Hans-Georg Zapotoczky. Wien: Niederösterreichisches Pressehaus 1990, S. 149–162.

In der Fremde zuhause. Erstdruck in: *Psychoanalyse in Selbstdarstellungen*, hg. von Ludger M. Hermans. Tübingen: edition diskord 1992, S. 99–145.

»Ein Grab in den Lüften…*«* Erstdruck als *Kritische Glosse* in *Psyche*, 46. Jg., Heft 12, Dezember 1992, S. 1133–1136.

Was bleibt zu tun? Der Text wurde zunächst im Rahmen der Vorlesungsreihe »Das Echo des Holocaust« an der Universität Hamburg am 13. Februar 1992 vorgetragen; Erstdruck in *Das Echo des Holocaust. Pädagogische Aspekte des Erinnerns*, hg. von Helmut Schreier und Matthias Heyl. Hamburg: Krämer 1992, S. 235–249.

Die fragmentierte Psychotherapie eines aus Bergen-Belsen zurückgekehrten Jungen. Erstdruck in *Psyche*, 49. Jg., Heft 1, Januar 1995, S. 69–84.

Jüdische Kriegswaisen und ihre Kinder. Erstdruck in *Ererbte Traumata*, hg. von Louis M. Tas und Jörg Wiesse. Göttingen: Vandenhoeck & Ruprecht 1995.

Gedanken zur Traumaforschung. Antrittsvorlesung zur Franz-Rosenzweig-Professur an der Universität-Gesamthochschule Kassel am 23. April 1996. Erstdruck in *Wohin die Sprache nicht reicht*.

Die Faszination des Hasses. Das Verhältnis von Juden und Christen in Deutschland. Ein Versuch. Abschlussvorlesung zur Franz-Rosenzweig-Professur an der Universität-Gesamthochschule Kassel am 17. Juli 1996. Erstdruck in *Vergegenwärtigung des zerstörten jüdischen Erbes. Franz-Rosenzweig-Gastvorlesungen. Kassel 1987–1996*, hg. von Wolfdietrich Schmied-Kowarzik, Kassel 1997. Eine leicht überarbeitete Fassung erschien auch in *Aus der Geschichte lernen. Chancen der Aufklärung nach Auschwitz. Zeitkritische Beiträge der Evangelischen Akademie Nordelbien*, hg. von Hanna Lehmig u. Siegfried von Kotzfleisch. Bad Segeberg 1997.

Hermann Hesse, Demian. Erstdruck in *Kannst Du ein Buch empfehlen? Zum Schülerpreisausschreiben des Börsenvereins der Deutschen Buchhändler.* Leipzig 1928, S. 17–20. Als Verfasser ist im Erstdruck nur »Hans K., 17 J., Gymnasium Bad Freienwalde« genannt.

[Ein kleines Selbstbildnis]. Erstdruck in *S. Fischer-Korrespondenz*, April 1933, S. 4. Der Text erschien dort zusammen mit der Selbstvorstellung des 1904 geborenen Schriftstellers Otto Karsten unter der gemeinsamen Überschrift *Zwei kleine Selbstbildnisse*.

Sport – jüdisch gesehen. Erstdruck in *Der Morgen. Monatsschrift der Juden in Deutschland*, 12. Jg., Heft 5, August 1936, S. 196–199.

[Zur Reihe Déjà-vu]. Der Text erschien auf der 2. Umschlagseite aller sechs Hefte der Serie, die Hans Keilson 1938 und 1939 im Amsterdamer Verlag »Holland« unter dem Pseudonym »Benjamin Cooper« herausgab. In der Serie erschienen außer den drei hier im folgenden genannten Bänden noch drei wei-

tere, die außer diesem allgemeinen Einleitungstext keinen Beitrag von Keilson enthielten: *In het doolhof der liefde. En avontuurlijke wandeling door de tuinen der Nederlandsche Minnezangers verzameld en uitgelesen ddor Benjamin Cooper* [*Im Irrgarten der Liebe. Eine abenteuerliche Wanderung durch die Gärten der Niederländischen Minnesänger, gesammelt und ausgewählt von Benjamin Cooper*], 1939; *De zingende Walvisch* [*Der singende Walfisch*], eine Sammlung von Seemannsliedern und -gedichten, hg. zusammen mit J. W. F. Werumeus Bunung, 1939; *Ridder zonder vrees of blaam* [*Ritter ohne Furcht und Tadel*], eine Festgabe zum 70. Geburtstag des niederländischen Ministerpräsidenten Hendrikus Colijn, 1939. – Der Text wurde für die vorliegende Werkausgabe von Marita Keilson-Lauritz, unter Mitarbeit des Autors, ins Deutsche übersetzt.

Einsteigen! Zuerst 1938 unter dem Titel *Instappen!* in der von Benjamin Cooper (d.i. Hans Keilson) im Amsterdamer Verlag »Holland« hg. Serie *Déjà-vu*, als Vorwort zu der Comenius-Anthologie *Een Reis met de Diligence: door het tijdperk der tanks, auto's en vliegmachines. Op de bok: J. Amos Comenius.* [*Eine Reise mit der Postkutsche: durch das Zeitalter der Panzer, Autos und Flugmaschinen. Auf dem Kutschbock: J. Amos Comenius.*] Der Text wurde für die vorliegende Werkausgabe von Marita Keilson-Lauritz, unter Mitarbeit des Autors, ins Deutsche übersetzt.

Liebe Zeitgenossen. Zuerst 1938 unter dem Titel *Beste Tijdgenooten* in der von Benjamin Cooper (d.i. Hans Keilson) im Amsterdamer Verlag »Holland« hg. Serie *Déjà-vu*, als Vorwort zu *Erasmus van Rotterdam: Vrouwen, soldaten en andere christenen!* Der Text wurde für die vorliegende Werkausgabe von Marita Keilson-Lauritz, unter Mitarbeit des Autors, ins Deutsche übersetzt.

Vorwort. Zuerst 1939 unter dem Titel *Inleiding* in der von Benjamin Cooper (d.i. Hans Keilson) im Amsterdamer Verlag »Holland« hg. Serie *Déjà-vu*, als Vorwort zu der Anthologie *Zeven maal zeven Vredesstemmen aller Tijden en Volken* [*Sieben mal sieben Friedensstimmen aller Zeiten und Völker*], dem mit etwa 280 Seiten bei weitem umfangreichsten Band der Reihe, der Texte von Lao-tse und Buddha über Bibel und Koran bis zu Tolstoi, Papst Pius XI. und Gustav Stresemann enthielt. Der Text wurde für die vorliegende Werkausgabe von Marita Keilson-Lauritz, unter Mitarbeit des Autors, ins Deutsche übersetzt.

Nächtliche Begegnung. Erstdruck in niederländischer Sprache unter dem Titel *Nachtelijke ontmoeting* in *Het Baken. Onafhankelijk orgaan voor principieele voorlichting* [*Die Bake. Unabhängiges Organ für Grundlagen-Information*], No. 1, Januar 1946. Der Text wurde für die vorliegende Werkausgabe von Marita Keilson-Lauritz, unter Mitarbeit des Autors, ins Deutsche übersetzt.

Vorurteil und Haß. Erstdruck in niederländischer Sprache unter dem Titel *Vooroordeel en haat* in *Maandblad voor de geestelijke volksgezondheid* [*Monatsblatt für die geistige Volksgesundheit*], März 1961, S. 83–98; Erstdruck der deut-

510

schen Fassung in der Wochenzeitung *Die Zeit* am 11. September 1964, S. 11 f. (mit dem redaktionellen Untertitel *Ein psychologischer Beitrag zu dem Problem des Antisemitismus*), und am 18. September 1964, S. 13 (unter der redaktionellen Teil-Überschrift *Im anderen sich selbst vernichten. Versuch einer psychologischen Deutung des Antisemitismus*).

Seen und Wälder – zuoberst auf dem Planeten. Erstdruck unter den Überschriften *Zuoberst auf dem Planeten* (Inhaltsverzeichnis) und *Seen und Wälder – zuoberst auf dem Planeten* (über dem Text) in *Merian*, Heft 3, 1966: *Die Westfriesischen Inseln*, S. 55–58.

Vorwort [zu *Ach, Sie schreiben deutsch?*]. Erstdruck in *Ach, Sie schreiben deutsch? Biographien deutschsprachiger Schriftsteller des Auslands-PEN*, hg. von Karin Reinfrank-Clark. Gerlingen: Bleicher 1986, S. 7–14.

Erinnerungen an Caputh. Erstdruck in *Das Echo des Holocaust. Pädagogische Aspekte des Erinnerns*, hg. v. Helmut Schreier und Matthias Heyl. Hamburg: Krämer 1992, S. 27–29.

Rede anläßlich der Verleihung des Ehrendoktorats durch die Universität Bremen. Typoskript (1992), bislang unveröffentlicht.

Überwindung des Nationalsozialismus. Literarische und psychoanalytische Annäherungen. Erstdruck in *Die Erfahrung des Exils. Exemplarische Reflexionen*, hg. v. Wolfgang Benz u. Marion Neiss. Berlin 1997, S. 29–46.

Freud und die Kunst. Erstdruck in *Psyche*, 52. Jg., Heft 8, 1998, S. 731–735.

Ein deutsches Doppelleben. Claus Leggewie untersucht, wie aus SS-Obersturmführer Schneider der liberale Germanist Schwerte wurde. Erstdruck in *Die Welt* (Beilage *Die literarische Welt*) vom 12. Dezember 1998.

Zerstörung und Erinnerung. Jiskor Lübeck. Rede am 9. November 1998 in der Lübecker Synagoge. Erstdruck in Hans Keilson: *Zerstörung und Erinnerung*. Als »Festgabe für Hans Keilson zum 90. Geburtstag«. Gießen: J. Ricker'sche Universitätsbuchhandlung / edition literarischer salon (Gideon Schüler) 1999, S. 5–15.

»Sieben Sterne…«. Meine Geschichte zur Sprache gebracht. Erstdruck (als Beitrag zu der Akademietagung »Geschichte zur Sprache gebracht«) in *Jahrbuch der Deutschen Akademie für Sprache und Dichtung 1999*, S. 74–86, danach in Hans Keilson: *Sieben Sterne. Reden, Gedichte und eine Geschichte*. Gießen: J. Ricker'sche Universitätsbuchhandlung / edition literarischer salon (Gideon Schüler) 2003, S. 5–21.

Plädoyer für eine Luftschaukel. Erstdruck als Selbstvorstellung in *Jahrbuch der Deutschen Akademie für Sprache und Dichtung 1999*, S. 142–145, danach (mit dem Untertitel *Vorstellung als neues Mitglied der Deutschen Akademie für Sprache und Dichtung*) in Hans Keilson: *Sieben Sterne. Reden, Gedichte und eine Geschichte*. Gießen: J. Ricker'sche Universitätsbuchhandlung / edition literarischer salon (Gideon Schüler) 2003, S. 22–26.

DATE DUE

JUL 7 2007			

Demco, Inc. 38-293